KNAUR

Über die Autorin:
Katherine St. John schreibt Drehbücher für Film und Fernsehen und arbeitet als Schauspielerin. Sie lebt mit ihrem Mann und ihren beiden Töchtern in Los Angeles. »Beste Feindinnen« ist ihr Debüt.

KATHERINE ST. JOHN

BESTE FEINDINNEN

Roman

Aus dem amerikanischen Englisch
von Constanze Wehnes

KNAUR

Die amerikanische Originalausgabe erschien 2020
unter dem Titel »The Lion's Den« bei Grand Central, New York.

Besuchen Sie uns im Internet:
www.knaur.de

Aus Verantwortung für die Umwelt hat sich die Verlagsgruppe Droemer Knaur zu einer nachhaltigen Buchproduktion verpflichtet. Der bewusste Umgang mit unseren Ressourcen, der Schutz unseres Klimas und der Natur gehören zu unseren obersten Unternehmenszielen. Gemeinsam mit unseren Partnern und Lieferanten setzen wir uns für eine klimaneutrale Buchproduktion ein, die den Erwerb von Klimazertifikaten zur Kompensation des CO_2-Ausstoßes einschließt. Weitere Informationen finden Sie unter: www.klimaneutralerverlag.de

FSC www.fsc.org
MIX
Papier aus verantwortungsvollen Quellen
FSC® C083411

Deutsche Erstausgabe Oktober 2020
Knaur Taschenbuch

Dieses Werk wurde vermittelt durch die Literarische Agentur
Thomas Schlück GmbH, 30161 Hannover.
Redaktion: Gisela Klemt, lüra – Klemt & Mues Gbr, Wuppertal
Covergestaltung: Alexandra Dohse / grafikkiosk.de
nach einem Entwurf von Lynn Buckley
Coverabbildung: Shutterstock.com
Illustratives Element im Innenteil: Michaela Lichtblau
Satz: Adobe InDesign im Verlag
Druck und Bindung: CPI books GmbH, Leck
ISBN 978-3-426-52564-7

2 4 5 3 1

Für meine Mädchen

Der einzig bekannte Feind des Löwen ist der Mensch.

TAG I

SAMSTAGNACHMITTAG – LOS ANGELES

Ich dachte immer, dass mich Reichtum völlig kaltlassen würde, ganz egal, wie unermesslich. Doch beim Anblick der schnittigen Jets, die nebeneinander auf der Rollbahn stehen, überkommt mich ein unerwartetes Schwindelgefühl. Wie frei man sich bestimmt fühlt, wenn man so einfach um die Welt reisen kann, ohne sich mit all den üblichen Unannehmlichkeiten herumschlagen zu müssen! Keine Schlange vor dem Check-in, niemand fordert einen auf, die Schuhe auszuziehen, oder will die Handtasche durchsuchen. Keine Körperscanner, keine eingeklemmten Beine, kein Gerenne zum nächsten Flieger, keine verlorenen Koffer.

Ja, daran könnte ich mich gewöhnen. Summer jedenfalls hat sich schon längst daran gewöhnt.

Ich erinnere mich an die schicke Dinnerparty vor ein paar Jahren, bei der ich zum ersten Mal Kaviar probierte. Meine Begleitung an dem Abend war ein großkotziger Langweiler, aber ich vergesse nie, was er sagte, während ich gespannt (und vielleicht ein wenig skeptisch) die kleine Glasschüssel betrachtete, in der die winzigen schwarzen Eier auf einem Bett aus Eis lagen.

»Natürlich kann man gut ohne Kaviar leben, wenn man ihn nie probiert hat«, bemerkte er.

Und während ich mir den Perlmuttlöffel in den Mund steckte, warnte er mich, dass man diesen feinen Geschmack nicht so leicht wieder vergessen würde. Er hatte recht. Vielleicht könnte ich auch nicht mehr ohne Kaviar leben, wenn er regelmäßig auf meinem Speiseplan stünde.

Aber ich bin in dieser Welt nur zu Gast, und innerhalb einer Woche werde ich wohl kaum von Glanz und Gloria abhängig werden. Darum werde ich den Kaviar gewiss nicht ablehnen.

Genauso wenig wie Brot, Käse, Butter, Schokolade oder Eis und all die anderen Leckereien, denen ich einen Monat lang entsagt habe. Ich habe mich in die beste Figur meines Lebens geschwitzt und gehungert, damit ich eine ganze Woche im Bikini verbringen kann, und dafür werde ich mich jetzt belohnen.

Ich reiße mich von dem blendenden Anblick auf der Rollbahn los und vergewissere mich ein letztes Mal, ob ich alles dabeihabe. Reisepass? Ja. Portemonnaie? Ja. Handy? Ja. Die Uhr? Shit.

»Was ist los?«, fragt meine Schwester, als ich mir den Inhalt meiner Tasche in den Schoß kippe.

»Meine Uhr«, stöhne ich. »Ich hatte sie doch heute Morgen noch, und jetzt ist sie weg.«

»Bei einem Segeltörn an der Riviera brauchst du doch keine Uhr!«

»Hilf mir einfach, sie zu finden«, bitte ich sie.

Sie streicht sich eine Haarsträhne hinter das Ohr und wühlt in dem Durcheinander in der Mittelkonsole. Lauren kommt nach unserer Mutter, zierlich und blond, während ich eher aussehe wie unser Vater, hochgewachsen und brünett. Und doch sind unsere Gesichtszüge so ähnlich, dass sie problemlos meinen Ausweis benutzen konnte, bis sie einundzwanzig war. Allerdings hat sie ihn nicht besonders oft gebraucht – meine kleine Schwester hat sogar noch mehr Zeit in der College-Bibliothek verbracht als ich. Und es hat sich gelohnt, denn im Herbst wird sie mit dem Jurastudium beginnen. Ich bin wahnsinnig stolz auf sie.

Schließlich öffne ich das Seitenfach der kleinen, runden Gucci-

Umhängetasche, die mir Summer geschenkt hat – und schließe meine Hand um die Uhr. »Oh«, seufze ich erleichtert. »Hab sie.«

Lauren sieht mich abschätzend an. »Du bist irgendwie aufgedreht heute. Zu viel Kaffee?«

Ich lege mir die Uhr um das Handgelenk. »Ich bin wirklich etwas aufgeregt«, gebe ich zu. »Ich weiß gar nicht, warum Summer mich eingeladen hat. Ich habe sie in letzter Zeit kaum gesehen.«

»Echt?«, fragt Lauren überrascht. »Aber ihr beide seid doch schon ewig befreundet. Hat sie dir nicht neulich erst diese übertrieben teure Tasche da geschenkt?«

Ich nicke und streiche mit dem Finger über den rot-grünen Streifen in der Mitte. Das ist die teuerste Tasche, die ich je besessen habe – und trotz allem liebe ich sie.

»Was ist denn passiert?«, fragt sie.

»Ich weiß auch nicht.«

Aber das stimmt natürlich nicht.

Ich hieve meinen Rollkoffer aus dem Kofferraum meines alten Prius und umarme Lauren zum Abschied durch das offene Fenster. »Danke, dass ich dein Auto haben darf, während du weg bist«, sagt sie lächelnd. »Und bitte komm nicht mit einem alten Knacker zurück.«

»Haha.« Ich verdrehe die Augen. »Ich bin doch nicht Summer.«

Sie schüttelt den Kopf. »Ich habe nie verstanden, was du an ihr findest. Aber was weiß ich schon, meine Freundinnen laden mich ja höchstens mal an den Michigansee ein …«

»Nun hau schon ab, bevor mich hier jemand mit dieser Schrottkiste sieht.« Ich gebe dem Auto einen Klaps aufs Dach. »Au!« Das Blech ist so heiß, dass ich die Hand schnell zurückziehen muss.

»Meld dich mal!« Lauren wirft mir einen Luftkuss zu.

»Grüß Grannie von mir«, bitte ich.

Während ich ihr nachsehe, spüre ich einen kleinen Stich, weil ich nicht mit zu Grannies neuem Seniorenheim in Lake Havasu fahren kann. Immerhin steht sie dort in der Titelrolle von *Mame*, dem alten Musical, auf der Bühne. Meine Leidenschaft für die Schauspielerei muss ich von ihr geerbt haben, und normalerweise würde ich mir die Gelegenheit nicht entgehen lassen, sie in ihrem Element zu sehen. Doch so traurig ich auch bin, dass ich ihren großen Auftritt in der Rolle ihres Lebens verpassen werde, manchmal muss man eben das Seniorentheater für einen Segeltörn im Mittelmeer opfern.

Ich ziehe meinen Koffer über den Parkplatz voller Luxuskarren, die in der prallen Sonne stehen, und drücke die Klingel an dem verputzten, zweistöckigen Gebäude, das als Warteraum für den kleinen Privatflughafen dient. Über die Gegensprechanlage informiert mich eine höfliche Frauenstimme, die Crew für mein Flugzeug sei noch nicht eingetroffen, die Passagierliste liege noch nicht vor, sie könne mich noch nicht hineinlassen. »Es tut mir leid«, sagt sie. »Neue Sicherheitsmaßnahmen. Bitte kommen Sie später wieder.«

Na toll. Ich bin nur drei Minuten zu früh und trotzdem die Erste. Außerdem schwitze ich jetzt schon in dem unpraktischen Vintage-Sommerkleid, das ich letzte Woche bei einem Garagenflohmarkt in Beverly Hills gefunden habe. Der Stoff ist zu dick für diese Hitze und das Oberteil zu eng. Ich wünschte, ich hätte etwas Legeres aus Baumwolle angezogen, aber ich wollte auch trotz meines begrenzten Budgets Stil beweisen. Zum Glück habe ich die Handtasche.

Ich muss dringend in den Schatten, also zerre ich meinen Koffer den Gehweg entlang bis zu einer einsamen Palme und schaue durch den Maschendrahtzaun dem Treiben auf dem Flugplatz zu. Hitze steigt vom Asphalt auf und lässt die Luft flirren. Hinter den aufgereihten Jets hebt eine gelbe Cessna 421 ab. In der Ferne sehe ich mehrere Hubschrauber starten und landen.

Auf der Rollbahn kommen gerade zwölf Anzugträger eine Gangway hinunter. Ein Basketballspieler, dessen Name mir nicht einfallen will, steigt in einen Jet ein. Ihm folgen eine Frau, wohl die Ehefrau, drei Kinder, zwei Personen, die seine Assistenten sein könnten, und vier große Hunde.

Ich frage mich, ob die Frau wohl glücklich ist. Zumindest *angenehm* muss sie es ja haben. Jedenfalls viel angenehmer als ich hier, die ich langsam mit meinem blöden Kleid verschmelze. Geld hat für mich bei der Partnerwahl nie eine Rolle gespielt, aber plötzlich frage ich mich: Was, wenn ich damit falschliege? Was, wenn Liebe eben *nicht* alles überwindet und Geld eben *doch* all deine Probleme lösen kann? Summer jedenfalls scheint darauf zu wetten.

Meine eher glanzlose Schauspielkarriere besteht bisher vor allem aus Nebenrollen und Kellnerjobs, bei denen ich schon dem einen oder anderen Frauenschwarm über den Weg gelaufen bin. Hin und wieder ehrten mich diese Typen sogar mit ihrer flüchtigen Aufmerksamkeit, aber ich habe mich nie richtig auf so etwas eingelassen. Ich hatte immer Angst, dass ich eines dieser austauschbaren, dummen Dinger werde, die am Arm irgendeiner Berühmtheit hängen, bis sie für das nächstbeste Model fallen gelassen werden. Ich kann förmlich Summers Stimme hören: »Du musst nur endlich an dich selbst glauben, dann findest auch du den Richtigen.«

Ich lache laut auf. Wenn mich hier jemand beobachtet, hält er mich sicher für bescheuert. Vermutlich steigt mir die Hitze zu Kopf. Oder vielleicht sind es die Jets. Aber ich bin eben nicht Summer. So weit wie sie würde ich niemals gehen, egal, für wie viel Geld.

Da rollt ein silberfarbenes BMW-SUV in die Parklücke neben mir. »Hey, was machst du denn hier draußen?«, ruft eine fröhliche Stimme.

Ich winke und ziehe meinen Koffer zu dem Wagen hinüber. Wendy steigt auf der Fahrerseite aus und wirft einen Blick auf ihre schmale goldene Uhr. »Lass mich raten: Summer ist noch nicht da.«

»Wir sind die Ersten«, bestätige ich. »Und die lassen mich noch nicht rein.«

»Die lassen dich einfach hier draußen schmelzen?«, fragt Wendy, während wir uns mit Luftküsschen begrüßen.

Wendy hat schwarze, vollkommen ebenmäßige Haut, dunkle Augen wie eine Disney-Prinzessin, gekrönt von perfekt geschwungenen Augenbrauen. Sie sieht immer stylisch aus, und ihr heutiges Outfit schreit förmlich: Ich fliege mit einem Privatjet nach Südfrankreich! Eine völlig knitterfreie, weiße Leinenhose und ein luftiges, goldfarbenes Oberteil umhüllen ihre zierliche Statur. Dazu trägt sie sandfarbene Wedges, deren Absätze mit geflochtenem Stroh besetzt sind, und einen weißen Sonnenhut mit breiter Krempe, unter dem ihr die langen, schwarzen Locken über die Schultern fallen.

Mein unbequemes Vintage-Kleid kommt mir plötzlich nur noch altbacken vor. Neben Wendy und Summer bin ich mir meiner Erscheinung immer besonders bewusst. Das ist nicht ihre Schuld; sie sehen scheinbar mühelos immer elegant aus. Bei mir ist Eleganz dagegen mit jeder Menge Aufwand verbunden. Mein Gehirn funktioniert einfach anders. Für mich ist ein Kleid schon ein Outfit. Aber die beiden stellen immer einen ganzen Look zusammen.

Wendys Mitbewohnerin Claire steigt auf der Beifahrerseite aus, und ich gebe auch ihr ein paar Luftküsschen. Offenbar hat sie einen Friseur an ihre dunkle Mähne gelassen, denn sie trägt jetzt einen welligen Longbob mit karamellfarbenen Highlights, die ihre blauen Augen richtig zum Strahlen bringen. »Neue Frisur? Sieht toll aus«, sage ich.

»Danke!« Sie bekommt Grübchen beim Lächeln. »Hab ich aber schon länger.«

»Dann haben wir uns wohl ewig nicht gesehen, ich glaube, das letzte Mal bei Wendys Geburtstagsfeier im Juni.«

»Claire ist auch überhaupt nicht mehr da, seit sie mit Mr Spitzenliga zusammen ist«, stichelt Wendy.

»Mein Freund wohnt in Chicago, deshalb bin ich jetzt häufiger dort«, erklärt Claire. »Er ist Baseballspieler.«

»Wie schön«, sage ich begeistert.

Claire ist eine total liebe Grundschullehrerin aus Miami und spricht sehr leise, wenn überhaupt. Aber sonst weiß ich ehrlich gesagt nicht viel über sie. Wir kennen uns bestimmt schon seit vier Jahren, aber ich muss zugeben, dass wir noch nie ein richtiges Gespräch zustande gebracht haben – vermutlich, weil sie immer in Wendys Schatten steht, die das genaue Gegenteil ist: Eine derart offene, energiegeladene und allseits beliebte Person gibt es kein zweites Mal. Als wir uns an der UCLA kennenlernten, war Wendy die Präsidentin ihrer Schwesternschaft und des Griechischklubs. Sie organisierte Spendenaktionen und Verschönerungsprojekte für den Campus und konnte nebenher immer noch ihren Einserschnitt halten. Nach ihrem Abschluss hat sie zunächst Events geplant. Jetzt arbeitet sie als Pressesprecherin und kennt wirklich jeden in Los Angeles, und das ist nicht übertrieben. Na ja, zumindest jeden, der einen gewissen Status hat. Leute, die zu extravaganten Anlässen eingeladen werden und Publicity brauchen. Und offenbar sind das eine Menge Leute. Wenn man mit Wendy spricht, vermittelt sie einem außerdem das Gefühl von aufrichtigem Interesse – genau wie eine Politikerin. Das hat sie wohl von ihrem Vater, der in Ohio Senator ist.

Einmal habe ich sie nach dem Geheimnis ihres umwerfenden Charmes gefragt. Ich dachte natürlich, er sei im »Wendy-Paket« einfach mit drin gewesen, aber er stellte sich als Methode heraus. Das Wichtigste dabei sind leichte Berührungen und Blickkontakt. Sie hat versucht, es mir beizubringen, aber bei mir kam es so rüber, als hätte ich ganz andere Absichten. Man sollte doch annehmen, als Schauspielerin würde ich die Manipulation perfekt beherrschen, aber eigentlich habe ich immer nur versucht, ein anständiger Mensch zu sein – und vollkommen blauäugig angenommen, alle anderen wären genauso. Das ist unrealistisch, schon klar. Ich arbeite dran.

»Ich habe gestern im Cove gegessen und war danach auch noch kurz in der Bar, aber ich habe dich nicht gesehen«, sagt Wendy.

»Ich hatte mir zum Packen freigenommen«, flunkere ich. Eine Casting-Direktorin, bei der ich schon diverse Male erfolglos vorgesprochen habe, hat dort ihren Geburtstag gefeiert, und ich wollte nicht, dass sie mich hinter dem Tresen sieht. Aber Wendy hat mir den Job besorgt (wofür ich ihr sehr dankbar bin), also kann ich ihr das schlecht erzählen. Nicht dass ich mich für die Arbeit als Barkeeperin schäme, aber immerhin konnte ich schon ein ganzes Jahr lang all meine Rechnungen mit Schauspielgagen bezahlen ... Okay, vielleicht ist es mir doch ein wenig peinlich, dass noch nicht alles dauerhaft so gut klappt, wie ich es mir vorgestellt habe. Es läuft halt gerade etwas holprig. Eine kleine Durststrecke, nichts weiter. Aber sobald ich zurück bin, werde ich mich richtig reinhängen, und dann wird sich alles ändern.

Wendy öffnet den Kofferraum, der bis zum Rand vollgepackt ist. »Bisschen viel, oder?«, frage ich.

»In dem großen sind Klamotten, in dem mittleren Schuhe und Taschen, und in dem kleinen ist alles drin, was ich für meine Haare brauche«, erklärt Wendy, während sie auf das kastanienbraune Kofferset deutet. »Du weißt ja, da bin ich anspruchsvoll.«

»Heute sehen deine Haare auf jeden Fall schon mal großartig aus«, sage ich lachend.

»Danke. Hab ich frisch machen lassen für den Trip«, sagt sie lächelnd und wirft sich die Haare über die Schulter.

»Und ich hatte eigentlich nur einen kleinen Koffer gepackt. Den hier habe ich Wendy zu verdanken«, verteidigt Claire sich, während wir zu dritt ihren gigantischen Koffer aus dem Auto hieven.

»Das glaube ich gern«, sage ich und werfe ihr ein verständnisvolles Lächeln zu.

Gerade als wir Wendys Koffertrio ausladen, biegt ein schwarzer Chevrolet Suburban mit Chauffeur auf den Parkplatz. Summers Mutter Rhonda, ihre Schwester Brittani und ein weiteres Mädchen, das ich nicht kenne, steigen aus, jede beladen mit Kaffeebecher, Handy, Hut und Handtasche.

Jetzt geht's los.

»Wir mussten noch beim Outlet anhalten«, verkündet Rhonda temperamentvoll. Wie aufs Stichwort fällt eine Einkaufstasche aus dem Auto, bevor der Fahrer sie auffangen kann. Drei Schuhkartons landen auf dem Asphalt. »Schließlich braucht man eine angemessene Garderobe in *Südfrankreich!*«

Brittani und ihre Mutter klatschen sich ab und schwingen die Arme wie Cheerleader.

Rhonda hat ein paar Pfunde mehr auf den Rippen als vor zehn Jahren, als ich sie das letzte Mal gesehen habe. Und offenbar hat sie was machen lassen, denn ihre Mimik wirkt in ihrem aufgedunsenen Gesicht wie eingefroren. Aber ansonsten scheint sie sich kaum verändert zu haben. Die blond gesträhnten Haare auf dem Kopf aufgetürmt, etwas zu viel Farbe im Gesicht und die ausladende Oberweite in ein Top mit Leopardenmuster gezwängt.

Brittani habe ich genauso lange nicht gesehen, aber trotz der unterschiedlichen Väter sieht sie ihrer Schwester verblüffend ähnlich – blond und hübsch, beneidenswerte Wangenknochen, perfekt geschwungene Lippen und lange Beine. Doch während Summer immer aussieht, als käme sie gerade vom Brunch in der Upper East Side, trägt Brittani das perfekte Outfit für eine Collegeparty in Cancún. Auf ihrem engen, rosafarbenen T-Shirt steht in Glitzersteinen WAS IN VEGAS PASSIERT .... Dazu trägt sie kurze Jeans-Shorts, und ihr Haar hat vom Blondieren einen leichten Stich ins Orange. Das Stilgefühl hat sie eindeutig von ihrer Mutter geerbt.

»Mädelsausflug!«, ruft Brittani und stürzt sich auf uns.

Ich setze ein Lächeln auf. »Brittani, Rhonda! Wie schön, euch zu sehen!«

»Wie redest du denn? ›Wie schön, euch zu sehen‹? Mach dich mal locker, du kommst doch aus dem Süden«, sagt Brittani in gespieltem Südstaatenakzent und stupst mich mit der Hüfte an, sodass ich fast gegen einen Porsche stolpere.

Ich fange mich wieder und bemühe mich um einen freundlichen Tonfall. »Wow, du siehst toll aus. Ich glaube, du warst zwölf, als ich dich zum letzten Mal gesehen habe.«

»Tja, jetzt bin ich zweiundzwanzig. Whoooo!« Wieder dieses Cheerleader-Wedeln. »Willst du immer noch Schauspielerin werden?«

Ich unterdrücke einen Anflug von Ärger. Das war bestimmt nicht böse gemeint. »Ja, ich arbeite noch als Schauspielerin«, antworte ich und zwinge mich, erneut zu lächeln.

»Was hast du denn bisher so gespielt?«, fragt sie.

Die Frage musste ja kommen, und sie sollte mich eigentlich nicht besonders stören, aber ich habe keine gute Antwort darauf. Völlig ausgeschlossen, dass sie einen meiner Filme kennt, denn keiner davon hat besonders viel Aufmerksamkeit erhalten. Und meine Fernsehrollen waren so klein, dass sie mich wahrscheinlich gar nicht bemerkt hätte. Also erzähle ich von der einen Sache, auf die ich wirklich stolz bin und die sie vermutlich todlangweilig findet. Hoffentlich hält sie dann die Klappe. »Ich bin für einen Webby Award nominiert, für eine Webserie«, sage ich. »Sie heißt *Junk*, und es geht um …«

… na bitte. Sie lässt mich nicht mal ausreden und winkt ihre Freundin zu sich. »Hier, das ist Summers Sidekick!«

Ihre Freundin hat lange, dunkle Haare mit lilafarbenen Strähnchen und würde von der Kleidung her eher auf ein Rockkonzert passen als an die Riviera. Ein Minirock aus schwarzem Jeansstoff sitzt tief auf ihrer Hüfte und wird von einem schweren Nietengürtel an Ort und Stelle gehalten, der zu ihren schwarzen, ebenfalls nietenbesetzten Plateau-High-Heels passt. Ihre Arme und Beine sind mit Tattoos bedeckt, und unter ihrem hautengen, schwarzen Top trägt sie keinen BH, allerdings benötigen ihre üppigen Brüste auch keinen.

Aus der Nähe bestätigt sich, dass sie wirklich hübsch ist. Ihre Haut ist ebenmäßig gebräunt, und ihr fein geschnittenes Gesicht hat etwas Exotisches und Rebellisches an sich. Aber vor allem fallen mir ihre grellvioletten Kontaktlinsen ins Auge.

Merkwürdig. Ich wusste zwar, dass Brittani eine Freundin mitbringen durfte, »damit sie beschäftigt ist«, aber ich hätte nicht erwartet, dass Summer *diese* Freundin genehmigt. Ihr Image war Summer schon immer sehr wichtig, und seit sie mit John zusammen ist, achtet sie noch mehr darauf und pflegt akribisch die Fassade von Kultiviertheit, hinter der sie ihre bescheidene Herkunft verbirgt. Wendy und ich passen in ihr Schema: Wir sind ansehnlich und wohlerzogen genug, um sie nicht zu blamieren, aber nicht schön oder kultiviert genug, dass wir ihr den Rang ablaufen könnten.

Warum Claire eingeladen wurde, verstehe ich auch, obwohl Summer sie kaum kennt – sie ist umgänglich und brav und, obwohl sie hübsch ist, völlig ungefährlich. Wenn man eigentlich nur zwei Freundinnen hat, kann man an Claire ruhigen Gewissens einen von sechs Plätzen auf einer Jacht vergeben. Brittani und Rhonda gehören nun mal zur Familie und hätten es Summer garantiert nie verziehen, wenn sie nicht eingeladen worden wären (Summer hat mir übrigens schon verraten, dass sie sich mal ihre Garderobe vornehmen wird, sobald wir auf dem Boot sind). Aber dieses Mädchen … Das Styling wird Summer ihr vielleicht verzeihen. Aber ganz bestimmt nicht, wie sündhaft sexy sie ist.

Ich lächle und strecke ihr die Hand entgegen. »Ich bin Belle.«

Ihre Armreifen klimpern, als sie unsicher meine Hand ergreift. »Amythist.«

»Wie der Stein?«, wirft Wendy ein.

»Aber anders geschrieben«, stellt sie klar.

Ich frage mich, was wohl zuerst da war: der Name oder die Kontaktlinsen.

Rhonda zieht am Ausschnitt ihres Oberteils und pustet hinein. »Ziemlich heiß hier.«

Ich umarme sie und bleibe kurz kleben. »Ja, es ist furchtbar. Das sind Wendy und Claire.«

»Oh, Wendy, ich habe schon so viel von dir gehört!«, sagt Rhonda.

Wendy rückt ihren Hut zurecht und lacht. »Nur Gutes, hoffe ich.«

»Summer schwärmt immer richtig von euch, es ist so schön, euch endlich kennenzulernen.« Rhonda wendet sich an Claire. »Wie heißt du noch mal?«, fragt sie und legt Claire den Arm um die Schultern.

Als Claire gerade antworten will, schneidet Rhonda ihr das Wort ab. »Nein, warte, ich weiß schon ... Abby!« Claire schüttelt den Kopf. »Amy! Ashley! Amber!«

»Claire«, sagt Claire leise.

»Komisch, ich dachte, es wäre irgendwas mit A. Und woher kennst du –«

Wendy nimmt Rhondas Arm, als würden sie sich schon ewig kennen, und befreit dadurch Claire aus Rhondas Krallen. »Wir werden bestimmt viel Spaß haben!«

Kurz darauf gewährt man uns endlich Zutritt in das auf arktische Temperaturen heruntergekühlte, winzige Terminal, wo unsere Pässe mit der Passagierliste abgeglichen werden. Dann geht es durch eine große Glastür auf die glühend heiße Rollbahn. Die Crew des Jets nimmt uns freundlicherweise das Gepäck ab, doch eine stämmige Flugbegleiterin in einem khakifarbenen Kleid, die kaum älter sein kann als wir, informiert uns höflich, dass niemand das Flugzeug betreten darf, bis Mr Lyons eintrifft.

Also zurück zum Terminal. Doch bevor wir die vollklimatisierte Oase erreichen, fängt sie uns ab. »Entschuldigung, nur zu Ihrer Information: Mr Lyons wünscht, dass seine Gäste bereitstehen, damit wir starten können, sobald er eintrifft.«

»Okay, kein Problem. Wir sind jederzeit bereit.« Rhonda zeigt mit dem Daumen nach oben, und wir gehen weiter Richtung Terminal.

»Von wegen Mädelsausflug«, sagt Wendy seufzend.

Ich lache. »Er lässt sie doch kaum aus den Augen. Hast du wirklich geglaubt, er würde Summer allein mit seinem Jet an die Riviera fliegen lassen?«

Die Flugbegleiterin überholt uns und ruft aufgeregt: »Nein, nein, tut mir leid!« Der Schweiß glänzt auf ihrer Stirn. »Ich meinte, Sie sollten hier warten. Die beiden kommen jeden Moment.«

Wir bleiben wie angewurzelt stehen. »Sie meinen *hier?* In der Sonne?«, fragt Brittani ungläubig.

»Ja, das wäre das Beste«, erwidert die Flugbegleiterin und klingt jetzt ein wenig verzweifelt. »Bitte, hier entlang, Sie können sich hier in den Schatten stellen.«

Und so schmachten wir fast eine Stunde lang im Schatten der Flugzeugnase vor uns hin.

Als der weiße Bentley endlich vorfährt, habe ich einen wahnsinnigen Druck auf der Blase, und in meinem Bügel-BH steht der Schweiß. Summer steigt auf der Fahrerseite aus, als komme sie geradewegs aus einem Schwarz-Weiß-Film. Sie war schon immer meine glamouröseste Freundin, aber diesmal hat sie sich wirklich selbst übertroffen. Sie trägt ein beigefarbenes Wickelkleid, eine große, dunkle Sonnenbrille, ein Tuch von Chanel über dem geschmackvoll blondierten Haar, ein geradezu strahlendes Lächeln und ist sich offenbar überhaupt nicht bewusst, dass wir uns ihretwegen gerade eine Stunde lang die Beine in den Bauch gestanden haben.

Während sie unbeschwert zu uns herüberschaut, spüre ich Ärger in mir aufwallen. Noch ist es nicht zu spät. Ich könnte immer noch abspringen. Ich könnte sagen, dass es mir nicht gut geht, und wahrscheinlich würde ich sogar ein paar meiner Schichten in der Bar zurückbekommen. Nach dem, was Summer abgezogen hat, würde sie niemand, der noch bei Verstand ist, auf diesen Trip begleiten. Aber nein, ich muss das jetzt durchziehen, egal, was passiert ist. Ich zwinge mich, nicht auf die Uhr zu sehen, ersticke die Wut und schalte mein Lächeln ein.

Auf der Beifahrerseite steigt ein schmächtiger, drahtiger Mann in einem maßgeschneiderten Anzug aus. Summers Freund John ist keinen Tag älter als dreiundsechzig. Seine gerade noch sechsundzwanzigjährige Freundin übertrifft er somit in Jahren deutlich, allerdings nicht in Zentimetern. Immerhin, seine perfekt frisierten, silbergrauen Haare und die Absätze an seinen handgemachten italienischen Lederschuhen geben ihm bestimmt noch einmal fünf Zentimeter dazu, sodass sie fast gleich groß sind. Mir fällt auf, dass sie flache Schuhe von Chanel trägt, die zu ihrem Schal passen. High-Heels sind jetzt wohl tabu, damit er neben ihr nicht wie ein Zwerg aussieht.

»Schaut mal, was John mir zum Geburtstag geschenkt hat!«, ruft sie. Sie schiebt die Sonnenbrille hoch, und ihre grünen Augen strahlen im Sonnenlicht. »Los, kommt! Mein Name ist sogar in das Leder gestickt!«

Ihre Begeisterung ist ansteckend. Wir scharen uns um den maßlos teuren Schlitten und machen »Ah« und »Oh«, wie es sich gehört – schließlich ist es wirklich ein prachtvolles Geschoss –, während das Gepäck aus dem Kofferraum in das Flugzeug geladen wird.

Ich umarme Summer und bemühe mich um unsere frühere Vertrautheit. »Es ist wunderschön, genau wie du.«

»Ich bin so froh, dass du da bist.« Sie drückt meine Hand. »Schöne Sonnenbrille.«

»Danke!« Ich fummele an der großen, schwarzen Billigbrille herum. »Ich dachte mir, dass sie dir gefällt. Ich hab sie –«

»Heißt das, ich kann den Mercedes haben, Schätzchen?«, unterbricht Rhonda mich.

Summer lächelt, aber ihre Augen verraten ihre wahren Gedanken. »Mom«, sagt sie im mahnenden Tonfall und schüttelt leicht den Kopf.

»War doch nur ein Witz! Sagen Sie meiner Tochter, sie soll nicht so hart zu ihrer alten Mom sein«, richtet sie sich an John. Summers Blick ruht noch immer auf ihrer Mutter. Sie bereut eindeutig, sie eingeladen zu haben.

»Sie sind doch nicht alt, Rhonda.« John lächelt und sieht dabei aus wie die Grinsekatze aus *Alice im Wunderland*. »Und der Mercedes gehört Ihnen.«

Rhonda fällt die Kinnlade herunter, und sie sieht ihn über den Rand ihrer Sonnenbrille ungläubig an, unsicher, ob das ernst gemeint war. Doch John hat sich bereits dem Parkdienst zugewendet, der fragt, ob das Auto an dem üblichen Ort abgestellt werden soll.

Während der Bentley davonfährt, legt Wendy John die Hand auf den Arm. »Summer hat mit Ihnen echt das große Los gezogen. Vielen Dank für diese Reise. Wir freuen uns alle sehr darauf.«

Ich lächle noch etwas breiter. »Ja, vielen Dank.«

»Danke«, sagt auch Claire leise und schaut zu Boden.

Er nickt großzügig. »Ist mir ein Vergnügen. Schön, dass ihr alle dabei seid.«

Und damit geht er auf das Flugzeug zu und löst eine Welle von Geschäftigkeit aus, weil sich die Crewmitglieder jetzt zur Begrüßung aufstellen.

Ich habe John erst ein paar Mal getroffen. Er war immer sehr freundlich, vermutlich absichtlich, und hin und wieder blitzte auch dieser Charme auf, den man bei einem Mann erwartet, der es im Leben zu etwas gebracht hat. Unsere bisherigen Unterhaltungen waren nicht besonders tiefgründig, und ich hatte auch nichts anderes erwartet. Worüber spricht man mit einem Milliardär, der fast dein Großvater sein könnte? Ich bin mir nicht sicher, ob er es überhaupt bemerken würde, wenn ich mitten im Gespräch tot umfiele und eine andere junge Frau meinen Platz einnähme.

Als ich klein war, hatten wir einen Goldfisch mit hervorquellenden Augen. Er hieß Eddie, und hin und wieder starb er, und meine Eltern ersetzten ihn durch einen neuen Eddie. Das ging jahrelang gut, bis ich Eddie eines Tages selbst mit dem Bauch nach oben im Aquarium fand. Daraufhin gestanden meine Eltern mit Tränen in den Augen (Lachtränen, wie ich heute weiß), dass dies tatsächlich schon Eddie VI. war.

Wenn Summers Freunde für John lauter Eddies sind, wie sieht er dann Summer selbst? Ist sie genauso ersetzbar? Sie hat zugegeben, dass er schon öfter junge Geliebte hatte, und auch schon andere Gruppen junger, hübscher Dinger auf Luxusreisen mitgenommen hat (angeblich ist das gut fürs Geschäft). Aber sie scheint überzeugt, dass er keine von ihnen so geliebt hat wie sie. Und sie behauptet, sich Hals über Kopf in ihn verliebt zu haben. Hat ihn auch kein einziges Mal betrogen. Zumindest seit Eric.

Jede, wie sie mag, denke ich. Ich kann schließlich nicht behaupten, dass ich mich bisher nur mit Märchenprinzen abgegeben hätte.

Brittani schiebt Amythist zu Summer hinüber. »Das ist Amythist«, sagt sie. »Sie ist toll, du wirst sie mögen.«

Moment mal. Summer hätte Brittani doch niemals erlaubt, eine Freundin mitzubringen, die sie gar nicht kennt!

»Hallo.« Summer lässt sich nichts anmerken und streckt Amythist lächelnd die Hand entgegen, doch ich sehe genau, wie sie die Plateau-Stilettos, die violetten Kontaktlinsen und die schwarz umhüllten Rundungen mustert.

Amythist lächelt ebenfalls und nimmt Summers Hand. Kurz denke ich, sie wolle tatsächlich einen Knicks machen, aber sie steht nur auf einem großen Riss im Asphalt, der sie in den hohen Schuhen ein wenig aus dem Gleichgewicht bringt.

Summer sucht Brittanis Blick. Sie hat ein perfektes Pokerface, aber ich kenne sie zu gut. »Kann ich mal mit dir sprechen, Schwesterherz?«

Sie packt Brittani am Ellenbogen und führt sie hinüber zur Gangway, wo John gerade mit zwei Männern in Anzügen spricht. Er wendet sich von den Anzügen ab, legt beiden Frauen eine Hand auf die Schulter und hört aufmerksam zu. Summer redet leise auf ihn ein, und wir anderen tun so, als würden wir nicht versuchen, jedes Wort zu verstehen. Amythist fummelt an ihren Armreifen herum und schaut zu Boden. Kurz darauf ruft Brittani Amythist zu sich und stellt sie John vor. Er sagt etwas zu ihr, worauf sie in ihrer Tasche kramt. John winkt einen der Anzüge zu sich, Amythist überreicht ihm ihren Reisepass, und er springt die Stufen zum Flugzeug hinauf. Dann unterhält sie sich mit John und wickelt sich dabei eine lange lila Strähne um den Finger.

»Brittani sollte eigentlich eine andere Freundin mitbringen«, flüstert Rhonda unüberhörbar. »Aber die ist krank geworden.«

Wendy und ich tauschen amüsierte Blicke. »Wusste Summer denn, dass jemand anderes mitkommt?«, fragt Wendy.

Rhonda schmunzelt und sieht Brittani fast bewundernd an. »Madame Schlauberger hat nicht gefragt, weil sie wusste, dass Summer Nein sagen würde. Ich wusste auch nichts davon, bis wir Amythist abgeholt haben.«

»Mutig«, sage ich. Brittani scheint doch gar nicht so dumm zu sein.

Der Anzug ist wieder da und spricht mit John, der dann etwas zu den drei Frauen sagt, Amythist ihren Reisepass zurückgibt und die Stufen hinaufsteigt.

»Sie wurde wohl genehmigt«, raunt Wendy.

»Aber ich glaube, das hat John entschieden, nicht Summer«, antworte ich.

Summer kommt mit düsterem Blick auf uns zu, während Brittani und Amythist hinter ihr miteinander tuscheln.

»Alles in Ordnung?«, fragt Wendy.

Summer sieht ihre Mutter mit schmalen Augen an. »Warum hast du mir nicht Bescheid gesagt?«

»Ich wusste es doch selbst nicht«, erklärt Rhonda. »Du weißt doch, wie viele Freundinnen sie hat. Ich dachte, das wäre die, die du kennst.«

»Nein«, presst Summer hervor. »Aber John hat entschieden, dass sie mitkommen darf, also haben wir sie jetzt an der Backe. Vielen Dank auch.«

»Tut mir leid …« Rhonda will ihre Tochter umarmen, aber Summer macht auf dem Absatz kehrt und marschiert auf den Jet zu.

Eine ältere Flugbegleiterin mit kurzen, grauen Haaren geleitet uns zur Gangway – wo Wendy unbedingt noch ein paar Schnappschüsse machen muss –, und dann gehen wir endlich an Bord. Doch als ich oben ankomme und die Kabine betreten will, bleibe ich mit meiner Sandale an irgendetwas hängen. Wie bei Dominosteinen taumele ich zuerst gegen John, John gegen die junge Flugbegleiterin, und die Tasse Kaffee, die sie ihm gerade reichen wollte, landet natürlich auf meinem Kleid.

»O nein«, sage ich. »Verdammt. Tut mir echt leid.«

Großartig, das fängt ja toll an. Die Flugbegleiterin ist genauso erschüttert wie ich, schnappt sich eine Serviette und tupft auf Johns Anzug herum.

»Schon gut.« Er schiebt sie von sich. Sein Charme ist verflogen. »Kümmern Sie sich um die junge Frau. Sie tropft ja den ganzen Boden voll.«

Die Flugbegleiterin drückt mir die Serviette in die Hand, und ich wische mir über die Beine und tupfe mein Kleid ab. Immerhin habe ich jetzt einen Grund, in das viel bequemere Outfit zu schlüpfen, das sich in meinem Handgepäck befindet. Summer fragt John, was passiert ist, und entschuldigt sich für mich.

Wendy packt mich am Arm. »Alles okay?«

Ich nicke und folge ihr mit glühenden Wangen in die Kabine.

Die Inneneinrichtung ist Luxus pur in Beige- und Cremetönen. Nach dem Hochofen, in dem wir die vergangene Stunde gebraten haben, ist es hier außerdem angenehm kühl.

Meine Mutter hatte früher einen alten Kombi mit Sitzen im Kofferraum, und schon damals musste ich feststellen, dass mir furchtbar schlecht wird, wenn ich entgegen der Fahrtrichtung sitze. Also suche ich mir einen Sessel, der nach vorn zeigt, und lasse mich in das weiche Leder sinken. Gegen diese Ausstattung sieht wirklich jede erste Klasse wie Economy aus. Ich nehme einen Schluck kaltes Wasser aus der Flasche, die in meinem Getränkehalter bereitsteht.

Ja, daran könnte ich mich wirklich gewöhnen.

Gerade will ich mich nach den Toiletten umsehen, als mir die beiden Anzüge auffallen, die vorhin draußen mit John gesprochen haben. Einer sieht aus wie ein Mafioso, bullig und um die fünfzig, der andere wirkt ungefähr so alt wie John, hat eine Glatze und setzt Bauch an. »Vinny«, flüstert Wendy mir ins Ohr und deutet auf den Mafioso. »Und der mit der Glatze heißt Bernard.«

Ich wusste, dass John immer mit Bodyguards unterwegs ist, und die Glatze habe ich auch schon einmal flüchtig kennengelernt, aber Vinny ist neu. »Freunde von dir?«, frage ich grinsend.

»Das sind Johns Sicherheitsmänner. Ich habe sie letzte Woche bei dem Dinner kennengelernt.«

Bei dem Dinner, zu dem ich offenbar nicht eingeladen wurde. Das versetzt mir einen kleinen Stich, immerhin haben Summer und Wendy sich über mich kennengelernt. Aber eigentlich überrascht es mich auch nicht, nach dem, was passiert ist … Wir trauen uns ja nicht einmal, darüber zu sprechen, obwohl es eine tiefe Kluft in unsere Beziehung gerissen hat.

Vinny und Bernard beraten sich mit John, dann hebt Bernard seine Hand und bedeutet uns so, still zu sein. Wir gehorchen. Summer steht pflichtgemäß neben John. Ihr Lächeln sitzt wieder, und der kanariengelbe Klunker an ihrem Finger glitzert im Sonnenlicht, das durch die Fenster fällt, und wirft kleine Lichtflecke an die Wände. Ich habe keine Ahnung, wie viel ein Karat ist, aber das Ding muss viele haben. John räuspert sich und lächelt. »Ladys, ich danke euch, dass ihr uns auf Summers Geburtstagstrip begleitet. Wenn ihr bitte alle aufstehen würdet, die Crew wird euch jetzt eure Plätze zuweisen.«

Gehorsam erheben wir uns, und er fährt fort: »Jede von euch erhält eine Willkommenstüte, in der ihr eine Schlafmaske, Ohrenstöpsel und eine Schlaftablette findet. Nach dem Start wird der Nachtmodus eingeschaltet, und wir nehmen ein leichtes Abendessen zu uns. Dann werden Summer und ich uns in das Schlafabteil hinten im Flugzeug zurückziehen.«

Vielleicht bilde ich es mir ein, aber Summers Lächeln sieht ein wenig entschuldigend aus. Dann nimmt John ihre Hand und führt sie nach hinten, während die Crew jeder von uns einen Platz zuweist. Zwei glückliche Gewinner dürfen rückwärtsfliegen – Amythist und natürlich ich. Warum nur habe ich die Reisetabletten in meinen Koffer gepackt und nicht ins Handgepäck?

Sobald wir alle sitzen, winke ich die junge Flugbegleiterin zu mir. »Tut mir leid, aber mir wird schlecht, wenn ich so rum sitze. Kann ich vielleicht einen anderen Platz bekommen?«

»Ich darf leider keine anderen Plätze zuweisen«, sagt sie in entschuldigendem Ton. »Aber wenn eine Ihrer Freundinnen mit Ihnen tauschen möchte, ist das sicher kein Problem.«

Ich sehe zu Rhonda und Brittani auf, die uns gegenübersitzen. Sie haben natürlich zugehört. »Sorry, aber das ist mein Platz«, sagt Brittani.

»Und ich muss doch neben meinem Baby sitzen.« Rhonda tätschelt Brittanis Hand. »Wir haben uns so viel zu erzählen.«

Das hätte ich mir denken können. Ich stehe auf und gehe zu Wendy und Claire in der Reihe hinter uns. »Tut mir leid, Leute, aber mir wird total schlecht, wenn ich falsch herum sitze. Würde eine von euch mit mir tauschen?«

Sie sehen mich mitfühlend an, und ich fürchte schon, sie lassen mich auch abblitzen. Doch dann streckt Wendy die Hand aus und kratzt mir mit ihren aufgeklebten Nägeln über den Arm – eine blöde Angewohnheit, die wohl in ihrer Theorie begründet liegt, dass leichte Berührungen einnehmend wirken. »Nicht dass du den ganzen Jet vollkotzt«, stichelt sie. »Mir wird rückwärts auch ein bisschen duselig, aber du kannst Claires Platz haben. Oder, Claire?«

Claire zuckt mit den Schultern. »Klar.«

»Sicher?«, frage ich.

Sie lächelt und sucht ihre Sachen zusammen. »Natürlich, kein Problem.«

»O Mann, ich danke dir. Das ist wirklich nett. Tut mir echt leid, du hast was gut bei mir.«

»Mach ich doch gern. Außerdem fliege ich hier mit einem Privatjet. Mir doch egal, wo ich sitze.«

Gerade mache ich es mir in meinem Sessel neben Wendy bequem, da hastet die ältere Flugbegleiterin auf mich zu. »Entschuldigung, aber Sie müssen bitte Ihren zugewiesenen Platz einnehmen.«

»Ist schon in Ordnung«, erklärt Wendy. »Claire hat mit ihr getauscht.«

Die Frau lächelt gequält. »Ich weiß. Aber ich muss Sie trotzdem bitten, Ihren zugewiesenen Platz einzunehmen.«

Ich blinzle verständnislos. »Aber die andere Dame sagte doch …«

»Mr Lyons wünscht, dass alle Gäste für den Start ihre zugewiesenen Plätze einnehmen.« Sie deutet auf meinen Platz. »Bitte.«

Wow. Okay. Ich löse den Gurt und sammle erneut meine Habseligkeiten zusammen. Ich komme mir vor wie ein Kleinkind, das in einem schicken Restaurant die Erbsen auf den Boden geworfen hat und nun in die Ecke geschickt wird.

Als ich an der Flugbegleiterin vorbeigehe, formt sie mit den Lippen ein stummes *Sorry*, aber gerade kriege ich kein Lächeln zustande.

Ich lasse mich wieder in meinen Sessel neben Amythist sinken und frage mich noch einmal, warum ich überhaupt hier bin. Leicht benommen schnalle ich mich an und nehme vorsorglich schon mal die Kotztüte aus der Armlehne. Immerhin habe ich einen Fensterplatz. Rhonda und Brittani haben die Köpfe hinter einer Illustrierten versteckt und kichern über die Cellulitis von irgendeinem Reality-Star.

Amythist tätschelt meine Hand, und ihre violetten Augen sehen mich mitfühlend an. »Tut mir leid«, flüstert sie. »Das ist echt Mist.«

»Mir tut's auch leid …«, sage ich und wedele mit der Kotztüte.

»Ach, kein Ding. Ich halte immer Brittanis Haare, jeden Samstag. Manchmal auch Freitag. Und Donnerstag. Und … Na ja, jedenfalls habe ich da viel Übung.«

Sie spielt an einem ihrer vielen silbernen Ohrringe herum, und mein Blick fällt auf das Tattoo auf der Innenseite ihres Unterarms: TO THINE OWN SELF BE TRUE – sei dir selber treu.

»Polonius«, sage ich und lächle. Sie sieht mich verwirrt an, und ich deute auf das Tattoo. »Aus *Hamlet?*«

»Ach so, nein, aus dem Song von Reba, ›Fancy‹.«

Na klar. »Ach, stimmt. Der ist klasse. Bist du schon einmal mit einem Privatjet geflogen?«

Der kleine lila Stein in ihrem Nasenflügel glitzert in der Sonne, als sie den Kopf schüttelt.

Und dann startet das Flugzeug. Der Boden saust immer schneller unter uns dahin, und gleich darauf sind wir in der Luft. Mit schwitzigen Händen sehe ich aus dem Fenster.

Unter uns liegt Los Angeles in seiner ganzen Pracht, und die unzähligen Straßenquadrate werden immer kleiner. Es sieht so aus, als würde nur eine dünne Linie aus Sand die Stadt vor dem dunkelblauen Meer schützen. Endlose Häuserreihen erstrecken sich über das gesamte Becken und die grünen Hügel hinauf, die zur Spitze hin immer brauner werden.

»Von oben sieht es so aus, als hätten alle in L. A. einen Pool«, sage ich. »Aber bei manchen ist es wohl doch nur blaue Folie.«

»Ich wollte immer einen Pool«, sagt Amythist. »Aber ich kann gar nicht schwimmen.«

ZEHN JAHRE ZUVOR

GEORGIA

Ich lag auf einer Plastikliege in der heißen Sonne von Georgia und starrte durch meine zerkratzte Sonnenbrille in den milchig blauen Himmel. Nichts regte sich, und das rhythmische Zirpen der Zikaden wurde nur hin und wieder vom Glucksen des Poolfilters unterbrochen. Wasser schwappte gegen den Beckenrand und färbte den Beton kurz dunkel, bevor es verdunstete.

Wegen der drückenden Mittagshitze hatte ich den Pool gerade für mich allein. Wenn ich mir den Maschendrahtzaun wegdachte und das Schild, auf dem NEWBURY COMMUNITY POOL stand, konnte ich mir fast vorstellen, dass es mein eigener Pool wäre.

Nun, irgendwann mal.

Schweißperlen glitzerten zwischen meinen Brüsten, die in dem neuen, knappen Bikini steckten, den mein Vater nicht sehen durfte. Ich war gerade sechzehn geworden, und obwohl ich schon mit zwölf einen Kopf größer gewesen war als die meisten Jungs in meiner Klasse, hatte sich mein Körper mit der weiblichen Entwicklung Zeit gelassen. Diesen Sommer konnte ich mich endlich über richtige Rundungen freuen.

Ich setzte mich auf, nahm einen großen Schluck von meinem Himbeerslushy, der fast kein Eis mehr enthielt, und überlegte, wie heiß der Boden wohl war. *Füße verbrennen oder Flip-Flops anziehen?* Ich entschied, dass die eineinhalb Meter den Aufwand nicht wert waren, sprintete auf Zehenspitzen zum Pool und sprang hinein.

Das Sonnenlicht tanzte im türkisfarbenen Wasser, und ich tauchte ab, um auf dem Beckenboden einen Handstand zu machen. Plötzlich hörte ich gedämpft meinen Namen und schwamm zurück zum Beckenrand. Im grellen Sonnenlicht blickte ich auf knallrosa Zehennägel in glitzernden Flip-Flops.

»Du brauchst dringend eine Pediküre«, sagte Summer. »Und eine Maniküre.«

»Ich weiß.« Ich sah auf meine Fingernägel hinunter, unter denen immer noch Erde klebte, weil ich meiner Mutter morgens im Garten geholfen hatte. »Eigentlich wollte ich mir gestern die Nägel machen, aber mein Vater wollte Schach spielen.«

»Ihr seid solche Nerds. Echt süß.« Summer setzte sich auf eine Liege, nahm sich eine Zigarette und sah mit gerunzelter Stirn zu meinem Haus auf der anderen Straßenseite hinüber. »Deine Mutter ist nicht da, oder?«

»Arbeiten.«

Sie zündete die Zigarette an und zog daran. »Sie ist immer arbeiten.«

»Stimmt.«

Meine arme Mutter war als Krankenschwester in einem Krankenhaus tätig und hatte sich Doppelschichten aufgehalst, um Geld anzusparen. Das Studium würde nämlich doch etwas teurer sein, als meine Eltern erwartet hatten, und sie verdienten gerade eben so viel, dass ich für mein Studium *keine* finanzielle Unterstützung erhalten würde. Aber Bildung war ihnen sehr wichtig, und sie wollten ihren Kindern unbedingt einen höheren Abschluss ermöglichen, ohne dass wir uns dafür einen Schuldenberg aufladen mussten. In der Hoffnung auf ein Stipendium gab ich mir also in der Highschool besonders viel Mühe, und meine Eltern arbeiteten immerzu, damit ich auch ohne Stipendium ein Schauspielstudium an einer meiner Wunschuniversitäten machen könnte.

Summer atmete aus, und der Rauch blieb schwer in der Luft hängen. »Mann, ist das heiß hier.«

»Komm doch ins Wasser, es ist fast kühl.«

Sie schüttelte den Kopf. »Hab mir grade die Haare gemacht. Ich muss eh los, ich gehe mit Rhonda und Drei im Club Mittagessen. Willst du mitkommen? Wir könnten danach noch Tennis spielen.«

Rhonda hatte gerade zum dritten Mal geheiratet, unseren Nachbarn von nebenan, einen Anwalt. Schon mehr als einmal hatte mein Vater ihn als Unfallkrähe bezeichnet, der Krankenwagen hinterherjagte, um den Unfallopfern seine Visitenkarte zuzustecken, damit er einen Teil ihres Schmerzensgeldes kassieren konnte. Auch Summer benutzte nie seinen richtigen Namen, außer er stand direkt vor ihr.

»Ich kann nicht. Ich muss auf meine Schwester aufpassen, wenn sie nach Hause kommt.«

Summer klopfte die Asche von ihrer Zigarette. »Sie kann doch zu uns und bei meiner Schwester bleiben.«

»Ich hab versprochen, mit ihr ins Kino zu gehen.«

Unsere Schwestern waren beide elf, und meine Mutter wollte immer noch, dass ich auf Lauren aufpasste. Rhonda hingegen ließ Brittani nicht nur allein zu Hause, sondern auch Horrorfilme gucken. Meine Mutter hatte das natürlich herausgefunden, und so durfte Lauren Brittani nur besuchen, wenn ich auch dort war. Aber das musste Summer ja nicht wissen.

»Ich habe übrigens überlegt, mir später die Haare rosa zu färben«, sagte ich.

Summer rümpfte ihre perfekt geformte Nase. »Warum?«

»Weiß nicht. Wollte ich immer schon mal machen.« Ich stemmte mich aus dem Wasser und ließ mich auf die Liege neben Summer fallen.

»Schöner Bikini«, sagte sie. »Mann, ich wünschte, meine Brüste wären so groß wie deine. Wenn ich achtzehn bin, kaufe ich mir ein neues Paar.«

»Na ja, dafür sind die Mädels nicht exakt gleich groß«, gab ich zu. »Rechts ist ein bisschen langsamer als links.«

Sie starrte mir auf die Brust. »Sieht man überhaupt nicht.«

»Weil ich es ausgestopft habe, mit einem Kissen aus meinem Push-up.« Ich zog es aus dem rechten Körbchen hervor und hielt es ihr hin.

Summer lachte, und ihre leuchtend grünen Augen strahlten. Sie nahm noch einen Zug von der Zigarette und hielt sie dann mir hin. Ich rauchte nicht, aber manchmal zog ich an Summers Zigarette, weil man das eben so machte. »Geht nicht«, sagte ich. »Lauren petzt, wenn sie das riecht.«

Summer zuckte nur mit den Schultern. Dann drückte sie die Zigarette aus, spülte den Fleck mit Wasser aus dem Pool weg, schnipste den Stummel in die Büsche und warf noch eine Handvoll Erde darauf. »Oh, fast vergessen.« Sie holte ein Buch aus ihrer Handtasche und legte es auf die Liege. »Habe ich gestern Abend zu Ende gelesen. Ist echt gut.«

»Danke! Ist es das mit den Kindern, die ihren Freund ermorden?«

»Verrat ich nicht!«

Summer war ein echter Bücherwurm, genau wie ich. Die meisten Mädchen in unserer Klasse schafften nicht mal die Bücher für die Schule, aber ein richtig gutes Buch verschlangen Summer und ich in wenigen Tagen.

Sie winkte und zog das Tor hinter sich zu. »Wir sehen uns morgen in der Schule. Und lass die Finger von deinen Haaren! Jungs stehen nicht auf Rosa.«

Als ich am nächsten Morgen die Treppe hinunterstürzte, saß meine Mutter mit einer Tasse Kaffee in der Hand und der Zeitung vor sich an der Kücheninsel. Sie war noch im Morgenmantel und hatte ihre welligen, blonden Haare mit einem großen Haargummi zurückgebunden. Sie hätte eigentlich eher Summers Mutter sein können.

Selbst mit vierundvierzig und ohne Make-up sah sie immer noch super aus. Ich selbst habe natürlich die Gene meines Vaters geerbt.

Sie schaute auf und lächelte mich an. »Guten Morgen, Schatz.«

»Morgen. Hab gleich Französisch. Muss schnell los.«

Ihr Blick streifte mein zusammengewürfeltes Outfit und die ungekämmten Haare, aber sie konnte sich offenbar beherrschen. »Nimm wenigstens eine Banane mit. Ich habe heute Spätschicht, also sehen wir uns wohl nicht. Aber es sind noch Reste im Kühlschrank. Kriege ich einen Kuss?«

Sie hielt mir ihre Wange hin, und ich drückte einen Kuss darauf.

Bei offenen Fenstern und Snoop Dogg auf voller Lautstärke fuhr ich mit dem alten Kombi meiner Mutter auf den Parkplatz der Newbury Highschool, hastete durch die Glastüren und den breiten Flur entlang zu dem einzigen geöffneten Klassenzimmer. Seltsam, wie ruhig die Schule im Sommer war. Der neue Lehrer stand mit dem Rücken zur Klasse und schrieb französische Verben an die Tafel.

Schnell setzte ich mich auf einen leeren Platz vor Summer. »Du bist im Weg«, flüsterte sie und heftete ihren Blick an mir vorbei auf den Lehrer, der sich gerade umdrehte. O Mann. Er sah aus wie ein junger Johnny Depp, aber sportlich und ohne die komischen Haare und Klamotten. Angesichts so vieler Mädchen in der Klasse knisterte es merklich, als er uns in seinem Kurs begrüßte – auf Französisch. Aufpassen würde ich diesen Sommer also auf jeden Fall.

»Guten Morgen. Willkommen im Kurs Französisch Drei, in dem wir nur Französisch sprechen werden.«

Die Klasse stöhnte auf.

»Mein Name ist Mr Stokes, und ich werde mein Bestes geben, euch den Sommer trotz Summer-School nicht zu verderben.«

Eine Stunde später klingelte es, und ich packte meine Bücher ein. Als Hausaufgabe sollten wir uns den Film *Die fabelhafte Welt der Amélie* ansehen, total easy. »Wenn alle unsere Lehrer so heiß wären, würde ich bestimmt nur noch Einsen schreiben«, flüsterte ich Summer zu.

»Machst du doch eh schon«, gab sie zurück. »Kannst du mich mitnehmen? Es ist schon nach zwölf, also ist Rhonda wahrscheinlich schon betrunken.«

»Klar.«

Sie schlängelte sich durch die Pulte hindurch nach vorn, wo Mr Stokes gerade die Tafel wischte.

»Hey, Sie kommen mir irgendwie bekannt vor.« Summer sprach ihn so locker an, als wäre er nicht unser Lehrer. »Spielen Sie Tennis im River Run Club?«

Er drehte sich um und lächelte. »Ja. Aber ich glaube, ich kann es nicht mehr gut.«

»Ah, dann habe ich Sie da letztens gesehen. Da haben Sie sich aber ganz gut geschlagen. Ich bin Summer.«

»Summer Sanderson, richtig.« Sein Blick wanderte zu mir. »Und du bist … Moment, ich hab's gleich … Isabella Carter?«

Ich lächelte. »Isabelle. Schön, Sie kennenzulernen. Ihr Unterricht war toll.«

Ihr Unterricht war toll? Was redete ich da?

Summer hielt ihn mit ihren grünen Augen fest im Blick. »Nicht mehr?«

»Was?«, fragte er.

»Tennis. Sie sagten, Sie können es *nicht mehr* gut«, erklärte sie.

»Ach so. In der Highschool habe ich viel gespielt.«

»Und wann war das?«, fragte sie.

»Vor fünf, sechs Jahren.«

Sie lächelte. »Dann werde ich Sie wohl mal herausfordern müssen, wenn ich Sie im Club treffe. Mal sehen, was Sie noch so draufhaben.«

Er lachte, aber ich konnte genau sehen, wie es in seinem Kopf ratterte. Wie angemessen war es wohl, mit einer sechzehnjährigen Schülerin Tennis zu spielen, ganz gleich, wie blond ihre Haare und lang ihre Beine waren? Summer winkte ihm unbekümmert zu und tänzelte bereits zur Tür hinaus, also lief ich ihr schnell hinterher.

Erst als wir in meinem Auto saßen, brach ich in Gelächter aus.

»Was?«, fragte Summer unschuldig.

»Du hast voll mit dem geflirtet, als wäre er so alt wie wir!«

»Meinst du, er fand es gut?«

»Aber so was von! Du hättest sein Gesicht sehen sollen, als du davonstolziert bist. Unbezahlbar.«

»Bieg da ab.« Sie deutete auf ein Einkaufszentrum vor uns. »Wir lassen uns die Nägel machen. So können wir ja nicht herumlaufen.«

Der Rest der Woche verflog in einem Nebel aus Französischvokabeln und Nachmittagen am Pool, wo meine nassen, manikürten Fingernägel die Seiten des Buches umblätterten, das Summer mir geliehen hatte.

Am Freitag vor dem Unabhängigkeitstag am vierten Juli spielte ich mit Summer im River Run Club eine späte Partie Tennis. Es herrschte eine unglaubliche Hitze, und nach einer Stunde waren meine Sporthose und mein T-Shirt schon komplett durchgeschwitzt. Summer hingegen sah in ihrem weißen Tenniskleid immer noch taufrisch aus.

Ich schlug den Ball über das Netz. »Sag mal, schwitzt du eigentlich nicht?«

»Das macht der Stoff. Der trocknet irgendwie total schnell.« Sie schlug den Ball auf die andere Seite des Spielfelds, und ich erwischte ihn nicht mehr.

»Ich bin völlig fertig«, sagte ich. »Und ich muss zu Grannie zum Abendessen.«

»Die Klamotten habe ich hier im Club-Store gekauft«, sagte sie beiläufig, als wir unsere Schläger einpackten. »Mit der Kreditkarte von Drei.«

»Das ist aber nett von ihm.«

»Ach Quatsch, der weiß doch gar nichts davon. Er überprüft aber auch nie, was abgebucht wird. Wir könnten dir auch ein Outfit besorgen«, schlug sie vor.

»Nein danke.«

»Im Ernst, das merkt der nicht.«

»Nein, das finde ich nicht in Ordnung«, wehrte ich ab.

»Dann nicht.« Sie legte sich den Schläger über die Schulter. »Ist das Ryan?« Mit zusammengekniffenen Augen sah sie an mir vorbei.

»Wer ist Ryan?« Ich drehte mich um. »Sieht aus wie Mr Stokes.«

Mr Stokes und ein anderer gut aussehender Typ in seinem Alter standen ein paar Plätze weiter und machten eine Trinkpause. Summer war bereits auf dem Weg zu ihnen.

Schnell holte ich sie ein. »Du darfst unseren Lehrer also schon beim Vornamen nennen?«

»Tu so, als würdest du ihn nicht sehen«, flüsterte sie.

Als wir näher kamen, wandte sie sich demonstrativ ab und schaute mich an. Ich lachte nervös.

»Isabelle, Summer!«, rief er.

Summer tat überrascht, während ich erfolglos versuchte, mich natürlich zu verhalten. »Oh, hi«, antwortete sie fröhlich. »Ich wusste doch, dass ich dich hier schon einmal gesehen habe.«

Der süße Typ streckte mir die Hand entgegen. Er hatte breite Schultern, und sein hellbraunes Haar fiel ihm lässig in die Stirn. »Hi, ich bin Tyler.«

»Isabelle.« Ich nahm seine Hand, und er sah mir in die Augen und lächelte. Fand der mich etwa hübsch? Dann wurde mir plötzlich bewusst, dass er uns wahrscheinlich für Studentinnen hielt.

»Ich bin Summer«, sagte Summer.

»Ihr Mädels kennt Ryan aus einem Kurs?«, fragte Tyler.

»Sozusagen«, wich Summer der Frage aus. Sie nickte zum Spielfeld hinüber. »Ryan behauptet, er hätte nichts drauf. Wie steht's mit dir?«

»Vielleicht sollten wir mal ein Doppel spielen, dann kannst du es selbst herausfinden«, schlug Tyler vor.

»Klingt gut«, stimmte Summer zu. »Montag?«

»So um fünf?«, fragte Tyler.

»Gern – dann bis Montag!«

Summer hob die Hand zum Abschied und ging gelassen und mit schwingendem Röckchen davon. Ich folgte ihr die Stufen zum Clubhaus hinauf. »Willst du wirklich mit denen spielen?«, flüsterte ich, als die Tür hinter uns zugefallen war.

»Na klar.« Sie zuckte mit den Schultern und sah die Bikinis auf der Stange durch. »Und du auch.«

»Aber er ist unser Lehrer. Wenn die Schule das rausbekommt, kriegen wir bestimmt Ärger.«

»Es ist doch nur Tennis. Und sie sind gar nicht so viel älter als wir. Komm schon.« Sie klimperte mit den Wimpern. »Lass mich jetzt nicht im Stich. Das wird lustig.«

Ich musste lachen. Tyler war süß, und sie hatte ja recht. Sie waren wirklich nur ein paar Jahre älter. Und vielleicht würde es wirklich Spaß machen. »Ich denk drüber nach«, sagte ich.

Sie packte mich am Ellenbogen und nickte zur Kasse hinüber, wo eine kurvenreiche Blondine gerade eine schwarze American Express zückte, um ihren Rieseneinkauf zu bezahlen. Ein gigantischer Klunker funkelte an ihrem Ringfinger, als sie das Portemonnaie wieder in ihre Designertasche steckte. Dann sammelte sie ihre vielen Tüten ein, setzte eine dunkle Sonnenbrille auf und rauschte aus der Tür.

»Haley Youngblood«, flüsterte Summer. »Das war die neue Dior-Tasche, und hast du diese Sonnenbrille gesehen? Das ist die neue von Chanel, mit echten Diamanten.«

Wir beobachteten die Frau durch das Fenster. Sie startete gerade einen weißen Range Rover mit Händlerkennzeichen.

»Kein Wunder«, sagte ich. »Ihrem Vater gehört ja auch die halbe Stadt.«

»Ihrem Ehemann«, korrigierte Summer mich.

»Was, im Ernst? Iiih!«

Sie nickte. »Sie kommt aus irgendeinem Kaff, wo er eine Farm besitzt. Angeblich war sie seine Angestellte. Glück gehabt.«

Ich dachte an den ausladenden Körper ihres Ehemannes. »Wenn man das so nennen möchte.«

»Sie kann alles haben, wann immer sie will.«

»Außer Liebe«, sagte ich.

Summer legte den Kopf schief und dachte darüber nach. »Liebe ist nicht gleich Liebe, Belle. Und irgendwann wird jeder Pimmel mal alt.«

»Wortwörtlich«, gab ich zu.

Der besagte Montag war schwül und heiß. Als Summer und ich uns in dem roten Mitsubishi ihrer Mutter auf den Weg machten, ballten sich am Horizont bereits dunkle Gewitterwolken zusammen und verdeckten die Sonne. Ich sah in den Himmel und hoffte auf Donner. »Wir sollten absagen. Das wird ungemütlich.«

»Zu spät.« Summer bog ab und fuhr den Hügel hinauf, der vom Club wegführte.

»Wo fährst du hin?«

»Silver Creek.«

»Warum?«, fragte ich. »Ich dachte, wir treffen uns im River Run.«

Sie zuckte mit den Schultern. »Ryans Idee. Will wahrscheinlich nicht mit uns gesehen werden. Die beiden wohnen dort, und die Tennisplätze sind ganz gut.«

Mein Magen zog sich zusammen. »Ach so«, sagte ich.

Sie sah mich an, als ob sie meine Gedanken gelesen hätte. »Hab ich dir doch gestern gesagt, als ich dir die Klamotten vorbeigebracht habe. Du meintest, es sei in Ordnung, sonst hätte ich nicht zugesagt.«

Ich konnte mich nicht daran erinnern, aber ich hatte auch noch einen dreiseitigen Französischaufsatz schreiben müssen, also hatte ich es vielleicht nicht mitbekommen.

»Danke noch mal.« Ich strich über das makellos weiße Tenniskleid, das Summer bei unserem Spiel in der vergangenen Woche getragen hatte. Ich wollte mir von ihr kein Outfit kaufen lassen, also hatte sie sich selbst ein neues gekauft und mir dieses geschenkt. Kurz hatte ich mich gefragt, ob ihr mein üblicher Sportaufzug peinlich war. Aber meine Mutter hatte mir beigebracht, dass man einem geschenkten Gaul nicht ins Maul schaut, und außerdem war Summer meine Freundin, also schob ich den Gedanken beiseite.

»Wenn du doch nicht willst, fahre ich dich nach Hause«, bot sie an. »Ich möchte ja nicht, dass du dich unwohl fühlst.«

»Nein, schon in Ordnung.« Über uns grollte der Donner. »Macht bestimmt Spaß.«

Im Radio fing ein neues Stück an, unser derzeitiger Lieblingssong von Madonna, und Summer drehte die Lautstärke auf. »Das ist ein Zeichen: *You're frozen.*« Sie sang mit, und ich stimmte ein und versuchte, mich zu entspannen.

Gerade als wir in Silver Creek ankamen und aus dem Auto stiegen, fielen die ersten dicken Tropfen. Es waren nur ein paar hundert Meter vom Besucherparkplatz zu Ryans und Tylers Wohnung, und obwohl wir rannten, wurden wir nass bis auf die Knochen.

Es donnerte krachend, als Ryan die Tür öffnete. Schnell huschten wir hinein und tropften den ganzen Teppich voll.

»Tut mir leid«, sagte ich. In der klimatisierten Wohnung fing ich sofort an zu zittern.

»Tyler, Handtücher!«, rief Ryan über die Schulter.

Ich verschränkte die Arme vor der Brust, denn mein weißes Oberteil war vollkommen durchnässt und damit durchsichtig. Summer war gelassen wie immer und küsste Ryan auf die Wange, als wäre sie ständig bei ihrem Lehrer zu Gast.

Tyler brachte uns Handtücher, und sofort wusste ich wieder, warum ich mich auf dieses Treffen eingelassen hatte. Er lächelte mich verschmitzt an, warf mir ein großes Handtuch über die Schulter und drückte mich dabei kurz gegen seine muskulöse Brust. Er roch nach Drakkar Noir. Ich spürte seine starken Arme, und sein Dreitagebart kratzte über meine Stirn. Keiner der Jungs in meiner Klasse war so stark oder hatte solche Bartstoppeln.

»Also dann wohl kein Tennis heute«, sagte ich dämlich und sah zu ihm hoch.

»Wohl nicht.«

»Ich habe Pizza bestellt«, warf Ryan ein.

»Und wir haben Bier und Bourbon«, fügte Tyler hinzu.

»Perfekt«, sagte Summer. »Normalerweise trinke ich eher Scotch, aber zum Aufwärmen könnte ich einen Bourbon jetzt gut gebrauchen. Wer noch?«

Ich brauchte ihn vor allem zum Auflockern.

»Ich auf jeden Fall«, sagte Tyler, und wir folgten ihm durch das spartanisch eingerichtete Wohnzimmer in die Küche. Er nahm eine halb leere Flasche Bourbon vom Kühlschrank und schenkte großzügig in vier rote Plastikbecher ein.

»Wir sind nicht so für Geschirr.« Er zwinkerte. »Ex die Pfütze.«

Summer stürzte sofort den Inhalt ihres Bechers hinunter und erschauerte, als der Bourbon ihr durch die Kehle floss. Tyler sah beeindruckt aus, Ryan hingegen fast besorgt.

Tyler prostete mir zu, und wir tranken gleichzeitig. Der Alkohol traf mich wie ein Feuerball. Ich hatte noch nie Bourbon getrunken, und in diesem Moment wurde mir klar, dass ich ihn nicht mochte.

»Uäh!«, stieß ich aus. »Igitt.« Ich schnappte mir Tylers Bier und trank ein paar große Schlucke, um den Geschmack wegzuspülen.

Tyler lachte. »Du magst wohl keinen Bourbon?«

»Das war das Ekelhafteste, was ich je getrunken habe!«

»Aber ich wette, dir ist jetzt wärmer«, bemerkte Summer.

Und sie hatte recht. Ich hatte bestimmt 100 Milliliter Bourbon und ein halbes Bier auf nüchternen Magen getrunken, und mir war wirklich viel wärmer. So warm, dass ich gar nicht gemerkt hatte, dass mein Handtuch auf den Boden gefallen war.

»Wollt ihr eure Klamotten in den Trockner werfen?«, fragte Ryan. »Wir können euch Pullis geben, bis sie trocken sind.«

»Ihr *müsst* natürlich nichts anziehen«, warf Tyler mit einem überdeutlichen Zwinkern ein.

»Pulli klingt gut.« Summer wandte sich an Ryan. »Wo finde ich denn einen?«

Sie folgte ihm in sein Schlafzimmer, und ich hörte, wie die Tür hinter ihnen zufiel.

»Soll ich dir auch einen holen?«, fragte Tyler.

Ich hätte gern etwas Trockenes angezogen, aber mein Kleid hatte einen integrierten BH, und ich hatte mal wieder die rechte Seite ausgestopft. Ohne BH wollte ich auf gar keinen Fall in irgendeinem seiner Pullis herumlaufen, da sah man doch sofort, wie ungleich meine Brüste waren. »Nein, geht schon.« Ich hob das Handtuch auf und legte es mir wieder um die Schultern. »Der Stoff trocknet sehr schnell.«

»Okay.« Er machte ein neues Bier auf und reichte es mir. »Wir könnten in meinem Zimmer einen Film gucken oder …«

Er setzte sich auf das große, braune Sofa, und ich hockte mich neben ihn auf die Armlehne. »Müsste nicht gleich die Pizza kommen?«

»Na und?«

Er trank einen Schluck Bier. Ich starrte die eingerahmte Texasflagge an, die über der Couch hing. »Du kommst aus Texas?«

»Jep.«

»Cool.« Ich nahm ebenfalls einen Schluck Bier und versuchte, nicht das Gesicht zu verziehen. »Schmeckt gut.«

»Ja«, stimmte er mir zu. »Es ist zwar billig, aber ich mag es am liebsten, weil man ziemlich viel davon trinken kann. Es füllt nicht so.«

»Hm.« Ich nickte, starrte auf meine Dose Bier und wusste nicht, was ich sagen sollte. Worüber sprachen erwachsene Männer? Von Sport, Autos oder Jagdgewehren hatte ich nicht die geringste Ahnung. Also lächelte ich ihn nur nervös an.

»Du bist echt hübsch, wenn du lächelst«, sagte er.

Ich spürte, wie mein Gesicht heiß wurde. »Danke«, murmelte ich überrumpelt.

Seine erdig-braunen Augen musterten mich durchdringend. Mein Magen machte einen Salto. Er zog meinen Kopf zu sich heran und küsste mich. Sein kratziges Kinn war rau auf meiner Haut, und seine Zunge zwang meine Lippen auseinander und drängte sich in meinen Mund. Ich atmete den schweren Geruch seines Rasierwassers ein.

Im nächsten Moment zog er mich von der Armlehne zu sich herunter. Seine Arme umschlossen mich, seine Hände waren überall. Ich wollte es genießen, aber immer wieder stieß er mir die Zunge in den Mund, als ob er nach etwas suchte, und das fühlte sich nicht so gut an, wie ich erwartet hatte. Seine Zunge war groß, und er drückte sie so tief in meinen Mund, dass ich keine Luft mehr bekam. Ich musste meinen Kopf wegziehen, und dann vergrub er sein Gesicht zwischen meinen Brüsten. Er stieß einen kehligen Laut aus, packte mich an der Hüfte und setzte mich ruckartig auf seinen Schoß. »O Mann, ich könnte dich auffressen!« Er biss mir in den Arm.

Nicht fest, aber es tat trotzdem etwas weh, und ich wollte nicht gefressen werden. Ich wollte gestreichelt werden. Aber inzwischen war ich mir nicht mehr sicher, ob ich von *ihm* gestreichelt werden wollte. Ich hatte mir Sex irgendwie anders vorgestellt, aber vielleicht hatte ich auch einfach keine Ahnung. Ich hatte ja nur erst ein bisschen mit Jungs aus der Schule rumgefummelt, die genauso wenig Erfahrung hatten wie ich. Schon wieder die Zunge. Ich gab mir wirklich Mühe, Spaß daran zu haben, aber ich hatte nicht das Gefühl, dass er überhaupt an mir interessiert war. Er wollte nur meinen Körper.

Er hob nicht einmal den Blick von meinen Brüsten, als er mich mit dem Rücken auf die Couch drückte und sich auf mich warf. Leidenschaft löste das nicht gerade in mir aus, ich hatte einfach nur Angst, zerquetscht zu werden. Eine Hand griff mir an die Brust, die andere zerrte an dem Body unter meinem Rock.

»Hör zu …« Ich versuchte, ihn von mir wegzuschieben, konnte mich aber kaum rühren. Ich war in der Sofaecke eingezwängt, und auf mir lagen 90 Kilo. »Hey!«

Seine Hände grapschten jetzt an meiner Hüfte herum und versuchten, mir das Unterteil auszuziehen, doch zum Glück war das ein Einteiler. Aber er griff mir einfach in den Schritt und zog ihn zur Seite, während er sich mit der anderen Hand die eigene Sporthose hinunterzog.

»Hey!«, brachte ich erneut hervor. »Warte mal. Nicht so schnell.« Ich wollte ihn nicht verärgern, aber langsam bekam ich etwas Panik.

»Oh, Baby …« Mit einer Hand drückte er meine Schulter nach unten, mit der anderen packte er seinen Schwanz. »Du bist unglaublich heiß.«

Der pralle Torpedo schoss auf meinen Mund zu, und ich duckte mich weg und versuchte, mich zwischen seinen Beinen hindurchzuwinden, aber er war einfach zu schwer. »Komm, Baby, du willst es doch auch«, stöhnte er und fingerte mir zwischen den Beinen herum.

Ich steckte fest. Ich bekam keine Luft. Ich wollte das nicht.

»Warte!« Ich krümmte mich unter ihm, wollte ihn abermals wegschieben. »Nein!«

Aber er hörte nicht auf mich. »Du bist so sexy«, ächzte er und zwängte mir seinen Schwanz zwischen die Beine.

»Nein!«, rief ich, und Tränen stiegen mir in die Augen. »Bitte.« Ich spürte seinen Schwanz an meinem inneren Oberschenkel. Mit aller Kraft, die ich aufbringen konnte, schob ich ihn so weit wie möglich von mir fort. »Ich bin noch Jungfrau! Ich bin erst sechzehn, bitte!«

Abrupt hielt er inne, und sein Schwanz fiel schlaff über seinen Hosenbund. »Was hast du gesagt?«

»Es tut mir leid«, krächzte ich mit einem dicken Kloß im Hals und stützte mich auf die Ellenbogen. »Ich will keinen Sex haben. Ich bin noch Jungfrau.«

»Nein, das andere«, blaffte er. Seine Augen verdüsterten sich.

»Ich bin erst sechzehn«, wiederholte ich kleinlaut.

Er sah mich finster an. »Du hast gesagt, du wärst achtzehn.«

»Hab ich nicht.«

Meine Antwort schien ihn nur noch wütender zu machen.

»Warum bist du dann hier?« Er griff nach einem Kissen und knallte es mir so hart gegen die Brust, dass mein Kopf auf die Armlehne schlug. »Scheiße!«

Er stürmte in die Küche, und ich rappelte mich schnell auf. Gerade kamen Summer und Ryan aus seinem Schlafzimmer. Sie sahen ziemlich zerzaust aus. Summer trug nur ein T-Shirt von ihm, Ryan nur Boxershorts. »Was ist hier los?«, wollte Ryan wissen.

Tyler trat aus der Küche, die Faust um die Flasche Bourbon geballt. »Sie ist erst sechzehn.« Er zeigte auf mich. »Wusstest du das?«

»Beruhige dich«, sagte Ryan.

»Minderjährig!« Tyler drückte Ryan mit dem Unterarm gegen die Wand. »Was zur Hölle …!«

Summer ging in großem Bogen um die beiden herum und legte die Arme um mich. »Alles okay?«, flüsterte sie.

Ich wischte mir mit dem Handrücken über die Wangen. »Ich will einfach nur nach Hause.«

»Komm mit, ich ziehe mich eben an.«

Sie zog mich in Ryans chaotisches Zimmer, wo sie wieder in ihr Tennis-Outfit schlüpfte. Die Jungs waren jetzt in der Küche und schrien sich an, also schnappten wir unsere Handtaschen und schlüpften aus der Tür, ohne uns zu verabschieden.

Keine von uns sagte etwas, bis wir sicher im Auto saßen und die Tore von Silver Creek hinter uns gelassen hatten. Als wir auf die Straße bogen, die nach Hause führte, fragte Summer leise: »Was ist passiert?«

Ich konnte meine Worte nicht in eine sinnvolle Reihenfolge bringen und ließ sie einfach hervorsprudeln, während mir wieder Tränen über die Wangen rannen. »Tut mir leid, dass ich dir den Abend verdorben habe«, endete ich schließlich.

»Red doch keinen Blödsinn, Belle! Was für ein Arschloch! Ich bin nur froh, dass er nicht noch weiter gemacht hat.«

»Danke für deine Hilfe.«

»Ich bin immer für dich da«, versprach sie mir.

»Bitte erzähl es niemandem.«

»Natürlich nicht«, antwortete sie. »Bist du wirklich noch Jungfrau?«, fragte sie dann.

»Ja«, gab ich zu. »Du weißt doch alles über mich. Von meinem ersten Mal hätte ich dir sofort erzählt.« Sie lachte, und ich sagte verblüfft: »Moment mal. Und du?«

Sie sah mich aus dem Augenwinkel an und grinste. »Nicht mehr.«

Zum Glück hatten wir um den vierten Juli herum frei, also mussten wir Ryan die ganze Woche lang nicht sehen. Ich fuhr mit meiner Familie für ein paar Tage zum Haus am See, das meinem Onkel gehörte, und Summer kam mit. Sie sagte, sie könne die Streitereien zwischen Rhonda und Drei nicht mehr ertragen, aber ich wusste, dass sie sich vor allem Sorgen um mich machte. Ich bekam es einfach nicht aus dem Kopf und fragte mich immer wieder, ob ich Tyler irgendwie doch zu seinem Verhalten provoziert hatte.

»Es war nicht deine Schuld«, sagte Summer immer wieder, wenn ich auf meiner Lippe herumkaute und die Stirn runzelte. »So sind Typen halt.« Na, sie musste es ja wissen.

Als wir wieder nach Hause kamen, war ein Umzugsanhänger an Rhondas roten Mitsubishi gekuppelt. Summer seufzte. »Dann ziehen wir wohl mal wieder um. Danke für die Vorwarnung, Rhonda.«

Unter vielen Tränen verabschiedeten wir uns ein paar Tage später voneinander und schworen uns, in Kontakt zu bleiben. Irgendwie komisch – Summer war erst vor zwei Jahren in mein Leben getreten, aber es fühlte sich so an, als würde ich sie schon ewig kennen. Sie beteuerte, sie würde mich vermissen, und ich musste ihr versprechen, sie in Arizona zu besuchen, obwohl wir beide wussten, dass daraus nie etwas werden würde. Wenigstens gab es Skype, und wir konnten uns Nachrichten schreiben. Als sie mir zum Abschied winkte, fühlte ich mich leer und orientierungslos, wie ein Ballon, der taumelnd in den Himmel steigt.

Am Montag im Französischkurs war Summer jedoch nicht die Einzige, die fehlte. Zu meiner Erleichterung stand unsere normale Französischlehrerin Mrs Pierce an der Tafel. Wir brachten nichts Näheres aus ihr heraus, aber sie bestätigte, dass Mr Stokes nicht zurückkehren würde.

Als ich Summer am Telefon davon erzählte, versicherte sie mir, dass niemand wissen konnte, was passiert war. Vielleicht stimmte das ja sogar. Auf jeden Fall fühlte ich mich so leicht wie schon seit Monaten nicht. An diesem Abend färbte ich mir die Haare rosa.

TAG 2

SONNTAGMORGEN – GENUA, ITALIEN

Eine Hand rüttelt mich sanft an der Schulter, und die Stimme der Flugbegleiterin sagt: »Zeit zum Aufstehen. Wir landen in einer Stunde.«

Es duftet nach frischem Kaffee. Ich wache nur schwer auf. Es fühlt sich an, als müsste ich mich aus den Tiefen eines Ozeans hinaufkämpfen. Mein Arm hat sich in der Decke verheddert, und ich muss ihn erst befreien, um auf die Uhr sehen zu können. Immerhin, die drei Mal, die ich mich übergeben musste, habe ich es immer ins Bad geschafft, aber leider habe ich dabei auch meine Schlaftablette im Klo runtergespült. Mindestens fünf quälende Stunden habe ich an die Decke gestarrt, während die anderen selig schlummerten. Ich habe höchstens drei Stunden geschlafen. Das kann ja heiter werden.

Einmal tief durchatmen, und dann vergiss einfach diese unfassbare Aktion mit der übelkeiterregenden Sitzordnung. Ich nehme mir fest vor, den ach so perfekten Auftakt dieses »Traum-Trips« zu vergessen und die nächsten sieben Tage brav meine Rolle in Summers Spektakel zu spielen.

Ich schiebe meine Schlafmaske hoch und werde direkt von Amythists lila glitzernden Zehennägeln begrüßt. Wenigstens frisch von der Pediküre. Instinktiv ziehe ich die Knie an die Brust, denn wenn ihre Füße auf meinem Kissen liegen, habe ich vermutlich auch meine auf ihrem geparkt. Offenbar ist sie gerade zu demselben Schluss gekommen, denn auch sie zieht ihre Füße weg, und unsere Knie krachen gegeneinander.

»Au!« Mühsam richten wir uns auf. Unsere Blicke treffen sich, und wir müssen lachen. »'tschuldigung«, sagen wir gleichzeitig.

»Wie geht's dir?«, fragt sie.

»Ich glaube, ich habe nur drei Stunden geschlafen. Aber mir ist nicht mehr schlecht, das ist schon mal gut.«

Alle Sitze wurden zu Betten umgebaut, die wir uns jeweils zu zweit teilen müssen. Brittani und Rhonda dösen noch immer hinter uns, und auf der anderen Seite des Ganges wachen Wendy und Claire gerade auf.

Wendy schiebt ihre Schlafmaske hoch und streckt sich. Sie sieht vollkommen ausgeruht aus. »Mann, so gut habe ich lange nicht geschlafen! Und ihr?«

»Ganz okay.« Ich zwinge mich zu einem Lächeln.

»Ich könnte noch acht Stunden weiterschlafen.« Claire gähnt und lässt sich zurück in die Kissen fallen.

Wendy ist fit wie immer, klatscht in die Hände und zieht Claire wieder hoch. »Auf gar keinen Fall«, zwitschert sie. »Wir müssen am Flughafen unbedingt Bilder machen. Gerade bei dem schönen Wetter. Wir sollten uns also frisch machen, bevor wir landen.«

Wendy löst das marineblaue Seidentuch, dass sie sich zum Schlafen um die Haare gewickelt hatte. Ihr Make-up ist überhaupt nicht verschmiert, und sie hat auch keine Kissenabdrücke auf dem Gesicht. »Was willst du denn da noch frischer machen?«, murre ich. »Wie schaffst du das? Bist du ein verdammtes Einhorn?«

»Das liegt an dem Kissenbezug«, sagt sie, zieht den Satinbezug ab und faltet ihn feinsäuberlich zusammen. »Der hinterlässt keine Abdrücke auf der Haut und bringt auch nicht die Haare durcheinander.« Sie steckt den Bezug in ihre Tasche, hüpft aus dem Bett und besprüht ihre Haare aus einer kleinen Flasche mit Leave-in-Conditioner.

»Wie halte ich es nur mit dir aus?«, stöhnt Claire und rollt sich im Bett zusammen.

Die jüngere Flugbegleiterin kommt den Gang entlang, ein Tablett mit frischem Kaffee in der Hand. Sie stellt es auf den Tisch neben der Trennwand, die uns Normalsterbliche von der High Society trennt. »Wenn Sie sich bitte alle an den Tisch setzen würden? Wir bereiten das Flugzeug für die Landung vor.«

Wir tun, was sie sagt, und ich sichere mir schnell einen Platz, der nach vorn zeigt, neben Wendy. Die Flugbegleiterin teilt Einreiseformulare aus, die wir ausfüllen sollen. Zusätzlich bekommt jede ein Dokument, auf dem oben groß der Schriftzug LIONSHARE HOLDINGS prangt. Ich überfliege das Dokument. Es ist eine Verschwiegenheitsvereinbarung.

»Was bedeutet das?«, frage ich.

»Eine Vereinbarung über Vertraulichkeit. Das ist so üblich. Ich brauche sie unterschrieben zurück, bevor Sie von Bord gehen«, erklärt die Flugbegleiterin.

Ich sehe wieder auf das Dokument hinunter, und in meinem Kopf gehen die Alarmglocken los.

»Entschuldigung.« Wendy klingt etwas panisch. »Hier steht: ›Keine Fotos‹. Heißt das, wir dürfen überhaupt keine Bilder machen?«

Die Flugbegleiterin erstarrt wie ein Reh im Scheinwerferlicht. »Äh, ich …«

Jemand kommt ihr zu Hilfe. »Keine Fotos von John und seinen Geschäftspartnern.« Überrascht sehe ich auf. Ich hatte Mafioso Vinny gar nicht bemerkt, aber er stand wohl die ganze Zeit unauffällig hinter uns. »Bilder, die ihr auf dem Boot oder im Flugzeug macht, müssen von einem von uns genehmigt werden, bevor ihr sie öffentlich postet.«

Wir nicken etwas beklommen.

Dann setzt Wendy entschieden ihren Namen unter das Dokument und gibt es zurück, und die anderen tun es ihr gleich. Ich fühle mich überhaupt nicht wohl dabei, aber ich will auch nicht zu viele Wellen schlagen, bevor der Trip überhaupt richtig losgeht. Also unterschreibe auch ich und gebe die Adresse und Telefonnummer meiner Eltern als Kontakt für Notfälle an.

Während Wendy ihre Grundierung auffrischt, wirft sie mir über die Puderdose einen Blick zu. »Hast du wirklich genug geschlafen? Du siehst irgendwie nicht so fit aus.«

»Ich habe meine Schlaftablette ausgekotzt«, gebe ich zu. »Deshalb bin ich erst spät eingeschlafen.«

Sie schiebt mir ihre Kosmetiktasche rüber. »In der kleinen, grünen Tube ist was gegen geschwollene Augen.«

»Danke.« Ich drücke einen Tropfen von der Creme aus der Tube und verstreiche ihn auf der Haut unter meinen Augen.

»Kannst du behalten«, sagt Wendy. »Ich brauche die eigentlich nie.«

»Muss schön sein«, sagt Summer.

Wir sehen alle auf. Summer steht frisch geduscht hinter uns in der offenen Tür zwischen ihrem und unserem Abteil.

»Soll ich dir mal sagen, was schön sein muss?«, bemerkt Wendy in gespielt empörtem Ton. »Zu duschen.«

»Könnt ihr machen, sobald wir auf dem Boot sind.« Summer quetscht sich neben Wendy und mich. »Gibt es Kaffee für mich?«

Brittani schiebt ihr einen Becher zu, und Summer nippt daran. »Hmmm.« Verschwörerisch lehnt sie sich noch näher zu mir und Wendy und flüstert: »Ich musste zweimal mit John schlafen, bevor endlich Ruhe war. Er hat aus Versehen eine Viagra genommen statt der Schlaftablette.«

»Aus Versehen?«, frage ich ungläubig.

»Nein, ehrlich«, erwidert Summer. »Ohne seine Brille ist er blind wie ein Maulwurf.«

»Vielleicht sollte ich Wes auch mal eine Viagra unterjubeln«, wirft Wendy ein.

»Habt ihr immer noch keinen Sex?«, frage ich.

»Er hat so viel Stress bei der Arbeit und nie Lust. Aber er hat mir diese Schuhe für den Trip gekauft. Er meinte, ohne Louboutin-Wedges könne er mich nicht nach Europa fahren lassen. Wie süß ist das bitte?«

Sie hebt ihren Fuß und zeigt uns ihre sandfarbenen Wedges mit der unverkennbaren roten Sohle.

»Oh, die habe ich in Weiß. Und in Schwarz. Und ich glaube auch in Blau, aber diese Farbe habe ich noch nicht. Die muss ich mir auch noch holen«, schwärmt Summer.

Ihre Garderobe scheint sich im letzten Jahr ziemlich vergrößert zu haben, denn damals hat sie sich noch aus meinem spärlich bestückten Kleiderschrank bedient. Aber sie hat natürlich auch hart dafür gearbeitet. Ich schlucke meine Bitterkeit herunter. »Wie schön für mich, dass wir dieselbe Größe haben.« Ich zwinkere.

»Ich kann sie natürlich nicht tragen, wenn ich mit John unterwegs bin«, flüstert sie. »Er hasst es, wenn ich größer bin als er.« Sie mustert Wendy. »Ich denke, du kannst ruhig Heels tragen, du bist ja so klein. Aber du nicht«, warnt sie mich. »Wenn du keine flachen Schuhe dabeihast, leihe ich dir welche.«

»Ich habe flache dabei. Und eine Woche ohne Absätze klingt traumhaft.«

»Super.« Summer tätschelt mir das Knie. Ihr Blick landet auf meinem Handgelenk. »Was ist das für eine?« Sie deutet auf meine leuchtende Smartwatch.

Sie kann den Hals echt nicht vollkriegen.

»Irgendeine deutsche Marke.« Ich fummele an dem goldenen Armband herum. »Ich fand, sie sieht cooler aus als die normalen Modelle.«

»Und sie ist rund«, sagt sie. »Lass mich mal anprobieren.«

»Sie synchronisiert sich mit meinem Körper und sagt mir, wann ich meine Tage kriege und so. Deshalb soll eigentlich niemand anderes sie tragen«, erwidere ich zögerlich.

»Verrückt«, sagt sie. »Was kann sie sonst noch?«

»Sie überwacht meinen Schlaf. Mehr weiß ich noch nicht. Hab sie noch nicht so lange.«

»Du musst mir mal die Marke sagen. Ich will auch so eine.«

»Deine ist viel schöner.« Ich zeige auf ihre Rolex. »Und dieser Ring ist der Wahnsinn.«

»Danke.« Sie bewundert den gelben Stein, der im Licht glitzert. »Das ist ein gelber Diamant. Der ist ungefähr zwei Millionen wert. Kaum zu glauben, was?«

Zwei Millionen Dollar für einen Ring? *Mamma mia!* Mir würde einiges einfallen, wo zwei Millionen Dollar besser aufgehoben wären als an Summers Finger.

Ich habe exakt 749 $ auf meinem Konto. Achthundert liegen bar in meinem Gefrierschrank, aber die sind für die Miete, die einen Tag nach unserer Rückkehr fällig ist. Ich besitze nicht einmal eine Kreditkarte und bin gerade erst meinen Schuldenberg von zehntausend Dollar losgeworden, die ich mir geliehen hatte, weil ich ein Auto brauchte und die Kaution für meine Wohnung hinterlegen musste.

Wendy starrt verzückt auf den riesigen Klunker. »Er ist wunderschön.« Ihr Magen knurrt. »Oh, tut mir leid. Ich hab Riesenhunger!«

»Ich auch«, sage ich.

»Oh, habt ihr denn kein Gebäck bekommen?«, fragt Summer.

»Nein«, meldet sich Brittani. »Warum? Ihr etwa? Ich verhungere gleich.«

»Wir hatten einen ganzen Korb voll«, sagt Summer. »Aber wir haben alles aufgegessen. Ihr solltet eigentlich auch was bekommen.« Sie winkt die jüngere Flugbegleiterin heran. »Haben wir noch mehr Gebäck?«

Die junge Frau schüttelt den Kopf. »Tut mir leid.«

»Aber es sollte doch auch einen Korb für meine Freundinnen geben.« Summer legt den Kopf schief.

»Schon, aber das war der Nachschub, den ich Ihnen gebracht habe«, sagt sie.

»Ihr habt alles aufgegessen? Du bist so verfressen!«, ruft Brittani.

»Es müsste eigentlich noch mehr da sein«, beharrt Summer und ignoriert Brittani.

Die Flugbegleiterin nickt. »Ja, Ma'am. Haben Sie sonst noch einen Wunsch?«

»Einen doppelten Caffè Latte mit Kokosmilch und Agavensirup.«

»Was? So was gibt's hier oben auch?«, fragt Brittani. »Für mich auch einen.«

Die grauhaarige Flugbegleiterin kommt herüber, nachdem sie die Betten wieder zu Sitzen umgebaut hat. »Bitte nehmen Sie zum Landen wieder Ihre Plätze ein.«

»Nur den einen Kaffee noch, bitte«, sagt Summer und verdreht die Augen. »Brittani kann bei mir mittrinken.«

»Danke, Schwesterchen.« Brittanis Stimme trieft nur so vor Sarkasmus.

»Brittani!«, tadelt Rhonda sie. »Na hör mal! Deine Schwester hat dich immerhin eingeladen.«

»Sie weiß doch, dass ich das nicht ernst meine. Chill mal!«

Bevor ich zu meinem Sitz zurückkehren kann, packt Summer mich am Ellenbogen. »Bleib bei mir.« Sie zieht mich wieder nach unten.

Ich setze mich und schließe den Gurt. Habe ich mir etwa jetzt schon Ärger eingehandelt? Aber vielleicht will sie ja auch einfach nur nett sein.

Summer beobachtet die Flugbegleiterinnen, die sich vorn im Flugzeug unterhalten. »Die hübschen bin ich losgeworden«, flüstert sie mir zu.

Wenn sie es nicht gesagt hätte, wäre es mir nicht aufgefallen, aber tatsächlich sehen die beiden Frauen recht unauffällig aus, und ihre funktionalen Uniformen unterstreichen diesen Eindruck noch. Aber ich kann Summer verstehen. Immerhin hat John sie selbst in einem Jet abgegriffen.

Als ich nicht sofort antworte, fährt sie fort: »Tut mir leid, John ist manchmal etwas kontrollsüchtig. Aber er wird kaum da sein. Er muss fast die ganze Zeit arbeiten.«

»Schon in Ordnung.«

»Es wird genau wie früher, nur dass ich jetzt eine Jacht habe.« Sie grinst mich an, und einen Moment lang ist da wieder meine alte Freundin, das Mädchen, dem ich all meine Geheimnisse anvertraute, *vor* den Diamanten und den Lügen. »Oh, sieh mal!« Sie deutet aus dem Fenster auf einen schmalen Streifen Asphalt auf einem Berg direkt am Meer.

»Da landen wir?«, frage ich erschrocken.

Summer lacht. »Keine Sorge. Das ist wie immer.«

Es ist Mittag, als wir auf dem kleinen Privatflughafen an der ligurischen Küste landen. Wir treten aus dem Flugzeug, und ein heißer Windstoß empfängt uns unter der erbarmungslosen Mittelmeersonne. Zu unseren Füßen liegt das Meer. Ich bleibe stehen, um die Aussicht zu genießen, bis Brittani mich anstößt, die ihren Blick ebenfalls nicht davon losreißen kann.

»Wahnsinn!«, ruft sie. »Krass, wie schön es hier ist!«

Meine Ohren klingen, und ich haste die Stufen hinab auf die Rollbahn und suche dabei in meiner Tasche nach meinem Reisepass. Summer bleibt neben mir stehen und wühlt in ihrer riesigen Louis-Vuitton-Tasche.

»Schöne Tasche«, sage ich und hoffe, dass wir uns die Vertrautheit von eben noch ein wenig erhalten können.

»Ich habe sie gekauft, weil sie zu meinen Koffern passt, aber sie ist viel zu groß – ich finde nichts wieder. Du kannst sie haben, wenn wir zurück sind.«

Wir betreten ein kleines Gebäude mit großen Fensterfronten und überreichen unsere Reisepässe dem einsamen, italienischen Zollbeamten, der sofort losstempelt und uns die Pässe zurückgibt. Amythist sieht ihren Stempel mit großen Augen an.

»Ist das dein erster?«, frage ich.

»Ich habe die Staaten noch nie verlassen, seit ich von den Philippinen kam. Da war ich sechs«, gibt sie zu.

»Du wurdest auf den Philippinen geboren?«, frage ich. Sie nickt. »Ich war noch nie da, aber es soll dort ja total schön sein.«

»Ha! Erzähl das mal meiner Mutter. Sie hat alles aufgegeben, um abzuhauen.«

Ich will ihr noch mehr Fragen stellen, aber mittlerweile sind wir bei den anderen angekommen, die in der luftigen Lobby auf das Gepäck warten. Summer blättert ihren Reisepass durch. »Fast voll.« Sie zeigt uns ihre Stempel. »Wir sind so viel rumgekommen! Bald brauche ich einen neuen.«

Ich zeige auf einen Bahamas-Stempel. »Daran erinnere ich mich«, sage ich mit einem verschwörerischen Lächeln.

»Da war ich mit Mom im Atlantis-Resort«, sagt sie leichthin.

Ich lache. »Nein. Da hab ich doch mal einen Film gedreht. Du und Wendy habt mich dort besucht.« Ich will ihr meinen Stempel zeigen, aber sie fährt dazwischen.

»Keine Ahnung, wovon du redest.« Ihre grünen Augen haben mich fest im Blick, damit ich nur ja verstehe, wie dünn das Eis gerade geworden ist. »Ich war bisher nur mit Mom und John auf den Bahamas.«

»Okay. Verstanden.«

Gut, dass man in Mexiko keinen Stempel bekommt, sonst …

»Was habt ihr denn da?« John kommt zu uns herüber und legt Summer eine Hand auf die Schulter.

»Oh, ich habe den anderen nur gerade gezeigt, wo wir schon überall waren«, sagt Summer eine Spur zu schnell.

Er ahnt offensichtlich, dass das nicht die ganze Wahrheit ist, aber er scheint jetzt nicht insistieren zu wollen. »Ich habe ein Meeting in der Stadt.« Er lächelt in die Runde. »Willkommen an der Riviera, Mädels. Wir sehen uns dann nachher an Bord.«

Bevor jemand etwas entgegnen kann, hat er schon die halbe Lobby durchquert, Vinny an seinen Fersen. Der ältere Typ, dessen Name ich schon wieder vergessen habe, winkt uns zu sich. »Ladys, die Reisepässe, bitte.«

Die anderen reichen ihm sofort ihre Pässe, aber ich zögere. Schließlich sollte man im Ausland niemals den Reisepass aus der Hand geben.

Er streckt die Hand aus, um auch meinen Pass an sich zu nehmen. »Ich bewahre ihn auf.«

»Ich behalte ihn bei mir«, sage ich in bemüht lockerem Ton. »Ich passe schon gut darauf auf.«

»Mach dir keine Gedanken«, sagt Summer. »So regelt John das immer. Und es ist einfacher, wenn wir uns alle nach ihm richten.«

»Ich würde ihn lieber behalten«, wiederhole ich, und mein Herz hämmert in der Brust.

»Belle, stell dich jetzt bitte nicht an«, beschwört Summer mich.

So schnell fällt mir keine Ausrede ein, und es ist offensichtlich, dass für mich keine Ausnahme gemacht wird. Aber das Ganze gefällt mir überhaupt nicht. Nach ein paar unangenehmen Sekunden gebe ich widerwillig nach. Der Gorilla steckt unsere Pässe ein, und wir folgen ihm hinaus in die drückende Hitze, wo unter dem Vordach zwei schwarze Chevrolet Suburbans mit laufenden Motoren auf uns warten. Der Gorilla steigt in den ersten. »Summer, Brittani und Mrs Brown, ihr kommt mit mir.«

»*Mrs Brown?*«, wiederholt Rhonda entrüstet. »Bitte! Nennen Sie mich Rhonda.«

Er nickt ohne die Spur eines Lächelns. »Okay, Rhonda.«

»Und Amythist?«, fragt Brittani und stupst Amythist mit der Hüfte an. »Sie ist doch mein Bestyyy!«

»Hör auf zu nörgeln. Du bist in Italien!«, sagt Rhonda.

»Whoooooo! I-ta-li-en!«, trällert Brittani.

Ich schlüpfe in den zweiten Wagen, dankbar, dass ich diese Stimme für eine Weile nicht hören muss. Wendy, Claire und Amythist folgen mir. Wir fahren die Serpentinen hinunter, an vielen malerischen Häusern mit Meerblick vorbei, und sehen staunend aus den Fenstern. »Ich kann's gar nicht fassen, dass wir wirklich hier sind«, sagt Claire.

»Und ich kann nicht fassen, dass wir unsere Pässe abgeben mussten«, maule ich.

»Wolltest du dich etwa absetzen?«, fragt Wendy ironisch.

»Es geht ums Prinzip«, antworte ich. »Außerdem ist das merkwürdig. Wozu brauchen die bitte meinen Reisepass? Im Gegensatz zu Summer werde ich nicht so gern an der Leine gehalten.«

Wendy sieht verstohlen zu unserem Fahrer hinüber. »John scheint tatsächlich ziemlich kontrollsüchtig zu sein«, stimmt sie leise zu.

»Ja.« Claire flüstert nun ebenfalls. »Diese Verschwiegenheitsvereinbarung war echt etwas merkwürdig.«

»Und die Sitzordnung im Flugzeug«, füge ich hinzu.

»Aber sie sagte ja, er würde die meiste Zeit arbeiten«, überlegt Wendy laut. »Also werden wir ihn wohl nicht oft sehen. Und vielleicht hat er ja Flugangst, da werden viele Leute abergläubisch.«

Wendy war schon immer die Diplomatin.

»Warum ist er eigentlich so reich?«, fragt Amythist.

»Ich weiß es nicht genau«, sage ich, »vermutlich durch seine Firma, Lionshare Holdings. Er macht irgendwas mit Immobilienentwicklung, schiebt Geld durch die Gegend und finanziert Projekte oder so.«

»Klingt etwas dubios«, sagt Amythist.

»Ist es wahrscheinlich auch«, stimme ich zu.

»Glaube ich nicht«, widerspricht Wendy. »Er hat doch letztens erst diesen neuen Superheldenfilm gesponsert, mit dem megaheißen australischen Schauspieler, der gerade ein Baby bekommen hat, mit dieser Blondine aus dem letzten Teil … Ich glaube, das ist jetzt der vierte.«

»*Midas 4: Wenn das Gold versiegt*«, bestätige ich und wende mich an Wendy. »Da wir gerade von Filmen sprechen – sag bloß nichts über unseren Urlaub auf den Bahamas, als ihr mich bei den Dreharbeiten besucht habt. Angeblich ist das nämlich nie passiert.«

Sie hebt eine perfekt geschwungene Augenbraue. »Gut zu wissen.«

»Ich wünschte nur, sie würde uns so etwas vorher kundtun«, grummle ich. »Woher sollen wir wissen, was wir sagen dürfen und was nicht?«

»Na ja, wir wissen doch, wie eifersüchtig John ist«, antwortet Wendy. »Also sollten wir vermutlich alles weglassen, was mit einem anderen Typen zu tun hat. Und Eric sowieso.«

»Wer ist Eric?«, fragt Amythist.

»Summers Ex«, antworte ich.

»Was ist denn passiert?«

»Er ist gestorben«, sagt Wendy schlicht.

»Shit. Wie das denn?«, fragt Amythist nach.

»Wir sprechen besser nicht darüber.« Wendy sieht mich eindringlich an. »Okay?«

»O-kaaaaay.« Amythist hebt die Hände. »Schon gut. Also, was ist auf den Bahamas passiert?«

Ich sollte mir auf die Zunge beißen, aber ich bin rebellisch drauf. »Kennst du Tate James?«

Amythist nickt. »Also, jetzt nicht persönlich.«

Wendy wirft mir einen tadelnden Blick zu. »Ach, komm schon«, schnaube ich. »Das mit Eric verstehe ich ja, aber dies hier ist nun wirklich keine große Sache.« Ich wende mich Amythist und Claire zu, die sich begierig zu mir herüberbeugen. »Vor ein paar Jahren hatte ich eine kleine Rolle in einem seiner Filme –«

»In welchem?«, unterbricht mich Amythist.

»*Black Heart*«, sage ich.

»Wen hast du da gespielt?«, fragt sie.

»Ich war die beste Freundin seiner Freundin, die von seinem Erzfeind entführt und ermordet wird. Ich durfte ungefähr zwei Sätze sagen, bevor mir die Kehle aufgeschlitzt wurde.«

»Wie cool«, sagt sie begeistert.

»Und was war jetzt mit Summer?«, fragt Claire.

»In meiner Szene sollte es regnen, und sie wollten richtigen Regen, warum auch immer. Also war ich ein paar Wochen da und wartete auf Regen. Summer und Wendy kamen mich besuchen, und Summer fing was mit Tate an. Aber dann kam seine Frau zu einem Überraschungsbesuch, und er hat Summer in die Wüste geschickt. Sie war ziemlich wütend.«

»Und dann?«, wollte Amythist wissen.

»Nichts«, sagt Wendy schnell und sieht mich mit schmalen Augen an.

Okay, schon gut. Dann lasse ich den besten Teil eben aus, in dem Summer vor seinem Hotelzimmer auftauchte, während er am Set war, und seiner Frau alles brühwarm erzählte, womit sie einen richtigen Rosenkrieg entfachte. »Seht ihr? Echt nicht so spannend«, ende ich etwas lahm. »Aber bevor da die *merde* am Dampfen war, hatten wir doch echt 'ne Menge Spaß«, sage ich zu Wendy. »Weißt du noch, wie wir auf dieser Hochzeit gelandet sind?«

Wendy lacht. »Und ich habe mit dem Trauzeugen rumgemacht. Kaum zu glauben, dass das erst drei Jahre her ist.«

»In drei Jahren kann sich viel ändern«, sage ich.

Ich lehne mich in dem Ledersitz zurück und schaue aus dem Fenster. Wir fahren gerade in eine kleine Stadt, die wie ein Filmset aussieht; genauso würde man sich ein italienisches Dorf am Meer auch in seiner Fantasie vorstellen, und die Bäckereien und kleinen Läden am Straßenrand sind bestimmt seit hundert Jahren unverändert.

Auf den schmalen, kopfsteingepflasterten Straßen müssen die Suburbans langsam fahren – diese Straßen sind eindeutig nicht für unsere amerikanischen Schlachtschiffe gemacht. Schließlich halten wir vor einem schnuckeligen Restaurant mit einer roten Markise und vielen Tischen vor der Tür.

»Wie hübsch«, schwärmt Claire.

Summer, Rhonda und Brittani steigen aus dem Suburban vor uns und schlendern an dem Restaurant vorbei. »O Mann, ich dachte, wir gehen was essen«, sagt Amythist sehnsüchtig, während die anderen aus unserem Sichtfeld verschwinden.

Der Gorilla öffnet uns die Tür, und uns steigt der Duft nach würzigem, gebratenem Fleisch in die Nase. »Wo gehen die denn hin?«, frage ich.

»Summer hat einen Laden entdeckt.«

»Können wir nicht kurz ins Restaurant und uns etwas zu essen holen, während die anderen shoppen sind?«, fragt Wendy. »Wir verhungern sonst!«

Er schüttelt den Kopf. »Ihr bleibt alle zusammen. Kommt mit.«

Wir steigen aus dem Auto, und er treibt uns die Straße entlang und um eine Ecke bis zu einer kleinen Boutique, wo Summer sich bereits jede Menge Kleider zum Anprobieren über den Arm gelegt hat. Sie hält ein pfirsichfarbenes hoch. »Was meint ihr?«

»Die Farbe steht dir total«, sagt Rhonda begeistert.

Von der Bäckerei nebenan duftet es nach frischem Brot. Ich bin so hungrig, dass ich bestimmt bald in Ohnmacht falle. Ich sehe eine Kleiderstange durch. Prada. Miu Miu. Versace. Die Preise sind in Euro und vollkommen unerschwinglich.

»So schöne Sachen!«, ruft Wendy.

Claire zeigt mit großen Augen auf das Preisschild an einem Badeanzug. Sechshundertfünfzig Euro. Für einen Streifen Stoff, etwa so groß wie meine Hand. Ich setze mich auf einen Stuhl am Schaufenster und betrachte neidisch die kurvigen Italienerinnen, die mit großen Eiswaffeln die Straße entlanggehen.

Als die Verkäuferin sieht, wie viele Kleider Summer mit in die Umkleidekabine nimmt, lässt sie erst mal einen Prosecco-Korken knallen und schenkt uns allen ein Glas ein. Die feinen Perlen prickeln auf meiner Zunge, und der Alkohol trifft meinen Magen wie ein kleiner Feuerball und wärmt mich richtig durch. Ohne einen Bissen im Bauch wirkt der Prosecco schnell, und ich fange sogar an, mich zu amüsieren. Die Verkäuferin schenkt munter nach, und schon bald sind wir alle ziemlich angeschickert.

Als wir endlich den Laden verlassen, sind Brittani und Rhonda kaum wiederzuerkennen in den geschmackvollen neuen Kleidern, die Summer ihnen gekauft hat, und Bernard schleppt Summers Einkaufstüten. Ich hätte nicht gedacht, dass er für sie den Packesel macht, aber er hat wohl keine Wahl. Lachend stolpern wir über das Kopfsteinpflaster der engen Gasse hinter ihm her, jede von uns einen unpraktischen, weißen, Vierhundert-Euro-Seidenschal um den Hals gewickelt, den Summer uns gekauft hat. Der Anblick des Restaurants, vor dem noch immer unsere Suburbans warten, erinnert mich wieder daran, wie hungrig ich bin. Sofort merke ich, wie der angenehme Prosecco-Dusel nachlässt und sich in Kopfschmerzen verwandelt.

Wendy packt mich am Arm. »Riechst du das? Pizza!«

Tief atme ich den Duft nach knusprigem Pizzaboden, heißer Tomatensauce und geräuchertem Schinken ein. Ich weiß, ich sollte einfach Ruhe geben, aber mein Hunger ist stärker. Mit schwachen Knien wende ich mich an Summer. »Können wir nicht bitte kurz reingehen und ein Stück Pizza holen? Wir sind völlig ausgehungert.«

»Oh, ich hab total vergessen, dass ihr Hunger habt! Hattet ihr nicht genug Obst und Müsliriegel im Auto?«, fragt sie.

Alle, die im zweiten Wagen gesessen haben, schütteln den Kopf. »Da war nichts«, sage ich.

»Ach je, tut mir leid!«, ruft Summer. »Wir hatten was zu essen, deshalb dachte ich, ihr auch. Dann besorgen wir euch jetzt etwas.«

Bernard sieht von seinem Handy auf und schüttelt den Kopf. »Wir müssen zum Boot. John will, dass ihr da seid, wenn er ankommt.«

Summer seufzt und sieht uns mitfühlend an. »Es tut mir echt leid. Sobald wir an Bord sind, kriegt ihr alles, was ihr wollt«, verspricht sie uns.

Wir zwingen uns zu einem Lächeln und nicken.

»Das Motorboot wartet da unten.« Bernard zeigt hinunter zum Wasser, ein paar hundert Meter entfernt. »Die Autos sind zu groß für die Strecke. Wir laufen den Rest.«

Wir folgen Bernard durch ein weiteres, malerisches Gässchen. Auf ihrem täglichen Weg über das Meer taucht die Sonne die Häuser in goldenes Licht. Alle schweigen, nur Brittani erzählt Amythist in allen Einzelheiten irgendeine Sexgeschichte. Offenbar hat sie sich bei einer Verbindungsparty von einem Typen abschleppen lassen und ihn mitten im Geschehen vollgekotzt. Dann ist sie nackt in seinem Bett ohnmächtig geworden, und als sie aufwachte, standen ein paar Typen über ihr und begossen sie mit Bier. Da wird einem ja schlecht. Vermutlich könnte sie das Wort Emanzipation nicht einmal buchstabieren. Liebend gern würde ich ihr mit ein paar kräftigen Ohrfeigen etwas mehr Verstand und Würde einprügeln, aber das bringt ja doch nichts. Kurz wünschte ich, meine kluge, vernünftige kleine Schwester wäre statt Brittani hier. Blödsinn! Lauren würde sich niemals dazu herablassen, auf der Jacht eines Milliardärs nur die Dekoration zu spielen.

Die Gasse mündet auf eine Promenade am Wasser. Pärchen flanieren Hand in Hand, und Kinder spielen in einem Brunnen. Die

Sonne hat ihren Zenit bereits überschritten, es ist nicht mehr ganz so heiß, und eine frische Brise weht über das Wasser und verwirbelt meine Haare. Ein Restaurant reiht sich an das nächste, und an den Tischen sitzen lachende Menschen mit kühlen Getränken in der Hand. Ich schließe die Augen und atme tief ein, spüre den Wind auf meiner Haut und schmecke das Salz in der Luft. Ich muss mir diese Eindrücke einprägen, für später, wenn ich wieder in meinem echten Leben angekommen bin.

Ich öffne die Augen. Die anderen haben bereits den Hafen erreicht, und ich renne schnell hinterher. Wir folgen Bernard über die Holzstege bis zu einem großen, weißen Motorboot. Ein hochgewachsener, schlanker Mann, etwa in unserem Alter, hilft uns einzeln an Bord. Er trägt eine tadellose, weiße Uniform, und auf seinem Namensschild steht HUGO. Sein schulterlanges, lockiges braunes Haar ist zu einem Pferdeschwanz zusammengebunden, und seine Augen sind hinter einer Pilotenbrille versteckt, doch er lächelt herzlich, während er uns auf Englisch mit starkem Akzent warnt: »Vorsicht, rutschig« und: »Hinten sitzen, wenn ihr nicht nass werden wollt«.

Ich setze mich ganz hinten neben Summer und versuche, den Anblick der schrumpfenden Stadt zu genießen, während wir aus dem Hafen hinaustuckern. Wendy und die anderen zücken ihr Handy und fotografieren alles, was ihnen vor die Linse kommt: die Stadt, das Meer und sich gegenseitig. Ich mache ein Bild von der Stadt mit den Bergen dahinter und dem Wasser darunter und poste es mit Überschrift »Urlaub geht los«. Kurz habe ich Bedenken, dass ich damit die Vertraulichkeitsrichtlinien brechen könnte, aber Summer sagt nichts, also scheint es okay zu sein.

Als wir das Hafenbecken hinter uns gelassen haben, ruft Hugo uns über das Knattern des Motors zu: »Hüte festhalten, Ladys!«, und gibt Gas.

Brittani kreischt auf. Und ich halte tatsächlich meinen Hut fest, als der Bug sich aus dem Wasser hebt und wir über die Wellen preschen, hinaus aufs Meer. Summer lehnt sich zu mir herüber und schreit mir ins Ohr: »Tut mir leid wegen des Essens. Ab jetzt gibt es jede Menge, versprochen.«

»Schon okay. Ich bin froh, dass du mich mitgenommen hast. Ich bin so was von urlaubsreif! Die Bar macht mich fertig.«

»Keine Sorge, du bist da nicht mehr lange. Wir kriegen das hin. Du bist so talentiert, und jetzt, da John Filme produziert, können wir dich bestimmt irgendwo unterbringen. Immerhin hat er das Geld … Da kann er so ziemlich alles verlangen.«

Wie gern würde ich das glauben, aber wir wissen beide, dass John niemals seinen Kopf für mich hinhalten würde. »Das wäre toll«, sage ich.

Wendy rutscht zu mir herüber. »Worum geht's?«

»Wir planen Belles großen Durchbruch«, sagt Summer. Sie legt den Arm um uns beide und drückt uns. »Ich freue mich so, dass ihr hier seid! Jetzt müssen wir euch beiden nur noch einen richtigen Freund besorgen.«

Ich lache. »Ich glaube, in Bezug auf ›richtig‹ gehen unsere Meinungen etwas auseinander.«

»Ach Quatsch«, sagt Summer. »Du musst endlich von diesen gescheiterten Künstlern wegkommen und dir einen echten Mann nehmen, der dir geben kann, was du verdienst.«

»Aber den müsste ich erst mal kennenlernen«, sage ich. »Und ich lerne nun mal vor allem Schauspieler kennen. Abgesehen von Dylan.« Ich versuche, ihre Miene zu lesen, doch sie lässt sich nichts anmerken.

»Aber das war doch nichts Ernstes, mit dem hattest du ja gerade mal ein Date«, sagt sie lachend.

»Nur weil er in einem anderen Land wohnt«, protestiere ich. »Und manchmal schreiben wir uns noch.«

Sie runzelt die Stirn.

»Er vermisst seinen Bruder natürlich sehr«, bohre ich weiter. Das muss ihr jetzt unter die Haut gehen. »Angeblich wohnt seine

Großmutter hier irgendwo. Er meinte, er würde sie vielleicht besuchen kommen, also habe ich ihm gesagt, ich gebe ihm Bescheid, falls wir in der Nähe sind.«

»Ich glaube nicht, dass du dafür Zeit hast«, sagt Summer achselzuckend. Offenbar will sie gerade nichts preisgeben. »Und überhaupt, wenn ihr euch sehen wolltet, dann hättet ihr längst einen Weg gefunden.«

Da hat sie nicht ganz unrecht. »Okay, lassen wir das. Tut mir leid«, sage ich. Ich frage mich, ob wir wohl *beide* wissen, wie sehr ich hier die Wahrheit verfälsche.

»Schon gut. Erwähnt nur Eric nicht vor John.« Sie sieht mich und Wendy eindringlich an. »Ihr wisst, wie sehr mich das alles mitgenommen hat, und das Letzte, was ich brauche, ist, dass hier alle darüber sprechen.«

»Wie viel weiß John denn?«, frage ich.

»Nichts. Und ich will, dass das so bleibt, verstanden?«

Wendy und ich nicken gehorsam.

Summer tätschelt mir das Knie, und ihre Stimme wird etwas weicher. »Ihr werdet etliche von Johns Freunden kennenlernen, vielleicht ist ja einer dabei. Und dann musst du dir keine Sorgen mehr um deine Schauspielkarriere machen.«

Ich lache, obwohl mich ihre Worte kränken. »Es geht mir nicht ums Geld.« Aber das hat sie noch nie verstanden. »Und außerdem bin ich momentan gern Single. Ich will einfach mal etwas Spaß haben.«

»Aber du solltest auch nicht zu lange warten«, warnt Summer mich. »Wir werden nicht jünger. Mit dreißig ist alles vorbei.«

»O Gott, erinnere mich nicht daran«, jammert Wendy.

Nun, ich mache mir diesbezüglich über meine Heiratsaussichten weit weniger Gedanken als über meine Karriere. Hollywood ist nicht gerade bekannt für eine gigantische Auswahl an anspruchsvollen Rollen für Frauen jenseits des Teenageralters. Trotzdem interessiert mich Summers Sicht der Dinge. »Warum mit dreißig?«

»Weil die Männer wissen, dass Frauen ab dreißig ein Baby wollen, und zwar sofort.«

»Familie, was für ein abwegiger Wunsch«, sage ich sarkastisch.

»Ich will endlich heiraten«, sagt Wendy seufzend. »Ich plane meine Hochzeit schon seit dem Kindergarten.«

»Das wissen wir«, sagt Summer.

»Auf einem Weingut. In einem Kleid von Vera Wang«, trällere ich lachend. »Das wird traumhaft.«

»Es sei denn, seine Familie besteht auf einer kirchlichen Trauung«, fügt Wendy hinzu.

»John hat ein Weingut«, wirft Summer ein. »*Und* eine Kirche.«

»Ich glaube, Wes ist der Richtige«, sagt Wendy verträumt.

»Das hast du bisher bei jedem gesagt«, neckt Summer.

»Na klar! Sonst hätte ich doch nicht meine Zeit mit denen verschwendet.«

»Nur weil eine Beziehung nicht ewig hält, heißt das nicht, dass sie nicht erfolgreich war«, sage ich.

»Quatsch! Eine erfolgreiche Beziehung führt immer zu einer Hochzeit«, stellt Wendy klar.

Ich stupse sie mit der Schulter an. »Entschuldigung? Aus welchem Jahrhundert kommst du denn? Ich würde sagen, aus einer erfolgreichen Beziehung lernt man etwas, egal, wie sie endet.«

»Ihr spinnt beide«, sagt Summer. »Aus einer erfolgreichen Beziehung *gewinnt* man etwas, ist doch klar. *Qui n'avance pas, recule.*«

Na, zumindest steht sie zu ihren Ansichten. Ich glaube zwar, so ist das Sprichwort nicht gemeint, aber schließlich kann man es so oder so auslegen.

»Was heißt das?«, fragt Wendy.

»Wörtlich übersetzt heißt es ›Wer nicht vorwärtsgeht, geht rückwärts‹«, sage ich und lächle Summer an. »Da hat wohl jemand sein Schulfranzösisch ausgegraben.«

»Es war ziemlich eingerostet, das kann ich dir sagen. Aber wir waren im Frühling in Paris, da konnte ich es etwas auffrischen.« Summer erwidert mein Lächeln, aber auf meine Andeutung über unsere gemeinsame Vergangenheit geht sie nicht ein.

»Ich wusste gar nicht, dass ihr Französisch könnt«, sagt Wendy beeindruckt.

»Hatten wir zusammen in der Highschool«, erkläre ich. »Obwohl wir uns, glaube ich, mehr für unseren Lehrer interessiert haben als für die Vokabeln.«

Summer lacht.

»Lächeln!« Rhonda hält uns die Kamera vor die Nase. Wir posieren, und sie knipst.

Das Meer ist voller Jachten, weiße, schwarze und silberfarbene. Einige sehen fast wie Kreuzfahrtschiffe aus, andere eher wie Raumschiffe. Alle sind prächtig, jede auf ihre Art. Unser Boot steuert auf eine schlanke, weiße Jacht zu, die man normalerweise als gigantisch bezeichnen würde, die aber neben den anderen am Horizont fast zierlich wirkt. Sie scheint etwa drei Stockwerke hoch zu sein, und unten können wahrscheinlich bequem mehrere Jetskis und Motorboote anlegen, aber offenbar ist sie zu klein für einen Hubschrauberlandeplatz. THE LION'S DEN steht in goldenen Großbuchstaben auf dem Heck.

»Wir haben eine neue mit Hubschrauberlandeplatz bestellt, aber es dauert ewig, bis die fertig ist. Bis dahin müssen wir mit dieser vorliebnehmen«, sagt Summer seufzend. »Deshalb bleibt uns nichts anderes übrig, als überall mit dem Motorboot hinzufahren. Tut mir leid.«

Ich starre den schwimmenden Palast an. »Wird schon gehen.« In meinem Kopf rauscht es. Eine Woche auf diesem Teil?

Wendy zeigt auf den Namen und lacht. »Passt ja, du bist auch Löwe.«

»Oh, stimmt. Daran habe ich noch gar nicht gedacht«, sagt Summer. »John hat den Namen ausgesucht. Er hat's irgendwie mit Löwen. Wegen seines Nachnamens, denke ich.«

Zwei Crew-Mitglieder in weißen Uniformen machen das Motorboot fest und helfen Hugo dabei, uns einzeln die Leiter hinauf- und aufs Deck zu manövrieren, wo die restliche Crew in einem Halbkreis steht. Alle lächeln und haben die Hände hinter dem Rücken verschränkt.

»Ihr müsst die Schuhe ausziehen«, weist Summer uns an, und ein Crew-Mitglied kommt mit einem Korb herum, in den wir unsere Schuhe legen. »Keine Sorge. Ich habe für morgen früh einen Pediküretermin gemacht.«

»Sehr gut.« Brittani lacht laut auf. »Ich glaube, da wächst was unter meinem großen Zehennagel.«

Das wollte ich nicht wissen!

»Willkommen auf der *Lion's Den*«, sagt Hugo. »Euer Zuhause für die nächste Woche. Ich darf euch unsere französische Crew vorstellen.«

Wir wenden uns den strammstehenden Crew-Mitgliedern zu.

Hugo deutet auf einen stämmigen Mann mit weißem Bart. So einen hat jede Statistenagentur im Programm. »Das ist Bruno. Unser großartiger Kapitän.« Bruno nickt uns zu und deutet ein Lächeln an.

Neben Bruno steht ein Mann Mitte dreißig mit rasiertem Schädel. Er sieht aus wie ein Linebacker beim Football, und seine muskelbepackten Arme bringen die Ärmel an ihre Grenzen. »Das ist Jean, erster Offizier. Er ist hier für die Schwerstarbeit zuständig, wie man sieht.«

Neben Jean steht ein gut aussehender Typ, etwa in unserem Alter. Er hat dunkle Haut und Haare, aber ich könnte nicht sagen, wo er herkommt. »Das ist Alexandre, zweiter Offizier.«

Wendy stupst mich mit dem Ellenbogen an. Alexandre strahlt in die Runde und sagt: »Dre.«

Den Namen werde ich mir merken können.

Hugo stellt den nächsten vor. Der junge Mann ist um die zwanzig, eher klein und drahtig, hat braune Haare und trägt eine Brille. Er würde gut in ein Tech-Start-up passen. »Luc ist unser Ingenieur. Wenn die Anlage nicht läuft oder das iPhone runtergefallen ist – er ist euer Mann.«

Neben Luc steht eine gepflegt aussehende Frau Ende dreißig mit zu viel Botox im Gesicht. Sie trägt einen langen, blonden Pferdeschwanz und Diamantenohrstecker. »Unser Steward, Julie.« Julie nickt und lächelt förmlich.

Neben Julie wartet eine schlanke Brünette, etwa in unserem Alter, mit einem fein geschnittenen Gesicht, vollen Lippen und Kurzhaarschnitt. »Das ist Emmanuelle. Unser zweiter Steward.«

Am Ende der Reihe steht eine zierliche, dunkelhäutige Frau mit Sommersprossen. Ihre langen, schwarzen Haare fallen ihr in einem Zopf über die Schulter. Ich vermute, sie hat nordafrikanische Wurzeln, und sie kann unmöglich älter als zwanzig sein. »Das ist Camille, Junior Steward. Und mich kennen Sie schon, ich bin Hugo, Mädchen für alles. Was Sie auch brauchen, wir kümmern uns darum«, sagt Hugo mit einer kleinen Verbeugung.

In der Tür erscheint ein Mann in weißer Kochkleidung. Er trägt einen grau melierten Pferdeschwanz und in jeder Hand ein Silbertablett. »Oh«, sagt Hugo. »Und natürlich Jacques, *le meilleur* Koch. Wenn Sie sich setzen wollen, es gibt eine Kleinigkeit zu essen.«

Jacques stellt seine Tabletts auf einem runden Tisch im Schatten ab. »Wer hat Hunger?«

Wir lassen uns auf die weißen Plüschbänke sinken. Emmanuelle reicht uns Champagnergläser, und Julie schenkt aus einer Flasche Dom Pérignon ein.

»Endlich!«, sagt Brittani, beugt sich über mich und schnappt sich eine ganze Handvoll Melone mit Prosciutto.

Gefräßiges Schweigen senkt sich über den Tisch, während wir wie eine ausgehungerte Meute über die Horsd'œuvres herfallen.

Ein Hubschrauber knattert über uns hinweg und peitscht das Wasser auf. Er hält Kurs auf eine gewaltige, schwarze Jacht in der Nähe.

»Igor Rajinovsky.« Summer wedelt mit ihrer Gabel in Richtung der Jacht. »Ein russischer Milliardär. Er ist ein Freund von John. Und die da vorn …« – sie zeigt auf eine weiße Jacht, die der schwarzen in nichts nachsteht – »… die gehört seiner Frau.«

»Warum haben sie denn zwei?«, fragt Claire.

»Sie haben eine Vereinbarung«, erklärt Summer. »Auf seiner gibt es eine ganze Etage für die schwedischen Mädels, eine für die thailändischen und eine für die russischen. Sie werden jede Woche ausgewechselt. Gerade kommt wahrscheinlich die neue Lieferung.«

»Nutten«, muss Brittani klarstellen.

»Wohl eher ein Harem«, sagt Summer.

»Was ist denn da der Unterschied?«, flüstert Claire mir ins Ohr.

»Jedenfalls sind ihre Kinder bei der Mutter auf der Jacht, so kann er sich aus beiden Welten das Beste herauspicken«, fährt Summer fort.

»Und da heißt es, man könne nicht auf zwei Hochzeiten gleichzeitig tanzen«, sage ich.

»Wieso lassen sie sich nicht einfach scheiden?«, fragt Claire.

»So ist es preiswerter«, sagt Summer lachend. Wir sehen sie alle verständnislos an. »Wenn man so viel Geld hat wie die, ist eine Scheidung unglaublich teuer und kompliziert. Manchmal ist es das einfach nicht wert.«

»Und für sie ist das in Ordnung?«, fragt Wendy ungläubig.

»Sie hat da wohl nicht viel mitzureden«, antwortet Summer. »Und außerdem besitzt sie eine riesige Jacht und genießt sämtliche Privilegien als seine Ehefrau. Ich glaube nicht, dass sie uns leidtun muss.«

»Wenn mein Ehemann mir so eine Jacht kauft, kann er so viele Geliebte haben, wie er will«, wirft Amythist ein.

Sie und Summer stoßen an.

»Solange du die Crew aussuchen darfst …« Wendy betrachtet Dre, der mit einem Seil hantiert. Er hat die Ärmel hochgeschoben, und die Haut über seinen gespannten Muskeln glänzt in der Sonne.

»Ich glaube, da hat sich jemand verknallt«, säusele ich.

»Ich? Quatsch, ich liebe meinen Freund!« Ganz überzeugend klingt das nicht. »Aber ich genieße die schöne Aussicht.«

Summer sieht ebenfalls zu Dre hinüber. »Da bist du nicht die Einzige.«

Ich starre auf das Meer hinaus. Mein Hunger ist endlich besänftigt, und die Kombination aus Champagner und Müdigkeit hat den merkwürdigen Effekt, als würde ich davontreiben.

Und das tue ich ja auch. Auf einer Jacht. Im Mittelmeer. Fühlt sich irgendwie unwirklich an, fast schon berauschend – nur ist da immer noch dieses nagende Gefühl in meinem Hinterkopf, wie ein Sandkorn im Getriebe, das mich daran erinnert, dass ich nicht hierhergehöre. Dass ich nicht hier sein sollte. Und doch bin ich hier, dank Summer. Meiner alten Freundin. Als ich sie mit sechzehn kennenlernte, hätte ich mir wohl nie träumen lassen, dass ich irgendwann mal mit ihr hier auf dieser Jacht landen würde, in diesem abgedrehten Szenario.

»Belle? Belle!« Wendys Stimme bricht in meinen Tagtraum hinein. »Erde an Belle.«

Die anderen wollen aufstehen, und ich versperre ihnen den Weg. »Tut mir leid«, murmele ich und rutsche zum Ende der Bank.

Jede nimmt sich eine Flasche kaltes Wasser aus dem Korb, den Hugo uns hinhält, und wir folgen Julies blondem Pferdeschwanz von dem Outdoor-Essbereich in einen großen Wohnraum mit weiß-blau gestreiften Sofas, von denen aus man auf das Meer hinaussehen kann. »Wir befinden uns auf dem Hauptdeck«, sagt sie.

Sie führt uns nach nebenan in einen etwas traditionelleren Lounge-Bereich. Die Ausstattung ist zurückhaltend, sieht aber nicht weniger teuer aus. Die Farben sind gedeckt, die Linien klar, die Stoffe weich. »Wie Sie sehen, gibt es zwei Wohnräume und das große Speisezimmer.« Sie geht uns voraus in einen Essbereich mit einer langen Tafel, über der ein kunstvoller Kronleuchter hängt. Ich sehe zu ihm hoch und bemerke dabei in der Ecke eine Kamera. Tatsächlich hängt in jeder Ecke eine. Ich frage mich, wer wohl zusieht.

Wir treten aus dem Speisezimmer hinaus auf einen Flur mit einer Wendeltreppe in der Mitte, die diese Etage mit der darunter und der darüber verbindet. »Hier rechts befindet sich die Küche, wo Jacques all die Leckereien zaubert«, fährt Julie fort. »Aber da müssen Sie gar nicht rein. Sie finden alles hier in der Bar und in der Kitchenette.« Sie öffnet die Kühlschranktür in der Bar links von der Wendeltreppe. Er ist bis zum Rand gefüllt mit Wasser – mit und ohne Sprudel –, Fruchtsäften, Wein sowie mit Erdbeeren, Joghurt, Käse und anderen Snacks. »Wenn Sie noch etwas anderes wünschen, sagen Sie einfach Bescheid.« Julie deutet den kurzen Flur hinter der Treppe entlang, von dem links und rechts eine Tür abgeht. »Dort liegt das Zimmer von Monsieur und Madame Lyons.«

Offenbar hat man der Crew nicht gesagt, dass Summer nicht die Ehefrau ist. Summer zwinkert mir zu. »Die anderen dürfen es ruhig sehen«, sagt sie.

»Natürlich.« Julie schlängelt sich an uns vorbei und öffnet die rechte Tür zur Master Suite. Wir scheinen uns jetzt vorn am Bug zu befinden, auf der rechten Seite.

An einer Wand steht ein breites Doppelbett mit einem glänzenden Kopfteil aus Holz und angebauten Nachttischen auf jeder Seite. Auf dem Bett liegen auf einer gewebten, goldfarbenen Tagesdecke mehrere Kissen. Links und rechts vom Bett stehen Kleiderschränke für sie und ihn, und die breiten Fensterbänke sind gepolstert, sodass man sich dort niederlassen und den fantastischen Blick auf das Meer genießen kann. Gegenüber vom Bett hängt ein riesiger Fernseher an der Wand.

Julie öffnet eine Tür links vom Fernseher. »Das Bad.«

Eine Wand des Marmorbadezimmers ist eine einzige Fensterfront, die auf das Meer hinausgeht. Darunter ist ein großer Whirlpool eingelassen, aus dem man diese Aussicht genießen kann.

Brittani hüpft in den Whirlpool. »Krass. Das ist meiner!«

An der Wand neben der Dampfdusche hängt ein gerahmtes Bild von Summer. Sie liegt auf der Seite, nackt. Mit dem Arm verdeckt sie gerade so ihre Nippel, und ihr oberes Knie liegt so, dass man ihr nicht zwischen die Beine sehen kann. Mit Schlafzimmerblick sieht sie in die Kamera. Das verwundert mich nicht. Aber das Bett, auf dem sie liegt, erregt meine Aufmerksamkeit. Der Raum hinter ihr ist nicht scharf und liegt im Schatten, aber ich würde ihn überall erkennen. Das ist mein Bett.

Und ich weiß auch, wer hinter der Kamera stand. Umso überraschender, das Bild ausgerechnet hier vorzufinden.

Ich gebe mir Mühe, keine Miene zu verziehen, aber es achtet eh keiner auf mich, denn hinter uns ertönt Summers schrille Stimme. »Julie, wo ist das Bettdeckenset, das ich ausgesucht habe?«, fragt sie. »Dieser komische Quilt sieht aus, als hätten wir ihn aus einem Holiday Inn mitgehen lassen.«

»Ich suche es sofort.« Julies Lächeln flackert nicht einmal. »Wie immer – wenn wir etwas tun können, damit Sie sich noch wohler fühlen, lassen Sie es uns wissen.«

Wir trotten Julie hinterher und aus dem Zimmer hinaus. Sie deutet auf die geschlossene Tür gegenüber. »Das Büro von Monsieur Lyon. Bitte nicht betreten.« Sie steigt die Wendeltreppe hinauf. »Ihre Zimmer befinden sich unten. Ich zeige sie Ihnen nach der Führung.«

Wir folgen ihr die Treppe hinauf in einen Flur. Julie deutet Richtung Bug auf eine Tür am Ende des Flurs. »Dort befindet sich die Brücke, dieser Bereich ist für Sie tabu.« Stattdessen gehen wir rechts durch eine Tür und betreten eine Art Wohnzimmer, das ganz gemütlich wirkt. Hier stehen bequeme Sofas und ein weiterer, riesiger Fernseher. Außerdem gibt es einen wuchtigen Schreibtisch mit zwei modernen Computern. Gegenüber der Tür führt eine gläserne Schiebetür hinaus ins Freie. »Hier befinden wir uns auf dem Oberdeck«, sagt Julie.

Ich starre das lebensgroße Ölgemälde von John an. Seine tiefliegenden Augen scheinen mir durch den Raum zu folgen. Unheimlich.

Er strahlt wirklich Macht aus, das muss man ihm lassen. Und auf einige Frauen wirken Geld und Macht wahrscheinlich anziehender als ein kantiges Kinn oder gemeinsame Werte. Aber John ist älter als Summers Vater und als Drei – und vermutlich auch als jeder andere ihrer Stiefväter. Wie macht sie das? Fünf, zehn, meinetwegen auch fünfzehn Jahre Altersunterschied, alles kein Problem. Vielleicht gehen sogar noch zwanzig, vor allem, wenn man älter wird. Aber sechsunddreißig Jahre? Vielleicht ist es ja wirklich die große Liebe, aber mal ehrlich: Solche Konstellationen sieht man doch immer nur bei sehr reichen Männern und sehr schönen Frauen.

Genug, Belle. Sie hat ihre Entscheidung getroffen. Jeder hat andere Bedürfnisse, und wer weiß, was Summer von Rhonda und der Parade von nutzlosen Stiefvätern für Komplexe geerbt hat.

Und mal abgesehen davon, dass sie offensichtlich einen anderen Männergeschmack hat als ich, haben meine Probleme mit Summer ja noch ganz andere Gründe als ihre Beziehung zu John. Wenn es doch nur so einfach wäre.

Julie zeigt uns eine Fernbedienung und drückt auf einen Knopf. Völlig geräuschlos fahren Jalousien vor den Fenstern hinunter, versperren uns die wundervolle Aussicht auf das Wasser und dunkeln das Zimmer beinahe vollständig ab. »Wenn Sie tagsüber einen Film sehen wollen«, erklärt Julie.

»Oder wenn du einen Kater hast«, sagt Brittani.

Julie lässt die Jalousien wieder hochfahren. »Luc zeigt Ihnen später, wie die Bedienung funktioniert.« Sie geht uns voran Richtung Heck zwei Stufen hinunter in ein kreisrundes Speisezimmer mit gebogenen Glaswänden, die mit einem weiteren Knopfdruck aufgleiten, sodass wir wieder im Freien sind. »Alle Türen am Heck lassen sich öffnen. So können Sie die Annehmlichkeiten von innen unter freiem Himmel genießen.«

Hinter dem Esstisch erstreckt sich ein großes, sonnenbeschienenes Deck mit mehreren Lounge-Bereichen. Julie drückt wieder auf einen Knopf, und über unseren Köpfen fährt sich ein Sonnensegel aus. »Falls die Sonne zu stark ist.«

Wir folgen ihr eine Treppe hinauf, die außen am Boot in einem Bogen nach oben führt. Amythist klammert sich an meinen Arm und sieht hinunter auf das Meer unter unseren Füßen. »Alles okay?«, frage ich.

Sie nickt. »Ich … Dieses ganze Wasser macht mich etwas verrückt«, gibt sie zu.

»Alles gut.« Ich tätschele ihr die Hand. »Hier sind doch überall Geländer. Du kannst gar nicht fallen.«

Sie lacht etwas nervös, lässt aber meinen Arm nicht los.

Oben werden wir von einem Schwall warmer, salziger Seeluft begrüßt, und im grellen Sonnenlicht blinzeln wir alle hinaus auf das endlose Blau, das uns umgibt. »Das ist das Sonnendeck«, sagt Julie. »Mit Whirlpool.« Sie deutet auf einen großen, runden Whirlpool an der Heckseite des Decks. Ein runder, gepolsterter Lounge-Bereich erstreckt sich fast über die ganze Breite des Decks. »Zum Sonnenbaden«, sagt Julie. Sie geht uns voran zur Bugseite, wo eine wuchtige Bar den Blick über den Bug versperrt. »Kühlschrank mit Drinks und Snacks.« Sie öffnet einen kleinen Kühlschrank, der in die Wand an der Bar eingelassen ist.

»Damit kann ich leben«, sagt Wendy, ohne eine Miene zu verziehen.

»Jetzt zeige ich Ihnen Ihre Zimmer«, sagt Julie.

Wir steigen die Außentreppe wieder hinunter, gehen durch das Speise- und Wohnzimmer zurück zum Flur und nehmen die Wendeltreppe nach unten. Auf Höhe des Hauptdecks zieht Summer sich auf ihr Zimmer zurück, während wir anderen der Treppe weiter folgen, bis sie auf dem Unterdeck auf einem kurzen Flur endet. Hier ist es deutlich dunkler und enger, aber trotzdem sehr gut ausgestattet. Unter unseren Füßen liegt ein flauschiger, cremefarbener Flokatiteppich, der für ein behagliches Ambiente sorgt. Gleich rechts neben der Wendeltreppe geht es offenbar in den Mitarbeiterbereich, denn auf der Tür steht »Crew«. Links von uns gibt es zu beiden Seiten des Flurs je zwei Türen.

Julie sieht auf einem Klemmbrett nach und öffnet die erste Tür rechts. »Wendy und Claire.«

Im Zimmer ist gerade genug Platz für zwei Einzelbetten mit einem Tisch dazwischen und einen kleinen Kleiderschrank. Eine Tür führt in das winzige Bad. Durch ein kleines, rundes Fenster kann man das Meer sehen. Wendy und Claire stürzen hinein. »Ich dusche zuerst!«, ruft Wendy.

»Drinks um sieben auf dem Oberdeck«, sagt Julie und schließt die Tür hinter ihnen. Dann öffnet sie die Tür zu einem identischen Zimmer gegenüber. »Brittani und Rhonda.«

Brittani flitzt durch die Tür, und ihre Mutter folgt. »Bis später, sieben Uhr«, erinnert Julie sie.

Julie öffnet die Tür neben Brittanis und Rhondas Zimmer. »Isabelle und Amy…st«, sagt sie und verhaut Amythists Namen vollkommen.

»Es heißt Amythist, wie der Stein«, korrigiert Amythist sie, während wir eintreten. »Und wer wohnt da?« Sie deutet auf das Zimmer gegenüber von unserem.

Julie schaut in ihre Notizen. »Bernard und Vinny.«

Wir haben Füchse im Hühnerstall.

»Wir sehen uns um sieben.« Julie zieht die Tür hinter sich zu.

Amythist reißt sie wieder auf. »Moment!« Julie dreht sich um, die Brauen hochgezogen. »Und das WLAN-Passwort?«

»Kein Gäste-WLAN. Wenn Sie einen Computer benutzen möchten, auf dem Oberdeck gibt es zwei.«

Im Ernst? Kein WLAN? Diese Info muss mein Hirn erst einmal verarbeiten. »Kein WLAN?« Amythist sieht aus, als hätte man sie gerade geohrfeigt. Sie wedelt mit ihrem lilafarbenen, strassbesetzten Handy herum. »Aber wir haben hier überhaupt keinen Empfang! Da können wir ja gar nichts machen!«

»In den Häfen haben Sie Empfang. Oder Sie benutzen einen Computer.«

Krass. Aber wir haben John ja schon als sehr kontrollsüchtig kennengelernt, da überrascht mich das irgendwie kaum noch. Ich nicke zum Dank und schließe die Tür.

»Verrückt«, sagt Amythist. »Wie soll ich denn mit all meinen Erlebnissen angeben, wenn ich nichts posten kann?«

Sie erwartet wohl, dass ich genauso aufgebracht bin, aber ich zucke nur mit den Schultern. »Ist doch gut, endlich mal offline. Und im Hafen kannst du dein Handy ja benutzen.«

Sie lässt sich auf das Bett unter dem kleinen, runden Fenster fallen. »Kann ich das hier haben?«

»Klar.«

Ich öffne den Kleiderschrank. Amythists schwarze Kleider hängen rechts, meine bunten links. Unsere Schuhe stehen auf dem Brett in der Mitte. Hm … Ist ja nett, nicht auspacken zu müssen, aber etwas übergriffig finde ich das schon. Sind die Superreichen dermaßen daran gewöhnt, von vorn bis hinten bedient zu werden, dass es sie nicht stört, wenn jemand ihre Sachen durchwühlt? Oder war das Johns Art der Gepäckkontrolle? Zum Glück habe ich meinen Vibrator nicht eingepackt.

Ich gehe ins Bad und suche in meiner Kulturtasche nach den Reisetabletten. Mir ist jetzt schon etwas duselig. Ich hätte eine nehmen sollen, bevor wir an Bord gegangen sind, aber wir konnten ja nicht an unser Gepäck.

Ich spüle die Pille mit einer ganzen Flasche Wasser runter.

»Alles okay?«, fragt Amythist.

Ich nicke. »Ich werde reisekrank. Wie du ja weißt. Aber in einer Stunde sollte es wieder gehen.«

»Perfekt. Du bist seekrank, und ich habe Angst vor Wasser. Eine Woche auf 'nem Boot – klingt da doch nach Spaß.«

Ich lache und sehe mich in dem winzigen Zimmer um. »Ich habe übrigens auch noch Platzangst.«

»Sehr gut. Warum bist du eigentlich hier?«

Ich zucke mit den Schultern. »Konnte ich mir schlecht entgehen lassen, oder? Woher kennst du denn Brittani?«

»Sie hatte was mit einem Typen aus meinem Schauspielkurs.«

»Du studierst Schauspiel?« Das sollte mich nicht überraschen. In Los Angeles ist jede zweite junge Frau Schauspielerin.

»Ja. Guck mal.«

Sie wälzt sich auf die Seite, zieht ihr Top hoch und zeigt mir ein Tattoo der Theatermasken von Komödie und Tragödie auf ihrer Taille.

»Cool«, sage ich. »Was hast du denn schon so gemacht?«

Normalerweise vermeide ich diese Frage wegen meiner eigenen Komplexe, aber ich kann nicht anders. Es interessiert mich wirklich.

»Horrorzeugs, meistens. Ich bin immer das kleine Flittchen, das ermordet wird. Macht aber Spaß. Ich hab schon viele Filme gedreht.« Sie zählt sie an ihren Fingern auf: »*Slasher Hotel 5, Rache der Teenager-Tussis, Zehn kleine Jägermeister, Vampirweiber aus Zellenblock sechs ...*«

Verstehe. »Ist ja echt viel. Wie lange bist du schon in L. A.?«

»Ich bin aus Oakland hingezogen, als ich achtzehn wurde. Ungefähr vor zwei Jahren. Und seitdem arbeite ich einfach so viel wie möglich.« Vor zwei Jahren? Damit ist sie gerade mal zwanzig. Wow. Sie springt auf und fängt an, sich auszuziehen. Sie hat nichts drunter. »Ich geh mal schnell duschen.«

Sie läuft ins Bad und hockt sich auf die Toilette, ohne die Tür hinter sich zu schließen. Ich bin mir nicht ganz sicher, ob wir diese Vertrautheitsebene schon erreicht haben.

Ich lege mich auf mein Bett. Es ist viel weicher, als es aussieht. Meine Glieder fühlen sich furchtbar schwer an und mein Hirn wie Zuckerwatte. Der Cocktail aus Jetlag und Champagner überwältigt mich. Ich schließe die Augen.

Um Punkt sieben folge ich Amythist die Treppe hinauf zum Hauptdeck. Sie trägt ein schwarzes Kleid mit Rückenausschnitt, der den Blick auf die kunstvoll schattierten Engelsflügel oben auf ihrem Rücken freigibt. Ich fühle mich immer noch benebelt. Bis vor zehn Minuten habe ich noch geschlafen, dann hat sie mich geweckt, und ich habe in aller Eile geduscht und mich irgendwie zurechtgemacht. Meine nassen Haare habe ich zu einem tiefsitzenden Pferdeschwanz zurückgekämmt, und mir blieb gerade noch Zeit für Lippenstift – ein knalliges Rosa, das zu meinem Maxikleid passt. Ich werde nicht annähernd so schick aussehen wie Summer und Wendy, aber das ist ja nichts Neues. Ich muss eh aufhören, mich ständig mit ihnen zu vergleichen. Jeder hat schließlich andere Stärken. Und Schwächen.

An der Bar begrüßt uns Dre mit Rosé-Champagner auf einem vergoldeten Tablett. Für den Abend hat die Crew sich schwarz angezogen, die Frauen tragen Cocktailkleider und die Männer einen Smoking, und darin sieht Dre sogar noch besser aus. Ich nehme mir ein Glas, und unsere Blicke treffen sich. Sein Lächeln ist wirklich umwerfend. Ihn würde ich viel lieber kennenlernen als einen von Johns Freunden.

Lass das, Belle. Keine gute Idee.

Andererseits, wer sollte es erfahren?

Mir fällt die Kamera ins Auge, die hinter Dres Kopf an der Decke hängt. Stimmt ja. Also Finger weg von der Crew.

Amythist und ich gehen durch das Speisezimmer, in dem noch der Tisch gedeckt wird. Die goldenen Strahlen der langsam tiefer sinkenden Sonne bringen den Kronleuchter über dem Tisch zum Funkeln, der das Licht in tausend kleine glitzernde Scherben bricht. Wir gehen durch die Tür am anderen Ende des Zimmers und gesellen uns zu den anderen Mädels in der Lounge. Alle sehen erfrischt aus. Claire und Wendy tragen ähnliche Maxikleider wie ich, Brittani steckt in einem erstaunlich stilvollen Sommerkleid, das ganz bestimmt ihre Schwester für sie ausgesucht hat, und Rhonda hat ein (ebenfalls erstaunlich stilvolles) silbrig-glitzerndes Top mit einer weißen Hose kombiniert. Die Gorillas tragen Anzüge, sie stehen mit dem Rücken zu uns ins Gespräch vertieft und sehen auf das Meer hinaus. Summer ist noch nicht da.

»Da drüben sieht es ja aus wie in einer Discokugel«, sage ich zu Wendy, während wir uns Luftküsschen geben.

Sie lacht. »Schönes Kleid.«

»Danke.« Habe ich für neunundzwanzig Dollar bei Target gekauft, aber das muss Wendy ja nicht wissen. »Deins ist auch hübsch.«

Sie legt den Kopf schief und mustert mich, dann löst sie eine ihrer vielen Goldkettchen und legt sie mir um. »So«, sagt sie und tritt einen Schritt zurück, um ihr Werk zu begutachten. »Perfekt.«

»Danke.« Ich betaste die Kette und beschließe, dankbar für ihre Großzügigkeit zu sein statt verärgert über ihren Drang, mich zu verbessern.

»Ihr Mädels seid nicht die Einzigen, die sich hier einen Freund angeln werden«, verkündet Rhonda uns allen mit einem Augenzwinkern.

»Mom, das ist echt ekelhaft. Du bist mindestens eine Million Jahre alt«, sagt Brittani stöhnend.

»Ist sie nicht!«, widerspricht Wendy. »Und außerdem sieht sie toll aus für ihr Alter.«

»Danke, Schätzchen«, sagt Rhonda. Sie beugt sich zu uns rüber und flüstert: »Ich bin sogar zehn Jahre jünger als John. Summers Vater auch.«

»Ja, aber diese Typen suchen sich halt Mädels in *unserem* Alter, wie man sieht.« Brittani verdreht die Augen. »Und selbst die Frau von Summers Dad ist ungefähr zehn Jahre jünger als er. Und der ist nicht mal reich.«

»Wer, glaubst du, hat Summer all das beigebracht?«, gibt Rhonda zurück.

O Mann.

»Er muss ja auch nicht genauso alt sein wie John«, fährt Rhonda verschlagen fort. »Ich suche mir direkt einen im Rollstuhl!«

Wir kichern. »Rhonda, du bist echt witzig«, sagt Amythist.

Aber Rhonda scheint wirklich stolz auf ihren Plan zu sein. »Ich mein's ernst! So ein alter Knacker kriegt doch eh keinen mehr hoch, und Mädels in eurem Alter sind dem zu viel Arbeit. Da muss ich nur noch das Steak klein schneiden und über seine Witze lachen, bis er abkratzt. Und dann erbe ich alles.«

»Na, mal sehen, was übrig bleibt, schließlich wollen die Ex-Frauen und Kinder auch was abhaben«, werfe ich ein.

Aber Rhonda ist sich ihrer Sache sicher. »Wenn der so alt ist, muss man nicht mehr lange für seine Belohnung arbeiten.« Offenbar hat sie gründlich darüber nachgedacht.

Amythist nickt. »Clever.«

Ich weiß, wie meine Schwester die Augen verdrehen würde. Aber ich muss trotzdem lachen. Mit der Zeit wurden Rhondas Ehen immer kürzer und profitabler, und schließlich wurde sie von ihrer Tochter in eine Welt unermesslichen Reichtums katapultiert, den sie sich niemals hätte träumen lassen. Summer hat all ihre Erwartungen erfüllt, was Rhonda wohl zu einer äußerst erfolgreichen Mutter macht.

In diesem Moment erscheint Summer höchstpersönlich in der Tür und sieht passenderweise aus wie eine glänzende Trophäe. Sie trägt ein enges, goldfarbenes Hervé-Léger-Kleid, das ihr die Brüste fast bis unter das Kinn drückt. John ist direkt hinter ihr, die Hand auf ihrem Rücken. Sein Leinenhemd und seine Hose sind marineblau, und seine auf Hochglanz polierten italienischen Lederschuhe haben mit Sicherheit einen Absatz eingebaut. In Kombination mit Summers flachen Glitzersandalen sind die beiden jetzt gleich groß.

Emmanuelle plingt gegen ein Glas, und wir verstummen, als wäre gerade das Brautpaar eingetreten. Summer strahlt, John erhebt sein Glas, und wir folgen seinem Beispiel. »Auf Summer. Danke, dass ihr alle uns bei ihrer Geburtstagsreise begleitet.«

Wir trinken auf Summer, dann plingt Emmanuelle wieder gegen ihr Glas. »Sie dürfen sich jetzt ins Speisezimmer begeben. Jacques hat ein *très bon* Dinner für Sie bereitet.«

Emmanuelle steckt in derselben schwarzen A-Linie wie alle anderen weiblichen Crew-Mitglieder, aber an ihren Körper schmiegt sich das Kleid wie eine zweite Haut und offenbart Kurven, die ihre Tagesuniform noch verhüllte. Summer und John folgen ihren schwingenden Hüften, und wir anderen reihen uns ein.

Der Tisch ist mit Kristallglas und goldenem Besteck gedeckt, dazwischen stehen weiße Kerzen und Rosen. Im Hintergrund dudelt leise Jazzmusik, und der Kronleuchter über dem Tisch glitzert im gedämpften Licht.

John steht hinter dem Stuhl am Kopfende, Summer zu seiner Rechten. Brittani geht geradewegs auf den Platz gegenüber von Summer zu und lässt sich auf den Stuhl fallen, doch sofort erscheint Julie hinter ihr und zieht sie am Ellenbogen wieder auf die Beine. Brittani schneidet hinter ihrem Rücken eine Grimasse.

»Rhonda.« John deutet auf den Platz, den Brittani gerade geräumt hat. Dann weist er jedem von uns einen Platz zu. Ich bekomme den Platz neben Rhonda, gegenüber von Summer und Brittani. Auf meiner anderen Seite zappelt Wendy herum. Es scheint sie zu stören, dass ihr Platz so weit von Summer und John entfernt ist. Ich würde ihr liebend gern meinen überlassen, aber das steht natürlich außer Frage.

Als wir uns schließlich alle setzen, winkt John Emmanuelle zu sich und spricht leise mit ihr. Summers Blick gleitet über Emmanuelles gebräunte Schultern und hinunter zu ihrer schmalen Taille. Emmanuelle lacht und antwortet John in schnellem Französisch. Das höre ich, obwohl ich nichts verstehe, und Emmanuelle ist sichtlich erfreut, dass John ihre Muttersprache spricht.

Summer fängt meinen Blick auf. »*Je suis ravi de boire le vin*«, sagt sie zu mir, aber laut genug, dass alle am Tisch es hören können.

»*Moi aussi*«, erwidere ich. Ich weiß nicht, welchen Wein sie meint, aber die Antwort scheint mir angebracht.

Emmanuelle dreht sich überrascht um, und Summer lächelt sie eisig an.

Hugo bringt eine Flasche Rotwein mit einem wichtig klingenden, französischen Namen, der uns wohl beeindrucken soll, und Emmanuelle verschwindet.

»Belle, dieser Mozzarella wird dich umhauen«, schwärmt Summer, während uns eine köstlich angerichtete Caprese serviert wird. »Den hat der Koch selbst gemacht.«

Von der Wärme in ihrer Stimme überrumpelt, verkneife ich mir einen sarkastischen Kommentar. »Du weißt ja, wie sehr ich Käse liebe.« Der Mozzarella schmeckt sahnig und leicht zugleich und zergeht mir auf der Zunge. Da könnte ich mich reinlegen.

»Danke, dass du uns alle eingeladen hast«, wirft Wendy in die Runde. »Ich freue mich wahnsinnig, dass ich deinen Geburtstag mit dir feiern darf.«

Alle nicken und murmeln zustimmend.

»Heute Abend«, sagt John und sieht uns alle der Reihe nach an, »soll jede von euch einen Toast auf Summer ausbringen und uns allen erzählen, wie ihr sie kennengelernt habt. Rhonda, Sie fangen an.«

Rhonda lacht. »Na ja, wir wissen ja alle, wie ich Summer kennengelernt habe. Sie kam aus meiner Mumu!«

Autsch. Dann fangen alle höflich an zu kichern. »Bitte, stehen Sie auf«, sagt John amüsiert.

Rhonda erhebt sich ein wenig schwankend. »Ähm, also, meine wundervolle Tochter wurde vor ziemlich genau siebenundzwanzig Jahren geboren – noch darf ich dein Alter sagen, oder?«

»Bis ich dreißig bin. Dann bin ich für immer neunundzwanzig«, sagt Summer lachend. Wann ist aus meiner besten Freundin eigentlich ein solches Klischee geworden? Nun, es gibt ja so einiges, was ich nicht über sie weiß.

»Es war eine sehr warme Nacht in Texas, und ich hatte nur meine Freundin Charlene bei mir. PDAs gab es damals noch nicht, zumindest nicht auf dem Land, wo wir wohnten. Ich bekam eine Schmerztablette, aber das war's. Es war eine harte Nacht, aber sobald ich sie sah, war alles vergessen. Sie war damals schon wunderschön, und mit jedem Jahr ist sie schöner geworden.«

So aufrichtig habe ich Rhonda noch nie erlebt – sie fängt tatsächlich an zu heulen, was uns anderen natürlich auch die Tränen in die Augen treibt. »Du wirst immer mein kleines Mädchen bleiben, und du weißt, ich würde alles für dich tun. Ich bin so froh, dass du einen so tollen Mann gefunden hast, der sich um dich kümmert! Obwohl ich mir da nie Sorgen gemacht habe. Danke, dass du deine alte Mama mit auf diese Reise nimmst. Ich hab dich lieb.«

Wir alle erheben unser Glas, und Summer umarmt ihre Mutter. »Ich habe dich auch lieb, Mom.«

Sie wischen sich die Tränen von den Wangen und setzen sich. Dann steht Brittani auf und sieht in die Runde. Na, das kann ja was werden. »Meine große Schwester. Sie war immer die Klügere.« Niemand sagt etwas. »Wow, okay, ihr müsst ja nicht alle gleichzeitig widersprechen.« Sie lacht schallend. »Na ja, immerhin konnte ich mir immer ihre Aufsätze ausleihen. Die Lehrer fanden es merkwürdig, dass meine Aufsätze so gut waren, aber dass ich dann in der Klasse nichts über das Buch sagen konnte. War 'n Witz. Ich würde natürlich niemals abschreiben.«

Hier sollen wir wohl lachen, und wir tun ihr den Gefallen. (Obwohl es natürlich kein Scherz ist. Brittani hasst Bücher und hat Summer immer ihre Hausaufgaben machen lassen.)

»Sie ist die beste Schwester der Welt und hat mir immer geholfen. Und dank ihr und John kann ich jetzt auch auf ein super College gehen. Also, John, danke, dass du mich da reingebracht hast, und danke, Summer, dass du mich dazu zwingst, damit ich mich ›verbessern‹ kann. Jetzt muss ich nur noch einen Mann finden, möglichst vor meinem Abschluss, damit ich nicht zu arbeiten brauche. Scherz. Oder auch nicht. Hab dich lieb.«

»Hab dich auch lieb«, sagt Summer und wirft ihr über den Tisch einen Luftkuss zu. »Und du bist viel schlauer, als du denkst.«

Das ist wirklich süß, aber leider nicht wahr. Die gute Brittani war vermutlich bei ihrer Geburt klüger als jetzt, und diese Rede ist der Beweis dafür.

John nickt Vinny am anderen Ende des Tisches zu. Er steht auf und erhebt sein Glas. »Auf Summer, eine wunderschöne junge Frau. Herzlichen Glückwunsch.«

Jetzt bin ich dran. Ich stehe auf und lächle Summer an. »Ich habe Summer in unserem ersten Jahr an der Highschool kennengelernt. Da ist sie nebenan eingezogen, im tiefsten Süden von Georgia.«

»O mein Gott.« Summer lacht. »Erinner mich nicht daran.«

Ich ignoriere ihren Einwand. »Wir waren sofort unzertrennlich, aber am besten erinnere ich mich an den Sommer zwei Jahre später. Wir haben dieselben Bücher gelesen, französische Filme geguckt, Tennis gespielt … und Rhondas Weinschorle geklaut.«

»Und ich dachte, ich hätte ein Alkoholproblem!«, ruft Rhonda.

Alle lachen. Ich hole tief Luft und fahre fort: »Summer war in diesem Sommer wirklich für mich da, und das werde ich nie vergessen. Und selbst nachdem sie zweitausend Meilen weit weggezogen ist, haben wir immer noch jeden Tag telefoniert.« Natürlich erzähle ich nicht, warum sie für mich da sein musste – weil ich beinahe vergewaltigt wurde, als ich sie in die Wohnung unseres Lehrers begleitete, obwohl ich wusste, dass uns das Ärger einbringen würde. Und dass ich deshalb erst mit zwanzig das erste Mal Sex hatte. Und dass, obwohl ich meine Angst vor Sex überwunden habe, der Geruch von Drakkar Noir bei mir manchmal immer noch eine Panikattacke auslöst. »Wir haben viel zusammen durchgemacht, und ich freue mich auf viele weitere gemeinsame Jahre. Herzlichen Glückwunsch!«

»Danke«, sagt Summer, die Hand auf dem Herzen. Ich setze mich wieder und versuche in ihrem Gesicht zu lesen, wie ernst sie es wohl meint. Und ob sie glaubt, dass *ich* es ernst meine. Aber ihre glänzenden Augen sind unergründlich.

Jetzt steht Benard auf und erhebt sein Glas. »Alle sagen immer, die Welt wird von Männern regiert. Aber eine schöne Frau kann all diese Männer um den Finger wickeln, und du, meine Liebe, kannst das zu Recht. Das Lächeln, die Augen, der Körper, du hast einfach alles. Herzlichen Glückwunsch!«

Was für ein geiler Bock. Wir heben trotzdem die Gläser und trinken erneut auf Summer. »Wie lieb von dir, danke, Bernie.« Sie klimpert mit den Wimpern. »Offenbar lohnen sich die Spinning-Kurse.«

Amythist ist die Nächste. Was will sie schon groß sagen? Sie hat Summer schließlich erst gestern kennengelernt. Und nach Amythists belustigtem Gesichtsausdruck zu schließen, fragt sie sich das wohl auch. Sie steht auf, und alle Blicke richten sich erwartungsvoll auf sie. Ihr Weinglas ist bereits leer, und sie lässt es zwischen den Fingern kreisen. »Also, ich habe Summer gestern kennengelernt«, beginnt sie, »durch ihre wundervolle kleine Schwester, natürlich.« Sie lächelt Summer an. »Brittani hat mir schon viele tolle Sachen über dich erzählt, und nichts davon war übertrieben, das sehe ich jetzt.«

Summer erwidert ihr Lächeln. »Danke dir.«

Amythist fährt fort: »Du bist echt ein großes Vorbild. Ich hoffe, ich bin genauso wie du, wenn ich älter bin.« Das Lächeln auf Summers Gesicht friert ein. »Danke, dass Brittani mich mitbringen durfte zu diesem Megatrip. Happy Birthday!«

John nickt Claire zu, die nervös aufsteht. Sie spricht leise und will es offenbar schnell hinter sich bringen. »Ich habe Summer durch Wendy kennengelernt. Ihr habt eine so tolle Freundschaft, und ich weiß, wir kennen uns nicht besonders gut, aber du bist sehr lieb, und ich finde es so schön, dass du mich eingeladen hast, und freue mich wirklich sehr, hier zu sein. Herzlichen Glückwunsch«, endet sie etwas atemlos.

Während sie noch ihr Glas hebt, setzt sie sich auch schon wieder.

»Wenn hier eine lieb ist, dann du, Claire«, sagt Summer. »Ich freue mich, dass du bei uns bist.«

Wendy steht auf und sieht uns alle nacheinander lächelnd an. »Bevor ich auf meine beste Freundin anstoße, möchte ich auch einmal das Glas auf ihren wundervollen Freund John erheben. Ohne ihn wäre keine von uns hier. John, vielen Dank, dass Sie an Summers Seite sind und uns alle auf diese Traumreise mitnehmen.«

Sie hebt das Glas, und wir anderen rufen: »Danke, John!«

John schenkt Wendy ein breites Lächeln. Das hat ihm gefallen. So etwas kann Wendy gut. Sie weiß immer genau, welches Ego gerade gestreichelt werden möchte, hat immer die richtigen Worte parat und wirkt dabei nie unterwürfig.

»Und nun …« Ihr Blick ruht jetzt auf Summer. »Ich habe Summer durch Belle kennengelernt, die ich vom College kenne.«

»Wir waren alle zusammen auf der UCLA«, ergänzt Summer.

Eine glatte Lüge.

Wendy riecht wohl die Gefahr, deshalb wechselt sie schnell den Kurs. »Ich werde nie vergessen, wie sich Summer nach meinem Unfall um mich gekümmert hat. Ich habe mir letztes Jahr beim Springen das Bein gebrochen«, erklärt sie. »Springreiten. Meine Eltern konnten nicht zu meiner OP kommen, weil mein Vater Senator ist und kurz darauf Wahlen waren – die er zum Glück gewonnen hat.« Sie hat vergessen, zu erwähnen, dass er Mitglied des US-Senats ist, aber egal. »Doch Summer war für mich da. Als sie mir die Schrauben ins Fußgelenk bohrten, saß sie an meinem Bett und hielt meine Hand.«

Na ja, eigentlich war ich das. Dafür habe ich die Chance auf einen Gastauftritt in einer Fernsehserie sausen lassen. Summer sollte zwar auch kommen, aber sie hat in letzter Sekunde abgesagt, weil sie ein Date mit irgendeinem Typen hatte, den sie heiß fand.

Wendy lässt den Blick kurz über den Tisch schweifen. Bilde ich mir das ein, oder will sie mich nicht ansehen? »Sie hat mir einen riesigen Blumenstrauß geschenkt – Sonnenblumen, die mag ich am liebsten –, der passte kaum durch die Tür.«

Ich studiere Wendys Miene. Hat sie vollkommen das Gedächtnis verloren, oder erfindet sie hier etwa absichtlich ein Märchen? *Ich* habe ihr diese Blumen geschickt, das kann sie doch nicht vergessen haben! Sie hat sich so darüber gefreut, dass sie mir sogar eine richtige Dankeskarte geschickt hat.

Aber das Märchen scheint noch nicht zu Ende zu sein. »Und danach«, plappert Wendy weiter, »hat Summer mich jeden Abend besucht, hat für mich gekocht und mich zu meinen Arztterminen gefahren. Da habe ich gelernt, was wahre Freundschaft bedeutet, und das werde ich nie vergessen.«

Okay. Summer hat in ihrem ganzen Leben noch keinen Herd bedient, und sie hatte zu der Zeit nicht mal ein Auto. Sie schlief damals auf meiner Couch (beziehungsweise in meinem Bett) und versuchte, ihr Leben wieder in den Griff zu kriegen. Kurz zuvor hatte ihr Ex sie aus seiner Wohnung geworfen, weil sie ihn betrogen hatte. Gut, ich war längst nicht die Einzige, die Wendy zu den Arztterminen gefahren hat – sie hat jede Menge Freunde. Aber sollte Summer sie überhaupt einmal gefahren haben (was ich bezweifle), dann ganz sicher mit *meinem* Auto, was sie sich mehrmals ausgeliehen hat.

Wendys Pokerface ist undurchdringlich, ich kann nicht erkennen, ob sie ihre eigene Geschichte glaubt oder ob sie sich damit nur bei Summer und John einschmeicheln will. Das jedenfalls hat funktioniert. John tätschelt Summers Hand, die Wendy anstrahlt und sagt: »Ach, das war doch selbstverständlich. Dafür sind Freundinnen schließlich da!«

Nach außen hin bleibe ich nett und freundlich, aber den Rest des Abends sage ich nicht viel. Ich bin wirklich entsetzt über Wendys zusammengeschusterte Geschichte. Mein Schweigen fällt nicht weiter auf, denn die Unterhaltung wird von John und seinen Männern dominiert. Es geht um irgendwelche chinesischen Investoren und wie man sie am besten dazu bringen könnte, zusammen mit Johns Firma ein scheinbar furchtbar kompliziertes Bauprojekt zu unterstützen. Ich versuche, der Diskussion zu folgen, aber ich verstehe nur, dass John sich unbedingt mit ihnen treffen will, bevor sie das Areal begutachten, und dass Bernard und Vinny dagegen sind. John behält natürlich das letzte Wort.

Nach dem Abendessen überreicht John Summer ein Smaragdset: eine Kette, ein Armband und passende Ohrringe. Vom Stil her eher »russische Omi in der Oper«. Wem's gefällt …

Später gehe ich hinauf aufs Oberdeck und setze mich an einen der Computer. Unter dem wachsamen Blick von Johns Porträt logge ich mich in meinen E-Mail-Account ein und schreibe eine kurze Nachricht an Lauren_Carter812.

Hey Sis,
ich habe es aufs Boot geschafft! Es ist unglaublich. Wir sind in Italien in der Nähe der französischen Grenze und fahren nach Saint-Tropez. Summer ist irgendwie etwas distanziert, sie klebt richtig an John, aber wenigstens ist sie nett zu mir. Ich teile mir ein Zimmer mit einem Mädchen namens Amythist (ja, das hast du richtig gelesen), eine Freundin von Brittani. Ihre Augen passen übrigens zu ihrem Namen. Rhonda ist auch da … sie hat sich überhaupt nicht verändert. John hat zwei Typen dabei, Bernard und Vinny, die genauso aussehen, wie du sie dir vorstellst. Wir haben hier keinen Empfang, und WLAN gibt es auch nicht (ich schreibe von einem Computer mit richtigen Kabeln dran, kennst du die noch?), also sag Mom und Dad, dass sie sich keine Sorgen machen sollen, falls sie mich nicht sofort erreichen.
Das Wetter ist herrlich, und mir geht es gut, obwohl ich im Flugzeug nicht viel geschlafen habe. Das war's erst mal.
Ich melde mich bald.
Küsschen,
Belle

Ganz wohl fühle ich mich nicht, bestimmt werden meine Nachrichten gelesen. Aber egal, wie unheimlich dieses Bild an der Wand ist, warum sollte John sich für meine E-Mails interessieren? Jedenfalls nicht mehr als für die der anderen. Dass wir hier kein WLAN haben, gehört wahrscheinlich auch einfach zu Johns Vorsichtsmaßnahmen, damit es keine Sicherheitslücken gibt, über die sich jemand von außerhalb Zugriff auf seine Server verschaffen könnte. Trotzdem ein komisches Gefühl. Also belasse ich es bei der E-Mail. Schade, bestimmt hat mein Bild vom Boot vorhin jede Menge Likes bekommen.

Ich kann die sozialen Medien nicht ausstehen, aber leider läuft heutzutage in meiner Branche nichts mehr ohne. Manche Schauspieler setzen die Anzahl ihrer Follower sogar ganz oben auf ihren Lebenslauf. Etwa so: *Isabelle Carter: 21,5 Tsd. auf Insta, 34 Tsd. auf*

Twitter, 6 Tsd. auf YouTube. Nicht berauschend, aber auch nicht katastrophal. Die meisten meiner Follower sind Fans einer abgedroschenen Sitcom, in der ich vor ein paar Jahren mal eine Nebenrolle hatte. Ich weiß, ich sollte meine Kanäle ausbauen – ich könnte eine Menge Promozeugs bekommen und damit Geld machen. Und ich brauche dringend Geld. Aber ich bin echt eine Millenial-Niete. Ich finde dieses »Hey, seht mich an!«-Getue einfach nur widerlich. Ich bin doch nicht Schauspielerin geworden, um berühmt zu sein. Ich will einfach nur gute Filme machen.

Voll der Loser, schon klar.

Auf dem Weg vom Oberdeck zu meinem Zimmer zähle ich sieben Überwachungskameras. Die ganze Jacht scheint mit so was ausgestattet zu sein, bis auf die Bäder und die Schlafzimmer. Es sei denn, da gibt es versteckte Kameras ... Dieser Gedanke jagt mir einen Schauer über den Rücken. Wer sie wohl überprüft? Der kleine Nerd?

So ein Quatsch. Niemand beobachtet mich beim Pinkeln.

Im Zimmer stelle ich fest, dass ich viel müder bin, als ich dachte. Immerhin habe ich vorhin ein Nickerchen gemacht. Ich bin jedenfalls viel zu müde, um mich mit der aufgedrehten Amythist zu unterhalten. Sie ist immer noch ganz hingerissen von all dem Luxus und überlegt, wen wir wohl alles treffen werden. Ich nicke höflich zu ihrem Geplapper und versuche, meine Augen offen zu halten, aber sie fallen immer wieder zu. Schließlich gibt sie auf und blättert in einer Zeitschrift.

Die Wände auf so einer Jacht sind wohl nicht allzu dick, denn während ich einschlafe, kann ich von nebenan Rhondas und Brittanis gedämpfte Stimmen hören. Sie schmieden schon Pläne, wie sie John möglichst schnell mit Summer verheiraten können, damit sich all ihre Probleme in Luft auflösen.

Mitten in der Nacht erwache ich mit pochenden Schläfen und ausgetrockneter Kehle. Wie viel Wein habe ich getrunken? Ich muss definitiv mehr Wasser trinken.

Ich greife nach der Wasserflasche auf meinem Nachttisch, aber sie ist leer. Verdammt. Amythists auch. Ich habe überhaupt keine Lust, jetzt nach oben zu gehen, und ich bin müde genug, um auch so wieder einzuschlafen, aber ich weiß, dass meine Kopfschmerzen dann nur noch schlimmer werden. Also schwinge ich die Beine aus dem Bett und stemme mich hoch.

Ich packe den Türknauf und will ihn drehen, doch er lässt sich kaum bewegen. Ich rüttle daran und drücke gegen die Tür. Was zum …? Schließlich werfe ich mich mit der Schulter dagegen. Nichts.

Wir sind eingeschlossen.

Amythist rührt sich, ich habe sie wohl mit meinem Gepolter geweckt. Sie sieht mich verwirrt an. »Was ist los?«

»Nichts«, antworte ich. Ich will sie nicht beunruhigen. »'tschuldigung. Schlaf weiter.«

Wir sind wirklich eingeschlossen.

Ich fülle meine Flasche am Waschbecken, lege mich wieder hin und starre an die Decke. Diesmal schlafe ich erst nach Stunden ein.

ZWEI JAHRE ZUVOR

LOS ANGELES

Welcome to Heaven. Ich bin Belle, euer Engel.«

Hinter meiner Sonnenbrille taxierte ich eine große Gruppe, die sich in der Cabana mit Hollywoodblick breitgemacht hatte. Sieben Typen und drei Mädels, alle um die zwanzig, gebräunt und offenbar nicht mehr ganz nüchtern.

»Unser Engel!«, quietschte eine aufgedrehte Blondine. »Und deine Flügel! Ich will auch so welche!«

Ich zwang mich zu einem Lächeln. »Die verkaufen wir im Shop.« Ich verabscheute diese Flügel fast genauso sehr wie das schillernde, weiße Bikinitop und den ultrakurzen Rock, die zu der Engelsuniform gehörten. Aber ich bekam gutes Geld für den Job und konnte immerhin Sneaker tragen, also schluckte ich meinen Stolz herunter.

»Bring ihr einfach ein Paar Flügel, und setz die Dinger auf meine Rechnung«, wies mich ein Muskelprotz mit verspiegelter Sonnenbrille an und legte mir den Arm um die Schultern. Seine feuchten Achselhaare kitzelten mich, und ich bekam eine Gänsehaut.

»Okay.« Na toll, dafür musste ich ganz nach unten in die Lobby gehen. Ich hatte zwar hier oben am Pool auf dem Dach alle Hände voll zu tun, aber wir durften den Gästen nichts abschlagen. Derweil rutschte der muskelbepackte Arm hinunter zu meiner Taille, und seine schwitzige Hand blieb an meinem Bauch liegen. Immerhin waren die Achselhaare weg, aber ich war mir nicht ganz sicher, was schlimmer war. Normalerweise hätte ich ihm eine gescheuert. Aber wir wussten beide, dass ich das Trinkgeld brauchte.

»Ich nehme ein Bier«, sagte er. »Und einen Whiskey.«

»Einen Erdbeer-Daiquiri«, sagte eines der Mädchen. »Und einen Salat mit Hähnchenbrust.«

»Cadillac Margarita mit Salz«, sagte ein anderes.

»Wodka-Red Bull«, verlangte ein Typ, schob mich zur Seite und ging zum Pool.

»Nehm ich auch«, sagte ein anderer und folgte ihm. »Und Tortillachips mit Guacamole.«

»Drei Mal. Und einen Cheeseburger.«

»Okay.« Mein Lächeln funktionierte noch. »Alles auf eine Rechnung?«

Muskelprotz strich mir gedankenlos mit dem Daumen über den Rücken. »Die Mädels übernehme ich, aber die Jungs zahlen selbst.«

Warum tat ich mir das hier noch mal an? »Gut.« Ich wand mich aus seinem Arm. »Dann komm ich gleich zurück und nehme die restlichen Bestellungen auf.«

Ich tippte die Bestellung ein und schleppte ein Tablett Bier zu einem anderen Tisch. Vorsichtig bahnte ich mir einen Weg durch die feuchtfröhliche Menge, da spürte ich plötzlich eine Hand auf meiner Schulter. Ich drehte mich um und stand vor Summer. Sie hatte die Haare zu einem unordentlichen Dutt hochgebunden und steckte in einem leuchtend rosa Bikini, der ihre neuen Brüste mehr schlecht als recht verhüllte.

»Hey!«, rief ich. »Was machst du denn hier?«

»Relaxen. Mach kurz Pause, und komm zu uns.«

»Wir dürfen uns nicht zu den Gästen setzen.«

Sie verdrehte die Augen. »Was für 'ne dämliche Regel. Wann hast du Schluss?«

»Um fünf.«

»Oh, gut! Du musst unbedingt mit mir zu dieser Kunstausstellung gehen. Ich habe einen superheißen Typen kennengelernt. Und er ist auch total intelligent ...«

Ich stellte das Tablett auf einem Stehtisch ab. »Hast du mit Brian Schluss gemacht?«

»Hä, wieso das denn? Ich wohne doch bei ihm. Aber er ist so gut wie nie da, der wird nichts merken.« Von dieser Logik hielt ich nicht viel, aber Summers Liebesleben war eine Welt für sich, also sagte ich nichts dazu. »Na, jedenfalls treffe ich mich mit diesem heißen Typen bei der Ausstellung, und sein Bruder kommt ihn besuchen, also dachte ich, wir machen ein Doppeldate draus.«

»Wie ist der Bruder denn so?«

»Keine Ahnung, aber ich habe ein Bild von ihm gesehen, und er sieht genauso heiß aus wie sein Bruder. Komm schon, ich will nicht allein hingehen. Und wenn du ihn nicht magst, musst du ja nicht bleiben.«

Ich zuckte mit den Schultern. »Okay.«

»Danke! Du bist ein Schatz!« Sie sprang auf und ab, und es war, als hätte jemand ein Spotlight auf ihre hüpfenden Brüste gerichtet. »Das wird bestimmt super.«

Über Summers Schulter fing ich den Blick meiner Chefin auf. Schnell nahm ich das Tablett wieder vom Tisch. »Ich muss zurück an die Arbeit.«

Ich hatte noch nicht einmal zwei Schritte getan, als ein Hüne von einem Mann rückwärts aus einer Gruppe trat, mich anrempelte und uns beide mit Bier tränkte.

»Pass doch auf«, fuhr er mich an.

Ich sah zu meiner Chefin auf der Terrasse hoch; sie hatte die Lippen zusammengepresst und schüttelte den Kopf. Na super. Für das Bier ging dann wohl mein Trinkgeld drauf, und sie würde bestimmt eine schöne Predigt für mich vorbereiten, wenn nicht sogar die Kündigung. Immerhin konnte ich mich auf ein Date mit einem heißen Typen freuen. Am Ende dieses Tages brauchte ich bestimmt etwas Aufmunterung.

Um halb sieben stieg ich die Stufen zur U-Bahn hinab. Ich hatte geduscht und ein schwarzes Kleid angezogen, das hoffentlich den Spagat zwischen sexy und hip schaffte, den ich für eine Kunstausstellung angebracht hielt. Der Zug war fast leer, und ich setzte mich auf einen Fensterplatz. Als wir den Bahnhof verließen, holte ich mein Handy aus der Tasche.

Es verband sich mit dem öffentlichen WLAN in der Bahn, und eine Nachricht von Wendy erschien.

> Hey Süße, hast du das Bild von uns mit Summer vom Coachella vor 2 Jahren, wo wir auf einer Bühne sitzen? Ich will es ihr zum Geburtstag schenken, aber ich finde es nicht.

Ich öffnete die Galerie und durchsuchte sie nach den Bildern vom Coachella-Festival. Dieses Jahr waren weder Summer noch ich da gewesen. Ich musste arbeiten, und sie war mit Brian auf Hawaii, aber Wendy hatte uns mit ihren Bildern auf dem Laufenden gehalten. Sie war immer mit einer ganzen Schar hübscher Mädels unterwegs, und ihre Fotos waren dementsprechend voll mit Hüten, Federn, viel Haut und glasigen Augen hinter Sonnenbrillen. Claire war die Einzige, die ich mit Namen kannte. Sie stand immer am Rand der Gruppe und sah um einiges braver aus als die anderen. Wendy war natürlich immer mittendrin, selbstsicher, perfekt gestylt und mit strahlendem Lächeln.

Ich musste ein Lachen unterdrücken, als ich die Coachella-Bilder vom Jahr davor durchsah – keines war auf dem eigentlichen Festival entstanden. Wendy arbeitete damals für einen Veranstaltungsplaner, der rund um Coachella private Partys organisierte, komplett mit Pool und DJ, und dort hatte sie Summer und mir einen Job verschafft. Während Wendys Chef sie durch die Gegend scheuchte, schufteten wir von zwölf bis Mitternacht an der Bar. Für dreihundert mickrige Dollar am Tag (ohne Trinkgeld!) rannten wir in einem fast durchsichtigen, bauchfreien Top mit der Aufschrift BARMIEZE herum und versorgten betrunkene VIPs und deren Gefolge mit Getränken. Irgendwann hatten wir uns die übrig gebliebenen Kanapees geschnappt und uns draußen hinter den Büschen versteckt, wo wir uns mit Wodka-Red Bull volllaufen ließen. Ein großartiges Selfie von uns dreien bezeugt diesen glorreichen Moment. Auf einem weiteren Bild quetschten wir uns zu dritt in ein Bett und grinsten albern in die Kamera. Das war bei einem Typen gewesen, der in Wendy verknallt war.

Endlich fand ich die Bilder von vor zwei Jahren. Wendy und ich waren damals Seniors an der UCLA, und irgendjemand hatte ihr eine Handvoll VIP-Tickets geschenkt – eine dieser unverhältnismäßigen Aufmerksamkeiten, die Wendy gefühlt alle zwei Wochen erhält. Wir hatten uns erst ein Jahr zuvor kennengelernt, und ich hatte ihr Summer noch nicht vorgestellt.

Ehrlich gesagt hatte ich mir im College nicht besonders viel Mühe gegeben, den Kontakt zu Summer aufrechtzuerhalten. Während der letzten zwei Highschool-Jahre hatten wir ständig geskyped oder uns geschrieben. Meine kleine Heimatstadt in Georgia hatte sich immer kleiner angefühlt, und bei ihr konnte ich all meinen Frust ablassen. Als ich dann aber aufs College ging, wurde unser Kontakt immer seltener, obwohl wir jede Menge Spaß hatten, als sie mich im Frühling aus Arizona besuchen kam. Doch im darauffolgenden Jahr, als sie mit Rhonda und Brittani ins Inland Empire zog – nur eine Stunde entfernt –, sahen wir uns höchstens alle paar Monate. Es lag nicht nur an der Entfernung, wir hatten uns auch einfach sehr unterschiedlich entwickelt. Sie arbeitete bei Hooters und machte eine Ausbildung zur Kosmetikerin, während ich studierte und im Theater auftrat. Wenn sie abends nach L. A. kam, wollte sie durch die Clubs ziehen und irgendwelche Typen abschleppen. Ich hingegen wollte bei einem Kommilitonen abhängen, kiffen und tiefsinnige Musik hören. Aber als eines der Mädchen aus unserer Coachella-Gruppe kurzfristig absprang, fragte ich Wendy, ob ich nicht Summer mitbringen könnte, denn ich war mir sicher, dass Summer und Wendy sich gut verstehen würden.

Und ich lag richtig. Vielleicht ein bisschen zu richtig. Summer und Wendy waren sofort unzertrennlich, und ich fühlte mich schnell wie das fünfte Rad am Wagen. Ich trottete ihnen hinterher und sah zu, wie sie die Köpfe mit den großen Blumenkränzen im Haar zusammensteckten und überlegten, wo sie als Nächstes hingehen sollten. Es überraschte mich nicht, dass Wendy Summer so schnell ins Herz schloss. Sie sammelte hübsche Freundinnen wie Kettenanhänger, und Summer war eindeutig die hübscheste von allen. Doch wie schnell Summer sich ihrerseits mit Wendy anfreundete, überraschte mich schon etwas. Summer hatte nie viele Freundinnen und brauchte sie auch nicht. In Georgia war ich ihre einzige Vertraute gewesen. Seit ich sie kannte, hatte sie mich gerade einmal zwei Freundinnen vorgestellt, und von denen hatte ich anschließend nie wieder etwas gehört. Natürlich hatte ich gehofft, dass sie Wendy mochte, aber ich hatte nicht erwartet, dass die beiden ständig miteinander tuschelten und dann zu zweit wohin auch immer loszogen, während ich ihnen im Zelt einen Platz frei hielt.

Diese Dynamik war auch auf den Bildern sehr gut zu erkennen: Wendy und Summer tanzen im blauen und rosa Licht der Scheinwerfer. Wendy und Summer schauen über den Rand ihrer identischen Sonnenbrillen und nuckeln an identischen Drinks. Wendy hat sich Summers Haare über den Kopf gelegt, sodass sie wie eine Blondine aussieht. Auf ein paar Bildern sind wir auch zu dritt zu sehen. Ich wusste sofort, welches Wendy meinte. Wir waren backstage – Wendy kannte natürlich einen Typen aus der Band. Die ALL-ACCESS-Schlüsselbänder liegen über unseren vielen Perlenketten, und wir sitzen lächelnd auf dem Bühnenrand, während hinter uns die Sonne wie ein orange lodernder Feuerball versinkt. Wir sehen aus wie drei Meerjungfrauen, die gerade aus dem Meer aufgetaucht sind.

Ich wählte das Foto aus und schickte es mit einem Kuss-Smiley an Wendy. Sie antwortete sofort:

Danke! Was machst du heute?

Ich: Kunstausstellung mit Summer. Und du?

Wendy: Ah, stimmt, ich kann leider nicht. Muss auf 'ne Party von meinem alten Boss. Sagt Bescheid, wenn ihr später vorbeikommen wollt.

Ich schickte ihr ein »Daumen hoch« und unterdrückte meinen Ärger darüber, dass Summer offensichtlich zuerst Wendy gefragt hatte.

Nach Coachella hatten Wendy und Summer ihre rosaroten Brillen abgenommen, und unsere Dreiecksfreundschaft war etwas ausgeglichener geworden. Wendy und ich hatten im Mai unseren Abschluss gemacht. Zum ersten Mal schmeckten wir die Freiheit des echten Lebens und machten die Stadt unsicher. Summer wurde zu einer Konstante in unserem Alltag. Jedes Wochenende übernachtete sie mal bei mir und mal bei Wendy, bis sie sich schließlich einen Kellnerjob in einem Club in der City besorgte, ihren Freund (und seine Wohnung) verließ und ihn durch einen Investmentbanker (und ein schickes Apartment in Hollywood) ersetzte. Eine eigene Bleibe hatte sie nicht. Aber ob sie nun bei Wendy oder mir unterkam (meistens bei mir) oder bei einem der vielen Typen in ihrem Leben, irgendwo konnte sie ihre Stilettos immer lagern.

Wir nannten uns scherzhaft das Dreirad, weil wir uns während der letzten zwei Jahre immer gegenseitig unterstützt hatten und gemeinsam allen Schlaglöchern ausgewichen waren. Wendy hatte ihr variables Set an hübschen Freundinnen, Summer hatte ständig einen Neuen, und ich hatte meine Träume vom großen Durchbruch – aber vor allem hatten wir einander.

Deshalb war es eigentlich nicht wichtig, dass Summer Wendy zuerst gefragt hatte, und ich wollte mir davon nicht den Abend verderben lassen.

Ich stieg aus der U-Bahn und sprintete die Treppen hinauf. Als ich oben auf die Straße trat, schaute ich auf meinem Handy nach, wo ich hinmusste. Ich hatte eine Nachricht von Summer.

Komme später, eher so halb acht!

Na toll. Hätte ich mir denken können, Summer kam immer zu spät.

Aber es störte mich nicht. Es war ein schöner Juniabend und der Art Walk in vollem Gange. Die Hochhäuser glommen im Schein der Lichter und tauchten die wimmelnde Menge auf den Straßen in ein mystisches Licht. Stilbewusste Kunstkenner und Neugierige strömten aus den Galerien auf die Gehwege und tranken auffällig unauffällig billigen Wein aus Plastikbechern.

Ich schlenderte durch eine offene Tür und nahm mir einen Becher lauwarmen Pinot Grigio. An einer Wand hingen Gemälde von goldenen, nackten Damen, und die Leinwände bestanden aus Geldscheinen. An der Wand daneben sah man in Grundfarben gemalte Tiere, die Bänder mit Preisschildern um den Hals trugen. Interessante Gegenüberstellung.

Ich schaute wieder auf mein Handy. Diesmal hatte ich eine Nachricht von meinem alten Mitbewohner Hunter.

Heute Abend ins Abbey? Mein Doppelgänger tritt auf!

Es folgte eine Zeile voller Discotänzer, Champagnergläser und Konfetti. Hunter hatte noch nie mit Emojis gespart. Dann schickte er ein Bild von einem muskulösen, schwarzen Mann im Tanga, der auf einer Bar tanzte, mit viel zu vielen Emojis von Händchen haltenden Männern und der Nachricht:

Siehst du? Praktisch mein Zwilling!

Mir kam fast der Wein aus der Nase. Ja, irgendwie sahen sie sich schon ähnlich – mit ganz viel Fantasie und halb geschlossenen Augen. Mit Hunter tanzen zu gehen war immer ein Highlight, aber ich hatte seit Wochen keinen Typen mehr geküsst, und heute Nacht wollte ich zur Abwechslung mal einen Mann kennenlernen, der sich mehr für meinen Körper als für meine Schuhe interessierte.

Eigentlich ja, aber ich bin mit Summer bei einer Kunstausstellung.

Sofort überfluteten unzählige heulende Smileys und Kackhäufchen meinen Bildschirm.

Summer und Kunst??? Ich hab mich wohl verlesen.

Ich fühlte mich kurz schuldig, weil ich lachen musste.

Sie interessiert sich auch eher für den Künstler.

Ein GIF einer zwinkernden Dragqueen.

War ja klar! Wenn sie dich sitzen lässt, du weißt ja, wo du mich findest.

Wie aufs Stichwort erschien eine Nachricht von Summer.

Eher acht, Brian hat angerufen. Sorry!

Armer Brian. Vor nicht einmal einem Jahr hatte er seine Frau für Summer verlassen, und schon setzte sie ihm Hörner auf. Andererseits hatte ja auch er seine Frau betrogen …

Dass Brian verheiratet war, fand ich erst spät heraus. Als das mit ihm anfing, waren Summer und ich sehr beschäftigt und hatten nur spärlichen Kontakt. Ich schloss gerade meinen Bachelor ab und musste meine Prüfungen mit abendlichen Shakespearevorstellungen und Vorführungen vor Agenten unter einen Hut bringen. Und Summer stand in einem Club in Hollywood hinter der Bar und ging nach Schichtende mit Rockstars und Produzenten nach Hause. Als ich von Brians Frau erfuhr, warnte ich Summer, sie solle aufpassen, dass sie ihr Karmakonto nicht überzog, aber sie lachte nur. An so etwas wie mieses Karma glaubte sie nicht. Jetzt war ich das Barmädchen, und sie saß in einer protzigen Eigentumswohnung mit Blick aufs Meer. Vielleicht hatte sie ja doch recht.

Ich schlängelte mich durch abstrakte Skulpturen und Multimedia-Installationen in einer Bar und fand mich dann vor der Galerie wieder, in der ich mich mit Summer treffen wollte. Ich schickte ihr eine Nachricht und trat ein.

Am anderen Ende des weitläufigen, hohen, Industriebau-ähnlichen Raums spielte eine Jazzband. Die meisten Gäste waren jung, trugen rockig-elegante Outfits und schlürften Champagner aus richtigen Champagnergläsern. Es war eine Fotografieausstellung, und erleichtert stellte ich fest, dass es gute Arbeiten waren. Nicht dass ich auf diesem Gebiet Expertin wäre. Klar, ich war in allen großen Museen in der Stadt und habe die ein oder andere Kunstausstellung besucht (vor allem von befreundeten Künstlern vom College). Aber ich verließ mich bei der Beurteilung eines Kunstwerks komplett auf mein Gefühl. Ich hatte keine Ahnung, was in der Kunstszene als »gut« galt. Ein Kunstwerk musste mich ansprechen. Und das taten diese Fotografien auf jeden Fall. Eine Luftaufnahme von einem sonnenbeschienenen Strand, der vom aufgepeitschten Meer überspült wurde. Ein Schloss auf einer Mülldeponie. Ein Bahnhof, der scheinbar unter Wasser lag.

Ich blieb vor einem lebensgroßen Porträt einer nackten Frau stehen, der Blumen aus allen Körperöffnungen wuchsen. Augen, Nase, Mund, Ohren, Nippel, Vagina – alles von Blüten verhüllt. Die Frau war in Schwarz-Weiß, die Blumen bunt, was dem Bild einen plastischen Effekt verlieh.

»Was meinst du?«, sagte eine tiefe Stimme neben mir.

Ich blickte den Besitzer der Stimme an, und mir blieb kurz das Herz stehen. Vor mir stand ein Bild von einem Mann, und ich war fast geblendet von seiner Schönheit. Er war groß und gebräunt, hatte meergrüne Augen und eine dichte, blonde, lockige Mähne, die er zu einem lässigen Man Bun hochgebunden hatte. Er trug schwarze ripped Jeans und ein T-Shirt, und seine Arme waren von Tattoos bedeckt. Sein Blick schien mich zu durchbohren, als könnte er direkt in meine Seele sehen. Du liebes bisschen.

Ich holte tief Luft und wandte mich wieder dem Bild zu. »Ich habe mich gerade gefragt, ob ihr wohl auch Blumen aus dem Arsch wachsen.« Er lachte laut und verschüttete beinahe seinen Champagner. Ich grinste. Hoffentlich war nicht allzu offensichtlich, wie zufrieden ich mit dieser Reaktion war.

»Was ist mit dem hier?« Er deutete auf das Bild einer Gestalt, die halb Frau, halb Tiger war. Sie warf den Kopf zurück und fletschte die Zähne.

Ich starrte darauf und überlegte, wie ich ihn noch einmal zum Lachen bringen konnte. »Sie ist richtig angepisst, weil sie niemanden zum Vögeln hat. Männer gehen nicht, aber Tiger auch nicht. Als Letzter seiner Art führt man ein einsames Leben.«

»Sprichst du von dir selbst?«, fragte er mit funkelnden Augen.

Ein Schauer lief mir den Rücken hinunter. Offenbar hatte ich nicht wie eine totale Hirnamputierte geklungen. »Klar. Ich bin untröstlich, dass ich keine Tiger vögeln kann.«

Zu doll? Nein. Er lachte wieder und schob mich sachte zum nächsten Bild, ein Löwe, der von einer Gazelle verschlungen wurde. Eigentlich hätte ich *ihn* gern etwas gefragt, aber mir fiel nichts ein, und außerdem war ich jetzt in Fahrt. Ich studierte das Bild vor mir. »Der Besiegte wird zum Sieger. Obwohl eine Gazelle niemals so einen Löwen töten würde.«

Er hob eine Augenbraue. »Ach nein?«

»Nein«, antwortete ich. »Sieger und Besiegter werden dadurch bestimmt, wer das Rennen gewinnt. Wenn die Gazelle immer etwas schneller ist als der Löwe, muss sie nur so lange durchhalten, bis er völlig erschöpft ist. Dann kann er nicht mehr jagen und verhungert.«

Er lachte. »Dann sollte ich dir wohl lieber nicht hinterherrennen.«

Unsere Unterhaltung floss völlig mühelos dahin, und so schlenderte ich weiter neben ihm an der Wand entlang und gab geistreiche Kommentare zum Besten, bis zwei hübsche Mädchen mit eindeutigen Absichten auf ihn zukamen. »Hi!«, sagten sie gleichzeitig und kicherten.

Ich stand unbeholfen daneben und nippte an meinem Champagner, während sie ihn abwechselnd umarmten, ihm dann die Hände auf Brust und Arme legten und ihm irgendetwas ins Ohr flüsterten. Als er mir den Rücken zudrehte, schlich ich durch die Menge davon. Der kleine Flirt hatte Spaß gemacht, aber er roch nach Ärger. Für etwas Ernstes sah der Mann zu gut aus, und für eine reine Bettgeschichte war er viel zu charmant. Nein danke. Ich sah wieder auf mein Handy. Summer:

Bin unterwegs! Sorry!

»Champagner?« Ich sah hoch. Da war er wieder und hielt mir ein neues Glas hin.

Jetzt sei bloß nicht so zufrieden mit dir selbst. Ich nahm es ihm ab. »Danke.«

Er stieß mit mir an. »Wartest du auf jemanden?«

Ich nickte. »Auf eine Freundin. Sie verspätet sich jedes Mal.«

»Ich wollte gerade aufs Dach«, sagte er. »Komm doch mit.«

Und damit verschwand er um die Ecke. Ich überlegte kurz, ihm nicht zu folgen, aber meine Füße hatten sich schon selbstständig gemacht. Bis Summer da war, hatte ich sowieso noch Zeit.

Ich fand ihn in einem kurzen Flur wieder. Er hielt die Tür des kleinsten Fahrstuhls auf, den ich je gesehen hatte. Ich zögerte.

»Platzangst?«, fragte er.

Ich nickte peinlich berührt. »Ein bisschen.«

»Da kann ich helfen.« Er winkte mich herein.

Obwohl ich mich dabei nicht ganz wohlfühlte, stieg ich ein, und die Tür schloss sich. Er war mir so nah, dass ich die Wärme seines Körpers spüren konnte. Er stellte sich hinter mich. »Darf ich?«, fragte er und legte mir die Hände über die Augen. Seine Brust streifte meinen Rücken. Ich konnte sein Aftershave und das Waschmittel seiner Kleidung riechen. »Wenn man die Wände nicht sehen kann, ist es nicht so schlimm«, flüsterte er. Meine Platzangst hatte längst einem anderen Gefühl Platz gemacht.

Während der Aufzug langsam nach oben fuhr, focht ich einen aussichtslosen Kampf gegen das Verlangen aus, das in meinen Adern pulsierte. Ich wagte kaum zu atmen und rief mir in Erinnerung, dass er auf alle Frauen so wirkte, auch auf die hübschen, die unten in der Galerie zu zweit unterwegs waren.

»Deine Haare riechen gut«, sagte er mit rauer Stimme.

Ding! Die Aufzugtür glitt auf, und er gab mich frei. Ein warmer Luftstoß fegte mir die Haare ins Gesicht, als ich hinaustrat – in einen Dachgarten. Von hier aus hatte man einen beeindruckenden

Blick auf die Stadt. Die goldenen Strahlen der untergehenden Sonne ließen die Hochhäuser entflammen, wurden von den Fenstern reflektiert und malten die Wolken orange und rosa an.

Ich folgte dem Mann zum Rand, wo wir schweigend stehen blieben und den Geräuschen von tief unter uns lauschten. Zwei Vögel segelten durch die Luft und jagten einander um die Häuser.

»Woher wusstest du, dass man hier hochkann?«, fragte ich.

»Das ist mein Garten, ich wohne hier im Haus.« Er zündete sich einen Joint an, sprang auf die niedrige Mauer, die rund um das Dach verlief, und blies den Rauch hinaus auf die Stadt.

»Oh, cool. Ich wusste gar nicht, dass es in dem Gebäude auch Apartments gibt.« Das klang irgendwie dämlich, deshalb fügte ich hinzu: »Woher auch, ich war noch nie hier, aber … Die Aussicht ist übrigens toll«, endete ich lahm.

»Finde ich auch«, sagte er und beachtete meine Unsicherheit nicht weiter. »Ich komme fast jeden Abend hier hoch.« Er lief auf der Mauer entlang, und ich hielt den Atem an. Das musste er bemerkt haben, denn er sprang wieder herunter und sagte: »Keine Sorge. Eine Etage unter uns ist ein Balkon.«

Er hielt mir den Joint hin, und ich nahm ihn. »Hast du keine Höhenangst?«, fragte ich.

Er schüttelte den Kopf. »Ich weiß, wie man fällt. Ich klettere viel.«

»Und was machst du sonst so?«

»Ich koche gern.« Er deutete auf die Töpfe um uns herum. »Mein Anbau.«

»Meine Mom sagt immer: ›Am besten schmeckt es, wenn du es aus der Erde ziehst.‹«

»Ist auch gesünder«, fügte er hinzu. »Man glaubt ja nicht, was alles in unserem Essen drin ist. Und du? Was machst du?«

»Ich habe auch einen kleinen Garten. Auf meinem Balkon. Ein paar Kräuter und eine einsame Tomatenpflanze. Vor allem, weil ich gern in der Erde wühle.«

Er hielt meinen Blick. »Und wo ist dieser Balkon?«

»Beachwood Canyon.«

»Da habe ich auch mal gewohnt. Die Serie mit den Frauen und den Blumen habe ich da geschossen.«

Die Erkenntnis traf mich wie ein Sack voller Steine, und ich kam mir vor wie ein Idiot. Ich ging noch einmal alle meine vermeintlich geistreichen Bemerkungen durch, die ich unten über seine Werke gemacht hatte, und meine Wangen brannten. Kein Wunder, dass er so gelacht hatte.

»Ich bin echt ein Volltrottel«, entschuldigte ich mich. »Ich wusste nicht …«

Er lächelte unbeeindruckt. »Schon okay. Die Leute da unten kriechen mir alle in den Arsch, für den Fall, dass ich mal berühmt werde, und ich krieche ihnen in den Arsch, damit sie mein Zeugs kaufen.«

»Mir gefallen deine Bilder wirklich«, beteuerte ich. Er lächelte mich belustigt an, deshalb fuhr ich fort: »Im Ernst. Ich finde es total interessant, wie du mit den Gegensätzen spielst.«

Seine Augen leuchteten auf. »Danke. Die meisten verstehen das nicht. Die glauben, es ist einfach Fantasy. Aber es geht viel tiefer – es ist eine Art Verschmelzung der Gegensätze.«

»Wie das Leben.«

Er lachte. »Genau.«

Ich hatte das Gefühl, er könne meine unanständigen Gedanken erraten, wenn ich ihn zu lange ansah, also bückte ich mich, um an einer gelben Rose zu riechen.

»Schwermüt'ger Leichtsinn! ernste Tändelei! / Entstelltes Chaos glänzender Gestalten! / Bleischwinge! Lichter Rauch …«

Als er meinen Satz beendete, machte ich große Augen. Er klang wie die Queen.

»… und kalte Glut! / Stets wacher Schlaf, dein eignes Widerspiel!«

Wir brachen beide in Gelächter aus. »Woher kennst du das?«, fragte ich.

»Ich habe Romeo auf dem College gespielt.«

»Ich auch!«, rief ich. »In der Inszenierung haben wir die Geschlechter getauscht.«

»Das klingt sehr avantgardistisch.«

»Allerdings. Eben … College.«

Mein Handy vibrierte. Summer:

Ich bin da. Wo bist du?

»Mist«, sagte ich. »Meine Freundin ist da. Ich muss runter.«

»Ich sollte wohl auch langsam zurück.« Er seufzte.

Die Fahrstuhltür öffnete sich, und wir stiegen ein. Er legte mir wieder die Hände über die Augen, und ich erlaubte mir dieses Mal, mich an ihn zu lehnen. Das Herz in seiner Brust schlug genauso schnell wie meins. Vielleicht lag ich ja doch falsch. Vielleicht taugte er doch zu etwas Ernstem. Immerhin kannte er Shakespeare. Manchmal trügt der Schein.

Kurz bevor der Fahrstuhl unten ankam, nahm ich meinen ganzen Mut zusammen und drehte mich zu ihm um, mein Gesicht direkt vor seinem. »Danke für die Tour.«

Er ließ den Blick hinunter zu meinen Lippen wandern. »Wie heißt du eigentlich?«

»Belle.«

»Schön, dich kennenzulernen, Belle.«

Ding! Die Tür des Aufzugs glitt wieder auf, der Zauber war gebrochen. Zwei Männer in Anzügen und eine elegante, dunkelhaarige Frau mit einem schwarzen Brillengestell standen im Flur, als würden sie auf uns warten. Die Frau winkte ihn zu sich.

Ich lächelte die Gruppe an, schlüpfte aus dem Fahrstuhl und ging den Flur entlang, ohne mich noch einmal umzudrehen.

TAG 3

MONTAGMORGEN – VARAZZE, ITALIEN

Ich erwache von einem leisen Klopfen an der Tür. Camille, die junge Frau mit dem langen Zopf, öffnet behutsam die Tür und tritt ein, ein Tablett mit zwei Kaffeebechern in den Händen, auf denen in Gold THE LION'S DEN steht.

»Guten Morgen«, sagt sie. »Acht Uhr.« Sie stellt das Tablett auf dem Tisch zwischen unseren Betten ab. Amythist rührt sich nicht. »Frühstück auf dem Oberdeck in einer halben Stunde. Bitte ziehen Sie Sportkleidung an. Sie fahren in die Stadt für eine private …« Sie rudert mit den Händen, als würde sie Pedale antreiben. »Sie verstehen?«

»Spinning?«, rate ich.

»Ja, genau.«

Amythist schnarcht immer noch. Camille sieht unschlüssig auf sie hinunter. Offenbar will sie sie nicht wecken.

Ich rüttele Amythist an der Schulter. Sie schiebt ihre Schlafmaske hoch und sieht mich verschlafen an. »Acht Uhr«, sage ich.

Sie nickt und vergräbt stöhnend den Kopf im Kissen. »Warum bin ich denn so müde?«

Draußen im Flur ruft jemand nach Camille, und sie geht hinaus und schließt leise die Tür hinter sich.

»Wir müssen aufstehen«, sage ich. »Erst Frühstück, dann Spinning.«

Sie richtet sich auf und sieht mich ungläubig an. »Spinning?«

Ich nicke. Ich habe genauso wenig Lust wie sie. »Jep.«

Sie lässt sich wieder ins Bett fallen. »Ist nicht dein Ernst.«

»Leider doch. Summer hat ihre Spinning-Kurse schon immer sehr ernst genommen, und offenbar will sie das mit uns teilen.«

»Boah. Und was, wenn wir nicht wollen?« Amythist zieht sich die Decke über den Kopf. »Ich bin hier noch nicht fertig.«

Ich zwänge mich in meine Sportleggings. »Ich glaube, unsere Meinung ist hier nicht gefragt. Aber in der Stadt hast du wenigstens Empfang.«

»Okay.« Sie wirft die Decke zurück. »Dafür stehe ich auf. Was ist heute Nacht passiert? Du hast irgendwie an der Tür rumgehämmert.«

»Offenbar wird man hier nachts eingeschlossen«, sage ich zögernd.

Sie reißt die Augen auf. »Was?«

»Ja. Ziemlich merkwürdig, oder?«

Sie erschauert. »Nein, das ist unheimlich.«

Allerdings.

Bernard und Vinny bringen uns im Motorboot an Land, immer noch in ihren schwarzen Anzügen, die überhaupt nicht zu dem heiteren Sonnenschein passen. Wir sagen nicht viel, während wir über die Wellen fliegen. Wir sind alle zu müde, um gegen den Motorenlärm anzubrüllen. Eigentlich wollte ich Wendy und Claire fragen, ob ihre Tür auch abgeschlossen war, aber ich möchte erst einmal nicht zu viele Wellen schlagen. Wortwörtlich.

Wir steigen einen kurzen Pfad hinauf zu dem Studio. Unser Kurs findet im Freien unter einem Vordach statt, mit Blick auf das Meer. Der muskulöse, italienische Kursleiter hat einen fast unverständlichen Akzent, und ich komme ziemlich ins Schwitzen. Während der ersten paar Songs habe ich das Gefühl, mich durch eine

Schlammlawine kämpfen zu müssen. Aber die frische Luft ist herrlich und die Aussicht atemberaubend, und sobald ich etwas warm geworden bin, macht es richtig Spaß.

Als unsere Stunde zu Ende ist, wischen wir uns mit kalten, nach Eukalyptus duftenden Tüchern den Schweiß von den Gesichtern. Dann steigen wir den Pfad wieder hinunter in die Stadt, und ich reihe mich hinter Summer und Rhonda ein. Rhonda ist offenbar gerade dabei, Lebensweisheiten auszuteilen, denn sie rät ihrer Tochter, dass sie einfach schwanger werden müsse, wenn sie John wirklich behalten will. Summer packt sie am Ellenbogen und zieht sie zur Seite, während wir anderen ein winziges Café am Hafen betreten.

Was auch immer Summer ihrer Mutter gesagt hat, als sie zu uns stoßen, ist Rhonda stumm. Summer sieht mir über die Schulter, als ich ein Bild von meinem Espresso mit der Aussicht im Hintergrund mache.

»Schönes Foto«, sagt sie.

Ihr freundliches Gehabe ist natürlich alles andere als echt, aber immer noch besser als die Alternative. »Danke!«

Wir setzen uns mit unseren Getränken auf eine Bank im Schatten. »Findest du Emmanuelle hübsch?«, fragt Summer.

»Welche ist das noch mal?«

»Du weißt schon, die mit den kurzen Haaren, die gestern Abend mit John geflirtet hat.«

»Ach, die. Ja, hübsch ist sie schon. Aber nicht annähernd so hübsch wie du.«

»Du bist so süß«, sagt sie. »Aber sie hat sich voll an ihn rangeworfen. Und das passiert ständig, direkt vor meinen Augen. Echt unmöglich.«

»Ich glaube nicht, dass sie …«

Brittani lässt sich neben ihrer großen Schwester auf die Bank fallen und schlingt die Arme um sie. »Ich schmier dem Flittchen eine, wenn du willst.«

»Ich mag sie einfach nicht«, fährt Summer fort. »Ich muss sie loswerden.«

»Ist das wirklich nötig?«, wende ich ein. »Ich glaube, sie macht einfach nur ihren Job.«

»Worum geht's?«, fragt Wendy.

»Um das Mädchen aus der Crew, das gestern mit John geflirtet hat«, sagt Summer.

»Oh, hab ich gar nicht mitbekommen.« Wendy legt den Kopf schief. »Welche denn?«

»Die kleine Sexbombe mit den kurzen Haaren«, sagt Brittani.

»Siehst du? ›Sexbombe‹«, wiederholt Summer. »Hab ich doch gesagt.«

»Du bist viel hübscher als sie«, versichert ihr Wendy. »Sieh dich doch mal an. Du kommst gerade vom Spinning und siehst umwerfend aus. Du schwitzt ja nicht mal. Hast du überhaupt Poren?«

»Ja, ja, dafür liebe ich dich.« Summer lacht. »Aber ich weiß nicht … Sie ist halt Französin. Ich glaube wirklich, ich muss sie loswerden.«

Nichts, was ich sagen könnte, wird ihre Meinung ändern, also nutze ich die Gelegenheit, dass die anderen sie mit Komplimenten überhäufen, und verdufte. Das muss ich mir wirklich nicht geben, selbst wenn wir ihre Gäste sind. Ich setze mich auf die Stufen, die hinunter zum Hafen führen, und ziehe mein Handy aus der Tasche. Der Empfang ist nicht berauschend, aber es reicht für eine Push-Nachricht, die mir mitteilt, dass mein Handy und meine Uhr sich erfolgreich mit der Cloud synchronisiert haben. Ich werde wohl ganz schön saftige Roaminggebühren zahlen müssen, aber was soll ich machen ohne WLAN …

Seit über vierundzwanzig Stunden habe ich meine Kanäle nicht mehr gecheckt, und ich habe jede Menge neue Kommentare, vor allem unter dem Bild von uns drei Mädels vor dem Flugzeug (2684 Likes) und dem Foto, das ich vom Motorboot aus gemacht habe (1736 Likes). Ich überfliege die Kommentare und öffne dann meinen Nachrichteneingang. Ich habe sechs neue Nachrichten, aber nicht die, auf die ich warte.

Ich klicke auf Dylans Profil. Es ist leer bis auf seinen Vornamen und ein Profilbild, das einen Berg zeigt. Keine weiteren Informationen oder Fotos. Er muss so ungefähr der Letzte unserer Generation sein, der nicht sein gesamtes Leben im Internet ausbreitet. Was cool ist, aber auch nervig. Wie soll man ihn da stalken?

Ich klicke auf das Nachrichtensymbol und schreibe:

Hi, du! Irgendwo vor der ligurischen Küste, Richtung Saint-Tropez. Bist du in der Nähe?

Sofort lösche ich den Text wieder.

Vielleicht hat er ja meine Bilder noch nicht gesehen. Er schaut wahrscheinlich nicht oft bei Instagram rein. Andererseits liked er immer mal meine Posts … Ich warte noch einen Tag, und wenn er dann nicht geschrieben hat, schreibe ich ihm selbst.

Es fällt mir nicht allzu schwer, es aufzuschieben – ich bin mir gar nicht so sicher, ob ich ihn überhaupt sehen will. Außerdem stehen die Chancen sehr schlecht, dass Summer es mir erlaubt.

Aber da er sich noch nicht gemeldet hat, bringt es auch nichts, darüber zu brüten. Ich poste meinen Espresso mit Geotag.

Auf dem Weg zurück zur Jacht halte ich mein Handy in der Hand, aber es vibriert nur einmal, als Hunter mein neues Bild kommentiert.

Kaffee? Echt jetzt? Wir wollen die Jacht sehen!

Gefolgt von den obligatorischen Emojis, jede Menge Boote und Champagner. Ich lache und merke, wie sehr ich ihn vermisse. Ich wünschte, ich könnte ihm die Wahrheit über diesen Bilderbuchtrip erzählen. Aber bevor ich antworten kann, ist das Netz weg.

Auf der Jacht angekommen, überreicht Julie jeder von uns eine Flasche Wasser. Für die Pediküre werden wir in zwei Gruppen eingeteilt, und sie weist uns an, vorher duschen zu gehen. Ich freue mich, dass ich gleich schon zusammen mit Summer, Wendy und Claire dran bin, also gehe ich mich schnell frisch machen.

Ich bin die Erste. Eine angenehme Brise umspielt mein Sommerkleid, als ich auf dem Hauptdeck aus der Tür ins Freie trete. Emmanuelle begrüßt mich mit einem Glas Rosé-Champagner mit einer Erdbeere am Rand. Ich danke ihr, sehe hinaus auf das glitzernde Meer und nehme einen kleinen Schluck Champagner, der süß und kühl auf meiner Zunge prickelt. Der russische Milliardär und seine Frau sind offenbar weitergezogen. Jetzt blicke ich auf das größte Segelschiff, das ich je gesehen habe, und ein schlankes, blaues Boot, etwa so groß wie unseres. Zwei Jetskis rasen zwischen ihnen hindurch und auf den Horizont zu.

Eine Nagelpflegerin in weißer Uniform führt mich zu einer Couch, von der aus man auch direkt auf das Meer blickt. Davor stehen vier Fußbäder. Sie tippt mit dem Finger auf meine Uhr und bedeutet mir, sie abzulegen, aber ich schüttele den Kopf und stelle meine Füße in das warme Wasser. Ich kann den Blick kaum von der fantastischen Aussicht lösen, doch als ich ein Zwicken an meinem Fuß spüre, reiße ich beide Füße aus dem Wasser und bekleckere mich prompt mit Champagner. In meinem Fußbad schwimmen lauter kleine Fische.

»Gut für 'aut«, sagt die Frau lächelnd, formt mit der Hand einen kleinen Fisch und zwickt mich mit ihren Fingernägeln ins Knie.

Ich lache. »Gott, habe ich mich erschreckt.« Tiefenentspannung fühlt sich anders an.

Ich lasse die Füße wieder ins Wasser gleiten, und sofort heften sich mindestens fünfzig Fischchen an meine Haut und zupfen vorsichtig daran. Es fühlt sich ein bisschen an, wie wenn der Fuß einschläft, nur kitzelt es eher, und ich muss kichern. Wendys Nägel kratzen leicht über meine Schulter, und ich drehe mich zu ihr um. Summer und Claire stehen neben ihr, alle mit einem Glas Champagner in der Hand.

»Was kicherst du denn so?«, fragt Summer. Ihr Ton ist unbeschwert, aber sie kann die Schärfe in ihrer Stimme nicht ganz verbergen. Ich deute auf die Fische, und sie entspannt sich sichtlich. »Oh, die sind super.« Sie setzt sich neben mich. »Die fressen die tote Haut einfach ab. Das perfekte Peeling.«

»Und angeblich wirken sie aphrodisierend«, wirft Claire ein und setzt sich vor das Fußbad auf meiner anderen Seite.

»Kein Wunder, dass John sie für uns bestellt hat«, bemerkt Summer. »Er hofft wohl, dass er mich nachher wieder gegen das Riesenfenster im Bad bumsen kann.«

»Der braucht es aber oft«, stellt Wendy fest.

»Das kann man wohl sagen«, sagt Summer rundheraus. »Tja, frau tut, was frau tun muss, oder, Mädels?«

Frau tut, was frau tun *will,* wäre meine Devise, aber ich kichere trotzdem mit den anderen.

»Leider kriegt er ihn nicht hoch, wenn ich oben bin. Dann hätte ich wenigstens auch mal was davon.« Summer seufzt. So genau wollte ich das jetzt auch nicht wissen. »Aber egal. Es dauert nie lange.«

Wow, seit Eric scheint sich aber einiges getan zu haben. Sie konnte gar nicht genug kriegen und war unablässig scharf auf ihn. Und sie ging auch immer wieder zu ihm zurück, obwohl sie wusste, dass es ihr nicht guttat.

Camille erscheint mit einem Tablett voller Obst, Käse, Joghurt, Nüssen und Schinken und stellt es auf dem Tisch hinter der Couch ab. Ich drehe mich um und will mir gerade ein Stück Käse nehmen, da schnappt sich Emmanuelle das Tablett und nimmt es wieder mit.

»Entschuldigung?«, ruft Summer ihr hinterher. »Das kann ruhig hierbleiben.«

»Tut mir leid«, sagt Emmanuelle. »Monsieur Lyons möchte Ihnen nicht den Appetit vor dem Mittagessen verderben.«

Kein Wunder, dass Summer so dünn ist.

»Schönen letzten Tag dir noch«, sagt Summer leise und sieht Emmanuelle finster hinterher.

Unsere Nägel werden in leuchtenden Rosa- und Rottönen lackiert (ich wollte Türkis, aber das gab es nicht; offenbar hat John auch bei Nagellack bestimmte Vorlieben). Summer hat noch eine Massage und eine Gesichtsbehandlung gebucht und verschwindet in ihrem Zimmer. Da ich nächste Woche für einen Film vorspreche, schnappe ich mir das Skript und nehme es zum Üben mit aufs Sonnendeck.

Oben blendet die Sonne mich so stark, dass ich die beiden Personen im Whirlpool erst gar nicht bemerke. Sie sitzen mit dem Rücken zu mir und scheinen völlig ins Gespräch vertieft. Sie hat sich die langen Haare zu einem Dutt hochgebunden und das Gesicht ihm zugewandt, von ihm kann ich nur den silbergrauen Schopf sehen. Wer weiß, was ich da gerade unterbreche, sie hängt ihm ja geradezu an den Lippen. Gerade will ich kehrtmachen und die Außentreppe wieder hinuntersteigen, als Amythist sich umdreht und mir zuwinkt. John folgt ihrem Blick und grinst mich an.

»Komm doch zu uns!«, ruft Amythist unbekümmert, als ob an dieser Konstellation überhaupt nichts auszusetzen wäre. »John hat mir gerade von dem Film erzählt, den er produziert. Total aufregend.«

»Toll«, sage ich in bemüht lockerem Ton. »Ich wollte eigentlich ein bisschen arbeiten, aber hier blendet es so, ich glaube, ich gehe woandershin. Wir sind übrigens fertig mit unseren Nägeln, also seid ihr gleich dran. Vielleicht solltest du auch langsam runtergehen.«

»Okay.« Sie legt John die Hand auf die Schulter und sagt etwas zu ihm, doch über den Lärm der Jetskis unten auf dem Wasser kann ich es nicht verstehen. Dann steigt sie wie die Venus aus dem Wasser, oben ohne. Gott sei Dank habe ich eine Sonnenbrille auf, denn meine Augen würden mich verraten. Ihre perfekt geformten DD-Körbchen gleiten aus dem Wasser, nass und glänzend, wie ein feuchter Teenagertraum. Dankenswerterweise trägt sie zumindest ein Bikinihöschen (auch wenn der Tanga wirklich nur das Nötigste bedeckt). Sie geht absichtlich den längeren Weg um den Whirlpool herum, damit John sie im Auge behalten kann, und zieht sich ihr Kleid über den Kopf.

»Bis später«, sagt sie und winkt ihm zu, und ich folge ihr sprachlos die gebogene Treppe hinunter. Ich weiß ja, dass wir an der Riviera sind, und Sonnenbaden oben ohne ist hier quasi verbindlich. Aber dieses Tête-à-Tête ist doch wirklich mehr als unangebracht. Amythist kann sich glücklich schätzen, dass *ich* die beiden überrascht habe und nicht Summer, oder sie säße gleich im Flieger nach Hause.

Ich folge ihr durch das Wohnzimmer und die Wendeltreppe hinunter, doch als wir auf dem Hauptdeck ankommen, kann ich wieder klar denken und packe Amythist am Handgelenk. Sie dreht sich um und sieht mich erwartungsvoll an. »Nur ein kleiner Ratschlag«, sage ich leise. »Sei vorsichtig. In Bezug auf John. Summer kann ganz schön eifersüchtig werden, und du bist sehr jung und hübsch. Vielleicht bist du in seiner Nähe lieber nicht nackt.«

»Oh«, sagt sie und macht auf unschuldig. »Tut mir leid. Ich dachte halt, wir sind in Südfrankreich. Oder Italien? Wie auch immer.« Sie kichert.

»Es ist ja was anderes, wenn wir alle es tun. Aber du solltest nicht damit anfangen. Und erst recht nicht vor John.«

Sie nickt finster. »Danke. Übrigens, ich habe John gesagt, wie schön Summers gelber Diamant ist. Aber er sagte, es sei kein Diamant. Es ist ein Saphir.«

Sie sieht mich gespannt an, also hebe ich eine Augenbraue. »Und?«

»Na ja, Saphire sind natürlich auch schön. Aber sie hat halt gesagt, er sei zwei Millionen wert. Also hat sie gelogen.«

Ich nicke. Das überrascht mich nicht besonders. »Unter uns«, flüstere ich, »das macht sie öfter.«

»Oh!«, erwidert sie. »Und weißt du noch was? Wir haben ja kein WLAN …« Ich nicke. »Aber die schon. John und seine Männer, meine ich. Summer wahrscheinlich auch. Er hat die ganze Zeit Nachrichten bekommen, während wir da im Pool saßen, und hat E-Mails und so beantwortet.«

Ich schüttele den Kopf, auch das überrascht mich nicht. »Glaub ich dir sofort.«

»Amythist!«, ruft Brittani von draußen. »Komm schon. Dein Champagner wird warm!«

Amythist schwebt davon zur Pedikürestation, und ich steige wieder die Treppe zum Oberdeck hinauf, wo Wendy gerade an einem der Computer ein Skype-Telefonat mit ihrem Freund beendet, von dem ich fast Karies bekomme. Ich warte, bis sie damit fertig sind, sich Küsschen über den Bildschirm zu schicken und ihre unsterbliche Liebe zu bekunden. Dann beendet Wendy den Anruf und sieht mich mit Tränen in den Augen an.

»Tut mir leid. Ich wollte nicht stören.«

»Schon okay.« Sie zuckt mit den Schultern. »Wir waren eh fertig.«

»Du vermisst ihn wirklich sehr, was?«, frage ich.

»Oh.« Sie wischt sich die Tränen vom Gesicht. »Nein, eigentlich überhaupt nicht. Das ist es ja …« Erneut kommen ihr die Tränen. Ich nehme ihre Hand und setze mich neben sie. »Ich hab mir wirklich so gewünscht, dass er der Eine ist, verstehst du? Aber …« Sie seufzt. »Er ist einfach viel zu nett und süß. Irgendwie … geht das gar nicht. Ich weiß, das klingt furchtbar …«

»Nein, überhaupt nicht«, versichere ich ihr. »Wenn es sich nicht richtig anfühlt, ist es das auch nicht.«

»Und er ist eine solche Niete im Bett«, gesteht sie. »Er stellt sich an wie ein Kätzchen, wenn er meine Muschi leckt. Das ist einfach …«

Ich kann mein Lachen nicht ganz unterdrücken und halte mir schnell die Hand vor den Mund, schließlich will ich ihre Gefühle nicht verletzen. Aber jetzt lacht auch sie, sodass ich noch lauter lachen muss.

»So …« Sie streckt zaghaft die Zunge heraus und tut so, als wäre sie eine Katze, die sich über die Pfote leckt.

Ich muss so sehr lachen, dass ich schon weine, und auch ihre Tränen sind jetzt zu Lachtränen geworden. »Wendy!«, sage ich. »Hör auf!«

»Ein ganzes Jahr habe ich mit ihm verschwendet, und ich glaube, er will mir einen Antrag machen«, klagt sie.

»Dann solltest du dich mit einer Entscheidung beeilen«, sage ich. »Willst du wirklich dein ganzes Leben nur noch mit *ihm* schlafen?«

Sie schüttelt entschieden den Kopf.

»Ich weiß ja nicht, wo du diesen Quatsch mit dem Heiraten herhast, aber es ist doch echt nicht so wichtig«, fahre ich fort. »Du bist klug, erfolgreich, wunderschön … Du bist perfekt, und du brauchst keinen Mann. Wenn du einen kennenlernst, ohne den du nicht mehr leben willst: großartig. Aber du musst dich mit niemandem zufriedengeben, nur damit du überhaupt einen Mann hast. Und du findest einen besseren als Wes. Da bin ich mir sicher.«

Sie nickt. »Du hast ja recht. Ich muss mich von ihm trennen.« Sie atmet tief durch. »Aber nicht so. Ich sage es ihm persönlich, wenn ich zurück bin. Es ist nur … Ich möchte so gern eine Familie haben.«

»Und das wirst du auch«, sage ich. »Du hast noch so viel Zeit! Aber wie willst du den Mann deiner Träume finden, wenn du mit Mr Miezekätzchen zusammen bist?«

Sie lacht und umarmt mich. »Danke.«

Nachdem Wendy verschwunden ist, um sich etwas zu essen zu suchen, setze ich mich unter dem wachsamen Blick von Johns Abbild an einen der Computer.

Ich werfe einen verstohlenen Blick hinter mich und auf die Kamera, die direkt auf meinen Bildschirm gerichtet ist. Ich weiß natürlich nicht, wie scharf das Bild ist oder ob genau jetzt jemand zusieht, aber ich fühle mich beobachtet – obwohl dieser Computer wahrscheinlich sowieso überwacht wird. Trotzdem will ich lieber den Bildschirm etwas wegdrehen. Ich komme mir total albern vor, und damit ich nicht allzu verdächtig wirke, führe ich vor meinem imaginären Publikum eine kleine Show auf und tue so, als müsste ich den Bildschirm aus dem Sonnenlicht drehen. Bevor irgendwer reinkommen und mir sagen kann, ich solle den Bildschirm wieder geraderücken, logge ich mich schnell in meinen E-Mail-Account ein.

Ich sehe meine neuen Nachrichten durch, aber nur eine interessiert mich.

Hey Sis,
schön, dass du Spaß hast. Deine Bilder auf Instagram sind der Hammer. Ich bin so neidisch! Hier scheint auch die Sonne, aber es ist zu heiß. Ich brauche auch mal Urlaub. Weißt du mittlerweile, wie deine neue Uhr funktioniert? LOL
Hier musste ich an dich denken (dauert vielleicht einen Moment, Geduld!):
http://tyrlus.grx.au/sdlkvnpq2083r39jfaoijv-84rn82hfpidfn pq9843y-t92nv-9rejfkjsdhf874gpiijnv9
Bis bald!
Sis

Ich klicke den Link an, und ein Pop-up-Fenster mit einem Ladekreis öffnet sich. Nach ein paar Sekunden erscheint darunter das Wort »Laden«. Eine blaue Linie kriecht endlos langsam von einem Ende des Fensters zum anderen: 5 Prozent, 23 Prozent, 46 Prozent – es dauert ewig.

»Was ist das?«

Ich zucke zusammen und drehe mich um. Bernard steht direkt hinter mir, kneift die Augen zusammen und schaut mir über die Schulter. Ich war so auf den Ladebalken fixiert, dass ich ihn nicht bemerkt habe.

»Sie … Sie haben mich erschreckt«, stammele ich. »Ich habe Sie gar nicht gehört. Es ist ein Link von meiner Schwester. Sie schickt mir immer lustige Sachen. Es … warum?«

»Dann zeig doch mal«, sagt er.

Ich stehe auf, drehe mich um und verstelle ihm die Sicht. »Das … Tut mir leid, aber das möchte ich nicht.« Ich verhaspele mich, und mein Herz rast. »Ich weiß nicht, was es ist. Es könnte etwas Persönliches sein.« Er starrt mich misstrauisch an. »Letzte Woche hat sie mir ein Bild von einem eingewachsenen Schamhaar geschickt … Es wäre ihr furchtbar peinlich, wenn Sie so etwas sehen würden«, plappere ich drauflos.

»Auf diesen Computern darf nichts heruntergeladen werden«, sagt er.

»Okay«, sage ich hastig. »Das wusste ich nicht. Kommt nicht wieder vor.«

Er macht auf dem Absatz kehrt und geht hinaus.

So paranoid scheine ich doch nicht zu sein. Mit noch immer hämmerndem Herzen lasse ich mich wieder auf den Stuhl sinken. Das Ladefenster ist mittlerweile verschwunden, stattdessen hat sich ein GIF geöffnet. Showgirls aus den 1920er-Jahren tanzen in einer Linie, alle mit Federn geschmückt, und dazu diese Worte:

Alles ist nicht Gold, was gleißt,
Wie man oft Euch unterweist.
Manchen in Gefahr es reißt,
Was mein äußrer Schein verheißt:
Goldnes Grab hegt Würmer meist.

Der Kaufmann von Venedig, na klar. Ich muss lachen, aber ... das war jetzt auch viel Lärm um nichts. Keine Ahnung, was ich erwartet habe, aber wenn ich gewusst hätte, dass es nur ein albernes GIF ist, hätte ich dafür nicht riskiert, Bernard zu verärgern. Die Begegnung mit ihm hat mich wirklich aufgewühlt, also logge ich mich aus, ohne zu antworten, und drehe den Bildschirm zurück in die ursprüngliche Position. Dann gehe ich die Wendeltreppe ganz hinunter in mein Zimmer, lege mich aufs Bett und atme langsam ein und aus, denn mein Puls ist immer noch viel zu schnell.

ZWEI JAHRE ZUVOR

LOS ANGELES

Die Menschenmenge in der Galerie hatte sich zerstreut, als ich vom Dach zurückkam, und die Band hatte aufgehört zu spielen. Summer stand Champagner schlürfend vor dem Bild einer riesigen Welle, die auf ein brennendes Haus zu rauschte. Ich bemerkte die kleine, weiße Plakette darunter. FEUER UND WASSER, ERIC THOMAS. Eric Thomas. Ich probierte aus, wie sich der Name auf meiner Zunge anfühlte.

»Versteh ich nicht«, flüsterte Summer. »Diese Bilder sind alle total wirr.«

»Es geht um Gegensätze«, erklärte ich. »Wie Yin und Yang. Ein bisschen Weiß im Schwarz und ein bisschen Schwarz im Weiß.«

»Aha. Tut mir leid, dass ich so spät bin.« Sie seufzte. »Heute Nachmittag musste ich erst noch nach Pomona fahren, um Rhonda Geld für die Miete zu geben. Sonst werden sie und Brittani bald vor die Tür gesetzt. Und als ich gerade los wollte, hat Brian angerufen, und ich musste so tun, als würde ich zu Hause bleiben.«

»Mist. Tut mir leid.«

»Ja, richtig ätzend. Eigentlich müsste ich mein Taschengeld sparen, sonst kann ich nie bei Brian ausziehen, aber ich muss immer alles Rhonda geben.«

»Dein Taschengeld?«

»Er überweist mir immer etwas Geld auf ein Konto, damit ich was habe, wenn er nicht da ist und so.«

Daher hatte sie also ihr ganzes Geld. »Ich könnte dir einen Job im Heaven besorgen«, bot ich an.

»Bloß nicht.« Sie hob abwehrend die Hand. »Ich bin froh, dass ich so was endlich hinter mir habe, ich hasse diese Jobs genauso sehr wie du. Oh! Da ist er.«

Sie fasste mich an der Hand und zog mich quer durch den Raum, genau auf Eric zu, der gerade mit einem gut aussehenden Mann im Anzug sprach.

O Gott. *Bitte lass es den Mann im Anzug sein*, betete ich.

»Hi, Eric«, säuselte Summer, als wir näher kamen.

Shit. Obwohl: Eine Überraschung war das nicht. Es war nicht das erste Mal, dass Summer ihre Klauen in einen Typen schlug, den ich selbst interessant fand, und es würde sicher nicht das letzte Mal sein. Wenn Summer jemand gefiel, dann hielt sie sich nicht zurück, auch wenn sie damit jemand anderen betrog.

Aber das war nicht fair – dieses eine Mal war sie ja tatsächlich die Erste gewesen.

»Tolle Fotos«, sagte sie leise, schlang ihm die Arme um den Hals und drückte ihm einen langen Kuss auf den Mund. Über ihre Schulter versuchte er, meinen Blick aufzufangen, doch ich sah ihn nicht an. Summer drehte sich zu mir um. »Das ist meine Freundin Belle.«

Er sah mich eindringlich an, während wir so taten, als würden wir uns zum ersten Mal sehen, doch ich setzte eine ausdruckslose Miene auf. Was sollte ich auch tun? Summer und ich waren vielleicht nicht immer ein Herz und eine Seele, aber ich setzte doch nicht unsere Freundschaft für einen Typen aufs Spiel, den ich gerade erst kennengelernt hatte. Er studierte mein Gesicht, schätzte meine Reaktion ein und streckte mir schließlich die Hand entgegen. »Eric.« Ich schüttelte sie, schließlich war ich gut erzogen. »Und das ist mein Bruder Dylan.«

Jep. Summer bekam immer, was sie wollte. Und ich bekam immer … den Bruder. Ich wandte mich dem Bruder zu und sah ihn zum ersten Mal richtig an.

Oh, da war ich wohl zu schnell.

Sie sahen sich eigentlich überhaupt nicht ähnlich, aber irgendwie doch. Dylans Haare und Augen waren dunkler als Erics, und er war größer und muskulöser. Doch sie hatten beide denselben kantigen Kiefer, dieselbe ausdrucksstarke Nase, dasselbe Funkeln in den Augen. Ich nahm Dylans Hand und fühlte mich zum zweiten Mal an diesem Abend wie vom Blitz getroffen. »Freut mich, Belle«, sagte er.

»Mein Bruder ist nur auf Stippvisite«, erklärte Eric. »Bloßer Zufall, dass heute auch meine Ausstellung stattfindet.«

»Aber ein glücklicher Zufall«, fügte Dylan hinzu.

»Wo kommst du denn her?«, fragte ich und ignorierte Eric.

»Ich war in China, aber morgen geht es zurück nach London.«

»Wow, China. Was hast du da gemacht?«

»Seine Seele verkauft«, antwortete Eric.

»Das trifft es wohl ganz gut«, stimmte Dylan ihm etwas angestrengt zu.

Eric grinste schief und musterte Dylans dunkelgrauen Anzug. »Schöner Anzug.«

»Ich hatte ein Meeting mit den Leuten von dem chinesischen Unternehmen, mit dem wir zusammenarbeiten. Die haben da gewisse Vorlieben«, erklärte Dylan.

»Und so willst du gehen?« Eric ließ nicht locker.

»Muss ich wohl. Alle meine Sachen sind bei Dad.«

»Nenn ihn nicht so«, blaffte Eric.

»Wie soll ich ihn denn sonst nennen, Eric?«

»Oh, da fällt mir einiges ein: Arschloch, Bastard, Satan …« Eric schnappte seinem Bruder das Champagnerglas aus der Hand und stürzte den Inhalt hinunter. Dylan sah ihn nur belustigt an. »Lass uns abhauen.«

»Aber es ist doch *deine* Party.« Summer ließ den Blick durch den Raum schweifen und fasste dann eine Gruppe tuschelnder Mädchen ins Auge, die sie und Eric beobachteten. Zufrieden legte sie den Arm um ihn und den Kopf an seine Schulter. Ich musste mir auf die Unterlippe beißen, um nicht zu grinsen. Typisch Summer, die neidischen Blicke der anderen Frauen schmeckten ihr natürlich noch besser als der Champagner. Aber Eric ließ sich nicht beschwatzen.

»Ich war lange genug hier. Mein Händler kann sich um alles andere kümmern.« Er wedelte abschätzig mit der Hand und schritt zielstrebig aus der Tür, Summer auf den Fersen.

Der Wind war stärker geworden, und der Himmel verlor immer mehr Farbe. Summer lehnte sich an Eric, während wir auf das Auto warteten. »Endlich habe ich mal deine Bilder gesehen«, sagte sie leise. »Ich find's toll, wie du mit den Gegensätzen spielst, wie Yin und Yang.«

»Danke«, sagte er. Ich tat so, als würde ich den Blick nicht bemerken, den er mir zuwarf. »Genau das ist es, das Spiel mit den Gegensätzen. Die meisten verstehen das gar nicht.«

Ich fragte mich, wie oft er diesen Spruch wohl schon gebracht hatte. Nicht zu fassen, dass ich darauf reingefallen war – und fast auch auf ihn. Summer konnte ihn gern haben. Er war genau der, für den ich ihn gehalten hatte: ein richtiger Casanova. Zumindest funktionierten meine Instinkte noch. Nächstes Mal würde ich mich auf mein Bauchgefühl verlassen. Ich hoffte nur, dass er Summer nicht von unserer Begegnung erzählte.

Ein schwarzer Chevrolet Suburban fuhr vor, und der Fahrer öffnete die Tür.

»Ein Taxi hätte es auch getan«, kommentierte Eric, während wir einstiegen.

»Aber wir sind zu viert«, antwortete Dylan schlicht. »Und es ist umsonst.«

»Nichts im Leben ist umsonst, Bro«, gab Eric zurück.

Ihre Worte klangen locker, aber die Härte darin war unüberhörbar. Ich war erleichtert, dass Summer sich um die Gewitterwolke kümmern durfte, die sich über Eric zusammengebraut hatte.

Im Auto legte Dylan Jackett und Krawatte ab, lockerte seinen Kragen und krempelte die Ärmel hoch. »Besser?«, fragte er mich mit einem verschmitzten Lächeln.

»Also, ehrlich gesagt stehe ich auf Anzüge«, gab ich zu.

Er lachte. Vergnügt plauderten wir miteinander, während das Auto die 10 entlangraste, nur um dann auf der 405 im Stau stecken zu bleiben.

»Wo fahren wir eigentlich hin?«, fragte ich.

»Zu einer Party in Bel Air«, antwortete Dylan. »Ich kenne den Gastgeber von früher – na ja, also eigentlich seinen kleinen Bruder, aber er hat uns immer Bier und Pornoheftchen besorgt, als wir auf der Highschool waren. Jetzt ist er eine ganz große Nummer in einem Studio und schmeißt jedes Jahr diese abgefahrenen Mittsommerpartys. In den letzten Jahren hatte ich keine Zeit, deshalb wollte ich mir das heute mal ansehen.«

»Kanntest du ihn auch?«, fragte Summer Eric.

»Nein«, antwortete Eric. »Dylan und ich sind nicht zusammen aufgewachsen.«

»Wir haben nur denselben Dad«, erklärte Dylan.

»Schon wieder dieses Wort«, brummte Eric.

»Wer ist denn älter?«, fragte Summer.

Dylan hob die Hand.

»Ganze vier Monate«, schnaubte Eric. »Unser Samenspender war ein richtiger Zuchtbulle.«

Wir passierten die Tore von Bel Air und folgten der Straße, die sich den Berg hinaufwand. Schließlich hielten wir vor einem großen Grundstück. Es war von Mauern, Bäumen und Büschen umgeben, und eine Auffahrt schlängelte sich noch weiter hinauf. Darauf kam uns langsam eine lange Reihe schicker Autos entgegen, offensichtlich auf der Suche nach einem Parkplatz.

»Vielleicht laufen wir lieber das letzte Stück, wenn die Damen nichts dagegen haben«, sagte Dylan.

»Klar«, sagte ich, froh, dass meine Absätze nicht so hoch waren. Ich warf einen Blick auf Summers Füße. Ihre Stilettos hatten zehn Zentimeter hohe Absätze und funkelten in der Dunkelheit. Sie war sicher nicht erfreut über die Aussicht, bergauf stapfen zu müssen, aber das hätte sie sich niemals anmerken lassen.

Sobald ich aus dem Auto stieg, hörte ich die Bässe wummern. Dylan bot mir seinen Arm, und im lilafarbenen Licht, das die Bäume über uns anstrahlte, machten wir uns auf den Weg. Hinter einer Biegung kam das Haus zum Vorschein – wobei »Haus« wohl etwas untertrieben war. Die Villa sah aus wie eine spanische Hacienda und war so groß wie ein Hotel. Sie thronte oben auf dem Hügel, ganz Los Angeles zu ihren Füßen.

Am Tor stand eine schwarz gekleidete junge Frau mit einem Headset auf dem Kopf und einem Klemmbrett in der Hand. »Dylan Ross«, sagte Dylan. »Plus drei.«

Sie strich seinen Namen durch und geleitete uns durch einen Blumenbogen. »Willkommen im Wunderland.«

Wir fanden uns in einem verzauberten Garten wieder. Überall funkelten Lichter, und entlang des Pfades standen riesige Roboterblumen. Eine Fee saß auf einer Schaukel, und ein paar Nymphen plantschten in einem Brunnen, dessen Farbe sich im Rhythmus der mystischen Musik änderte. Unter einem Rosenbaldachin stand ein Kobold, der uns einen Drink überreichte. Orchideenblüten rankten sich um das Glas, und die veilchenfarbene Flüssigkeit darin leuchtete im Dunkeln. Dann tippte der Kobold jedem von uns mit einem Zauberstab auf den Kopf und öffnete ein begrüntes Tor.

Dahinter erstreckte sich eine Rasenfläche. Hunderte Feen, Elfen und Kobolde tranken Champagner und tanzten zu dröhnendem House. Von den bunten Lichterketten über ihren Köpfen hingen Papierlaternen, die wie große, leuchtende Blumen aussahen. Auf schillernden Pilzen, so groß wie Autos, wiegten sich wie in Trance Feen mit bemalten Körpern, und in einem Pool wurde eine Art Synchronschwimmen aufgeführt, nur dass die Darstellerinnen völlig nackt waren. Auf dem Rasen verstreut standen viele kleine Zelte, jedes offenbar mit einem anderen Thema. Einige sahen aus, als wären sie aus verschiedenen Stoffen zusammengenäht worden, andere waren mit Mustern verziert.

Mit offenem Mund starrte ich auf das Spektakel. »Das ist ja unglaublich.«

»Ich wünschte, ich hätte mein Tinker-Bell-Kostüm angezogen«, fügte Summer hinzu.

»Sorry«, sagte Dylan. »Ich wusste nicht, dass es eine Kostümparty ist. Immerhin habt ihr keinen Anzug an.«

Eric stellte sein leeres Glas auf dem Tablett eines vorbeigehenden Kellners ab und ging neben einem Rosenbusch in die Hocke. Er sah zu mir auf und lächelte, zum ersten Mal seit wir das Dach verlassen hatten. »Osiria-Rosen.«

»Sie sind wunderschön«, sagte Summer und beugte sich zwischen uns zu einer Blüte hinunter.

»Weiß mit farbigen Rändern«, erklärte er. »Total selten.« Er sah wieder zu mir hoch. »Ich habe rote auf dem Dach, aber ich habe sie noch nie in Lila gesehen.«

Summer richtete sich wieder auf und sah erst Eric, dann mich an. Kurz runzelte sie die Stirn, dann nahm sie ihn an der Hand. »Wollen wir uns mal umsehen?«

»Ich möchte zur Raucher-Lounge«, sagte Eric. »Hab mein Gras vergessen.« Wieder sah er mich an. »Noch jemand?«

»Ich werde mal unseren Gastgeber ausfindig machen«, sagte Dylan.

Ich ergriff die Gelegenheit, Summer und Eric zu entkommen. »Ich begleite dich. Hier gibt es so viel zu sehen!«

Sobald wir außer Hörweite waren, sagte Dylan: »Tut mir leid wegen Eric. Er hat einen kleinen Daddy-Komplex.«

»Ist mir gar nicht aufgefallen.«

»Normalerweise halte ich mich da ganz raus, aber er ist sauer auf mich, weil ich jetzt für Dad arbeite. Er meint, ich hätte mich verkauft.«

»Aha. Und stimmt das?«

»Ja.« Er dachte einen Moment lang nach. »Ich habe einfach nicht mehr die Illusion, dass die Welt perfekt sein muss. Ich bin da etwas pragmatischer.«

»Und er ist der Idealist.«

»Genau.«

»Belle!« Eine Stimme durchschnitt den Partylärm, und ich spürte lange Fingernägel auf meinem Arm.

Ich drehte mich um und stand Wendy gegenüber, in voller, changierender Feenmontur und mit lila Feenstaub auf der dunklen Haut. Offenbar war ich bei genau der Party gelandet, von der sie erzählt hatte. »Hey!«, rief sie. »Ich dachte, du bist mit Summer bei dieser Ausstellung.«

»Schon vorbei«, sagte ich.

»Hi, ich bin Wendy.« Sie streckte Dylan die Hand entgegen. »Und wer bist du?«

Er nahm ihre Hand und lächelte. »Dylan.«

»Und ich war mir sicher, ich kenne jeden in L. A. …«

»Ich bin nur zu Besuch. Mein Bruder kennt eine Freundin von Belle«, erklärte Dylan.

»Summer«, ergänzte ich.

Sie sah mich für einen Moment verwirrt an, dann wurden ihre Augen größer. »Ooooh. Du bist der Bruder!«

Dylan lachte. »Ja, das ist wohl so.«

»Na dann, herzlich willkommen! Kommt tanzen«, sagte sie. »Der DJ ist der Wahnsinn.«

»Dein Outfit auch«, sagte ich. »Du strahlst so richtig.«

»Moment, das geht noch besser …« Sie drückte an ihrer Korsage herum, und ihr ganzes Kostüm wurde von kleinen, lila Lichtern zum Funkeln gebracht. Ich trank mein Glas aus, und wir schlängelten uns durch die Menge zur Tanzfläche. »Der ist ja richtig heiß«, flüsterte Wendy mir ins Ohr. »Ich dachte, Summer würde dir einen Troll vorsetzen. Jetzt bin ich neidisch. Schnapp ihn dir!«

Ich lachte und scheuchte sie fort, als Dylan meine Hand nahm und mich auf die wogende Tanzfläche zog. Der Boden war mit Platten ausgelegt, die unter unseren Füßen aufglühten und leuchtend bunte Wellen über die Tanzfläche schickten. Die tanzende Menge bewegte sich wie ein einziges Lebewesen, gelenkt von dem DJ, der geschickt den Rhythmus in die Höhe schraubte und dann wieder drosselte, während er einen Song nahtlos in den nächsten übergehen ließ. Der Beat war ansteckend, und schon bald bewegten Dylan und ich uns beinahe synchron, tanzten, als wären wir Teil der Musik und als wollten wir jede noch so kleine Nuance im Rhythmus mit unseren Körpern ausdrücken. Wendy zwinkerte mir über Dylans Schulter zu und zeigte mit dem Daumen nach oben, dann verschwand sie in der Menge.

Wir tanzten unter den Sternen, bis der Schweiß auf unserer Stirn glänzte und wir uns an der Bar noch einen Drink holen mussten. Dann gingen wir durch das Gedränge und am Pool vorbei, durch einen Tunnel aus glitzernden Lichtern, bis wir am Rande des Rasens wieder herauskamen, wo sich mehrere Brunnen befanden, die in verschiedenen Farben angestrahlt wurden. Rund um einen der Brunnen saßen ein paar Leute, die sich ein paar Lines in die Nase zogen. Auf dem Rand eines anderen Brunnens saß ein knutschendes Pärchen. Als wir etwas näher kamen, erkannten wir Summer und Eric.

Dylan nahm meine Hand und zog mich zu einem Pfad, der von glühenden, lilafarbenen Tulpen beleuchtet wurde und offenbar in ein kleines Wäldchen führte. An einem Baum hing ein Schild: HEXENWALD – EINTRITT AUF EIGENE GEFAHR. Wir folgten dem Pfad entlang eines vermutlich extra angelegten Bächleins. Winzige Lichter hingen an den Zweigen über uns, und es duftete nach Jasmin.

»Was arbeitest du eigentlich für deinen Dad?«, fragte ich.

»Vor allem suche ich nach Standorten und kümmere mich um die Entwicklungsprojekte – also was wo gebaut werden soll und wie man das am besten anstellt.«

Ich nickte, als wüsste ich, wovon er sprach. »Und was hast du davor gemacht?«

»Ich war Journalist. Ich war drei Jahre im Mittleren Osten und wollte die Welt verändern.«

»Soso, dann warst du wohl selbst mal idealistisch unterwegs«, bemerkte ich.

»Ja.« Er zog die Mundwinkel nach unten. »Sagen wir mal, ich habe meine Lektion gelernt.« Er zuckte mit den Schultern. »Und du? Was machst du?«

»Ich bin Schauspielerin«, erwiderte ich. »Eine unter Hunderten auf dieser Party, nehme ich an.«

»Oh. Und sollte ich dich kennen?«

Ich lachte. »Nein, es sei denn, du guckst gern den Family Channel oder merkst dir die Mädchen, die im Fernsehen immer umgebracht werden. Wenn du es unbedingt wissen willst. Momentan arbeite ich parallel in einer Bar in Hollywood.«

»Das klingt sehr glamourös. Was war bisher deine Lieblingsrolle?«

»Hm … Gar nicht so leicht zu sagen. Ich hatte ein paar Gastauftritte im Fernsehen, das war schon cool. Da läuft einfach alles wie am Schnürchen, es wird gut bezahlt, und die Kollegen sind total professionell. Aber ich glaube, am besten gefällt mir bisher die Webserie, die ich gerade drehe. Da spiele ich eine heroinabhängige Medizinstudentin, die während der Ausbildung versucht, clean zu werden.«

»Harter Stoff.«

»Ist eher low-budget«, räumte ich ein. »Aber es ist meine erste richtige Hauptrolle, und mir gefällt die Figur. Bisher war ich immer der Sidekick, das kotzt mich langsam an. Und dann immer nur diese erklärenden Dialoge – versuch mal, das interessant rüberzubringen.«

»Finde ich echt bewundernswert«, sagte er. »Sich immer wieder da hinzustellen, das ist echt mutig.«

»Ich mache es ja auch gern.« Ich lachte. »Als Kind habe ich mir immer unglaublich komplizierte, stundenlange Theaterstücke ausgedacht. Da habe ich dann jede Rolle selbst gespielt, und meine armen Eltern mussten sich das ansehen.«

»Schon komisch.« Er lächelte. »Wenn man ein Talent für etwas hat, weiß man das wahrscheinlich einfach. Eric und ich haben früher oft die Sommerferien bei unserer Großmutter in Frankreich verbracht. Und am Ende der Ferien hat er alle Kunstwerke ausgestellt, die er den Sommer über gemacht hatte. Die Angestellten mussten dann extra Kanapees servieren und Apfelsaft in Champagnergläsern.«

»Ihr hattet Angestellte?«

»Er wollte immer, dass ich mitmache, aber ich habe einfach keine künstlerische Ader.«

Ich war mir nicht sicher, ob er meine Frage nicht gehört hatte oder sie absichtlich überging, aber ich fragte nicht nach. »Aber du warst doch mal Journalist. Schreiben ist auch eine Kunst«, bemerkte ich.

»Das ist nicht dasselbe.« Er zuckte wieder mit den Schultern. »Na ja, ist lange her.«

Ich wollte noch mehr über ihn wissen, aber plötzlich drang lautes Stöhnen aus dem Wäldchen, und wir verstummten. Nur ein paar Schritte vom Pfad entfernt stand ein Pärchen an einem Baum. Sie waren nicht zu übersehen, denn die Lichter an ihren Feenflügeln glommen in der Dunkelheit. Die Frau hatte die Beine um den Mann geschlungen, während er wild in sie stieß, die Hose um die Knöchel. Dylan hatte sie auch bemerkt, und die beiden hatten uns ganz sicher ebenfalls gesehen. Aber es schien sie nicht zu kümmern, im Gegenteil – offenbar spornte unsere Gegenwart sie noch an, und das Gestöhne wurde lauter. Dylan und ich huschten kichernd weiter.

»Von wegen Hexenwald … Wohl eher Sex im Wald«, flüsterte ich.

»Angeber«, fügte Dylan hinzu und lachte.

Er nahm meine Hand und zog mich einen Pfad entlang, der vor uns abzweigte. Von hier aus hatte man einen Blick auf die funkelnden Lichter der Stadt unter uns, dann führte der Pfad hinunter in eine Grotte, die von schwebenden Kerzen beleuchtet war. Der Eingang war von blühendem Jasmin umrankt, und offenbar waren wir hier tatsächlich allein.

Dylans Hand ruhte auf meinem Rücken, während wir in die flimmernde Dunkelheit traten. »Da treffe ich endlich mal eine Frau, die schön und klug ist«, sagte er, »und noch dazu eine großartige Tänzerin. Und dann muss ich am nächsten Tag nach Europa fliegen. Das nennt man wohl Pech.«

»Du willst mir doch nur an die Wäsche«, sagte ich schmunzelnd.

Er sah mir in die Augen. »Wäre das so schlimm?« Er ließ seine Fingerspitzen meinen Oberschenkel hochgleiten. Ich spürte, wie sich der Saum meines Kleides ein wenig hob, und sah hinunter auf seine Hand. Auf einmal war ich wieder im Fahrstuhl und spürte Erics Atem im Nacken.

Nein, warte, nicht Eric. Dylan. Der genauso gut aussah und nichts mit Summer zu tun hatte. Ich hob den Kopf und sah in seine dunklen Augen, während seine Hand sich immer weiter unter mein Kleid schob. Was soll's, dachte ich. Am nächsten Tag war er eh weg. Wir hatten nur diese eine Chance. Ich ließ mich küssen.

So einen heftigen Kuss hatte ich nicht erwartet, und seine Bartstoppeln kratzten auf meiner Haut. Es war aufregend, aber ich fühlte mich ein wenig angesprungen. Er schob mich rücklings zur Felswand, doch dabei stolperte ich über einen Stein und geriet ins Wanken. Sofort spürte ich seine kräftigen Arme um mich. Die angespannten Muskeln unter seinem Hemd zwängten sich gegen mich, als er meinen Kopf mit einer Hand umfasste und mich gegen den kalten Stein drückte. Das hätte in einem Film superheiß ausgesehen, aber dies war kein Film, und plötzlich war ich wieder sechzehn, lag auf einer fleckigen Couch und wurde von einem schwanzgesteuerten Muskelprotz erdrückt.

Reiß dich zusammen, Belle! Du stehst doch auf ihn. Lass dich einfach gehen!

Ich vergrub die Erinnerung tief in meinem Hinterkopf und zwang mich zurück in den Moment. Ein Stein bohrte sich in meinen Rücken. Ich versuchte, etwas zur Seite zu rücken, aber Dylan war zu schwer. Zaghaft schob ich ihn von mir, und er hielt abrupt inne. »Alles okay?«

»Ja«, sagte ich. »Ich habe nur einen Stein im Rücken.«

Er strich mit der Hand über die Felswand neben mir, und als er keine vorstehenden Steine fand, schob er mich dorthin und küsste mich wieder. Die Haut auf meinem Kinn war jetzt schon gereizt, und seine Bartstoppeln fühlten sich an wie Schmirgelpapier. Er musste gemerkt haben, dass ich versuchte, mein Kinn zu schützen, denn er hielt wieder inne und sah mich an. »Wirklich alles okay?«

»Ja!« Ich musste lachen. »Es ist nur dein Bart.«

»Tut mir leid. Dabei habe ich mich heute Morgen rasiert.«

»Vielleicht lassen wir es etwas langsamer angehen«, schlug ich vor.

Ich beugte mich vor und küsste ihn ganz langsam. Ich konnte mir doch den Abend mit diesem Traumtypen nicht von meinen eigenen Gedanken verderben lassen. Mein Handy brummte in meiner Handtasche, aber ich ignorierte es. Ich konzentrierte mich auf das Gefühl von seinen Lippen auf meinen. Er überließ mir die Führung, und ich entspannte mich. Kurz darauf pressten wir uns schwer atmend gegeneinander, und ich spürte, wie er hart wurde. Trotzdem begnügten sich seine Hände vorerst mit meinem Oberkörper. Ich hatte die Couch verlassen und war auch keine sechzehn mehr. Ich war vierundzwanzig und scharf auf ihn. Ich genoss das Gefühl, die Kontrolle zu haben, und endlich hatten meine Gedanken mit meinem Körper gleichgezogen.

Wieder vibrierte mein Handy.

»Musst du da rangehen?«, murmelte er.

»Kann warten.«

Das Handy verstummte. Ich nahm seine Hand und schob sie unter mein Kleid.

Schon wieder mein Handy.

Eine Gruppe Partygäste kam lachend und schwatzend den Pfad entlang. Wir hielten inne. Hoffentlich gingen sie weiter.

»Seht mal, eine Grotte!«, rief einer.

»Shit«, murmelte Dylan.

Schritte auf dem Pfad. Hastig zupften wir an unseren Klamotten herum und lehnten uns so lässig wie möglich an die Felswand, als die koksende Gruppe vom Brunnen in die Höhle stolperte.

»Wow, wie cool!«, rief ein spärlich bekleidetes Mädchen, und ihre Stimme wurde von den Wänden zurückgeworfen.

»Leute, ich habe gehört, dieses Grundstück ist fünfundsiebzig Millionen wert«, sagte einer der Männer.

»Steht es etwa zum Verkauf?«, fragte ein anderer.

»So etwas wird doch nicht an Normalsterbliche verkauft, du Vollhorst.« Der erste Typ lachte.

Sie hatten uns entdeckt. »Hi, Leute!«, sagte eines der Mädchen. »Ist das nicht wunderschön? Was für eine Nacht! Total magisch.«

Sie fasste ein anderes Mädchen an der Hand, und sie drehten sich zusammen im Kreis, bis eine von ihnen das Gleichgewicht verlor und gegen Dylan taumelte. Er half ihr wieder auf die Beine, und sie schmiegte sich an ihn wie eine Katze. »Na, du Hübscher?«

Er lächelte sie höflich an und übergab sie wieder ihrer Freundin. »Wir wollten gerade gehen. Viel Spaß noch.«

»Nein, warte doch!«, jammerte sie hinter uns her.

Als wir wieder auf den Pfad traten, brummte mein Handy erneut. Wendy. Ich nahm ab.

»Hey.«

Sie klang, als würde sie weinen. »Ich … hab versucht … dich anzuru…« Ich konnte sie kaum verstehen.

Das war nicht gut. Wendy hatte sich immer unter Kontrolle. »Alles okay?«

»Nein. Ich … Mein Drink, ich glaube …«

»Wo bist du?«

»Baum«, brachte sie heraus. »Hinter dem Shishazelt …« Ihre Stimme brach ab.

»Wendy?«

Offenbar hatte sie das Handy fallen gelassen.

Die Party schien sich schon langsam aufzulösen, als Dylan und ich über den Rasen auf das Shishazelt zuliefen. Wendy war auf den Boden gesunken und lehnte an einem Baum. Ihre Feenflügel lagen zerknautscht unter ihr, und sie hatte die Augen geschlossen. Vorsichtig gab ich ihr einen Klaps auf die Wange.

»Wendy!«

»Belle.« Sie blinzelte ein paar Mal, dann fielen ihre Augen wieder zu.

»Jemand muss ihr was in den Drink getan haben«, sagte ich. »Sie trinkt nie viel.«

»Soll ich einen Krankenwagen rufen?«, fragte Dylan.

»Nein!«, stöhnte Wendy. »Kein Kranken… Nach Hause.«

»Na, solange sie noch reden kann …« Ich schüttelte sie, damit sie nicht wieder einschlief. »Ich bleib bei ihr, falls es schlimmer wird.«

Wendy würgte. Dylan half ihr auf die Knie, und ich hielt ihre Haare, während sie eine lilafarbene Flüssigkeit in die Büsche erbrach. Ich formte ein stummes *Sorry* in Dylans Richtung und tätschelte ihr den Rücken. »Schon gut … Wird schon«, beruhigte ich sie leise.

»Dann bringen wir sie mal nach Hause«, sagte Dylan.

»Aber nicht vorn raus«, sagte ich entschieden. »Das wäre ihr zu peinlich.«

Er nickte und dachte kurz nach. »Ich habe unten im Garten ein Tor gesehen, hinter dem Pavillon. Ich sage dem Fahrer, er soll uns dort abholen.«

»Ich muss noch Summer Bescheid geben«, sagte ich.

»Eric hat mir vorhin schon geschrieben, dass sie weg sind.«

Toll. Das war natürlich nicht das erste Mal. Vor allem, wenn sie jemanden kennengelernt hatte, verschwand Summer gern mal einfach so. Aber was, wenn Dylan sich als Arschloch herausgestellt hätte? Oder wenn er abgehauen und mir dasselbe wie Wendy passiert wäre? Ich richtete Wendys Feenflügel und sammelte ihre Schuhe und Handtasche ein, während Dylan den Fahrer anrief. Mühelos hob er Wendys schlaffen Körper hoch, und wir machten uns auf den Weg. Niemand beachtete uns. Wir fanden das Tor, und der Suburban wartete bereits auf uns.

Drinnen überreichte uns der Fahrer eine dieser Kotztüten, die man sonst im Flugzeug vorfindet. »Danke«, sagte ich, ziemlich beeindruckt.

»Nicht das erste Mal«, erwiderte er. »Wohin?«

»Mein Vater wohnt hier in der Nähe, da könnten wir hin«, bot Dylan an. »Ich schlafe auch da, und er ist nicht zu Hause.«

Die Nacht bei Dylan zu verbringen war natürlich verlockend, aber jetzt war das wohl nicht drin. »Ich glaube, ich nehme sie lieber mit zu mir«, sagte ich und nannte dem Fahrer meine Adresse.

Ich legte meinen Kopf an Dylans Schulter, während Wendy in die Tüte würgte. Als sie fertig war, faltete ich den Rand der Tüte fest zusammen, und sie bettete ihren Kopf in meinen Schoß. »Geht's besser?«, fragte ich.

Sie grunzte nur.

»Was ist denn passiert?«

»Weiß nich'«, lallte sie. »War bei Summer und dies'm blonden Typ. Dann sindse weg, und es ging mir schlecht, also hab ich dich angeruf'n.«

»Hat dir jemand was gegeben? Eine Tablette oder eine Pastille? Oder hast du dein Glas unbeaufsichtigt stehen lassen?«, fragte Dylan.

Sie wackelte mit einem Finger. »Nee. War nur bei Summer.«

»Ist vielleicht jemand vorbeigekommen, der dir was ins Glas getan hat?«, fragte ich weiter.

Sie wackelte wieder mit dem Finger. »Ich hab kurs mit dem Typen getanzt. Summer wollte nich' tanzen.«

»Mit Eric?«

»Ja.« Sie schloss die Augen.

Dylan und ich wechselten über ihren Kopf einen Blick. *Hat etwa Summer ...?*, fragte Dylan stumm.

Auf keinen Fall, antwortete ich ebenso stumm. Wie konnte er das denken? *Sie sind doch Freundinnen.*

Er zuckte mit den Schultern. »Sorry. War nur 'ne Idee.«

Ich kniff die Augen zusammen und versuchte, diesen Gedanken, den er mir da gerade ins Hirn gepflanzt hatte, wieder auszureißen. Das würde Summer niemals tun.

Bestimmt nicht.

Als wir bei mir zu Hause hielten, half er mir, Wendy hineinzutragen. Er setzte sie auf dem Sofa ab, und ich holte Handtücher und einen Eimer, während das Auto vor der Tür auf ihn wartete.

Ich schleuderte meine Schuhe in die Ecke und führte ihn durch meine Wohnung. Sie stammte noch aus Vorkriegszeiten, sah nicht mehr ganz neu aus, war aber sehr gemütlich. Ich spielte für ihn die Maklerin: »Baujahr 1936, ein Schlafzimmer, Wohnzimmer mit zweiflügliger Balkontür. Balkon blickt auf die Straße«, verkündete ich gestikulierend. Er lachte und folgte mir durch den Flur. »Vom Flur geht auf der einen Seite das Bad ab – wunderschöner, originaler schwarz-weißer Fliesenboden. Und auf der anderen Seite finden Sie die Küche mit Essbereich. Und schließlich das große Schlafzimmer am Ende des Flurs.«

»Gefällt mir«, sagte er. »Hier wohnt wohl eine richtige Künstlerin.«

Ich ließ den Blick über die Lichterketten in den großen Gläsern zu beiden Seiten meines Metallbetts schweifen. Zwischen Fotos von Bette Davis und Katherine Hepburn stand ein großer, bronzener Buddha auf der Kommode und schaute friedlich auf uns herunter.

»Wie kommst du denn darauf?«

»Wie viele Filmsternchen hier wohl schon gewohnt haben, im Schatten der großen Buchstaben da oben?«, überlegte er.

Sein Blick ruhte auf mir, und er sah aus, als wollte er mich wieder küssen. Ich hob den Kopf und ließ mich von ihm in seine Arme ziehen. Seine Lippen trafen auf meine, und genau in diesem Moment klatschte drüben im Wohnzimmer ein neuer Schwall Erbrochenes in den Eimer.

»Was für ein Timing«, sagte ich seufzend. »Sorry, ich sollte mal nach ihr sehen.«

»Ich muss eh los«, sagte er. »In zwei Stunden geht es schon zum Flughafen.«

Er richtete seine Kleidung, und ich ging hinüber ins Wohnzimmer, wo Wendy über der Sofalehne hing, den Eimer direkt unter sich. Sie stöhnte. »Das ist so eklig.«

»Ich weiß.« Ich wischte ihr den Mund mit einem Handtuch ab. »Aber das wird schon wieder.«

Dylan erschien in der Tür. Sein Ständer war durch die Anzughose noch gut sichtbar. »Willst du mich nicht morgen in London besuchen?«

»Schön wär's.« Ich lächelte und wandte den Blick von der Beule in seiner Hose ab. Ich hatte einen Job und war dabei, mir eine Karriere aufzubauen, und ich würde jetzt ganz sicher nicht alle meine Hoffnungen und Träume für jemanden aufgeben, den ich erst vor ein paar Stunden kennengelernt hatte. Und wenn er noch so wundervoll aussah. »Willst du nicht noch ein bisschen in L. A. bleiben?«

»Schön wär's.«

Ich brachte ihn zur Tür, wo er mich ein letztes Mal küsste und mir versprach, mich anzurufen, wenn er wieder in der Stadt war. Ich sah dem Suburban hinterher, der im Morgengrauen verschwand, und war mir sicher, dass ich ihn nie wiedersehen würde.

TAG 4

DIENSTAGMORGEN – CANNES, FRANKREICH

Hufgetrommel und heißer Atem, die Meute kommt immer näher. Wirbelnde Erdklumpen, scharf umrissene Schatten in der Mittagssonne und die Farben so grell, dass die Szenerie fast unwirklich erscheint. Grünes Gras, blauer Himmel, rote und weiße Uniformen. Irgendwo wird ein Stock geschwungen, und ein Ball fliegt hoch durch die Luft. Füchse, Schimmel und Rappen, Muskeln spannen sich unter glänzendem, schweißgetränktem Fell. Jubelrufe aus dem gut betuchten Publikum, das im Schatten unter den Bäumen am Spielfeldrand an kleinen Picknicktischen sitzt und Rosé schlürft.

Ich lehne an dem weißen Zaun, der den Zuschauerbereich abtrennt, und tue so, als würde ich mich für das Spiel interessieren, damit ich mich nicht mit den Leuten beschäftigen muss, die wie Raubvögel um unseren Tisch kreisen. Es hat sich wohl herumgesprochen, dass John einen ganzen Harem dabeihat, denn all diese Bekannten sind bestimmt nicht zufällig bei seinem Spiel aufgetaucht. Aber dafür sind wir ja schließlich auch hier – »gut fürs Geschäft«. Ich achte nicht auf den Ball, aber die Pferde sind schön anzusehen und auch viele der Reiter. Einer ist mir besonders aufgefallen, er könnte Däne sein oder Schwede. Wenn doch nur *er* uns zum Mittagessen begleiten würde statt der anderen beiden, die vermutlich eher so alt sind wie sein Vater!

Schade, ich hatte mir wirklich Hoffnungen gemacht, als Summer uns eröffnete, dass einige der Polospieler uns Gesellschaft leisten würden. Ich verstehe nichts von Polo, aber es scheint zwei Sorten von Spielern zu geben: die Profis, die aussehen, als wären sie einer Ralph-Lauren-Werbung entsprungen, und die reichen Schnösel, die den Kick brauchen, um sich wieder jung zu fühlen. John und seine Freunde gehören jedenfalls eindeutig zu Letzteren.

Heute Morgen geht es mir viel besser, nachdem ich endlich mal eine Nacht durchgeschlafen habe. Eigentlich wollte ich wach bleiben, um zu lauschen, ob wir wieder eingeschlossen wurden, aber nach dem gestrigen Tag war ich einfach zu müde. Wir waren noch schwimmen und Jetski fahren, und das alles in der prallen Sonne, da konnte ich meine Augen einfach nicht mehr offen halten und bin schon bei dem Film eingeschlafen, den wir uns nach dem Abendessen angesehen haben. Normalerweise habe ich einen leichten Schlaf, aber offenbar hat Vinny fünf Minuten gebraucht, um mich zu wecken, als der Film zu Ende war, und meine Glieder fühlten sich so schwer an, dass ich kaum die Treppe hinunterkam.

Wendys Fingernägel auf meinem Arm. Ich drehe mich um. Über ihre Schulter sehe ich, wie die anderen gerade den Zuschauerbereich verlassen. »Wir gehen«, sagt sie.

»Warum?«, frage ich verwirrt. Das Spiel läuft noch.

»Vorsicht, sie beobachtet uns. Siehst du die Frau da vorn? Die mit dem großen, hässlichen Hut?«

Verstohlen werfe ich einen Blick auf eine weiße Frau Mitte vierzig, Typ Golfclub. Sie trägt den größten und blausten Hut, den ich je gesehen habe.

»Komm«, sagt Wendy und hält mir den Arm hin. Ich hake mich unter, und wir folgen den anderen durch das Tor. »Das ist die beste Freundin von Johns Frau. Also müssen wir gehen«, erklärt Wendy.

»Was? John ist noch verheiratet? Aber er war doch mitten in der Scheidung, als er Summer kennenlernte! Wann war das … vor sechs oder acht Monaten?«

Wendy runzelt die Stirn. »Nee, das ist schon länger her.«

»Nein«, widerspreche ich. »Sie haben sich kurz nach Weihnachten kennengelernt.«

»Komisch, kommt mir länger vor. Na ja, es ist wohl nicht so einfach. Angeblich wäre die Scheidung momentan zu teuer, deshalb sind sie offiziell noch verheiratet. Sie ist auch schon seine vierte oder fünfte Frau, und er sieht sie nur einmal im Monat oder so. Und sie weiß auch von Summer, aber sie haben eine Vereinbarung, dass Summer verschwinden muss, wenn sie oder ihre Freundinnen da sind. Sonst macht sie ihm das Leben zur Hölle.«

Als wir auf dem Parkplatz ankommen, fährt gerade der erste unserer beiden schwarzen Suburbans ab und wirbelt eine große Staubwolke auf, sodass wir schützend die Hände vor unsere Gesichter halten.

Claire, Wendy, Amythist und ich steigen in den zweiten, jede in ihren eigenen Gedanken verloren. Ich sehe aus dem Fenster, während wir an der Küste entlangfahren. Das Wetter ist traumhaft. Da draußen sieht alles so friedlich aus, ein krasser Gegensatz zu meinem Innern. Eigentlich dürfte es mich überhaupt nicht wundern – Summers Lüge über Johns Familienstatus ist nichts gegen ihre anderen Lügen. Wenn man bedenkt, was sie sonst so abgezogen hat, um ihren Rang zu verteidigen … Aber dass John noch verheiratet ist, macht es irgendwie deutlich schlimmer. Und warum wusste Wendy davon und ich nicht? Ich muss echt besser aufpassen.

Offensichtlich hatte ich überhaupt keine Ahnung, worauf ich mich bei diesem Trip einlasse. Wäre ich doch stattdessen einfach mit Lauren zu Grannie gefahren! Wassergymnastik im Seniorenheim, das wär's jetzt. Aber das hätte ich mir vorher überlegen sollen.

Kurz stelle ich mir vor, wie dieser Trip mit Lauren und Hunter aussehen würde. Lauren hätte jede Menge Bücher dabei, und Hunter würde uns durch die Clubs jagen. Und vor allem würde uns niemand eine Sitzordnung oder ein Gesprächsthema vorschreiben. Tja, Geld regiert nun mal die Welt, und wenn es nicht das eigene Geld ist ... Immerhin muss ich das nur eine Woche über mich ergehen lassen. Keine Ahnung, wie Summer es den Rest ihres Lebens durchhalten will.

Ich hole mein Handy aus der Tasche. Immer noch keine neuen Nachrichten. Doch dann erinnere ich mich, dass ich den Flugzeugmodus angeschaltet habe, um Akku zu sparen, da wir ja auf der Jacht sowieso keinen Empfang haben. Ich schalte ihn aus, und sofort hagelt es Benachrichtigungen. Ich sehe sie durch, auf der Suche nach einer ganz bestimmten. Und da ist sie, eine Nachricht von @drl1991, vor zwei Stunden geschrieben. Sie besteht nur aus einer Zeile.

Wo bist du?

Ich beiße mir auf die Unterlippe. Also hat er meine Fotos doch gesehen. Und jetzt? Die Aussicht, Dylan zu treffen, macht mich nervös. Es ist schon so lange her, und seitdem ist so viel passiert.

Irgendwo an der italienischen Küste, Richtung Saint-Tropez. Und du?

Wendy sieht mir über die Schulter. »Wem schreibst du da?«

Einen Moment zögere ich. »Erinnerst du dich an Dylan? Erics Bruder. Wir haben mit ihm telefoniert, als Eric – oh! Du hast ihn schon mal gesehen. Auf der Feenparty vor zwei Jahren.«

»O Gott, als jemand versucht hat, mich zu vergiften.« Sie erschaudert. »Ich erinnere mich nicht wirklich an ihn, aber ich weiß, dass er mir den Arsch gerettet hat.«

»Er ist den Sommer über hier, irgendwo in der Nähe von Saint-Tropez, glaube ich.«

Überrascht hebt sie die Augenbrauen. »Ihr habt noch Kontakt?«

»Hin und wieder.« Ich zucke mit den Schultern. »Er wohnt in London, deshalb haben wir uns nicht gesehen. Aber ja, ich habe ein paar Mal mit ihm gesprochen seit der Sache mit Eric.«

»Wie geht es ihm – nach alldem?«, fragt sie.

»Ich weiß es ehrlich gesagt nicht. Deshalb würde ich mich ja auch gern mit ihm treffen.«

»Du bist echt die Beste.« Sie drückt mich kurz. »Er hat viel durchgemacht. Etwas Beistand kann er bestimmt gut gebrauchen. Moment mal, war der nicht auch so ein Supermodel? Und ziemlich erfolgreich? Hm.« Sie mustert mich und grinst. »Wusste doch, du bist nicht auf den Kopf gefallen.«

Was habe ich eigentlich für Freundinnen? »Danke«, sage ich lachend. »Aber eigentlich wollte ich nur mal sehen, wie es ihm geht, und ihn nicht gleich heiraten.«

»Hm.« Sie zwinkert.

Meine Güte.

Mein Handy plingt.

Diesen Monat in der Nähe von Ramatuelle, südlich von Saint-Tropez.

Ich antworte:

Quasi um die Ecke! Ich würde mich gern mit dir treffen, weiß nur nicht, ob ich hier wegkomme. Neuigkeiten?

»Summer wird dich niemals gehen lassen«, sagt Wendy.

»Vermutlich. Aber versuchen kann ich es ja mal.«

Pling.

Wär doch schön! Sonst sage ich Bescheid, wenn ich wieder in L. A. bin. Würde dich gern sehen. X

Auf meine Frage geht er nicht ein. Ich schließe daraus, dass es keine neuen Entwicklungen im Fall Eric gibt – oder zumindest keine, über die er mich informieren will. Wobei das jetzt keine Überraschung ist. Ich frage mich, ob er offener wäre, wenn wir uns gegenübersäßen.

Wir holpern über eine staubige Straße und parken endlich vor einem Restaurant, das sich an eine niedrige Klippe schmiegt. Unten schlagen die Wellen gegen die Felsen, und als ich aus dem Auto steige, schmecke ich das Salz in der Luft. Sofort vergebe ich mir, dass ich mich auf diese Reise eingelassen habe. Ich darf ja wohl noch ein wenig Spaß haben. Beziehungsweise *muss*.

Im Prinzip besteht das Restaurant nur aus einer Terrasse im Schatten der Klippe, in die sie hineingebaut wurde. Von den Treibholztischen blickt man hinaus auf die Felsen und Steine, abgeschliffen von der endlosen Brandung und golden im Licht der Nachmittagssonne. Das Meer liegt ruhig da und spiegelt den strahlend blauen Himmel, und am Horizont tanzen Boote auf den sanften Wellen.

Summer, Rhonda, Brittani und die beiden Gorillas sitzen schon an einem langen Tisch auf der anderen Terrassenseite. Zwei chinesische Geschäftsmänner stehen unschlüssig in der Nähe, der eine groß, der andere klein, und beide schwitzen in ihren Hemden. Ich setze mich auf den Platz neben Summer.

»Unglaublich schön hier«, sage ich und lächle sie an.

»Da kommt John hin.« Summer erwidert mein Lächeln nicht.

»Natürlich.« Ich rutsche einen Platz weiter.

»Würdest du dich da vorn hinsetzen?« Sie deutet auf das andere Ende des Tisches, wo sich Amythist mit Bernard und Vinny niedergelassen hat. »John wird die beiden Herren neben sich haben wollen. Immerhin sind sie extra aus China gekommen, um mit ihm Geschäfte zu machen.«

»Kein Problem.« Zu Befehl. Ich setze mich also ans andere Ende des Tisches und sehe mir die Speisekarte an. Ich bin mal wieder am Verhungern.

»Speisekarten braucht ihr nicht«, ordnet Summer an. »John bestellt für uns, sobald er da ist.«

Sie hat gut reden. Sie hat auf der Fahrt hierher vermutlich schon fünf Gänge verspeist.

Wendy wird nicht verscheucht, als sie sich auf den Platz direkt gegenüber von Summer setzt, stattdessen winkt Summer die chinesischen Geschäftsmänner herbei. »Kommen Sie zu uns.« Sie setzt ein bezauberndes Lächeln auf. »Sie müssen mir alles über China erzählen. Da wollte ich schon immer mal hin.«

Etwas verlegen setzen die Männer sich neben Johns leeren Platz, doch kurz darauf hat Wendy sie schon zum Lachen gebracht. Plötzlich bin ich neidisch. Alles hier wäre so viel einfacher, wenn ich genauso einnehmend wäre wie Wendy.

Ich sitze zu weit weg, um an Wendys Unterhaltungsshow teilhaben zu können, und Brittani und Amythist befinden sich mitten in einem Fotoshoot vor dem Meer, also versuche ich, ein Gespräch mit Bernard und Vinny anzufangen.

»Wie lange arbeiten Sie schon für John?«, frage ich.

Keiner der beiden würdigt mich eines Blickes, aber nach einigen Sekunden erkennen wohl beide, dass der andere nicht antworten wird und dass ich sie immer noch erwartungsvoll ansehe. »Lange«, murmelt Bernard.

»Und Sie, Vinny?«, frage ich.

»Seit dreißig Jahren«, brummt er.

Ich stoße einen leisen Pfiff aus. »Dann wissen Sie bestimmt, wo die ganzen Leichen begraben liegen, was?«

So bekommt man also ihre Aufmerksamkeit. Nur leider lachen sie nicht.

Vinnys blutunterlaufene Augen sehen mich warnend an, und er lehnt sich zu mir herüber. »Gäste soll man sehen, nicht hören«, zischt er mir ins Ohr.

Ein Schauder läuft mir kalt den Rücken hinunter.

Vinny zieht ruckartig sein Handy aus der Tasche und tippt darauf herum, und ich konzentriere mich auf meinen Atem und versuche, meinen Herzschlag unter Kontrolle zu bringen. Offenbar hat niemand unseren angespannten Wortwechsel mitbekommen, denn die anderen unterhalten sich munter weiter.

Bernard entschuldigt sich, um zu telefonieren, und als er aufsteht, fällt eine Tablettendose aus seiner Tasche und rollt unter meinen Stuhl. Ich bücke mich schnell danach und werfe einen Blick auf das Etikett, bevor ich sie ihm zurückgebe. Diazepam. Hab ich schon mal gehört, aber gerade fällt mir nicht ein, was es ist. Er schnappt mir die Dose aus der Hand, ohne mich anzusehen, und stopft sie wieder in seine Tasche, während er davongeht. Ich hole mein Handy hervor und google Diazepam. Ach ja. Valium. Bernie nimmt Valium? Na ja, immerhin arbeitet er für John, das muss sehr stressig sein.

Ich öffne mein E-Mail-Postfach und entdecke eine neue Nachricht von Lauren_Carter812.

Hey, Sis!
Alles im Lot auf'm Boot? Hoffe, das Wetter ist so schön wie bei uns. Hast du meine letzte E-Mail bekommen?
Küsschen
Sis

Schnell tippe ich eine Antwort.

Hab deine E-Mail bekommen und den Shakespeare runtergeladen – konnte nicht antworten, Bernard hat mir über die Schulter geguckt. Ich hab Ärger gekriegt, offenbar dürfen wir mit den Computern an Bord nichts runterladen. Übrigens werden wir hier nachts auch eingeschlossen, echt gruselig … Der ganze Trip ist irgendwie voll merkwürdig. Wir spielen hier Summers Backgroundsängerinnen, und John dirigiert einfach alles. Klar, es ist wunderschön hier, und das Essen ist großartig (sind momentan in einem Restaurant mit Meerblick und sollen zwei chinesische Geschäftsmänner unterhalten, mit denen John zusammenarbeitet) – aber Spaß sieht anders aus. Ich schreibe vom Handy, deshalb mehr Infos, besser du löschst diese Nachricht, damit sie nicht im System ist, wenn ich mich das nächste Mal am Computer auf dem Boot einlogge. XO

Wendy fängt meinen Blick auf und sieht demonstrativ auf mein Handy und dann auf meine Tasche. Pflichtbewusst verstaue ich das Gerät, obwohl es mich gehörig nervt, dass sie jetzt auch schon anfängt, mich zu maßregeln.

Endlich treffen John und seine beiden italienischen Polokollegen ein, und er bestellt das lang ersehnte Mittagessen, das genauso großartig ist wie die Aussicht. Ganze Platten voll stachligem Seeigel, Zackenbarsch mit Salzkruste, saftige Melone mit köstlichem geräuchertem Schinken. Der Rosé stammt vom eigenen Weingut des Restaurants, sieht aus wie Sonnenschein im Glas und geht runter wie Öl.

Ich stütze mich auf dem Tisch ab und höre zu, wie John und seine Freunde den Chinesen Honig ums Maul schmieren. Es klingt, als hätten sie in China eine ganze Stadt gebaut, und John scheint ihnen einreden zu wollen, dass sie damit hier noch mehr Erfolg hätten. Soweit ich es verstehe, plant John ein Bauprojekt an der italienischen Riviera, direkt am Meer, mit brandneuen Luxushäusern und Wohnungen, Resort, Wellnesszentrum, Läden, Restaurants, Golfplatz und Jachthafen. Und der krönende Abschluss: Er hat sogar eine Glücksspiellizenz erhalten, offenbar eine richtige Meisterleistung, bei der die Polotypen irgendwie behilflich waren.

Selbstverständlich lädt niemand die Damen ein, sich an der Unterhaltung zu beteiligen, aber ich passe trotzdem auf, denn dieses Spektakel kann ich mir nicht entgehen lassen. Wirtschaftstitanen sind scheu, und hier sind gleich mehrere Prachtexemplare in ihrer natürlichen Umgebung zu bestaunen. Ich kann förmlich sehen, wie sich das empfindliche Machtgefüge zwischen ihnen verlagert, während sie sich gegenseitig umwerben und ihre Autorität und ihren Einfluss zur Schau stellen – wie paarungswillige Paradiesvögel. Wirklich faszinierend.

Noch erstaunlicher finde ich, dass die Männer den sieben Frauen am Tisch absolut null Beachtung schenken – als wäre es vollkommen undenkbar, dass wir zum Inhalt ihrer Diskussion eine Meinung haben könnten. Außerdem ist es sehr offensichtlich, dass einige Themen ausgespart werden, doch über Umweltbelastung und minimale Umsiedlungskosten wird vollkommen sorglos in unserer Gegenwart gesprochen. Solange die Zahlen stimmen, ist alles andere offenbar egal. Auch wenn ihr Monsterresort den Planeten weiter zerstört und Tausende Leben zerrüttet, weil so viele Menschen für dieses Projekt aus ihrer Heimat vertrieben werden.

Ich bin sicher kein Experte für die italienische Wirtschaftsordnung (zugegeben, auch nicht für die amerikanische), und vermutlich ist das alles auch nicht wirklich illegal, aber diese Selbstverständlichkeit, mit der sie sich nehmen, was sie wollen, ist für mich ein klares Zeichen von moralischem Bankrott. Aber was habe ich erwartet? So macht man das hier halt – eine Jacht mit Frau und Kindern und eine Jacht mit Nutten.

Mit hohlem Lächeln sitze ich da und schütte Unmengen Wein in mich hinein, um meinen wachsenden Zorn zu löschen – mit Erfolg, denn eine gute Stunde später kann ich fast vergessen, warum und mit wem ich hier bin, und einfach genießen, *dass* ich hier bin. Doch dann bricht John in meine Träumereien ein, weil er sich wohl plötzlich an unsere Gegenwart erinnert hat.

»Lasst uns doch mal über unsere Mütter sprechen«, ordnet er zwischen zwei Bissen schwarzer Pasta an.

Er spricht zwar in die Runde, doch es besteht kein Zweifel, dass er das weibliche Geschlecht befehligt, zur Unterhaltung der Herren beizutragen – in dieser Welt ist das schließlich unsere einzige Daseinsberechtigung. Und unsere Mütter hält er vermutlich für ein ungefährliches Thema, im Gegensatz zu unseren Vätern, die wohl jünger sind als die meisten der anwesenden Männer.

»Wendy, du fängst an«, sagt er und macht wieder sein Grinsekatzegesicht.

»Meine Mom heißt Sandra, und sie ist wundervoll.« Wendy lächelt einnehmend. »Mein Vater ist ja Senator in Ohio« – bitte sehr, da ist es wieder – »darum hat sie viele soziale Verpflichtungen. Sie ist im Vorstand der Cincinnati Country Club Association, und früher war sie auch im Vorstand des Schulvereins meiner Privatschule. Und wir waren beide Präsidentin derselben Schwesternschaft. Außerdem hat sie einen sehr guten Geschmack – wenn ich zu Hause bin, plündere ich immer ihren Kleiderschrank. Sie spielt fast so gut Tennis wie Summer, und sie ist eine Spitzenköchin.«

Stimmt alles. Doch ich muss daran denken, dass Wendy mir nach ihrem Reitunfall unter Schmerzmitteln anvertraute, wie sehr es sie verletzt hat, dass ihre Mutter nicht zu ihrer Operation gekommen war. Sie erzählte mir damals, dass Sandra nur sehr wenig Zeit für sie hatte und sich immer mehr für ihren Status interessierte als für ihre einzige Tochter.

Summer hebt ihr Glas. »Auf Sandra!«

Alle tun es ihr nach. Neben Wendy sitzen die Polospieler und ich auf der anderen Seite, also bin ich wohl die Nächste.

»Meine Mutter heißt Beth, und sie ist auch wundervoll, aber ganz anders«, beginne ich. »Sie ist Krankenschwester und kümmert sich immer um alle, auch wenn sie nicht arbeitet. Wir waren früher oft zusammen im Schwimmbad, und da hat sie anderen Kindern das Schwimmen beigebracht. Einmal ist ein Küken aus dem Nest gefallen, und sie hat es gefüttert und gepflegt, bis es fliegen konnte. Sie verbringt viel Zeit im Garten – sie hat einen richtigen grünen Daumen.«

»Stimmt, sie steckte immer bis zum Ellenbogen in der Erde«, wirft Rhonda ein. »Mit Latzhose und Sombrero, als wäre sie grade von der Ernte gekommen.« Sie gackert.

Oh, Rhonda ist betrunken. Und beleidigt meine Mutter. »Tja, nicht jeder ist so stilsicher wie du, Rhonda«, sage ich trocken. *Ups.* Rhonda ist wohl nicht die Einzige mit erhöhtem Pegel. Aber wozu bin ich Schauspielerin geworden? Ich verbiege meine Lippen zu einem Lächeln, verbanne die Härte aus meiner Stimme und fahre fort: »Mit den Zitronen aus unserem Garten hat meine Mom damals eine Zitronen-Baisertorte gebacken, um euch in der Nachbarschaft willkommen zu heißen. Weißt du noch, Summer? Wir haben das ganze Ding verdrückt und dabei *Pretty Woman* geguckt, und dann war uns furchtbar schlecht. Und seitdem sind wir Freundinnen.«

Einen Moment lang schweigen alle, und ich frage mich, ob ich etwas Falsches gesagt habe. Doch dann lächelt Summer. »Ein Stück Zitronentorte könnte ich jetzt auch vertragen.« Sie blickt zu John hinüber. »Wollen wir nicht etwas Limoncello bestellen?«

»Gute Idee«, sagt Wendy, und alle nicken.

John bestellt den Limoncello und wendet sich dann an Amythist. »Amythist, erzähl uns von deiner Mutter.«

Unbehaglich rutscht sie auf ihrem Stuhl herum. »Meine Mutter kam mit mir von den Philippinen in die USA, als ich sechs Jahre alt war. Es war sehr schwer für sie. Sie konnte kein Englisch und kannte überhaupt niemanden.«

»Erzähl doch mal von deinen Pflegemüttern«, unterbricht Brittani sie. »Das ist so krass! Amythist hat echt abgefahrene Sachen erlebt, nachdem ihre Mutter sie ausgesetzt hatte.«

Fassungslos starrt Amythist Brittani an. »Ich … Sie hat mich nicht …« Sie verstummt.

»Sie ist ein Suchti. Sie hat sich eine Überdosis verpasst und ist auf Entzug«, eröffnet Brittani uns allen. »Und die arme Amythist wurde von einer Familie zur nächsten weitergereicht. Echt beschissen. Sie wurde sogar mal angegrapscht. Total schrecklich.«

Es ist, als hätte jemand die Luft aus dem Raum gesaugt. Niemand sagt etwas. Amythist ist vollkommen bleich geworden und blinzelt mehrmals schnell hintereinander.

Ich schiebe meinen Stuhl zurück, stehe auf und lege meine Serviette auf den Teller. Tapfer lächle ich in die Runde und lasse dann den Blick auf Amythist ruhen. »Ich gehe mir mal die Nase pudern. Noch jemand?«

Kaum merklich nickt Amythist und steht zittrig auf, während der Rest der Gesellschaft starr wie Statuen sitzen bleibt. Ich nehme ihren Arm und führe sie über den unebenen Boden zu den Toiletten, das Lächeln klebt mir immer noch im Gesicht.

Sobald sich die Tür hinter uns geschlossen hat, sehe ich nach, ob jemand in den beiden Kabinen ist. Wir sind allein. Amythist lehnt sich an die Wand und starrt aus dem kleinen, offenen Fenster aufs Meer hinaus. Ihre Finger zupfen an einer Haarsträhne an ihrem Hinterkopf herum.

»Sie ist betrunken«, sage ich.

Sie nickt und zerrt weiter an ihren Haaren. Nacheinander fallen welche auf den weißen Marmorboden und bilden ein verschlungenes Muster aus schwarzen Linien.

»Vorsicht.« Sanft ziehe ich ihre Hand weg.

Sie sieht in den Spiegel über dem Waschbecken und entdeckt auf der Ablage direkt neben den Pfefferminzpastillen und dem Parfümfläschchen eine Schachtel Zigaretten. Sie nimmt ein Streichholz aus der Schachtel mit dem Namen des Restaurants und zündet sich eine Zigarette an.

»Mann, darauf warte ich schon seit Tagen.« Sie stößt den Rauch aus.

Aus Solidarität zünde ich mir auch eine an, ziehe daran und huste. Das passiert jedes Mal, wenn ich versuche, eine Zigarette zu rauchen. Erst finde ich es gut, dann bereue ich es.

Wir lehnen uns zu beiden Seiten des Fensters mit einer Schulter an die Wand und blasen den Rauch hinaus aufs Meer. Amythists blutrote, glitzerbesetzte Fingernägel trommeln auf der Fensterbank herum.

»Wo hast du die denn her?«, frage ich und zeige mit dem Kinn auf ihre Nägel. »Wir hatten doch strikte Anweisungen: rot oder rosa, keine Verzierungen.«

Sie kichert. »Ich bring immer mein eigenes Glitzerzeug mit. Für alle Fälle.«

Sie sieht wieder aus dem Fenster, zieht ausgiebig an ihrer Zigarette und atmet den Rauch durch die Nase aus. »Ich bin ja ziemlich stark, aber manchmal … Ich erzähle eigentlich niemandem von meinem beschissenen Leben. Ich habe ihr vertraut.«

»Ihr seid ziemlich gute Freundinnen, oder?

»Na ja, wir machen halt viel Party zusammen. Gehen feiern.« Sie zuckt mit den Achseln. »Warum ist sie plötzlich so ein Miststück?«

»Je nach Situation verhalten sich die Menschen manchmal ganz anders als sonst. Vor allem, wenn Geld im Spiel ist.«

Sie nickt. »Aber … Ich meine, warum hat sie mich dann überhaupt eingeladen?«

Gut möglich, dass Brittani sie tatsächlich nur eingeladen hat, um ihrer perfekten Schwester eins auszuwischen. Aber das werde ich Amythist sicher nicht erzählen. »Falls es dich aufmuntert«, sage ich mitfühlend, »genau das frage ich mich bei mir und Summer auch.«

»Also, wenn sie Spielchen spielen will … kann sie haben.«

Amythist lässt ihren Zigarettenstummel fallen, tritt ihn mit ihren Stripper-Heels aus und marschiert aus der Tür. Ich drücke meinen auch aus und folge ihr.

Während unserer Abwesenheit haben die anderen Mädels sich vor dem Meerblick in Pose geworfen, während einer der Polospieler mit seinem Handy Fotos macht und ihnen Anweisungen gibt: »Gebt mir *Drei Engel für Charlie!* Und jetzt *Blue Steel!*« Ich muss mich anstrengen, um nicht die Augen zu verdrehen.

Die anderen Männer sitzen noch mit John am Tisch und unterhalten sich mit ernsten Gesichtern.

Möglichst unauffällig betrachte ich die Wall of Fame mit den berühmtesten Gästen des Restaurants und spitze die Ohren. Sie sind ins Französische gewechselt, und ich hatte recht – was sie da bereden, klingt überhaupt nicht legal.

Der große Chinese spricht so leise, dass ich nicht alles hören kann, und einige Worte kenne ich nicht. Aber das hier kann ich verstehen: »… Ende der Woche wird der Zoll für Stahlimporte … guter Zeitpunkt, Ihre Position zu überprüfen, bevor …«

»Hilfreiche … Verbindungen«, erwidert John. »… beim letzten Projekt … Baukosten günstiger … Materialien, die für sonst niemanden genehmigt würden. Aber … kein Problem.«

Ich tue so, als hätte ich meinen goldenen Ring verloren, der die Form von Kalifornien hat. Ich krabble unter einen Tisch in der Nähe und krieche etwas näher an ihren heran, während ich herumtaste, um meinen angeblich verlorenen Ring zu suchen. Der kleinere Chinese räuspert sich, und einen Moment lang denke ich, er hat mich bemerkt. Doch sie stecken die Köpfe nur noch näher zusammen. »Wir würden die Kosten gern gering halten« sagt er, »aber nicht zu Lasten der Sicherheit.«

Die Männer verstummen. Dann spricht John, diesmal auf Englisch. »Ich verstehe Ihre Bedenken, doch sie sind unbegründet. Der Einsturz war tragisch, aber daran war der Bauunternehmer schuld, der die Pläne geändert hat, nachdem sie genehmigt wurden. Lionshare konnte kein Fehlverhalten nachgewiesen werden.«

Von meiner Position auf dem Boden neben einem Stuhl kann ich einen Blick auf die Männer erhaschen, die bedächtig nicken.

»Was machst du da?« Wendy steht direkt hinter mir. Ich schrecke hoch, knalle mit dem Kopf unter die Tischplatte, und sie lacht. »Tut mir leid. Wollte dich nicht erschrecken.«

Sie hat meine Tasche in der Hand, und Claire steht neben ihr. Offenbar ist das Fotoshooting vorbei. »Hatte meinen Ring verloren«, sage ich und zeige ihr den Ring an meinem Finger. »Aber ich hab ihn gerade gefunden.«

Wendy hält mir meine Tasche hin. »Hast du das mitgekriegt? John hat eine Überraschung für uns alle!«

»In der Stadt«, fügt Claire hinzu.

»Cool!« Ich hoffe auf das Beste, während wir zu unseren Suburbans zurückgehen.

Die Polospieler geben uns allen drei Luftküsschen, steigen in ihre weißen Lamborghini und rasen in einer Staubwolke davon. Es grenzt an ein Wunder, doch Johns Männer bleiben tatsächlich bei ihm und den Geschäftsmännern, sodass wir Mädels endlich mal unbeaufsichtigt sind, abgesehen von unseren Fahrern.

Rhonda hat Kopfschmerzen (woher wohl?) und Amythist angeblich auch, also fahren die beiden mit dem ersten Suburban zurück zum Boot, und wir anderen steigen in den zweiten. Rosé und Limoncello haben ihre Wirkung nicht verfehlt, und bei jedem Huckel auf der holprigen Straße kreischen wir vergnügt wie die Kinder. Im Radio läuft »Papa Don't Preach«, und Summer ruft: »Lauter!«

Und schon singen wir alle laut mit und wippen auf unseren Plätzen.

»Das ist ja wie ein Junggesellinnenabschied!«, quietscht Wendy.

»Schade, dass wir keinen Stripper haben!«, ruft Claire lachend.

Und das aus ihrem Mund? Sie muss wohl genauso viel Limoncello getrunken haben wie ich. Ich grinse ihr zu und versuche, wieder in Stimmung zu kommen.

»Hoffentlich bald!«, antwortet Summer.

»Du hast einen Stripper bestellt?«, fragt Wendy. Brittani kreischt vor Freude.

»Quatsch! Hoffentlich gibt es bald eine Hochzeit.« Summer lacht.

»Wir müssen nur die alte Hexe loswerden«, sagt Brittani. »Vielleicht stirbt sie ja auch einfach.«

»Brittani!«, ruft Summer empört und gibt ihr einen Klaps. »Ich meinte Wendy! Bei mir dauert es noch ein wenig.«

»Petit à petit, l'oiseau fait son nid«, spöttele ich.

»Was heißt das?«, fragt Wendy.

»Nach und nach baut sich der Vogel sein Nest«, übersetze ich, stolz, dass mir dieses passende französische Sprichwort eingefallen ist.

»Was willst du damit sagen?« Summer sieht mich scharf an, und ihr Lächeln wirkt nicht mehr ganz so freundlich.

Ich hebe meinen Zeigefinger. *»Paris ne s'est pas fait en un jour!«*

»Paris wurde nicht an einem Tag erbaut.« Summer verdreht die Augen. »Warum zitierst du französische Sprichwörter?«

»Weil sie passen«, sage ich etwas irritiert. »Und wir sind in Frankreich«, füge ich noch hinzu.

»Wir sind doch alle Freundinnen.« Sie tätschelt mein Knie. »Du musst uns nicht beweisen, wie klug du bist.«

Ihre wohlwollende Stimme will nicht so recht zu diesen kampfeslustigen Worten passen. Erst gestern noch hat sie selbst französische Sprichwörter abgelassen, und außerdem ist meine Intelligenz einer der Gründe, weshalb sie mich mochte – zumindest hat sie das immer behauptet. Ich sollte wohl dankbar sein, dass sie mir endlich mal zeigt, wie sie mich wirklich sieht.

»Tut mir leid. Ich wollte nur …« Ich weiß nicht, wie ich den Satz zu Ende bringen soll. Zur Unterhaltung beitragen? Unsere frühere Freundschaft wiederbeleben? So tun, als ob es mich nicht total ankotzt, wie oberflächlich meine alten Freundinnen geworden sind?

»Bald fängst du noch an, Shakespeare zu zitieren«, sagt sie höhnisch.

Ich würde mich gern geistig duellieren, doch ich sehe, du bist unbewaffnet. Ich beiße mir auf die Zunge, um nicht zu lachen, und schmecke Blut. Erst später frage ich mich, ob sie mit diesem Kommentar vielleicht noch etwas anderes sagen wollte. Hat Summer meine E-Mails gelesen? Nein, bestimmt nicht. Das war sicher nur ein merkwürdiger Zufall.

Bevor die allgemeine Stimmung kippen kann, halten wir in einer kopfsteingepflasterten Straße vor einem Laden. Der Fahrer öffnet uns die Tür und hilft uns einer nach der anderen hinaus.

Wir stehen vor einer kleinen Boutique. Im Schaufenster hängt eine Auswahl von Boho-Strandbekleidung und ein Schild mit der Aufschrift LE REVE und in kleineren Buchstaben darunter: MAILLOTS DE BAIN.

»Badeanzüge«, sage ich automatisch und bereue es sofort – ich bin hier ja eh schon die Klugscheißerin. Bei der Auslage im Schaufenster würde aber auch jeder Idiot sehen, was hier verkauft wird. O Mann, vielleicht bin ich ja wirklich unerträglich. Den Rest des Tages werde ich einfach die Klappe halten.

Eine hübsche junge Französin etwa in unserem Alter öffnet die Tür, lächelt uns an und sagt: »*Entrez, Mademoiselles. Aidez-vous à faire du champagne.*«

Ich übersetze nicht, aber im Hineingehen nehme ich mir ein Glas Champagner von dem Tablett auf dem verblassten, petrolfarbenen Tisch neben der Tür, und die anderen tun es mir gleich.

Der Laden sieht aus wie die Mutter des Shabby Chic. Alles ist in verwaschenen Strandtönen gehalten – weiß, sandfarben, meergrün, türkis. An Gestellen aus Treibholz hängen winzige Bikinis mit aufwendigen Verzierungen: Stickereien auf Blumenmuster, transparente Spitze an raffinierten Stellen, hier und da sogar Lederdetails. An einem Gestell hängt ein Schild: PRÊT À PORTER, VENTE! 500 €. Das nennt sich Sale? Ich gehe stark davon aus, dass John für diese Überraschung aufkommt, denn keine von uns wird hier selbst zahlen.

Eine braun gebrannte Französin unbestimmten Alters, in fließendes, graues Leinen gekleidet, steht mitten im Laden. Sie ist offensichtlich die Inhaberin, hat die Arme vor der Brust verschränkt und mustert uns ungeniert. Nachdem ihre Assistentin die Tür hinter uns geschlossen hat, gewährt sie uns endlich ein Lächeln.

»Willkommen.« Ihr Englisch hat einen starken Akzent. »Zum Glück sind Sie alle schlank. Manche Amerikanerinnen sind …« Sie macht eine Geste mit den Armen, die ihre Abneigung gegenüber wohlgenährten Touristen verdeutlicht. »Aber Sie, *très belle.* Leichte Arbeit für mich.«

Wow. Schon gehört? Fat-Shaming ist so was von *last season*. Unser gemeinsames *»Merci«* klingt vielleicht etwas zu dankbar, aber noch wissen wir alle nicht so recht, was uns hier erwartet.

Das hübsche Mädchen, das uns begrüßt hat, deutet auf eine Reihe Stühle an der Rückwand des Ladens und sagt: *»Asseyez-vous, s'il vous plaît.«*

Ich setze mich ans Ende der Reihe neben Summer, und die Inhaberin stellt sich vor uns. »Sie suchen Modell aus, Stoff und *embellissements*. Wir messen aus und stellen fertig.«

Aufgeregtes Getuschel. Sie klatscht zwei Mal in die Hände, und ein gertenschlankes Model tänzelt durch eine Tür. Ihr schwarzer Bikini ist kaum mehr als ein Fetzen Stoff.

»Hier Sie sehen den Schnitt. Nur in Schwarz, aber Sie können anderen Stoff aussuchen.«

Das Model dreht sich, und die Assistentin reicht jeder von uns ein kleines Heftchen und einen Stift, damit wir uns Notizen machen können.

Während das Model sich den nächsten Bikini anzieht, beugt sich Summer mit einem verschwörerischen Grinsen zu mir herüber und flüstert: »Ich muss immer an Ryan denken – oder Monsieur Stokes –, wenn ich Französisch spreche. Weißt du noch?«

»Wie könnte ich das vergessen?«

»Tat mir fast etwas leid, dass ich ihn feuern lassen musste.« Sie seufzt.

Fassungslos sehe ich sie an. »Das warst *du?*«

Sie nickt. »Nach dem, was sein Freund dir angetan hat … Ich konnte doch nicht zulassen, dass er den ganzen Sommer vor dir an der Tafel steht.«

Vor ein paar Monaten hätte ich ihr das sicher noch geglaubt, und bestimmt hätte diese Enthüllung mich sehr berührt. Aber in ein paar Monaten kann eben viel passieren. Trotzdem lege ich meine Hand aufs Herz und reiße die Augen auf. »Das hast du für mich getan?«

»Dafür sind Freundinnen doch da, oder? Man hilft sich gegenseitig. Und ich bin ja umgezogen, da konnte die Schule eh nichts mehr machen.«

»Wow. Danke.«

»Du hättest dasselbe für mich getan«, sagt sie leichthin.

Ich sehe zu dem Model, das jetzt in einem anderen Bikini vor uns auf und ab geht. Warum erzählt Summer mir das ausgerechnet jetzt?

Nicht dass es wichtig wäre. Selbst wenn sie mir vor zehn Jahren wirklich einfach nur helfen wollte, ändert das nichts an ihren jüngsten Taten. Wir haben nie darüber gesprochen, aber sie ist ja nicht dumm. Vielleicht weiß sie nicht, wie viel ich herausgefunden habe, aber ihr muss klar sein, dass ich zumindest ahne, dass sie mir nicht gerade eine treue Freundin war.

Und trotzdem hat sie mich zu dieser Reise eingeladen. Und ich bin hier. Will sie mich vielleicht bestechen?

»Der Schnitt würde dir total gut stehen.« Ich deute auf den Bikini, den das Model gerade trägt.

»Ja, ich glaube, der ist auch mein Favorit. Vielleicht in Grün, passend zu meinen Augen.«

Als wir wieder im Auto sitzen und zurück zum Hafen fahren, schaue ich noch einmal auf mein Handy.

Hey Sis,
auch auf einer Jacht darf man mal schlechte Laune haben. Es ist nicht alles Gold, was glänzt. LOL. Und keine Sorge, ich werde dir keine verbotenen Anhänge mehr schicken. Hört sich an, als wäre dein Gastgeber ziemlich paranoid, aber denk dran: Das hat nichts mit dir zu tun. Du bist nur Zuschauerin. Ihr werdet nachts eingeschlossen ... Okay, nicht gerade normal, aber es ist ja nur eine Woche. Kopf hoch, und lass dich nicht in Summers Spielchen verwickeln. Du bist schneller wieder zu Hause, als du denkst, und dann musst du sie nie wiedersehen, wenn du nicht willst. Durchatmen. Leg dich in die Sonne. Alles wird gut!

Ich bin schon so lange mit Summer befreundet, dass ich mir mein Leben ohne sie kaum vorstellen kann. Aber bei dem Gedanken, sie womöglich nie wiederzusehen, muss ich mir ein Grinsen verkneifen. Vielleicht sind dies ja meine allerletzten Tage mit ihr ... Die Freiheit liegt zum Greifen nahe, ich muss nur diese Woche überstehen und darf mich nicht von ihren Psychospielchen mitreißen lassen. Aber irgendwie habe ich das ungute Gefühl, dass sie mich nicht so leicht vom Haken lässt.

Zurück auf der Jacht, haben wir nicht einmal mehr eine Stunde Zeit, um uns vor dem Essen frisch zu machen. Amythist steht schon unter der Dusche, also suche ich mir schnell ein Outfit aus – ein blassgrünes Maxikleid und silberne Sandalen. Als ich mein Schmucktäschchen öffne, fällt ein Ohrring heraus und rollt unter Amythists Bett.

Ich gehe auf alle viere, leuchte mit dem Handy unter das Bett und suche den flauschigen Teppich nach dem Ohrring ab. Ich sehe etwas glitzern und greife danach, aber meine Finger streifen etwas anderes. Automatisch erschrecke ich mich, denn unerwartete Gegenstände im Dunkeln sind selbstverständlich Ratten oder anderes

Geziefer. Doch im Licht meines Handys strahlen mir keine kleinen, fiesen Augen entgegen, sondern nur eine Sonnenbrille.

Ich hole sie hervor und sehe sie mir genauer an. Es ist eine schwarze, gebogene Herrensonnenbrille von Oliver Peoples, die mir vage bekannt vorkommt. Ich lege sie gerade auf den Nachttisch, als Amythist in ein Handtuch gewickelt aus dem Bad kommt. Ihr Blick huscht zu der Sonnenbrille.

»Hab ich unter dem Bett gefunden«, sage ich. »Wahrscheinlich hat sie jemand verloren, der vor uns hier geschlafen hat. Aber ich denke, ich frag beim Abendessen mal.«

Sie macht einen Schritt auf den Nachttisch zu und hält dann inne. »Äh, ja, wahrscheinlich.«

Aber während ich die Badezimmertür hinter mir schließe, steckt sie die Brille in ihre Handtasche. Dabei hatte sie mir leidgetan, weil sie keinen sündhaft teuren Bikini bekommen hat, doch offenbar war ihr Nachmittag viel interessanter als meiner.

Um Punkt acht Uhr machen Amythist und ich uns auf den Weg zu den Horsd'œuvres, doch auf dem Hauptdeck angelangt, werden wir von einem Tumult in Summers und Johns Zimmer abgelenkt. Summer übertönt eine andere weibliche Stimme, beide klingen sehr aufgebracht. Claire, Wendy und Brittani stehen in der Tür und spähen hinein, also sehe ich ihnen über die Schulter. Summer hat sich am Fußende des Bettes aufgebaut, und aus ihrer Faust baumelt die klobige Smaragdkette, die John ihr geschenkt hat. Rhonda hat den Arm um sie gelegt, und Julies Hand ruht besänftigend auf dem Rücken der in Tränen aufgelösten Emmanuelle.

»Angeblich wollte Emmanuelle die Kette klauen«, erklärt Brittani leise.

Julie und Emmanuelle beraten sich auf Französisch, zu schnell und leise für mich, aber man versteht auch so, dass Emmanuelle die Anschuldigung vehement von sich weist.

»Ich habe gesehen, wie du sie in deine Tasche gesteckt hast!«, beharrt Summer.

Ich spüre eine schwere Hand auf meiner Schulter und drehe mich um. Vinny, mit John auf den Fersen. Wir machen einen Schritt zur Seite, und die beiden Männer betreten den Raum. Summer klammert sich sofort an John. »Gott sei Dank bist du hier! Ich habe sie ertappt« – sie zeigt auf Emmanuelle – »als sie gerade die schöne Kette klauen wollte, die du mir geschenkt hast.«

»Das stimmt nicht!«, protestiert Emmanuelle. »Ich habe sie nur in die Kiste gelegt.« Sie deutet auf Summers goldenes Schmuckkästchen. »Das ist alles. Ehrlich.«

»Lügnerin!«, keift Summer.

John sieht müde zwischen den beiden Frauen hin und her.

»Emmanuelle würde niemals lügen«, sagt Julie. »Ich arbeite seit drei Jahren mit ihr zusammen, und sie hat noch nie Ärger gemacht. Ich glaube, es handelt sich um ein Missverständnis.«

»Du deckst sie doch nur«, sagt Summer anklagend. »Wir sollten die Polizei rufen.«

»Okay«, sagt John. »Emmanuelle, Julie, in mein Büro.« Er wendet sich an Summer. »Unsere Gäste sind da. Bitte kümmere dich mit deinen Freundinnen um sie, bis ich zurück bin. Und kein Wort über diese Angelegenheit, verstanden?«

Sie nickt. John und Vinny gehen hinaus, und Julie und Emmanuelle trotten ihnen wie reumütige Hunde hinterher. Rhonda nimmt Summer in den Arm, und wir scharen uns um sie.

»Alles okay?« Wendy streicht Summer über den Rücken.

Summer nickt und atmet einmal tief durch, um sich zu beruhigen. »Es ist einfach dieser Vertrauensbruch, versteht ihr?«

Bin ich denn hier die Einzige, die sich noch an Summers Ankündigung von gestern erinnert, dass sie dieses Mädchen irgendwie loswerden will? John ist doch weg, warum gibt sie dieses Theater nicht endlich auf? Um nicht aus dem Bild zu fallen, verziehe auch ich mein Gesicht zu einer mitfühlenden Maske, obwohl ich nicht eine Sekunde lang glaube, dass Emmanuelle diese protzige Kette wirklich stehlen wollte. Schon seit unserem allerersten Abend hier war sie Summer ein Dorn im Auge, und seitdem hat sie bestimmt nur auf eine Gelegenheit gewartet, ihr irgendetwas anzuhängen. Das arme Mädchen hatte keine Chance.

Über Rhondas Schulter hinweg zwinkert Summer mir zu. Gleich darauf sind die Tränen wieder da.

EIN JAHR ZUVOR

LOS ANGELES

An einem drückenden Dienstagnachmittag Ende August lag ich ausgestreckt auf meinem Sofa und nippte an einem eisgekühlten Kaffee. Um mich etwas zu erfrischen, hatte ich eine Doku über die Arktis eingeschaltet, doch ich schaute nicht wirklich hin. Selbst bei geschlossenen Vorhängen und der kleinen Klimaanlage, die in meinem Schlafzimmer auf Hochtouren lief, umhüllte die Hitze mich wie ein dicker Pullover.

Hunter stand am Fenster und spähte durch die Vorhänge. »Da ist wieder einer«, verkündete er, als ein Mann vorbeijoggte. »Oben ohne. Mein Gott, sieh dir das Sixpack an! Das ist schon der fünfte. Oder der achte, wenn ich die kleinen mitzähle.«

»Deshalb solltest du wieder herziehen. Unten ist eine Wohnung frei. Es wäre genau wie früher.« Hunter war vor acht Monaten für eine Musicalrolle nach New York gezogen und nahm dort auch ein Album auf, deshalb sah ich ihn mittlerweile viel zu selten.

»Aber ich kann doch umsonst auf deiner Couch schlafen«, erwiderte er. »Und so kannst du mich auch immer in New York besuchen. Dadurch haben wir ein Haus an jeder Küste. Oh. Mein. Gott. Noch einer!«

»Die wollen alle zu dem Wanderweg am Ende der Straße.«

»Wir sollten uns ein Planschbecken kaufen und uns in den Vorgarten setzen«, schlug Hunter vor.

»Damit du sie mit dem Anblick deiner stahlharten Muskeln noch übertrumpfen kannst?« Ich kicherte.

»Genau.« Er packte mich an der Hand und zog mich hoch. »Wir müssen endlich raus, ich sterbe hier drinnen.«

Ich stöhnte nur, und er starrte schon wieder durch den Schlitz zwischen den Vorhängen.

»Apropos sterben, deine Blumen auf dem Balkon sehen auch nicht besonders gut aus«, sagte er. »Komm, wir gießen sie. Hier drinnen ist es nicht kühler als draußen. Wir können den Sonnenschirm aufstellen, vielleicht weht ja ein bisschen Wind …«

Ich gab mich geschlagen, füllte eine Gießkanne mit Wasser und folgte Hunter hinaus auf den Balkon. Sofort riss er sich sein T-Shirt vom Leib und enthüllte das Sixpack unter seiner dunklen Haut. Er winkte zwei jungen Frauen auf der Straße zu, und eine lief fast gegen ein Straßenschild.

Ich musste lachen. »Wie schade, dass du für das andere Team spielst.«

Hunter hatte recht, meine Pflanzen waren dem Vertrocknungstod wirklich sehr nahe. Er stand am Geländer und sah aus wie ein junger Gott, der auf seinen Märchenprinzen wartete. Ich konnte einfach nicht anders und hob die Kanne über seinen Kopf.

»Ey!«, rief er und hob abwehrend die Hand, doch es war schon zu spät.

»Was denn, nass siehst du noch besser aus«, spöttelte ich.

»Na, danke«, gab er zurück. »Ist aber schön kühl.«

Ein Uber hielt vor dem Haus, und ein blonder Schopf stieg aus.

»Das ist doch nicht etwa …?« Hunter sah über den Rand seiner Sonnenbrille.

Der Fahrer half Summer, zwei gigantische Koffer aus dem Auto zu hieven. »Nix da, Flittchen, das Sofa gehört mir«, presste er durch die Zähne hervor, während er ihr mit einem breiten Grinsen zuwinkte.

»Ach, komm schon. Du wirst dir nachher eh noch eine dieser Sportskanonen da unten angeln, und dann seh ich dich monatelang nicht wieder.«

»Aber wir treffen uns doch nächste Woche, wenn du meinen Hintern zum Flughafen kutschierst. Schon vergessen?«

Ich musste lachen. Hunter hatte vielleicht ein großes Mundwerk, doch er war ein richtiger Gentleman, also polterte er die Treppe hinunter, um Summer mit ihrem Gepäck zu helfen.

Summer schleppte sich durch die Tür und ließ sich auf das Sofa fallen. Sie sah ziemlich mitgenommen aus.

»Was ist los?«, fragte ich.

Sie seufzte. »Brian hat das mit Eric rausgefunden und mich rausgeworfen.«

Na endlich. Ich hatte mich schon gefragt, wie lange das noch dauern würde.

»Wie denn?«, fragte ich.

»Hat ein Kondom gefunden.«

Ungläubig starrte ich sie an. »Ihr habt's nicht im Ernst in seiner Wohnung getrieben?«

»Aber immerhin habt ihr verhütet«, warf Hunter ein.

»Ich weiß, total dämlich«, gab sie zu. »Aber ich habe ihn echt kaum gesehen! Und dann wollte er für eine neue Serie ein paar Bilder von mir machen, und die Aussicht dort ist ja so toll, und dann … na ihr wisst ja, wie das ist. Dann konnten wir uns halt nicht bremsen.«

»Und was hast du jetzt vor?«, fragte ich, als ob die Antwort nicht offensichtlich wäre.

»Kann ich 'ne Weile hierbleiben? Nur bis ich einen Job habe. Wenn ich wieder zu Rhonda ziehen muss, sterbe ich. Bitte, bitte!«

»Mach das mit Hunter aus«, sagte ich. »Er war zuerst da.«

»Ich kann auch einfach bei dir im Bett schlafen.« Sie hatte gewiss das Zögern in meinem Gesicht gesehen, denn sie fügte hinzu: »Wirklich nicht für lange, versprochen.« Sie warf mir die Arme um den Hals und gab mir einen Kuss auf die Wange. »Danke, du bist die Beste.«

»Willst du nicht bei deinem neuen Freund einziehen?«, fragte Hunter.

Sie schüttelte den Kopf. »Er wohnt downtown in seinem Atelier, und momentan ist er viel unterwegs. Da wäre ich ja die ganze Zeit allein.«

Immer wenn Summer im vergangenen Jahr von Eric anfing, war ich dem Thema ausgewichen, aus Angst, ich könnte mich irgendwie verraten. Aber jetzt musste ich es einfach wissen: »Was genau läuft eigentlich zwischen euch?«

»Er will unbedingt mit mir zusammen sein«, sagte Summer. »Aber … na ja, er ist halt total geizig. Also weiß ich nicht, ob das überhaupt Zukunft hat.«

»Aber er ist doch ziemlich erfolgreich«, sagte ich. »Macht er mit seinen Bildern kein Geld?«

»Doch, schon.« Sie zuckte mit den Achseln. »Aber er verhält sich total komisch, wenn es ums Geld geht. Er gibt nichts aus – er hat ja nicht mal ein Auto. Doch ihm gehört das ganze Gebäude, in dem sein Atelier ist. Seine Familie scheint superreich zu sein, und ich glaube, er hat einen Treuhandfond und so was, aber das Geld rührt er nicht mal an.«

»Da kann ich behilflich sein«, bot Hunter an.

»Glaub mir«, sagte Summer, »wenn *ich* ihn nicht dazu bringen kann, sein Geld auszugeben, dann schafft das niemand.«

Summer hatte zwar die blöde Angewohnheit, immer die Bettdecke zu sich zu ziehen, doch ansonsten war sie gar keine schlechte Mitbewohnerin. Wenn ich abends nach Hause kam, konnte ich mit ihr noch ein Glas Wein trinken und quatschen. Außerdem hatte sie einen absoluten Putzfimmel, und bevor ich überhaupt daran denken konnte, hatte sie schon das Geschirr gespült.

Zum Glück kam Eric nie in meine Wohnung. Ich hätte es zwar niemals zugegeben, aber diese erste Begegnung mit ihm auf dem Dach hing mir immer noch nach. Total albern, ich weiß. Der logisch denkende Teil meines Hirns wusste, dass er ein Aufreißer war. Und selbst ohne Summer wäre ich vermutlich nur eine von vielen gewesen. Und doch – jedes Mal, wenn ich mir die beiden zusammen vorstellte, spürte ich einen Stich im Herzen. Anfangs hatte ich versucht, Eric in meinen Gedanken durch Dylan zu ersetzen, aber das hatte nicht funktioniert. Ich mochte Dylan zwar – und ich hätte ihn sicher noch viel mehr gemocht, wenn ich seinen Bruder nicht zuerst kennengelernt hätte –, aber es war eben nicht Dylan, der mir in meinen Träumen erschien. In meinen unverschämt heißen Träumen, Nacht um Nacht.

Doch zumindest tauchte Eric nie außerhalb meiner Träume auf. Er schien nur sehr selten in der Stadt zu sein, und wenn er da war, wohnte Summer bei ihm, außer sie hatten gerade Streit, was häufig vorkam. Beide waren furchtbar eifersüchtig, aber leider nahmen es auch beide mit der Treue nicht so genau. Aktfotos von anderen Mädchen oder anzügliche Nachrichten in einer anderen Sprache, und Summer drohte, sie würden sich nie wiedersehen. Dates mit anderen Männern und Jimmy Choos von einem neuen Verehrer, und Eric machte Schluss mit ihr. Ich kam kaum noch mit.

Für Summer war dieses Theater allerdings sehr untypisch, denn normalerweise hatte sie ihre Typen immer fest um den kleinen Finger gewickelt. Sie brauchte ihn nur zu krümmen, und schon kaufte der gerade aktuelle Kerl ihr irgendetwas Glitzerndes – oder aber sie servierte ihn ab und ersetzte ihn durch einen zahlungswilligeren Verehrer. Aber Eric war immer noch da, obwohl – oder gerade weil – er sich nicht von ihr dressieren ließ. Sie hatte offenbar doch mehr Gefühle für ihn, als sie zugeben wollte. Und egal, was sie sagte, offenbar beruhte das nicht auf Gegenseitigkeit, was sie natürlich vollkommen wahnsinnig machte. Hätte Eric es wirklich ernst mit ihr gemeint, hätte sie den Millionär in seinem Lamborghini allein ins Dreisternerestaurant fahren lassen, um mit Eric die U-Bahn zum Chinesen zu nehmen. Zum ersten Mal in ihrem Leben ging es nicht nach ihrer Nase. Und ich muss gestehen, dass ich das ziemlich befriedigend fand.

Eines Samstagabends kam ich hundemüde von einer langen Schicht in der Poolbar nach Hause und fand meine Schlafzimmertür geschlossen vor. Ich war schon im Morgengrauen aufgestanden, um Wendy wegen ihres gebrochenen Beins zur Physiotherapie zu fahren, und ich wollte jetzt einfach nur noch ins Bett. Aber nicht mit Summer. Sondern allein.

Genervt drückte ich die Tür auf. Summer lag splitternackt auf meiner weißen Daunendecke und warf sich in verführerische Posen, und Eric fotografierte. Ich blieb wie angewurzelt stehen.

Summer rollte sich auf die Seite, ohne sich die Mühe zu machen, sich zu bedecken. »Hey. Wir haben nur ein kleines Shooting. Sind gleich fertig.«

Ich blinzelte. Eric ließ die Kamera sinken. »Ich arbeite an einer neuen Serie. Weibliche Erotika.«

»Auf meinem Bett.« Meine Stimme klang irgendwie sehr schrill.

»Ist ein gutes Bett«, sagte Eric. »Das Metall ist sehr fotogen.«

Fanden die beiden das hier etwa normal? Mir jedenfalls fiel darauf überhaupt nichts ein, also ging ich rückwärts aus dem Zimmer, wobei ich vermied, Summer anzusehen, schloss die Tür hinter mir, lief blindlings in die Küche und genehmigte mir einen großen Tequila. Der Alkohol brannte mir in der Kehle.

Hatten die beiden in meinem Bett gevögelt?

Eigentlich sollte mich das nicht weiter kümmern. Ich hatte ja auch schon in Hotelbetten geschlafen, und wer weiß, was die anderen Gäste darin anstellten? Aber das hier war *mein* Bett.

Eric in meinem Bett … Warum törnte mich diese Vorstellung so an?

Aaaah! Ich kniff die Augen zusammen und versuchte, meinen Kopf freizubekommen, und als ich die Augen wieder öffnete, stand Eric in der Tür und sah mich an.

»Schönen Garten hast du.«

»Danke«, brachte ich heraus.

»Hast du von meinem Bruder gehört?«

»Er hat mich nach London eingeladen«, sagte ich.

Das stimmte nicht so ganz. Er hatte es vor einem Jahr gesagt, in der Nacht, als wir uns kennenlernten. Aber in den paar E-Mails, die wir seitdem ausgetauscht hatten, hatte er es nicht wieder erwähnt, und selbst wenn, wäre ich der Einladung vermutlich nicht gefolgt.

»Und?«

Ich zuckte die Achseln. »Mal sehen.«

»Ich würde gern mal ein paar Bilder von dir machen«, sagte er.

Ich hatte sofort die nackte Summer in meinem Bett vor Augen. »Nein danke.«

Er warf einen Blick auf meine Schlafzimmertür. »Nicht so. Ich suche noch eine Königin, für eine meiner Fotoserien. Dein Gesicht, deine Art … du wärst perfekt.«

Über seine Schulter sah ich Summer im Flur auftauchen, die jetzt ein Sommerkleid trug. Sie schlang ihm von hinten die Arme um den Hals und knabberte an seinem Ohr. »Worüber redet ihr?«

»Ob Belle für mich modeln würde«, sagte Eric, ohne den Blick von mir zu nehmen.

Am liebsten hätte ich ihm eine gescheuert, aber ich konnte nur mit offenem Mund dastehen wie eine Idiotin.

Summer schlüpfte an Eric vorbei, legte den Arm um meine Schultern und drückte mich an sich. »Ja, sie ist sehr hübsch«, sagte sie und streichelte mir über das Haar. Und mit einem Lächeln fügte sie hinzu: »Aber fass sie an, und ich bringe dich um.«

TAG 5

MITTWOCHMORGEN – SAINT-TROPEZ, FRANKREICH

Johns Porträt schaut drohend auf mich herab, düster auch im grellen Sonnenlicht. Mir ist immer noch nicht ganz wohl unter seinem wandernden Blick, und ich drehe den Bildschirm wieder aus dem Sichtfeld der Kamera. Schnell tippe ich:

Hey Sis,
sorry für die späte Antwort. Wir mussten uns um Johns Gäste kümmern, irgendwelche ausländischen Geschäftsmänner, die in sein Resort an der italienischen Küste investieren sollen. Das Wetter ist traumhaft heute, momentan liegen wir in der Nähe von Saint-Tropez. Nachher steht Lunch mit irgendwelchen reichen Leuten auf dem Programm.
Außerdem hat Summer gestern Abend ein Mädchen aus der Crew feuern lassen. Die Arme war halt einfach zu hübsch. Was für ein Drama. Ich versuche, lieb und nett zu sein, wie du gesagt hast. Hoffentlich werde ich nicht auch noch gefeuert, haha.
Wie geht's dir? Alles gut?
Kuss
Sis

Mir ist schon klar, dass ich total undankbar klinge, falls irgendjemand meine E-Mails liest, aber mittlerweile ist mir das egal. Ich schnappe mir meinen Kaffee und den Laptop und schlurfe hinüber zu einem der Sofas mit Blick auf das blaue Meer.

Das strahlende Licht der Morgensonne glitzert auf dem Wasser und fällt durch die Fenster. Die anderen Mädels haben draußen die Liegen in Beschlag genommen und blättern in Klatsch- und Modemagazinen, während das Boot von sanften Wellen hin und her geschaukelt wird. Gnädigerweise hat man uns eine Atempause im straffen Zeitplan eingeräumt. John musste unbedingt ein Stück Land besichtigen, das er kaufen will, und Summer ist mitgegangen. Wir sind endlich mal uns selbst überlassen – einfach himmlisch.

Ich klappe meinen Laptop auf und stecke mir die Kopfhörer in die Ohren. Jetzt ein bisschen Jimmy Buffett. Wir sind hier zwar nicht in der Karibik, aber immerhin am Strand.

Nach dem Drama mit Emmanuelle gestern verlief das Abendessen ziemlich ereignislos. Die Kombination aus Jetlag, Sonnenschein und Alkohol über mehrere Tage hatte uns alle wohl dermaßen ausgelaugt, dass wir kaum noch geradeaus sehen konnten. Selbst Brittani war eher still. Die chinesischen Investoren saßen wieder mit am Tisch, und von den Damen wurde anmutiges Schweigen erwartet, damit die Herren ihre Angelegenheiten besprechen konnten – alles von äußerster Wichtigkeit, wie Summer uns versicherte.

Wirklich illegal ist natürlich nichts von dem, was in Reichweite unserer zarten Hörorgane diskutiert wird, doch mittlerweile ist mir vollkommen klar, wie John arbeitet: Wenn es ums Geschäft geht, macht er wohl keine Gefangenen, aber er bezahlt auch sicher nicht mehr als absolut notwendig. Gesetze oder Umweltgefährdung interessieren ihn nicht die Bohne. Was für eine Überraschung: Er ist ein kaltblütiges Arschloch, und damit hat er sich eine goldene Nase verdient.

Es ist nicht zu fassen. So viele, gute Menschen auf der Welt reißen sich tagtäglich den Arsch auf und kommen trotzdem nur gerade so über die Runden, und er sitzt da auf seinem Thron und zählt seine Goldbarren und glaubt allen Ernstes, er verdiene jede einzelne Unze. Schließlich ist er ein Löwe, hört ihr ihn brüllen? Ich habe im College mal ein Zoologieseminar besucht, einfach so. Und der König der Tiere ist mir nicht als besonders mutig in Erinnerung geblieben, sondern eher als gerissen: In Dürrezeiten vertreibt der erhabene Herrscher über das Tierreich die geringeren Geschöpfe von den Wasserlöchern, während er selbst trinkt. Und sobald die anderen Tiere schlapp geworden sind, streckt er sie nieder und verschlingt ihr ausgetrocknetes Fleisch, noch ehe sie verenden.

Aber ein Löwe ist nun mal ein Löwe. Er tötet nicht aus Boshaftigkeit, sondern um zu überleben. Dieser Mann hingegen missbraucht das Bild des stolzen Löwen, um dahinter seine schändlichen Taten zu verbergen … Einfach nur widerwärtig.

Aber natürlich interessiert meine Meinung hier niemanden.

Nachdem Johns Geschäftsfreunde gegangen waren und er und Summer sich auf ihr Zimmer zurückgezogen hatten, traf ich mich mit Wendy und Claire oben auf dem Sonnendeck zu einem Schlummertrunk. Nicht dass wir ihn gebraucht hätten, aber die halbe Flasche Schampus konnten wir einfach nicht verkommen lassen. Es war ein schöner, klarer Abend, und das Boot schaukelte sanft auf dem Wasser. Über uns funkelten unzählige Sterne, doch ich konnte kaum die Augen offen halten, um den atemberaubenden Nachthimmel zu bestaunen. Claires Kopf lag auf Wendys Schulter und Wendys auf meiner, und wir waren viel zu träge, um den langen, beschwerlichen Weg zu unseren Zimmern anzutreten. »So müde war ich noch nie. Nur als ich nach meinem Unfall diese Schmerztabletten genommen habe«, sagte Wendy gähnend.

»Ich fühle mich auch irgendwie benebelt«, pflichtete Claire ihr bei und stimmte in das Gähnen ein. »Das muss von der vielen Sonne kommen.«

»Und vom Champagner«, fügte Wendy hinzu und nahm einen Schluck aus der Flasche.

Auf einmal fiel mir das Fläschchen Valium wieder ein, das Bernard aus der Tasche gefallen war. War ich hier nicht auch jeden Abend todmüde gewesen und hatte dann geschlafen wie ein Stein? Und zudem dieses komische Gefühl, das ich nicht mehr so recht loswerde, als ob ich davontreibe … *Setzen die uns etwa unter Drogen?*

Nein, unmöglich. Aber ganz abwegig war der Gedanke nicht. Sollte ich Wendy und Claire fragen? Ich wollte sie nicht beunruhigen, aber vielleicht hatten sie ja auch etwas bemerkt. »Leute« – ich senkte meine Stimme und stellte mich ein wenig betrunkener, als ich war – »was wäre, wenn … also, vielleicht setzen sie uns ja unter Drogen.«

Claire richtete sich auf, ihre weit aufgerissenen Augen glänzten im Sternenlicht. »Was?«

Wendy lachte. »O mein Gott, wie kommst du denn darauf? Warum sollten sie?«

»Na ja«, flüsterte ich verschwörerisch, »denkt doch mal nach … Wir sind abends immer total müde, überall sind Kameras, und es gibt kein WLAN. Meint ihr nicht, hier könnte irgendetwas abgehen?«

Wendy verdrehte die Augen. »Himmel, sei nicht so theatralisch. Wir sind doch nicht in einem von deinen Horrorfilmen.«

Ich lachte und nahm ihr die Flasche ab. »Davon habe ich wirklich schon viel zu viele gemacht.« Der Champagner sprudelte in meinem Mund.

»Wir reden immerhin von unserer besten Freundin«, fuhr Wendy leise fort. »Wir können uns glücklich schätzen, dass sie uns eingeladen hat. Wir sollten einfach dankbar sein, okay?«

Die Diplomatin Wendy sähe es natürlich am liebsten, wenn sich alle um ihre eigenen Angelegenheiten kümmerten. Ich hätte es gar nicht erst ansprechen sollen. Also seufzte ich und reichte die Flasche an Claire weiter. »Schon gut, Mom.«

Eine Sternschnuppe zog über den Nachthimmel. Froh über die Ablenkung, zeigte ich darauf. »Habt ihr das gesehen?«

»Wünsch dir was«, sagte Wendy.

Claire quietschte und wischte sich mit der Hand über den Mund. »Wie cool! Aber jetzt habe ich mich mit Champagner bekleckert.«

Ich klappte das Sitzkissen neben mir hoch. Darunter lagen stapelweise feinsäuberlich gefaltete, weiß-blau gestreifte Handtücher. »Ein Handtuch für dich.« Ich warf Claire ein Handtuch zu. »Und eins für dich.« Ich warf eins zu Wendy. »Und eins für mich! Handtücher für alle!«

Lachend kuschelten wir uns unter den flauschigen Handtüchern zusammen und sahen hoch in den diamantenbesetzten Himmel.

Gegen Mitternacht zogen wir uns in unsere Zimmer zurück. Ich zwang mich, wach zu bleiben, bis ich hörte, wie das Türschloss klickte. Amythist schlummerte friedlich, doch ich glitt leise aus dem Bett und drehte kurz am Türknauf. Jep, wir waren wieder eingeschlossen. Dann war ich wohl doch nicht völlig verrückt. Schon schlang sich die Klaustrophobie wie eine dicke Würgeschlange um meinen Körper. Ich kniff die Augen zusammen und atmete ruhig ein und aus, um ihren Klammergriff etwas zu lösen.

Ganz bestimmt schloss uns niemand von der Crew hier ein, das entspräche wohl kaum den Sicherheitsbedingungen. Was, wenn das Boot sinken würde?

Dann musste es Bernard oder Vinny sein, unsere Fluraufsicht. Aber warum?

Ich war hundemüde, doch der Schlaf wollte nicht kommen. Mindestens eine Stunde lang wälzte ich mich hin und her und versuchte, meine fieberhaften Gedanken zu beruhigen. Plötzlich hörte ich draußen auf dem Wasser einen Motor, ganz in der Nähe. Vorsichtig kletterte ich über Amythist zu dem kleinen Fenster und schob das Rollo hoch. Im silbrigen Mondlicht entdeckte ich ein kleines Boot an unserem Heck. Zwei Männer gingen an Bord der

Lion's Den, aber ob vorher schon andere ausgestiegen waren, konnte ich nicht sagen und auch nicht besonders viel erkennen, außer dass beide ein langes, weißes Gewand trugen und eine Kopfbedeckung wie ein Scheich.

Wer auch immer diese Männer waren, offenbar gehörten sie zu der Art Geschäftspartner, mit denen sich hochrangige amerikanische Unternehmer nur privat treffen. Wurden wir deshalb eingeschlossen? Oder gab es noch andere Gründe? Ob Summer in diese nächtlichen Geschehnisse eingeweiht war? Oder schrieb John ihr auch vor, was sie abends zu tun und wo sie zu sein hatte – mal abgesehen von seinem scheinbar unstillbaren Sexhunger? Und die Crew? Wussten die Bescheid, oder wurden sie zu bestimmten Zeiten in ihre Zimmer verbannt?

Ich ließ das Rollo halb offen und kroch zurück ins Bett, blieb aber wachsam. Vielleicht konnte ich ja noch einen besseren Blick auf die Besucher erhaschen, wenn sie wieder gingen. Aber ich hörte den Motor nicht einmal anspringen, und dann muss ich wohl doch eingeschlafen sein, denn als Nächstes weckte Camille uns im Morgengrauen mit der Anweisung, uns fürs Spinning anzuziehen und im Speisezimmer einzufinden. Eine Stunde lang saßen wir am Tisch und warteten. Als Summer endlich auftauchte, informierte sie uns, der Sportkurs müsse ausfallen, da sie und John ein Stück Land begutachten müssten. Sie war blendender Laune und gab mir sogar eine ihrer Tabletten gegen Übelkeit, da ich meine verlegt hatte. Ich hätte natürlich auch einfach wieder ins Bett gehen können, nachdem sie und John weggefahren waren, aber ich war so aufgedreht von dem ganzen Kaffee, dass ich genauso gut etwas arbeiten konnte.

Also sitze ich jetzt hier. Eigentlich wollte ich das Skript der Fernsehsendung lesen, für die ich nächste Woche vorspreche, doch den ganzen Morgen schon macht mir mein Magen zu schaffen, und ich kann mich nicht konzentrieren. Summers heimtückische Aktion von gestern geht mir nicht aus dem Kopf, und dann war sie heute auch noch so unheimlich freundlich zu mir. Ich habe das Gefühl, ein Spiel mit immer höheren Einsätzen zu spielen, bei dem sich ständig die Regeln ändern.

Ich wusste natürlich schon vorher, dass Summer nicht mehr dasselbe Mädchen ist, dem ich früher all meine Geheimnisse anvertraut habe. Doch jetzt, da ich die rosarote Brille unserer jahrelangen Freundschaft abgesetzt habe, erkenne ich sie kaum noch wieder. Wie konnte ich nur so blind sein?

Eigentlich sollte ich mich von ihr und ihren Machenschaften fernhalten, doch irgendwie kann ich mich einfach nicht aus ihrem Griff befreien. Warum nur hat sie mich hierher eingeladen, wenn sie mich doch inzwischen verachtet? Andererseits sah das noch ganz anders aus, als Summer mich eingeladen hatte – war das wirklich erst sechs Wochen her? Tatsächlich verbringen wir hier zum ersten Mal wieder mehr Zeit miteinander, seit das mit Eric passiert ist.

Eric. Ich hatte mir fest vorgenommen, diese Woche nicht an ihn zu denken, doch schon beginnt mein Herz schmerzhaft zu klopfen.

Das hier ist wirklich die anstrengendste Rolle meines Lebens. Ich nippe an meinem Kaffee. Mein Bauch grummelt. Das war wohl genug Kaffee für heute. Hoffentlich ist es wirklich nur der viele Kaffee auf nüchternen Magen und nichts Schlimmeres. Ich sehe hinaus auf den Horizont, um meine Gedanken und den rumorenden Magen zu beruhigen.

Camille steht plötzlich vor mir. Ihre Lippen bewegen sich, doch ich höre nichts. Ich ziehe mir die Kopfhörer aus den Ohren. »Sorry, die Musik war zu laut.«

»Kein Problem«, antwortet sie. »Das Boot fährt um zwölf ab.«

»Oh!« Ich schaue auf meine Uhr. Es ist 11:43 Uhr. »Ich wusste nicht, dass wir schon so früh aufbrechen.«

Sie nickt. »Madame Lyons möchte, dass alle pünktlich da sind.«

»Sie ist übrigens nicht Madame Lyons«, sage ich knapp. »Sie ist seine Geliebte.«

Camille schaut mich mit großen Augen an, und ihr fällt wohl keine Antwort ein. Ich klappe meinen Laptop zu und sehe durch die Fenster, dass Dre und Hugo draußen auf dem leeren Deck Handtücher und Zeitschriften einsammeln. Camille folgt meinem Blick. »Die anderen sind vor einer halben Stunde reingegangen. Ich habe Sie hier nicht gesehen. Tut mir leid.«

Ich stehe auf, und sofort rebelliert mein Magen. O nein.

Ich haste die Treppe hinunter und in unser Zimmer. Amythist steht in einem glänzenden lila Bikini im Bad vor dem Spiegel und dreht ihre Haare um einen Lockenstab. Ich wedele sie mit den Händen hinaus. »Du kannst gleich wieder rein, dauert nicht lange.«

»Geh ruhig pinkeln, stört mich nicht.«

»Ich muss nicht …«

Im nächsten Moment bin ich auf den Knien und würge den ganzen Kaffee und das Croissant von heute Morgen in die Kloschüssel.

»Shit.« Amythist lässt den Lockenstab fallen und hält mir die Haare aus dem Gesicht.

Als ich fertig bin, reicht sie mir einen nassen Waschlappen. »Alles okay?«

Ich nicke. »Schon besser.«

»Hast du heute Morgen deine Tablette nicht genommen?«, fragt sie besorgt.

Ich schüttele den Kopf. »Ich konnte sie nicht finden, aber Summer hat mir eine von ihren gegeben.«

Amythist verengt die Augen. »Sicher, dass es das Richtige war?«

»Nein.« Ich beiße mir auf die Lippe. Ich bin mir ziemlich sicher, dass die Gorillas uns Valium in die Drinks mischen, aber dass Summer mir Drogen andrehen könnte – auf den Gedanken bin ich bisher echt nicht gekommen. Wie kann man nur so dumm sein? »Sie meinte nur, es sei derselbe Wirkstoff.«

Amythist hebt eine Augenbraue. Ich hole tief Luft und lasse es raus: »Aber warum? Warum sollte sie mich vergiften wollen? Ich hätte ja auch ihr ganzes, verdammtes Boot vollkotzen können!«

Sie zuckt mit den Achseln. »Sie mag dich nicht. Das ist ziemlich offensichtlich.«

»Danke.«

»Ach, komm schon. Als ob du das nicht merken würdest.«

Sie hat ja recht. Ich weiß es nur zu gut.

»Vielleicht solltest du dich krankmelden«, schlägt sie vor.

Ich schüttele den Kopf und komme wacklig auf die Beine. »Damit sie denkt, sie hat gewonnen? Auf keinen Fall.«

Ich spüle mir den Mund aus und putze die Zähne. Mein Spiegelbild sieht aus wie ein Gespenst. Amythist hat recht, ich sollte nicht mit zum Lunch gehen, aber das kommt überhaupt nicht infrage. Durch das Fenster über Amythists Bett schaue ich fest auf den Horizont, um meine Übelkeit in den Griff zu bekommen. Amythist betrachtet mich amüsiert.

»Na dann«, sagt sie. »Wir gehen zu einem Beach Club, also nimm einen Bikini mit, damit wir nach dem Essen an den Strand können. Falls du deinen Magen unter Kontrolle hast.«

Sie lächelt mich schief an und wendet sich wieder ihren Haaren zu.

Beach Club. Dann muss ich wohl nicht duschen, oder? Stattdessen entscheide ich mich für eine Schicht Deo und Parfüm, ziehe einen einfachen, weißen Bikini an und werfe ein rotes Sommerkleid drüber. Etwas Mascara, etwas Farbe auf die Lippen, und dann bleibt mir gerade noch Zeit, ein letztes Mal nach meinen Tabletten zu suchen, doch ohne Erfolg. Merkwürdig. Aber wenn ich es recht bedenke … vielleicht auch nicht.

Ich schnappe mir meine Tasche und schlüpfe schnell aus dem Zimmer, in dem sich eine Giftwolke aus Amythists Haarspray und Parfüm zusammengebraut hat. Wendy und Claire warten schon auf dem Flur, und wir tauschen ein paar Komplimente aus, bevor wir hinauf aufs Hauptdeck gehen, um draußen auf das Boot zu warten.

Brittani und Rhonda haben sich bereits auf Liegestühlen niedergelassen und schon wieder Champagnergläser in der Hand. Camille hält uns ein Tablett hin, aber ich lehne ab und bitte sie stattdessen um Tabletten gegen Übelkeit. Sie huscht davon, um welche zu suchen.

»Spaßbremse!«, urteilt Brittani.

»Mir ist etwas schwummrig«, erkläre ich.

Claire drückt mich mit einem Arm an sich. »Tut mir leid. Dieses ganze Geschaukel find ich auch nicht so angenehm.«

»Aber du gehst mit zum Lunch?«, fragt Wendy.

Ich nicke. »Bestimmt gut, mal vom Boot runterzukommen.«

Seltsamerweise kann Camille keine einzige Tablette oder ein Pflaster gegen Reiseübelkeit auftreiben, doch ich lasse mich nicht abschrecken. Ich nehme all meinen Willen zusammen, steige in das Motorboot und bete, dass ich auf der Überfahrt nicht schon wieder kotzen muss.

Vinny setzt sich auf die Bank neben mir und beobachtet mich mit Argusaugen. Das Vibrieren des Motors ist fast noch schlimmer als das stete Auf und Ab, aber wenn ich mich ein bisschen über den Rand beuge, kann ich die Fingerspitzen durch das kühle Wasser gleiten lassen, und ich zwinge mich, auf nichts anderes zu achten. Das hilft. Vinny lehnt sich zu mir herüber, schwitzend in seinem schwarzen Jackett. Der Schweißgeruch sticht mir in die Nase, und schon merke ich, wie mir wieder die Übelkeit in den Rachen steigt. Er lässt den Horizont nicht aus den Augen und murmelt: »Damit das klar ist: Emmanuelle wurde gefeuert, weil sie gestohlen hat. Nicht weil sie hübsch ist.«

Ich gefriere zu einer Salzsäule und werfe einen kurzen Blick auf ihn. Zum Glück sind meine Augen hinter der Sonnenbrille verborgen. Doch auch er trägt eine, und seine groben Gesichtszüge geben nichts preis. Auf seiner anderen Seite murmelt Bernard irgendetwas, das ich über das Schrillen der Alarmglocken in meinem Kopf nicht verstehe. Vinny wendet sich ihm zu, und schon frage ich mich, ob ich mir seine Worte nur eingebildet habe.

Nein. Mir ist vielleicht schlecht, aber ich bin nicht verrückt. Es war eine Warnung: Er liest meine E-Mails. Fuck. Ich gehe im Kopf alle Mails durch, die ich auf den Computern an Bord geschrieben und empfangen habe. Stand da etwas Schlimmes drin? Eigentlich war ich sehr vorsichtig. Trotzdem …

Wir erreichen den Strand, und Dre und Hugo ziehen das Boot aufs Trockene und helfen uns nacheinander an Land. Ich bin total durcheinander. Das Wasser ist türkisfarben, und der Strand glänzt golden im Sonnenschein. Es ist wunderbar warm, und überall sind lachende Menschen, die im Wasser und im Sand herumtollen, doch für all das habe ich kein Auge.

Mit meinen Sandalen in der Hand gehe ich ein paar Schritte am Strand entlang, lasse mir vom kühlen Wasser die Füße umspielen und hefte meinen Blick auf den Horizont. Wenn Vinny meine E-Mails gelesen hat, wer noch? John? Summer? Ich bin so dämlich! Das hätte ich doch ahnen müssen! Und jetzt weiß ich es mit Sicherheit. Auf jeden Fall werde ich nichts mehr auf den Computern an Bord schreiben.

»Komm, Belle.« Schon wieder Wendys verdammte Fingernägel. Ich ziehe meinen Arm fort.

»Sorry«, sage ich. »Mir geht's nicht so gut.«

Am liebsten würde ich mir jetzt das Kleid vom Leib reißen und mich in die Fluten stürzen, mich unter die Wellen sinken und meine Erinnerungen fortspülen lassen, vergessen, dass ich Summer jemals getroffen habe, und diesen ganzen, beschissenen Trip auch – sogar Eric. Stattdessen folge ich Wendy widerwillig durch den Irrgarten aus Liegestühlen und blauen und weißen Sonnenschirmen, vorbei an den wuchtigen Tischen im Schatten und hinein in den Empfangsbereich, der mich irgendwie an eine Jagdhütte erinnert, nur um dann direkt wieder durch die Eingangstür hinausgescheucht zu werden.

Wir finden uns auf einem staubigen Parkplatz wieder, die Sonne knallt gnadenlos auf uns herunter, und von der kühlen Brise am Strand ist hier nichts mehr zu spüren. Vinnys Offenbarung auf dem Boot hat meine Seekrankheit noch verschlimmert. Wie lange hält das an? Jetzt, da wir an Land sind, müsste dieses schwankende Gefühl doch langsam aufhören, oder? Ich würde es ja googeln, aber ich glaube kaum, dass ich mich jetzt auf den kleinen Handybildschirm konzentrieren könnte.

Vinny und Bernard deuten auf eine Bank vor dem Restaurant, und wir sehen uns verwirrt an. »Aber drinnen gibt es eine Bar, und ich glaube, ich habe einen alten Knacker im Rollstuhl gesehen!«, ruft Rhonda.

Alle außer mir kichern. Ich kann gerade nicht so tun, als würde ich das lustig finden, denn ich versuche noch, meine Augen davon zu überzeugen, dass sich der Boden nicht bewegt.

»Wohl kaum, Mom!«, erwidert Brittani. »Ein Rollstuhl im Sand ist ja wohl nicht so praktisch.«

»Na, vielleicht war es auch 'ne Krücke.«

»Ihr bleibt zusammen«, ordnet Bernard an. Oder Vinny? Ich kann ihre Stimmen nicht mehr unterscheiden, und der sandige Schieferboden verschwimmt vor meinen Augen.

»Wir können ja auch an der Bar zusammenbleiben«, bietet Wendy mit einem Augenzwinkern an. »Haben Sie nicht auch Durst? Ich gebe einen aus.«

»Mr Lyons sagte, wir sollen hier warten. Also warten wir hier«, antwortet er. »Ihr könnt euch auf die Bank setzen.«

Die grün lackierte Bank ist glühend heiß, aber im Sitzen fühle ich mich etwas sicherer. Wir harren schweigend in der schmorenden Hitze aus, während Autos vorfahren und Chauffeure Türen öffnen, um die Fahrgäste aussteigen zu lassen, allesamt bewaffnet mit großen Strandtaschen, Hüten und Sonnenbrillen. Hätte ich doch nur einen Hut aufgesetzt! Nicht mal Wendy kann ihren Ärger noch verbergen.

»Das ist doch bescheuert«, flüstert sie mir zu, fächert sich mit einer Hand Luft zu und hält mit der anderen ihre Haare hoch. »Ich schwitze total, und ich brauche echt keine Sonne mehr. Bald ist meine Foundation zu hell für mich!«

»Ich muss mal«, sagt Brittani.

Vinny seufzt. »Also gut, immer zu zweit. Aber kommt sofort zurück. Wir müssen alle hier sein, wenn sie auftauchen.«

Brittani packt ihre Mutter an der Hand, und die beiden flitzen hinein. In meinem Bauch rumort es wieder. O nein. Das ist wirklich nicht der richtige Ort. Sollten Brittani und Rhonda überhaupt zurückkommen (was ich bezweifle), ist das Bad vermutlich eh überfüllt von alten Damen, die sich die Nase pudern, und der Schickeria, die sich eine Linie Koks reinzieht. Ich scanne die Umgebung in Bezug auf eine Alternative. Links ist der Strand – nicht gut. Aber rechts … Egal, was da um die Ecke auf mich wartet, es ist immer noch besser als meine anderen Optionen.

Amythist bemerkt meinen suchenden Blick. »Ich komme mit«, flüstert sie mir zu und hilft mir auf die Beine.

»Es geht ihr nicht gut«, sagt sie, als sie mich an Bernard und Vinny vorbeiführen will.

Doch Bernard versperrt uns mit seinem massigen Körper den Weg. »Erst wenn die anderen zurückkommen.«

Unerschrocken sieht Amythist zu ihm hoch. Sie hat bestimmt schon ihre Erfahrungen mit Türstehern gemacht. »Aus dem Weg, oder sie kotzt dir auf die Füße.« Sie zwängt sich an ihm vorbei und zieht mich hinter sich her.

Zehn Meter trennen uns von der Ecke, aber ich habe das Gefühl, ich müsste die Sahara durchqueren. Ich klammere mich an Amythists Hand wie an ein Rettungsboot und lasse mich von ihr führen. Ich kann nur hoffen, dass am Ende unseres Weges ein Kotzparadies auf mich wartet. Endlich gehen wir um die Ecke. Eine Wand mit künstlicher Begrünung dient als Sichtschutz für den Müll. Der Gestank ist zu viel für mich, und ich ducke mich hinter den nächsten Abfalleimer. »O Gott«, sagt Amythist. »Sorry, aber … boah, das stinkt!«

Sie geht und lässt mich hinter dem faulenden Abfall der Reichen zurück, wo ich mich weiter der vollständigen Entleerung meines ohnehin schon ziemlich leeren Magens widme. Einmal kommt ein junger Busfahrer, wirft einen Müllsack in einen Eimer und sieht mich dort auf den Knien kauern, doch er sagt nichts. Und offenbar sagt er auch niemand anderem Bescheid, denn keiner kommt und stört mich.

Irgendwann bringe ich nichts mehr hervor, also klopfe ich mir den Staub vom Kleid und trete zittrig hinter den Mülleimern hervor, um mir einen etwas angenehmeren Platz zum Ausruhen zu suchen, bevor ich wieder in den goldenen Käfig zurückkehre. Eine staubige Auffahrt führt in einen Anlieferbereich mit Laderampe, und dort lehnt der Busfahrer von vorhin und raucht eine Zigarette. Er sieht mich, zieht eine frische Flasche Wasser aus seiner Tasche und hält sie mir hin. Dankbar nehme ich sie und spüle mir den Mund aus. Ich traue mich nicht, zu trinken. Womöglich geht es dann wieder von vorn los. »*Merci*«, sage ich.

»*Un moment.*« Er verschwindet durch eine Tür und kommt kurz darauf mit einem eiskalten Handtuch zurück.

Gründlich wische ich mir über Gesicht und Nacken, während er seine Zigarette zu Ende raucht. Ich reiche ihm das Handtuch zurück. »*Merci beaucoup.*«

Er zieht ein Päckchen Zigaretten aus der Hosentasche und bietet sie mir an, doch ich lehne ab. »*Tu es mon sauveur*«, sage ich.

Er nickt und geht hinein, und ich kehre zu der Bank zurück. Zähne putzen wäre jetzt gut, aber grundsätzlich geht es mir etwas besser. Rhonda und Brittani sind noch nicht wieder da, und Vinny ist verschwunden, aber die anderen warten noch immer in der sengenden Hitze. Erwartungsvoll sehen sie mich an.

»Alles okay?« Dämliche Frage, aber immerhin bietet mir Wendy ein Kaugummi an, das ich mir sofort in den Mund stopfe.

Ich nicke. »Bin nur seekrank. Yay.«

Claire tätschelt meinen Arm, und ich setze mich zwischen sie und Amythist.

»Wie spät ist es?«, frage ich.

»Gleich zwei«, antwortet Wendy.

»Schon eine Stunde zu spät«, fügt Amythist hinzu.

»Sie kommen bald«, sagt Bernard.

Wie aufs Stichwort rollt ein silberfarbener Ferrari Cabrio in einer Staubwolke heran, und Bernard bedeutet uns aufzustehen.

Amythist ist mit ihrem Handy beschäftigt und bleibt sitzen. Bernard packt sie am Arm und zerrt sie auf die Beine, und das glitzernde Teil fällt zu Boden. Sie reißt ihren Arm aus seinem Griff, und ich hebe das Handy auf und reiche es ihr.

Wie eine frische Sommerbrise steigt Summer aus dem Auto. Sie steckt in einem weißen Kleid, hat eine gigantische Sonnenbrille auf der Nase und löst das blau geblümte Tuch um ihren Kopf, während sie darauf wartet, dass John zu ihr herumkommt und ihre Hand nimmt. Er trägt einen Leinenanzug und eine Sonnenbrille, und als sie näher kommen, erkenne ich die Brille wieder. Die habe ich doch gestern erst unter Amythists Bett gefunden!

Bäm. Als treue Freundin wäre ich jetzt natürlich völlig entrüstet, aber ich kann mir gerade eben das Lachen verkneifen. Summer führt sich hier auf wie die hochwohlgeborene Madame von und zu und behandelt uns wie ihre Zofen, während eine jüngere Frau mal eben ihren Sugardaddy verführt, direkt vor ihrer Nase. Aber was hat sie erwartet? Schließlich hat er ja auch seine Ehefrau mit einer sechsunddreißig Jahre jüngeren Frau betrogen, warum sollte er nicht seine Geliebte mit einer dreiundvierzig Jahre jüngeren Frau betrügen?

Summer gibt mir ein paar Luftküsschen, und wir dürfen endlich hinein in den dunklen Empfangsbereich, in dem ich mich nach dem grellen Sonnenlicht draußen kaum zurechtfinde. Dann trete ich hinaus auf die schattige Terrasse. Vom Meer weht eine Brise herüber und streichelt meine Haut, und sofort fühle ich mich viel besser. Passend zum Rauschen der Wellen klimpert entspannte Loungemusik, und Kellner in grünen Poloshirts wuseln zwischen den Tischen hin und her, die alle voll besetzt sind mit wohlhabenden französischen Familien im Urlaub, russischen Milliardären und ihrer Gefolgschaft, griechischen Schifffahrtsmagnaten beim Geschäftsessen – ein ganz normaler Augustnachmittag an der Riviera also.

Wir sitzen an einem Tisch in der Ecke mit Blick aufs Meer. Gesellschaft leisten uns heute die angeblich reichsten Menschen aus einem Land, dessen Name ich zwar schon mal gehört habe, aber das ich auf einer Karte nicht finden würde. Lettland? Litauen? Keine Ahnung, und ehrlich gesagt ist es mir auch egal. Die Leute sind Weiße und Mitte vierzig und sehen auf den ersten Blick aus wie ein Highschool Football Coach und seine Frau. Wahrscheinlich würde man sich auch nach dem fünften Treffen nicht an sie erinnern. Und ach, ihre Geheimnisse werden mir für immer verborgen bleiben, denn sie sitzen bei Summer und John, während ich ans andere Ende des Tisches gebeten wurde, zu ihren beiden pubertierenden Söhnen, dem Bodyguard und der Nanny.

Der eine Junge muss so um die sechzehn sein, aber ich kann nur einen kurzen Blick auf ihn werfen, bevor er Richtung Strand abzischt, zusammen mit ein paar Freunden, deren Eltern am Nachbartisch sitzen. Den jüngeren schätze ich auf das gnadenlose Alter von dreizehn Jahren. Er hockt links von mir neben seiner Nanny und bekommt nur ein schlaffes Lächeln zustande, bevor sein pickliges Gesicht sich unwiderruflich seinem Handybildschirm zuwendet. Rechts von mir sitzt der Bodyguard, ein riesenhafter Mann in einem schwarzen Anzug, der angeblich kein Englisch spricht. Um sein Geld wert zu sein, sollte er sich meiner Meinung nach näher bei seinen Arbeitgebern aufhalten, aber vermutlich erwartet man hier nicht gerade Alarmstufe Rot. Ich bin nur froh, dass ich mit meinen Sitznachbarn nicht krampfhaft Konversation machen muss. Ich will dieses Essen einfach nur hinter mich bringen und dann zurück auf die Jacht und ins Bett. Ich könnte hier und jetzt den Kopf auf den Tisch legen. Appetit habe ich sowieso nicht.

Brittani und Rhonda haben die letzte Stunde an der Bar auf der Jagd nach einem Ehemann verbracht, und als Vinny sie zum Tisch eskortiert, sind sie bereits gut dabei und kichern albern vor sich hin. Ihr feuchtfröhlicher Zustand entgeht Summer natürlich nicht, und augenblicklich werden sie an mein Ende des Tisches verbannt, möglichst weit weg von den reichen Leuten. Ich stelle mich schon mal auf eine weitere Folge von »Brittani und Rhonda in Europa« ein, doch zumindest nimmt Amythist direkt gegenüber von mir Platz.

Amythist, meine neue beste Freundin mit den veilchenfarbenen Augen. Dabei wollte ich am Anfang gar nicht mit ihr in ein Zimmer. Jetzt bin ich froh, dass ich nicht mit einer der anderen das Zimmer teilen muss.

Eine Kellnerin setzt vor jedem ein Schnapsglas ab, unsere Tischgenossen geben einen aus. Das bringe Glück, erklärt der Mann, und diese Flasche Wodka sei zweihundert Jahre alt. Moment, das kann nicht stimmen. Wahrscheinlich bin ich nur zu weit weg und habe es nicht richtig verstanden. Jedenfalls heben alle ihr Glas, auch der dreizehnjährige Junge. Wodka ist nun wirklich das Letzte, was ich gerade brauche, aber ich sehe, dass Summer zu mir herüberschielt, also stürze ich das Glas herunter, nur um ihr zu beweisen, dass es mir blendend geht, trotz ihrer mysteriösen Pille von heute Morgen.

Sofort meldet sich mein Magen zu Wort, doch der Wirbelsturm in meinem Kopf legt sich etwas. Alles nur eine Frage des Willens. Der Geist beherrscht den Körper … nicht.

Ich springe auf und suche die Tür zu den Toiletten. Amythist will schon aufstehen, doch Wendy ist schneller. Sie schnappt meine

Hand und führt mich durch das Restaurant. Die Gespräche der Gäste, das Klappern des Geschirrs, die Musik und die Wellen, alles dröhnt mir in den Ohren und dreht sich vor meinen Augen. *Reiß dich zusammen, Belle! Reiß dich zusammen.*

Ich setze einen Fuß vor den anderen, atme tief und langsam und klammere mich fest an Wendys Hand, die mich durch die merkwürdig dämmrige Bar zieht, durch eine Tür und dann einen von Büschen gesäumten Weg entlang, der mit einem Rankgitter überdacht ist. Warum nur habe ich diesen Wodka getrunken? Was habe ich mir dabei gedacht? Wie dämlich kann man sein?

»Sind die Toiletten auf dem Mond?«, motze ich.

»Es sind eher Umkleidekabinen. Für die Gäste vom Beach Club«, erklärt Wendy und drückt eine weitere Tür auf.

Ich bin zu allen Seiten von weißem Marmor umgeben, und wundersamerweise muss ich mich nicht erbrechen, obwohl es sich so anfühlt. Ich lehne mich in der großen Kabine an die Wand, bedecke mein Gesicht mit den Händen und atme weiterhin langsam ein und aus, während Wendy mir über den Kopf streichelt.

»Tut mir leid«, sage ich. »Ich hätte den Wodka nicht trinken dürfen.«

»Ja, das war dumm«, sagt sie und lacht leise. »Aber mach dir nichts draus. Wir müssen dir nur endlich was gegen deine Seekrankheit besorgen, dann wird das schon wieder.«

»Da kann ich helfen!« Eine hohe Stimme mit englischem Akzent tönt aus der Kabine von nebenan. »Sorry, dass ich gelauscht habe, aber ich laufe schon grün an, wenn ich nur ein Boot sehe. Es gibt nichts Schlimmeres!«

»Sie schickt der Himmel!«, rufe ich.

Eine blasse Hand mit perfekt manikürten, knallblauen Fingernägeln erscheint unter der Trennwand und hält uns ein kleines, rundes Pflaster hin.

»Ist zum Aufkleben«, sagt sie. »Einfach auf den Hals damit, das wirkt Wunder.«

»Vielen, vielen Dank«, sagt Wendy, nimmt das Pflaster entgegen und reicht es mir.

Vielleicht nicht die beste Idee, Medikamente von fremden Leuten auf dem Klo anzunehmen, aber darüber kann ich mir momentan keine Gedanken machen, also klebe ich mir das Pflaster auf den Hals. Neben uns geht die Spülung. »Hoffe, es hilft«, sagt die Stimme.

»Danke!«, rufe ich ihr noch einmal nach.

»Meinst du, es geht jetzt?«, fragt Wendy. »Wir sollten langsam zurückgehen, sonst denkt Summer noch, wir sind abgehauen.«

Ich nicke. »Wäre wohl trotzdem noch besser, als einmal quer über den Tisch zu kotzen.«

»Ich wusste gar nicht, dass es so schlimm ist«, sagt sie.

»Ich auch nicht. Aber ich habe ja auch noch nie eine ganze Woche auf einem Boot verbracht.«

»Aber die Dinger sollen echt schnell wirken.«

Vielleicht bilde ich es mir nur ein, aber während sie noch spricht, fühle ich mich plötzlich schon viel besser. Die Wände schwanken nicht mehr. Ich spüre den Boden unter meinen Füßen. Ich verlasse die Kabine, und die Welt fällt nicht in sich zusammen.

Ich spritze mir kaltes Wasser ins Gesicht und tupfe es trocken, während Wendy ihr Make-up und ihre Haare in Ordnung bringt. Als sie mit ihrem Spiegelbild zufrieden ist, wendet sie sich mir zu. »Du brauchst etwas Farbe im Gesicht.«

Nacheinander zieht sie fünf Lippenstifte aus ihrem Kosmetiktäschchen, aber keiner davon scheint zu meinem Hauttyp zu passen. Schließlich findet sie noch einen roséfarbenen, den sie für annehmbar hält. Gehorsam tupfe ich mir Farbe auf Lippen und Wangen. »Nicht schlecht«, sagt sie und besprüht mich mit Parfüm.

Bevor wir gehen, stecke ich mir noch ein Pfefferminzbonbon in den Mund. Langsam könnte ich doch mal ein Stück von diesem frischen Brot gebrauchen, das ich vorhin auf den anderen Tischen gesehen habe.

»Weißt du eigentlich, wer dir da den Arsch gerettet hat?«, fragt Wendy leise, während wir Arm in Arm zurück zum Restaurant gehen. »Das war Tamara von Klein. Herzogin von … Österreich? Ich glaube, es ist Österreich. Aber man merkt ja, sie ist in England aufgewachsen.«

»Woher zur Hölle weißt du das?«

»Ich weiß so was halt.«

»Aber wir haben sie ja nicht mal gesehen.«

Sie zuckt die Achseln. »Sie war direkt vor uns, und mir sind ihre Nägel aufgefallen.«

Ich drücke die schwere Tür zur Bar auf und blinzele, um meine Augen an das schummrige Licht in dem holzgetäfelten Raum zu gewöhnen. Die schweren Samtvorhänge vor den Fenstern lassen kaum Licht herein, und an der dunkelgrünen Tapete hängen scheußliche Ölschinken von wilden Tieren, die sich gegenseitig zerfleischen. »Warum ist es hier so dunkel?«, frage ich.

Das war eine rhetorische Frage, aber natürlich weiß Wendy die Antwort. »Das Restaurant gibt es seit ungefähr hundert Jahren, und die Bar ist seitdem unverändert. Sie ist total berühmt.«

Mein Blick landet auf John, der an dem reich verzierten Tresen aus Mahagoniholz steht und sich mit einem großen, dunkelhaarigen Mann unterhält. Beide haben uns den Rücken zugewandt.

Als wir näher kommen, gibt John dem Mann einen Klaps auf den Rücken und geht, ohne uns zu bemerken. Der Mann dreht sich um. Und mein Herz bleibt stehen.

Dylan.

Ich habe ihn seit über einem Jahr nicht mehr gesehen, aber auf seine lässige Art sieht er immer noch genauso gut aus wie damals: zerzaustes dunkles Haar, braun gebrannte Haut, zerknittertes

Hemd und verwaschene rote Shorts. Trotzdem fügt er sich nahtlos in seine Umgebung und scheint vollkommen entspannt zu sein – viel entspannter, als ich erwartet hätte, wo er doch gerade erst seinen Bruder verloren hat.

Einen Moment lang sind wir beide zu überrascht, um uns zu rühren. Dann lächelt er, kommt mir mit ausgebreiteten Armen entgegen und drückt mich an sich. Wendy schaut belustigt zu.

»Mit dir habe ich jetzt nicht gerechnet«, sagt er, als wir uns voneinander lösen.

»Tja. Die Welt ist ein Dorf.« Im Moment fällt mir nichts Besseres ein. »Das ist Dylan«, sage ich zu Wendy.

»Ich erinnere mich.« Sie lächelt. »Ein bisschen jedenfalls. Danke, dass du mich damals gerettet hast.«

»Gern.«

»Was machst du hier?«, frage ich.

Ein schiefes Lächeln umspielt seine Lippen. »Dasselbe wir ihr, denke ich.«

»Lunch«, wirft Wendy ein.

Er scheint sich nicht so sehr darüber zu freuen, mich zu sehen, wie ich dachte. Die Leichtigkeit unserer ersten Begegnung ist verschwunden. Aber man muss natürlich bedenken, was er seitdem durchgemacht hat.

»Woher kennst du John?«, fragt Wendy.

Er tritt von einem Bein aufs andere, fährt sich mit den Fingern durch die Haare und räuspert sich dann. »Wir, ähm … arbeiten zusammen.«

Aha. Sein Blick huscht zu mir herüber, wohl um meine Reaktion abzuschätzen, aber Wendy fährt fort: »Was machst du denn?«

Er wirft einen Blick über seine Schulter, als ob er nach jemandem Ausschau halte. »Standortsuche und Entwicklungsprojekte.«

»Das klingt ja interessant«, sagt sie und legt ihm leicht die Hand auf den Oberarm. »Was heißt das genau?«

Er verschränkt die Arme vor der Brust und lässt den Blick weiterhin suchend durch das Restaurant schweifen. »Ich erstelle Berichte über mögliche Standorte für gewerbliche Bauprojekte.«

Was ist los mit ihm?

»Cool«, sagt Wendy. »Summer hat erwähnt, dass John hier in der Nähe ein Resort plant – bist du daran beteiligt?«

Er zieht die Brauen zusammen, doch ehe er antworten kann, tritt ein Kellner an ihn heran und macht eine kleine Verbeugung. Dylan ist sichtlich erleichtert über sein Erscheinen. »*Monsieur, votre compagnon est arrivé.*«

Seine Begleitung. Natürlich, er hat ein Date. Verstehe.

Er nickt. »*Merci.*«

Der Kellner bleibt stehen. Ich setze ein Lächeln auf und wünschte, ich hätte mehr Zeit, um allein mit ihm zu sprechen. »Lass dich nicht aufhalten.«

»Tut mir leid«, sagt er. »Meine Großmutter. Sie ist einundneunzig. Ich will sie lieber nicht warten lassen.«

»Natürlich nicht«, sage ich. »Schön, dich gesehen zu haben.«

»Das mit deinem Bruder tut mir sehr leid«, sagt Wendy ernst.

Er nickt, und zum ersten Mal kann ich so etwas wie Melancholie in seinem Gesicht lesen. »Danke.«

Das ist meine Gelegenheit. »Gibt es was Neues?«

Er schüttelt kurz den Kopf. »Ruf mich unbedingt an, wenn du etwas Zeit hast, solange du noch hier bist«, sagt er. »Wäre schön, wenn wir uns noch mal in Ruhe sehen könnten.«

Er beugt sich zu mir herüber und gibt mir einen trockenen Kuss auf die Wange, dann folgt er dem Kellner.

Wendy sieht ihm nach und seufzt. »Das ist so traurig.«

Ich nicke. »Ja.«

Sie drückt meine Hand und lächelt mich an. »Hatte ganz vergessen, was für ein Augenschmaus er ist.«

»Stimmt.«

»Und er scheint dich echt zu mögen«, fügt sie hinzu.

»Ich weiß nicht … Das Gefühl hatte ich nicht unbedingt.«

»Er war bestimmt nur überrascht, dich zu sehen. Und nach dem, was mit Eric passiert ist, fühlt er sich wahrscheinlich in Summers Nähe nicht besonders wohl … das muss echt schwer sein.«

»Ja«, stimme ich unbehaglich zu.

»Und er kennt John … Er weiß also von ihm und Summer«, plappert sie weiter. »Vielleicht macht ihn das auch wütend. Wahrscheinlich, oder? Sie so zu sehen, glücklich mit John, wo sein Bruder doch total in sie verliebt war, und jetzt ist er … O Mann, das ist schrecklich. Die arme Summer …« Sie verstummt, als sie Vinny bemerkt, der in der Tür zum Restaurant erschienen ist.

»Mädels.« Er winkt uns zu sich, und wir trippeln hinüber wie dressierte Hündchen. »Kein Versteckspielen mehr.«

Summers strenger Blick trifft uns, während Vinny uns eine Hand auf den Rücken legt und uns zurück zum Tisch manövriert.

Ich setze mich und ignoriere den Fisch auf meinem Teller, der mich aus leeren Augen anstarrt. Brittani, Rhonda und Amythist kichern etwas verhalten, und Summer, Wendy, Claire und der Rest der Tischgesellschaft hören in andächtiger Stille der reichen Frau zu, die von irgendeinem Schloss faselt, das sie für den Spottpreis von fünfundzwanzig Millionen gekauft haben. Natürlich unbewohnbar. Deshalb müssen sie noch einmal weitere zwanzig Millionen investieren.

Ich schaue mich im Restaurant um, doch Dylan und seine Großmutter entdecke ich nicht. Dafür fällt mir auf, dass mein erster Eindruck nicht ganz stimmte: Zwischen all den reichen und wichtigen Leuten sitzt zum Beispiel auch ein Sicherheitswachmann. Und am Tisch daneben sehe ich ein Au-pair-Mädchen, das mit sanfter Gewalt versucht, ein schreiendes Kleinkind zu bändigen. An mehreren Tischen sitzen Assistenten und andere Gefolgschaften verteilt, die sich kaum von ihren Arbeitgebern unterscheiden, bis sie aufspringen, um zu erledigen, worum auch immer man sie bittet. Und dann sind da die wenigen Touristen, die irgendwie einen Tisch ergattert haben; völlig overdressed und mit gezücktem Handy, um möglichst unauffällig ein Hochkantvideo aufzunehmen, obwohl überall Schilder darauf hinweisen, dass Kameras verboten sind. Anschließend drehen sie immer wieder ihre Speisekarten um, auf der Suche nach den Preisen.

Irgendwie ist das Restaurant ein eigenes Ökosystem, mit eigener Nahrungskette.

Mein Mund ist staubtrocken, und ich spüre die ersten Anzeichen von Kopfschmerzen. Wahrscheinlich bin ich total dehydriert von der ganzen Kotzerei. Ich winke einem vorbeigehenden Kellner. »*Excusez moi, un verre d'eau, s'il vous plaît.*«

Er nickt und eilt davon. Aus irgendeinem Grund sieht Summer mich mit tödlichem Blick an. Sie flüstert Bernard etwas zu, der aufsteht und zu mir ans andere Ende des Tisches kommt. Er lässt sich schwer auf den Stuhl fallen, den der reiche Sprössling geräumt hat. »John kümmert sich um die Bestellung«, knurrt er mir ins Ohr.

»Schon gut. Ich brauche nur ein Glas Wasser.« Bah, klingt das demütig. Aber besser, er weiß, dass ich mich an die Regeln halten will.

»Sei nicht so respektlos«, spuckt er aus, gerade als der Kellner mit meinem Wasser erscheint.

Bernard sieht ihn an und schüttelt den Kopf, bevor er das Glas vor mir abstellen kann. Nicht zu fassen, aber der Kellner nimmt mein Wasser wieder mit. Gleich platze ich. Am liebsten würde ich Summer die Hände um den Hals legen und so fest zupacken, dass ihr die Augen aus dem Kopf quellen. Aber ich nicke nur und richte den Blick mal wieder auf das Meer, so schön friedlich gegen dieses Chaos hier.

Wie schnell doch der Unterschied zwischen Gast und Gefangener zusammenbricht, wie eine Sandburg in der Meeresbrandung. Doch auf die Flut folgt auch immer Ebbe.

NEUN MONATE ZUVOR

LOS ANGELES

Ich hatte für eine Rolle vorgesprochen und trat gerade irgendwo downtown aus einem Bürogebäude auf die Straße. Es war ein besonders trüber Novembermorgen. Offenbar hatte während meines Termins die Arktis Einzug gehalten, und es goss aus Kübeln. Für die Rolle des ruchlosen Seitensprungs hatte ich extra meine teuersten und höchsten Stilettos und ein hautenges, grünes Seidenkleid angezogen, und natürlich stand mein Auto drei Blocks weiter auf dem billigsten Parkplatz, den ich finden konnte.

Ich hatte keinen Regenschirm, und in dem Gebäude gab es keine Lobby – nur einen Flur, von dem die Fahrstühle abfuhren –, also starrte ich einen Moment lang trübsinnig in den Regen hinaus. An dieser Straße gab es keine Läden oder Restaurants, doch ein paar Häuser weiter erkannte ich den Eingang zu dem Blumenmarkt, wo ich vor ein paar Monaten Sonnenblumen für Wendy gekauft hatte, nachdem sie vom Pferd gefallen war. Mein Auto befand sich zwar in der anderen Richtung, aber alles war besser, als hier herumzustehen, also hielt ich mir das Skript über den Kopf und rannte los.

Natürlich war ich sofort nass bis auf die Haut, aber jetzt war es zu spät. Wie ein begossener Pudel stürzte ich durch die Tür zum Blumenmarkt, doch der glatte Betonboden war so nass, dass ich auf meinen bescheuerten Mörderabsätzen sofort ausrutschte. Mit rudernden Armen legte ich eine spektakuläre Bruchlandung hin und präsentierte der Schlange an der Kasse mein knallrosa Höschen.

Wundervoll.

Die Kassierer und Kunden sahen mich erschrocken an, und ein Sicherheitsmann kam auf mich zugeeilt, um mich am Ellenbogen auf die Beine zu ziehen. »Alles okay?«

Ich nickte. Immerhin würde ich diese Leute niemals wiedersehen. Mit knallrotem Kopf sah ich an meinem tropfnassen Kleid hinunter. Die linke Naht war bis zur Hüfte aufgerissen. Lief ja toll.

»Belle«, sagte eine tiefe Stimme.

O nein. Wer war das denn jetzt?

Ich drehte mich um, und da stand Eric vor mir, mit einem großen Strauß hellrosa Rosen im Arm und sorgenvoll gerunzelter Stirn. Der hatte mir ja gerade noch gefehlt!

»Geht's dir gut?«, fragte er. »Der Boden ist echt hart, und du bist voll auf dein Steißbein gefallen.«

»Oh, hi.« Einfach cool bleiben, Belle. »Ja, nichts passiert.«

Der Sicherheitsmann nickte Eric zu und ließ mich mit ihm allein. Ich rieb mir über den schmerzenden Hintern. »Ich wohne nebenan. Willst du dich kurz abtrocknen?«, bot er an. »Ich kann dir auch 'ne Hose leihen.«

Ich krallte die Faust in mein Kleid, um den Riss zuzuhalten. Summer traf sich immer noch mit Eric und war in letzter Zeit besonders eifersüchtig, außerdem wohnte sie weiterhin bei mir. Mit zu ihm zu gehen war also eine Schnapsidee. Und dann war da noch mein verletzter Stolz – und mein verletzter Hintern. Aber draußen regnete es nach wie vor in Strömen, mein Kleid war ruiniert, und ein Absatz war abgebrochen. »Okay«, sagte ich. »Danke.«

Er nahm die Blumen in einen Arm und bot mir den anderen an. Mir blieb nichts anderes übrig, als ihn zu ergreifen und mit meinem kaputten Schuh neben ihm herzuhumpeln. »Soll ich dich huckepack nehmen?«, fragte er.

»Ich bin schwerer, als ich aussehe.«

»Und ich bin stärker, als ich aussehe. Du müsstest nur die Blumen halten.«

»Dann können aber alle meinen Arsch sehen«, protestierte ich.

»Die Glücklichen. Komm schon.«

Ich stopfte meine Schuhe in die Tasche, nahm Eric die Blumen ab und sprang auf seinen Rücken. Mühelos trug er mich durch die Gänge und zeigte hier und da auf verschiedene Blumen, als würden wir hier nur gemütlich bummeln gehen. Schließlich erreichten wir die Tür auf der anderen Seite des Blumenmarkts und traten hinaus auf die Gasse. Es regnete immer noch stark, doch jetzt lachten wir, und Eric legte sogar einen Sprint hin. Vor einer Tür blieb er abrupt stehen. »Die Schlüssel sind in meiner linken Hosentasche. Kommst du da ran?«

Ich steckte eine Hand in seine Tasche. Durch den dünnen, nassen Stoff spürte ich die Wärme seiner Haut, aber auch noch etwas anderes. Oh. Er trug wohl keine Unterwäsche.

Die Schlüssel, Belle. Schlüssel.

Ich zog sie hervor und gab sie ihm. Er öffnete die Tür, und wir stürzten hinein, beide tropfnass. Ich hüpfte von seinem Rücken. »Danke.«

»Gern geschehen.« Er knallte die Hand auf den Fahrstuhlknopf, und ich schaute mich im Flur um. »Mir war gar nicht bewusst, dass ich hier in deiner Nähe bin.«

Die Fahrstuhltür glitt auf, und Eric ließ mir den Vortritt in die schwach beleuchtete Kabine. Ich zögerte, und er sagte lächelnd: »Stimmt ja. Du hast Platzangst.«

»Der Fahrstuhl ist aber auch wirklich winzig«, bemerkte ich nickend.

»Ich kann dir wieder die Augen zuhalten, wie letztes Mal«, bot er an.

Letztes Mal. Bevor ich wusste, dass er Summer gehört.

Ich ergab mich und trat in den Fahrstuhl. Er folgte mir mit dem Arm voller Rosen. Die Tür glitt zu. »Dreh dich lieber um«, sagte er. »Sonst ersteche ich dich noch mit den Dornen.«

Ich wandte mich zu ihm um. Es war so eng, dass unsere Gesichter sich fast berührten, und mein Herz klopfte wie wild in meiner Brust. Der süße Duft der Rosen erfüllte die Kabine.

Eric ließ die Rosen an seiner Seite herunterbaumeln. »Schließ die Augen, und leg dein Gesicht an meine Brust.«

Das war jetzt eigentlich nicht nötig. Ich hätte auch *nur* die Augen schließen können, das hätte schon gereicht. Aber nein, ich musste meine Stirn gegen seine Brust lehnen. Und da war es wieder: dieses würzige Aftershave und das Waschmittel, seine warme Haut unter dem nassen Hemd. Kaum merklich beugte er seinen Kopf zu meinem herunter.

Ding! Die Türen glitten auf. Wir verharrten noch für den Bruchteil einer Sekunde, dann riss ich mich von ihm los und trat mit heißem Gesicht in sein Loft.

Chemie, mehr war es doch nicht. Hat man nun mal nicht unter Kontrolle, auch nicht, wenn die Umstände es verbieten. War nicht das erste Mal und bestimmt auch nicht das letzte.

Außerdem hatte ich ihn doch schon längst abgeschrieben, dafür gab es gute Gründe, und während ich mich in dem lichtdurchfluteten Loft umsah, ging ich sie alle nacheinander durch. An dem Abend, als wir uns kennenlernten, hatte ich seine Galerie und das Dach gesehen, doch in seinem privaten Reich war ich noch nie gewesen. Irgendwie sehr intim, hier von all seinen Sachen umgeben zu sein.

Das Loft war riesig. Es nahm die gesamte Etage ein und sah überhaupt nicht so aus, wie ich es mir nach Summers Beschreibungen vorgestellt hatte. Bei ihr klang es immer nach schmuddeliger Junggesellenbude.

Ich spürte seinen Blick auf mir.

Er gehörte Summer, also Finger weg. Außerdem passten wir überhaupt nicht zusammen, er war doch nur auf Bettgeschichten aus. Und dafür würde ich Summer ganz bestimmt nicht in den Rücken fallen.

»Das ist ja unglaublich«, sagte ich.

»Danke. Ja, ich find's auch schön.«

Durch die großen Fenster auf allen Seiten fiel selbst an einem so düsteren Tag wie heute Licht herein. Auf dem Boden aus gebürstetem Beton lagen leuchtend bunte, exotische Teppiche, und die geschmackvollen Retromöbel unterteilten den weitläufigen Raum lose in verschiedene Bereiche: einen Wohnbereich mit einer beeindruckenden Plattensammlung und Bibliothek; einen Essbereich, wo ein Sputnik-Kronleuchter von der hohen Decke hing. Im Atelierbereich standen mehrere Leinwände in verschiedenen Fertigungsstadien, und in einer Ecke gab es eine richtige Profiküche mit Arbeitsplatten aus Carrara-Marmor und einem Gastroherd. Und Pflanzen. Überall standen Pflanzen.

So sah das Zuhause meiner Träume aus.

Er war ein Aufreißer. Er war launisch und furchtbar überempfindlich.

Ich wanderte durch sein Atelier und sah mir die Bilder an. So viele unterschiedliche Stile, manche abstrakt, manche eine Kombination aus mehreren Techniken, manche erinnerten an die traumähnlichen Darstellungen von seinen Fotografien – und trotzdem ließ sich überall ein roter Faden erkennen. Verspielte Naturgewalt, kontrolliertes Chaos, dasselbe Spiel mit den Gegensätzen, das auch seine Fotografien durchdrang.

Klick. Ich drehte mich um und sah Eric mit einer Nikon Filmkamera vor dem Auge. Schnell drückte er noch einmal ab, bevor ich mein Gesicht verdecken konnte. »O mein Gott, was machst du da? Ich sehe doch schrecklich aus«, sagte ich und duckte mich.

»Schrecklich schön«, sagte er. »Dreh mal dein Gesicht ins Licht.«

»Lass das, Eric. Im Ernst.«

»Bitte?«

Diese meergrünen Augen. Na schön.

Ich ließ ihn noch ein paarmal knipsen, dann drehte ich ihm den Rücken zu. »Hör zu, mir ist arschkalt. Wie war das mit der Hose?«

Er ging mir voraus durch eine Tür in sein Schlafzimmer. Die Jalousien waren heruntergelassen, doch auch im Dämmerlicht konnte ich erkennen, dass es ziemlich ordentlich war für einen Junggesellen, der keinen Besuch erwartete … Nur das Bett war ungemacht.

Film ab: Wir warfen uns aufs Bett, rissen uns gegenseitig die nassen Kleider vom Leib …

Ich blinzelte.

Er wühlte in einer Schublade und zog ein langärmliges T-Shirt und eine Damenleggings hervor.

Ich hielt die dunkelblaue Leggings hoch. »Gehört die Summer?«

»Nein. Aber du kannst sie behalten, die Besitzerin wird sie nicht zurückverlangen.«

Ich lachte. »Verstehe.«

»Ich weiß, Summer ist deine Freundin.« Er suchte meinen Blick. »Ich weiß nicht, was sie dir erzählt hat, aber wir sind kein Paar. Das habe ich ihr von Anfang an klargemacht.«

Ich biss mir auf die Lippe. »Und warum nicht?«

Er zuckte mit den Schultern. »Wir passen nicht zusammen.«

Es ging mich nichts an, und ich hätte diese Antwort einfach so hinnehmen sollen. Aber seit Monaten hatte ich immer nur Summers Seite gehört und wollte endlich wissen, wie er darüber dachte. »Wie meinst du das?«

»Tja, wie sage ich das jetzt, ohne dass du mich für ein totales Arschloch hältst?« Er seufzte. »Sie ist von Geld besessen. Und Status. Ich kann es ja verstehen, so wie sie aufgewachsen ist. Sie sucht nach Sicherheit. Aber ich suche nach etwas anderem. Bei mir war es genau andersherum – meine Kindheit ist der unersättlichen Gier meines Vaters zum Opfer gefallen. Und ich habe lange geglaubt, Geld sei für alles Böse in der Welt verantwortlich. Aber so einfach ist es natürlich auch nicht.«

»Und warum triffst du dich dann noch mit ihr?«

»Ich weiß auch nicht. Ich will sie nicht verletzen. Und ich verbringe gern Zeit mit ihr. So wie du auch, nehme ich an. In kleinen Dosen. Sie weiß, dass wir niemals ein Paar werden, und das hat sie akzeptiert.«

Mein Gott. Er hat sie doch total durchschaut, wie kann er da immer noch so blind sein? »Eric.« Ich musste lachen. »Das hat sie ganz bestimmt nicht.«

»Hat sie aber behauptet«, widersprach er. »Ich habe ihr das ganz klar gesagt.«

Ich zog die Brauen zusammen. »Glaub mir«, sagte ich. »Egal, was sie gesagt hat, Summer bekommt immer, was sie will. Und sie will dich. Sobald sie verstanden hat, dass sie dich nicht haben kann – na ja, das merkst du dann schon.«

Er nickte langsam, aber er verstand es immer noch nicht. »Ich ziehe in ein paar Wochen nach New York, dann ist es eh vorbei.«

Plötzlich war ich enttäuscht. »Für immer?«

Er zuckte die Achseln. »Weiß noch nicht. Ich werde die Wohnung hier behalten und bin bestimmt immer mal wieder hier. Aber ich muss einfach mal woandershin.«

Er knipste das Licht im Badezimmer an und drehte das Wasser auf. »Eine Dusche wird dich aufwärmen«, sagte er, bat mich hinein und zog dann leise die Tür hinter sich zu. Das Bad war mit Bambusholz und Schiefer ausgekleidet, und ich stellte mich unter den herrlich heißen Wasserstrahl. Unsere Unterhaltung hallte noch in meinem Kopf wider. Wie konnte er nur glauben, dass Summer mit dieser Abmachung einverstanden war? Sie musste ihm ja wirklich was vorgespielt haben.

Frisch geduscht und trocken ging ich zu Eric in die Küche, wo er gerade die Rosen in eine Vase stellte. Er sah auf und lächelte. »Besser?«

Ich nickte. »Schöne Blumen.«

»Heute ist der Geburtstag meiner Mutter«, erklärte er. »Tee?«

»Gern.« Er goss mir einen Becher ein und reichte ihn mir. »Wohnt sie auch hier? Deine Mutter?«

Er schüttelte den Kopf. »Sie ist gestorben, als ich elf war.«

»Oh«, sagte ich schnell. »Das tut mir leid.«

»Danke. Von ihr habe ich die Liebe zu Pflanzen geerbt – und sie liebte Rosen, deshalb kaufe ich an ihrem Geburtstag immer welche.«

»Wie schön.« Ich wollte ihn fragen, wie sie gestorben war, aber das gehörte sich wohl nicht. »Bist du dann bei deinem Vater aufgewachsen?«

Sein Gesicht verdüsterte sich. »Nein. Bei meiner Großmutter.«

»Tut mir leid. Ich wollte nicht neugierig sein.«

»Schon okay«, sagte er. »Du weißt ja, was ich von meinem Vater halte.«

»Der muss wirklich schlimm sein.«

Unsere Blicke trafen sich, und plötzlich saß da ein kleiner, verlorener Junge vor mir.

Ich stellte meinen Becher ab, schlang die Arme um ihn und legte meinen Kopf an seine Brust. »Es tut mir wirklich leid.«

Er drückte mich fest an sich und vergrub sein Gesicht in meinen nassen Haaren. Lange blieben wir so stehen, die Körper fest aneinandergepresst. Seine Brust hob und senkte sich, und sein Herz pochte gegen mein Ohr.

Als wir uns schließlich voneinander lösten, hatte er Tränen in den Augen. Er wischte sie mit dem Ärmel weg. »Sorry. Fällt mir schwer, darüber zu sprechen. Vor allem heute.«

»Kein Problem.« Ich wollte noch etwas hinzufügen, wollte mehr erfahren. Doch das war gefährlich. Und draußen hatte sich der Himmel gelichtet. »Ich muss dann mal langsam gehen.«

»Ich hole dir dein Auto.«

Während er weg war, sah ich mir seine Plattensammlung und die Bücher an. Er schien einen ähnlichen Musikgeschmack zu haben wie ich, nur vielleicht etwas düsterer. Ich hätte ihn gern nach seinem Lieblingsgedicht von Rumi gefragt und nach seinen Gedanken zu *Siddharta* und *Herz der Finsternis*. Doch so etwas musste ich wohl Summer überlassen.

Shit, Summer.

»Wir sollten Summer nicht erzählen, dass ich hier war«, sagte ich, sobald er zurückkam.

Er nickte. »Hatte ich auch nicht vor. Wirklich kein Mittagessen?«

Nichts lieber als das. »Ich muss los.«

Er konnte sich endgültig von Summer trennen, sie konnte die Liebe ihres Lebens kennenlernen und heiraten, und trotzdem hätte ich meine Freundschaft zu ihr opfern müssen, um auf irgendeine Weise mit Eric zusammen zu sein.

Das war mir vollkommen klar. Doch im Fahrstuhl nach unten standen wir uns wieder gegenüber und sahen uns in die Augen. Ein elektrischer Schlag durchfuhr meinen Körper, und irgendetwas zog mich zu ihm hin. Was hatte er nur für eine unglaubliche Anziehungskraft auf mich? Oder spürte er das umgekehrt auch? Abermals rief ich mir in Erinnerung, was für ein Casanova er war. Ein reiches Söhnchen. Er konnte es sich leisten, nicht an Geld »zu glauben«. Und in ein paar Wochen zog er nach New York.

Lass dich nicht darauf ein, Belle.

Doch dann, ohne Warnung, als ob das Kraftfeld zu stark geworden wäre, berührten sich plötzlich unsere Lippen. Wie tausend brennende Sonnen loderte es zwischen uns auf, fest umschlungen pressten wir unsere Körper aneinander, wodurch die Hitze noch heller brannte.

Ding! Die Türen glitten auf, und Licht fiel herein. Ich löste mich von ihm. »Eric«, sagte ich warnend.

»Belle …« Seine Stimme war rau vor Verlangen. Er streckte die Hand nach mir aus.

»Es geht nicht«, sagte ich. »Das hier ist nie passiert.« Und ohne mich noch einmal umzudrehen, verließ ich den Fahrstuhl und rannte den Flur entlang bis zu meinem Auto.

Eine Woche später lag ich auf meinem Bett und lernte einen Text auswendig, als Summer von ihrem Stewardess-Unterricht für private Airlines nach Hause kam. Sie ließ sich neben mir aufs Bett plumpsen, und alle meine Skriptseiten wirbelten durcheinander. »Hey«, sagte ich gereizt. »Ich arbeite hier.«

»Sorry. Ich bin einfach *so* müde.« Sie stöhnte. »Ich war den ganzen Tag auf den Beinen und muss ein bisschen schlafen.« Sie kroch neben mir unter die Decke. »Kannst du das nicht drüben machen?«

»Summer …« Frustriert presste ich mir die Handballen auf die Augen. Seit drei Monaten wohnte sie jetzt bei mir und hatte noch nicht einen Cent Miete gezahlt. Aber wir wussten ja beide, dass ich nicht den Mumm hatte, sie darum zu bitten. Ich stand auf und fing an, das Zimmer aufzuräumen und Wäschehaufen in den Wäschekorb zu werfen.

»Was ist los? Du bist sauer, das sehe ich doch«, sagte sie.

Ich sortierte einen Stapel Bücher und Zeitschriften auf dem Nachttisch. »Meine Schwester will sich die USC Law School ansehen …«

»Cool!«

»… und kommt mit meinen Eltern während der Ferien zu Besuch.«

»Schön. Und wo wollen sie wohnen?«

»Hier«, sagte ich. »Meine Eltern kriegen das Bett. Lauren und ich teilen uns das Sofa. Eine Woche im Hotel ist viel zu teuer, und ich möchte möglichst viel Zeit mit ihnen verbringen. Aber bis dahin hast du ja eine eigene Wohnung, oder?«

Sie stützte sich auf den Ellenbogen. »Oh. Bist du deshalb sauer?«

»Ich bin nicht sauer, aber … ich kann es mir nicht ewig leisten, dich zu unterstützen.«

Sie stöhnte theatralisch auf und ließ sich ins Kissen fallen. »Es ist ja auch nicht *ewig*, nur für ein paar Monate.«

»Erst waren es noch ein paar Wochen.«

Sie sah verletzt aus. »Wirfst du mich etwa raus?«

Jetzt fühlte ich mich schlecht. »Nein, natürlich nicht, ich … ich frage mich doch nur, wann du dir eine eigene Wohnung suchst.«

»Ich weiß nicht genau. Nächste Woche bin ich mit der Ausbildung fertig, aber ich brauche erst mal einen Job. Und ich brauche Geld für eine Kaution und ein Auto … das ist 'ne Menge. Du hast Glück – deine Eltern können dich unterstützen. Meine nicht.«

»Sie geben mir kein Geld, das weißt du«, sagte ich knapp.

»Ja, aber sie würden dir was geben, wenn du es brauchst.«

Ich schüttelte den Kopf. Bedingungslose Liebe und hundert Dollar zu Weihnachten, das bekam ich von meinen Eltern. Wenn wirklich alle Stränge rissen, konnte ich bestimmt wieder in mein Kinderzimmer einziehen und mir irgendeinen Job in Georgia suchen, aber das war nie eine Option für mich gewesen. »Ich hab dich sehr lieb, das weißt du. Aber du bist jetzt schon seit drei Monaten hier, und ich bin selbst pleite. Wenn du hier wohnst, könntest du zumindest etwas zur Miete beitragen.«

Sie riss die Augen auf. »Tut mir leid. Ich wusste nicht, dass es so schlecht läuft.«

Ich sah sie verständnislos an. »Bitte? Glaubst du, ich esse jeden Tag Nudeln, weil die so lecker sind?« Ich ergriff die abgewetzten Stilettos vom Blumenmarkt. »Sieh dir meine Schuhe an! Die sind so abgelatscht, dass ich mir letzte Woche fast das Steißbein gebrochen habe, als ich darauf ausgerutscht bin.« Ich schleuderte sie in den Schrank.

»Ich bin genauso pleite«, entgegnete sie. Ich hob ein Paar Prada-Stiefeletten hoch, die sie gestern Abend mitgebracht hatte, und zog eine Augenbraue hoch. »Die habe ich ja nicht selbst bezahlt«, wandte sie ein.

Ich seufzte. »Die Miete beträgt tausendachthundert. Es muss nicht die Hälfte sein, aber kannst du wenigstens *etwas* bezahlen?«

Sie nickte. »Ja. Ja, natürlich … Dad ist nächste Woche in der Stadt. Ich werde ihn fragen.«

Stimmt ja, »Dad« war Drei, Rhondas dritter Ehemann und rätselhafterweise seit Kurzem Summers auserkorene Vaterfigur. Er lebte mittlerweile in einer protzigen Villa in Las Vegas, und seine Ehefrau war gerade mal zehn Jahre älter als wir. Er war wohl immer noch der beste (und reichste) von Rhondas Ex-Männern, doch schon vor zehn Jahren war er schmierig gewesen, und ich konnte mir schwer vorstellen, dass sich das geändert hatte. Damals hatte Summer ihn verabscheut, aber jetzt, da er ihr hin und wieder Geld schickte, hatte sich ihr Ton geändert. Sie nannte ihn »Dad« und himmelte ihn an, weil er »von Marktchancen profitierte« – was immer das heißen sollte.

»Oder du suchst dir einfach einen Job«, schlug ich vor. Aber sie schüttelte den Kopf. »Im Heaven könntest du locker ein paar Hundert pro Schicht verdienen.«

»Ich sagte doch, nie wieder.«

Genervt sammelte ich meine Skriptseiten vom Bett und Boden auf. *Ich* durfte also ruhig kellnern gehen, um die Miete für die Wohnung zu bezahlen, in der sie sich breitmachte, aber sie selbst war sich dafür zu schade. Ich hätte sie einfach vor die Tür setzen sollen, aber das brachte ich natürlich nicht fertig.

»Ich besorge was für die Miete, versprochen!«, rief sie mir hinterher, als ich den Flur entlangstampfte, um im Wohnzimmer weiterzuarbeiten.

Ein paar Tage später kam ich früh von einem katastrophalen Tinder-Date mit einem grapschenden Möchtegernregisseur zurück und fand die Tür meines Schlafzimmers mal wieder geschlossen vor. Waren das etwa Sexgeräusche? Das Blut rauschte in meinen Ohren, und am liebsten hätte ich geschrien.

Keine zwei Wochen nach unserem gemeinsamen Nachmittag hatte Eric die Nerven, Summer in meinem eigenen Bett durchzuvögeln? Und von der versprochenen Miete hatte ich auch noch keinen einzigen Dollar gesehen. Was war nur los mit denen? Ich sollte sie rauswerfen, alle beide, jetzt sofort! Mein Bett rumste gegen die Wand, und ich hatte schon die Hand um den Türknauf geschlossen, als mir auffiel, dass nur männliches Gegrunze und Gestöhne an meine Ohren drang. Von Summer war nichts zu hören. Und es klang auch gar nicht wie Eric. Nicht dass ich wüsste, was für Geräusche er beim Sex machte.

Unsicher trat ich von der Tür zurück. Am liebsten wäre ich wieder gegangen, aber es war schon zehn Uhr, und mal abgesehen von der Tatsache, dass wohl niemand verlangen konnte, dass ich *meine* Wohnung verließ, damit Summer *mein* Bett entweihen konnte, wusste ich auch nicht, wohin ich hätte gehen sollen. Aber ich wollte auch nicht still im Wohnzimmer sitzen, bis sie fertig war mit wem auch immer. Erst recht nicht, wenn es doch Eric war.

Dann also der Balkon. Von dort konnte ich ihn auch aus dem Haus kommen sehen, wenn er ging. Und dann würde ich Summer richtig schön zusammenfalten. Ich schnappte mir einen Pulli aus dem Schrank im Flur und trat hinaus auf den Balkon. Die Vorhänge ließ ich zugezogen, damit man mich von drinnen nicht sah. Hoffentlich waren sie bald fertig, es war verdammt kalt draußen. Ich kauerte mich in dem unbequemen Metallstuhl über meinen E-Reader, doch ich konnte mich nicht konzentrieren und las immer wieder denselben Satz, dabei war das Buch bisher so spannend gewesen.

Es kam mir vor wie eine Ewigkeit – nach der Uhr oben rechts auf meinem Reader waren es aber nur zehn Minuten gewesen –, da hörte ich endlich Schritte im Wohnzimmer und dann auf der Treppe. Schließlich sah ich unten einen Mann aus der Tür treten. Es war nicht Eric. Dieser Mann trug ein Sakko, war groß und hatte eine Halbglatze, und er kam mir irgendwie bekannt vor. Ich reckte mich und sah ihm nach, während er die Straße hinunter zu einer Limousine schritt. An dem leichtfüßigen Gang konnte man ablesen, dass er gerade eine heiße Blondine flachgelegt hatte. Als er hinten einstieg, hob er noch einmal den Kopf, und das Licht der Straßenlampe fiel auf sein Gesicht.

Es war Drei.

Sofort duckte ich mich und betete, dass er mich nicht gesehen hatte. Summer vögelte Drei. O mein Gott. Was zur Hölle …

Als ich das Auto wegfahren hörte, richtete ich mich auf, öffnete die Balkontür und trat durch die Vorhänge ins Wohnzimmer. Summer lag zusammengerollt auf dem Sofa und starrte mich aus roten Augen an. »War das etwa Drei?«, fragte ich, obwohl ich die Antwort kannte.

Sie nickte und brach in Tränen aus. Ich setzte mich neben sie und legte ihr den Arm um die Schulter. »Was ist denn passiert?«

»Er meinte, wenn er schon die Miete bezahlt, wollte er sich die Wohnung auch mal ansehen.« Sie unterdrückte ein Schluchzen. »Also kam er vorbei, und als wir ins Schlafzimmer gegangen sind, hat er die Tür zugemacht und hat … er hat …« Sie fing an zu schluchzen.

»Schon gut.« Ich nahm sie in den Arm. »Hast du gesagt, dass du das nicht willst?«

»Am Anfang schon. Aber …« Sie wischte sich die Tränen fort. »Ich wusste nicht, was ich tun soll. Ich brauche das Geld, und er …« Sie vergrub das Gesicht in ihren Händen. »Er wollte, dass ich ihn *Daddy* nenne.«

Mir sank das Herz. »Du lieber Himmel.« Ich streichelte ihr über das Haar, während sie in meinen Pulli schluchzte. »Es tut mir so leid. Das ist ja schrecklich! Es tut mir wirklich furchtbar leid, Summer. Wenn ich gewusst hätte, dass das passiert, hätte ich dich niemals um Geld gebeten …«

»Du bist ja nicht die Einzige.« Sie löste sich von mir. »Ich bin total abgebrannt, und meine Mom hat keinen Job. Sie wohnt bei einem Typen, der sie wie Dreck behandelt …« Plötzlich sprang sie auf die Beine, und die Tränen versiegten. »Ich muss duschen.«

»Warte. Wir müssen zuerst zur Polizei«, sagte ich.

Sie stieß ein kurzes, bellendes Lachen aus. »Ich gehe doch nicht zur Polizei!«

»Aber er hat dich vergewaltigt!«

»Na und? Was soll es bringen, zur Polizei zu gehen? Außer dass er mir dann die versprochenen fünftausend nicht gibt.«

»Aber Summer, er –«

»Das ist meine Entscheidung«, fauchte sie. »Zumindest bezahlt er dafür. Seit über einem Jahr schlafe ich mit Eric, und er hat mir bisher keinen Cent gegeben.« Sie ging langsam zur Tür, doch dann drehte sie sich noch einmal um. »So werde ich mein Leben nicht verbringen.«

»Nein«, antwortete ich. »Du hast viel mehr verdient.«

Mit eiserner Entschlossenheit erwiderte sie meinen Blick. »Wir reden nie wieder davon.«

TAG 5

MITTWOCHABEND – GOLFE DE SAINT-TROPEZ, FRANKREICH

Vor uns ragt eine riesige Jacht auf, scharf umrissen gegen den strahlend blauen Himmel. Sie muss doppelt so groß sein wie unsere – und sie hat auch einen Hubschrauberlandeplatz. Unser Motorboot tuckert langsam durch ihren kühlen Schatten, so nah am Rumpf, dass ich im glänzenden Schwarz mein Spiegelbild begutachten kann. Als wir das Heck erreichen, fällt das gleißende Licht der Sonne auf die goldenen Buchstaben, die uns den Namen dieses Prachtexemplars verraten: TYGER.

Wir schirmen die Augen gegen das Sonnenlicht ab und suchen unsere Taschen zusammen. Dann wird eine Leiter hinuntergelassen, und zwei Männer in weißen Uniformen helfen uns nacheinander an Bord, wo eine Frau mit einem Tablett auf uns wartet. Dankbar nehme ich ihr ein Glas Champagner ab und frage mich, wie viel des weltweiten Champagnerbestands wohl im August an der Riviera getrunken wird. Ein Fotograf erscheint, und wir prosten in die Kamera.

John hat uns allen neue Kleider geschenkt. Jede von uns trägt einen anderen Blauton, aber der Schnitt ist derselbe: Der Stoff ist hauchdünn und der Rock hinten länger als vorn, die Spaghettiträger kreuzen sich auf dem tief ausgeschnittenen Rücken – außer bei Rhonda. Ihr Kleid ist nicht ganz so freizügig, worüber sie sich lautstark bei Brittani beschwert hat; durch die Pappwände konnte ich das gut hören. Summer scheint sie aber von ihrem Unmut nichts gesagt zu haben. Wir sehen aus wie Summers Brautjungfern, die ein ähnliches Kleid desselben Designers trägt, aber in Weiß.

Die Kleider sind wunderschön und bestimmt auch sehr teuer gewesen, aber dieser Aufzug ist einfach skurril. Außerdem steht mir Blau nicht besonders, vor allem nicht dieses Graublau. Würde mich nicht überraschen, wenn Summer es nur deshalb für mich ausgewählt hat. Wendys Blauton hätte mir viel besser gestanden, und sie würde in meinem Kleid besser aussehen, aber Summer wollte uns nicht tauschen lassen. Schließlich sei ich ja größer als Wendy, sodass mir ihr Kleid viel zu kurz wäre und meines zu lang für sie.

Ich werfe einen Blick auf meine Uhr. »Hatte ich dir nicht gesagt, du sollst die heute nicht tragen?«, fragt Summer.

Ich erwidere ihren stechenden Blick mit einem Lächeln. »Sorry. Ganz vergessen.«

Wir wissen beide, dass ich es nicht vergessen habe.

»Steck sie einfach in meine Tasche.«

»Nein, lieber nicht.« Ich nehme einen Schluck Champagner. »Mir gefällt es so.«

Ihr Blick verrät ihre mörderischen Gedanken, aber da nimmt John ihre Hand.

Es stimmt: Als sie vorhin in unseren Zimmern war, um uns in den neuen Kleidern zu begutachten, ordnete sie an, ich solle die Uhr auf der Jacht lassen. Was ich selbstverständlich ignorierte. Sie hatte ein Glas in der einen Hand und einen Perlmuttlöffel in der anderen.

»Was ist das?«, fragte ich, obwohl ich genau wusste, was es war.

»Hmmm … Kaviar. So lecker! Ich verhungere fast, und sonst stand nichts mehr im Kühlschrank. Unglaublich, oder?« Sie bot mir nichts an, und ich fragte auch nicht.

Dann sah sie unseren Schmuck durch und überlegte, ob wir unsere Haare glatt oder gelockt tragen sollten. »Wir müssen schließlich perfekt aussehen. Ihr wisst, wer Marlena Falgione ist, oder?«

Wir offenbarten unser Unwissen mit einem allgemeinen Kopfschütteln, und sie erklärte selbstzufrieden: »Sie ist Künstlerin und momentan total angesagt. Die Leute schlagen sich um ihre Bilder. John hat letztens eins gekauft, für eins Komma zwei, und das war ein totales Schnäppchen. Und sie ist auch Designerin, ihre Sachen sind super stylisch. Diese Kleider sind aus ihrer Sommerkollektion. Und ihr Ehemann, Charles Bricknell – na ja, den kennt ihr natürlich. Ihm gehört eines der größten Hightechunternehmen der Welt, und John will ihn als Investor gewinnen, für dieses Mammutprojekt, an dem er gerade arbeitet. Also benehmt euch bitte alle. Auch du, Brittani.«

»Keine Sorge, Schätzchen, ich passe auf sie auf.« Rhonda zwinkerte.

Wie darf man sich das vorstellen? Ein Bär, der einen Wolf daran hindern will, alle um sich herum zu zerfleischen? Aber Summer schien zufrieden.

»Warum hackst du immer auf mir herum?«, fragte Brittani. »Schließlich hat sich Belle vorhin hinter dem Restaurant die Seele aus dem Leib gekotzt.«

Summer tat überrascht. »Was?«

»Ich war seekrank, nicht betrunken«, stellte ich klar. »Deine Tablette hat wohl nicht geholfen.«

Sie verzog keine Miene. »Geht es dir denn jetzt besser? Heute Abend kannst du das nämlich nicht abziehen.«

Ich nickte und zeigte ihr das Pflaster auf meinem Hals. »Hab mir was organisiert. Wird schon.«

Summer zog ein Parfümfläschchen hervor und besprühte uns alle mit einer unverkennbaren Dosis Chanel No. 5. Dann ging sie zurück in ihr Zimmer. Amythist wollte natürlich wieder das kurze schwarze Kleid anziehen, das sie sich ursprünglich ausgesucht hatte, doch ich konnte sie davon abhalten. Bei den lila Kontaktlinsen war aber nichts zu machen. Summer hatte versucht, sie ihr auch zu verbieten, aber Amythist meinte, sie wären ärztlich verordnet und sie wäre sonst ein totaler Blindfisch.

Jetzt dreht sich Amythist zu mir um. Das Licht der untergehenden Sonne spiegelt sich in ihren Augen, und am Rand ihrer Kontaktlinsen kann ich deutlich die fast schwarze Iris dahinter erkennen. Das sieht fast ein bisschen gruselig aus, als wäre sie von den Toten wiederauferstanden. »Mit wem muss ich in die Kiste hüpfen, um auf dieses Boot umziehen zu können?«, flüstert sie.

Ein stämmiger Steward führt uns eine Treppe hinauf. Hinter gemütlichen Liegesesseln und kleinen Tischen geht es ein paar Stufen hinab in den Wohnbereich. Hier hängt ein prunkvoller Kronleuchter von der Decke, außerdem gibt es einen Flügel und ein gigantisches Aquarium. Doch der Mann geht uns weiter voran wieder nach draußen, eine breite Wendeltreppe hinauf und links durch eine Tür ins Esszimmer. Hier decken weiß gekleidete Kellner einen Tisch für zwanzig Personen ein, und ein paar Musiker testen ihre Soundanlage.

»Die anderen Gäste sind oben auf dem Sonnendeck, für den Sonnenuntergang«, informiert der Mann uns, während wir ihm in ein Spielzimmer folgen. An der Wand hängen mehrere, riesige Fernseher, es gibt einen Poolbillardtisch, einen Pokertisch, einen Kicker und eine Bar, die auch in ein Restaurant gepasst hätte. Es geht eine weitere breite Wendeltreppe hinauf, diese ist mit einem weißen, flauschigen Teppich ausgelegt, und in der Mitte hängt eine Skulptur aus mehreren Kristallkugeln, die das Licht einfangen.

Endlich treten wir oben auf das Sonnendeck, und es ist, als wären wir direkt im Paradies gelandet. Ein langhaariger Flamenco-Gitarrist zupft mit geschlossenen Augen an den Saiten, und eine sanfte Brise trägt die Musik und die Hitze des Tages davon. Kellner verteilen Horsd'œuvre an eine Handvoll elegant gekleideter Gäste, die auf dem ganzen Deck verteilt stehen. Das glitzernde Meer ist mit Booten gesprenkelt, und dahinter erheben sich grüne Hügel aus dem Wasser, wie mit einem großen Pinsel hier und da mit bunten Villen betupft. Die ganze Szenerie ist in goldenes Licht getaucht, das die Fenster orangerot glühen lässt.

Ich nehme mir ein Stück gegrillten Oktopus, der mir auf der Zunge zergeht, und begieße ihn mit kühlem Champagner, der den nussigen Geschmack noch unterstreicht. Eine sehr gut aussehende Frau, vielleicht Ende vierzig, kommt lächelnd auf uns zu. Ihr dunkles Haar ist vorn länger als hinten und mit knallblauen Strähnchen durchzogen, die ihre schiefergrauen Augen hervorheben. Bis auf leuchtend roten Lippenstift ist ihr gebräuntes Gesicht ungeschminkt. Sie trägt einen cremefarbenen Freizeitanzug, was ganz furchtbar klingt, aber an ihrem schmalen Körper wirklich stylisch aussieht.

Summers Gesicht leuchtet auf, und sie ist sichtlich zufrieden, als die Frau ihre Hände nimmt, ihr drei Luftküsschen gibt und ihr dann in die Augen sieht. »Summer, wie schön, dich zu sehen. Und John natürlich, immer eine Freude.« Ihr Englisch hat einen starken italienischen Akzent. Sie wendet sich an uns. »Ich bin Marlena.«

Nacheinander stellen wir uns vor, und jedes Mal fasst sie uns an den Händen und sieht uns mit echtem Interesse in die Augen.

»Vielen Dank für die Einladung«, gurrt Summer, als die Vorstellungsrunde vorbei ist. »Und dass ich meine Freundinnen mitbringen durfte.«

Marlena wirft ihr strahlendes Lächeln in die Runde. »Willkommen an Bord der *Tyger.*«

»›Tyger, Tyger, Feuerspracht‹?«, riskiere ich und ignoriere Summers scharfen Blick.

»›In der Dschungeln dunkler Nacht‹«, bestätigt sie.

Die anderen sehen uns verständnislos an.

»Mir ist die Schreibweise vorhin aufgefallen«, erkläre ich. »Darf ich fragen, warum?«

»Es ist … wie sagt man … ein privater Witz zwischen mir und meinem Mann.«

»Ein Insider?«, sage ich.

»Ja, genau. Dreißig Jahre bin ich jetzt schon mit einem Engländer verheiratet, aber dieses Wort kann ich mir einfach nicht merken.« Sie nimmt mich am Ellenbogen und führt mich Richtung Bar. »Komm, ich stell dir meinen Mann und meinen Sohn vor.«

Marlena bedeutet den anderen, uns zu folgen, und hakt sich bei mir ein. Wie Blütenblätter fächern sich hinter uns die anderen Mädchen um John herum auf.

»Was für ein schöner Abend«, bemerke ich.

»Nicht wahr?«, stimmt Marlena zu. »Es ist so wundervoll hier, ich bewundere es auch immer wieder. Es ist wichtig, einfach den Moment zu genießen, findest du nicht auch?«

»Unbedingt.« Diese Frau gefällt mir.

Sie legt den Arm um einen drahtigen, intelligent aussehenden Mann in ihrem Alter, gibt ihm einen Kuss und hinterlässt einen Lippenstiftabdruck auf seiner Wange. Das lockige Haar fällt ihm vor die Brille, als er sich uns mit einem schiefen Lächeln zuwendet. »Charles, mein Mann.«

»Hallo, Ladys«, sagt er. »Und John. Schön, dass ihr so kurzfristig kommen konntet.«

»Spontane Partys sind doch die besten.« Marlena tippt einem jungen Mann in einem Seersucker-Anzug auf die Schulter, der sich gerade mit dem Barmann unterhält. »Tut mir leid, Darling, aber ich muss dir unsere Gäste vorstellen.« Dann richtet sie sich an den Barmann. »Und Emilio, ich nehme einen Martini, bitte.«

»Mutter trinkt keinen Champagner«, sagt der junge Mann und dreht sich zu uns um, dasselbe Lächeln wie sein Vater im Gesicht. »Ich bin Michael.«

Michael ist etwa in unserem Alter. Er sieht sehr gut aus und hat tolle Haare. In der Brusttasche seines Seersuckers steckt ein Seidentuch mit Paisleymuster, und sein rosafarbenes Hemd ist so weit aufgeknöpft, dass man seine glatte Brust darunter sehen kann. Er hebt sein Champagnerglas, und wir tun es ihm gleich. »Cheers.«

Der Fotograf knipst noch mehr Bilder, während wir Champagner schlürfen und den Sonnenuntergang bestaunen. Summer klammert sich an Johns Arm, der sich mit Charles unterhält, und ihr Blick huscht immer wieder zu Marlena hinüber. Doch Marlena scheint überhaupt kein Interesse daran zu haben, mit Summer Belanglosigkeiten auszutauschen. Stattdessen reißt sie derbe Witze mit ihrem Sohn und dem Barmann, der offenbar Michaels Partner ist.

Ein paar Gäste kommen noch dazu, doch wir bleiben eine kleine Runde. Unsere zehnköpfige Gruppe wird wohl die Hälfte des Tisches einnehmen. Claire vertraut mir gerade an, wie sehr sie ihren Freund vermisst, da fällt mein Blick auf Wendy, die auf der anderen Seite des Decks mit einem ungewöhnlich großen Mann spricht. Sie stehen mit dem Rücken zu uns, aber ihr Flirtmodus läuft definitiv auf Hochtouren: Sie streicht sich die langen, schwarzen Locken über eine Schulter, legt ihm die Hand auf den Arm und hängt an seinen Lippen.

»Wendy hat wohl schon einen neuen Freund gefunden«, sage ich.

Claire folgt meinem Blick. »Ja, sie sagte, dass sie ihn von irgendwoher kennt, aber ich habe vergessen, woher. Und Summer kennt ihn wohl auch.«

Wendy lehnt sich mit dem Rücken an die Reling, und unsere Blicke treffen sich. Sie winkt uns herüber, und während wir auf sie zugehen, dreht auch der Mann sich um und lächelt uns an. Er kommt mir bekannt vor, aber ich komme nicht drauf.

Wendy strahlt. »Belle, Claire, das ist Leo Martin.«

Meine Hand verschwindet in seiner Pranke. Er muss um die zwei Meter groß sein, ist aber nicht schlaksig, sondern gut gebaut, sportlich und elegant gekleidet.

»Sehr erfreut«, sagt er.

»Erinnerst du dich an Gianni?«, fragt Wendy.

Gianni, der italienische Designer. Summers Lückenfüller, nachdem Eric nach New York gezogen war, kurz bevor sie John kennenlernte. Die Geschichte dauerte nicht lange und endete unschön, aber ich kann mich nicht mehr an die Einzelheiten entsinnen.

»Weißt du noch, Giannis Geburtstagsparty?«, fährt Wendy fort. »In diesem schönen Haus in Newport Beach, wo am Ende alle in den Pool gesprungen sind?«

Ach ja.

»Das war Leos Haus! Er ist ein Freund von Gianni und hat die Party für ihn geschmissen.«

Stimmt, jetzt weiß ich es wieder. Leo ist reich. Mindestens so reich wie John. Er ist ein Graf oder Baron oder so was und viel reicher als Gianni. Außerdem sieht er auch viel besser aus. Summer hatte an jenem Abend ungewöhnlich viel getrunken und sich richtig an Leo rangeschmissen. Der sie natürlich abblitzen ließ, aus Solidarität zu seinem Freund.

»Wie klein die Welt doch ist«, sage ich. »Wir haben uns damals kennengelernt. Schön, dich zu sehen. Wie geht es Gianni?«

»Gut. Ich habe ihn gerade erst auf Sardinien besucht«, antwortet Leo. »Er gönnt sich eine kleine Auszeit mit seinen Kindern und seiner Freundin.«

»Hast du schon Summer begrüßt?«, frage ich mit einem breiten Lächeln. »Sie freut sich bestimmt riesig, dich mal wiederzusehen.«

Halt die Klappe, Belle. Aber ich habe bereits mein zweites Glas Champagner in der Hand, und außerdem habe ich es satt, wie eine Angestellte behandelt zu werden. Ich will sie endlich leiden sehen!

Und bei zwanzig Personen wird sie ihm sowieso nicht den ganzen Abend aus dem Weg gehen können.

Wie aufs Stichwort dreht sich Summer um und bemerkt unsere starrenden Blicke. Dann fällt ihr Blick auf Leo, und man sieht sofort, dass sie ihn erkannt hat. Sie gibt Johns Arm frei und kommt mit großen Schritten auf uns zu, ein breites Lächeln ins Gesicht zementiert.

»Hi«, flötet sie.

Leo beugt sich zu ihr hinunter und küsst sie auf die geröteten Wangen. »Du erinnerst dich an Leo?«, fragt Wendy.

»Natürlich«, säuselt Summer, immer noch breit lächelnd. »Wie geht es dir?«

»Gut. Ich habe kürzlich unseren gemeinsamen Freund auf Sardinien besucht.«

»Oooohhh.« Sie beobachtet ihn genau. »Wie schön. Ich bin mit meinem Freund John hier.«

»Ja, hat Wendy schon erwähnt«, erwidert Leo. »Ich kenne John. Was für ein Glückspilz – so viele hübsche Damen.«

Summer entspannt sich ein wenig. »Ja, ich habe meine Freundinnen eingeladen, um mit ihnen meinen Geburtstag zu feiern. Marlena und ich haben anscheinend fast am selben Tag Geburtstag.«

»Happy Birthday«, sagt Leo lächelnd.

»Danke.«

»Schon verrückt«, sage ich zu Summer. »Du sagtest ja, dass alle wichtigen Leute im August an der Riviera sind, aber ich hätte nie gedacht, dass *ich* so viele Leute kenne. Leo …«

»Hm.« Ihr Blick wandert an mir vorbei zu John, der noch immer in sein Gespräch mit Charles vertieft ist.

Schlafende Hunde soll man nicht wecken, aber ich kann einfach nicht widerstehen. »Und heute Mittag habe ich im Restaurant Dylan getroffen.« Ich halte kurz inne, um ihr Zeit für eine Reaktion zu geben. »Wusstest du, dass er mit John zusammenarbeitet?«

Ich glaube, ihr Lächeln flackert kurz, aber vielleicht bilde ich mir das auch ein.

»Wie sonderbar.« Sie wirft erneut einen Blick zu John. »Ich sollte wieder zu ihm gehen. Hat mich gefreut«, sagt sie zu Leo und flattert zurück wie eine Taube zum Heimatschlag.

Als die Sonne untergegangen ist, läutet der stämmige Steward eine Glocke und bittet uns alle ins Speisezimmer eine Etage tiefer. Wendy weicht nicht von Leos Seite. Schön, dass sie sich von Mr Miezekätzchen verabschieden will. Aber ein wenig überrascht bin ich schon, dass sie ihr Interesse für Leo vor Summer so offen zur Schau trägt, nach dem, was zwischen den beiden vorgefallen ist. Normalerweise ist Wendy eine unglaublich treue Seele, aber Leo ist vermutlich einfach ein zu guter Fang.

Auf dem Weg die breite Wendeltreppe hinunter wandert Summers Blick zu Leos Hand auf Wendys nacktem Rücken, während Leo John erklärt, dass er Summer über gemeinsame Bekannte kennengelernt hat. Keine eindeutigen oder uneindeutigen Anspielungen, kein Ego-Gehabe, das Summers Erklärungen widersprechen könnte. Ein Gentleman, der es offenbar gewohnt ist, seine Spuren zu verwischen.

Ob Summer wohl bereut, sich für John entschieden zu haben? Vielleicht fragt sie sich, ob sie es noch besser hätte treffen können. Aber nein, sie hat sich bereits in ihr Nest gesetzt.

Auf dem Tisch stehen weiße Rosen, und das Silberbesteck und die Kristallgläser glitzern im flackernden Kerzenlicht. Ein Quartett spielt mediterranen Jazz, anders kann ich das nicht beschreiben, und während der Himmel immer blasser wird, tauschen wir unsere Champagner- gegen Weingläser. Ich suche mein Platzkärtchen. Super, richtig weit weg von Brittani und Rhonda und direkt neben Michael.

Marlena unterhält sich lautstark mit einem Mann und hält nicht mit ihrer Meinung hinter dem Berg. »Nein, ich zahle meine Steuern gern«, sagt sie gerade. »Wenn wir uns nicht umeinander kümmern, ist die Menschheit verloren, denn sonst wird es niemand tun.«

»Aber du zahlst viel mehr.« Der Mann hat einen amerikanischen Akzent, und seine Uhr ist sicher mehr wert als mein Auto. »Bei einer Einheitssteuer würdest du ja trotzdem deinen Anteil zahlen. Der wäre immer noch hoch, weil du viel verdienst, aber du würdest nicht dafür bestraft werden.«

»O nein! Du Ärmster, *bestraft,* weil du viel verdienst.« Sie macht eine wegwerfende Geste mit der Hand. »Ich habe einfach Glück. Eine Menge Künstler sind viel begabter als ich und haben nicht so viel Glück. Im Moment gefällt den Leuten, was ich mache. Sie halten mich für eine große Künstlerin, im Gegensatz zu mir selbst. Aber wer weiß, vielleicht sind meine Bilder morgen out. Und dann bin ich raus.«

»Du bist viel zu bescheiden«, wirft die juwelenbehängte Frau des Mannes ein. »Deine Bilder sind großartig.«

Wieder wedelt Marlena mit der Hand. »Das liegt alles im Auge des Betrachters. Wir dürfen niemals glauben, dass wir all das, was wir haben, wirklich verdienen.«

»Natürlich verdienst du es, Marlena«, sagt der Mann leichthin.

»Gefällt mir dieses Boot? Klar gefällt es mir«, fährt Marlena fort. »Ich liebe dieses Boot, aber ich verdiene es nicht. Ich brauche es nicht. Bevor ich es hatte, war ich auch glücklich.«

»Weil du noch nicht wusstest, wie toll so was ist«, sagt der Mann.

Alle lachen.

»Mutter, zum letzten Mal, bitte behalte das Boot«, sagt Michael flehend.

»Okay, wir behalten es.« Sie lächelt. »Vorerst.«

Am Kopf des Tisches erhebt Charles sein Glas. Die Gäste verstummen und heben ebenfalls ihre Gläser. »Auf meine wunderschöne Frau, an ihrem ...«

Er sieht sie über den Tisch hinweg an, wie um sich bestätigen zu lassen, dass er die Zahl verraten darf. Sie verdreht die Augen. »*Cinquantaquattro!* Vierundfünfzig! Und dankbar für jedes einzelne Jahr!«

»An ihrem vierundfünfzigsten Geburtstag«, endet Charles.

Sie wirft ihm einen Kuss zu, und wir trinken auf ihr Wohl. »*Grazie mille.*« Auch Marlena hebt ihr Glas. »Und auf euch alle – schön, dass ihr eine Party daraus macht. Ihr wisst ja, wie sehr ich Partys liebe.«

Wir trinken erneut und setzen uns. Und schon steht der erste Teller vor mir. »Bresaola, Rucola, Grana Padano und Zitrone«, verkündet der Steward.

Auf diesen ersten Teller folgen noch unzählige andere, immer nur mit kleinen Portionen, trotzdem bin ich viel zu schnell satt. Doch jedes Mal, wenn ein neues Gericht vor mir abgestellt wird, sieht es doch viel zu köstlich aus, als dass ich es unangerührt zurückgehen lassen könnte.

Endlich einmal wird das Tischgespräch nicht von unserem Gönner gelenkt, was für eine Wohltat. Es werden tatsächlich unterschiedliche Ansichten geäußert und schlagfertige Wortgefechte ausgetragen.

Doch John hat seine Mädchen einer viktorianischen Erziehung unterzogen. Wir sind hier, um gesehen zu werden, und wir sprechen nur, wenn man uns anspricht. Die letzten paar Tage haben auch mich geprägt (ist es wirklich erst eine Woche her, dass ich in der geschützten Atmosphäre meines eigenen Reichs meine Koffer packte?), und mittlerweile habe ich gelernt, dass ich mir hohen Wellengang nicht leisten kann.

Was mich aber natürlich nicht davon abhält, mich mit meinem neuen Freund Michael zu unterhalten. Wie sich herausstellt, ist er ein Riesenfan von Hunters Musik und fällt fast vom Stuhl, als ich erzähle, dass ich mit Hunter befreundet bin.

»Ich liebe Hunter Rogers!«, schwärmt er. »Er hat einfach Stil. Und er hat eine so samtig-weiche Stimme. Außerdem ist er ein richtiges Sahneschnittchen.«

»Wenn er das hören könnte!« Ich lache.

Hunters Musik ist schwer zu beschreiben, am ehesten trifft es noch »Cole Porter auf Ibiza«. Seine Songs sind im Jazzstandard gehalten, aber darunter laufen Dancebeats. Er ist nicht gerade berühmt, aber unter Broadway-Fans und Dance-Liebhabern hat er eine treue Anhängerschaft. Also vor allem Schwule. Was ihm natürlich sehr gut passt.

»Du musst ihn mir vorstellen«, bettelt Michael. »Vielleicht ist er ja mein Seelenverwandter. Wir könnten hier auf dem Boot heiraten, und du bist unsere Trauzeugin. Geht das etwas zu schnell? Wie habt ihr euch eigentlich kennengelernt?«

»Wir haben auf dem College ein Musical zusammen gemacht. *Grease.* Ich war Sandy, und er war Danny. Dann haben wir zusammengewohnt, bis er für seine erste Broadway-Show nach New York gezogen ist.«

»Ich lebe auch in New York! Wo wohnt er? Keine Angst, ich werde bestimmt nicht zum Stalker.« Er zwinkert.

»Er hat ein Loft im Meatpacking District.«

»Ich wohne in SoHo! Ruf mich an, wenn du das nächste Mal in New York bist, dann können wir uns alle treffen. Ich werde auch ganz cool bleiben.« Er senkt die Stimme. »Ich wollte vor dem Nachtisch noch kurz einen durchziehen. Möchtest du auch?«

Ich werfe einen Blick auf Summer am anderen Ende des Tisches. Sie hat uns den Rücken zugewandt und unterhält sich mit der juwelenbehängten Ehefrau des Mannes, mit dem Marlena vorhin über Steuern diskutiert hat. John würde nicht mal merken, wenn ich über Bord ginge, und Wendy sitzt zwar in der Nähe, doch Leo beansprucht ihre volle Aufmerksamkeit. Seit wir uns an den Tisch gesetzt haben, hat sie nicht ein einziges Mal zu mir herübergesehen, und die arme Claire ist das fünfte Rad an ihrem Wagen. Brittani, Rhonda und Amythist kippen Limoncello, und Bernard und Vinny sind nirgendwo zu sehen.

Ich grinse Michael an. »Gern.«

Nur Marlena blickt auf und nickt Michael zu, als wir unsere Stühle zurückschieben und die Wendeltreppe in den eindrucksvollen Wohnbereich hinuntergehen, den wir vorhin schon durchquert haben.

Michael lässt sich auf eine Couch sinken und zündet den Joint an. »Deine Freundin Wendy muss sich auf eine Enttäuschung gefasst machen, wenn sie nicht nur auf eine Nacht aus ist. Leo hat einen ziemlich hohen Verschleiß.« Er zieht am Joint.

»Sie hat zu Hause eh einen Freund«, sage ich. Plötzlich habe ich das Bedürfnis, Wendy zu verteidigen, die doch einfach nur eine Familie gründen möchte.

»Haben sie das nicht alle?« Er bläst Rauchringe in die Luft.

»Wow, tolles Kunststück.«

Er reicht den Joint an mich weiter. Er schmeckt nach Teer und Tabak. Haschisch ist doch etwas ganz anderes als California Kush, und obwohl ich persönlich das Grünzeug vorziehe, bin ich nicht unbedingt wählerisch.

»Hat meine Mom mir beigebracht«, sagt er.

Ich lache. »Deine Mom ist echt cool.«

»Früher wollte ich immer, dass sie einfach so ist wie die anderen Moms. Aber dann habe ich festgestellt, dass ich auch nicht wie die anderen Jungs bin, und seitdem sind wir unzertrennlich. Diese ganzen typisch männlichen Sachen kann sie überhaupt nicht ab. Sport, Autos, jagen …«

»Jagen? In New York geht doch keiner jagen. Da bist du doch aufgewachsen, oder?«

Er nickt. »An allen altehrwürdigen Orten hängt der Kopf irgendeines armen Tieres an der Wand und starrt auf dich herunter, während du seine Brüder verspeist. Um alle Männer daran zu erinnern, dass sie die Könige des Dschungels sind.«

»Ich hätte gedacht, um solche Orte macht deine Mutter einen großen Bogen.«

»O ja, allerdings. Aber mein Vater schleppt mich manchmal mit. Er war immer mit *seinem* Vater da – er steht auf Traditionen. Keine Ahnung, wie meine Eltern das machen, eigentlich passen sie überhaupt nicht zusammen.«

»Wahrscheinlich gleichen sie sich gegenseitig aus. Ich finde es schön, hier auch mal ein Paar zu sehen, das sich wirklich liebt. Alle anderen Beziehungen sind hier irgendwie total … kompliziert.«

Er hebt eine Augenbraue. »Wie bei deiner Freundin?«

Ich schnaube. »Freundin!«

»Lass mich raten. Sie ist totaaal verliebt in ihren Sugardaddy. Es ist die wahre Liebe.«

»Sagen wir mal, sie würde alles für ihn tun.«

»Ganz ehrlich, meine Mutter hasst sie«, flüstert er. »Und John sowieso. Aber sie hat einfach ein grundlegendes Problem mit diesem ›Berufsmodell‹.«

Seit Tagen habe ich kein schlechtes Wort über Summer verloren, aber der Wein und der Joint lösen meine Zunge, und endlich habe ich jemanden, dem ich mich anvertrauen kann. »Sie war aber nicht immer so. Oder vielleicht doch. Ich weiß nicht. Geld kann den Menschen den Kopf verdrehen. Entweder das, oder ich habe einfach eine grauenhafte Menschenkenntnis.«

»Geld verändert Menschen nicht«, überlegt er laut. »Aber ich glaube, es verstärkt die Eigenschaften, die eh schon da sind.«

Ich nicke und denke über die Summer von früher nach. Bestätigung hat sie sich schon immer von Männern besorgt, auch damals, als wir sechzehn waren. »Klingt einleuchtend.«

»Das sehe ich immer wieder bei den Besitzern der Firmen, die Dad aufkauft«, erklärt Michael. »Das Geld ermöglicht es ihnen, ihr wahres Selbst auszuleben: Jemand, der eh schon großzügig ist, wird noch großzügiger; und jemand, der sich vielleicht schon immer ungerecht behandelt fühlte, wird zum größten Arschloch.«

»Du scheinst dich ja gut auszukennen.«

»Seit ich denken kann, scharwenzeln immer wieder Leute um meine Eltern herum. Der Sugardaddy deiner Freundin ist nur hier, weil er Geld von meinem Vater will. Sie sind nicht befreundet, sie leben in vollkommen verschiedenen Welten. Und mein Vater wird niemals in sein Projektvorhaben investieren.«

»Woher weißt du das?«

»Dad hat sich schon einmal die Finger verbrannt, als er John Geld gegeben hat. Jetzt will er eine ganze Stadt zerstören, die Hunderte von Jahren alt ist. Die Menschen, die dort seit Generationen gelebt haben, werden vertrieben, nur um dort ein Luxusresort für die Superreichen hochzuziehen. Aber meine Eltern haben mir immer beigebracht, wie wichtig es ist, in solche Gemeinden zu investieren und sie zu stärken, statt sie zu zerstören. Außerdem hätte solch ein Riesenprojekt auch einen erheblichen Einfluss auf die Umwelt, und das Ökosystem in dieser Gegend ist wirklich sehr empfindlich.«

Kommt mir bekannt vor. »Ich glaube, darüber habe ich ihn in den letzten Tagen öfter reden hören.«

»Er hat schon einen großen Teil der Stadt gekauft, natürlich zu Spottpreisen. Den anderen Eigentümern hat er gedroht, er würde sie ins Gefängnis werfen lassen, wegen Vorenthaltung von Grundstücken und allen möglichen, ausgedachten Klagen.«

»Aber wie kommt er mit so etwas durch?«

»Mit genug Geld geht alles.«

Ich muss daran denken, was Summer ungestraft abgezogen hat.

»Warte mal.« Er springt auf die Beine. »Hast du nicht vorhin gesagt, du warst Sandy in *Grease*? Also kannst du singen?«

Ich nicke. »Wenn ich genug getrunken habe.«

»Ich spiele Klavier. Ich kann alles spielen. Ganz egal. Los, komm.«

Mein Körper kribbelt vom Haschisch, doch er zieht mich hoch und quer durch den Raum bis zum Flügel. Ich bin auf einer Jacht im Mittelmeer, das Leben ist schön. Heute habe ich endlich mal das Gefühl, wirklich im Urlaub zu sein. Ich grabe meine Zehen in den flauschigen Teppich, während Michael den schwarz glänzenden Flügel aufklappt und sich auf den Hocker setzt. »Ein Flügel auf einer Jacht«, sagt er und klimpert Arpeggios rauf und runter. »Na, man gönnt sich ja sonst nichts. Bei dem ganzen Salz in der Luft kann man ihn in ein paar Jahren direkt über Bord werfen.«

»Wirklich?«

Er zuckt die Achseln. »Keine Ahnung. Ist aber 'ne gute Geschichte, oder? Kennst du das hier?«

Er spielt die ersten Töne von »Fly me to the Moon«. Ich strecke die Arme aus wie Flügel und drehe mich um mich selbst. »Etwas höher.«

Er geht ein paar Töne höher, und ich stimme mit ein. Ich wusste gar nicht, wie gut ich diesen Song kenne.

»*Bellissimo!*« Er klatscht in die Hände. »Was willst du singen? Los, sag.«

»›God bless the Child‹?«

Lachend wirft er den Kopf in den Nacken und legt die Hände auf die Tasten. »Was willst du mir denn damit sagen?«

Ich beginne zu singen, und schon bald kommt Marlena herein, in Begleitung des italienischen Ehepaars, das ihr gegenübergesessen hatte. Ihr Gesicht leuchtet auf. »Ich wusste doch, zu irgendetwas sind deine Klavierstunden noch mal gut. Habt ihr?« Sie hebt zwei Finger zum Mund, das internationale Symbol für den Joint.

Mit einer Hand zieht Michael ihn aus der Tasche, die andere tanzt weiter über die Tasten. Der Italiener zündet Marlena den

Joint an. Mittlerweile sind Michael und ich richtig warmgelaufen und haben unseren Rhythmus gefunden. Nahtlos geht er vom Ende des Stücks in »Summer Nights« von *Grease* über, und ich quietsche vor Freude. Wir geben alles als Sandy und Danny, und nach und nach kommen die anderen Gäste dazu.

Wendy tanzt und turtelt mit Leo, und Brittani und Amythist verwandeln sich in unsere Backgroundtänzerinnen. Das italienische Paar begibt sich zu Leo und Wendy auf die Tanzfläche, und die anderen lassen sich auf Sofas oder Kissen auf dem Boden sinken, nach der Großzügigkeit ihrer Gastgeber viel zu schwerfällig, um auf den eigenen Beinen stehen zu bleiben. John und seine Männer sind verschwunden, aber auf einem Sofa neben Claire sitzt Summer und ruckt mechanisch mit dem Kopf zu der Musik. Im Schein der Lampen sieht ihr platinblondes Haar irgendwie gelblich aus, und die Klunker an ihren Ohren und der dämliche Nichtdiamant an ihrem Finger funkeln. Sie hat etwas Lippenstift auf ihren perfekten weißen Zähnen, und ihr Lächeln wirkt säuerlich.

Die Crew trägt Schüsseln voll Tiramisu herein. Es sieht himmlisch aus, aber ich habe gerade viel zu viel Spaß, um eine Nachtischpause einzulegen. Unseren Backgroundtänzern scheint es ähnlich zu gehen. Brittani tanzt wie ein Elefant im Porzellanladen, und Amythist dreht sich im Licht immer wieder um sich selbst; Unterwäsche offensichtlich mal wieder nicht vorhanden. Mit jeder Drehung scheint der dünne, blassblaue Stoff etwas weiter von ihrem Körper zu gleiten, als ob er einfach davonfliegen wollte – was hier wohl niemanden stören würde, außer Summer natürlich. Wenn Blicke töten könnten.

Wir sind mitten in »The Girl from Ipanema«, da ist John plötzlich wieder da. Er lehnt im Türrahmen und beobachtet Amythist mit Röntgenaugen. Jetzt hat Summer ihn auch gesehen. Sie schluckt einmal schwer, und ihr Atem wird flacher. Sie wirft sich auf dem Sofa in Pose und versucht vergeblich, seine Aufmerksamkeit auf sich zu lenken. Amythist hat mittlerweile Johns Blick bemerkt und zwinkert ihm zu.

Summer erhebt sich und geht auf John zu, doch Bernard tippt ihm auf die Schulter, und schon ist John Richtung Flur verschwunden, und Summer bleibt unschlüssig in der Mitte des Zimmers stehen. Ich nehme ihre Hand, um mit ihr zu tanzen, aber sie reißt sich los und sieht mich böse an, bevor sie aufs Hinterdeck hinausstolziert. Rhonda trippelt ihr hinterher.

Nach dem nächsten Song gebe ich das Mikro an Marlenas italienische Freunde weiter und mache mich auf die Suche nach einer Toilette. Die erste ist besetzt, also gehe ich die Wendeltreppe hinauf. Oben neben dem Esszimmer gibt es doch bestimmt noch mehr Toiletten. Seltsam. Jetzt, da ich nicht mehr tanze, merke ich, wie das Boot schaukelt. Oder bin ich das? Ich klammere mich an das Treppengeländer und schaffe es trotzdem irgendwie, auf den Saum meines Kleides zu treten. Beinahe wäre ich auf den Hintern gefallen. Ich setze mich mitten auf die Treppe und versuche, mich auf ein großes, abstraktes Bild an der Wand zu konzentrieren, aber die Farben fließen immer wieder ineinander. In meiner Clutch brummt mein Handy, und ich nehme es heraus. Ich habe ja WLAN. Offenbar sind nicht alle Reichen total paranoid. Ich scrolle durch meine E-Mails, und die Buchstaben verschwimmen vor meinen Augen.

Hey Sis,
hier war es heute auch total schön, aber wohl nicht zu vergleichen mit dem Mittelmeer. Mir geht es gut, alles läuft super. Tut mir leid, was du da ertragen musst. Aber zumindest ist das Essen gut. Hast du schon Seeigel probiert? Das soll ja eine Delikatesse sein. Ich hoffe, du wirst nicht von der Insel gewählt, LOL. Meld dich bald. Ich denk an dich. XOXO

Ich schreibe sofort zurück:

Heeeeeey Sis was geht wir sind grad aufm krassen Boot hier und ich hab grad n Joint geraucht aslo sorry für die Felher hahahahaaaa. Hab den ganzen morgen gekotzt, meine PIllen sind weg Summer hat mir was gegeben, war aberwohl was anderes. Uuuuund Vinny liest defintiniv meine mails also kriegst du vom Boot keine mejr. Außrdem hab ich heute Dylan getroffen??? Jap. War mit seiner Omi da, hab sie nich gesehen, aber erhat mit John gesprochen. Er meint, ich soll ihn anrufen. Was meinst du???
Hab noch kein Seeigel gegessen, stelle mich auf hohe Wellen ein.
Riesenwellen, sag ich dir. STURM!!!
Oh, und Amythist! vögelt John!! HAHA!

Ich drücke auf Senden, ohne es noch einmal durchzulesen, und komme wacklig auf die Beine. Hui, ich bin wohl doch ganz schön breit. Gut, dass man auf Booten keine Schuhe tragen muss, denn Absätze wären jetzt echt nicht hilfreich. Okay. Was hatte ich vor? Ich muss pullern. Nach oben. Ich wollte oben pullern gehen.

Dort angekommen, bleibe ich kurz stehen, um mich zu sammeln und nach den Toiletten Ausschau zu halten. Links geht es in das verlassene Esszimmer, rechts liegt ein schmaler Flur mit ein paar Türen. Na also, auf der Tür am Ende des Flurs steht »WC«. Doch als ich an einer halb geschlossenen Tür vorbeigehe, höre ich Männerstimmen. Ich bin betrunken und im Moment vermutlich nicht gerade ein Ninja, aber die Gelegenheit zum Schnüffeln ist einfach zu gut, als dass ich sie mir entgehen lassen kann. Ich drücke mich im Schatten an der Wand entlang, und eine der Stimmen erhebt sich über die anderen. Britischer Akzent; das muss Charles sein.

»… geht nicht um die Rendite, damit liegst du sicher richtig. Es ist eine Prinzipienfrage. Als wir uns das letzte Mal unterhalten haben, konntest du es ja nicht einmal bei deinem eigenen Vorstand durchbringen.«

»Der Vorstand macht keine Probleme«, erwidert John knapp.

Charles gibt John richtig Kontra, das muss ich hören. Zwischen dem Büro und den Toiletten presse ich mich gegen die Wand und spitze die Ohren. Das dürfte interessant werden.

Charles sagt etwas Unverständliches, worauf eine andere Stimme etwas Unverständliches erwidert.

Ich kann Charles seufzen hören, und dann antwortet er in düsterem Ton: »Du magst vielleicht Gesetze umgehen können, das hast du ja schon bei unserem letzten Projekt bewiesen. Aber das ist einfach nicht richtig. Wir haben eine Verantwortung. Wir müssen Präzedenzfälle schaffen. Wir müssen die Umwelt und die Gemeinden für zukünftige Generationen bewahren, statt alles zu plündern und zu zerstören, nur um jede Möglichkeit auf ein neues Geschäft auszunutzen.«

Ich schleiche mich noch etwas näher an die Tür heran.

»Nach der Rolle«, sagt John jetzt in warnendem Tonfall, »die du bei unserem letzten Projekt gespielt hast, hätte ich gedacht, du willst Teil der Familie bleiben.«

»Ich war lediglich Geldgeber. Bis zu dem Unfall wusste ich nicht, dass ihr unzulängliche Materialien verwendet habt«, spuckt Charles aus.

»Und selbst danach hast du es nicht gemeldet«, gibt John zurück.

»Soll das eine Warnung sein?«, fragt Charles.

»Du verstehst sicher, welchen Schaden –« John bricht ab. Von unten dringt Gelächter empor, und einige Gäste kommen die Treppe herauf. Sofort fällt die Tür zu. Ich husche ins Bad und schließe die Tür hinter mir – zu laut. Mist. Aber ich glaube, niemand hat es gehört. Sie waren ja alle im Büro.

Michael hatte recht. Sein Vater folgt tatsächlich einem moralischen Kompass – wohl einer der wenigen in dieser vergoldeten Welt. John hingegen ist ein *schlechter* Mensch. Ein *wirklich, wirklich* schlechter Mensch. Na ja, das wusste ich ja schon.

Es fühlt sich an, als müsste ich einen ganzen See auspinkeln. Dann spritze ich mir etwas Wasser ins Gesicht, wovon ich leider auch nicht nüchterner werde, und frische mein Make-up auf. Als ich von der Toilette wieder nach unten komme, treiben Bernard und Vinny gerade den blau gekleideten Harem zusammen und zurück zum Motorboot, wo John und Summer schon warten.

Was sind wir doch für ein Hühnerhaufen. Amythists Kleid ist zerrissen. Brittani hat Pandaaugen. Sogar Claire fällt fast ins Wasser, als sie ins Motorboot gesetzt wird. Aber Wendy übertrifft uns alle: Ihr Lippenstift ist total verschmiert, ihr Kinn ist wundgescheuert, und ihr Blick trieft vor Sehnsucht, als sie sich von Leo verabschiedet.

Summer sitzt hinten neben John und blickt auf das Meer hinaus, doch alle anderen sind noch immer in Feierlaune. Brittani stimmt eine neue Runde »Summer Nights« an, und alle singen mit, bis John Vinny befiehlt, uns zum Schweigen zu bringen.

Die funkelnden Lichter auf dem Boot werden immer kleiner und die Musik immer leiser, bis nur noch der tuckernde Motor und das Klatschen der Wellen zu hören sind.

SIEBEN MONATE ZUVOR

LOS ANGELES

Irgendwann nachdem wir die Pilze gegessen hatten, fiel mir dieses Loch im Himmel auf. Als hätte jemand mit einer Nadel ein kleines Loch in den taubenblauen Himmel gepiekt. Wieso hatte ich das noch nie bemerkt? Vielleicht war es ja auch nur ein Satellit. Oder vielleicht lag es an den Pilzen. Hatte es sich gerade bewegt? Beobachtete es uns etwa? Ich wollte mich aufsetzen, aber irgendwie konnte ich die zuständigen Muskeln nicht dazu überreden. »Da ist ein Loch«, sagte ich, aber in Wahrheit machte ich nur *galumpf, galumpf.*

Galumpf, galumpf, galumpf, galumpf. Warum klang plötzlich alles gleich? Vielleicht war der Urklang des Universums gar nicht *Om*, sondern *galumpf.*

Hunters Stirn drückte sich gegen meine, als wären wir am Kopf zusammengewachsen. Vielleicht teilten wir uns ja auch ein Hirn. Ich versuchte, ihm eine telepathische Nachricht zu schicken. »*Galumpf, galumpf*«, sagte er.

Wir brachen in Gekicher aus. Als wir wieder aufhörten, war es dunkel geworden, und die Palmen wurden von den Straßenlaternen angestrahlt.

»Sieht aus wie ein Filmset«, sagte ich. Endlich kamen wieder Worte aus meinem Mund.

»Und wir sind die Stars«, stimmte Hunter zu.

Ein blonder Schopf erschien in der Dachluke, die hinunter in meine Wohnung führte. Summer kletterte zu uns aufs Dach, keine schlechte Leistung in ihrem Privat-Airline-Stewardess-Outfit – ein enges, marineblaues Kleid mit Kragen. Um den Hals trug sie ein Burberry-Seidentuch, und auf ihrer Brust glänzte eine goldene Brosche mit dem Logo der Firma, für die sie arbeitete. »Was macht ihr denn hier oben?«, fragte sie.

»Zauberpilze.« Hunter wedelte mit der Tüte. »Auch was?«

»Nein danke.«

Sie wandte sich um und wollte wieder hinunterklettern, doch ich bemerkte die Wasserflasche in ihrer Hand, und ich hatte tierischen Durst. »Warte.« Ich zeigte auf die Flasche. »Ich brauche einen Schluck.«

Sie hielt mir die Flasche entgegen. Aber was sollte ich damit machen? Summer seufzte und drehte den Deckel ab. »Soll ich es dir auch noch in den Hals schütten?«

Ich packte die Flasche und trank gierig, bis Hunter sie mir aus der Hand riss und sie austrank. »Ich dachte, du kommst erst morgen zurück«, brachte ich heraus. Wow, das war ja ein richtiger, zusammenhängender Satz!

»Sind früher zurück.« Sie setzte sich auf einen der Klappstühle, die Hunter hochgeschleppt hatte, streifte sich die Schuhe ab und massierte ihre Füße. »Aber ein Kunde hat mir ein Jobangebot gemacht.«

»Toll!«, erwiderte ich. Es war sehr schwer, sich auf ihre Worte zu konzentrieren, aber sie hatte definitiv etwas Gutes gesagt. Jetzt musste ich nur noch eine logische Frage dazu finden. »Wer denn?«

»Er heißt John Lyons, und ihm gehört eine riesige Firma. Investiert in alles Mögliche, Immobilien, sogar Filme. Er hat seinen Jet verkauft, aber sein neuer ist noch nicht fertig, deshalb ist er auch mit JetSafe geflogen. Und er will, dass ich ihn nach Japan, Singapur und Bali begleite, und dann kriege ich vielleicht einen Vertrag.«

Ob sie dann endlich mein Sofa räumen würde beziehungsweise mein Bett? Aber diese Frage konnte ich gerade nicht formulieren, zumindest nicht verständlich, also nickte ich nur und lächelte. Hoffentlich drückte das meine Unterstützung zur Genüge aus.

»Die Franklins!«, rief Hunter. Summer sah ihn an, als hätte er den Verstand verloren. Er probierte es noch einmal als Frage. »Die Franklins?« Klar, er wollte wissen, wie viele Scheinchen sie bekam, aber sie verstand es nicht.

»Was zahlt er?«, übersetzte ich.

Sie zuckte mit den Achseln. »Wir haben noch keine Einzelheiten besprochen, aber seine Assistentin meinte, er zahlt sehr gut. Und es gibt wohl eine Antrittsprämie.«

Summer war viel zu nüchtern, und ich konnte förmlich spüren, wie es auf mich abfärbte. Ziemlich ärgerlich, es war gar nicht so einfach gewesen, an die Pilze zu kommen. Okay, kein Problem, Belle, kleine Auszeit. Schalt einfach kurz auf ihren Kanal um. Fünf Minuten, länger musst du dein Hirn nicht anstrengen, dann geht sie bestimmt wieder runter, und du kannst dich auf Hunter konzentrieren und auf den Film – eindeutig ein Kifferfilm, in dem für die stocknüchterne Summer einfach kein Platz war.

Konzentration jetzt. »Hast du in New York Eric gesehen?«, fragte ich und klang tatsächlich wie ein verantwortungsbewusster, erwachsener Mensch.

Sie hätte es niemals zugegeben, aber Eric hatte ihr wirklich das Herz gebrochen, als er vor ein paar Wochen nach New York gezogen war. Damit hatte er endgültig beendet, was auch immer von ihrer merkwürdigen Beziehung übrig gewesen war. Zwar hatte sie sich ziemlich schnell einen italienischen Modedesigner geangelt, aber auch das war schnell in die Brüche gegangen, sodass sie seit Jahren zum ersten Mal wirklich Single war. Aber seit Erics Abgang hatte sie sich verändert. Und dann war da ja auch noch diese Sache mit Drei. Irgendetwas in ihr hatte sich verhärtet.

Sie nickte. »Er will natürlich, dass ich zu ihm ziehe, aber das geht nicht.«

Diese Lüge hing zwischen uns wie eine dicke, schwarze Wolke, ich hätte sie berühren können. Warum log sie mich an? So was von dämlich. Aber natürlich wusste sie nicht, dass ich ihre Lügen sehen konnte. Sie wusste auch nichts von meinem Nachmittag bei Eric und unserer beginnenden Freundschaft. Übrigens seine Schuld, nicht meine. Nach unserem Kuss hatte ich mir vorgenommen, nie wieder mit ihm zu sprechen, aber ich sah deshalb keinen Grund, ihm nicht mehr bei Instagram zu folgen. War ja schließlich nichts dabei. Er postete sowieso vor allem Kunstzeugs, und er hatte Tausende Follower, das machte anonymes Stalken sehr einfach. Nach dem Tag in seinem Loft folgte er auch mir auf Instagram. Hier und da gab es mal ein Like – ganz öffentlich, nichts Verbotenes, und Summer war eh nicht auf Insta. Aber dann schickte er mir Nachrichten, und es wäre ja total unhöflich gewesen, nicht zu antworten, oder? Und unhöflich bin ich nun wirklich nicht. Außerdem kommunizierten wir nur über belangloses Zeug – mal hatte er einen Film gesehen, mal hatte ich ein Buch gelesen, oder wir schickten uns Memes, bei denen wir an den anderen denken mussten. Es war leichtfertig, das wusste ich. Klar, wir waren »nur Freunde«, aber wenn Summer es jemals herausgefunden hätte, wäre ich so gut wie tot gewesen. Sie hatte es selbst gesagt. Und dieser Gedanke riss mich unsanft zurück in die Realität aufs Dach, wo Summer weiter ihre Lügengeschichten spann.

»Auf die Dauer kann ich mir einfach nicht vorstellen, mit ihm zusammen zu sein«, sagte sie.

»Ach ja, er ist ja geizig«, sagte Hunter. »Ich erinnere mich. Darüber haben wir, glaube ich, letztes Mal schon gesprochen.«

»Aber das stimmt doch nicht«, widersprach ich. »Sein …« Ich hatte sagen wollen, wie schön ausgestattet sein Loft war, aber ich bekam gerade noch die Kurve. »Seine Bilder verkaufen sich gut.«

»Aber ich habe das Gefühl, er *will* für mich nichts ausgeben«, klagte Summer. »Ich verstehe das einfach nicht. Er hat sogar einen Anteil an der Firma seiner Familie, aber das interessiert ihn nicht die Bohne.«

»Hmm ... Bohnen«, sagte ich.

»Ich mag Bohnen«, sagte Hunter.

Summer ging über unser Gekicher hinweg. »Er hat einen Vorstandssitz, jede Menge Aktien, Immobilien, Zugriff auf Fonds ... Aber er trägt löchrige T-Shirts und wirft sein ganzes Geld seinen abgewrackten Freunden vom Burning Man in den Rachen. Momentan wohnt irgendein türkischer Hacktivist bei ihm.«

Travis. Und er war Syrer. Dann hatte sie sich also tatsächlich mit Eric getroffen, und er hatte es mir nicht erzählt. Eine Schlange entrollte sich in meinem Bauch. Enttäuschung? Nein, das war Eifersucht. Und jetzt schlug sie mir ihre Giftzähne ins Herz. Oje. Wenn Summer sich nicht bald vom Acker machte, würde dieser Trip noch eine düstere Wendung nehmen.

»Hat er dir das alles erzählt?«, fragte Hunter.

»Natürlich nicht«, antwortete sie. »Er spricht ja nicht darüber, und im Internet findet man nichts als aufgeblasene Artikel über seine Kunstwerke und Bilder von Models, die an seinen Armen hängen. Vor ein paar Monaten habe ich mal auf seinem Schreibtisch ein paar Briefe gefunden. Sie brauchten seine Unterschrift, um die Anteile an irgendeiner Holdinggesellschaft zu erhöhen, oder für eine Hypothek auf ein Gebäude in Manhattan, das ihm gehört – alles unter tausend Skizzen und anderem Müll vergraben. Ich habe ihn danach gefragt, und er ist total ausgerastet. Der hat echt Probleme, sag ich euch.«

»Er hat sicher seine Gründe«, bemerkte ich und dachte daran, was er mir über seinen Vater erzählt hatte.

»Ja, bestimmt«, höhnte Summer. »Na egal. Hunter, letztens lief dein Song auf einer Party. Die Leute sind echt abgegangen.«

Hunter und ich hoben die Hand, um uns abzuklatschen, verfehlten uns aber leider um Längen und brachen wieder in Gekicher aus. Seufzend erhob sich Summer. »Warte!«, rief ich. »Du musst erst noch Pizza bestellen. Wir können die Tasten nicht sehen.«

Ich hielt ihr mein Handy hin.

»Mein Code ist, äh …«

»Ich kenne deinen Code«, sagte Summer und tippte ihn ein. »Du benutzt ja überall denselben.«

Zwei Wochen später kam ich abends nach Hause und fand einen weißen Mercedes mit Händlerkennzeichen auf meinem Parkplatz vor. Es war nach Mitternacht, und ich war fix und fertig, nachdem ich vierzehn Stunden lang barfuß über einen brütend heißen Parkplatz gejagt worden war. Natürlich wurde dieser Schundfilm auch noch grottenschlecht bezahlt, aber das Geld für den Werbespot, den ich vor einer Weile gedreht hatte, ging langsam aus. Um nicht wieder kellnern zu müssen, hatte ich also diese Rolle angenommen. Wenn man eh schon seine Berufswahl hinterfragt, kann so ein protziger Mercedes auf dem eigenen Parkplatz das Fass wirklich zum Überlaufen bringen.

In meiner Gegend waren Parkplätze Mangelware. Zwanzig Minuten lang fuhr ich im Kreis und verfluchte den verdammten Mercedes-Fahrer, bis ich endlich eine Parklücke fand. Erst als ich aus dem Auto stieg, bemerkte ich das Schild: PARKEN VERBOTEN, SAMSTAG 8–10 UHR. Straßenreinigung am Samstag? Im Ernst? Ich hätte schreien können.

Ich schloss die Tür auf. Alle Lichter waren an, und Summers Koffer stand geöffnet mitten im Wohnzimmer. Dann war sie wohl von ihrer großen Asientour zurück. »Summer?«, rief ich.

Keine Antwort. Ich öffnete die Schlafzimmertür. Summer lag quer auf meinem Bett und schnarchte. Ich schob sie auf eine Seite und krabbelte unter die Decke. Offenbar musste ich noch einmal mit ihr über die Wohnungssituation sprechen.

Aber als mein Wecker in aller Herrgottsfrühe klingelte, damit ich mein Auto umparken konnte, war Summer verschwunden. Und zum Glück auch der weiße Mercedes. Ich stellte mein Auto also an seinem angestammten Platz ab und nahm mir vor, ein Schild zu besorgen. Doch als ich gerade wieder reingehen wollte, kam der weiße Mercedes zurück.

Im Schlafanzug und mit Brille auf der Nase baute ich mich zu voller Größe auf, stemmte die Hände in die Hüften und funkelte das Auto böse an. Der konnte was erleben!

Das Fenster wurde heruntergelassen, und eine Hand mit langen Fingernägeln erschien. Sie hielt einen Starbucks-Becher, und dann erkannte ich die blonde Haarpracht. »Hey«, sagte Summer fröhlich. »Ich bin früh aufgewacht, also habe ich Kaffee geholt.«

Ich starrte sie an. »Wem gehört dieser Wagen?«

»Mir!« Sie strahlte. »John hat es mir geschenkt, als Antrittsprämie. Er wusste, dass ich kein Auto habe. Ist das nicht nett? Ich muss dir so viel erzählen! Aber könntest du dein Auto wegfahren, damit ich da parken kann? Ich will es nicht an der Straße abstellen. Es ist ja ganz neu.«

Ich schnappte mir den Kaffee und ging auf das Haus zu. »Ist doch bestimmt versichert.« Ich schlug die Tür hinter mir zu.

Als sie zehn Minuten später mit einer Tüte Croissants in die Wohnung trat, hatte ich meinen Kaffee schon fast ausgetrunken und mich ein wenig abgeregt.

»Mann, hier gibt es ja überhaupt keine Parkplätze!« stöhnte sie.

»Sag bloß«, erwiderte ich. »Ich bin gestern spätabends eine halbe Stunde durch die Gegend gegurkt, bis ich einen hatte.«

»Oh, das tut mir leid. Ich dachte, du bleibst über Nacht weg.« Sie legte die Croissants zum Aufbacken in den Ofen und setzte sich mir gegenüber an den Tisch. »Also. Ich muss dir von dem Trip erzählen.«

»Du hast mit ihm geschlafen.«

Sie lächelte bestätigend. »Woher wusstest du das?«

»Äh, er hat dir einen Mercedes gekauft? Du musst ja eine Muschi aus Gold haben! Mir hat noch keiner nach einer Woche ein Auto gekauft. Eigentlich hat mir noch *nie* jemand ein Auto gekauft.«

»Erstens waren es zwei Wochen, und zweitens war es total abgefahren«, schwärmte sie mit geröteten Wangen. »Ich meine, ich habe ja schon reiche Leute kennengelernt, aber so etwas … Ihm gehört ungefähr die halbe Welt. Er kennt alle möglichen wichtigen Leute. Die sind irgendwie Teil eines Clubs – Prinzen und Premierminister und Geschäftsführer und Filmstars. Der absolute Wahnsinn. Ein Mercedes ist nichts für ihn. Er hätte mir auch einen Bentley gekauft. Aber ich wollte nicht, dass er denkt, dass ich nur an sein Geld will, weißt du?«

»Klar«, sagte ich trocken. »Das wäre ja schrecklich. Moment mal. Hast du nicht gesagt, er ist verheiratet?«

»Ja, mit seiner dritten Frau. Aber sie leben getrennt – ich bin natürlich nicht seine erste Affäre, aber er meint, mit mir wäre es ganz anders. Außerdem ist sie bestimmt fünfzehn Jahre älter als ich. Sie lassen sich demnächst scheiden. Im Moment ist es nur zu teuer.«

»Hat er Kinder?«

»Ja, aber die sind erwachsen, und er will auf jeden Fall noch welche mit mir haben.«

»Ich dachte, du möchtest keine Kinder.«

»Stimmt, bisher nicht.« Sie zuckte die Achseln. »Aber mit ihm wäre es ja auch anders. Da hätte jedes Kind eine eigene Nanny. Dann sind sie immer gut versorgt, und ich übernehme die spaßigen Sachen.«

Sie schien das wirklich ernst zu meinen. »Super Idee. Wie alt ist er?«

»Sechzig. Na ja, dreiundsechzig. Aber irgendwie jung gebliebene dreiundsechzig. Er spielt Polo, er schwimmt, er geht wandern … Er ist echt total vielseitig.«

»Findest du das nicht seltsam? Ich meine, du bist sechsundzwanzig! Habt ihr überhaupt gemeinsame Interessen?«

»Das macht doch nichts. Wir sprechen über Kunst, übers Geschäft, über Wein …«

Ich lachte.

»Was denn?«, fragte sie. »Ich mag ihn. Wirklich. Und du solltest die Kleider sehen, die er mir gekauft hat. Wir waren in Singapur shoppen – das ist echt krass, da gibt es einfach alles. Und einmal haben sie eine ganze Etage abgesperrt. Nur für mich! Er ist wirklich so süß.«

Das klang tatsächlich aufrichtig. Oder vielleicht hatte sie sich auch selbst überzeugt, wie sehr sie ihn mochte, damit sie durch alle Türen gehen konnte, die er ihr öffnete. So oder so war es ziemlich beeindruckend, wie sie sich entweder diesem Mann oder ihrer eigenen Lüge verschrieben hatte.

»Oh, und die hat er mir auch geschenkt.« Sie strich über die riesigen Diamantohrstecker an ihren Ohren. »Und als ich zurückkam, wartete das Auto auf mich.«

»Und wie war der Sex?«

»Wirklich gut! Also, jetzt nicht so gut wie mit Eric. Aber da kommt eh nichts dran.« Sie erschauerte. »Und Eric hat mir nie ein Auto geschenkt. Er hat mir überhaupt nichts geschenkt. Außerdem will ich nicht mehr an ihn denken. Er ist meine Zeit nicht wert.«

Sie hatte immer davon geschwärmt, wie gut Eric im Bett war, und wollte mir natürlich unbedingt alle schmutzigen Details auftischen, aber ich hatte nie angebissen. Von Summers und Erics Sexleben wollte ich echt nichts wissen. Viel mehr interessierte mich, wie ihr erster Opasex war. »Dann sind alte Hängeeier also ein Mythos?«, fragte ich belustigt.

Sie konnte darüber offenbar nicht lachen und seufzte. »Ich … ich habe in letzter Zeit echt viel durchgemacht.« Vielsagend sah sie mich an, und ich wusste, dass sie die Sache mit Drei meinte, worüber wir nie wieder sprechen wollten. »Ich versuche einfach nur, mich durchzuschlagen. Und das hier könnte wirklich etwas werden …« Sie atmete tief durch und kämpfte mit den Tränen.

O Mann, wie unsensibel konnte man sein? Ich nahm ihre Hand. »Tut mir leid, Summer. Es war nicht so gemeint.«

Sie nickte, und eine Träne rann ihr über die Wange. »Ich …« Ihre Stimme zitterte. »Ich brauche einfach deine Unterstützung, okay?«

»Es tut mir wirklich leid. Ich wollte dich nicht verletzen.« Ich zog sie in meine Arme. »Natürlich unterstütze ich dich, egal, mit wem du zusammen sein willst.«

»Danke.« Sie wischte sich mit einer Starbucks-Serviette die Tränen fort.

»Wirst du denn trotzdem weiter für ihn arbeiten, oder …«

»Ich bekomme mein Gehalt und die Zuschüsse, also offiziell ja, aber arbeiten werde ich natürlich nicht. Und du musst dir keine Sorgen machen, ich werde überhaupt nicht mehr da sein. Er ist die ganze Zeit unterwegs, und ich soll ihn begleiten.«

»Super!« Auch wenn es mir unendlich leidtat, was Drei ihr angetan hatte, mehr als diese geheuchelte Begeisterung bekam ich für ihre neue Stellung als bezahlte Freundin gerade nicht zustande. Hoffentlich besorgte der Typ ihr dann auch eine eigene Wohnung, aber das sagte ich erst einmal nicht, ich hatte so schon herzlos genug geklungen.

Es klopfte an der Tür. »Wer ist da?«, rief ich.

»Eric«, sagte die Stimme auf der anderen Seite.

Ich verschluckte mich an meinem Kaffee.

Summer vergrub ihr Gesicht in den Händen. »Ich hab total vergessen, dass er heute kommt. Er hat eine Ausstellung in Beverly Hills, und ich habe ihn gebeten, mich hier abzuholen.«

»Moment!«, rief ich. Mein Herz flatterte wie wild. Trotz unserer vielen Nachrichten hatte ich ihn seit unserem Kuss im Fahrstuhl nicht gesehen. »Ich dachte, ihr trefft euch nicht mehr«, flüsterte ich.

»Stimmt ja auch«, flüsterte sie zurück. »Aber wir hatten das schon verabredet, bevor ich John kennenlernte.«

»Soll ich ihn abwimmeln?«

Sie biss sich auf die Unterlippe. »Nein. Ist schon okay.«

Ich stand auf und ging langsam durch den Flur. Mit jedem Schritt hämmerte ich mir ein, vor Summer möglichst gelassen zu bleiben. Ich öffnete die Tür. Eric trug Schwarz, wie immer, und seine grünen Augen leuchteten. Er lächelte, und schon war der Ärger verpufft, dass er hier vor meiner Tür stand, um Summer abzuholen. »Hi.« Er beugte sich vor und gab mir einen langen Kuss auf die Wange. Mein Puls raste. »Schön, dich zu sehen. Ich habe letztens endlich deine Webserie geguckt. Die süchtige Medizinstudentin. Großartige Arbeit. So verletzlich. Das ... das war echt berührend. Wirklich.«

Überrascht hob ich die Augenbrauen. »Wow, du hast dir das echt angesehen? Danke.« Dann fiel mir wieder ein, warum er hier war. »Summer ist ...«

Ich drehte mich um. Summer stand in der Küchentür und beobachtete uns. »Hast du ihre Webserie gesehen?«, fragte Eric sie. »Belles große Hauptrolle.«

»Noch nicht. Aber ist sicher gut.«

»Seid ihr fertig?«, fragte er. »Die Galerie hat mir einen Fahrer bereitgestellt.« Er zeigte vage in Richtung Straße. »Er wartet auf uns.«

»Belle kommt nicht mit«, sagte Summer.

»Oh.« Er wandte sich mir zu. »Warum nicht?«

Ich hob abwehrend die Hände. »Ich habe keine Ahnung, worum es geht. Ich wusste nicht mal, dass du in der Stadt bist.«

Verwirrt sah er zwischen uns hin und her. »Ich dachte, wir gehen alle in mein Hotel, um am Pool abzuhängen, und dann später zu der Ausstellung.«

»Sorry.« Summer lächelte. »Ich bin gestern erst aus Asien zurückgekommen. War viel los in letzter Zeit. Ich hab's einfach vergessen. Ich packe nur schnell ein paar Sachen ein.«

Sie ging den Flur hinunter ins Schlafzimmer, und Eric trat ein paar Schritte ins Wohnzimmer und dadurch aus Summers Sichtfeld. »Hast du meine Nachricht nicht bekommen?«, fragte er leise.

Ich schüttelte den Kopf. »Sorry.«

»Fuck.« Er schien tatsächlich enttäuscht zu sein. »Du kommst nicht mit?«

Hatte er den Verstand verloren? Oder hatte er sich irgendeine kranke Hoffnung auf einen Dreier gemacht? Ich lachte. »Was immer da zwischen euch abgeht, das muss ich mir nicht geben.«

Wir verstummten, als wir Summers Schritte hörten. Sie sah umwerfend aus. Sie trug hohe Schuhe, ein Sommerkleid und eine große, neue Louis Vuitton über der Schulter. In diesem Moment wäre ich ihr am liebsten ins Gesicht gesprungen. »Okay.« Sie strahlte. »Bin so weit.«

»Viel Spaß!« Ich verbarg meine Verbitterung unter einem breiten Lächeln, wohl wissend, dass ich kein Recht hatte, überhaupt verbittert zu sein. Er war schließlich *ihr* Ex … oder was auch immer.

Eric wandte sich an mich. »Komm schon, Belle. Das wird lustig!«

Ich musste mir nicht erst eine Ausrede einfallen lassen, denn Summer wollte mich eindeutig nicht dabeihaben. »Belle hat heute schon was vor.«

»Ich muss arbeiten.« Ich entschuldigte mich und ging schnurstracks den Flur entlang.

Doch bevor ich mein Schlafzimmer erreicht hatte, rief Eric mir hinterher: »Dann komm doch morgen zur Ausstellung! Jede Menge Botanik. Wird dir gefallen.«

»Würde ich gern«, sagte ich. »Aber ich habe morgen Abend Dreharbeiten.«

»Oh, wofür denn?«, fragte Eric.

»Einen Thriller, ziemlich low-budget. Aber zumindest sterbe ich dieses Mal nicht. Viel Erfolg mit der Ausstellung.«

»Danke«, sagte er. »Bleib am Leben.«

»Du auch.«

Ich schloss die Tür hinter mir, drehte Musik auf und ballte die Hände so fest zusammen, dass die Nägel kleine Sichelmonde in meiner Handfläche hinterließen.

TAG 6

DONNERSTAGMORGEN – SAINT-TROPEZ, FRANKREICH

Nie. Wieder. Alkohol. Mein Kopf pocht wie wild, mein Mund ist ausgetrocknet, und ich habe die Bettdecke durchgeschwitzt. Immerhin ist es hier kühl und dunkel. Ich bleibe einfach liegen, bis dieser Nebel aus meinem Kopf verschwindet. Aber das verdammte Klopfen an der Tür hört nicht auf.

Amythist schnarcht selig weiter. Ich wünschte, ich könnte auch so tief und fest schlafen.

»Ja?«, rufe ich.

Da, schon wieder. Ächzend werfe ich die Decke zurück, ziehe mir ein T-Shirt über und öffne die Tür.

Camille steht auf dem Flur, ein Tablett mit Kaffeetassen in der Hand. Sie sieht mich aus geröteten Augen an. »Tut mir leid, aber Sie müssen aufstehen. Sie gehen heute einkaufen. Wir legen um zehn an.«

»Ist alles in Ordnung?«, frage ich.

Sie nickt, aber die Tränen in ihren dunklen Augen verraten sie. Sie will mir das Tablett in die Hände drücken, doch stattdessen winke ich sie in unser Zimmer und schließe die Tür hinter uns. Sie stellt das Tablett auf meinem Bett ab und wischt sich verstohlen über die Augen. Ich will nicht neugierig sein, aber das Mädchen ist völlig durcheinander. Vielleicht ist sie nach Emmanuelle ja die Nächste auf Summers Liste. »Kann ich dir irgendwie helfen?«, frage ich sanft.

Meine Worte haben wohl den Damm brechen lassen. »*Dé-désolé*«, stammelt sie.

»Schon okay.« Ich reiche ihr eine Serviette vom Tablett. »Hier bist du in Sicherheit. Das bleibt *entre nous.*«

Wir sehen beide zu Amythist hinüber, die immer noch schläft wie ein Stein.

»*C'est … ma mère*«, sagt sie. »Ich schicke ihr *mon chèque, habituellement par* Western Union. Sie braucht das Geld. Sie ist krank. *Mais maintenant* Emmanuelle weg, muss ich auf dem Boot bleiben und ihre Arbeit machen. Und ich kann nicht *poster le chèque.*« Sie unterdrückt ein Schluchzen. »*Désolé, je suis très fatigué.* Aber ich will keine *problèmes.*«

»Schon gut«, sage ich. »Ich gehe für dich zur Western Union.«

Sie reißt die Augen auf. »*Vraiment?*«

»Klar, kein Problem«, antworte ich. »Ich weiß, wie das ist. Du musst viel zu viel arbeiten. Ich habe zu Hause einen ganz ähnlichen Job.«

Verdattert sieht sie mich an. »*Vous? Une serveuse?*«

Ich nicke. »*Je suis une serveuse.*« Ich tue so, als würde ich ein Tablett tragen. »Kellnerin und Barkeeperin.«

Sie tupft sich mit der Serviette das Gesicht ab und lacht ungläubig. »Ich weiß«, sage ich. »Viel merkwürdiger ist, dass ich hier bin.« Ich nicke zu Amythist. »Ich wecke sie. Hol du den Scheck, dann kann ich ihn nachher in Saint-Tropez abschicken.«

»*Merci*«, sagt sie, wischt sich noch einmal über die Augen und streicht sich die Haare glatt. »*Merci beaucoup.*«

»*De rien.*« Ich lächle sie an.

Camille huscht aus der Tür, und ich rüttele Amythist an der Schulter, bis sie endlich aus dem Traumland erwacht und mich böse anstarrt. »Was denn?«

»Wir müssen aufstehen«, sage ich. Sie seufzt und schließt die Augen wieder. Ich nehme eine Tasse Kaffee vom Tablett und halte sie ihr unter die Nase, bis sie sich aufsetzt. »Wir gehen shoppen.«

»Ich will aber nicht shoppen gehen«, grummelt sie. »Ich habe doch überhaupt kein Geld.« Sie lässt sich zurück ins Kissen fallen und zieht die Decke über den Kopf.

Ich werfe einen Blick auf meine Uhr. »Wir haben nur noch eine halbe Stunde.«

»Wart ihr nicht gestern erst shoppen?«

Ich zucke die Achseln. Haben wir erst gestern die Bikinis gekauft? Irgendwie kann ich die einzelnen Tage nicht mehr auseinanderhalten. Brittani erfreut uns von nebenan schon zu früher Stunde mit Beyoncé, nur leider furchtbar schief. Ich drücke Amythist den Kaffee in die Hand, stürze selbst einen hinunter und schleppe dann meinen schmerzenden Körper unter die Dusche.

Summer ist nirgendwo zu sehen, als die Jacht in den Hafen von Saint-Tropez einfährt, doch die anderen Mädels haben es irgendwie geschafft, sich anzuziehen, und Camilles Umschlag steckt in meiner Handtasche. Wir stehen an Deck und stopfen uns mit Croissants und Obst voll, während wir langsam durchs Hafenbecken fahren. Julie hat sich offenbar von Emmanuelles Rausschmiss erholt und zeigt fröhlich auf die Jachten von Prinzen und Filmstars. Der Rest der Crew manövriert behutsam unser Boot zum Kai und macht es dann an einem Liegeplatz in der ersten Reihe fest, gleich gegenüber von den Läden und Restaurants.

Nur eine Armlänge von uns entfernt flanieren die Urlauber am Hafen entlang und verrenken sich den Hals, um zu sehen, wer da gerade angekommen ist. »Das sind die besten Plätze«, sagt Julie.

Summer erscheint gerade noch rechtzeitig, um unseren Marschbefehl zu erlassen, bevor die Crew die Gangway hinunterlässt. Sie sieht aus wie eine wandelnde Leiche und erklärt uns, dass sie nicht mitkomme, denn John und sie bräuchten etwas Zeit zu zweit. Mit giftigem Blick sieht sie uns alle nacheinander an. »Ihr habt euch gestern einfach unmöglich verhalten. Er war sehr enttäuscht von euch. Besonders von dir.« Ihr perfekter Fingernagel zeigt auf mich.

»Von mir?«

»Ach, jetzt tu doch nicht so!«, braust sie auf. »Wie du da herumgetänzelt bist. Du hast die ganze Aufmerksamkeit auf dich gezogen mit deiner komischen Show und auch noch Drogen genommen!«

»Das war doch nur Haschisch! Und Marlena hat es selbst geraucht«, sage ich defensiv.

»Und jetzt ist sie deine beste Freundin, oder was? Ohne mich wärst du überhaupt nicht da gewesen!«

»Niemand von uns wäre ohne dich hier«, wirft Wendy ein.

»Sei du bloß ruhig!«, fährt Summer sie an. »Einfach widerlich, wie du dich an Leo Martin rangeworfen hast, vor aller Augen!«

Wendy sieht aus, als hätte Summer ihr gerade einen Eimer Eis ins Gesicht geschleudert. »Tut mir leid«, sagt sie kleinlaut. »Ich habe mich gehen lassen.«

»Schöne Freundinnen seid ihr«, zischt Summer. »Wie ich daneben aussehe, interessiert wohl keinen! Wenn ihr das Flittchen raushängen lassen wollt, tut das in Hollywood, aber nicht hier. Das fällt alles auf John zurück.«

Eine einsame Träne kullert über Claires Wange.

»Tut uns leid, Liebes«, sagt Rhonda und tätschelt Summer den Rücken, doch sie weicht zurück.

»Ja, sorry«, sagt Brittani.

»Sorry«, murmeln wir anderen.

»Es tut mir wirklich leid«, sagt Wendy. »Daran habe ich nicht gedacht.«

»Ich bin *so* kurz davor, euch alle einfach nach Hause zu schicken.« Summer hält Daumen und Zeigefinger etwa einen Zentimeter auseinander. »Und das nach allem, was wir für euch getan haben. Einfach respektlos.« Sie dreht sich auf dem Absatz um und stolziert zurück zu ihrem Zimmer. Völlig verwirrt starren wir ihr nach.

Julie räuspert sich, und wir richten unsere entgeisterten Blicke auf sie. »Sie bleiben bitte bei Ihren Zimmergenossen und sind um zwölf zurück«, ordnet sie mit nervtötend fröhlicher Stimme an.

Wir holen unsere Handtaschen, und mit hängenden Köpfen gehen wir schweigend von Bord. Sobald wir uns in die Touristenmassen eingefügt haben, nehme ich Wendy am Arm. »Alles okay?«

»Ja.« Sie klingt bedrückt. »Sie hat ja recht. Wir hätten uns besser benehmen sollen.«

Ich verdrehe die Augen. »Was haben wir denn schon gemacht? Sie ist doch nur angepisst, weil Leo ihr einen Korb gegeben hat, aber dir nicht.«

»Meinst du, er mag mich?«, fragt sie hoffnungsvoll.

»Na klar. Aber erwarte nicht zu viel. Michael sagt, er ist ein ziemlicher Playboy.«

Sie starrt auf die schwimmenden Paläste, die in einer Reihe in der Sonne liegen. »Ja, ich weiß«, gibt sie zu. »Aber viele Männer sind Playboys, bis sie die Richtige treffen.«

Ich muss wohl heute Morgen nicht noch mehr ihrer Träume zerstören, also wechsele ich das Thema. »Suchst du heute irgendwas Bestimmtes?«

»Hier tragen alle diese Sandalen zum Schnüren, die will ich auch. Und ich brauche Sonnencreme mit, keine Ahnung, Lichtschutzfaktor 100 oder so. Ich kann echt keine Sonne mehr ertragen. Und du?«

»Ich suche ein Kleid für die Webby Awards.«

»Die was?«

»Das ist eine Preisverleihung für Webserien. Ich habe in einer mitgespielt, die wurde nominiert. Ich hab dir doch davon erzählt – *Junk*.«

Sie nickt. »Ach ja.« Sie hat keine Ahnung, wovon ich rede.

»Wir besorgen ein paar Souvenirs«, sagt Rhonda.

»Wer weiß, wann wir mal wieder in Frankreich sind«, schnaubt Brittani. »Wir werden doch bestimmt nie wieder eingeladen, so peinlich, wie wir sind ...«

»Souvenirs!« Rhonda schiebt ihre Tochter vor ein Schaufenster voller Schnickschnack. Brittani winkt Amythist dazu, aber Amythist tut so, als hätte sie es nicht gesehen, und sieht stattdessen mit versteinerter Miene aufs Meer. Brittani streckt ihr die Zunge raus und zeigt Amythist hinter ihrem Rücken den Mittelfinger, dann folgt sie ihrer Mutter in den Touriladen.

Wendy, Claire und ich tauschen vielsagende Blicke. *Viel Glück*, formt Wendy stumm mit den Lippen und wirft noch einen schrägen Blick auf Amythist. »Okay, bis später dann«, sagt sie laut zum Abschied.

Claire winkt uns zu und folgt Wendy in einen Schuhladen. Eine bleischwere Last fällt mir von den Schultern. Endlich mal eine Pause von diesem Hühnerhaufen, und das ganz ohne Aufsicht. Ich drehe mich zu Amythist um, die die Boote betrachtet, die Augen hinter ihrer großen schwarzen Sonnenbrille verborgen. »Alles okay?«

»Klar«, sagt sie knapp.

»Du kannst dich auch einfach in ein Restaurant setzen, und ich suche allein nach einem Kleid«, biete ich an.

»Nee, schon gut. Komm.«

Wir überqueren die Straße, und ich sehe auf meinem Handy nach, wo die nächste Western Union ist – zum Glück nur ein paar Gassen weiter. »Ich muss kurz zur Western Union, um für Camille einen Scheck zu verschicken«, sage ich. »Sie darf nicht vom Boot runter, und ihre Mutter braucht das Geld.«

Amythist ist noch immer in ihren eigenen Gedanken verloren. Sie nickt geistesabwesend und folgt mir die kopfsteingepflasterte Straße entlang, gesäumt von süßen, kleinen Boutiquen. Ich reihe mich in die lange Schlange ein, und sie setzt sich zum Warten vor der Filiale auf eine Bank und spielt auf ihrem Handy herum. Als ich wieder herauskomme, scheint sie um einiges besser gelaunt zu sein.

Wir lassen uns von den anderen Passanten mitziehen, allesamt beladen mit Einkaufstüten. »Echt cool, dass deine Webserie nominiert wurde«, sagt sie. »Was ist das für eine?«

»Sie heißt *Junk*. Ich hab eine Medizinstudentin gespielt, die versucht, ihre Sucht zu überwinden. Aber sie schafft es nicht.«

»Klingt heftig. Und was gibt es dafür?«

»Ganz genau null Dollar«, verkünde ich. »Aber es war eine echt tolle Erfahrung. Ich habe viel gelernt und konnte mich richtig ausprobieren, auch wenn das dämlich klingt.«

»Nein, überhaupt nicht. So etwas würde ich auch gern mal machen.«

Ich entdecke in einem Schaufenster ein dunkelviolettes, trägerloses Kleid.

»Du weißt ja, ich habe eine Schwäche für Lila«, sagt Amythist.

Wir betreten den Laden. Ich schiebe die Kleiderbügel auf der Stange zur Seite und drehe probehalber eines der Preisschildchen um. Fünftausend Euro. Auf dem nächsten steht sechstausend Euro. Ich sehe Amythist vielsagend an und gehe lässig aus der Tür.

»Wie viel?«, fragt sie draußen.

»Sechs Riesen.« Ich seufze. »Ich suche eher nach etwas für fünfhundert Dollar, und selbst das ist für mich 'ne Menge Geld für ein Kleid, das ich wahrscheinlich nur ein paar Mal tragen werde.«

Sie lacht. »Na dann, viel Glück.«

Wir gehen die Sache etwas pragmatischer an, aber trotzdem lässt sich kaum etwas finden, das mein Budget nicht sprengt. Einige Läden haben günstigere Kleidung, aber keine Abendgarderobe. Amythist kauft sich einen großen Hut, und ich finde eine Kette für meine Mutter und Ohrringe für Lauren.

In der Schlange bei der Western Union haben wir schon viel Zeit verloren, und ich will gerade aufgeben, als ich ein wunderschönes, smaragdgrünes Kleid mit Empire-Taille entdecke. Ich sehe auf die Uhr. Es ist halb zwölf.

»Darin würdest du bombe aussehen«, sagt Amythist.

»Okay, wir müssen uns aber beeilen. Zum Boot brauchen wir zehn Minuten.«

Das Kleid kostet 460 Euro, also etwas mehr als die fünfhundert Dollar, die ich ausgeben wollte. Aber nach den Kleidern von vorhin kommt es mir wie ein richtiges Schnäppchen vor, und außerdem passt es wie angegossen. Amythist klatscht in die Hände, als ich mich vor dem Spiegel drehe. »Heiß.« Sie stößt einen Pfiff aus. »Richtig heiß.«

Während die Verkäuferin das Kleid für mich einpackt, stöbert Amythist hinten im Laden in der Sale-Abteilung. »Oh!«, ruft sie. »Wie findest du das hier?«

Sie hält ein locker geschnittenes, goldfarbenes Cocktailkleid hoch – Vintage, aus den 1960ern, und vermutlich das stilvollste Kleidungsstück, das sie sich jemals ausgesucht hat. Ich wünschte, ich hätte es zuerst gesehen.

»Mega.« Ich sehe wieder auf die Uhr. »Aber in zehn Minuten müssen wir los, also zack, zack.«

Sie trippelt in die Umkleidekabine. Das Kleid passt perfekt und verwandelt sie von einer Death-Metal-Stripperin in eine moderne Audrey Hepburn.

»Auf jeden Fall«, sage ich sofort. »Ist gekauft.«

»Ich weiß gar nicht, ob ich es mir leisten kann.«

»Wie viel kostet das Kleid?«, frage ich die Verkäuferin.

»*Très belle*«, sagt sie. »Es ist im Sale, *alors* … fünfundvierzig.«

»Okay, kann ich mit Karte zahlen?«, fragt Amythist.

»Keine American Express, aber Visa geht.«

»Super. Ich nehme es.« Amythist lächelt. Sie kramt in ihrer Tasche und reicht dem Mädchen ihre Kreditkarte. »Bitte sehr. Ich ziehe mich schon mal um.«

Die Verkäuferin steckt die Karte in das Lesegerät, während Amythist sich wieder in ihre übliche schwarze Kluft wirft. Wir haben noch fünfzehn Minuten, das schaffen wir locker. Ich schicke Wendy eine Nachricht:

Machen uns gleich auf den Rückweg. Hast du Schuhe gefunden?

Sie antwortet sofort:

Ja!! Bis gleich x

Ich werfe einen Blick auf die Verkäuferin, die immer noch das Lesegerät anstarrt. »Gibt's ein Problem?«

»*Pas de problème*. Ist nur sehr langsam.«

Das Gerät piepst, und sie seufzt.

»Was ist los?«, fragt Amythist.

»Verbindung ist weg. Vielleicht hat nicht funktioniert.«

»Wir haben's etwas eilig«, sage ich.

»Moment«, sagt sie mit Blick auf das Gerät. »Ich rufe an.«

Die Zeit läuft. »Sollen wir eine andere Karte ausprobieren?«, frage ich.

»*Le problème* ist nicht Karte. *C'est la machine*.«

»Und bar? Wenn hier ein Automat in der Nähe ist, hebe ich was ab.«

»Das musst du wirklich nicht«, widerspricht Amythist. »Und dafür haben wir auch keine Zeit. Geh du vor, ich hole dich dann ein.«

»Nein, ich lass dich nicht hier zurück.«

Die Verkäuferin wählt auf dem Telefon eine Nummer und spricht mit jemandem auf Französisch. Sie scheint irgendwelche Anweisungen zu befolgen und drückt ein paar Knöpfe auf dem Kartenlesegerät. Endlich, nach einer gefühlten Ewigkeit, piepst es erneut.

»Ah, hat funktioniert.« Sie reicht Amythist die Quittung.

Amythist unterschreibt, und wir stürzen aus dem Laden und die Straße entlang. Während wir den anderen Bummlern ausweichen, schreibe ich eine Nachricht an Wendy und Summer.

Sind in 3 min da!

Bis zwölf schaffen wir es auf keinen Fall. Aber wir sind nur ein paar Minuten zu spät. Meine Sandalen scheuern, und ich spüre schon die Blasen, als wir endlich den Hafen erreichen. Die Boote dümpeln noch immer friedlich in der prallen Sonne, und ich kann die *Lion's Den* schon sehen.

»Gott sei Dank!« Ich bin völlig außer Atem. »Das Boot ist noch da.«

Doch als wir näher kommen, heben zwei Crew-Männer gerade die Gangway an. »Hey!«, rufe ich. »Wir kommen!«

Hugo und der bullige Mann, dessen Name ich vergessen habe, sehen auf, winken und machen Anstalten, die Gangway wieder an ihren Platz zurückzustellen.

Wir sind vielleicht noch zehn Meter entfernt. Wendy und Brittani stehen mit Einkaufstüten in den Händen neben Summer auf dem Deck. Alle sehen uns entgegen. Ich werfe einen Blick auf meine Uhr, als wir vor dem Boot ankommen. Es ist 12:03 Uhr.

»Tut mir leid, dass wir zu spät sind!«, rufe ich. »Kreditkartenproblem. Sind den ganzen Weg gerannt.«

Summer sagt etwas zu den Männern, doch über das Dröhnen des Motors hinweg kann ich es nicht hören. Ohne sich noch einmal umzudrehen, geht sie davon. Die beiden Männer sprechen leise miteinander, dann verstauen sie die Gangway. Die lassen uns echt hier stehen.

»Brittani!«, ruft Amythist. Aber Brittani dreht ihr den Rücken zu und geht hinein.

Hugo fängt meinen Blick auf. »Tut mir leid. Kommt um fünf wieder her.«

Ich sehe Wendy an. »Im Ernst?«

»Sorry.« Wendys Gesicht liegt im Schatten ihres riesigen Hutes. *Was soll ich machen?*, bedeutet sie mir mit einem Schulterzucken, dann folgt sie Summer und Brittani. Das Boot legt ab und tuckert aus dem Hafenbecken hinaus auf das blaue Meer.

Fassungslos sehen Amythist und ich ihm nach. Das Adrenalin jagt durch meine Adern. *Ein* Messer in den Rücken habe ich ja erwartet, aber zwei? Ich schreibe Wendy:

Was war das gerade?

»Was für eine Scheiße«, sagt Amythist.

»Allerdings.« Ich bin stinksauer. »Was soll's, wer braucht die schon? Ich habe Hunger.«

Ich marschiere über die Straße auf ein Restaurant zu und setze mich an einen der Tische auf der Terrasse mit Blick auf den Hafen. Amythist lässt sich auf den Stuhl mir gegenüber fallen und schlägt die Karte auf. »Ich glaub's nicht. Die Getränke fangen hier erst bei zwanzig Euro an.«

»Ich geb einen aus«, sage ich und zähle im Kopf nach, wie viel von meinen Ersparnissen noch übrig ist.

»Diese kleine Schlange.« Wütend wickelt Amythist eine Haarsträhne um ihren Finger.

»Ich bin genauso sauer wie du, aber ganz ehrlich – wenigstens müssen wir die anderen jetzt nicht ertragen.«

Tränen kullern unter ihrer großen, schwarzen Sonnenbrille hervor. Ich winke eine Kellnerin herbei und bestelle zwei große Gläser Rosé.

»Hör mal.« Ich tätschele ihr die Hand. »Wir sagen einfach, es war meine Schuld, okay? Ich erzähle ihnen, was passiert ist, aber es war eben meine Karte. In Ordnung?«

Sie nagt an ihrer Unterlippe und starrt auf die Boote im Hafen. Ich schicke Summer eine Nachricht.

Tut mir leid. War meine Schuld. Ich wollte ein Kleid kaufen, aber das Kartengerät in dem Laden hat sich aufgehängt, also musste ich warten. Es tut mir wirklich leid!

Mehr fällt mir einfach nicht ein. Mein Handy hat sich automatisch mit dem WLAN des Restaurants verbunden, und ich bekomme jede Menge neue Benachrichtigungen. Ich scrolle sie durch, und mein Blick bleibt an dem Chat mit Dylan hängen.

Soll ich ihn anrufen? Lieber nicht. Summer ist sowieso schon total sauer auf mich, und das würde es nur noch schlimmer machen.

Unser Wein kommt, und Amythist stürzt ihn hinunter wie beim Trichtersaufen und knallt das Glas auf den Tisch.

»Durst?«, frage ich belustigt.

»Brittani kann mich mal. Ich bin ihre einzige Freundin. Niemand kann die kleine Schlampe ab.«

»Tut mir leid, dass sie dich so mies behandelt. Wenn es dir hilft: Mir geht es mit ihrer Schwester ganz ähnlich.«

»Mir ist es scheißegal, dass sie manchmal laut ist oder dreist«, fährt Amythist fort. »Sie sagt halt, was sie denkt. Aber seit wir hier sind, kriecht sie nur noch ihrer Schwester in den Arsch. Als wäre es eine richtig tolle Leistung, irgendeinen alten, reichen Sack zu vögeln. Pah!«

Sie schiebt das Kinn vor, sieht mich eisern an und nimmt einen Schluck aus meinem Glas. »Tja, aber das kann ich auch.«

Jetzt kommt's. »Ja«, sage ich vorsichtig. »Hab ich mir gedacht. Ich habe die Sonnenbrille wiedererkannt, die ich unter deinem Bett gefunden habe.«

»War gar nicht mal schwer«, prahlt sie. »Ihn ins Bett zu kriegen, meine ich. Allerdings ist er nicht wirklich hart geworden … Und er ist echt versaut. Voll pervers.« Sie erschaudert. »Er wollte, dass ich –«

Nein danke, das will ich echt nicht hören. »Sei bloß vorsichtig«, unterbreche ich sie. »Summer führt sich vielleicht auf wie der letzte Mensch, aber wir sind hier immer noch ihre Gäste und …«

»Was hat sie erwartet?« Sie schnaubt. »Wenn sie nett gewesen wäre, hätte ich sie auch respektiert und alles. Aber wenn sie mich wie eine Schlampe behandelt, dann kriegt sie das zurück.«

»Ich verstehe dich ja. Aber Summer …« Nein. Die Wahrheit kann ich ihr nicht erzählen. Doch irgendetwas muss ich ihr erzählen. »Du weißt schon, dass Emmanuelle rausgeworfen wurde, weil sie mit John geflirtet hat, oder? Sie wollte diese Kette nicht stehlen.«

»Tsss, klar.«

»Das hat Summer schon mal abgezogen.« Auf der Suche nach einem Beispiel sehe ich mich um. »Damals, als sie noch gekellnert hat, gab es ein Mädchen, das ihr immer die guten Tische weggeschnappt hat. Also hat Summer es so aussehen lassen, als wollte die andere Geld stehlen, und sie wurde gefeuert.«

»Tja, zu spät«, sagt Amythist schulterzuckend. »Gestern bei der Party hat er mich unter dem Tisch gefingert, also hab ich ihm meinen Tanga in die Anzugjacke gesteckt.«

O Mann. »Wow«, bringe ich heraus.

Sie nimmt noch einen Schluck von meinem Wein. »Diese reichen Schnösel halten sich für was ganz Besonderes, dabei sind sie genau wie der Rest der Welt. Jeder fickt jeden, und alle sind unglücklich.«

»Ich wage zu behaupten, dass unter den Reichen sogar noch mehr gefickt wird.«

Ich winke wieder der Kellnerin und bestelle noch zwei Gläser Wein und dazu eine Caprese und ein Prosciutto-Sandwich für uns beide. Amythist kaut auf ihrer Wange und fummelt an den Haaren herum. Dann zieht sie ihr Handy aus der Tasche. Vielleicht habe ich ja auch neue Nachrichten. Tatsächlich, ich habe eine Antwort auf meine wirre Mail von gestern Abend erhalten.

Na, wie geht es dem Kopf heute Morgen? Das mit Amythist und John ist ja krass. Aber nicht besonders überraschend. Du solltest vielleicht dafür sorgen, dass Summer davon nichts mitkriegt – sie ist ja so eifersüchtig, wer weiß, was sie anstellen würde? Was für eine Pille hat sie dir denn gegeben? Geht es dir gut? Sei bitte vorsichtig, offensichtlich kannst du ihr nicht trauen. Und keine E-Mails mehr vom Boot! Wünschte, ich könnte sagen, dass ich das alles niemals erwartet hätte. Verrückt, dass du Dylan getroffen hast. Aber ruf ihn besser nicht an, es hört sich an, als wäre da bei euch schon genug los. Ist der Sturm schon da? Hier ist das Wetter schön, aber sehr heiß. Verdammt heiß. In ein paar Tagen bist du schon wieder zu Hause, aber du musst es nicht aussitzen. Hau einfach früher ab, wenn nötig. Meld dich …

Ich tippe auf Antworten.

Tut mir leid, ich war total breit! Die anderen auch – Summer war alles andere als erfreut, heute Morgen gab es 'nen richtigen Anschiss. Sitze gerade mit Amythist beim Lunch in St. T., die haben uns nicht mehr an Bord gelassen, weil wir 3 Minuten zu spät vom Shoppen kamen. Angeblich sind sie um fünf wieder da. Aber die Auszeit tut gut. Abhauen klingt verlockend, aber ich bin pleite, und es sind ja nur noch ein paar Tage. Das schaffe ich. Gerade scheint die Sonne, aber ich glaube, heute Abend könnte es stürmisch werden. Vergiss nicht, diese Nachrichten zu löschen. Ich schreibe vom Boot nur, wenn ich muss. Will ja nicht, dass jemand mitliest.

Als mir die Rechnung vorgelegt wird, zucke ich zusammen. Ich habe fast hundert Euro ausgegeben, aber dank des Weins ist mir das gerade fast egal. »Komm, wir drehen 'ne Runde«, schlage ich vor.

Mit schwingenden Einkaufstüten segeln wir auf unserer roséfarbenen Wolke aus dem Restaurant und gehen die erste Straße hinauf, die vom Hafen wegführt. »Straße« ist vielleicht nicht das richtige Wort, aber immerhin ist sie breit genug für einen Roller. Die Häuser auf beiden Seiten stehen so nah beieinander, dass keine Sonne in die Gasse fällt. Die meisten Läden haben über die Mittagszeit geschlossen, und die großen Massen sind verschwunden und haben ihren Lärm erfreulicherweise mitgenommen.

Wir bleiben an einem Geldautomaten stehen, und ich hebe fünfzig Euro von meinem schnell schrumpfenden Konto ab, damit ich wenigstens etwas Bargeld in der Tasche habe. »Warum bist du überhaupt mit Summer befreundet?«, fragt Amythist, als wir weitergehen. »Du bist echt cool und sie ein richtiges Miststück.«

Ich lache. »Wir haben uns mit fünfzehn kennengelernt«, antworte ich. »Und sie war nicht immer so ein Miststück. Sie hat einiges durchgemacht …«

»Was denn?«

Ich seufze. Selbst jetzt, nach allem, was passiert ist, möchte ein Teil von mir sie beschützen. »Die Männer ihrer Mutter zum Beispiel. Alle vier. Der letzte war ein gewalttätiger Cop, der Summer ein blaues Auge verpasst hat, als sie sich vor Rhonda stellte. Und der davor, Nummer drei … hat auch krasse Sachen abgezogen.«

Amythist bleibt vor einem Schaufenster mit spindeldürren Puppen stehen, alle in fließende bunte Gewänder und Badeanzüge gekleidet. Sie presst die Hände gegen das Glas. »Wenn ich reich wäre«, überlegt sie, »meinst du, dann würde ich auch so rumlaufen?«

Ich muss lachen. »Nicht alle Reichen tragen Kaftans und Schnürsandalen.«

Sie wischt sich eine Träne von der Wange. »Alter.« Seufzend fährt sie fort: »Normalerweise bin ich nicht so empfindlich. Aber ich fühle mich hier irgendwie so … klein. Und so unbedeutend.«

»Ich weiß, was du meinst. Wenn es dir hilft: Summer ist auch nur hier, weil sie die Beine breit gemacht hat.« Das stimmt nicht ganz. Sie hat viel mehr als das getan, um ihren Platz neben John zu verteidigen. Aber ich will Amythist ja aufheitern.

Sie kichert. »Das klingt ja, als sei das etwas ganz Schlimmes. Aber eigentlich hat sie es doch ganz gut getroffen. Wenn man mal davon absieht, dass John sie mit mir betrügt.«

Sie dreht sich einmal um sich selbst, als hätte sie ein Totschlagargument gebracht, und geht weiter die Gasse hinauf. Schnell laufe ich ihr hinterher. Ich will sie aufhalten, sie wachrütteln, ihr die Augen öffnen. Sie muss verstehen, mit wem sie es hier zu tun hat. Aber was, wenn ich ihr noch mehr verrate? Kann das gut gehen?

Wir gehen noch ein paar weitere kleine Straßen hinauf, an noch mehr kleinen Geschäften mit blassblauen, geschlossenen Läden vorbei, und treten dann ganz plötzlich ins Freie. Links von uns liegt das glitzernde blaue Meer. Rechts erhebt sich ein grüner Hügel, und darauf thront eine Zitadelle. Ich halte mir die Hand schützend vor die Augen und starre zu der Festung hoch. »Da soll ein Museum drin sein. Wollen wir uns das mal ansehen?«

Amythist schüttelt den Kopf, und die lila Strähnchen in ihrem Haar glänzen in der Sonne. »Das Wetter ist doch so schön. Lass uns lieber zum Wasser runter.«

In der prallen Sonne gehen wir einen Weg am Wasser entlang. Ein Hut wäre jetzt nicht schlecht, aber die Aussicht ist der Hammer, und der Wind kühlt uns etwas ab. Nach ein paar hundert Metern erreichen wir einen Parkplatz und ein bogenförmiges Tor. Dahinter liegt ausgerechnet ein Friedhof.

Lange Reihen dicht gedrängter Marmorgrabsteine auf sandigem Schieferboden, die meisten sehen aus wie beinlose Bettgestelle mit eingravierten Kreuzen, und nur wenige Meter darunter werfen sich die Wellen gegen das felsige Ufer. Amythist starrt fasziniert auf die Grabsteine. »Das ist ja cool hier.«

Wir gehen zwischen den Reihen hindurch, entziffern Namen und Daten, und ich versuche, die Inschriften zu übersetzen. »›Beklagt nicht meinen Tod, feiert mein Leben‹«, lese ich vor. »›Zu früh von uns gegangen. Liebende Mutter und Großmutter‹. Oh, das ist Shakespeare: ›Wie Wellen an des Ufers Kieseln bersten, so eilen unsre Stunden einig an ihr Ziel‹.«

»Bisschen trübsinnig«, sagt sie.

»Wie ist das: ›*Danser au paradis*‹ – Tanzen im Himmel.«

Sie lacht. »Schon besser. Emille Broulet Marchand, 1903–1923. So alt wie ich.« Sie starrt hinunter auf das Grab. »Ich heiße nicht wirklich Amythist. Mein richtiger Name ist Jessica. Ich hab ihn geändert, weil ... weiß auch nicht. Wahrscheinlich, damit ich das Gefühl habe, jemand Besonderes zu sein.«

»Das bist du doch auch so«, sage ich.

Sie lächelt mich etwas schüchtern an, dann lenkt sie den Blick auf den Horizont. »Hier wäre ich nicht gern begraben. Direkt am Meer.« Sie erschauert. »Neben dem ganzen Wasser da. Ich weiß, ich wäre ja tot, aber ...«

»Du musst dringend schwimmen lernen«, sage ich. »Wenn wir wieder in L. A. sind, kommst du mit zu Wendy, und ...«

Sie schnaubt. »Als ob Wendy mich jemals zu sich einladen würde.«

»Sie ist wirklich nicht –«

Amythist hebt die Hand und fällt mir ins Wort. »Mir egal. Nach diesem Trip bist du die Einzige, die ich jemals wiedersehen will.«

Mein Handy plingt, und ich wühle in meiner Handtasche. Eine Nachricht von Summer. Mein Puls beschleunigt sich beim Lesen.

Das hier ist Johns Boot, und er entscheidet, wann es ablegt. Es ist nicht dein Boot, du bist hier nur zu Gast, also halte dich an den Zeitplan. Unglaublich, wie du dich aufführst. Nach allem, was wir für dich getan haben. Seid um fünf da. Du hast einen Termin bei John. Du kannst dich bei ihm entschuldigen für dein undankbares Verhalten.

»Was ist los?«, fragt Amythist.

»Summer.« Ich halte ihr das Handy hin. »Die kann mich mal! Nach allem, was sie für mich getan hat? Ich habe diese dumme Kuh umsonst in meinem Bett schlafen lassen, monatelang! Ich habe mich immer um sie gekümmert, wenn eine ihrer Beziehungen mal wieder in die Brüche gegangen ist. Ich habe ihr Klamotten geliehen und Jobs besorgt …«

Ich bin kurz vorm Explodieren. Am liebsten würde ich das Handy ins Meer pfeffern und nie wieder auf dieses schwimmende Gefängnis zurückkehren. Wenn ich genug Geld hätte, würde ich mich sofort absetzen und den nächsten Flieger nach Hause nehmen. Vielleicht könnte ich … Aber nein. Ich ziehe das jetzt durch. Es sind ja nur noch ein paar Tage.

»Shit.« Amythist gibt mir das Handy zurück.

»Komm, wir gehen zurück.« Ich lasse das Handy in meine Tasche fallen und stampfe durch das Friedhofstor, immer noch rasend vor Wut.

Amythist flitzt hinter mir her. Den ganzen Weg am Meer entlang und durch die Straßen überhäuft sie mich mit Fragen, die ich nicht beantworten kann. »Wenn ihr doch so gute Freundinnen wart, warum hasst sie dich jetzt? Wie lange geht das schon so? Hast du ihr etwas getan? Warum bist du dann überhaupt hier?«

Der Schweiß läuft mir den Rücken hinunter, und meine Sandalen scheuern immer schlimmer an meinen Füßen. Irgendwo im Straßenlabyrinth bleibe ich stehen. »Amythist«, keuche ich. »Ich würde es dir ja erzählen, wenn ich könnte. Aber bitte hör auf zu fragen. Wir sollten beide einfach in Deckung bleiben und alles Drama vermeiden, bis wir wieder zu Hause sind, okay?«

Sie hat wohl die Verzweiflung in meinen Augen gesehen, denn sie nickt und sieht mich aus ihren violetten Augen ernst an. »Okay.«

SECHSUNDZWANZIG TAGE ZUVOR

LOS ANGELES

An einem schönen Julimorgen fuhr ich gerade vom Yogakurs zurück nach Hause, als ich eine Nachricht von Summer bekam.

Ich bin zurück. Wo bist du?

Ich wusste gar nicht mehr, wo sie hingereist war – John und sie flogen in der ganzen Welt umher, da kam ich einfach nicht mehr mit. Hin und wieder schneite sie bei mir herein und ließ kleine Goldnuggets aus ihrem neuen Leben fallen: eine Cartier-Uhr auf dem Waschbecken, eine Geschichte über ein Abendessen mit einem erzkonservativen Senator und seiner »Ladyboy«-Freundin in Bangkok, ein VIP-Pass für den Palast irgendeines reichen Öl-Diktators, der nicht gerade für seinen unermüdlichen Einsatz im Kampf gegen Menschenrechtsverletzungen bekannt war. Und immer wenn ich den Neid in mir aufsteigen spürte, rief ich mir in Erinnerung, wie Summer sich ihren Platz im Privatjet erkauft hatte.

Ich fand es ziemlich unmöglich, dass sie offiziell immer noch nicht ausgezogen war, aber nach der Sache mit Drei – die wir wohl beide auf mein Konto verbuchten – wollte ich sie nicht zu sehr drängen. In den letzten Monaten hatte ich sie sowieso kaum gesehen, und obwohl sie immer noch keine Miete zahlte, war sie zumindest sehr großzügig mit ihrer Beute. Sie schenkte mir Designerklamotten, die John nicht gefielen, und sogar eine kleine, runde Gucci-Tasche, in die ich mich sofort verliebte. Wenn sie nicht gerade um die Welt flogen, war sie meistens bei John in Beverly Hills. Ich hatte einen neuen Job in einer Bar und nahm jede Rolle an, die ich kriegen konnte, um mich über Wasser zu halten.

John hatte ich zwei Mal getroffen. Das erste Mal nur kurz, als ich mit Summer in seinem Anwesen in Beverly Hills am Pool lag. Das zweite Mal war etwa einen Monat her. Ich hatte mich mit Summer, Wendy und Claire zum Abendessen verabredet, aber Summer wollte wohl, dass John ein Überraschungsgast war. Wir hatten schon bestellt, da stieß er plötzlich zu uns und fing an, uns regelrecht auszufragen, als hätten wir uns bei ihm um einen Job beworben. Einer seiner Gorillas hing die ganze Zeit im Hintergrund an der Bar herum. Eine quälende halbe Stunde später ließ John schließlich seine Karte auf den Tisch fallen und dampfte wieder ab. Als ich Summer fragte, sagte sie nur: »Ach, er hat so viel über euch gehört, da wollte er euch einfach mal kennenlernen.«

Eine Woche später schickte sie Wendy, Claire und mir ein Foto von sich selbst beim Sonnenbaden auf seiner Jacht.

Geburtstagsparty an Bord! Wer ist dabei?

Einige Tage danach kam die offizielle Einladung zu Summers Geburtstagstrip in Form einer E-Mail von Johns Reisekoordinator, mit Bitte um Übersendung meiner Reisepassinformationen. Wie sich herausstellte, war das Treffen mit John tatsächlich ein Bewerbungsgespräch gewesen – und offenbar hatten wir den Eignungstest bestanden. »Ich habe ihm erzählt, dass ihr ganz toll seid und total hübsch«, vertraute Summer mir an, als wir uns das nächste Mal sahen. »Aber er achtet halt sehr auf sein Image, also wollte er sich selbst überzeugen. Mom und meine Schwester kommen auch, aber unter uns: Ich muss ihnen für diesen Trip dringend neue Klamotten kaufen.«

Ich hatte mich zwar immer noch nicht recht mit Summers generationenübergreifender Romanze angefreundet, aber verlockend klang das schon: ein all-inclusive Segeltörn auf dem Mittelmeer. Gut, die Jacht gehörte ihrem Sugardaddy, und wahrscheinlich würde der Trip nicht ganz so ablaufen, wie ich es mir wünschen würde, aber … Eine Jacht. An der Riviera. Wer kann da schon Nein sagen?

Als ich vom Yoga zu Hause ankam, stand meine Tür halb offen, und Summer war im Wohnzimmer und warf alles Mögliche in einen neuen, riesigen Louis-Vuitton-Koffer, der zu ihrer Tasche passte. »Hi«, begrüßte sie mich fröhlich. »Ich hab dir geschrieben.«

»Ich saß im Auto. Was gibt's?«

»John muss für die nächsten Wochen geschäftlich in den Nahen Osten, und ich kann nicht mit, also hat er mir ein Strandhaus in Malibu besorgt.« Halleluja, endlich machte sie sich vom Acker. Fast hätte ich ein Freudenlied angestimmt. »Willst du mitkommen? Du kannst auch übernachten oder übers Wochenende bleiben.«

Ein Strandhaus, ein Jachttrip … Ich musste zugeben, eine reiche Freundin hatte schon ihre Vorteile. »Lass mich nachdenken … Ja, ich habe Zeit.« Ich lächelte sie an.

»Cool!« Sie klatschte in die Hände. »Das Haus ist nämlich echt riesig. Und John hat auch schon den Weinkeller bestücken lassen. Aber du müsstest fahren, weil mein Auto in der Werkstatt ist.«

Mit heruntergelassenen Fenstern düsten wir an der Küste entlang, aus den Lautsprechern dröhnte das Beste aus den 1990ern, und wir sangen mit, so laut wir konnten. Schon lange hatten wir nicht mehr so viel Spaß zusammen gehabt, und es fühlte sich gut an – fast wie alte Zeiten. Als wir ankamen, stand Wendys SUV schon vor dem Haus. »Na, Mädels? Das ist ja unglaublich hier!«

»Ich dachte, du musst heute Abend arbeiten«, stichelte Summer.

»Ja, aber dann habe ich mir Bilder von diesem Haus angesehen«, erklärte Wendy. »Außerdem ist PoPopler auch da, und den will ich auf gar keinen Fall sehen.«

»Wer war denn PoPopler noch mal?«, fragte Summer leise, als wir in die Garage fuhren.

»Na, wer wohl? Der Typ, mit dem sie letztes Jahr zusammen war. Der wollte ihr immer am Arsch herumfummeln. Du hast ihn mal kennengelernt. Sie hat ihn zu meiner Geburtstagsfeier mitgebracht.«

Summer schnaubte. »Hat offenbar keinen großen Eindruck hinterlassen.«

Das Haus war groß und modern und stand direkt am Strand. Jedes Zimmer hatte eine komplette Glasfront zum Meer hinaus. Wir schoben sofort die Türen zur Terrasse auf und ließen die salzige Luft und das Rauschen der Wellen herein.

»Wie lange bleibst du hier?«, fragte ich. »Immerhin hast du bestimmt ein Jahr bei mir gewohnt. Dann kann ich doch auch für ein Jahr hier einziehen, oder?«

Summer lachte. »Erst einmal für den Sommer. Wer weiß … vielleicht behalte ich es auch. Aber im Winter ist es hier bestimmt sehr einsam. Und du kannst so lange bleiben, wie du willst, außer wenn John da ist.«

»Und ich muss euch natürlich Gesellschaft leisten«, warf Wendy ein. »Das Haus ist doch viel zu groß für euch beide.«

Summer öffnete den Kühlschrank. Er war prall gefüllt mit Wasserflaschen, Obst, Wein, Snacks und Fertiggerichten aus dem Biomarkt.

»Irgendjemand kauft auch für mich ein, macht die Wäsche und kommt zum Putzen«, sagte Summer beiläufig. »Wein? Was darf es sein, Chardonnay, Pinot Gris oder Rosé?«

»Rosé!«, antworteten Wendy und ich im Chor.

Summer nahm Gläser aus dem Schrank, und Wendy schenkte ein, während ich uns eine Platte mit Käse, Crackern und Obst zusammenstellte. Summers Handy brummte. »O Mann. Eric.« Sie stellte das Handy auf lautlos.

Ich wusste, dass er wegen einer Ausstellung gerade in L. A. war – er hatte mich dazu eingeladen, aber ich hatte abgelehnt. Nachdem er bei mir in der Wohnung aufgetaucht war, um Summer abzuholen, hatte ich ihm erst einmal einige Wochen die kalte Schulter gezeigt. Doch als klar wurde, wie ernst es zwischen John und Summer war, reagierte ich langsam wieder auf seine Nachrichten. Seitdem war er ein paar Mal in der Stadt gewesen, aber wir hatten uns nicht getroffen. Schließlich war es viel einfacher, sich von ihm fernzuhalten, wenn er nicht direkt vor mir stand.

»Er lässt mich einfach nicht in Ruhe«, jammerte Summer. »Das ist schon das dreizehnte Mal in dieser Woche. Ich habe ihm klargemacht, dass es vorbei ist, als wir uns das letzte Mal gesehen haben, aber er will es einfach nicht begreifen.«

Komisch, mir hatte er das genaue Gegenteil erzählt. Aber warum rief er sie dann an?

»Vielleicht konnte er diese Nachricht beim Vögeln nicht so ganz ernst nehmen«, sagte Wendy grinsend.

»Hast du Eric denn nicht von John erzählt?«, fragte ich.

»Nein«, gab sie zu. »Davor habe ich mich bisher gedrückt.«

»Du musst es ihm sagen«, drängte Wendy. »Womöglich findet John es noch heraus.«

Eric wusste schon, dass sie einen Neuen hatte. Mir war es bereits vor Monaten rausgerutscht – allerdings war mir nicht klar, dass es ein Geheimnis war. Natürlich hatte ich Summer nichts davon erzählt. Er war erleichtert gewesen, dass Summer offenbar in festen Händen war, aber mehr hatten wir darüber nicht gesprochen. Ich hatte ihm keine Details verraten, und in Wahrheit hatten wir seitdem überhaupt nicht mehr über Summer gesprochen – und auch Summer hatte Eric mir gegenüber mit keinem Wort mehr erwähnt. Deshalb hatte ich auch angenommen, dass die beiden sich nicht mehr trafen. Aber vielleicht lag ich damit auch vollkommen falsch.

»Ich wusste gar nicht, dass ihr euch immer noch trefft«, sagte ich beiläufig.

»Ja«, antwortete Summer. »Na ja, es ist schon 'ne Weile her, ich war ja immer mit John unterwegs, aber er lässt einfach nicht locker. Er hat mich schon oft angebettelt, ihn in New York zu besuchen.«

Also, einer von beiden log auf jeden Fall. Aber warum? Ich hätte gern noch mehr Fragen gestellt, aber das hätte wohl zu verdächtig ausgesehen.

Später kuschelten wir uns in die Ledersessel im hauseigenen, samtbehängten Kino und guckten *Der große Gatsby*. Schon wieder klingelte Summers Handy, und sie stöhnte. »Eric.«

»Los, geh dran«, sagte Wendy.

»Ihr könnt weitergucken. Ich habe den eh schon tausend Mal gesehen.«

Sie schloss die Tür hinter sich.

Als sie zurückkam, war der Film bereits zu Ende. Ihre Mascara war vollkommen verschmiert und ihr Gesicht verquollen. »Wie ist es gelaufen?«, fragte Wendy.

»Nicht so gut. Er wusste schon Bescheid und kennt John sogar. Deshalb hat er mich auch die ganze Zeit angerufen …«

»Aber woher weiß er das?«, fragte ich verwirrt. Ich war mir sicher, dass ich Johns Namen nicht erwähnt hatte.

»Wurdet ihr mal zusammen fotografiert oder so? Oder vielleicht hat John mal was von Eric gekauft«, überlegte Wendy.

»Nein«, sagte Summer bestimmt und lief auf und ab. »Aber wir waren natürlich in der Öffentlichkeit unterwegs, in Restaurants und so.«

»Meinst du, einer von Erics Bekannten hat euch gesehen und es ihm erzählt?«, fragte ich. Nicht sehr wahrscheinlich. So klein die Welt der Reichen auch sein mochte, John und Eric verkehrten nicht gerade in denselben Kreisen.

Summer wedelte ungeduldig mit der Hand, offensichtlich genervt von meinem detektivischen Ansatz. »Keine Ahnung … Hat er nicht gesagt. Ist doch eigentlich auch egal. Wichtig ist jetzt …«

»Ich würde es wissen woll…«

»Belle!« Sie wirbelte zu mir herum. »Kannst du bitte einfach zuhören, statt mich die ganze Zeit mit dämlichen Fragen zu unterbrechen?«

Plötzlich verstand ich: Sie wusste ganz genau, woher Eric es wusste. Sie wollte es uns nur nicht sagen. Was mich natürlich nur noch neugieriger machte. Aber um des lieben Friedens willen hob ich die Hände. »Sorry.«

»Also.« Summer hielt inne, als hätte sie den Faden verloren. »Jedenfalls war er total sauer.« Sie ließ sich in einen Sessel sinken. »Er sagte immer wieder, ich hätte ihn betrogen und dass ich mit John nur zusammen bin, weil er reich ist, und dass er mich hasst. Er hat sogar gedroht, John über alles zu informieren.«

Wendy schlug die Hand vor den Mund. »O mein Gott.«

Schwer zu sagen, wie viel man von Summers Geschichte glauben konnte. Selbst wenn die beiden sich noch regelmäßig getroffen hätten – ich konnte mir einfach nicht vorstellen, dass es Eric so umhauen würde, sie mit einem anderen Mann zu sehen. Und jetzt, da sie eigentlich überhaupt nichts mehr miteinander zu tun hatten, klang das einfach nur noch absurd.

»Aber was will er John schon erzählen?«, fragte Wendy. »Du hast dich doch von Eric getrennt, als du John kennengelernt hast. Und seitdem hast du ihn nicht mehr gesehen, oder?«

»Aber John ist total eifersüchtig«, jammerte Summer. »Der schmeißt mich hochkant raus. Dann hab ich kein Geld und kein Auto mehr, der wird mir das Leben zur Hölle machen.« Sie biss sich auf die Unterlippe. »Und außerdem *habe* ich mich noch mal mit Eric getroffen, vor ein paar Monaten in New York.«

Meinte sie das Treffen, von dem ich schon wusste, oder ein anderes? Vielleicht kannte ich Eric doch nicht so gut, wie ich dachte. »Aber wie will Eric überhaupt mit John Kontakt aufnehmen? Und wie will er ihm beweisen, dass du ihn betrogen hast?«, fragte ich.

»Er ist ja nicht dumm. Das kriegt der schon irgendwie hin. Und er hat E-Mails, Nachrichten, Fotos … Gott, was bin ich dämlich! Wie kann man nur so dumm sein? Was mache ich denn jetzt?«

So verzweifelt hatte ich sie noch nie erlebt. Und trotzdem überzeugte ihre Geschichte mich nicht ganz. »Was hast du denn eben mit Eric besprochen?«

Sie seufzte. »Wir haben uns angeschrien, und er hat aufgelegt. Dann hat er wieder angerufen, aber ich bin nicht drangegangen.«

»Himmel!«, sagte Wendy. »Das klingt echt ernst.«

Den Rest des Abends analysierten Wendy und Summer die Situation aus allen nur möglichen Blickwinkeln, und ich versuchte nach Kräften, mich mitfühlend zu beteiligen, doch ich wurde einfach das Gefühl nicht los, dass Summer uns etwas vorenthielt – im besten Fall. Selbst wenn mein Bauchgefühl mich im Stich gelassen hatte und Eric tatsächlich ausgerastet war, weil Summer sich für John entschieden hatte – irgendetwas verschwieg sie eindeutig. Aber was? Und warum? Wir waren doch ihre Freundinnen. Wie sollten wir ihr helfen, wenn sie uns nicht die Wahrheit sagte?

Gegen zwei Uhr morgens schlief ich endlich ein, fest entschlossen, am nächsten Tag Eric anzurufen, um mir seine Seite der Geschichte anzuhören. Damit würde ich natürlich Summers Vertrauen verraten. Andererseits: welches Vertrauen denn? Wenn sie mir vertrauen würde, hätte sie mir erzählt, was wirklich los war. Wer weiß, vielleicht würde ich morgen herausfinden, dass sie tatsächlich die Wahrheit gesagt hatte. Wenn es so war, dann war es so. Aber ich konnte nicht länger so tun, als würde ich Summer blind vertrauen.

Morgens wachte ich auf, als sich die Tür zu meinem Schlafzimmer öffnete. Summer stand in der Tür. Sie trug schwarze Leggings, hatte die Haare zu einem Pferdeschwanz zurückgebunden und eine Baseball-Cap auf dem Kopf.

»Gehst du wandern?«, fragte ich benommen und rieb mir den Schlaf aus den Augen.

»Ich fahre für ein paar Tage zu Rhonda in die Wüste«, antwortete sie. »Da findet Eric mich nicht.«

»Okay.« Ich grapschte auf dem Nachttisch nach meinem Handy, aber es war nicht da. Wahrscheinlich hatte ich es gestern Nacht unten liegen gelassen. »Wie spät ist es?«

»Acht.« Sie trat näher an mein Bett heran. Ihre sonst so rosigen Wangen waren fahl, und sie hatte dunkle Ringe unter den Augen.

»Alles in Ordnung?«, fragte ich.

»Ich brauche dein Auto. Bitte. Wendy leiht mir ihres niemals, das weißt du.«

»Aber ich brauche mein Auto selbst«, protestierte ich und setzte mich auf.

Mit zitternder Hand legte sie mir einen Schlüsselbund auf den Nachttisch.

»Du kannst erst mal meins haben. Ich habe dir die Adresse der Werkstatt geschickt und den Code, damit du reinkommst. Es ist sowieso viel besser als deins. Wird dir gefallen. Und Wendy kann dich nachher dort absetzen. Ist bei ihr in der Nähe.«

Ich war zu müde, um mit ihr zu streiten, also gab ich nach. »In Ordnung. Aber fahr es nicht zu Schrott.«

»Dann würde ich dir von John ein viel besseres kaufen lassen.«

Sie ließ meine Schlüssel klimpern. »Danke. Du bist die Beste. Hab dich lieb, Süße.«

Sie warf mir einen Kuss zu und schloss leise die Tür hinter sich.

Das nächste Mal wachte ich auf, als die Jalousien automatisch hochfuhren und gleißendes Sonnenlicht und das Rauschen der Brandung hereinließen. Ich vergrub meinen Kopf unter dem Kissen, aber Wendy riss es mir weg.

»Du Sadistin«, grummelte ich.

»Raus aus den Federn«, trällerte sie. »Ich will los.«

»Du musst mich mitnehmen.«

»Ich weiß«, sagte sie. »Ich geh eben duschen. Halbe Stunde?«

Am Nachmittag rief ich Eric an, doch er ging nicht ans Telefon und reagierte auch nicht auf meine Nachrichten. Summer erreichte ich ebenfalls nicht. Eigentlich konnte ich mir das überhaupt nicht vorstellen – aber was, wenn Eric und Summer sich wieder vertragen hatten und zusammen durchgebrannt waren?

Auch am nächsten Tag hörten Wendy und ich nichts von Summer, und langsam machten wir uns Sorgen. Wir hatten ihr Nachrichten und E-Mails geschrieben und ihr auf die Mailbox gesprochen, aber sie hatte nicht geantwortet. Schließlich rief ich Rhonda an.

»Hi, Rhonda, hier ist Belle«, sagte ich, als sie abhob. »Ist Summer da?«

»Hi, Belle«, sagte sie überschwänglich. »Ja, Summer ist hier.«

»Ah, gut!«

»Ja, seit gestern Mittag«, fuhr Rhonda eifrig fort. »Wir haben hier draußen nicht so guten Empfang, deshalb hat sie wahrscheinlich deine Nachrichten nicht bekommen.«

»Kann ich sie mal sprechen?«

»Sie ist gerade unten am Pool, aber ich sage ihr, dass du angerufen hast.«

»Richte ihr bitte aus, sie soll zurückrufen.«

Aber Rhonda hatte schon aufgelegt.

Am nächsten Tag saßen Wendy und ich im Schatten einer Cabana am menschenleeren Pool auf dem Dach ihrer Wohnung, als Summer erschien. Sie trug eine große Sonnenbrille und einen Hut mit breiter Krempe, und ich spürte sofort, dass irgendetwas nicht stimmte. Sie löste die Schnüre an den Seiten der Cabana, ließ die Vorhänge zufallen und murmelte etwas von Privatsphäre.

»Aber es ist so heiß, und der Wind tut so gut«, sagte Wendy. »Außerdem sind wir die einzigen Verrückten, die sich in dieser Hitze nach draußen wagen.«

Summer warf einen Blick über ihre Schulter, seufzte und setzte sich auf den Rand meiner Liege. »Kann ich was von deinem Wasser haben?«

Ich reichte ihr meine Flasche, und sie nahm sie mit zittrigen Händen. Ihre sonst so perfekten Fingernägel waren an mehreren Stellen abgebrochen. »Was ist los?«

Sie nahm einen großen Schluck Wasser. »Eric.«

»Was ist passiert?«, fragte Wendy.

»Er war ja total ausgerastet, also habe ich ihm gesagt, ich bräuchte Zeit zum Nachdenken. Ich bin zu Mom gefahren und habe mein Handy ausgeschaltet.« Die Worte purzelten ihr nur so aus dem Mund. »Und dann, als ich es heute Morgen wieder angemacht habe, bekam ich eine E-Mail, die er mir vorgestern geschickt hat. Er hat sich verabschiedet.«

Wendy zog die Stirn kraus. »Wie *verabschiedet?*«

Nervös knibbelte Summer an ihren Fingernägeln herum. »Da stand, wenn er nicht mit mir zusammen sein kann, will er nicht mehr leben.«

»Bitte *was?*« Ich schnappte nach Luft.

Summer konnte nicht still sitzen bleiben. Rastlos ging sie auf und ab und ließ die Fingerknöchel knacken. »Es klang, als wollte er sich umbringen.« Ihre Stimme zitterte. »Und jetzt kann ich ihn nicht erreichen. Da meldet sich immer nur die Mailbox, und meine Nachrichten gehen nicht durch, als ob sein Handy aus ist oder er kein Netz hat.«

Nein. Das konnte nicht wahr sein. Eric würde sich niemals umbringen. Und erst recht nicht wegen Summer. Da war ich mir ganz sicher.

Oder? Immerhin hatte er so einiges getan, was ich mir nicht recht erklären konnte. Aber *das hier?*

»O Gott«, sagte Wendy.

»Hast du die Polizei angerufen?«, fragte ich.

Sie nickte. »Ja, schon vor ein paar Stunden, aber man gilt erst ab vierundzwanzig Stunden als vermisst.«

»Können die nicht sein Handy orten oder so was?«, fragte ich. Am liebsten hätte ich ihn jetzt gleich selbst angerufen, aber vor Summer ging das natürlich nicht.

»Sein Handy scheint aus zu sein«, antwortete sie und ging weiter auf und ab.

Meine Brust zog sich zusammen und schnürte mir die Luft ab.

»Und dann kommt John dieses Wochenende auch noch aus Dubai, nur um mich zu sehen, und ich muss so tun, als wäre alles *vollkommen* in Ordnung!« Sie unterdrückte ein Schluchzen und ließ sich auf eine Liege fallen, das Gesicht unter einem Arm verborgen. »Was mache ich denn nur?«

Hirnblockade. Eric und Selbstmord? Das ergab einfach keinen Sinn! Außer … außer *er* hatte mich die ganze Zeit angelogen, und jede einzelne Liebesbeteuerung, von der Summer mir erzählt hatte, war tatsächlich real. »Aber du glaubst doch nicht wirklich, dass er sich umgebracht hat, oder? Er kam mir nie besonders instabil vor. Dafür ist er doch viel zu egoistisch.«

Summer setzte sich auf. »Bitte? Was gibt es Egoistischeres als Selbstmord?«

Nein, das konnte einfach nicht sein. Plötzlich spürte ich wieder seine Lippen auf meinen. Mit aller Kraft blinzelte ich meine Tränen weg und konzentrierte mich auf Summer. Sie durfte nicht merken, wie nahe mir das ging.

»Alles in Ordnung?« Meine Stimme klang brüchig. »Sorry. Natürlich nicht. Das ist wirklich schrecklich.«

Summer wrang die Hände. »Mir wird schlecht.«

»Atmen«, wies ich Summer an, aber ich hätte gerade selbst Unterstützung gebrauchen können. »Einfach nur atmen. Am besten rufe ich Dylan an.«

»Hast du in letzter Zeit mit ihm gesprochen?«, fragte Summer.

Ich schüttelte den Kopf. »Wir haben ein paar Mal gemailt. Er hat sich gemeldet, als er das letzte Mal in L. A. war, aber da war ich bei meinen Eltern in Georgia.«

Sie hielt mir mein Handy hin. »Kannst du ihn jetzt gleich anrufen?«

O Gott. Widerwillig streckte ich die Hand nach dem Telefon aus. Ich suchte nach Dylans Nummer und drückte auf Anrufen. Mit einem dicken Kloß im Hals lauschte ich dem Freizeichen. Ein ausländischer Anschluss. Hoffentlich ging er nicht dran. Dann würde ich es einfach später noch mal versuchen und konnte mich bis dahin besser vorbereiten. Aber kein Glück.

»Belle.« Er klang erfreut. Mein Magen knotete sich zusammen. »Wie geht's dir?«

»Gut.« Mein Hirn schaltete auf Autopilot. »Und wie geht es dir?«

»Ich bin für ein paar Monate in Frankreich, wegen der Arbeit. Schade, dass wir uns letztens nicht sehen konnten, als ich in L. A. war.«

»Ja.«

Summer bedeutete mir, zur Sache zu kommen.

»Ähm, also …« Ich schluckte. »Hast du was von deinem Bruder gehört?«

»Wir haben letzte Woche telefoniert.«

»Klang er normal?«

»Wir haben gestritten.« Er seufzte. »Wie immer. Seit ich diesen Job angenommen habe, streiten wir nur noch. Aber das weißt du ja. Warum? Was ist los?«

»Nun … Summer hat eine ziemlich verstörende E-Mail von ihm bekommen, und jetzt kann sie ihn nicht mehr erreichen.«

»Was stand denn drin?«

»Ich lasse sie das mal selbst erzählen«, sagte ich, denn ich hatte Angst, dass meine Stimme mich verriet.

Ich schaltete auf laut, und Summer setzte sich neben mich und erzählte, was passiert war. Ich sah ihr über die Schulter, als sie die E-Mail vorlas, die Eric ihr am 22. Juli um 2:04 Uhr geschickt hatte. Seine Nachrichten an *mich* waren fast schon poetisch gewesen – alles kleingeschrieben, jede Menge Absätze und Auslassungspunkte –, aber diese hier sah aus wie ein Schulaufsatz. Merkwürdig förmlich, mit Satzzeichen und korrekter Groß- und Kleinschreibung. Komisch. Dylan schwieg, als Summer endete.

»Dylan?«, fragte ich.

»Ja, bin noch dran.«

»Glaubst du, er würde das tun?« Er schwieg so lange, dass ich schon dachte, die Verbindung wäre abgebrochen. »Noch da?«

»Ja. Sorry.« Er klang müde. »Nein. Es passt einfach nicht zu … Ich kann's mir nicht vorstellen, aber … Ich meine, er ist halt Künstler. Er hat seine Höhen und Tiefen.« Wieder schwieg er lange. »Seine Mutter hat Selbstmord begangen. Ich glaube, dass hat er nie richtig verarbeitet.«

Selbstmord. Das Herz wurde mir schwer, als ich mir den kleinen Eric vorstellte. Gerade einmal elf Jahre alt und plötzlich ohne Mutter. Ich konnte Summers Gesicht unter ihrem Hut und der Sonnenbrille nicht gut sehen, aber falls diese Neuigkeit sie überraschte, überspielte sie es gut. Hatte Eric ihr von dieser Tragödie erzählt? Vielleicht war ihre Beziehung doch inniger gewesen, als er immer behauptet hatte. Ich lehnte mich näher zum Handy heran. »Hilfst du uns, ihn zu suchen?«

»Natürlich«, sagte Dylan und schien sich zusammenzureißen. »Es gibt eine Erklärung für all das, ganz bestimmt. Ich werde sehen, was ich tun kann. Leitet die E-Mail an mich weiter. Ich melde mich.«

Ein merkwürdiges Prickeln fuhr mir den Rücken hinauf. Irgendwie passte das alles nicht zusammen.

TAG 6

DONNERSTAGABEND – SAINT-TROPEZ, FRANKREICH

Um zehn vor fünf sind wir zurück am Hafen. Die Hitze ist weiterhin drückend, und als das Boot um halb sechs immer noch nicht da ist, setzen wir uns wieder in das Restaurant, in dem wir vorhin Wein getrunken haben. Ich bestelle mir ein Mineralwasser und tupfe mir das Gesicht mit einer Serviette ab. Ich freue mich nicht besonders auf meinen »Termin« bei John. Auch auf Summer und sogar Wendy kann ich momentan sehr gut verzichten – auf diese ganze Situation überhaupt. Wenn nicht all meine Sachen auf dem Boot wären, würde ich einfach abhauen. Aber ich hänge hier erst einmal fest. Ich habe ja nicht einmal meinen Reisepass.

In meinen Gedanken verloren, bekomme ich gar nicht mit, dass die *Lion's Den* in den Hafen einfährt. Amythist packt mich am Arm. »Komm. Nicht dass sie uns noch mal zurücklassen.«

Der Knoten in meinem Bauch zieht sich noch fester zusammen, als wir an Bord gehen. Das Deck ist menschenleer, bis auf Dre, der uns von der Gangway hilft und mir zuflüstert: »Tut mir leid. Wir wollten alle warten, aber die haben Nein gesagt.«

Ich nicke. »Danke. Wo sind die anderen?«

»In ihren Zimmern. Ziehen sich fürs Abendessen um.«

»Ich dachte, wir sind hier um fünf mit Johns Freunden verabredet.«

»Planänderung«, sagt er. »Dinner an Bord. Wir fahren nach Italien. Monsieur Lyons hat dort morgen früh ein Meeting.«

Er verstaut die Gangway, und das Boot setzt sich wieder in Bewegung.

Amythist sitzt schon auf ihrem Bett, als ich hereinkomme. Sie hält ihr Handy in der Hand und kichert.

»Was ist los?«, frage ich.

»Ach, nur John.«

»Im Ernst?«

Sie lacht in sich hinein. »Die kleine Schlampe denkt, sie ist was Besseres, weil sie all das hier hat. Dabei gehört es gar nicht ihr. Es gehört John. Sie glaubt, sie hat ihn um den Finger gewickelt, aber vielleicht lade *ich* dich nächstes Jahr zu diesem Trip ein. Würde ich tun. Ich würde dich einladen. Die anderen können mich mal, aber du bist immer cool.«

»Amythist! Du hast mir doch eben versprochen, dich zurückzuhalten. Wir wollen einfach nur nach Hause. Kein Drama mehr, weißt du noch?«

»Es ist ja kein Drama, wenn sie nichts davon weiß.«

Frustriert lasse ich meine Knöchel knacken. »Sei bitte vorsichtig«, flehe ich sie an. »Bitte. Summer darf das auf keinen Fall erfahren. Ich weiß, du bist sauer auf sie, aber warte doch, bis wir zu Hause sind. Nur noch zwei Tage. Bitte veranstalte hier keine Seifenoper.« Was rede ich da? Wenn das nicht schon eine Seifenoper ist …

»Wird auch eher ein Porno.« Sie zwinkert.

Unter der Dusche wappne ich mich für meinen Termin mit John und lege mir meine Worte zurecht. Immer wieder schießt mir die Frage durch den Kopf, die ich ihm eigentlich stellen will, aber er würde mir niemals eine Antwort geben, und ich würde mich damit nur selbst in Gefahr bringen. Davon abgesehen kann ich mich nicht so recht entscheiden, ob ich rausgeschmissen werden will oder lieber die Zähne zusammenbeißen sollte. So oder so, ein Flugticket nach Hause werde ich ja wohl noch bekommen, oder?

Während ich die Spülung aus meinen Haaren wasche, wird die Duschtür aufgeschoben. Amythist steht nackt vor mir. »Camille war gerade da. John erwartet dich um halb sieben.«

Ich wringe meine Haare aus. »Okay.«

»Ich gehe am besten mit.«

Ich greife nach meinem Handtuch, und sie nimmt meinen Platz in der Dusche ein. »Am Ende schmeißen sie dich auch noch raus.«

»Sollen sie doch. Aber dann gibt es noch ein großes Finale. Ich habe meine Sitzungen mit John aufgenommen.«

»Nicht dein Ernst.« Ich bin fassungslos, aber auch ein wenig stolz. Das hätte ich ihr nicht zugetraut.

»Jap«, sagt sie zufrieden. »Hab alles mit meinem Handy gefilmt. Man weiß ja nie, wann man so etwas mal gebrauchen kann. Ich nehme an, er fände es nicht so toll, wenn die halbe Welt erfährt, dass er ihn kaum noch hochkriegt. Und wie pervers er ist. Mich können die Leute gern sehen, ich sehe super aus. Schau's dir an. Mein Handy liegt auf dem Bett. 6969.«

Was sonst? Ich stöhne innerlich. Und will ich das wirklich sehen? Aber ich muss es jetzt wissen. Ich will mir gar nicht vorstellen, was John und seine Gorillas anstellen könnten – oder, noch schlimmer, Summer. Ich scrolle durch ihre Videos und tippe eines an, auf dem etwas schief das Bett zu sehen ist, auf dem ich gerade sitze. Irgendetwas hängt vor dem Bild … der Träger einer Handtasche. Clever. Sie hat das Handy in ihrer Handtasche aufgestellt, damit John nichts davon mitkriegt. Ich kann kaum hinsehen, als Johns Gehänge im Bild erscheint.

Amythists Hand mit den glitzernden Fingernägeln fährt auf und ab. Sie tut ihr Bestes, um ihn hart zu kriegen. Mit dem Mund kriegt sie ihn zumindest auf Halbmast, dann drückt sie ihn aufs Bett, setzt sich auf ihn und hopst eifrig auf und ab. Nach etwa einer Minute müssen sie aufhören, weil er schon wieder schlaff geworden ist.

»Wie willst du mich haben?«, fragt sie neckisch.

»Hast du schon mal eine Golden Shower gemacht?«, fragt er.

Mir fällt die Kinnlade herunter. Das ist zu gut, um wahr zu sein.

»Nein«, sagt sie.

»Das macht mich echt geil«, sagt er. »Und Mädchen, die mich geil machen, werden gut belohnt.«

Ich schnaube vor Lachen. Na klar, was soll John im Bett auch anderes von sich geben?

Sie sieht erst ihn an, dann das Bett. »Aber das Bett …«

»Das macht schon jemand sauber.«

»Okay.« Sie bringt sich über ihm in Position. »Wo soll ich denn …«

»Auf meinen Schwanz«, sagt er. »Ich will, dass du mir auf den Schwanz pisst.«

O mein Gott. Ich möchte es nicht sehen, aber meine Augen kleben am Bildschirm.

Und dann passiert es.

Wow. Ich will ja eigentlich niemanden wegen seiner sexuellen Neigungen kritisieren, aber … bah. Macht Summer das auch? Angekelt werfe ich das Handy aufs Bett. Das Video ist noch längst nicht zu Ende, aber ich habe genug gesehen. Das kriege ich nie wieder aus meinem Kopf. Aber wer weiß, vielleicht kann man mit dem Filmchen ja tatsächlich noch etwas anfangen.

Nymphomanin hin oder her, Amythist ist schließlich nicht dumm.

Ich werfe mir ein Kleid über und kämme mir die Haare. Noch vierzehn Minuten. Warum bin ich so nervös? Vielleicht, weil sich mein Ego auf einen Schlag ins Gesicht gefasst macht. Aber ein empfindliches Ego ist kein Grund, hierzubleiben. Ich gebe mir einen

Ruck: Schluss mit diesem Theater. Ich habe meine Rolle gespielt. Und jetzt bleibt nur noch, mich zu verbeugen und nach Hause zu fliegen. Ich gehe da hoch und frage höflich nach meinem Reisepass und einem Flugticket. Nichts für ungut und auf Wiedersehen.

Ich trete in den Flur und klopfe bei Wendy und Claire. Claire öffnet die Tür. Sie hat eine Papiermaske auf dem Gesicht, die aussieht wie eine Katze. »Hey«, sagt sie und sieht mich mitfühlend an. Dann fällt ihr wohl ein, was sie gerade trägt, und lacht. »Wendy sagt, meine Haut braucht mehr Feuchtigkeit.«

Wendy sitzt hinter ihr auf dem Bett, ebenfalls mit Katzenmaske im Gesicht. Ihre Haare sind auf dem Kopf aufgetürmt, wahrscheinlich auch mit irgendetwas Pflegendem eingeschmiert. Sie sieht von ihrer Zeitschrift auf und winkt mir zu, als sei nichts passiert.

»Tut mir leid, dass ihr dableiben musstet«, sagt Claire.

»Ja, mir auch«, stimme ich zu und sehe Wendy an, die meinem Blick ausweicht. »Wie war euer Tag?«

»Super!«, zwitschert Wendy, weiterhin die Zeitschrift betrachtend. »Wir sind zu einer Höhle gefahren, die war total schön, und dann waren wir noch schwimmen und sind Jetski gefahren.« Sie deutet auf ihre Haare. »Hat mir aber die Haare ruiniert, also musste ich sie waschen. Voll nervig. Was habt ihr gemacht?«

Was ist denn mit der los? »Nicht viel«, antworte ich. »Haben was gegessen und 'ne kleine Runde gedreht. Hat Summer was über uns gesagt?«

Wendy zuckt die Schultern. »Nö. Sie hat sich einfach amüsiert.«

»Ich fand's sehr seltsam. Erst haben wir euch da am Hafen zurückgelassen, und dann haben wir den ganzen Tag so getan, als wäre nichts«, sagt Claire.

»Sie hat mir eine Nachricht geschickt, wie undankbar ich doch sei«, sage ich. »Und jetzt habe ich eine Unterredung bei John, das wird sicher angenehm.«

Wendy blättert eine Seite um und liest weiter.

»Tut mir leid«, sagt Claire noch einmal. »Ihr wart ja nicht absichtlich zu spät.«

»Nein. Wir sind den ganzen Weg gerannt. Ich habe es ihr geschrieben, aber … Summer scheint ein echtes Problem mit mir zu haben. Sie denkt wohl, ich benehme mich extra daneben oder so.«

»Du hast dich doch überhaupt nicht danebenbenommen«, sagt Claire und lächelt mich an. »Dieser ganze Trip entwickelt sich irgendwie auch ganz anders als erwartet.«

Wendy sieht immer noch nicht von ihrer Zeitschrift hoch. »Wendy, hat Summer zu dir was gesagt?«, frage ich.

Wendy schüttelt den Kopf und lächelt mich kurz an, doch sie sieht aus wie ein Roboter. Was hat sie nur? Ich versuche es anders: »Hat sie mit dir über Leo gesprochen?«

Wieder schüttelt sie den Kopf. Ich weiß zwar nicht, warum, aber sie will mir nichts sagen. »Okay, ich muss jetzt zu John. Wünscht mir Glück.«

»Viel Glück«, sagt Claire.

Wendy blättert seelenruhig eine weitere Seite um, und ich schließe die Tür hinter mir.

Um genau halb sieben betrete ich das Wohnzimmer auf dem Oberdeck. Niemand da. Beim Warten fummele ich an meiner Uhr herum und versuche dann, mich mit Atemtechniken aus meinem Yogakurs zu beruhigen – tief durchatmen, bis in die Füße hinein. Ich muss mich vor diesem Treffen nicht fürchten. *Frag einfach nach deinem Reisepass und nach einem Flugticket.* Draußen ziehen dunkle Wolken auf und verdecken die Abendsonne.

Um viertel vor sieben ist John immer noch nicht da, also setze ich mich vor einen der Computer und logge mich in meinen E-Mail-Account ein. Da ich alle Mails nach dem Abschicken gelöscht habe, mache ich mir keine Sorgen um Vinny oder wer sonst in meinem E-Mail-Eingang herumschnüffeln könnte. Ich muss nur auf meine Worte achten.

Ich schreibe vom Boot – ich hab Ärger gekriegt, weil ich zu spät vom Shoppen zurück war. Warte gerade auf John, um mich zu entschuldigen, Summer hat mir freundlicherweise einen Termin bei ihm gemacht. Sieht nach Regen aus. Die Wellen werden meiner Seekrankheit bestimmt ganz toll bekommen. Zum Abendessen soll es aber Seeigel geben, falls ich noch

»Isabelle.«

Ich schrecke auf. John steht frisch geduscht vor mir und hat ein strahlendes Lächeln aufgesetzt, das mich wahrscheinlich verunsichern soll.

Ich schicke die Mail ab, ohne den Satz zu Ende zu bringen, und logge mich so schnell wie möglich aus. Dann springe ich auf, während er auf mich zukommt, und schüttele seine Hand, als ob ich ein Vorstellungsgespräch bei ihm hätte. »Es tut mir leid, dass ich heute Mittag zu spät am Hafen war.«

Er nickt kühl und geht mir voran zu einer Sitzgruppe. Ich lasse mich ihm gegenüber auf einen unbequemen Stuhl sinken und erkläre hastig, was mit der Kreditkarte passiert ist, wobei ich vorgebe, es sei meine gewesen. »Es tut mir wirklich leid«, ende ich. Alter, klingt das kriecherisch.

Aus unerfindlichen Gründen tätschelt er meine Hand. Er geht überhaupt nicht auf das ein, was ich gerade geschildert habe. »Summer hat immer in den höchsten Tönen von dir gesprochen. Ihr seid ja nun schon sehr lange befreundet, und ich weiß, es kann sehr schwer sein, wenn eine Freundin wegen einer neuen Beziehung nicht mehr so viel Zeit hat. Vor allem, wenn man schon so lange und umsonst bei dieser Freundin wohnt.«

Was? Hat Summer ihm etwa erzählt, dass *ich* bei *ihr* eingezogen bin und nicht andersherum? »Wie bitte?«

»Du musst sehr wütend auf sie sein. Und auf mich. Das ist verständlich. Aber Summer hat dich eingeladen, um Spaß zu haben, und du hast keinen Spaß. Also wäre es vielleicht das Beste, wenn du nach Hause fährst. Deine Schwester vermisst dich doch sicher.«

Er klingt überhaupt nicht wütend oder nachtragend, aber ich bin mir sicher, dass ich ihm gegenüber meine Schwester nie erwähnt habe. Er will, dass ich weiß, dass er meine Mails liest. Ich starre ihn an und überlege, was ich sagen soll. Eine Stimme in meinem Hinterkopf versichert mir, dass all das jetzt nicht mehr wichtig ist. Er hat ja recht, und ich kann jetzt einfach nach Hause fliegen. Aber ich bin zu geschockt, um zu antworten. Mein Ego nutzt die Gelegenheit. Mit Kritik konnte es noch nie gut umgehen, stattdessen will es jetzt alles in Ordnung bringen. »Doch, ich habe Spaß«, lüge ich.

Nein. Nein, so war das nicht geplant! Ich muss diesem schrecklichen Mann nichts beweisen! Ich denke an das Video und seinen schlaffen Penis.

Immer noch mit diesem rätselhaften Lächeln auf den Lippen tätschelt er mir erneut die Hand. Am liebsten würde ich sie wegreißen und ihn anschreien, mich nicht anzufassen.

»Du solltest Summer um Entschuldigung bitten, nicht mich«, sagt er. Vor Summer zu Kreuze kriechen? Auf gar keinen Fall. »Das kannst du jetzt gleich machen.«

Ich stehe langsam auf und führe mir noch einmal vor Augen, warum ich überhaupt hier bin. Na schön. Dann mache ich es wenigstens persönlich mit ihr aus. »Ist sie in ihrem Zimmer?«

»Ruf sie von deinem Zimmer aus an.«

Auf dem Weg nach unten würde ich mir am liebsten selbst in den Hintern beißen. Was ist da gerade passiert? Warum habe ich mich so unterworfen? Ich hatte doch einen Plan. Ich wollte nach Hause. Das war *meine* Entscheidung gewesen, nicht seine. Nicht mal nach meinem Reisepass habe ich gefragt. Ich habe total versagt.

»Wie war's?«, fragt Amythist, als ich wieder in unserem Zimmer bin.

»Ich soll jetzt Summer anrufen und mich bei ihr entschuldigen.«

»Okay …« Sie verdreht die Augen.

Ich nehme den Hörer vom Nachttisch und wähle die Nummer ihres Zimmers. Ich werde mich entschuldigen und ihr dann sagen, dass ich wohl besser abreisen sollte. Ich schiebe es einfach auf meine Seekrankheit. Es reicht jetzt, ich war lange genug hier. Sie hebt sofort ab. »Hi«, sage ich. »Ich möchte mich entschuldigen –«

»Es klingt aber nicht so, als würde es dir leidtun«, fällt sie mir ins Wort.

»Doch, ehrlich.« Vorsicht. Du brauchst deinen Reisepass. »Ich wollte nicht respektlos –«

»Dieses Boot gehört John, und er entscheidet, wann –«

»Das habe ich verstanden. Ich weiß nicht, was ich dir angetan habe, aber …«

»Ich möchte mal wissen, was in dich gefahren ist«, fährt sie mich an. »Hast du nicht gemerkt, dass ich die letzten Tage auf Abstand gegangen bin?«

»Doch.« Langsam komme ich wieder zu Verstand. »Aber du warst sowieso irgendwie komisch.«

»Dann hättest du mich fragen sollen, warum ich sauer bin.«

Ich atme tief durch. Es wäre keine gute Idee, jetzt zu explodieren, aber langsam verliere ich die Beherrschung. »Ich wusste nicht, dass du sauer bist«, sage ich tonlos. »Ich kann keine Gedanken lesen.«

»Tja, vielleicht hättest du mal den Kopf aus deinem eigenen Hintern ziehen sollen«, schnappt sie. »Wie soll ich mich denn dabei fühlen? Ich wollte mit euch eine schöne Woche verbringen, aber gestern beim Lunch hast du nur rumgeschmollt.«

Erst das Gespräch mit John, jetzt das hier – was soll das werden, verkehrte Welt? Was für ein schlechter Mensch ich doch bin! Ich darf nicht vergessen, worum es hier wirklich geht. Und doch will mein Ego sich verteidigen, will sie davon überzeugen, dass *sie* im Unrecht ist. Und dann ist da immer noch diese leise Stimme in mir, die das Ganze in Ordnung bringen will. Schließlich war Summer mal meine beste Freundin, wir sollten doch über alles sprechen können – nicht nur über die Ereignisse der letzten Tage, sondern auch über das, was davor passiert ist. Warum hasst sie mich so?

Aber es hat keinen Sinn. Sie hat sich verändert und ich mich auch, und wir sind schon lange keine richtigen Freundinnen mehr. Das wusste ich doch schon, bevor ich ins Flugzeug stieg. Jachten und Jetskis sind toll, aber nicht um jeden Preis. Doch Summer scheint das anders zu sehen. Also entschuldige ich mich abermals und behaupte, dass mir gestern einfach nur total schlecht war. Aber Summer ist noch nicht fertig mit mir.

»Ich glaube dir nicht. Und du hängst die ganze Zeit mit dieser Nutte rum, die meine Schwester –«

»*Du* hast dafür gesorgt, dass wir in einem Zimmer sind, also muss ich wohl mit ihr rumhängen«, unterbreche ich sie müde.

»Und gestern Abend? Was sollte die Show?«

»O mein Gott.« Ich presse die Kiefer aufeinander. »Ich hatte Spaß. Du hast doch gerade eben gesagt, das sei der Sinn dieses Trips.« Was würde ich darum geben, hier und jetzt reinen Tisch machen zu können. Dieses Lügenhaus niederzubrennen, das sie gebaut hat. Aber meine Vernunft siegt. Ich balle die Hände zu Fäusten und sage mit fester Stimme: »Es tut mir wirklich leid, wenn ich dich gekränkt habe. Das wollte ich nicht. Unsere Freundschaft hat mir immer viel –«

»Ich glaube dir nicht«, fällt sie mir ins Wort. »Vielleicht solltest du einfach abhauen.«

»Okay.« Ich muss auflegen, sonst kann ich für nichts mehr garantieren. »Ich brauche nur noch meinen Reisepass.«

»Du kannst jetzt wieder hochgehen.« Sie legt auf.

Amythist starrt mich erwartungsvoll an. »Sie schicken mich nach Hause«, sage ich.

»Du Glückliche. Hoffentlich bin ich die Nächste. Was hat sie über mich gesagt?«

»Sie hat dich ›Nutte‹ genannt.«

Sie lacht. »Vielleicht hat sie meinen Tanga gefunden.«

»Sobald sie ihn findet, wirst du es erfahren.«

Was passiert wohl mit Amythist, wenn ich weg bin? Aber sie hat ja das Video. Sie wird schon klarkommen.

Vinny sitzt oben am Esstisch und sieht mich mürrisch an. Ich setze mich ihm gegenüber, und meine Brust schnürt sich wieder einmal zusammen.

»Du fährst morgen«, knurrt er. »Heute Abend isst du in deinem Zimmer. Morgen um acht wird dich im Hafen von Genua ein Auto abholen.«

Ich hole tief Luft. Zumindest zahlen sie offenbar das Flugticket. »Und mein Reisepass?«

»Gibt dir der Fahrer, wenn ihr am Flughafen seid. Das Ticket auch.«

»Warum kann ich ihn nicht jetzt gleich haben?«, frage ich misstrauisch.

»Wir behalten ihn bis zu deiner Abreise.«

Ich kann mich kaum noch zusammenreißen. »Ich möchte bitte sofort meinen Reisepass haben«, verlange ich so entschlossen wie möglich und wische mir die schwitzigen Hände am Kleid ab.

»Nein. Schluss jetzt. Geh in dein Zimmer.«

Das Blut rauscht in meinen Ohren. Ich sollte ihm einfach gehorchen und die Klappe halten, aber egal. Morgen bin ich eh weg, und ich lasse mich nicht mehr wie ein kleines Kind behandeln. Mit flachem Atem stehe ich auf und verschränke die Arme vor der Brust. »Nur so nebenbei« – ich verenge die Augen und achte darauf, dass meine Stimme nicht zittert – »vielleicht sollte John nicht alle Themen am Tisch besprechen. Einige Frauen können tatsächlich *denken.*«

Ruckartig erhebt sich Vinny. »Halt den Mund. Ich habe dich schon einmal gewarnt: Kümmer dich um deinen eigenen Kram.«

»Und wenn nicht?«

Er packt mich so fest am Arm, dass meine Hand taub wird. »Er sieht und hört alles«, zischt er mir ins Ohr. Mein Blick huscht zu der Kamera hinter Vinnys Kopf. »Alles. Aber das weißt du ja. Also halt deinen Mund und verschwinde.«

Grob gibt er meinen Arm frei und starrt mich durchdringend an. Instinktiv will ich widersprechen, aber irgendetwas hält mich davon ab. Das klang gar nicht so sehr nach einer Drohung, eher wie eine Warnung. Was natürlich noch beunruhigender wäre. »*Abmarsch*«, befiehlt er und zeigt auf die Treppe.

Ich habe keine Chance. Momentan kann ich einfach nur gehorchen. Mit wackligen Beinen gehe ich in mein Zimmer.

Zitternd schließe ich die Tür hinter mir. Amythist steht am Waschbecken und sieht mich besorgt an. »Alles okay? Du siehst aus, als hättest du ein Gespenst gesehen.«

»Nein, nur Vinny.«

Sie kämmt sich die Haare. »Der ist echt gruselig.«

»Ja. Er …« Nein, seine Warnung behalte ich besser für mich. Wenn es überhaupt eine Warnung war. Amythist würde mir nur wieder Fragen stellen, die ich nicht beantworten will. Also wechsele ich das Thema. »Zum Glück hast du das Kleid noch gekauft. Du siehst echt toll aus.« Sie steckt in dem neuen Teil, aber die lila Kontaktlinsen hat sie weggelassen. Auch ihr Make-up ist weniger schrill als sonst, und sie sieht wirklich umwerfend aus. »Ohne Kontaktlinsen hast du auch sehr schöne Augen.«

Sie lacht. »Wirklich komisch. Ganz plötzlich brauche ich die gar nicht mehr. Also: Was ist da oben passiert?«

»Offiziell entlassen.«

»Krass, dass sie nur dich rauswerfen. Ich dachte, sie hätte mittlerweile mein Höschen gefunden und will mich auch loswerden. Oder umbringen.« Sie lacht.

»Das ist nicht witzig. Vinny hat mir weder ein Ticket noch meinen Reisepass gegeben. Er meint, ich kriege beides morgen früh, wenn ich am Flughafen abgesetzt werde.«

Sie reißt die Augen auf. »Das ist ja wie bei der Mafia! Das würde zu Vinny passen. Die sind alle total vernetzt. John hat erzählt, er ist mit diesem einen italienischen Politiker befreundet … der hat ständig Affären und ist so offensichtlich korrupt, dass er sich nicht einmal mehr die Mühe gibt, es zu verheimlichen. Ich kann seinen Namen nicht aussprechen, aber du weißt schon. Dem gehört ja quasi das ganze Land.«

»Ich glaube, ich weiß, wen du meinst.«

Sie schmiert sich rote Farbe auf die Lippen. »Okay.« Sie presst die Lippen aufeinander. »Dann mal auf in die Höhle des Löwen. Was stellt sie wohl an, wenn sie Lippenstift an seinem Kragen findet?«

»Amythist!« Ich schüttele verzweifelt den Kopf. »Du hast doch selbst gesagt, dass er Kontakt zu Gangstern hat.«

»Ja, genau. Aber *sie* doch nicht. Und er mag mich. Ich bin jünger als sie, und meine Muschi ist es auch.« Sie kichert.

»Wenn du einen reichen Kerl willst – davon gibt es noch mehr. Und du könntest jeden haben. Vielleicht sogar einen, der jünger und noch reicher ist.«

Ich weiß nicht genau, warum ich sie davon abbringen will. Wäre doch eigentlich ziemlich witzig, wenn sie Summer John ausspannt. Das wäre die beste Rache überhaupt. Aber ich mache mir Sorgen um Amythist.

»Sie hat es sich selbst eingebrockt, so wie die sich aufführt. Also werde ich ihr eine Lektion erteilen.« Sie sieht auf ihr Handy. »Muss los. Fünf Minuten bis zum Abendessen. Ich komme nachher runter und erstatte Bericht.« Und damit schwebt sie aus der Tür.

Ich öffne den Kleiderschrank und werfe meinen Koffer auf das Bett. Der Adrenalinschub ist vorbei, und meine Glieder fühlen sich immer noch an wie Wackelpudding. Ich hätte Summers Einladung niemals annehmen dürfen. Immerhin bin ich ganz bald wieder zu Hause. Ich will Summer niemals wiedersehen.

ZWEIUNDZWANZIG TAGE ZUVOR

LOS ANGELES

An dem Tag, nachdem Summer von Rhonda zurückkehrte, begleitete ich sie aufs Polizeipräsidium, um eine Vermisstenanzeige aufzugeben. Wir hatten beide die Nacht bei Wendy verbracht, aber kein Auge zugetan, denn wir hatten verzweifelt das Internet nach Hinweisen durchforstet und überlegt, was Eric sonst passiert sein könnte. Ich hatte seine Social-Media-Accounts übernommen und bei der Gelegenheit auch alle Kommentare und Likes gelöscht, die ich bei ihm hinterlassen hatte. Unseren Verlauf bei WhatsApp behielt ich jedoch, der war verschlüsselt. Dort schrieb ich ihm auch immer mal wieder eine Nachricht und hielt an der unwahrscheinlichen Hoffnung fest, dass er mir doch noch antworten würde. Aber mit jeder vergangenen Stunde verblasste diese Hoffnung, und stattdessen schlichen sich Schuldgefühle ein, weil ich Summer misstraut hatte.

Auf dem Revier überließ ich ihr das Wort. Ich versuchte, als besorgte Freundin zu überzeugen, doch meine Fassade wurde immer brüchiger. Die Tränen, die ich vor Summer nicht vergießen konnte, brannten mir in den Augen, und ich wusste, dass ich sie nicht mehr lange zurückzuhalten vermochte. Eric hatte mir offensichtlich mehr bedeutet, als ich mir selbst eingestehen wollte, doch ich schob diesen Gedanken beiseite. Jetzt war es eh zu spät. Außerdem hatten die Ereignisse der letzten Tage mir unmissverständlich gezeigt, dass er immer nur Summer geliebt hatte. Natürlich.

Unbehaglich saßen wir in der sterilen, grüngrauen Lobby, zusammen mit all den anderen Unglücklichen, die an einem Dienstagnachmittag bei der Polizei warten mussten. In der Ecke murmelte eine Frau unablässig vor sich hin, irgendetwas über Gott und die Gesetze des Karmas. Die Stühle waren furchtbar unbequem, und mein Herz fühlte sich an wie ein Klumpen Blei. Nach einer gefühlten Ewigkeit rief die Frau am Empfang Summers Namen, und sie verschwand den Flur entlang in einem Büro, um ihre Anzeige aufzugeben.

Als Summer eine weitere kleine Ewigkeit später mit verquollenen Augen wieder auftauchte, wurde es bereits dunkel.

»Kannst du heute bei mir übernachten?«, bat sie mich. »John kommt erst am Freitag, und ich will nicht allein sein.«

Ich schon. Aber sie brauchte mich, und ich hatte das Gefühl, dass ich es ihr schuldig war. Vielleicht war es zudem gar nicht so schlecht, meine Schmerzen noch ein wenig zu unterdrücken, um ihnen nicht so viel Raum zu geben. »Natürlich.«

Sie hatte mich auf dem Weg zur Polizei abgeholt, aber jetzt war sie zu erschöpft und bat mich, das Porsche Cabrio zu fahren, das sie sich von Johns Werkstatt ausgeliehen hatte. Sie fuhr das Verdeck herunter, lehnte sich zurück und ließ sich den Wind durchs Haar wehen, während wir durch den Canyon brausten und dann die Küste hinauf bis zu ihrem Haus in Malibu. Als wir ankamen, zog sie sich sofort in ihr Zimmer zurück und schloss die Tür hinter sich. Wie war das mit der Gesellschaft?

Ich schleppte mich ins Gästezimmer, wo ich endlich meinen Tränen, die ich seit vierundzwanzig Stunden zurückgehalten hatte, freien Lauf ließ. Was mochte Eric zu dieser Entscheidung getrieben haben? Er musste wirklich sehr gelitten haben, aber ich konnte mir immer noch nicht vorstellen, dass Summer der Grund dafür war – ganz egal, ob er ihr nun vom Selbstmord seiner Mutter erzählt hatte oder nicht. Aber was war es dann? Litt er vielleicht unter Depressionen? Oder hatte er eine schlimme Diagnose bekommen? Wenn ich gewusst hätte, was ihn quälte, hätte ich etwas verhindern können? Ich verstand es einfach nicht. Wenn ich doch nur die Zeit hätte zurückdrehen und ihn irgendwie hätte retten können – aber das war natürlich unmöglich.

Irgendwann schlief ich ein, doch in meinen Träumen wurde ich von schrecklichen Bildern heimgesucht: ein Gewehr unter Erics Kinn, sein Gehirn über die ganze Wand verspritzt. Ein stummer Sturz von der Golden Gate Bridge und dann ein geräuschloser Aufprall auf eisigem Wasser. Eine Handvoll Tabletten und eine Flasche Whiskey, Schaum quoll aus seinem Mund.

Schwer atmend wachte ich auf, starrte an die Decke und wünschte, die letzten Tage wären nur ein böser Traum gewesen. Ich dachte an den Abend auf dem Dach, als wir uns kennenlernten. An den Regentag im Winter in seinem Loft. Das Licht in seinen Augen. Was, wenn alles anders gekommen wäre? Wenn Summer nie in sein Leben getreten wäre? Wäre er dann noch am Leben?

Wieder weinte ich mich in den Schlaf und versank in Albträumen, in denen Eric ertrank. Ich schwamm hinter ihm her, um ihn zu retten, doch die Strömung riss ihn immer weiter aufs Meer hinaus, und Summer stand am Strand und winkte uns zu, drehte sich um und ging davon.

Am nächsten Morgen wachte ich spät auf. Dylan hatte mir eine Sprachnachricht geschickt, ich solle ihn so schnell wie möglich anrufen. Meine Kehle schnürte sich zusammen, als ich seine Nummer wählte, doch er ging nicht dran. In der Küche schenkte ich mir eine Tasse Kaffee ein und trat dann zu Summer auf die Terrasse.

Die Luft war still, und das Meer lag ruhig da. Summer stand am Geländer und starrte hinaus aufs Wasser. Sie wirkte merkwürdig gefasst. »Es ist wirklich schön hier«, sagte sie.

»Ja«, stimmte ich ihr zu.

Sie drehte sich zu mir um, und ich sah sofort, dass sie genauso ausgelaugt war wie ich. »Ich habe so viel geweint, dass alle Tränen fort sind.«

Ich auch, wollte ich sagen. »Schon okay.« Ich drückte ihr die Hand. »Ich verstehe, wie das ist.«

»Nein, tust du nicht«, murmelte sie. Dann fügte sie schnell hinzu: »Tut mir leid. Ich bin so durcheinander. Danke, dass du für mich da bist.«

»Immer doch.«

»Meine Mutter kommt heute«, fuhr sie fort. »Ich möchte noch etwas Zeit mit ihr verbringen, bevor John am Freitag zurückkehrt. Ich habe dir einen Wagen bestellt, der dich nach Hause bringt.«

»Okay.« Das kam mir ganz gelegen, dann musste ich mir nicht selbst eine Ausrede einfallen lassen. »Wann ist er da?«

»Jetzt«, sagte sie. »Wartet vorm Haus. Ich wollte dich nicht wecken.«

Auf der Fahrt nach Hause starrte ich aus dem Fenster aufs Meer hinaus. Mir war unbehaglich zumute. Natürlich war ich total verstört wegen Eric. Aber darunter lag auch noch immer mein Verdacht, dass bei der Sache irgendetwas nicht stimmte. Aber vermutlich lag das nur an meinem Kummer. Unglauben – war das nicht eine der Trauerphasen?

Ich rief noch einmal Dylan an, aber wieder ohne Erfolg.

Zu Hause stellte ich mich als Erstes unter die Dusche, um den Kopf frei zu bekommen. Heißes Wasser rann mir den Körper hinab und schloss mich in eine Dampfwolke ein. Ich kochte mir noch einen Kaffee, setzte mich an den Tisch in meiner fröhlich gelben Küche und sah hinaus auf die Palmen und die Berge. Dann klappte ich den Laptop auf und tippte »vermisste Personen Kalifornien« ein.

Ich fand eine Webseite mit einer Liste aller vermissten Personen in Kalifornien, mit Fotos und Informationen. Die Einträge waren nach Datum sortiert. Zwei wurden seit gestern vermisst, einer seit drei Tagen, einer seit vier Tagen, zwei seit sechs Tagen, alle aus unterschiedlichen Bezirken. So viele Menschen wurden vermisst? Aber keiner davon war Eric.

Als Nächstes rief ich die Seite der Gerichtsmedizin von L. A. auf und suchte nach Erics Namen und Alter. Nichts. Aber vielleicht war er noch nicht im System erfasst. Wir hatten ihn ja erst gestern als vermisst gemeldet.

Ich rief erneut bei Dylan an, und diesmal ging er dran. Er klang heiser.

»Tut mir leid, Belle, ich habe nicht viel Zeit. Ich steige gleich in den Flieger.«

»Okay«, sagte ich.

Er holte tief Luft. »Sein Mietwagen wurde auf einem Parkplatz gefunden. Bei einem State Park in Ventura. Sie durchsuchen jetzt den Park.«

»Oh.« Mir sank das Herz. »War irgendwas im Auto? Ein Brief vielleicht?«

»Nein«, sagte Dylan. »Auch kein Portemonnaie oder Handy.«

»Glaubst du wirklich, er hat sich umgebracht?«, fragte ich.

Er schwieg für einen Moment. »Vielleicht.«

»Aber du bist dir nicht sicher?«, fragte ich hoffnungsvoll.

Er seufzte. »Diese E-Mail ... So schreibt er nicht.« Dann war ich doch nicht verrückt. Dylan war es auch aufgefallen. »Und nichts gegen deine Freundin. Sie ist bestimmt eine tolle Frau ...«

»Summer«, sagte ich.

»Genau, Summer – aber er hat sie nicht geliebt. Wir haben zwar in letzter Zeit nicht so viel Kontakt gehabt, aber ich weiß, wie es aussieht, wenn er verliebt ist.« Ich musste mir auf die Zunge beißen, um nicht zu fragen, wie denn. »Deshalb kann ich mir einfach nicht vorstellen, dass er sich ihretwegen umgebracht hat«, schloss er.

»Das geht mir auch so«, stimmte ich ihm zu. »Ich kannte ihn natürlich nicht so gut wie du, aber ihre Beziehung kam mir immer eher … locker vor. Zumindest von seiner Seite aus.«

»Die Alternativen gefallen mir allerdings auch nicht besonders.«

»Welche Alternativen?«, fragte ich.

»Es könnte sein, dass er sich auf etwas eingelassen hat …« Er hielt inne, als ob er nicht mehr sagen dürfe. »Ich bin mir nicht sicher. Ich versuche einfach, so viel wie möglich herauszufinden.«

Was sollte das heißen? Wieder wurde mir klar, wie wenig ich eigentlich über Eric wusste. »Was meinst du?«, fragte ich.

»Ich … Tut mir leid. Wahrscheinlich ist es gar nichts. Vergiss es einfach.«

»Ich fand die E-Mail auch komisch«, beharrte ich. »Wenn du Hilfe brauchst …«

»Nein«, sagte er scharf. »Ich will nicht, dass du mit reingezogen wirst. Wie gesagt, wahrscheinlich ist es auch nichts. Ich wünschte nur, er hätte mir mehr erzählt. Wenn er doch nur nicht so stur wäre wegen unseres Dads …«

»Aber so ist er nun mal, oder? Ein hoffnungsloser Idealist.«

»Ja«, schnaubte Dylan. »Und ich durfte immer in der echten Welt leben.«

Darauf fiel mir nichts ein. Instinktiv wollte ich Eric verteidigen, aber was hätte das gebracht? Außerdem hatte Dylan gerade Sorge um seinen Bruder, natürlich ging es ihm nicht gut. Also sagte ich nur: »Es tut mir leid, was du durchmachen musst, Dylan.«

Ich hörte Stimmen im Hintergrund. »Ja«, sagte er. »Mir auch. Ich muss auflegen. Ich sage Bescheid, wenn ich was Neues weiß.«

»Okay. Danke.«

Auf einmal fühlte ich mich sehr einsam. In der Küche wurde es immer dunkler. Über den Bergen brauten sich Gewitterwolken zusammen und verdeckten die Sonne. Eigentlich hätte es mich in meinen eigenen Zweifeln bestärken sollen, dass auch Dylan misstrauisch war. Stattdessen fühlte ich mich nur noch hilfloser. Worauf konnte Eric sich denn eingelassen haben? Drogen? Eric war doch kein Junkie, und er hatte bestimmt nicht so große Geldsorgen, dass er anfing zu dealen. Ob Summer wusste, was Dylan gemeint hatte? Vielleicht war sie deshalb so komisch gewesen, als er sie in ihrem Haus in Malibu angerufen hatte. Ein Teil von mir wollte Summer erzählen, was Dylan gesagt hatte. Vielleicht würde auch ihr das etwas Hoffnung geben. Aber ich vertraute ihr weiterhin nicht so recht. Was auch immer hier vor sich ging, sie wusste mehr. Und sie hatte entschieden, mir nichts davon zu erzählen.

Ich schluckte den Kloß in meinem Hals herunter, schmierte mir ein Brot mit Erdnussbutter und legte es in den kleinen Tischbackofen. Dann starrte ich durch die Glastür und sah der Erdnussbutter beim Blubbern zu. Aber als es *Pling* machte, hatte ich überhaupt keinen Appetit.

Ich konnte Eric fast in der Tür stehen sehen. Das Licht der Morgensonne spiegelte sich in seinen Augen, nicht einmal zwei Monate war es her. Er war so voller Leben gewesen.

Ich blinzelte, und er verschwand. Dann zwang ich mich, das dämliche Brot zu essen. Um mich abzulenken, machte ich mich an den Haufen Briefe auf meinem Küchentisch. Rundschreiben, Rechnungen, politische Flyer, eine Hochzeitseinladung … und ein Strafzettel. Komisch. Ich hatte doch in letzter Zeit gar keine Knöllchen bekommen. Im College hatte man mir einmal eine Parkkralle verpasst, nachdem ich mehrere Strafzettel ignoriert hatte. Seitdem schaute ich mir alle Verkehrsschilder zwei Mal an.

Ich öffnete den Umschlag. Siebenundneunzig Dollar für Parken ohne Parkschein im California State Park Nummer 24476 am 22. Juli um 13:42 Uhr.

Das musste ein Versehen sein. Ich war in überhaupt keinem State Park gewesen. Aber es war mein Kennzeichen, und die Beschreibung des Autos passte auch.

Ich klappte meinen Laptop auf und gab die Parknummer ein. Eine Karte öffnete sich und zeigte einen Park in Ventura County an, etwa zwei Meilen vom Strand entfernt. Mein Herz krampfte sich zusammen.

Der 22. Juli. Ich hatte eine dunkle Ahnung, welcher Tag das war, aber ich sah trotzdem in meinem Kalender nach. Und tatsächlich: letzten Samstag.

Summer hatte sich mein Auto ausgeliehen, um zu ihrer Mutter zu fahren – die nicht mal annähernd in der Nähe von Ventura wohnte. Und dann war Eric verschwunden.

TAG 6

DONNERSTAGABEND – IRGENDWO VOR DER ITALIENISCHEN KÜSTE

Mein Koffer ist fast fertig gepackt, als es an der Tür klopft. Camille hält ein Tablett mit meinem Abendessen in den Händen und sieht mich mitfühlend an. Ich streiche mir die Haare hinter das Ohr und versuche, selbstsicher dreinzuschauen. »Dieses Mal hänge *ich* wohl hier fest«, sage ich scherzhaft. Sie versteht nicht gleich, was ich meine, also füge ich etwas ernster hinzu: »Ich habe deinen Scheck abgeschickt.«

Sie stellt das Tablett auf meinem Bett ab, und ich fische die Quittung aus meinem Portemonnaie und reiche sie ihr.

»*Merci beaucoup*«, sagt sie. Ihre Augen werden schon wieder rot, und sie atmet einmal durch. »Tut mir leid, dass Sie hier essen müssen. Wenn Sie wollen, es gibt *un petit* Crew-Deck, ganz oben. Eigentlich nicht für Gäste, aber sicher niemand wird merken, wenn Sie später …«

»Wow, danke«, sage ich. »Auf jeden Fall besser, als den ganzen Abend hier herumzusitzen. Und meiner Seekrankheit hilft das auch nicht gerade, selbst mit den Tabletten.«

Sie lächelt, tritt auf den Flur hinaus und deutet auf die Tür mit der Aufschrift »Crew« neben der Treppe. »Die Tür ist offen. Einfach den Flur entlang und die Treppe ganz nach oben.«

»In Ordnung. Das ist wirklich nett.«

Nachdem sie gegangen ist, setze ich mich zum Essen aufs Bett und grüble, was ich in den vergangenen Tagen hätte anders machen können. Aber mir will einfach nichts einfallen, was zu einem anderen Ergebnis geführt hätte. Selbst wenn ich bei Marlenas Party stocknüchtern geblieben oder heute Mittag drei Minuten früher am Hafen gewesen wäre, Summer hätte bestimmt einen anderen Grund gefunden, an mir herumzukritteln.

Ich habe fast aufgegessen, als Amythist ins Zimmer schlüpft. Bevor sie die Tür wieder schließt, vergewissert sie sich, dass niemand im Flur ist. »Hey«, flüstert sie. Sie wirkt angespannt und hat lila Zähne vom Rotwein.

»Wie war das Essen?«

»Also, als Erstes hat Brittani mich auf der Treppe abgefangen und mir gesagt, wie undankbar ich mich doch aufführe und dass ich sie bloßgestellt hätte. Und sie wünschte, sie hätte mich nicht mitgenommen.«

Brittani bloßgestellt? »Warum ist sie denn sauer auf dich?«

»Vermutlich weil ihre Schwester sie zusammengeschissen hat, weil ich mit auf dem Boot bin.«

»Aber was sollst du denn falsch gemacht haben? Brittani weiß doch nichts von John, oder?«

Amythist grinst. »Jetzt schon.«

Ich falle aus allen Wolken. »Du hast es ihr erzählt?!«

Sie lacht. »Sie hält sich für was Besseres, weil ihre Schwester einen Milliardär fickt? Nun, da ist sie nicht die Einzige! Die kann mich mal.«

O Gott, ich ahne Schlimmes. »Und was ist dann passiert?«

»Na ja, beim Essen ist eigentlich nichts passiert. John war nicht dabei. Summer hat so getan, als wäre nichts, aber alle waren ziemlich still. Es war schon komisch, dass du nicht da warst. Und dann hat Brittani gesagt, dass Summer mich auch verbannen soll, wenn sie schon dich verbannt. Sie wollte sich wahrscheinlich nur bei ihr einschleimen, aber Summer ist voll durchgedreht. Sie meinte, Brittani dürfe ihr nichts vorschreiben und dass sie selbst entscheiden kann.«

»Brittani hat das Wort ›verbannen‹ benutzt? Beeindruckend.«

Sie nickt. »Direkt vor meiner Nase, als wäre ich überhaupt nicht da. Und nach dem Essen habe ich Brittani und Summer flüstern sehen. Wir wollten alle nach vorn gehen, um den Sonnenuntergang anzuschauen, aber ich habe mich weggeschlichen. Summer ist mir die Treppe runter gefolgt und hat mich so fest am Arm gepackt, dass ich blute.« Sie zeigt mir ihren Arm.

Am Ellenbogen hat sie mehrere kleine, rote Halbmonde. »Krass.«

»Und dann meinte sie: ›Halt dich von meinem Mann fern, du kleine Nutte‹. ›Sonst was?‹, hab ich gefragt, und sie meinte, ich solle mich bloß nicht mit ihr anlegen. Und dann ist sie wieder nach oben gegangen.«

Ich presse mir die Handballen auf die Augen. Dieser ganze Trip fühlt sich an wie eine viel zu lange Staffel von *The Real Housewives* auf einer Jacht, nur dass es kein Fernsehteam gibt, das im Notfall eingreifen kann. Amythist hat keine Ahnung, was sie da angezettelt hat!

Sie geht im Zimmer auf und ab, als säßen wir in einer Gefängniszelle. »Ich brauche jetzt wirklich 'ne Kippe.«

Ich setze mich wieder aufs Bett. »Also weiß Summer Bescheid.«

»Aber so was von.«

Ich massiere mir die plötzlich pochenden Schläfen. »Amythist, sorry, aber … was hast du dir nur dabei gedacht? Du musst sofort wieder hochgehen und ihr sagen, dass das ein blöder Scherz war oder so was.«

»Willst du mich verarschen?« Sie schnaubt.

»Na, dann wirst du mich wohl morgen begleiten.« Wenn sie Glück hat.

»Wohl kaum. Er will, dass ich nachher zum Vögeln in sein Büro komme. Dafür, dass er ihn ohne Pille gar nicht mehr hochkriegt, ist er ziemlich dauergeil.«

»Klar, das ist ein Dominanzding«, sage ich. »Bei ihm geht es immer nur um Dominanz.«

»Jedenfalls glaube ich nicht, dass sie schon mit ihm gesprochen hat.«

»Das wird sie wahrscheinlich auch nicht tun«, sage ich. »Sie will ja ihre Position nicht gefährden. Am Ende schlägt sie sich noch selbst ein Loch ins Boot.«

Amythist läuft immer noch auf und ab wie ein Tiger im Käfig. Sie brennt darauf, Summer eins auszuwischen, aber das darf ich nicht zulassen. »Bleib besser hier. Wir können den Abend zusammen verbringen«, schlage ich vor. »Camille hat erzählt, dass es oben ein verstecktes Crew-Deck gibt, da könnten wir uns hinsetzen. Und wenn du Brittani erzählst, dass du nach Hause willst, leitet sie das bestimmt an Summer weiter. Dann könnte sie John bitten, dir ein Ticket zu buchen, ohne ihm zu sagen, dass sie von eurem Techtelmechtel weiß.«

Amythist überlegt kurz. »Nein. Ich gehe wieder hoch.«

»Warum? Was soll das denn bringen?«

Sie zuckt mit den Schultern. »Sie glaubt, sie ist was Besseres. Aber das stimmt nicht. Sie soll einfach mal sehen, wie es sich anfühlt, den Kürzeren zu ziehen.«

Ich versuche es anders: »Aber *du* schläfst mit ihrem Freund. Auf einem Trip, zu dem *sie* dich eingeladen hat. Damit bist du eigentlich im Unrecht.«

»Brittani hat mich eingeladen, nicht sie. Und eigentlich ist er doch eh noch verheiratet. Was hat sie denn erwartet?«, höhnt sie. »Wie gesagt: Wenn sie nett gewesen wäre, hätte ich nichts gemacht. Aber sie hat mich wie Dreck behandelt, also selbst schuld.«

Da wären wir wieder. Ich beiße mir auf die Unterlippe. Jetzt oder nie. »Hör zu«, fange ich an. »Du weißt ja, wie Summers Ex sich umgebracht hat.«

Sie nickt zögernd. »Na ja, ich wusste nicht, dass es Selbstmord war.«

Ich hole tief Luft. »Das ist es ja … Es war eigentlich kein Selbstmord.« Ich stoße die Luft aus.

Sie reißt die Augen auf. »Du meinst, *sie* hat ihn umgebracht?«

»So was in der Richtung«, antworte ich leise.

»Wie bitte?« Jetzt ist sie völlig durch den Wind. »O mein Gott. Woher weißt du das? Weiß sie, dass du es weißt?«

Ich schüttele den Kopf. »Keine Ahnung. Es …« Schon bereue ich, dass ich es Amythist erzählt habe. »Bitte. Sprich bloß nicht mit ihr darüber.«

»Das ist doch total krank! Sie ist total krank.« Sie geht wieder auf und ab. »Warte. Warum bist du –«

»Amythist«, falle ich ihr ins Wort. »Ich habe schon zu viel gesagt.«

»Das darfst du jetzt nicht einfach so stehen lassen. Du musst mir sagen …«

»Ich kann nicht«, sage ich. Mein Kopf pocht schmerzhaft, und plötzlich habe ich das Gefühl, das ganze Zimmer ist verwanzt. O Gott, hoffentlich bin ich einfach nur paranoid. »Ich kann wirklich nicht. Du musst mir vertrauen. Niemand weiß davon, auch nicht Wendy, niemand. Also bitte, *bitte* … sag nichts. Zu niemandem. Versprich es mir.«

Sie drückt meine Hand. »Okay, okay! Ich verspreche es. Aber ich kann nicht versprechen, dass ich dich nicht später noch ein bisschen löchern werde. Und auch nicht, dass ich nicht zu John gehe.«

Das wird nicht gut gehen. Amythist steht auf und streicht sich vor dem Spiegel die Haare glatt. Ihre goldenen Ohrringe glänzen im Licht. Wenn ich sie doch nur vor Summer schützen könnte – und vor sich selbst! Plötzlich habe ich eine Idee. Ich streife die goldene Uhr von meinem Handgelenk, zum ersten Mal seit ich am Flughafen aus meinem Auto gestiegen bin. Ich halte sie ihr hin. »Die passt perfekt zu deinem Kleid«, sage ich. »Und ich kann Summer damit noch mal richtig schön *Fick dich* sagen. Sie wollte die Uhr anprobieren, aber ich habe sie nicht gelassen. Das wird ihr zeigen, dass ich hinter dir stehe.«

Lächelnd legt Amythist die Uhr an. »Danke.« Sie wirft mir eine Kusshand zu und knallt die Tür hinter sich ins Schloss.

Sie hat ihr Handy auf dem Bett liegen lassen. Ich springe auf, schnappe es mir und stecke den Kopf aus der Tür. »Amythist!«

Nichts. Ich gehe ein paar Stufen die Treppe hinauf. »Amythist? Dein Handy!«

Keine Antwort. Weiter traue ich mich nicht, nachher treffe ich noch auf Summer oder einen der Gorillas. Also drehe ich mich um – und krache fast mit Bernard zusammen, der gerade aus seinem Zimmer kommt. Schnell verstecke ich das Handy hinter meinem Rücken, schaue zu Boden und drücke mich an die Wand, um ihn vorbeizulassen. Er zeigt auf mein Zimmer, und ich gehorche. Hoffentlich schließt er die Tür nicht ab. Ich warte einen Moment, dann schlüpfe ich wieder aus dem Zimmer und durch die Tür am Ende des Flurs zum Crew-Bereich.

Der Flur dort ist enger als unserer, und die Zimmer liegen dichter nebeneinander. Ich drücke die Tür zum Wäscheraum auf. Camille bügelt gerade Bettlaken. Sie sieht auf und lächelt mich an. Gegenüber in der winzigen Küche sitzen Hugo und Dre beim Abendessen und lachen ausgelassen.

Ich gehe die Wendeltreppe am Ende des Flurs hinauf und nehme immer zwei Stufen auf einmal. Ich weiß gar nicht, wo diese Treppe genau verläuft, aber es muss irgendwo am Bug sein. Auf dem ersten Treppenabsatz gibt es eine Tür, auf der »Hauptdeck« steht. Eine Etage höher gehe ich an einer Tür mit der Aufschrift »Oberdeck« vorbei. Die Treppe führt noch eine Etage weiter hoch zu einer letzten Tür. Ich drücke sie auf und trete auf ein kleines Deck hinaus, etwa so groß wie mein Balkon zu Hause. Wir sind wohl schon auf dem Weg nach Italien, denn die Jacht fährt viel schneller als sonst. Oder vielleicht fühlt es sich auch nur so an, weil ich von hoch oben hinuntersehe, wie das Boot die Wellen zerteilt. Der Himmel glüht rot im Licht der untergehenden Sonne, und ich genieße die frische Brise.

Wenn ich mich über die Reling beuge, kann ich auf einen Teil des Außenbereichs auf dem Oberdeck hinuntersehen. Ich muss vorn auf dem Sonnendeck sein, auf der linken Seite, und direkt über der Brücke. Merkwürdig, dieses kleine Deck ist mir nie aufgefallen. Es liegt wohl geschickt hinter der Bar verborgen. Über das Brummen des Motors und das Rauschen des Wassers hinweg kann ich gerade noch die Stimmen der anderen Mädels hören. Leider kann ich nichts verstehen, denn ihre Stimmen vermischen sich mit allen anderen Geräuschen zu einem einlullenden Gebrumme. Ich wünschte, ich könnte etwas sehen, aber dafür müsste ich mich noch weiter über die Reling lehnen, und bei dieser Geschwindigkeit möchte ich meine Spionagekünste lieber nicht zu weit treiben.

Als ich mich umdrehe, steht Camille mit einem Glas Wein vor mir. Ich zucke zusammen. »Sorry«, sage ich. »Hab mich erschreckt.« Ich nehme das Glas entgegen und frage mich, ob da wohl wirklich nur Wein drin ist. »Es klingt vielleicht merkwürdig, aber hast du den Wein selbst eingeschenkt?«

Sie nickt. »Brauchen Sie sonst noch etwas?«, fragt sie.

»Nein danke, das ist perfekt. Sag mir nur Bescheid, falls sie nach mir suchen.«

Sie nickt wieder und geht hinein. Ich lasse mich auf den Liegestuhl sinken und rieche zaghaft an dem Wein. Er riecht ganz normal – und sehr verlockend –, aber ich will kein Risiko eingehen, also stelle ich das Glas auf dem Tisch neben der Liege ab.

Goldene Klippen erheben sich aus dem Meer, gekrönt mit kleinen Dörfern. Einige stehen bestimmt schon seit Hunderten von Jahren dort, obwohl ich mir kaum vorstellen kann, wie sie gebaut wurden. Ich weiß nicht, wie lange wir dieses Tempo schon draufhaben und ob wir Frankreich schon hinter uns gelassen haben, aber wo immer wir auch sind, hier ist viel weniger los. Wir treffen auf ein paar Jachten und Kreuzfahrtschiffe, aber das ist nichts gegen das Gewusel rings um Saint-Tropez. Ich lasse den Kopf sinken und schaue in den Himmel, der langsam dunkler wird.

Plötzlich schrecke ich auf. Laute Stimmen. Es ist dunkel, und ich weiß nicht, wo ich bin. Ich habe geträumt, ich wäre in tiefes Wasser gefallen. Es kam mir so echt vor, und ich gelangte einfach nicht mehr an die Oberfläche. Wie lange habe ich geschlafen? Ich schaue auf mein Handgelenk – ach ja, Amythist hat ja meine Uhr –, aber ich habe noch ihr Handy in meiner Tasche. Fast elf. Die Jacht fährt nach wie vor ziemlich schnell, und der Wind ist kalt geworden. Ich könnte einen Pullover gebrauchen.

Der Mond liegt hinter Wolken verborgen, und die Nacht wird nur von einigen Sternen erhellt. Ich kann nicht mehr erkennen, wo der Himmel aufhört und das Wasser anfängt. Auch Städte oder andere Boote sehe ich nirgendwo. Ich spüre nur das stete Auf und Ab des Meeres unter mir. Wir müssen viel weiter draußen sein als sonst.

Unten erheben sich zwei Stimmen über die anderen. Ich glaube, die eine gehört Amythist. Die andere wahrscheinlich Brittani oder Summer. Claire wird niemals laut, und Wendy ist kein Streithahn. Es könnte auch Rhonda sein, aber die Stimme klingt jünger. Leider ist das Dröhnen des Motors immer noch zu laut, als dass ich etwas verstehen könnte.

Ich beuge mich wieder über die Reling und versuche, etwas zu erkennen, ohne mich zu weit hinauszulehnen. Das Boot schwankt, und ich packe die Reling fest mit beiden Händen.

Der Wind trägt jetzt eine dritte Stimme zu mir herauf.

»*Summer!*« Ich glaube, das war Rhonda. »Hör auf … doch nichts …« Mehr kann ich nicht verstehen.

Die Stimmen werden leiser. Wahrscheinlich sind sie auf die andere Seite des Bootes gegangen. Vielleicht sollte ich einfach in mein Zimmer gehen und fertig packen. Amythist wird mir nachher schon alles erzählen.

Doch ehe ich die Tür zur Treppe öffnen kann, zerreißt ein Schrei die Stille. Ein lang gezogener Schrei, der mir durch Mark und Bein fährt. Ein dumpfer Schlag, als pralle etwas gegen den Rumpf, und der Schrei reißt ab. Ich spitze die Ohren, aber alles, was ich höre, ist das Klatschen der Wellen gegen den Schiffsrumpf.

Ich stoße die Tür auf und nehme immer zwei Stufen auf einmal. Unten angekommen, platze ich in die Küche, wo der Rest der Crew gerade zu Abend isst.

»Ich habe einen Schrei gehört!«, rufe ich. »Ich glaube, er kam vom Bug am Oberdeck. Und irgendetwas ist gegen den Rumpf geschlagen.«

Sofort springt die ganze Crew vom Tisch auf und drängt sich an mir vorbei. Ich folge ihnen auf den Fersen, meinen Hausarrest habe ich völlig vergessen.

»Jemand hat sich gestritten«, erkläre ich, während wir die Crew-Treppe hinaufstürzen. »Aber ich weiß nicht, wer.«

Auf dem zweiten Treppenabsatz gehen wir durch die Tür mit der Aufschrift »Oberdeck« und kommen auf dem Flur direkt neben der Tür zur Brücke heraus. Ein Teil der Crew geht auf die Brücke, und ich folge den anderen durch das Wohnzimmer und die Glasschiebetür hinaus auf das Seitendeck. Wir gehen Richtung Bug, und plötzlich sehe ich eine dunkelrote Lache auf dem Boden. O Gott. Doch dann bemerke ich die Glasscherben. Es ist nur Rotwein.

Summer, Rhonda, Brittani, Wendy und Claire stehen zusammengedrängt an der Wand, das blanke Entsetzen ist ihnen ins Gesicht geschrieben. Claire schluchzt leise an Wendys Schulter, und Brittani und Rhonda haben die Arme um Summer gelegt, die in ihr Glas weint – nur ganz ohne Tränen.

Amythist ist nirgendwo zu sehen.

Plötzlich bremst die Jacht ab. Ein Ruck durchfährt das Boot, und alle verlieren das Gleichgewicht und suchen stolpernd Halt. Ringsum am Rumpf gehen Lichter an und beleuchten die tintenschwarze Tiefe unter uns.

»Was ist passiert?«, fragt Julie.

Alle schweigen und sehen sich an.

»Amythist … sie … sie ist einfach ins Wasser gefallen«, sagt Rhonda schließlich.

Julie spricht in ihr Headset. »Mann über Bord.« Dann richtet sie sich eindringlich an Rhonda. »Wo? Wie lange ist das her?«

Rhonda zeigt auf die Reling direkt hinter uns. »Gerade eben.«

Julie spricht wieder in ihr Headset. »Mann über Bord, am Bug, Steuerbord, Deck zwei. Mann über Bord. Vor ein bis zwei Minuten.«

»Sie kann nicht schwimmen«, sage ich.

Alle sehen mich an.

»Hat sie mir im Flugzeug erzählt.«

Ein Motorboot wird platschend zu Wasser gelassen. Dann platscht es noch zwei Mal kurz hintereinander. Das Boot und zwei Jetskis lassen jeweils den Motor an und brausen davon. Die Jacht wendet langsam. Ich folge Camille zur Reling, wo Amythist gefallen ist, und sehe hinunter.

Eine rote Spur führt am Rumpf nach unten. Ich schlage die Hand vor den Mund. Das ist kein Wein. Mein Herz wird schwer wie ein Felsbrocken.

Julie beugt sich ebenfalls über die Reling und spricht in ihr Headset. »Person ist verletzt, wahrscheinlich bewusstlos.«

Auf dem Boden glitzert etwas, und ich knie mich hin. Da, wo Amythist über Bord gegangen ist, liegt ein abgebrochener, funkelnder Fingernagel auf einem tiefen, frischen Kratzer im Holz. Ich kann die Blicke der anderen Mädels in meinem Nacken spüren, als ich Camille und Julie den Fingernagel zeige.

»Was war denn mit ihr?«, fragt Julie.

»Sie war betrunken.« Summer verschränkt die Arme vor der Brust. »Sie ist einfach runtergefallen. Wir konnten sie nicht festhalten. Es ging alles furchtbar schnell.«

Julie sieht sich die Reling an. »Wie hat sie das gemacht? Die Reling ist sehr hoch, da fällt man nicht einfach drüber.«

Wendy und Claire stehen eng umschlungen an der Wand und beobachten entgeistert das Geschehen.

»Sie ist darauf herumgeturnt«, sagt Summer. »Wir haben ihr gesagt, sie soll runterkommen, aber sie hat nicht gehört, und dann ist sie gefallen.«

»Wie ist sie gefallen?«

»Na, runter eben!«, faucht Brittani mit tränenerstickter Stimme. »Und jetzt holt sie endlich raus!«

»Brittani …«, sagt Rhonda warnend und packt sie am Arm.

»Vorwärts oder rückwärts?«, fragt Julie. Sie ist selbst kurz davor, die Beherrschung zu verlieren, und ihre Hände zittern.

»Keine Ahnung!«, erwidert Summer. »Sie ist da unten, und du solltest sie retten und keine dämlichen Fragen stellen. Es ist deine Schuld, wenn sie stirbt.« Sie vergräbt das Gesicht in den Händen, und Rhonda legt wieder die Arme um sie.

»Keine Sorge, Ma'am. Wir sind für solche Fälle ausgebildet«, sagt Julie knapp. »Sie gehen besser hinein, die Küstenwache kommt sicher gleich.«

»Wo ist John?«, fragt Summer. »Er hat Beziehungen. Er kann die besten Leute herholen.«

Im Wohnzimmer warten John und Vinny auf uns, zusammen mit einigen Mitgliedern der Crew. Summer wirft sich in Johns Arme und schluchzt. »Oh, es war so schrecklich! Ich habe gesehen, wie sie runtergefallen ist, aber ich konnte nichts tun!«

Wendy und Claire setzen sich auf eine Couch, Rhonda und Brittani auf eine andere. Ich lasse mich neben Wendy sinken und drücke sie kurz an mich. Sie zittert.

»Alles okay?«, frage ich.

Sie nickt. »Es ist nur der Schock, glaube ich.«

Über Wendys Beine hinweg tätschele ich Claires Knie. Sie sieht mich an und bricht wieder in Tränen aus.

Brittani springt auf, geht zwischen den Sofas hin und her und lässt die Fingerknöchel knacken. »Fuck, fuck, fuck, fuck, fuck ...«, sagt sie immer wieder.

»Setz dich hin, Brittani«, befiehlt Summer. »Du machst uns alle wahnsinnig.«

Brittani lässt sich wieder neben ihre Mutter auf die Couch fallen, doch sie knetet weiter ihre Hände. Rhonda streicht ihr über den Rücken und flüstert ihr etwas ins Ohr. Dann winkt sie Hugo zu sich. »Ist noch etwas von der Panna Cotta übrig?«, fragt sie. »Ich glaube, wir könnten alle etwas Ablenkung gebrauchen.«

Hugo blinzelt ein paar Mal, als sei er sich nicht ganz sicher, ob er sie richtig verstanden hat. »Ich werde mal nachsehen.«

Summers Blick huscht im Raum umher. Sie sieht uns alle nacheinander an, wie um zu prüfen, ob eine von uns gleich durchdreht.

»Und Kaffee«, fügt Rhonda noch hinzu. »Das wird wohl noch eine Weile dauern, und ich bin jetzt schon todmüde.«

»Gute Idee«, sagt Summer. »Ich nehme einen doppelten Vanilla Latte mit Mandelmilch, aber nur halb so viel Vanille wie sonst. Und etwas Zimt.«

»Noch jemand?«, fragt Hugo.

»Hol einfach eine Kanne Kaffee«, ordnet John an. »Und den Rest Panna Cotta.«

Summer entschuldigt sich, sie will sich etwas Bequemeres anziehen. Als sie an mir vorbeigeht, fällt mir einer der Träger an ihrem Kleid auf. Er ist gerissen und hängt nur noch an einem Faden. Ein langer Kratzer zieht sich über ihre Schulter, rot und geschwollen, und das untere Ende blutet leicht. John folgt ihr, und wir anderen starren uns hilflos an.

Brittani erhebt sich und nimmt ihre Wanderung wieder auf, sie schimpft leise vor sich hin. Ihre Mutter beobachtet sie nervös. Claire schluchzt immer noch leise, und Wendy streichelt ihr mit gesenktem Blick über das Haar.

Draußen auf dem Wasser heult eine Sirene.

»Das muss die Küstenwache sein«, bemerke ich.

Brittani sieht mich mit schmalen Augen an. »Musst du nicht in deinem Zimmer sein? Was tust du hier eigentlich?«

»Ich habe den Schrei gehört und mir Sorgen gemacht«, sage ich völlig ermattet.

Misstrauisch legt sie den Kopf schief. »Du hast den Schrei gehört? Von deinem Zimmer aus?«

Plötzlich steigt Ärger in mir hoch. »Warum interessiert dich das jetzt?«, gebe ich zurück. »Deine Freundin ist ins Wasser gefallen und stirbt wahrscheinlich gerade.«

Brittani bricht in Tränen aus und rennt auf die Schiebetür zu.

»Brittani ...« Ich jage ihr nach und packe sie am Arm, ehe sie die Tür zum Deck aufschieben kann. »Es tut mir leid. Ich habe einfach Angst.«

Sie reißt ihren Arm los. Ihre Mascara malt schwarze Schlieren auf ihre Wangen. »Als ob! Sie war *meine* Freundin! Zum Glück schickt Summer dich nach Hause. Du bist so eine egoistische Schlampe!«

Bevor mir eine Antwort einfallen will, öffnet sich die Schiebetür vor uns, und zwei uniformierte Männer der Küstenwache treten uns beinahe auf die Füße.

Schnell machen Brittani und ich einen Schritt zur Seite. »Habt ihr sie gefunden?«, fragt Brittani sofort. »Ist sie tot?«

Rhonda kommt zu uns und legt Brittani den Arm um die Schulter. »Tut mir leid. Wir machen uns alle schreckliche Sorgen. Gibt es Neuigkeiten?«

Die beiden Männer sehen uns verständnislos an. »Kein Englisch«, sagt einer.

»*Italiano*?«, fragt der andere.

Alle starren sie ausdruckslos an.

»*Uno ... minuto*.« Das war sicher mehr als falsch, aber ich halte einen Finger hoch, um meine Worte zu verdeutlichen.

Auf der Brücke finde ich bestimmt jemanden, der Italienisch spricht, doch auf dem Flur pralle ich mit Summer zusammen, die gerade zurückkommt. Sie trägt jetzt eine weiße Jeans und einen leichten Kaschmirpullover, der ihre Schultern verdeckt. Auch das Gesicht hat sie sich gewaschen.

»Wohin gehst du?«, will sie wissen.

»Jemanden holen, der Italienisch kann«, antworte ich knapp. Im Moment habe ich wirklich keinen Nerv auf Spielchen.

»John spricht Italienisch«, faucht sie. »Geh wieder rein, und setz dich hin.«

Ich bleibe stehen und funkele sie böse an. »Holst du ihn bitte sofort? Schließlich läuft die Zeit davon.«

In dem Moment tritt der drahtige Ingenieur auf den Flur. »Luc«, sage ich und ignoriere Summers tödlichen Blick. »Sprichst du Italienisch?«

Er nickt. »Ein bisschen.«

»Kannst du bitte für die Küstenwache übersetzen?«

Aber Summer packt Luc am Arm. »Nein«, sagt sie. »Sie hat dir nichts zu sagen, und ich befehle dir –«

»Geht's noch, Summer? Bist du hier der Feldwebel, oder was?«

Auch John ist jetzt wieder da und erfasst die Situation sofort.

»Isabelle, geh in dein Zimmer«, sagt er. »Du warst nicht dabei. Du kannst der Küstenwache keine Informationen geben. Summer, komm mit.«

Er führt sie wieder die Treppe hinunter, vermutlich in ihr Schlafzimmer. Doch statt ihnen zu folgen, gehe ich zurück ins Wohnzimmer und achte darauf, dass Luc direkt hinter mir bleibt. Rhonda und Brittani sitzen jetzt mit Claire und Wendy auf der Couch. Sie sehen alle vollkommen fertig aus. Die Beamten von der Küstenwache stehen etwas unschlüssig im Raum herum, und alle beäugen mich argwöhnisch.

»Ich soll in mein Zimmer gehen«, verkünde ich. »Aber ich möchte eine Aussage machen. Kannst du bitte übersetzen?«, bitte ich Luc.

Mein Herz hämmert, während Luc meine Worte übersetzt und die Männer auf schnellem Italienisch antworten. Dann nickt Luc. »Sie sagen, morgen.«

Gleich werde ich sicher rausgeschmissen, also muss ich meine Karten ausspielen, solange ich kann. »Hier sind überall Kameras.« Ich zeige auf die Kameras im Zimmer, obwohl die Aufnahmen wahrscheinlich bereits gelöscht wurden. »Sie sollten sie sich ansehen.«

Dann gehe ich aus dem Zimmer und die Treppe hinunter. Zitternd drücke ich die Tür zu meinem Zimmer auf – und bleibe wie angewurzelt stehen: Bernard wühlt in Amythists Sachen. Er hat einen schwarzen Beutel in der Hand und wirft alles Mögliche hinein.

»Was … was machen Sie da?«, stammele ich.

»Wir brauchen ihr Handy, um ihre Angehörigen zu verständigen.«

Ja klar. Wir mussten zu Beginn der Reise, als wir die Vertraulichkeitsvereinbarung unterschrieben haben, doch alle eine Notfallnummer angeben. Ich habe ihr Handy noch in meiner Tasche, aber das werde ich ihm bestimmt nicht sagen. »Wahrscheinlich hatte sie es bei sich«, sage ich so gelassen wie möglich. »Wie eigentlich immer.«

Er grunzt und geht hinaus. Erst kurz darauf merke ich, dass *mein* Handy nicht mehr auf dem Nachttisch liegt. Verdammte Scheiße.

Ich flitze aus dem Zimmer und wieder die Treppe hinauf zum Oberdeck. Bernard betritt gerade das Wohnzimmer, und ich folge ihm. Aus dem Augenwinkel sehe ich, dass John und die Männer von der Küstenwache nicht mehr da sind. Bernard hat den schwarzen Beutel über die Schulter geworfen, und ich strecke ihm die Hand entgegen. »Ich glaube, Sie haben aus Versehen *mein* Handy mitgenommen.«

Er zuckt nicht mal mit der Wimper.

»Sie haben *mein* Handy mitgenommen, nicht das von Amythist«, wiederhole ich mit fester Stimme und laut genug, damit alle es hören können. »Sie haben es in diese Tasche da gesteckt, und ich möchte es bitte zurückhaben.«

Er hebt die Hände. »Ich habe kein Handy.«

Ich drehe mich zu den anderen um, die mich wortlos beobachten. »Er war in meinem Zimmer und hat nach Amythists Handy gesucht, und ich glaube, er hat versehentlich meins genommen«, sage ich. »Oder hat es eine von euch? Es ist nämlich weg.«

Niemand antwortet.

»Wahrscheinlich hast du es verlegt, Isabelle«, sagt Summer mit eiskalter Stimme. »Meinst du nicht, dieser Abend war schon traumatisch genug? Es ist doch nur ein Handy. Kannst du bitte woanders rumheulen?«

Wie würde es dir schmecken, wenn ich dir jetzt diese riesigen Diamanten aus den Ohren reiße? Deinen Kopf gegen die Wand schlage? Und diese falsche, blonde Mähne gibt bestimmt einen erstklassigen Wischmopp ab.

Ich ersticke meine Wut und stampfe die Treppe hinunter. Toll, jetzt habe ich mich auch noch wie ein kleines Kind aufgeführt.

Ich schließe die Tür ab und bleibe unschlüssig im Zimmer stehen. Ich müsste jetzt irgendetwas unternehmen, aber ich weiß einfach nicht, was. Mein Handy ist fort, meine Uhr ist mit der armen Amythist auf den Grund des Meeres gesunken … O Gott. Hoffentlich war die Uhr nicht der Auslöser für ihren Streit mit Summer. Ich hätte sie ihr niemals geben dürfen. Jetzt heißt es kühlen Kopf bewahren. Aber die Wände kommen immer näher, und langsam steigt Panik in mir hoch.

EINUNDZWANZIG TAGE ZUVOR

LOS ANGELES

Ich lag im heißen Wasser in meiner Badewanne und starrte in die Flamme einer Duftkerze. Regen trommelte auf das Dach. Es war nach Mitternacht, und der ganze Schaum war verschwunden, doch von Müdigkeit keine Spur.

Ich hatte niemandem von dem Strafzettel erzählt, den ich am vergangenen Morgen in der Post gefunden hatte. Bisher war mir auch noch keine Erklärung dafür eingefallen, die nicht darauf hinauslief, dass Summer gelogen hatte. Sie hatte zu ihrer Mutter fahren wollen. Doch jetzt musste ich davon ausgehen, dass sie stattdessen nach Ventura gefahren war, wo man Erics Auto gefunden hatte. Aber warum? Was hatte sie dort gemacht?

Hatte sie etwa Eric umgebracht?

Was für ein Gedanke – aber eben nicht undenkbar. Nur warum sollte sie das tun? Damit Eric John nichts von ihrer Beziehung erzählte? War das ein Grund, ihn aus dem Weg zu räumen? Andererseits, die Summer, die ich gekannt hatte, war in jener Nacht gestorben, als Drei sie vergewaltigt hatte. Natürlich hatte sie auch schon davor ein wenig an Aufrichtigkeit eingebüßt, aber er hatte wirklich noch das letzte bisschen Menschlichkeit aus ihr herausgehämmert, und mittlerweile traute ich ihr so ziemlich alles zu.

Okay, mal angenommen, sie hatte Eric *wirklich* umgebracht, und zwar in diesem Park. Welche Beweise hatte ich dafür? An dem hypothetischen Tatort war schließlich *mein* Auto gesehen worden. Und ich hatte kein Alibi. Um 13:42 Uhr am 22. Juli war ich zu Hause gewesen, hatte mit niemandem gesprochen und hatte nichts gemacht, was irgendwie irgendwo nachgeprüft werden konnte.

Ich wurde das Gefühl nicht los, dass Summer das alles genau so geplant hatte. Denn wenn ich zu viele Fragen stellte, konnte das sehr gefährlich für mich werden.

Über das Prasseln des Regens hinweg hörte ich plötzlich ein dumpfes Pochen. Ich setzte mich in der Wanne auf und lauschte. Vielleicht ein Ast auf dem Dach? Aber es klang eher wie ein Klopfen. Waren das die Nachbarn unter mir? Da war es schon wieder, diesmal lauter als das ferne Donnergrollen. Jemand klopfte an meiner Tür.

Wer konnte das sein? Ich kletterte aus der Wanne, trocknete mich schnell ab und zog meinen Bademantel über. Dann ging ich auf Zehenspitzen ins Wohnzimmer. Es klopfte immer noch. Ich schlich zur Tür und sah durch den Spion.

Das Blut gefror mir in den Adern. Da draußen stand ein Mann in einem schwarzen Hoodie, nur schwach von hinten beleuchtet. Er krümmte sich, vielleicht hatte er starke Schmerzen, oder vielleicht verbarg er eine Waffe. Wie auch immer, ich würde ganz bestimmt nicht die Tür aufmachen.

»Belle!«, rief er leise. Es klang fast wie ein Krächzen.

Der Mann kannte mich also. Oder zumindest wusste er, wo ich wohnte.

»Ich weiß, dass du da bist«, flüsterte er.

»Hauen Sie ab«, sagte ich. »Ich rufe die Polizei.«

»Bitte mach die Tür auf. Bitte!«

Ich kannte diese gedämpfte Stimme, aber ich wusste nicht, woher.

»Wer ist da?«

»Eric.«

Mir blieb das Herz stehen. Erlaubte sich jemand einen bösen Scherz? Wusste jemand, dass mein Auto in Ventura gesehen worden war?

Ich drückte das Auge wieder an den Türspion. »Setz die Kapuze ab.«

»Mein Gesicht ist im Arsch.« Er schob die Kapuze zurück. Darunter kamen kurze, blonde Haarstoppeln zum Vorschein, aber noch konnte ich nicht viel mehr erkennen.

»Stell dich ins Licht.«

Er trat ein paar Schritte zurück ins schummrige Flurlicht. Sein Gesicht war geschwollen und von Kratzern übersät. Er hatte sich die Haare abrasiert. Aber es war eindeutig Eric.

Eric war am Leben.

Ich riss die Tür auf, und er humpelte an mir vorbei in die Wohnung. Es kostete ihn viel Kraft, die Tür zu schließen und zu verriegeln. Ich stand da und starrte ihn an, während er zu den Fenstern stolperte und alle Gardinen zuzog. Seine triefnassen Klamotten tropften den ganzen Teppich voll.

»Ich dachte, du bist tot.« Zitternd blinzelte ich meine Tränen weg.

Er fröstelte. »Fast.«

Endlich wandte er sich mir zu. Er sah furchtbar aus. Sein Kiefer war dick angeschwollen, er hatte zwei blaue Augen, und seine Nase war wohl gebrochen. Über die rechte Wange zog sich ein schon leicht verkrusteter, tiefer Schnitt. Zwei kleine, blutgetränkte Pflaster hielten ihn notdürftig zusammen.

Zaghaft ging ich auf ihn zu. »Zieh das aus. Du bist ja total nass.«

Er zuckte zusammen, als ich den Reißverschluss an seinem Hoodie aufzog. »Ich glaube, mein Schlüsselbein ist gebrochen. Und ein paar Rippen.«

»Okay. Wir machen ganz langsam.«

Vorsichtig streifte ich den Ärmel über seine geschwollene Hand, und er fuhr wieder zusammen. »Die Hand ist wahrscheinlich auch gebrochen.«

»Warst du beim Arzt?«

»Nein.«

Behutsam zog ich die Jacke über seine lädierte Schulter. Mehrere tiefe Schnitte auf seinen Armen hatten seine Tattoos geradezu zerfetzt und drohten, wieder aufzureißen. »Du musst sofort zum Arzt!« Ich sah mich nach meinem Handy um. »Ich rufe einen Krankenwagen.«

»Nein.«

»Eric, sieh dich doch mal an. Was, wenn die Wunden sich entzünden? Und die Knochen müssen auch gerichtet werden, damit sie wieder …«

Er schwankte. Ich half ihm auf die Couch, und er fiel in sich zusammen wie ein Kartenhaus. »Du kannst mir doch helfen.«

»Eric, das ist Wahnsinn!«

»Bitte«, bettelte er. »Du musst mir helfen.«

Ich bückte mich und zog ihm die matschigen Stiefel aus. Einer seiner Knöchel war dick. »Was ist denn bloß passiert?«

»Deine Nachricht …« Er schloss die Augen. »Ich bin hingefahren. Aber *sie* war da … Sie …«

»Summer war da?«, schlussfolgerte ich. »Wo? Was hat sie getan?«

Ächzend hob er die Beine auf die Couch. »Ich erzähle dir alles morgen früh.«

Dann hatte ich also doch recht gehabt. Aber was für eine Nachricht meinte er? Ich musste mich beherrschen, um ihn nicht weiter auszufragen. Er sah wirklich erbärmlich aus. »Du kannst in meinem Bett schlafen«, sagte ich. »Und ich nehme die Couch.«

»Nein, ich bleib einfach hier liegen«, murmelte er.

Ich gab ihm eine Schmerztablette, die ich noch übrig hatte, weil ich mir mal den Knöchel verstaucht hatte. Dann säuberte ich die Wunde in seinem Gesicht, verband sie neu und legte eine Decke über ihn. Noch bevor ich das Licht ausmachte, schlief er bereits tief und fest.

TAG 7

FREITAGNACHT – IRGENDWO VOR DER ITALIENISCHEN KÜSTE

Rastlos gehe ich in meinem kleinen Zimmer auf und ab, kalter Schweiß bedeckt meine Haut, und das Herz hämmert wie wild in meiner Brust. Amythist ist mit Sicherheit tot. Wir hatten ein ziemliches Tempo drauf; dann das Blut am Schiffsrumpf; schwimmen kann sie auch nicht – mit jedem Gedanken schlage ich einen weiteren Nagel in ihren Sarg.

Aber Summers Erklärung, dass sie betrunken war und auf der Reling herumturnte … Niemals. Eine Stunde vorher hatten wir uns noch hier im Zimmer unterhalten, und da war sie nicht betrunken gewesen. Außerdem hatte sie Todesangst vor dem Wasser. Als ob sie da auf der Reling herumtanzen würde, wo sie jederzeit über Bord gehen konnte!

Und dann ist da noch der Streit, den ich kurz zuvor mitbekommen hatte. Das können doch nur Summer und Amythist gewesen sein. Theoretisch natürlich auch Brittani und Amythist, aber das glaube ich nicht. Bei einer so langen Auseinandersetzung hätte sich Brittanis Vokabular viel zu schnell erschöpft – über »Du Nutte« wäre sie wahrscheinlich gar nicht hinausgekommen.

Und dieser markerschütternde Schrei. Noch immer gellt er mir in den Ohren. Es war ein Hilferuf. Doch er hat ihr nichts genutzt.

Ein Schauer läuft mir über den Rücken.

Summer hat Amythist gestoßen. Da bin ich mir ganz sicher. Bei ihrer Vorgeschichte …

Durch die offene Badezimmertür erhasche ich einen Blick auf mein Spiegelbild. Ich sehe aus wie eine Geisteskranke: gehetzter Blick, verkrampfter Kiefer, zerzauste Haare. Vielleicht doch besser, dass ich vorhin keine Aussage machen durfte. Niemand hätte mir auch nur ein Wort geglaubt. Andererseits ist es vielleicht auch egal, wie glaubwürdig ich aussehe.

Aber die Kameras … Sie müssen doch alles aufgenommen haben. Wie schnell können die Aufnahmen wohl gelöscht werden? Und wer würde das machen? Bernard? Der IT-Typ? Oder John selbst? Wie viel weiß John überhaupt? Wie viel Ärger lässt er sich von seiner Geliebten gefallen? Und die anderen? Sie waren alle dabei. Sie müssen doch gesehen haben, was passiert ist. Und trotzdem machen sie den Mund nicht auf.

Vielleicht warten sie auf Einzelvernehmungen, um es der Polizei zu sagen. Es wird doch bestimmt eine Ermittlung geben. Wir steuern gewiss den nächsten Jachthafen an, und die Polizei wird alle befragen und Beweise sammeln. Summer wird damit nicht davonkommen. Man kann nicht einfach vor fünf Zeugen einen Mord begehen und weiter frei durchs Leben spazieren.

Oder? Wer weiß, was auf Johns Boot alles möglich ist.

Immerhin habe ich Amythists Handy. Ich ziehe es aus der Tasche, tippe ihren Code ein und sehe nach, ob die Videos von ihr und John noch da sind. Wenn ich hier doch nur WLAN hätte, dann könnte ich sie mir selbst schicken.

Aber zumindest kann ich sie zur Sicherheit auf meinen Laptop kopieren. Ich strecke mich nach der Tasche neben meinem Nachttisch aus, in der ich den Laptop aufbewahre, doch sie ist seltsam leicht. Ich ziehe sie mir auf den Schoß und schaue hinein. Meine Bücher sind da, die Kopfhörer und mein Portemonnaie. Aber der Laptop ist weg.

Ich wühle in meinem Bett und stelle das ganze Zimmer auf den Kopf. Nichts. Bernard muss auch meinen Laptop mitgenommen haben.

Ich gehe über den Flur und klopfe bei Wendy und Claire. Wendy öffnet die Tür einen Spaltbreit und sieht mich erwartungsvoll an.

»Hey«, sage ich. »Wie geht es euch?«

Über Wendys Schulter sehe ich Claire zusammengekauert auf ihrem Bett sitzen.

»Wir sind ziemlich erschüttert«, sagt Wendy, ohne die Tür weiter zu öffnen. Doch so sieht sie eigentlich gar nicht aus. Sie trägt einen gelben Seidenschlafanzug, hat sich das Gesicht gewaschen und die Haare sorgfältig in ein passendes Seidentuch eingewickelt. Sie hat nicht einmal geschwollene Augen. Aber gut, das hat sie ja nie.

»Kann ich reinkommen?«

»Sollst du nicht in deinem Zimmer bleiben?«

Ich ziehe die Augenbrauen zusammen. »Komm schon, Wen. Ich war vielleicht nicht dabei, aber auch ich bin ziemlich erschüttert. Ich habe bestimmt mehr Zeit mit ihr verbracht als ihr, und jetzt ist sie tot.«

»Das wissen wir noch nicht«, erwidert Wendy und verschränkt die Arme vor der Brust.

»Okay. Was wissen wir denn? Was macht die Küstenwache?«

»Ein Rettungsteam sucht nach ihr.«

»Sind die Männer noch oben?«, frage ich.

»Sie sind gegangen, damit wir etwas schlafen können. Sie kommen morgen wieder und erstatten Bericht.«

»Wir legen nicht an, damit sie Ermittlungen anstellen können?«

Wendy zieht die Nase kraus. »Was denn für Ermittlungen? Sie ist gestürzt. Hör zu, Belle, ich bin genauso durcheinander, aber –«

»Haben sie euch denn befragt, was passiert ist, oder …?«

Sie seufzt ungeduldig. »John hat mit ihnen gesprochen und ihnen gesagt, was geschehen ist. Er ist der Einzige, der Italienisch spricht.«

»Aber er war doch nicht einmal dabei«, protestiere ich. »Wolltest du ihnen das denn nicht selbst erzählen?«

»Belle, es war ein Unfall«, sagt sie nachdrücklich. »Sie ist über Bord gegangen. Entweder sie finden sie oder nicht, aber was soll ich der Küstenwache erzählen? Wir sind alle müde und erschöpft. Können wir morgen darüber reden?«

Ich sehe sie aus schmalen Augen an. Wenn ich doch nur in ihren Kopf schauen könnte! »Es tut mir leid«, sage ich mit aller Geduld, die ich aufbringen kann. »Aber ich will wissen, was hier los ist. Bist du sicher, dass sie einfach von allein über die Reling gestürzt ist? Hast du es selbst gesehen?«

»Ja.« Wendy sieht mich wachsam an. »Warum stellst du so viele Fragen?«

Warum stellst du keine *Fragen?* Ich unterdrücke einen Schrei. »Ich dachte, ich hätte einen Streit gehört«, erkläre ich und mustere sie ebenfalls sehr genau. »Vor dem Unfall.«

Sie schüttelt vehement den Kopf. »Das waren wahrscheinlich wir. Wir haben ihr gesagt, sie solle von der Reling fortkommen und dass sie runterfallen könnte. Aber sie wollte nicht hören.«

Ich hebe abwehrend die Hände. »Okay.«

»So, ich muss jetzt wirklich ins Bett. Gute Nacht.«

»Gute Nacht«, antworte ich, doch sie hat die Tür schon geschlossen.

Zurück in meinem Zimmer, starre ich Amythists Bett an und überlege, was ich tun soll. Mir fällt wieder ein, wie kalt mir ist, und ich lege mein Kleid ab und ziehe mir stattdessen eine praktische Leinenhose und einen leichten Pullover an. Dann landet mein Blick auf einem Paar Ohrringe auf Amythists Nachttisch, und plötzlich habe ich eine Idee. Ich krame in meinem Schmucktäschchen und finde einen Ohrring, der groß genug ist, um damit das Türschloss zu blockieren – einer der vielen Tricks, die man am Set von zweitklassigen Horrorfilmen lernt, in denen junge Frauen ständig irgendwo eingeschlossen werden. Hätte nicht gedacht, dass ich das auch mal im echten Leben gebrauchen könnte.

Ich hocke mich auf die Bettkante, tausend Fragen im Kopf. Ich hatte nicht den Eindruck, dass Wendy nur auf die nächste Gelegenheit wartet, der Polizei von einem Mord zu erzählen.

Was dann wohl heißt, dass der entweder gar nicht passiert ist und ich einfach nur paranoid bin oder dass Wendy und die anderen Summer decken.

Bei Rhonda hätte ich keine Zweifel. Summer ist nicht nur ihre Tochter, sondern auch die Hand, die sie füttert. Brittani hat zwar eine große Klappe, aber leider keine Ahnung, was das Wort »Moral« bedeutet. Und egal, was sie den ganzen Tag von sich gibt, sie vergöttert ihre Schwester. Außerdem hat John dafür gesorgt, dass sie im College aufgenommen wurde, und sie hofft natürlich, dass er auch dafür zahlt. Also würde sie ihre Schwester ganz bestimmt nicht verpfeifen.

Bleiben noch Wendy und Claire.

Wendy verspricht vielleicht mehr, als sie hält, aber sie ist kein schlechter Mensch. Sie ist sich eben selbst die Nächste, aber das geht uns ja allen so. Sie würde sich niemals für jemand anderen in Teufels Küche begeben, also würde sie ganz sicher keinen Mord vertuschen. Moment. Das stimmt nicht ganz. Wendy würde sich niemals für *mich* in Teufels Küche begeben, aber ich habe ihr ja auch nichts anzubieten. Ich habe keinen Privatjet. Keine Jacht. Keinen Schlüssel, der die Türen zu den Reichen und Schönen öffnet. Summer schon. Andererseits war Wendy noch nie so abweisend mir gegenüber. Summer muss irgendetwas zu ihr gesagt haben. Vielleicht hat sie Wendy gezwungen, sich für eine Seite zu entscheiden. Und nach unserer Unterhaltung gerade eben hat sie sich offenbar für Summer entschieden, auch wenn sie dafür lügen muss.

Claire wiederum ist ein braves Mädchen, ein zartes Blümchen, das in dieser rauen Umgebung langsam verwelkt. Sie macht nie viel Aufhebens um sich und geht regelmäßig in die Kirche. Damit dürfte sie einen gut geeichten moralischen Kompass besitzen, und ich glaube kaum, dass sie ein Spielstein in Summers verrückter Welt sein will. Das Ganze würde ihr bestimmt schwer auf dem Gewissen lasten. Allerdings ist sie Wendy sehr treu ergeben, und ich bin mir nicht sicher, ob sie sich trauen würde, als Einzige etwas zu sagen, wenn alle anderen schweigen.

Wenn ich nicht bald irgendwelche Beweise für meine Theorie auftreiben kann, wird es wahrscheinlich gar keine Ermittlungen geben. Sobald ich dieses Boot verlasse, ist niemand mehr an Bord, der sich für die Aufklärung von Amythists Tod interessiert. Dann wird die ganze Angelegenheit unter den Teppich gekehrt, genau wie bei Eric.

Ach, Amythist. Warum musstest du nur so ein Dickkopf sein?

Vielleicht habe ich ja am Tatort irgendetwas übersehen. Ich schließe die Augen und rufe mir das Bild ins Gedächtnis: das zerbrochene Glas, der Rotwein auf dem Boden, Amythists abgebrochener Nagel … der Nagel. Summer hatte einen Kratzer auf der Schulter. Vielleicht finden sich ja Spuren von Summers DNA an diesem Stück Fingernagel. Verdammt, warum habe ich ihn nicht direkt mitgenommen! Aber vielleicht ist er ja noch da.

Ich soll zwar im Zimmer bleiben, aber was wollen sie schon tun, wenn sie mich erwischen? Sie werden kaum eine zweite Leiche in einer Nacht riskieren, und morgen früh geht es für mich sowieso nach Hause.

Aber zuerst … Zuerst muss ich die Außenwelt informieren. Jemand, der nicht auf diesem Boot sitzt, muss erfahren, was los ist. Falls mir irgendetwas zustößt. O Gott, so was darf ich mir gar nicht vorstellen.

Ich muss nach oben schleichen, um einen der Computer zu benutzen, was natürlich bedeutet, dass meine E-Mail gelesen wird, also kann ich nicht zu viel verraten. Nur so viel, dass man misstrauisch werden könnte, falls …

Ich atme tief durch und stecke den Kopf aus der Tür. Niemand zu sehen. Ehe ich es mir anders überlegen kann, schlüpfe ich aus dem Zimmer, husche den Flur entlang und drücke die Tür zum Crew-Bereich auf. Erleichtert stelle ich fest, dass alle Schlafzimmertüren geschlossen sind und niemand auf dem Flur unterwegs ist. Kurz frage ich mich, ob die Crew wohl auch eingeschlossen wird. Bestimmt nicht, oder? Aber ich kann das jetzt nicht überprüfen.

Leise gehe ich die Treppe hinauf zum zweiten Treppenabsatz. Dort drücke ich das Ohr gegen die Tür mit der Aufschrift »Oberdeck«. Nichts zu hören. Ich öffne die Tür einen Spalt. Stille.

Genau wie vorhin komme ich direkt neben der Tür zur Brücke heraus, durch deren Schlitz jetzt ein schmaler Streifen Licht fällt. Nur oberflächlich atmend, drücke ich mich gegen die Wand und taste mich den dunklen Flur entlang. Ich schaue nach oben und entdecke eine Kamera direkt über mir. Wenn ich Glück habe, werden sie um diese Zeit nicht mehr überwacht. Oder alle Kameras wurden abgeschaltet, um die Geschehnisse von heute Abend zu verschleiern.

Ich erreiche die Tür zum dunklen Wohnzimmer. Nur etwas Sternenlicht fällt durch die Fenster, und die EXIT-Schilder über den Türen werfen ihren grünen Schein in den Raum. Auf Zehenspitzen schleiche ich an Johns Porträt vorbei und setze mich an einen der Computer. Ich klicke die Maustaste, und der Bildschirm leuchtet grell auf. Schnell regle ich die Helligkeit herunter und logge mich in meinen E-Mail-Account ein.

Ich habe neue Nachrichten, aber die öffne ich jetzt lieber nicht, falls jemand den Bildschirm überwacht. Es könnte jederzeit jemand hereinkommen, also tippe ich in Lichtgeschwindigkeit eine neue Nachricht.

Hey Sis,
Amythist ist über Bord gegangen, wahrscheinlich tot. Summer sagt, es war ein Unfall, dass sie einfach runtergefallen ist. Küstenwache war kurz da, hat mit John gesprochen und ist wieder abgehauen. Sie hat meine Uhr getragen, und mein Handy und mein Laptop sind weg, also schreibe ich vom Computer an Bord. Ich soll morgen eigentlich nach Hause geschickt werden, weiß nicht, ob das jetzt so bleibt. Übrigens habe ich heute endlich Seeigel probiert, und es schmeckte genauso, wie du gesagt hast.
X. Sis

Ich schicke die Nachricht ab, logge mich aus und schalte den Bildschirm aus. Dann taste ich mich durch den düsteren Raum und schlüpfe durch die gläserne Seitentür auf das schmale Deck hinaus. Sofort peitscht mir der Wind ins Gesicht. Es ist fast vier Uhr morgens, doch noch ist kein Licht am Horizont zu sehen. Wir fahren immer noch ziemlich schnell, und die Jacht schaukelt auf dem unruhigen Wasser. Wir sind also nicht einmal über Nacht an Ort und Stelle geblieben, um nach Amythist zu suchen, was mich in meiner Theorie nur noch bestärkt. Ich halte mich an der Reling fest und gehe Richtung Bug.

Das Herz schlägt mir bis in die Kehle. Mit gespitzten Ohren lausche ich auf irgendein Geräusch, doch alles ist ruhig. Als ich die Stelle erreiche, an der Amythist über Bord gegangen ist, lasse ich meinen Blick von Schatten zu Schatten huschen, doch ich scheine tatsächlich allein zu sein. Leise tapse ich über die frisch geschrubbten Holzplanken. Ich bin zwar dankbar, dass die Lichter an Deck nur schwach leuchten, doch das erschwert auch mein Vorhaben. Ich knie mich neben die Reling und suche nach irgendetwas, was der Unfallgeschichte widersprechen könnte. Alle Spuren wurden entfernt, doch vorher haben sie sich in mein Hirn eingebrannt: der glitzernde, abgebrochene Nagel, die Glasscherben, die furchtbare Blutspur. Ich hole Amythists Handy aus der Tasche, beuge mich über die Reling und leuchte mit der Taschenlampe am Schiffsrumpf hinunter. Jemand hat das Blut weggespült, doch man kann immer noch eine blasse Spur erkennen.

Hinter mir geht ein Licht an, und ich erstarre.

»Was machst du hier?«, ruft Summer.

Hektisch schalte ich die Taschenlampe am Handy aus und die Videokamera an, während ich mich langsam aufrichte. Vielleicht bekomme ich ja ein paar brauchbare Tonaufnahmen. Ich tippe auf Aufnehmen und schiebe das Handy verstohlen in die hintere Hosentasche, während ich mich zu ihr umdrehe.

Sie steht in der offenen Wohnzimmertür und beobachtet mich. In der Dunkelheit kann ich ihr Gesicht nicht erkennen. Himmel und Meer haben ihre schwarzen Schwingen um uns gelegt, und einen Moment lang stehen wir uns völlig regungslos gegenüber.

Dann lasse ich die Reling los und gehe langsam auf Summer zu, doch in diesem Moment wird die Jacht von einer großen Welle getroffen, und ich verliere das Gleichgewicht. Ich stolpere vorwärts, und eine kleine Glasscherbe, die offenbar übersehen wurde, schneidet in das empfindliche Fleisch zwischen meinen Zehen. Ich falle auf die Knie.

Summer lacht.

Fuck. Ich bin am falschen Ort. Das war ein großer Fehler. Ich hätte in meinem Zimmer bleiben und den Mund halten sollen, so wie alle anderen auch.

Aber das kann ich einfach nicht mehr.

Sie kommt auf mich zu. Selbst im schwachen Gegenlicht leuchten ihre blonden Haare, die Diamanten an ihren Ohren und die glänzenden Zähne. Doch ihre Augen liegen im Schatten.

Vielleicht habe ich ja doch unrecht. Vielleicht war es wirklich nur ein Unfall. Doch dieses Lächeln, das ihre Lippen umspielt, ist alles andere als freundlich. Drohend steht sie über mir, trunken von Champagner und Macht, eine Löwin über ihrem verwundeten Opfer.

Wem will ich hier eigentlich etwas vormachen?

Ich ziehe die blutige Scherbe aus meinem Fuß, richte mich auf und sehe Summer ins Gesicht. Wenigstens bin ich größer als sie. Sie steht gelassen da, so nah, dass ich ihr Chanel No. 5 riechen kann. Das Adrenalin jagt durch meine Adern.

»Was hast du getan?«, frage ich.

Aus runden Augen sieht sie mich unschuldig an. »Es war ein Unfall.«

»Hör auf mit dem Theater. Ich weiß, dass es kein Unfall war.«

Sie tut mir den Gefallen. »Du hast mich nie richtig unterstützt«, beschwert sie sich.

»Du hast gerade jemanden umgebracht!«

»Ich?« Sie sieht mich vielsagend an.

Die Nummer schon wieder? »Die Küstenwache war schon hier«, erwidere ich. »Alle wissen, dass ich gar nicht dabei war.«

»Alle werden sagen, was *ich* sage.« Ihr Lächeln jagt mir eine Gänsehaut über den Rücken. »Sogar die Küstenwache. Und das solltest du auch tun. Sonst wirst du es bereuen.«

»Was willst du denn machen? Mich auch aus dem Weg räumen? Oder willst du mir noch einen Mord anhängen, so wie du es mit Eric versucht hast?«

Sie grinst schief. »Ich habe mich schon gefragt, wann du mich endlich darauf ansprichst. Ich wusste, dass du den Strafzettel gezahlt hast, aber du hast nichts gesagt. Damit hast du dich mittlerweile selbst zur Komplizin gemacht, sogar wenn du beweisen könntest, dass du mir dein Auto geliehen hattest.«

»Dann hast du ihn wirklich umgebracht.«

Sie seufzt, als sei ich etwas schwer von Begriff. »Das weißt du doch. Du hast es Amythist gesagt.«

Das Blut gefriert mir in den Adern. »Was hat sie dir erzählt?«

»Damit ist es *deine* Schuld, dass sie tot ist«, sagt sie höhnisch. »Und Eric.«

Mein Herz droht mir aus der Brust zu springen. Mir wird schlecht. *Atmen.* Ich darf mich nicht auf diese Spielchen einlassen. »Warum? Warum wolltest du mir Erics Tod anhängen? Du hattest doch schon den Selbstmord inszeniert.«

»Man sollte immer einen Plan B haben.« Sie lächelt. »Und außerdem hast du es verdient.«

»Aber ich habe dir nie etwas angetan!«, rufe ich völlig perplex.

»Ha!« Sie schnaubt. »Ich habe die Nachrichten gelesen, Belle.«

»Was?«

»Ich kenne deinen Code, du dumme Ziege. Du dachtest wohl, du bist besonders schlau, mit deinen ganzen Apps, aber ich habe sie alle gelesen. Jede einzelne noch so geistreiche Nachricht.«

»Wir waren nur Freunde …«

»Ach, komm. Du hast dich doch überhaupt nicht mehr um mich geschert, nachdem du ihn kennengelernt hattest. Ich habe doch gesehen, wie ihr euch angeschmachtet habt. Ständig habt ihr euch über meinen Kopf hinweg unterhalten, habt mit irgendwelchen Filmzitaten um euch geworfen. Und dann deine dämlichen Pflanzen. Und er redete nur noch davon, wie schlau du bist und wie talentiert und dass du so eine *natürliche* Schönheit hast. Und dann habe ich auch noch das Bild in seinem Nachttisch gefunden.«

Der Wind fegt mir die Haare ins Gesicht, und ich fasse sie mit einer Hand zu einem Pferdeschwanz zusammen. »Welches Bild?«

»Von dir. *In seinem Loft.*«

Der Regentag. Als er mich geküsst hat. Er muss das Bild ausgedruckt haben. Und behalten. Neben seinem Bett.

Ich bin zwar mächtig überrumpelt, aber ich bin hier auch noch nicht fertig. »Warum hast du mich dann überhaupt eingeladen?«

»Um ein Auge auf dich zu haben.«

»Um mich zu manipulieren, meinst du wohl. Aber es hat nicht ganz so geklappt, wie du es dir vorgestellt hast, oder?«

Sie hebt trotzig ihr Kinn. »*Ich* mache mir keine Sorgen um meine Zukunft.«

»Ach ja? Wie soll das alles enden? Wie viele jüngere, hübschere Frauen musst du noch umbringen, damit dir niemand in die Quere kommt?«

»Mir doch egal, mit wem er ins Bett springt, sobald wir verheiratet sind.« Sie lacht. »Aber Eric habe ich geliebt.«

Ich presse die Zähne aufeinander. »Du hast ihn umgebracht und dich dann an meiner Schulter ausgeweint.«

»Es war ja auch schwer«, beharrt sie. »Es ist nicht leicht, den Mann zu verlieren, den man liebt. Aber wenn man etwas erreichen will, muss man eben auch mal Opfer bringen.«

Einen Mord mit einem Wandtattoo-Spruch zu rechtfertigen würde ich sonst niemandem zutrauen, aber Summers seidigen Lippen kaufe ich es ab. »Und Amythist? War sie auch ein Opfer auf deinem Altar der Eitelkeit?«

»Die kleine Schlampe hat bekommen, was sie verdient.« Sie lacht leise. »Ich sage dir jetzt mal, wie es weitergeht.« Sie drückt mir einen langen Fingernagel auf das Brustbein.

Ich schlage ihre Hand fort. »Fass mich nicht an.«

Sie verschränkt die Arme. »Dieses Gespräch hat nie stattgefunden. Morgen früh wirst du dich bei allen für deinen Aufstand entschuldigen. Immerhin war sie deine Zimmergenossin. Da kann man den Gefühlsausbruch ja verstehen. Wir vertragen uns, und wenn wir zu Hause sind, sehen wir uns niemals wieder. Und wenn dir deine Familie lieb ist oder deine Freiheit, dann wirst du nie mehr darüber sprechen, was hier passiert ist. Und auch nicht über Eric.«

»Das ist dein Plan? Und wenn jemand anderes die Wahrheit herausfindet?«

Sie verdreht die Augen. »Du verstehst immer noch nicht, wie die Welt funktioniert, oder? Alles hat einen Preis. Und ich kann ihn bezahlen.«

Ich schüttele den Kopf. »John kann ihn bezahlen. Nicht du.«

»Oh, er hat großes Interesse daran, mich zu schützen«, sagt sie gelassen. »Er hat allzu viel zu verlieren. Und jetzt weiß er auch, dass ich verrückt genug bin, ihn mitzureißen, wenn ich untergehe.«

Und damit wirbelt sie herum, stolziert zurück zu der offenen Tür und ruft nach Vinny. Er erscheint, und sie sagt etwas zu ihm, worauf er mich am Arm packt. Ich versuche, mich loszureißen, doch seine Hand hat mich im Griff wie ein Schraubstock.

»Sie wissen, dass Summer Amythist von Bord gestoßen hat?«, frage ich.

Er grunzt.

»Sie hat sie *umgebracht.*«

Er schiebt mich durch die gläserne Seitentür und das Wohnzimmer und schubst mich den Flur entlang zur Wendeltreppe. »Du wolltest ja nicht hören. Du musst lernen, deinen Mund zu halten.«

Er bringt mich in mein Zimmer. Der Schlüssel klackt im Schloss, und als ich den Knauf drehen will, rührt er sich nicht. Das mit dem Ohrring funktioniert wohl nur im Film.

Mit schwachen Beinen lasse ich mich auf mein Bett sinken. Der Gedanke, dass ich teilweise für Amythists Tod verantwortlich bin, macht mich krank. Wenn ich ihr nicht von Eric erzählt hätte … Nein. Damit darf ich gar nicht erst anfangen. Ich habe ihr gesagt, sie solle vorsichtig sein. Summer will doch nur, dass ich mich für ihren Tod verantwortlich fühle.

Ich hole Amythists Handy hervor, drehe die Lautstärke hoch und spiele das Video ab. Unsere Stimmen sind gedämpft und werden immer mal wieder vom Meeresrauschen und dem Wind übertönt, aber vieles kann man verstehen. Und ich wette, die Polizei hat irgendeine Software, mit der man das Ganze überarbeiten kann.

Meine Hände zittern. Die Begegnung mit Summer hat mich völlig fertiggemacht, aber irgendwie auch angespornt. Unglaublich! Sie hat mir richtig in die Hände gespielt. Gott sei Dank habe ich

Amythists Handy. Jetzt muss ich nur aufpassen, dass es mir nicht abgenommen wird. Kopf runter und irgendwie zur Polizei gelangen. Und natürlich überleben.

Ich denke an Erics »Selbstmord«. Summer war völlig neben sich. Bis ich den Strafzettel entdeckte, hatte ich überhaupt keinen Grund, sie zu fragen, wo sie war. Warum auch? Wie käme ich auf die Idee, meine beste Freundin könnte ihren Freund umgebracht haben?

Brittanis und Rhondas Stimmen dringen gedämpft durch die Wand, und ich presse mein Ohr dagegen. Ich kann gerade noch hören, wie Brittani nach Schlaftabletten fragt.

»Zu spät«, zischt Rhonda. »... morgen total durchgeknallt ... deine große Klappe halten.«

Brittani hat von Natur aus ein lauteres Organ, und ich verstehe sie viel besser als Rhonda. »Wenn das nächste Mal eine Freundin von dir vor deinen Augen ermordet wird, kannst du ja mal versuchen, deine Klappe zu halten«, sagt sie. »Ich wusste doch, eines Tages dreht sie durch.«

»Schhhh!«, macht Rhonda. »... nicht witzig ...«

»O mein Gott, Mom. Hältst du mich wirklich für so dämlich?« Ich höre ein Klatschen und dann: »Au! Was soll das? Das ist Kindesmisshandlung.«

»*Leise*, Brittani. Du ... Luder mitgebracht ... deine Schuld.«

»Im Ernst, Mom?« Brittani flüstert jetzt, aber es klingt, als hätte sie ein Megafon in der Hand. »Sie war meine Freundin! Sie war vielleicht eine kleine Nutte, aber deswegen muss sie doch nicht sterben! Also entschuldige bitte, wenn ich damit gerade nicht so gut zurechtkomme.«

»... dünnes Eis. Ein falsches Wort ... vorbei. Vorbei. ... Knast. Verstehst du mich?«

»Schon gut! Kannst du mal loslassen? Deine Nägel sind ziemlich lang.«

»Versprich es mir.«

»Okay, ich verspreche es! Shit!«

Die Uhr auf dem Nachttisch zeigt 4:34 Uhr an. Amythists Handy hat noch 38 Prozent Akku, und Bernard muss unsere Ladegeräte mitgenommen haben, denn ich kann weder meines noch ihres finden. Ich schalte das Handy aus und lege es unter mein Kissen.

Eric hatte ein Foto von mir in seinem Nachttisch. Bedeutet das, was ich glaube, dass es bedeutet?

Mein Körper ist so müde, und ich weiß, dass ich schlafen muss, damit ich morgen bei vollem Verstand bin, aber in meinem Kopf rattert es unablässig. Ich will endlich etwas unternehmen, denn meine Gedanken kommen einfach nicht zur Ruhe. Ich will meinen Reisepass zurückhaben, meinen Laptop und mein Handy. Ich muss morgen früh zur Polizei.

Eric hatte ein Foto von mir in seinem Nachttisch.

Atmen.

Sollte ich Wendy und Claire vorwarnen? Wenn sie noch nicht befragt wurden, haben sie auch noch nicht gelogen. Wendy hat mich zwar sehr verletzt und enttäuscht, aber ich will nicht, dass sie ins Gefängnis geht. Und die arme Claire erst recht nicht.

Nur ein einziges Mal habe ich Kokain ausprobiert und dann nie wieder: Die Gedanken rauschten mir nur so durch den Kopf, viel zu schnell, um einen fassen oder ausformulieren zu können. Ein bedrohliches Gefühl, eine Angst, die ich nicht zuordnen konnte. Genauso fühle ich mich jetzt. Nur dass ich der Angst dieses Mal einen Namen geben kann.

Ich wiederhole das Mantra, das ich auch damals benutzt habe: *Alles wird gut, alles wird gut, alles wird gut.* Wieder und wieder und wieder. Aber ich glaube es mir selbst kaum.

Ich sehe erneut auf die Uhr. 4:56. Okay, immerhin. Die Zeit vergeht. Nur noch zwei Stunden, dann kann ich aufstehen und duschen.

Eric hatte ein Foto von mir in seinem Nachttisch.

ZWANZIG TAGE ZUVOR

LOS ANGELES

Ein Laubbläser riss mich aus unruhigem Schlaf.

Eric lebt und liegt auf meiner Couch.

Sofort war ich hellwach. Ich sprang aus dem Bett und ging leise ins Wohnzimmer, wo er immer noch tief und fest schlief. Er sah nicht gut aus. Seine Haut war blass, und seine Stirn glänzte vor Schweiß.

Sollte ich ihn wecken und direkt in die Notaufnahme schleppen?

Nein. Schlaf war vermutlich genau das, was er brauchte.

Während Kaffee durch den Filter rann, sah ich aus dem Küchenfenster. Der Wind ließ die Palmwedel tanzen. Alles sah neu und frisch aus nach dem Regen in der Nacht.

Warum war er hier?

Ich sollte wohl Dylan benachrichtigen. Ich scrollte durch meine Kontakte auf der Suche nach seiner Nummer, doch mein Daumen blieb über dem grünen Telefonhörer schweben. Ich hatte keinen Grund, Dylan zu misstrauen, trotzdem hatte ich das Gefühl, Eric mit dem Anruf zu hintergehen. Er war schließlich zu mir gekommen. Nicht zu seinem Bruder. Vielleicht sollte ich erst einmal herausfinden, warum, bevor ich irgendjemanden anrief.

Ich ließ das Handy sinken. Womöglich hatte Eric Dylan ja auch schon selbst angerufen. Eric würde bestimmt bald aufwachen, und dann konnte ich Dylan immer noch Bescheid sagen. Immerhin war er vor meiner Tür aufgetaucht, das zeigte doch, dass er mir vertraute. Also wollte ich ihm zumindest die Möglichkeit geben, mir zu erzählen, was passiert war.

Mein Kopf pochte. Ich hatte nicht einmal vier Stunden geschlafen, aber ich wagte nicht, mich wieder hinzulegen. Was, wenn Eric verschwand? Also schenkte ich mir eine Tasse Kaffee ein und kauerte mich im Wohnzimmer auf einen Stuhl und wartete darauf, dass er aufwachte. Natürlich nickte ich sofort ein.

Mein Nacken war steif, und meine Beine waren eingeschlafen, als mich sein Stöhnen weckte. Seine Lider flatterten, und seine Haut glänzte immer noch feucht im weichen Licht, das durch die Gardinen fiel. Tausend Nadeln malträtierten meinen Fuß, als ich ins Bad humpelte und mit einem Thermometer zurückkam. Ich schob es ihm vorsichtig in den Mund, und er riss die Augen auf. »Schon okay«, sagte ich, so ruhig ich konnte. »Ich will nur mal Fieber messen.«

Er schloss die Augen wieder, und ich sah zu, wie die Ziffern auf dem kleinen Bildschirm immer höher kletterten. Das Thermometer piepste und leuchtete rot auf: 40,1.

Verdammt, viel zu hoch. Ich durchforstete mein Gedächtnis nach den wenigen medizinischen Kenntnissen, die ich mir für meine Rolle als Medizinstudentin angeeignet hatte. Wenn ich mich recht erinnerte, wurde es ab 40 Grad langsam kritisch.

Das Internet bestätigte meinen Verdacht und empfahl ein kühles Bad, das ich sofort einließ. Ich brachte Eric eine Paracetamol und ein Glas Wasser, doch er hob abwehrend die Hand.

»Lass mich einfach schlafen«, murmelte er.

»Eric, du hast ziemlich hohes Fieber«, sagte ich drängend. »Du nimmst jetzt diese Tablette, trinkst das ganze Glas Wasser, und dann setzt du dich in die Wanne. Oder ich rufe einen Krankenwagen.«

Er hob den Kopf, und ich legte ihm die Tablette auf die Zunge. Dann hielt ich ihm das Glas an die Lippen. Er trank es fast aus und ließ den Kopf wieder auf das Kissen fallen.

»Gut. Und jetzt in die Wanne«, wies ich ihn an. Er rührte sich nicht. »Eric, ich meine es ernst. Ich kann dich nicht hintragen, und ich weiß auch nicht, wo du sonst noch überall verletzt bist. Also hilf mir bitte.«

Ich half ihm, sich aufzusetzen, und er schwang die Füße vom Sofa. Ich legte mir seinen linken Arm um die Schultern und stützte ihn mit meinem rechten. »Okay, auf drei. Eins, zwei, drei.«

Geschafft. Eric war auf den Beinen, wenn auch unsicher. Gemeinsam schlurften wir die paar Meter ins Bad, wo ich den Klodeckel hinunterklappte und Eric darauf absetzte. Dann half ich ihm aus seinem T-Shirt. Kaum verheilte Kratzer und bläuliche Prellungen bedeckten seinen Oberkörper, ein Verband an einem seiner Oberarme war blutverkrustet. Doch selbst in diesem Zustand konnte ich kaum die Augen von seinem perfekten Körper lassen. Seine Brust war geschmeidig und straff und sah nach Yoga und Gewichttraining aus, und seine Bauchmuskeln waren stahlhart.

Ich gab mir einen Ruck. Eric musste dringend in die Wanne. Nackt. Richtig. Diesen Teil der Operation hatte ich nicht bedacht. Offenbar dachte er dasselbe, dann er lächelte mich schwach an. »Zugegeben, das Drumherum hatte ich mir etwas anders vorgestellt. Aber du darfst mir gern die Kleider vom Leib reißen.«

Wie brachte er jetzt die Energie zum Flirten auf? Mein Gesicht wurde heiß, also drehte ich mich um und prüfte die Wassertemperatur. »Es ist kühl«, sagte ich, ohne mich umzudrehen. »Aber nicht kalt, also dürftest du nicht direkt einen Schock kriegen.«

Dann eben in Unterwäsche, das sollte ja auch gehen. Ich wich seinem Blick aus und wollte den Verband an seinem Oberarm lösen, doch er zuckte zurück. »Sorry. Das ist am schlimmsten. Vielleicht lassen wir es besser so.«

»Die Wunde muss gesäubert und neu verbunden werden.«

»Aber später«, sagte er nachdrücklich.

Er zog sich am Waschbecken hoch und knöpfte seine Jeans auf. Sollte ich gehen? Aber vielleicht schlief er in der Wanne ein und ertrank. Ich konnte in der Küche warten und ihn durch die Tür im Auge behalten, dann hätte er immerhin ein bisschen Privatsphäre.

»Brauchst du Hilfe?«, fragte ich und wandte mich ihm zu.

Er zog den Reißverschluss auf und ließ ungeniert seine Hose fallen. Er trug keine Unterwäsche. Dann wohl doch keine große Privatsphäre. Ich blickte stur weiter geradeaus, während er sich langsam ins Wasser sinken ließ.

»Okay, ich gehe in die Küche und mache Tee. Ruf mich, wenn du was brauchst«, sagte ich.

»Nein, bleib hier.« Er ließ den Kopf sinken und schloss die Augen.

Ich hockte mich auf den Klodeckel. Der Wasserhahn tropfte. Lange Zeit schwiegen wir. Draußen zwitscherten zwei Vögel hin und her.

»Vielleicht ein Liebeslied«, sagte er, ohne die Augen zu öffnen.

»Vielleicht.«

»Hast du Kaffee da?«

»Ja. Aber für dich nur eisgekühlt.«

Ich behielt ihn aus der Küche im Blick. Während er kurz darauf in kleinen Schlucken seinen Kaffee trank, zwang ich ihn, auch eine Banane zu essen. Dann bereitete ich einen Waschlappen mit warmem Wasser und Seife vor. »Darf ich?«, fragte ich. Er nickte. »Beug dich etwas vor.«

Behutsam wusch ich die Wunden auf seinem Rücken und dann auf seinen Armen, während ich immer noch krampfhaft vermied, den Rest seines Körpers anzusehen. Er öffnete die Lider, als ich mich mit dem Waschlappen vorsichtig seiner Brust näherte. Ich hatte meine Brüste genau vor seine Augen manövriert, und sie sträubten sich schon gegen das dünne Nachthemd. »Den Rest schaffst du wohl selbst«, sagte ich und wandte mich ab.

»Belle.« Ich spürte seinen Blick und drehte mich zu ihm um. »Danke.«

Ich nickte. »Du schuldest mir immer noch eine Erklärung.«

»Ich weiß.«

Eine halbe Stunde später sah er schon etwas besser aus. Ich half ihm aus der Wanne und wickelte ihn in ein Handtuch. Seine Kleidung war schmutzig, die Hosenbeine seiner Jeans waren schlammverkrustet.

»Mein Freund lagert ein paar Klamotten bei mir«, sagte ich. »Ihr seid etwa gleich groß. Ich schau mal, was ich finde.«

»Dein Freund?«, fragte er zu schnell.

Ich lachte. »*Ein* Freund.«

Er folgte mir ins Schlafzimmer und sah zu, wie ich in Hunters Schublade wühlte. Ich fand eine graue Jogginghose und ein dunkelgrünes T-Shirt. »Nicht schwarz«, sagte ich, »aber bequem.«

Er nahm Hose und T-Shirt entgegen, und ich kramte weiter in der Schublade, damit ich nicht hinsehen musste, während er die Hose anzog. Er wollte auch schon das T-Shirt überziehen, doch ich hielt ihn davon ab. »Moment. Wir müssen uns erst um deine Wunden kümmern.«

Ich schob ihn zum Bett, sodass er Richtung Fenster saß, und öffnete die Gardinen. Er blinzelte in die helle Morgensonne. »Ist das da das Hollywood Sign?«

»Ja. Also zumindest das ›wood‹.«

Ich steckte ihm wieder das Thermometer in den Mund und suchte Verbandsmaterial und Wundsalbe zusammen. Das Thermometer piepste und leuchtete rot: 39. Ich zeigte es ihm. »Schon besser, aber du glühst immer noch ziemlich.«

»Meinst du, ich bin zu heiß?«, witzelte er.

»Schön, dass du schon Witze reißen kannst, aber du musst trotzdem dringend zum Arzt.« Ich rieb Salbe auf die Wunden auf seiner Brust und sah mir die Schnittwunde an seinem Unterarm an. »Die sieht tief aus.« Ich drückte etwas antiseptische Salbe darauf und schützte sie dann mit drei schmalen Pflastern. »Und deine Wange, deine Knochen …«

»Wir müssen nach Mexiko«, sagte er.

»Du kannst jetzt nicht irgendwohin fahren.«

»*Du* musst mich fahren«, bat er mich. »Bitte. Dort gehe ich dann auch zum Arzt.«

»Eric, ich … ich kann nicht einfach nach Mexiko. Ich muss in drei Stunden bei der Arbeit sein. Ich …«

»Tut mir leid«, entschuldigte er sich. »Ich weiß, das ist viel verlangt, und ich habe dir immer noch nichts erzählt. Was willst du wissen?«

Er zuckte zusammen, als ich die blutverkrustete Bandage von seinem Oberarm löste. Darunter klaffte ein tiefer Schnitt, der sich noch kaum geschlossen hatte. Scharf zog ich die Luft ein. Ich hatte nicht die geringste Ahnung, wie man so eine schlimme Wunde verarztete, aber es war klar, dass sich schleunigst jemand darum kümmern musste.

»Ich sagte doch, sieht schlimm aus.«

»Was ist denn nur passiert?«

»Summer hat mich von einer Klippe gestoßen.«

Ich erstarrte, und mir blieb die Luft weg. Da hatte ich den Beweis. Sie war also doch dazu fähig. Sobald ich meine Sprache wiedergefunden hatte, sprudelten die Fragen aus mir heraus. »Wann? Warum? Weiß noch jemand, dass du am Leben bist?«

»Nein. Als ich deine Nachricht bekommen habe, bin ich in den Park gefahren, wie du gesagt hast. Dein Auto stand auf dem Parkplatz, aber als ich am Aussichtspunkt ankam, wartete Summer auf mich.«

»Welche Nachricht?«, fragte ich völlig verwirrt. »Ich habe dir erst an dem Abend geschrieben, als du verschwunden bist! Da habe ich dich gefragt, was mit Summer los ist. Na ja, und danach habe ich dir auch immer wieder geschrieben, weil ich nicht wusste, was mit dir passiert ist.«

Nachdenklich zog er die Stirn kraus. »O Mann. Ich bin so dämlich. Summer muss sie geschrieben haben. Ich habe eine Nachricht von dir bekommen, früh an dem Morgen, nachdem ich mich mit Summer gestritten hatte. Darin stand, dass du mit mir über etwas Wichtiges reden musst, aber dass niemand davon erfahren darf. Deshalb wolltest du dich am Aussichtspunkt im Park in Ventura mit mir treffen …«

Ich schnappte mir mein Handy, öffnete unseren Nachrichtenverlauf und hielt ihm das Handy vor die Nase. »Das war ich nicht.«

»Hätte sie sich bei dir einloggen können?«, fragte er. »Vielleicht hat sie die Nachricht dann auf deinem Gerät gelöscht.«

»Ja.« Ich schlug mir mit der Hand gegen die Stirn. »Sie kennt meinen Code. Letztens habe ich in ihrem Haus in Malibu übernachtet und mein Handy unten liegen gelassen, als ich ins Bett gegangen bin. Hast du deins dabei?«

Er schüttelte den Kopf. »Werden deine Nachrichten in der Cloud gespeichert?«

»Keine Ahnung.«

Ich gab ihm mein Handy, und er wischte sich durch ein paar Einstellungen. »Hier.«

Er drückte auf einen Knopf, um meine gelöschten Nachrichten wiederherzustellen. Zum Glück waren es nicht viele, also mussten wir nur ein paar qualvolle Sekunden warten. Und dann war da tatsächlich eine Nachricht von mir an Eric, gesendet am 22. Juli um 5:42 Uhr, in der ich ihn anflehte, mich in einem Park in Ventura zu treffen. Und seine Antwort, in der er zusagte.

»Meine Güte.« Ich starrte auf den Bildschirm.

»Sie hat wohl gedacht, du würdest deine gelöschten Nachrichten nie mehr ansehen.«

»Oder es war ihr einfach egal, ob ich es weiß.« Ich versuchte, mich in Summer hineinzuversetzen. »Außerdem muss die Polizei sie ja auch ausgraben können, wenn nötig.« Im Grunde hätte mich gar nichts mehr schockieren dürfen, aber es tat trotzdem weh. Meine beste Freundin hatte versucht, mir einen Mord anzuhängen. Das ging einfach nicht in meinen Kopf. Eine wütende Flamme züngelte in mir empor. »Und was ist in dem Park passiert?«, fragte ich.

»Es war neblig, und dein Auto war das einzige auf dem Parkplatz. Auf dem Pfad ist mir auch niemand begegnet. Als ich am Aussichtspunkt ankam, wartete Summer auf mich. Ich fragte sie, wo du bist, und sie schrie mich an, dass ich sie mit dir betrogen hätte. Sie wollte mein Handy sehen, also habe ich es entsperrt und ihr gegeben. Dann stellte sie sich direkt an den Abgrund und redete davon, dass es mir ja sicher total egal wäre, wenn sie jetzt da runterspringen würde. Das machte mir wirklich Angst, also trat ich zu ihr, und da ist sie auf mich losgegangen. Wir haben miteinander gerungen – ich dachte, sie wollte springen, also habe ich sie festgehalten. Doch dann hat sie mir das Knie in die Eier gerammt und mich in die Tiefe gestürzt. Und als Nächstes bin ich in irgendeinem Baum aufgewacht, am Fuß der Klippe.«

»O mein Gott.«

»Ich hatte echt Glück, dass ich in diesem Baum gelandet bin«, fuhr er fort. »Ich habe beim Klettern gelernt, wie man fällt, aber so einen Sturz überlebt man eigentlich nicht.«

»Sie wollte dich umbringen!«

Er nickte. »Ich hätte einfach wieder gehen sollen, als ich gesehen habe, dass du nicht da warst, aber … ich habe sie unterschätzt.«

»Wir müssen zur Polizei.«

»Nein«, widersprach er. »Niemand darf wissen, wo ich bin.«

»Warum?«

»Wegen meines Vaters.«

»Summer wollte dich umbringen – was hat das mit deinem Vater zu tun?« Und dann fiel mir Dylan wieder ein. »Wir müssen deinen Bruder anru-«

»Nein!« Er packte mich am Handgelenk, sanft, aber fest.

»Mein Bruder *darf* nicht erfahren, dass ich noch lebe. Verstanden?«

»Aber er ...«

»Er arbeitet für unseren Vater. Ich kann ihm nicht trauen.«

Was sollte das Ganze? Ich verstand überhaupt nichts mehr und hätte Eric am liebsten geschüttelt, doch er sah immer noch bemitleidenswert aus, also fragte ich, so ruhig ich konnte: »Was hat denn das alles mit deinem Vater zu tun?«

»Du weißt es nicht«, sagte er ungläubig.

»Was denn?«

»Na ja, wie auch? Ich trage den Nachnamen meiner Mutter, und Dylan benutzt seinen zweiten Namen.«

»Wovon redest du?«

Er sah mir in die Augen. »John«, sagte er. »John Lyons ... ist unser Vater.«

Mir klappte die Kinnlade herunter. Mein Verstand war nicht in der Lage, diese beiden Welten miteinander zu verknüpfen. »Was?«

»Der Mann, mit dem Summer ...«

»Ich habe schon verstanden. Aber ...« Das war ein zu großer Zufall. So funktionierte die Welt doch nicht. »Weiß Summer das?«

»Ja. Deshalb hat sie sich ja an ihn rangemacht. Ich habe es erst vor Kurzem herausgefunden.«

»Moment mal ...« Mir brannten tausend Fragen auf der Zunge, und ich wusste nicht, wo ich anfangen sollte. »Weiß John denn von dir und Summer?«

»Er weiß, dass wir eine Zeit lang zusammen waren, da bin ich mir sicher. Bevor er irgendjemanden in seinen Orbit eintreten lässt, wird er auf Herz und Nieren überprüft. Er hat die Augen überall. Wahrscheinlich ist das auch einer der Gründe, warum er sie auserwählt hat – um mir eins auszuwischen. Aber er kann nicht wissen, dass wir uns noch getroffen haben, seit sie zusammen sind. Denn sonst hätte er sie abserviert – oder noch Schlimmeres.«

»Und als du herausgefunden hast, dass sie mit ihm zusammen ist, hast du gedroht, ihm alles zu sagen? Und deshalb wollte sie dich umbringen?« So viel zumindest konnte ich aus dem schließen, was Summer von ihrem Telefonat in Malibu erzählt hatte – obwohl mir das mit seiner Drohung überhaupt nicht schmeckte.

»So einfach ist das nicht.« Er seufzte. »Mein Vater ist ein schlechter Mensch. Ich wollte nicht mehr mit Summer zusammen sein, aber ich wollte auch nicht, dass sie sich in seiner Welt verfängt. Natürlich war ich wütend. Sie hat meine persönlichen Sachen durchsucht und meinen Vater ausfindig gemacht, um sich an ihn ranzuschmeißen! Aber deshalb habe ich sie nicht angerufen. Ich hatte Angst, sie könnte ihm nicht gewachsen sein. Ich wollte sie warnen, damit sie sich nicht noch tiefer reinreitet … aber sie wollte nicht hören. Ich habe gesagt, ich würde John von uns erzählen, ja. Aber das waren alles leere Drohungen. Ich wollte nur, dass sie sich von ihm fernhält, zu ihrem eigenen Wohl. Verdammt, es gibt schließlich Millionen alter, reicher Säcke, die keine Monster sind und die ihr mit Freuden jeden Wunsch erfüllen würden.«

Ich beobachtete Eric genau, während er sprach, und wog ab, ob ich ihm glauben konnte. Sein Wort stand gegen ihres, und jetzt wurde mir mehr denn je klar, wie wenig ich ihn kannte. Aber ich kannte Summer. Und in diesem Augenblick war sie offiziell die Person, der ich am wenigsten vertraute. Was dann wohl bedeutete, dass ich ihm mehr vertraute. »Zu *ihrem* Wohl? Das hat ja nicht so gut geklappt«, sagte ich trocken.

Er nickte. »Aber von meinem Vater habe ich noch viel mehr zu fürchten als von ihr.«

Im Ernst? Das Ganze kam mir langsam vor wie eine billige Seifenoper. Ich schloss die Augen und presste mir müde die Finger gegen die Stirn. »Was soll das nun wieder heißen?«

Er fasste mich an den Händen und sah mich mit klarem Blick an. »Ich verspreche, ich werde dir alles erzählen. Aber können wir bitte erst hier weg? Sie suchen nach mir, und ich will dich nicht auch noch in Gefahr bringen.«

In meinem Kopf kreiste es noch immer. Wer waren »sie«? Warum suchten sie nach ihm? Wo war ich da hineingeschlittert?

Das Sonnenlicht verfing sich in seinen blonden Haarstoppeln und verlieh ihm einen Heiligenschein um das geschundene Gesicht. Er brauchte einen Arzt, und zwar viel dringender als ich irgendwelche Antworten. Ich beschloss, ihm zu vertrauen, zumindest vorerst.

TAG 7

FREITAGMORGEN – TERRALIONE, ITALIEN

Bei Tagesanbruch habe ich bereits geduscht und alle meine Sachen gepackt. Endlich klickt der Schlüssel im Schloss.

»Wer ist da?«, rufe ich.

»Julie.«

Ich öffne die Tür. Julie drückt mir eine Tasse Kaffee in die Hand. »Danke.« Ich werfe einen Blick den Flur hinunter und sehe Bernard, der gerade die Treppe hinauf verschwindet. »Wo ist Camille?«

»Sie hat jetzt andere Pflichten.«

»Ist denn alles okay mit ihr?«, frage ich. Ich hoffe, ich habe ihr keinen Ärger eingehandelt, weil sie mir gestern Abend erlaubt hat, das Crew-Deck zu benutzen.

Julie lächelt dünn. »Es geht ihr gut.«

Diesbezüglich ist sie jedenfalls nicht sehr auskunftsfreudig. »Gibt's was Neues?«

»Noch nicht.«

»Kommt die Küstenwache heute zurück, um uns zu befragen?«

Sie schüttelt den Kopf. »Wir legen in einer Stunde an. Sie gehen alle in die Stadt, John hat dort ein Meeting. Heute Abend dann nach Monte Carlo.«

Ich höre wohl nicht recht. »Die tun also einfach so, als wäre nichts passiert?«

Sie zuckt entschuldigend mit den Schultern. »Unfall. Nichts zu machen.«

»Dann fahre ich also gleich zum Flughafen, ja?«

»Nein«, antwortet sie. »Sie bleiben hier.«

O nein. Nein, bitte nicht.

»Was? Aber ich will nicht bleiben«, sage ich verzweifelt. »Ich will nach Hause.«

»Tut mir leid«, sagt sie im Hinausgehen. »Sie werden oben beim Frühstück erwartet.«

Shit. Wie soll ich das Handy unter den Blicken der Gorillas zur Polizei schaffen? Und wie soll ich es bis dahin verstecken?

Ich zermartere mir das Hirn. Aber es bringt nichts. Ich habe nicht die geringste Ahnung, was mir heute bevorsteht. Nur auf meine Gesichtszüge habe ich hier halbwegs Einfluss, also verzerre ich sie zu einer fröhlichen Grimasse, stopfe Amythists Handy in die kleine Gucci-Tasche, die Summer mir vor einer gefühlten Ewigkeit geschenkt hat, und gehe die Treppe hinauf. Mit jeder Stufe wächst meine Anspannung.

Die anderen sitzen bereits draußen an einem Tisch am Heck auf dem Oberdeck, trinken schweigend ihre Cappuccinos und essen Croissants. Es ist ein wunderschöner, klarer Morgen, und Himmel und Meer scheinen sich um das strahlendste Blau zu streiten. Wir schippern gemächlich an der Küste entlang, die mit bunten Häusern auf sandfarbenen Klippen gespickt ist. Eine angenehme Brise bläst über das Wasser.

Mit feuchten Handflächen gehe ich auf den Tisch zu. Summer sieht auf und lächelt. Sie trägt eine Sonnenbrille, so wie alle anderen auch, aber das Lächeln scheint tatsächlich mir zu gelten. Oder steht noch jemand hinter mir? Ich drehe mich um. Nein, niemand. Ich wünschte, ich hätte mir auch eine Sonnenbrille aufgesetzt.

»Guten Morgen, Belle«, flötet Summer. »Oh, die Tasche habe ich dir geschenkt, oder? Mir ist Gucci doch etwas zu schrill, aber dir steht sie wirklich gut.«

»Gibt's was Neues über Amythist?«, frage ich und ignoriere ihr »Kompliment«.

Alle schütteln düster den Kopf.

»Wir hoffen, dass jemand sie gerettet hat«, sagt Wendy bedrückt.

Brittani knallt ihre Kaffeetasse auf den Tisch. »Können wir bitte mal mit diesem Scheiß aufhören? Macht euch doch nichts vor! Niemand hat sie gerettet. Sie ist tot.«

Summer presst die Kiefer aufeinander. Rhonda legt eine Hand auf Brittanis. »Schatz, das geht uns allen sehr nahe.«

»Quatsch«, giftet Brittani. »Ihr mochtet sie doch nicht mal. Sie war *meine* Freundin.«

Claire und Wendy schweigen. Bestimmt wären sie jetzt gern irgendwo, nur nicht hier. Ich setze mich auf den freien Platz neben Claire, und sie reicht mir mit einem schwachen Lächeln den Korb mit den Croissants.

»Dann bringt mich also keiner zum Flughafen?«, frage ich in bemüht freundlichem Ton, während ich mir ein Croissant buttere, auf das ich überhaupt keine Lust habe.

»Nicht nötig«, antwortet Summer. »Was gestern Abend passiert ist, hat doch irgendwie alles in ein anderes Licht gerückt, oder? Wäre doch schade, zwei Tage früher abzureisen und den Rest des Trips zu verpassen.« Sie deutet auf eine Ansammlung von Häusern, gelb, rosa und orange, die sich einen Abhang bis zum türkisfarbenen Wasser hinunterziehen. »Oh, seht mal, wie hübsch!«

Lustlos zieht Wendy ihr Handy aus der Tasche und schlurft zur Reling, um ein paar Bilder von der Küste zu machen.

»Los, wir machen ein Foto«, sagt Summer, steht auf und geht zu Wendy. »Mom, kannst du ein Bild von uns machen?«

Mit einem gezwungenen Lächeln hält Rhonda die Kamera hoch, und Wendy setzt ein glückliches Gesicht auf, um mit Summer für das Bild zu posieren. Summer muss sich wirklich sehr sicher sein, dass Amythists Tod niemals vor Gericht kommt, denn diese fröhlichen Bilder wären wohl ziemlich belastend.

»Und jetzt alle!«, ruft Summer.

Brittani und Claire stellen sich widerwillig dazu, aber ich zögere. Das ist alles zu skurril, und keine zehn Pferde kriegen mich neben Summer an die Reling.

»Los, Belle! Komm schon.« Summer winkt mich herüber.

Ich stelle mich neben Claire und schaue böse in die Kamera.

Als wir alle wieder am Tisch sitzen, schlägt Summer mit der Gabel gegen ihr Glas. »Ich bin so dankbar, dass ich meine liebsten Freundinnen hier bei mir an der Riviera habe«, sagt sie und legt sich die Hand aufs Herz. »Und es tut mir so schrecklich leid, dass ihr das gestern miterleben musstet. Aber heute habe ich noch eine Überraschung für euch, die euch sicher gefallen wird. Also macht euch fertig für unseren Ausflug. Und dann treffen wir uns um neun Uhr, um gemeinsam von Bord zu gehen.«

Brav erheben sich alle, um in ihre Zimmer zu gehen. Ich bin die Letzte und schiebe mir noch den Rest Croissant in den Mund. Doch ehe ich eintreten kann, hält Summer mich leicht am Ellenbogen fest. Als ich mich zu ihr umdrehe, sehe ich aus dem Augenwinkel Vinny und Bernard, die uns beobachten. Jetzt nicht die Nerven verlieren.

»Zwischen uns ist alles in Ordnung, oder?«, sagt sie und lächelt wachsam. Das war keine Frage.

Ich verschlucke mich an meinem Croissant. »Ja«, bringe ich hustend hervor. »Alles in Ordnung.«

Momentan scheint mir das die beste Antwort zu sein. Immerhin will ich dieses Boot lebend verlassen.

»Gut.« Sie umarmt mich.

Sobald sie mich freigibt, tripple ich den anderen hinterher die Treppe hinunter und klopfe bei Claire und Wendy.

Wendy öffnet die Tür einen Spaltbreit und sieht mich misstrauisch an.

Ich dränge mich an ihr vorbei und schließe die Tür hinter mir.

Claire sitzt im Schneidersitz auf ihrem Bett und blickt mich aus geschwollenen Augen an. Sie hat eindeutig viel größere Probleme damit, einen Mord zu vertuschen, als die anderen.

»Hey«, sage ich. »Was auch immer gestern Abend passiert ist, die Wahrheit wird irgendwann ans Licht kommen. Ihr solltet euch überlegen, auf welcher Seite ihr dann stehen wollt.«

Ich kann fast sehen, wie Wendys Angst zwischen den feinen Rissen ihrer beherrschten Fassade hervorquillt. »Belle«, sagt sie vorsichtig. »Du bist eine meiner besten Freundinnen. Aber wir waren dabei. Amythist ist einfach gefallen. Mehr nicht. Es war schrecklich, und du machst es uns nicht gerade leichter.« Dann habe ich wohl recht gehabt – Wendy hat sich für Summer entschieden. »Oder, Claire?«

Claire nickt, und ihre Augen füllen sich mit Tränen.

»Okay.« Ich hebe die Hände. »Aber denkt dran, ihr habt immer noch die Wahl.« Ich lasse meinen Blick auf Claire ruhen. »Es wäre nicht richtig, euch für das Verbrechen eines anderen zahlen zu lassen.«

»Sei nicht so dramatisch.« Wendy tätschelt mir den Rücken und schiebt mich zur Tür. »Ich weiß nicht, was diese Andeutungen sollen, aber es war ein Unfall. Ein schrecklicher, tragischer Unfall. Die Küstenwache sucht nach ihr. Wir können nichts tun – und wir müssen uns jetzt umziehen.«

Na ja, ich hab's versucht. Hinter mir klickt das Schloss. Einen Moment lang bleibe ich stehen und lausche auf ihre Stimmen, doch es ist nichts zu hören.

Als wir uns draußen auf dem Hauptdeck treffen, hat die Jacht bereits angelegt. Ich weiß nicht, wo genau wir sind. Der Hafen ist ziemlich klein und außerdem leer, bis auf unser Boot. Dahinter erstrecken sich grüne Hügel, auf denen Häuser mit roten Dächern stehen. Die Farbe an den Wänden ist verblasst und hier und da abgeplatzt, die Fenster sind dunkel oder mit Brettern vernagelt. Keine bunten Sonnenschirme am Strand neben dem Hafen. Keine lebhaften Verkäufer, die ihre Souvenirs an den Mann bringen wollen. Nur die Raben kreisen über unseren Köpfen und rufen sich heiser zu.

Die Gangway liegt bereit, und die anderen Mädels stehen im Schatten auf dem Oberdeck und starren auf die geisterhafte Stadt hinaus. Das muss das Dorf sein, das John gekauft hat. Der Standort für sein nächstes großes Entwicklungsprojekt.

»Da bist du ja. Dann können wir endlich los«, sagt Brittani, als sie mich sieht.

Alle suchen ihre Sachen zusammen, und Vinny geht uns voran über die Gangway.

Der Ort liegt in einer windgeschützten Bucht. Morgens und nachmittags bieten die Klippen zu beiden Seiten wohl etwas Schutz vor der Sonne, doch jetzt steht sie bereits hoch am Himmel und brennt erbarmungslos auf uns nieder.

»Ich hoffe, hier gibt es endlich mal eine Klimaanlage«, motzt Brittani Summer an, während Vinny ihr auf die rot gepflasterte Hafenpromenade hinunterhilft.

Summers perfekt manikürte Finger packen Brittani am Ellenbogen, und sie zischt ihr etwas ins Ohr. Brittani reißt sich los. »Weiß ich doch!«, murmelt sie.

Hitzewellen steigen von der asphaltierten Straße auf, die in die menschenleere Stadt führt, in der jetzt eigentlich eine geschäftige Touristenmasse unterwegs sein würde. Aufmerksam sehe ich mich nach Polizisten um und überlege fieberhaft, wie ich irgendwelche Obrigkeiten informieren könnte.

Aber das würde ja eh nichts bringen. Wenn John diese Stadt gekauft hat, dann hat er ganz sicher auch die Polizei gekauft. Meine Hoffnung schwindet. Ich muss mir etwas anderes einfallen lassen. Ob Amythists Handy hier Empfang hat? Aber das kann ich jetzt schlecht überprüfen – was, wenn es jemand bemerkt? Schließlich denken alle, dass mein Handy weg ist. Ich bräuchte nur ganz kurz Internetempfang, dann könnte ich das Video mit Summers Geständnis in die Cloud hochladen. Da wäre es sicher, ganz egal, was mit dem Handy passiert.

Der Gehweg ist mit einem orangefarbenen Bauzaun abgesperrt, sodass wir auf die Asphaltstraße ausweichen müssen. Dann biegen wir in eine schmale Gasse ab. Die Gebäude zu beiden Seiten haben alle die gleiche verwitterte, rotbraune Farbe. Vor den meisten Geschäften und Restaurants sind die Läden geschlossen. Ob das nur an der Jahreszeit oder der Uhrzeit liegt? Oder sind sie dauerhaft zu?

Eine dürre schwarze Katze huscht vor uns über die Gasse und springt in ein offenes Fenster. »Das bringt Unglück«, flüstert Claire.

»Wie weit ist es denn noch?«, fragt Summer ungeduldig. »Vielleicht hätten wir doch fahren sollen.«

»Nicht mehr weit«, brummt Vinny.

Die schmale Gasse trifft auf eine breitere Straße. Wir biegen links ab und laufen alle hintereinander in dem schmalen Streifen Schatten, den die Häuser werfen. Die Straße ist von leeren Gebäuden gesäumt, vermutlich Büros, aber auch sie sind architektonisch an den Rest der Stadt angepasst. Hier und da stehen weitere orangefarbene Zäune, die Straßenauffahrten versperren oder ganze Gebäude umgeben, doch von Bauarbeitern keine Spur.

Vor uns erspähe ich ein paar Vespas, weiß und himmelblau. Und ein einsames weißes Auto mit einem Streifen derselben himmelblauen Farbe fährt langsam auf uns zu. Ist das ein Polizeiauto? Wir überqueren die Straße, und ich versuche unauffällig, genauer hinzusehen, doch ich muss mich beeilen, um die anderen einzuholen, die schon wieder abgebogen sind. Als das Auto vorbeifährt, sehe ich mich noch einmal um. Tatsächlich: auf der Seite steht POLIZIA MUNICIPALE.

Unter einem grünen Schild mit einer Uhr darauf bleibt Vinny stehen. Im Schatten einer Markise scharen wir uns um ihn.

Strahlend sieht Summer in die Runde. »So, ich wollte euch noch etwas ganz Besonderes mitgeben. Johns Assistent musste die ganze Nacht suchen, denn ich hatte eine sehr genaue Vorstellung. Aber er ist fündig geworden! Ich hoffe, es gefällt euch!«

Vinny öffnet die Tür, und wir betreten den kleinen Laden. Es ist dunkel und kühl hier drinnen, und in den Glaskästen an den Wänden liegen Armbanduhren, von unten angestrahlt. Ich kann nirgendwo Preisschilder sehen und habe keine Ahnung von Uhren, aber sie sehen definitiv teuer aus. Ein drahtiger, grauhaariger Mann Mitte siebzig lächelt uns zaghaft an.

Er deutet schweigend auf einen Glaskasten. Darauf steht eine geöffnete, mit Samt ausgekleidete Schachtel, in der sechs identische Rolex-Uhren in Damengröße liegen. Das Zifferblatt besteht aus Perlmutt und das Armband aus Silber.

Rhonda legt sich eine um das Handgelenk. »Oh, Summer. Die sind wunderschön!«, sagt sie überschwänglich. »Wie lieb von dir.«

»Wirklich schön«, stimmt Wendy ihr zu und setzt ein Lächeln auf. »Wie aufmerksam. Vielen Dank.«

Eine Rolex für unser Schweigen? Im Ernst?

Der Ladenbesitzer verteilt die Uhren, und wir legen sie an.

»Ich habe sie selbst ausgesucht«, sagt Summer zufrieden. Ihr Blick bleibt an mir haften. »Ich dachte mir, ihr könntet bestimmt alle eine neue gebrauchen.« Dann hat sie meine Uhr an Amythists Handgelenk wohl doch bemerkt.

Brittanis finsterer Gesichtsausdruck verschwindet, als sie ihre neue Uhr betrachtet. »Danke, Sis«, sagt sie.

»Danke, sie ist wirklich schön«, fügt Claire leise hinzu, ohne Summer in die Augen zu sehen.

»Gern geschehen«, sagt Summer. »Für meine Mädels nur das Beste!«

Der Ladenbesitzer sagt etwas zu Vinny auf Italienisch, der es für uns übersetzt: »Okay, er wird euch jetzt die Uhren anpassen.«

Eine winzige, runzlige Frau erscheint, vermutlich die Frau des Ladenbesitzers. Sie trägt ein Tablett mit einem Wasserkrug und Gläsern in den Händen. Die Gläser klirren, als sie das Tablett mit zitternden Händen auf einem der Glaskästen abstellt. Dann gießt sie jedem von uns sorgfältig ein Glas Wasser ein und reicht es uns, während ihr Mann unsere Handgelenke ausmisst und sich mit einem Bleistiftstummel auf einem vergilbten Block Notizen macht – wohl ein Familienerbstück, so wie der aussieht.

Als die kleine Frau Summer ihr Wasserglas gibt, sagt sie zaghaft: »Wir hoffen, Signor Lyons wird unseren Laden behalten. Wir verkaufen beste Uhren an *turisti.*«

Summer nickt. »Ich werde Ihre Bitte weiterleiten.«

Die Botschaft. Warum bin ich nicht früher darauf gekommen? Ich rufe die amerikanische Botschaft an und erzähle alles. Die können mir doch sicher helfen, oder? Jedenfalls muss ich hier raus, und eine bessere Chance kriege ich wahrscheinlich nicht. Ich reiche dem alten Mann meine Uhr und beuge mich zu Wendy hinüber.

»Ich glaube, mein Pflaster wirkt langsam nicht mehr«, flüstere ich. »Ich fühle mich nicht so gut. Ich suche mal eine Toilette und eine Apotheke und hole Nachschub. Das dauert hier ja bestimmt noch etwas.«

Wendy sieht mich aufmerksam an. »Gut, hier solltest du auf jeden Fall nicht loskotzen.«

»Bin gleich wieder da«, sage ich und halte mir den Bauch, als ob mir schlecht wäre. Der Inhaber redet gerade auf Summer ein, und Vinny übersetzt für sie, also jetzt oder nie. »Sagst du den anderen bitte später Bescheid? Ich muss echt kurz raus hier.«

Ich schlüpfe aus der Tür, ohne ihr die Möglichkeit zu geben, mir zu widersprechen, und rase los.

Meine Sandalen klatschen auf dem holprigen Kopfsteinpflaster, und von den verfallenden Gebäuden hallt das Geräusch wider. Ich biege um die erste Ecke und ziehe das Handy aus meiner Handtasche. Kein Empfang. Verdammt. Ich sprinte bis zu nächsten Kreuzung, von wo ich schon die Roller sehen kann, die ich vorhin entdeckt habe.

Auf der Polizeistation gibt es doch bestimmt WLAN. Oder ein Telefon, das ich benutzen kann. Ein Münztelefon – gibt es so etwas noch? Die kennen mich ja nicht. Ich kann ihnen einfach sagen, ich hätte meinen Reisepass verloren und dass ich bei der Botschaft einen Termin vereinbaren will, um mir einen neuen ausstellen zu lassen.

Ich haste weiter die Straße entlang und sehe noch einmal auf Amythists Handy. Immer noch kein Netz. Nichts.

Breite Stufen führen zu einem verzierten Betongebäude hinauf. Über der Flügeltür steht in großen Lettern POLIZIA MUNICIPALE TERRALIONE. Ein eindrucksvolles Gebäude für so eine kleine Stadt, und mir ist vollkommen klar, dass ich die Beamten anlügen werde. Ich nehme immer zwei Stufen auf einmal, dann hole ich tief Luft und lege die Hand auf die schwere Tür. Sofort schwingt sie nach innen, und ein bulliger Mann in Uniform steht mir gegenüber.

Ich mache ihm begreifbar, dass ich kein Italienisch spreche. Er nickt und deutet auf einen Metalldetektor. Er piept, als ich hindurchgehe. Ach ja, ich habe ja noch meine Handtasche umhängen. Ich reiche sie dem Mann, der darin herumwühlt, und gehe erneut durch den Metalldetektor, dieses Mal erfolgreich.

»Internet?«, frage ich, als er mir die Handtasche zurückgibt.

Er schüttelt den Kopf und zeigt auf einen unbesetzten Tisch am Ende des Flurs.

»Telefon?«, frage ich hoffnungsvoll und mache mit der Hand einen Telefonhörer.

Wieder schüttelt er den Kopf und zeigt den Flur hinunter.

Vom breiten, gefliesten Korridor gehen viele Türen ab, die vermutlich in Büros führen. Die einzigen Geräusche sind das Klatschen meiner Sandalen auf dem Boden und das Summen der Klimaanlage. Der Korridor stößt senkrecht auf einen identischen Flur. Auch hier ist niemand zu sehen, dafür stehen aber jede Menge Plastikklappstühle an den Wänden.

Wo die Flure aufeinandertreffen, steht ein großer, schwarzer Schreibtisch, doch niemand sitzt dahinter. Mitten auf dem Tisch befindet sich ein uraltes, schwarzes Telefon mit richtigen Tasten.

Unschlüssig bleibe ich vor dem Tisch stehen. »Hallo?«, rufe ich.

Keine Antwort. Mir bleiben vielleicht noch zehn Minuten, bis die anderen misstrauisch werden. Ich muss dringend diesen Anruf erledigen, sonst wird Vinny mich finden und zurück auf das Boot schleifen und …

Ich werfe einen Blick den Flur hinunter, dann nehme ich den Hörer ab und halte ihn mir ans Ohr. Kein Freizeichen. Ich drücke ein paar Tasten, aber nichts passiert.

Eine uniformierte Frau tritt aus einer der Türen und kommt den Korridor entlang auf mich zu. Ich lasse den Hörer wieder auf die Gabel fallen und setze schnell ein Lächeln auf. »*Mi scusi*«, sage ich. »*Inglese*?«

Sie sieht mich verwirrt an, als sei ich die erste Person, die sich jemals auf diese Polizeiwache verirrt hat.

»*Un po'*«, sagt sie unsicher.

»Ich muss telefonieren«, sage ich. Sie scheint nicht zu verstehen. Ich rate einfach mal und zeige auf das Telefon: »*Telefono?*«

»*Quello non funziona*«, antwortet sie und mustert mich. »*Mi segua, signora.*«

Ich folge ihr den Korridor entlang und durch eine Tür in einen weiteren Wartebereich. Auch hier steht ein schwarzer Schreibtisch. Dahinter zwei Türen.

»*Aspetti un momento*«, sagt sie und verschwindet durch eine der Türen.

Über mir surrt eine Neonröhre, sonst ist absolut nichts zu hören. Ich lehne mich gegen den Schreibtisch und sehe erneut auf Amythists Handy. Kein Empfang. Und der Akku hält auch nicht mehr lange durch.

Mann, bin ich müde. Adrenalin jagt zwar durch meine Adern, doch der tagelange Schlafmangel macht sich langsam bemerkbar. Meine Hirnwindungen führen ins Leere, meine Muskeln sind schwach, und mein Herz rast wie ein Rennpferd auf der Zielgeraden.

Zehn Minuten sind um. Sie werden sich schon fragen, wo ich bleibe.

Endlich kommt ein Beamter aus der Tür, durch die vorhin die Frau verschwunden ist. Er sieht aus, als hätte er eben erst die Highschool verlassen. Er ist schlaksig und hat Pickel im Gesicht und tritt von einem Bein auf das andere. »Sie wollen telefonieren?«

»Ja«, sage ich.

Er legt den Kopf schief und sieht mich aus schmalen Augen an. »Wen wollen Sie denn anrufen?«

»Ich muss mit der amerikanischen Botschaft sprechen. Ich habe meinen Reisepass verloren«, sage ich. Hoffentlich verrät meine Stimme mich nicht.

Er dreht sich um, und ich folge ihm durch eine Tür in einen fensterlosen Raum. Darin stehen ein Schreibtisch und an den Wänden ein paar zusammengeklappte Stühle. Ein Telefon kann ich nirgendwo entdecken.

Das war keine gute Idee.

Meine Gedanken überschlagen sich. »Ähm … könnte ich vorher auf die Toilette gehen?«, frage ich. »Tut mir leid. Es ist dringend.«

»Okay. Den Flur entlang.«

»Danke.«

Ich husche aus der Tür und den menschenleeren Gang entlang, so schnell ich kann, ohne panisch loszurennen. Da ich keinen anderen Eingang gesehen habe, gehe ich den Weg zurück, den ich vorhin gekommen bin – und laufe in der Eingangshalle prompt Vinny in die Arme.

Der Schweiß steht ihm auf der Stirn, und sein Jackett ist zerknittert. »Was zur Hölle soll das werden?«, schnauzt er mich an.

Hilfesuchend sehe ich nach links und rechts. Lauter geschlossene Türen. Es gibt hier nur einen Eingang und Ausgang. Vielleicht kann ich an Vinny vorbeirennen, aber der Mann beim Metalldetektor würde mich direkt wieder einfangen. Ich zögere. »Ich habe nach einer Toilette gesucht.«

»Lüg nicht!«, faucht er.

»Tu ich –«

Er sieht mich an, ohne zu blinzeln. »Wolltest wohl deine Freundin verraten, was?«

Ich renne los, doch er packt mich am Arm. »Au!«, jaule ich.

Ich versuche, mich loszureißen, doch er hat mich fest im Griff und schiebt mich den Korridor hinunter.

»Sie wissen doch, dass Summer sie umgebracht hat! Sie haben doch die Aufnahmen gesehen! Es wird alles rauskommen. Die Polizei hier können Sie vielleicht noch kaufen, aber es gibt zu viele Zeugen. Und die Crew weiß auch Bescheid. Niemals werden Sie das dauerhaft vertuschen können.«

»Halt die Klappe, Belle.«

Der Metalldetektor piepst und leuchtet rot auf, als Vinny mich hindurchschubst, doch der uniformierte Mann hat offenbar gerade anderes zu tun. Vinny drängt mich durch die Tür in den grellen Sonnenschein. Schützend hebe ich die Hand vor meine Augen.

Unter seinem Jackett spüre ich etwas Hartes in meinem Rücken. Hat er etwa eine Pistole da drunter? Deshalb hat dann wohl auch der Metalldetektor gepiepst. Langsam werden meine Finger taub.

»Sie können jetzt loslassen«, presse ich hervor. »Ich komme ja mit.«

Er schleudert meinen Arm von sich, und ich reibe mir die gerötete Haut. Andere Taktik. »Hören Sie, Vinny. Ich weiß, Sie sind John treu ergeben. Aber Summer ist ein Risiko. Er sollte lieber den

Schaden begrenzen und sie loswerden. Noch ist seine Weste weiß. Er war ja nicht dabei. Er hat nur wiederholt, was Summer ihm –«

»Ruhe!«, knurrt er. »Du verstehst das nicht.«

Immerhin. Er spricht mit mir. »Was verstehe ich nicht?«

Er beugt sich ganz nah zu mir herunter. Ich kann seinen säuerlichen Atem riechen, doch ich zwinge mich, stehen zu bleiben. Eine Schweißperle rinnt seine Stirn hinab und tropft auf meine Schulter. »Diese Geschichte interessiert ihn nicht. Das ist nur ein kleines Licht auf seinem Radar. Deswegen wird er nicht seine Pläne ändern. Vielleicht wird er Summer los, vielleicht auch nicht. Aber das ist immer noch seine Entscheidung. Also halt dich da raus.«

Die Schweißperle läuft mir jetzt den Arm hinab. »Wissen Sie, dass er mit Amythist geschlafen hat?«

»Na und?« Er hebt die Arme. »Er nimmt sich, was er will. Er hat auch diese ganze Stadt gekauft. Und nächsten Monat wird sie plattgemacht. Dann baut er hier ein Resort, einen Hafen … Ein Milliardengeschäft. *Darum* geht es auf diesem Trip. Nicht um diesen … Zickenkrieg.«

»Zickenkrieg? Es wurde jemand ermordet!« Was mache ich hier? Er wird sich niemals überzeugen lassen. Wir spielen nicht nach denselben Regeln, und er hat definitiv mehr Trümpfe auf der Hand.

»Du bist nicht die Einzige, die jemanden beschuldigen kann«, sagt er warnend.

Er dreht sich auf dem Absatz um und marschiert die breite Treppe hinunter. Halb blind folge ich ihm, denn der weiße Steinboden wirft das blendende Sonnenlicht zurück. »Soll das eine Drohung sein?«

»Deine Schwester ist auf dem Weg zu deiner Großmutter«, knurrt er.

Bitte? Woher weiß er das? »Lassen Sie Lauren da raus«, sage ich verzweifelt und denke an all die E-Mails.

»Denk doch mal nach!« Er dreht sich um und sieht mich an. »Warum bist du hier?«

Was meint er nur? Doch dann fällt mein Blick auf die Pistole in seiner Hand. Sie glänzt im Sonnenlicht, und mein Kopf ist wie leer gefegt. Mir bleibt die Luft weg, und ich hebe sofort die Hände. »Vinny. Bitte.«

Er geht um mich herum und presst mir den Lauf in den Rücken, direkt über dem Steißbein. Die Hitze ist plötzlich wie weggeblasen. Kalte Angst packt mich, jeder Nerv in meinem Körper spürt nur noch diesen harten Druck des Metalls in meinem Rücken. »Los«, befiehlt er.

Langsam setze ich einen Fuß vor den anderen, meine Gedanken überschlagen sich. Ich denke an Lauren, an meine Eltern, Grannie, Eric. Ich muss hier weg. So kann es doch nicht zu Ende gehen. »Bitte. Bitte, bringen Sie mich nicht um«, flehe ich. »Ich werde nichts mehr sagen. Ich schwör's.«

»Ich bringe dich nicht um«, zischt er mir ins Haar. »Ich werde dir helfen!«

Wie bitte?

Ich wirbele herum und sehe ihm ins Gesicht. Ist das ein böser Scherz? Doch er stupst mich wieder mit der Pistole an. »Weiter.«

Er schiebt mich eine menschenleere Straße hinauf, die mir nicht bekannt vorkommt. Das Kopfsteinpflaster ist holprig, und alle Fensterläden vor den Geschäften sind geschlossen. Tut er nur so, als wolle er mir helfen, damit ich freiwillig in mein Grab gehe?

Mein ganzer Körper kribbelt vor Anspannung. »Wobei helfen?«

»Hier abzuhauen. Gegen meine Anweisung natürlich.«

»Warum?«

»Ich habe schon so einiges für ihn erledigt«, gibt er grimmig zu. »Aber Frauen und Kindern tue ich nichts.«

War das ernst gemeint? »Woher weiß ich, dass ich Ihnen vertrauen kann?«

»Gar nicht.« Er stupst mich weiter. »Hinter dem Hügel da vorn liegt ein anderer Ort.« Er zeigt in die Richtung. »Geh da zum Bahnhof, und nimm einen Zug. Komm heute Abend um neun nach La Quessine zur Chemin de la Pommière, Nummer zwölf. Ich bringe dich fort.«

»Aber wie? Ich habe kein Geld, keinen Reisepass …«

Er greift in seine Tasche und drückt mir ein paar gefaltete Scheine in die Hand. »La Quessine, Chemin de la Pommière, Nummer zwölf. Um neun.«

Ich drehe mich um und sehe ihm ins Gesicht. »Wo ist das?«

Seine Stirn ist zerfurcht, und die Augen funkeln dunkel. »Südlich von Saint-Tropez.«

»Aber …«

»Los jetzt«, bellt er. »Ich sage ihnen, du bist abgehauen.«

Ich knülle die Geldscheine in meiner nassen Hand zusammen und rase von Angst getrieben die Straße entlang den Hügel hinauf. So schnell bin ich seit dem Schulsport nicht mehr gewesen. An der ersten Kreuzung werfe ich einen Blick über die Schulter. Vinnys dunkle Gestalt steht immer noch da, die Pistole in der Hand. Ich nehme die Straße, die weiter nach oben führt, suche den Schatten der Gebäude und treibe mich an, noch schneller zu laufen, immer weiter die verlassene Straße hoch.

La Quessine, Chemin de la Pommière, Nummer zwölf.

Ich springe über einen orangefarbenen Bauzaun und einen schmalen Graben. Die Sohle meiner Sandale faltet sich bei der Landung unter meinem Fuß zusammen, und schon liege ich auf allen vieren auf dem harten Boden. Die Geldscheine verteilen sich auf der Straße, hastig sammele ich sie wieder ein, bevor alles wegfliegt, und stopfe sie in meine Tasche. Ich habe mir ein Knie aufgeschlagen, und mein Knöchel schmerzt, doch ich klopfe den Schmutz ab und laufe weiter.

Die Straße wird langsam schmaler und führt immer weiter den Hügel hinauf bis zum Stadtrand. Ich bin völlig außer Atem, doch ich laufe weiter bergauf, rechts, links, rechts, bis ich ein scharfes Stechen in meiner Seite spüre und mich vor der vernagelten Tür eines verlassenen Hauses zusammenkrümme.

Mein Atem geht heiß und schnell. Eine klebrige Blutspur zieht sich durch die Staubschicht auf meinem Bein. Ich muss weiter. Meine Zunge ist ausgedörrt, aber ich muss weiter.

La Quessine, Chemin de la Pommière, Nummer zwölf.

Rechts, links, ein paar Stufen hinauf, wieder rechts. Keuchend wische ich mir den Schweiß von der Stirn und werde etwas langsamer, damit ich das Tempo durchhalten kann.

Nach und nach bemerke ich eine leichte Brise. Dann komme ich wohl endlich aus diesem Straßenlabyrinth hinaus. Ich brauche dringend einen Aussichtspunkt, um mir einen Überblick zu verschaffen. Hoffentlich gehe ich überhaupt noch in die Richtung, die mir Vinny gezeigt hat.

Mein Gott. *Vinny*. Wer hätte gedacht, dass … Aber darüber kann ich jetzt nicht nachdenken. Ich entdecke eine schmale Treppe, die zu einer Terrasse führt, und nehme immer zwei Stufen auf einmal. Meine Beine zittern vor Anstrengung.

Endlich frische Luft! Ich stehe wieder im hellen Sonnenlicht, aber hoch oben über der Stadt. Schiefe Dächer ziehen sich den sichelförmigen Hang hinunter bis zum Meer, wo die *Lion's Den* einsam in der Bucht liegt. Instinktiv presse ich mich gegen die Wand, doch aus dieser Entfernung wird man mich wohl kaum erkennen können.

Ich nehme Amythists Handy aus der Tasche und notiere die Adresse, bevor ich sie vergesse. Dann zähle ich mit zitternden Händen das Bündel Scheine, das Vinny mir gegeben hat. Achtzig Euro. Nicht gerade viel, aber besser als die knapp vierzig, die ich selbst noch übrig habe. Das Handy hat immer noch keinen Empfang.

Mit weichen Knien steige ich die Stufen von der Terrasse aus wieder hinunter und folge weiter der Straße, bis sie abrupt vor einer Steinmauer endet. Dahinter ist die Stadt zu Ende. Die Mauer muss etwa zwei Meter hoch sein, zu hoch, als dass ich mich einfach daran hochziehen könnte, aber die Steine sind ziemlich groß. Mit nackten Füßen müsste ich darauf genug Halt finden.

Ich ziehe meine Sandalen aus und stopfe sie in meine Tasche. Dann setze ich den weniger schmerzenden Fuß auf einen großen Stein etwa einen halben Meter über dem Boden und drücke mich ab. Gleichzeitig greife ich mit der gegenüberliegenden Hand nach dem Mauerrand. Ich ziehe mich hoch und komme wacklig auf die Beine.

Von hier aus geht es noch ein Stück recht steil nach oben, aber Vinny sagte, hinter dem Hügel liege ein Ort, also muss es ja auch irgendwann wieder runtergehen. Das Gelände erinnert mich an Kalifornien: felsig und von einer feinen Staubschicht überzogen, hier und da sprießen wilde Blumen und trockene Büsche, die mich auf meinem Anstieg tarnen sollten.

Ich wünschte, ich hätte Wanderschuhe an, aber jetzt müssen meine Sandalen halt reichen. Ich streife sie mir wieder über die Füße und mache mich an den Aufstieg. Wenn ich nur nicht so durstig wäre! Immerhin treffe ich auf einen Wanderweg und unterdrücke einen Freudenschrei über mein unheimliches Glück. Ich folge dem Pfad bis zum Gipfel und schaue hinunter auf Terralione und den kleinen Hafen zu meinen Füßen.

Die *Lion's Den* ist nicht mehr da.

Ich suche das blaue Wasser ab und entdecke sie tatsächlich. Sie fährt nach Westen Richtung Frankreich. Mit Leichtigkeit durchpflügt sie die Wellen, das Ebenbild von Eleganz und Stil.

Die Jacht davonfahren zu sehen ist für mich gerade nur ein schwacher Trost. Doch meine zum Zerreißen gespannten Nerven lösen sich ein wenig: Vinny hat Wort gehalten.

ZWANZIG TAGE ZUVOR

LOS ANGELES

Unter den im Wind tanzenden Palmen zuckelte mein Prius durch den Verkehr. Eigentlich hätte ich gar nicht fahren dürfen, schließlich hatte ich kaum geschlafen. Ich war viel zu überdreht und unaufmerksam. Meine Hände waren feucht, obwohl die Klimaanlage auf Hochtouren lief. Wir fuhren Richtung downtown, um uns mit Erics Kunsthändler George zu treffen, der ihm einen Reisepass und eine Bleibe in Mexiko organisiert hatte.

»Also … Dein Vater, John …« Ich schüttelte leicht den Kopf. Daran konnte ich mich nicht so schnell gewöhnen. »Warum hast du Angst vor ihm? Wegen Summer?«

»Quatsch, nein.« Eric lachte. »Summer ist nur eine kleine, störende Fliege. Schon komisch eigentlich, dass nach alldem ausgerechnet *sie* mich fast umgebracht hat …« Er lachte ungläubig.

Gereizt rutschte ich auf meinem Sitz herum. Er verlangte eine Menge von mir und hatte mir immer noch so gut wie gar nichts erzählt. Ich lenkte in die schnellere Spur. »Warum dann?«

»Letztes Jahr ist in Kolumbien ein Einkaufszentrum eingestürzt, erinnerst du dich? Es war noch nicht fertiggestellt, aber trotzdem sind vier Menschen gestorben, und mehrere wurden verletzt.« Ich trat aufs Gas und kam gerade noch bei Gelb rüber. »Nein, hab ich nicht mitgekriegt.«

»Es ging damals durch die Nachrichten, aber nicht so lange, weil es nicht in den Staaten passiert ist. Jedenfalls hat Johns Firma das Einkaufszentrum gebaut. Er hat an tausend Ecken gespart, deshalb kam es zu dem Einsturz – sie haben minderwertigen Beton benutzt, der das Gewicht nicht tragen konnte. Außerdem gab es nicht genug Stahlträger. Die Pläne wurden einfach geändert, nachdem sie schon genehmigt waren – alles gängige Verfahren für ihn. Er hat natürlich alle Anschuldigungen zurückgewiesen. Es gab eine Untersuchung, aber er hat alle geschmiert. Am Ende musste der Bauunternehmer den Kopf hinhalten.«

»Mein Gott … das ist ja schrecklich.« Ich warf Eric einen kurzen Blick zu, doch in dem Moment verlangsamte plötzlich das Auto vor mir das Tempo. Ich trat voll auf die Bremse und kam nur Zentimeter hinter der Stoßstange meines Vordermanns zum Stehen. Ich holte tief Luft und sah erneut zu Eric hinüber, der sich vor Schmerz krümmte, da der Sicherheitsgurt ihn hart gebremst hatte. »Sorry.«

»Geht schon.« Er atmete tief durch. »Ich habe es auch nur erfahren, weil die Familien der getöteten Männer eine Entschädigung forderten. Ihre Anwälte arbeiteten sich nach und nach durch die verschiedenen Gesellschaften, die für Lionshare arbeiten, und so haben sie den Weg zu mir gefunden. Sie haben mir die gesammelten Beweise vorgelegt – und das waren viele. Ich ging zu meinem Vater und verlangte, dass er für seine Fehler geradesteht, aber er weigerte sich, weil es katastrophale Folgen für Lionshare gehabt hätte, wenn er die Verantwortung für den Einsturz übernahm. Er zählte mir auf, was ich alles verlieren würde, wenn die Firma pleiteging. Als er merkte, dass er damit bei mir nicht weiterkam, warnte er mich, dass ich mich aus der Sache raushalten sollte – er meinte, das wäre das Beste für die Geschädigten und auch für mich selbst.«

»Und was hast du gemacht?«

»Ich habe mich natürlich *nicht* rausgehalten. Ich bin zu Dylan gegangen. Er sollte mir bei den Ermittlungen helfen – er war ja mal Journalist, und außerdem arbeitet er bei Lionshare und hat Zugang zu Dokumenten. Aber er hat mich abblitzen lassen. Er meinte, ich wäre völlig verrückt, mein Leben für diese Menschen aufs Spiel zu setzen, die ich doch überhaupt nicht kenne. Und dass der Fall vor Gericht eh keine Chance hätte.«

»Deshalb hattet ihr also Streit.«

»Zumindest war das der jüngste Grund – und der schlimmste. Aber ich wollte nicht aufgeben. Ich habe mit einem Mann Kontakt aufgenommen, der für das Untersuchungskomitee arbeitete. Der hatte tatsächlich ein Gewissen und fühlte sich furchtbar schuldig, dass er sich hatte bestechen lassen. Deshalb war er auch bereit, offiziell auszusagen und alle Beweise offenzulegen für die Verbrechen und Bestechungen, die mein Vater und seine Männer begangen und befohlen hatten.« Eric streckte den Finger aus. »Bieg da vorn bitte ab.«

Ich fuhr rechts in eine Einbahnstraße, die an der City Hall vorbei und ins Herz der Innenstadt führte.

»Vor zwei Wochen bin ich runtergeflogen. Ich hab das Beweismaterial an mich genommen und den Typen selbst interviewt. Ich hatte ja noch keinen Journalisten, der die Story schreiben soll. Ich habe alles hier in meinem Loft gelagert und bin dann zu meiner Ausstellung in San Francisco gefahren. Als ich nach Hause kam, war mein Loft komplett durchwühlt worden. Das ganze Material war weg, auch der Stick mit der Kopie des Interviews.« Er zeigte auf eine schmale Straße vor uns. »Da links.«

Eric zog seine schlammverkrustete Jeans aus dem Rucksack, den ich ihm geliehen hatte, und durchsuchte die Taschen, während ich mich durch eine Lücke im Verkehr über drei Spuren schlängelte und dann in die kleine Straße einbog. Hohe Gebäude warfen ihre langen, kühlen Schatten auf die Gasse. »Halt hier an«, sagte Eric.

Ich bremste den Prius vor einer Stahltür ab, und Eric reichte mir ein zusammengefaltetes Foto. »Das haben sie mir dagelassen.«

Ich faltete das Bild auseinander und sog erschrocken die Luft ein. Ein toter Mann war darauf zu sehen. Sein weißes Hemd war rot von dem Blut, das aus den Schusslöchern in seiner Brust strömte. »O mein Gott«, sagte ich. »Wer ist das?«

»Mein Informant.«

»Fuck«, sagte ich leise. Jetzt kannte ich den Ärger, auf den Eric sich eingelassen hatte. Und es war viel schlimmer als alles, was ich mir hätte vorstellen können. Ich gab ihm das Foto zurück, und er steckte es sorgfältig wieder in die Tasche der Jeans. »Das war John?«

»Mit Sicherheit. Aber ich mache weiter. Es ist nur eine Frage der Zeit, bis sich so eine Katastrophe wie der Einsturz wiederholt. Im Grunde hat mir Summer einen Gefallen getan, als sie mich von der Klippe stieß. So kann ich für einige Zeit verschwinden und mir einen besseren Plan überlegen, wie ich ihn fertigmache.«

»Aber woher wusste er von deinem Informanten?«

»Keine Ahnung. Erst dachte ich, Dylan hätte es ihm erzählt, aber er wusste nichts Genaues. Vielleicht hat John sich in meine E-Mails hacken lassen oder mein Handy abgehört – das kriegt der ganz sicher hin. Aber eigentlich war ich sehr vorsichtig. Vielleicht war es auch jemand, der den Informanten kannte. Der könnte von mir und meinem Plan erfahren und ihn bei John verraten haben.«

Hatten Eric und ich uns jemals E-Mails geschrieben oder telefoniert? Eigentlich hatten wir hauptsächlich über Nachrichten-Apps kommuniziert, und selbst ich wusste, dass die viel schwerer zu hacken waren als E-Mails. Andererseits hätte auch niemand außer Summer einen Grund, sich für unsere Gespräche zu interessieren. »Hat Summer dein Handy?«, fragte ich.

»Ja, ich habe es ihr ja gegeben, kurz bevor sie mich von der Klippe stieß.«

»Falls also jemand Fragen stellt, wird sie es irgendwie der Polizei zukommen lassen, um mich zu belasten.« Ich fühlte mich wie vom Zug überrollt. »Fuck. Du klärst diesen Scheiß besser schnell, sonst lande ich noch als Mörderin im Gefängnis.«

»Das lasse ich nicht zu.« Er nahm meine Hand und sah mir fest in die Augen. »Ich verspreche es.«

Die Stahltür öffnete sich, und eine umwerfende Latina in einem schwarzen Tunikakleid trat auf die Straße, eine Umhängetasche über der Schulter. Sie hatte ihr langes, dunkles Haar zu einem unordentlichen Knoten hochgebunden und trug roten Lippenstift. Sie lächelte und winkte.

»Das ist George?«, fragte ich verblüfft.

»Wie sie leibt und lebt«, bestätigte er.

Sie spähte durch das Autofenster, und ihre Augen hinter den schwarz gerahmten Brillengläsern weiteten sich, als sie Eric sah.

»*Dios mío*«, sagte sie und ließ sich auf die Rückbank fallen. »Du siehst ja schrecklich aus!«

»Danke«, sagte er trocken. »Und du bist sicher, dass dir niemand gefolgt ist?«

»Ja. Ich habe genau deine Anweisungen befolgt. Was ist passiert?«

»Summer hat mich von einer Klippe gestoßen.«

George klappte die Kinnlade runter.

»Finde ich auch«, sagte er. »Aber das ist noch mein kleinstes Problem. Mein Vater ist auch hinter mir her.«

»Willkommen im Club. Wenn *mein* Vater jemals aus dem Gefängnis entkommt …« Sie zog einen Finger über ihre Kehle.

Beunruhigend, aber irgendwie auch beeindruckend, wie leichtfertig sie über ihren eigenen Tod sprach. Ich streckte ihr durch die Vordersitze die Hand entgegen. »Ich bin Belle.«

Sie schenkte mir ein trauriges Lächeln. »Danke, dass du dich um meinen Freund kümmerst. Leider kann ich nicht mitkommen. Ich bin in Mexiko immer noch nicht sicher, selbst mit meinem neuen Namen.«

»George ist nicht dein richtiger Name?«, fragte ich.

Sie lachte. »In meinem früheren Leben war ich Maria.«

»George und ich haben uns hier kennengelernt«, erklärte Eric. »Und dann haben wir herausgefunden, dass unsere glorreichen Väter vor vielen Jahren zusammen an einem Projekt in Mexiko gearbeitet haben.«

»Wofür ein Sumpfgebiet trockengelegt und ein ganzes Dorf geräumt wurde«, fügte sie hinzu.

»Wie klein die Welt doch ist«, sagte ich.

»Allerdings«, stimmte sie mir zu. »Und die mächtigen Männer ganz oben an der Spitze haben sich alle gegenseitig in der Tasche, obwohl sie das natürlich niemals zugeben würden.«

»Inzwischen überzeugt George alle möglichen Idioten, viel mehr für meine Werke zu zahlen, als sie eigentlich wert sind«, endete Eric.

Sie reichte ihm die Umhängetasche. »Einhunderttausend. Ein paar Summen stehen noch aus, also kommt bald Nachschub. In der Vordertasche findest du den Reisepass und den Schlüssel für das Haus meines Bekannten in Rosarito. Wir können ihm vertrauen.«

»Wie soll ich dir jemals danken?«

Sie winkte ab. »Du hast schon viel mehr für mich getan. Übrigens habe ich gestern eine seltsame Nachricht von deinem Bruder bekommen. Ich habe noch nicht zurückgerufen.«

»Kann ich sie mal hören?«, fragte Eric.

Sie holte ihr Handy aus der Tasche und spielte Dylans Nachricht ab. Seine Stimme klang blechern durch den Lautsprecher. »Hi, George. Hier ist Dylan. Ruf mich doch bitte so schnell wie möglich zurück. Es ist wichtig.«

»Kannst du ihn jetzt zurückrufen?«, fragte Eric. »Ich wüsste gern, was er zu sagen hat.«

Sie stellte auf laut und wählte seine Nummer. Während es läutete, flüsterte Eric: »Du hast mich nicht gesehen. Du weißt nichts.«

»Dylan, hier ist George Ramirez«, sagte George ins Handy.

»Ah, richtig.« Dylan räusperte sich. »Hi, George. Danke für den Rückruf. Tut mir leid, aber ...«

»Alles okay?«, fragte George mit gespielt besorgter Stimme.

»Es geht um Eric. Er ...« Dylan unterbrach sich und holte tief Luft. »Du hast in letzter Zeit nichts von ihm gehört, oder?«

»Nein«, sagte sie. »Nicht seit seiner Ausstellung letzte Woche.«

»Und wie kam er dir da vor? Bei der Ausstellung?«

»Ganz normal«, antwortete George. »Warum, Dylan? Was ist los?«

»Er ... Angeblich hat er sich umgebracht.«

»O Gott!«, rief George. Eric bedeutete ihr, nachzufragen. »Wann war ... was ist passiert?«

»Vor ein paar Tagen«, sagte Dylan. »Er hat seiner Ex-Freundin eine Art Abschieds-Mail geschickt, und dann ist er verschwunden.«

Eric und ich tauschten Blicke.

»Verschwunden?«, fragte George.

»Sein Auto wurde gefunden. In einem Park in Ventura. Momentan gilt er als vermisst, aber –«

»Dann könnte er auch noch am Leben sein«, unterbrach George ihn.

»Wir suchen nach ihm«, sagte Dylan. »Das alles ist echt merkwürdig. Es passt einfach nicht zu ihm, aber ... Ich weiß ja, wie nahe ihr euch steht. Ich hätte schon früher anrufen sollen. Ich hatte gehofft, es würde sich alles klären ...«

»*Mierda*«, sagte George. »Kann ich irgendwie helfen?«

»Mein Dad kümmert sich gerade um alles«, sagte Dylan bedrückt. »Er versucht, Erics Schritte zurückzuverfolgen. Ich soll dir sagen, dass du bitte erst einmal alle Erlöse von seinen Bildern weiterverwaltest. Sobald wir Zeit haben, werden wir uns darum kümmern.«

»Okay. Es tut mir so leid, Dylan! Bitte ruf mich an, wenn du was Neues weißt.«

Stimmen im Hintergrund. »Ich muss auflegen«, sagte er. »Bis dann.«

Der Anruf wurde beendet, und George blickte erwartungsvoll zu uns. »Er klang wirklich bedrückt.«

Eric nickte langsam. »Heißt aber nicht, dass ich ihm vertrauen kann.«

»Ihr solltet jetzt losfahren, wenn ihr noch vor Sonnenuntergang da sein wollt«, sagte George. »Ich sage Bescheid, wenn ich was höre.«

»Ich besorge mir ein Prepaidhandy und schreibe dir dann«, antwortete Eric.

George küsste ihn auf beide Wangen. »Pass auf dich auf.«

Ich sah ihr nach, bis sie wieder durch die Tür verschwunden war, dann fuhr ich los. »Dylan glaubt nicht an diese Selbstmordgeschichte«, sagte ich. »Als ich gestern mit ihm sprach, hatte er das Gefühl, dass etwas nicht stimmt. Und er hatte Angst, dass du in irgendetwas hineingeraten bist.«

»Das habe ich mir gedacht«, sagte Eric. »Er kennt mich viel zu gut. Und er weiß ja auch von meinem Feldzug gegen unseren Vater. Interessant, dass er dir davon erzählt hat.«

»Er hat nichts Genaues gesagt. Hast du ihm erzählt, was mit deinem Informanten passiert ist?«

»Noch nicht. Ich hatte es vor, aber dann kam mir Summer dazwischen.«

»Es klang, als wollte er dich über George warnen, dass dein Vater nach dir sucht«, sagte ich vorsichtig. »Vielleicht solltest du ihm eine Chance geben, dir zu helfen.«

»Das glaube ich eher nicht.« Er schüttelte den Kopf. »So oder so ist es zu riskant. Selbst wenn er nicht direkt zu John rennt, wird er vermutlich überwacht. Ohne eine Leiche glaubt John die Selbstmordgeschichte wahrscheinlich auch nicht … Er denkt bestimmt, ich hätte meinen Tod vorgetäuscht. Auf jeden Fall lässt er nach mir suchen.«

Ich spielte das Gespräch mit Dylan in meinem Kopf noch einmal ab, während wir uns durch den Stadtverkehr schlängelten. Er hatte aufrichtig betrübt geklungen, er hatte Angst um seinen Bruder. Und ich saß hier im Auto und fuhr ihn nach Mexiko, ohne den kleinsten Beweis für diese hirnrissige Geschichte. Mein Bauchgefühl sagte mir, dass ich Eric glauben konnte, dass er die Wahrheit sagte. Aber irgendwo in meinem Hinterkopf war diese unangenehme Stimme, die stets wiederholte: Eric und Summer waren ein Paar. Hatten die beiden sich vielleicht einen kranken Plan ausgedacht, um an Johns Geld zu kommen? Ich hatte zwar keine Vorstellung, wie dieser Plan aussehen konnte und wo ich ins Spiel kam, aber …

Noch hatte ich die Möglichkeit, einen Rückzieher zu machen. Eric hatte sein Geld. Ich konnte ihn an einer U-Bahn-Station absetzen und dann einfach alles vergessen. Ich würde Summer Stück für Stück aus meinem Leben verbannen. Mir neue Freunde suchen, normale Freunde. Solche, deren Väter keine kriminellen Milliardäre waren, die nicht versuchten, ihren Ex-Freund umzubringen.

Das war wohl das Beste.

Aber wem wollte ich hier was vormachen?

Ich glaubte Eric. Ich wusste nicht, warum, und ich hoffte sehr, dass es nicht nur an seinen meergrünen Augen lag, aber ich wollte ihm helfen.

»Du bist so still«, bemerkte er.

»Du hast mir ’ne Menge Denkstoff gegeben«, sagte ich. Ich trat aufs Gaspedal, als ich auf den Freeway fuhr, doch leider ging es hier nur im Schneckentempo voran. »Woher wusste Summer, dass John dein Vater ist?«

Er seufzte. »Ein paar seiner Immobilien und Tochtergesellschaften laufen über einen Familienfond, deshalb kriege ich ständig irgendwelche Dokumente von Lionshare zugeschickt. Die meiste Post mache ich gar nicht erst auf. Aber an einem Morgen vor ungefähr einem Jahr stand Summer, als ich aufwachte, vor meinem Schreibtisch. Sie wühlte in dem Stapel, der sich da angesammelt hatte – Besitzurkunden, Bestandsinformationen, Unterschriftanfragen, eine zum Beispiel für den Kauf eines neuen Jets. Und überall stand sein Name drauf und alle seine Kontaktdaten. Ich habe sie gefragt, was sie da macht. Sie meinte, sie suche nach irgendeinem Restaurantflyer. Wir haben nie wieder darüber gesprochen, und ich hatte es schon ganz vergessen, bis mich Dylan letzte Woche anrief und mir mitteilte, dass Summer jetzt mit unserem Dad zusammen ist.«

»Komisch. Ich habe in der letzten Woche mehrmals mit Dylan gesprochen, und er hat es mir nicht erzählt.«

Eric zuckte die Achseln und warf mir einen Blick zu, als wollte er sagen: *Siehst du?*

»Zumindest hat er es *dir* gleich gesagt«, bemerkte ich. »Mir gegenüber hat Summer behauptet, sie habe John zufällig kennengelernt, als er einmal mit JetSafe geflogen ist.«

Eric zog die Brauen zusammen. »Das war kein Zufall. Ich habe ein bisschen Detektiv gespielt, als ich von ihrer Beziehung erfuhr. Sie hat sich auf einen Job in seinem neuen Jet beworben. Mit einem seiner Reisekoordinatoren hatte sie bei JetSafe zusammengearbeitet, und der hat sie dann für den Flug eingesetzt, bei dem John an Bord war.«

»Es war dir wohl doch nicht ganz egal.«

Er starrte hinaus auf die Palmen, die gerade noch über die Lärmschutzmauer ragen. »Niemand lässt sich gern benutzen. Oder anlügen.«

»Aber witzig ist doch – wenn man das überhaupt witzig nennen darf –, dass sie wirklich perfekt zusammenpassen«, sagte ich. »Da haben sich zwei Monster gefunden.«

TAG 7

FREITAGNACHMITTAG – LIGURISCHE KÜSTE, ITALIEN

So schnell ich kann, folge ich dem staubigen Pfad, der hinunter in einen Ort führt, der sich an den Abhang über dem Meer schmiegt. Die Blumen leuchten im goldenen Licht der Nachmittagssonne, doch ich habe keine Zeit, die Aussicht zu genießen.

Meine Beine fühlen sich an wie Wackelpudding, und meine Kehle ist ausgetrocknet. Ein paar sonnenverbrannte Wanderer, die sich fröhlich auf Deutsch unterhalten, sehen mich unsicher an, als ich an ihnen vorbeieile. Kein Wunder. Wie ich wohl aussehe? Schmutzig, verschwitzt, blutverschmiert, vermutlich habe ich auch einen Sonnenbrand, und passend gekleidet bin ich nicht gerade. Aber zumindest geht es nur noch bergab. Im Ort gibt es etwas zu trinken – und hoffentlich auch Handynetz.

Der Pfad führt auf eine kopfsteingepflasterte Straße, die sich durch das malerische Städtchen bis hinunter zum Hafen windet. Ich komme an einem Bed and Breakfast vorbei, dessen Fenster alle weit offen stehen. Bei einem Restaurant verkündet ein Schild im Fenster, dass um vier wieder geöffnet wird. Und dann taucht direkt vor mir eine Fata Morgana auf: ein kleines Café.

Endlich. In dem dämmrigen Laden reiße ich sofort den Kühlschrank auf und ergreife die größte Wasserflasche, die ich finde. Gierig betrachte ich die Sandwiches in der Auslage. Dann deute ich auf eines mit Salami. Der Mann hinter der Theke sieht mich argwöhnisch an, doch er nimmt wortlos mein Geld entgegen, und schon sitze ich draußen auf dem Bordstein und setze die Flasche an die Lippen. Kaltes, erfrischendes, köstliches Wasser rinnt mir die Kehle hinunter. Noch nie war ich so durstig. Den letzten kleinen Rest spritze ich mir über Hände und Gesicht und mache mich dann über das Sandwich her. Die Salami ist wunderbar würzig, und das weiche Focaccia schmeckt nach Olivenöl.

Als ich fertig bin, könnte ich mich hier und jetzt auf den Boden legen und einschlafen, aber das geht nicht.

Also entsorge ich meinen Müll und hole Amythists Handy aus der Handtasche. Der Akku ist leer. Verdammt! Ich habe einfach kein Glück.

Ich betrete wieder das Café und halte das Handy hoch. »Ladegerät?«, frage ich den Mann.

Er schüttelt den Kopf und sagt etwas auf Italienisch, das ich nicht verstehe.

»*Telefono*?«, sage ich verzweifelt. Ich krame in meiner Tasche nach einem Fünfeuroschein, halte ihn hoch und zeige auf sein Handy. »*Un minuto.*« Ich lege die Hände zusammen.

»*Tutto bene, signorina?*«, fragt er und mustert meine derangierte Aufmachung.

Ich nicke und lächle. Keine Ahnung, was er gesagt hat. Er zuckt mit den Schultern und schiebt mir sein Handy über den Tresen.

»*Grazie mille.*«

Ich google die Nummer der amerikanischen Botschaft und tippe auf Anrufen. Sofort ertönt eine Ansage, die mich über die Sprechzeiten informiert (Montag bis Freitag, 8:30 Uhr bis 12:00 Uhr). In dieser Zeit könnten auch Termine für diverse Anliegen vereinbart werden.

Es ist 13:46 Uhr.

Der Mann zieht die Augenbrauen hoch, und ich setze mein charmantestes Lächeln auf. »*Un momento*«, verspreche ich und google weiter. Endlich finde ich eine Nummer für amerikanische Bürger, die im Ausland in eine Notsituation geraten sind.

Ich klicke mich durch das automatische Menü, bis ich endlich ein Freizeichen höre. »Amerikanisches Konsulat, Notruf?«, sagt eine Frauenstimme.

Erleichtert atme ich aus. »Gott sei Dank.« Sie hört schweigend zu, während ich die Geschehnisse um Amythists Tod darlege und um Hilfe bitte.

»Tut mir leid, Miss Carter, bei den Ermittlungen in einem Verbrechen können wir Ihnen nicht helfen«, sagt sie schließlich höflich. »Aber wenn Sie möchten, kann ich Ihnen für Montag einen Termin für einen neuen Reisepass geben.«

Ist das ihr Ernst? »Aber eine amerikanische Bürgerin wurde ermordet«, protestiere ich.

»Und es wird eine Ermittlung geben. Die italienische Polizei oder die Küstenwache werden es übernehmen, je nach genauer Position. Doch wir dürfen nicht in das Rechtssystem eines anderen Landes eingreifen. Wir unterstützen lediglich Opfer in Notsituationen. Sind Sie Opfer eines Verbrechens geworden?«

»Ich war Zeugin eines Mordes«, sage ich. »Mein Reisepass, mein Handy und mein Computer wurden gestohlen. Ich fürchte um mein eigenes Leben. Was soll ich tun?«

»Wenn Sie Angst um Ihr Leben haben, sollten Sie sich an die Polizei wenden. Ich kann Ihnen die Adresse der nächsten Wache nennen, wenn Sie mir sagen, wo Sie gerade sind.«

O mein Gott.

»Und das bezeichnen Sie als Hilfe für Opfer in Notsituationen? Sie sagen ihnen, dass sie sich an die Polizei wenden sollen?«

»Wir bieten Optionen an, und Ihre beste Option ist momentan –«

»Und sonst gibt es keine Möglichkeit? Niemand, der mir helfen kann? Jemand aus Amerika?«, unterbreche ich sie.

»Montags bis freitags können Sie –«

»Schon klar«, fahre ich erneut dazwischen. »Sonst nichts? Ich brauche dringend Hilfe.«

»Tut mir leid«, sagt sie. »Die Botschaft ist für heute geschlossen. Ich rate Ihnen, sich an die Polizei zu wenden. Wollen Sie nun einen Termin, um einen neuen Reisepass zu beantragen?«

»Von mir aus.«

Ich gebe der Frau meine persönlichen Daten durch und vereinbare einen Termin, zu dem ich wohl niemals erscheinen werde. Dann reiche ich dem Mann sein Handy zurück. Draußen auf der Straße zähle ich erneut mein Geld.

Von den fünfzig Euro, die ich gestern in Saint-Tropez abgehoben habe, sind noch siebenunddreißig übrig, plus die achtzig von Vinny. Damit komme ich bis Montag nicht über die Runden, es sei denn, ich schlafe drei Nächte auf irgendeiner Parkbank. Eine Überweisung würde wahrscheinlich auch nicht vorher ankommen. Ich habe noch etwa hundert Dollar auf meinem Konto, aber meine EC-Karte will ich nicht nutzen, wenn ich es eben vermeiden kann. Vinnys Warnung, dass ich nicht die Einzige bin, die Beschuldigungen aussprechen kann, habe ich noch nicht vergessen. Summer könnte den Behörden erzählt haben, dass ich Amythist umgebracht habe. Und wenn ich auf irgendeiner Wache auftauche, halten sie mich vielleicht für eine Verdächtige in einem Mordfall. Oder John könnte seine berühmt-berüchtigten Kontakte nutzen, um mich zu überwachen, welche Gründe auch immer er dafür hatte. Ich muss also so schnell wie möglich zurück in die Staaten, dort bin ich hoffentlich einigermaßen sicher.

Zumindest habe ich noch die Beweise auf dem Handy. Wenn doch nur der blöde Akku nicht leer wäre – aber ehrlich gesagt habe ich eh keine nützlichen Telefonnummern im Kopf. Und E-Mails traue ich mich auch nicht zu schreiben. Dämlich, wie ich bin, habe ich meinen Laptop nicht mit einem Passwort geschützt, sodass John und Bernard alle meine E-Mails lesen können. All meine Hoffnung liegt nun auf Vinny. Ich muss bis heute Abend die Adresse finden, die er mir gegeben hat. Wenn La Quessine südlich von Saint-Tropez liegt, brauche ich mit dem Zug vielleicht vier oder fünf Stunden. Je nachdem, wie die Züge fahren, kann ich es also schaffen.

Ich gehe wieder in das Café, hoffentlich zum letzten Mal. »*Treno?*«, frage ich.

Der Mann zeigt Richtung Osten. »*Nel prossimo paese.*«

Prossimo muss wohl »nah« oder »nächster« heißen. *Paese* sagt mir nichts, aber diesbezüglich kann mir vielleicht jemand anders weiterhelfen. Ich gehe weiter die Straße hinunter und erreiche den Hafen, wo ein Steg hinaus ins Meer ragt. Ein handgeschriebenes Schild wirbt auf Italienisch und Englisch für Bootstouren für zehn Euro. Ein braun gebrannter, rundlicher Mann Mitte fünfzig bemerkt mich und kommt grinsend auf mich zu.

»Bootsfahrt. *Bellissimo.* Wenn Sie wollen, ich fahre.« Ich wiederhole, was der Mann im Café gesagt hat, und zeige ebenfalls nach Osten. »*Nel prossimo paese?*«

»Sie wollen, ich fahre«, sagt er freundlich. »Andere Stadt ansehen? Ich warte.«

Ich sehe zu den Booten hinüber; kleine blaue und grüne Dingis mit Außenborder, etwa halb so groß wie das Motorboot der *Lion's Den*. Mit einem korpulenten Mann in ein so kleines Boot zu steigen, behagt mir nicht gerade, aber schließlich macht er das ja jeden Tag, und er scheint ganz nett zu sein.

»Gibt es da einen Bahnhof?«, frage ich.

»*Sí, signorina.* Zehn Euro. Gute Preis.«

»Sind fünf okay?«, sage ich flehentlich. »Ich bin ziemlich pleite.«

Er zuckt die Achseln. »Für Sie, okay.«

»*Grazie.*« Ich reiche ihm einen Fünfeuroschein, und er springt ins Boot. Das Dingi schaukelt gefährlich, während er mir hinein- und auf die Bank hilft. Sein Blick bleibt kurz an den Kratzern auf meinem Arm und an meinem schmutzigen, zerrissenen Kleid hängen, doch bevor er irgendetwas sagen kann, lächle ich und breite die Arme aus. »Wunderschöner Tag.«

»*Sí.*« Meine aufgesetzte gute Laune scheint ihn davon zu überzeugen, dass mir nichts fehlt, denn er lässt den Motor an, und wir brausen los. Das Boot klatscht auf die Wellen, und der hübsche Ort zieht an der Küste vorbei. Ich spüre die kühlen Wassertropfen auf meiner sonnenverbrannten Haut. Zum ersten Mal, seit ich aus dem Juweliergeschäft geschlüpft bin, atme ich richtig durch. Die ganze Zeit war ich im Überlebensmodus und konnte immer nur über den nächsten Schritt nachdenken, doch jetzt taucht Amythists Gesicht vor meinem inneren Auge auf. Trauer und Schuldgefühle überkommen mich. Ich hätte ihr niemals die Wahrheit über Summer erzählen dürfen, hätte ihr niemals meine Uhr geben dürfen. Und erst gestern sagte sie noch, sie wolle nicht in der Nähe vom Wasser begraben werden. Was für eine unheimliche Vorahnung ihres nassen Todes. Irgendwo unter den Wellen zerrt die Strömung an ihrem leblosen Körper, und in ein paar Tagen oder Wochen wird ihre aufgedunsene Leiche an irgendeinen Strand gespült. Ein ahnungsloser Spaziergänger wird über sie stolpern, der den schrecklichen Anblick nie wieder vergisst. Ich schlucke meine Tränen hinunter.

Hinter einer Felsenzunge kommt ein weiterer Ort in Sicht, etwa doppelt so groß wie Terralione. Doch hier pulsiert das Leben. Ein schmaler Streifen Sandstrand, von blauen Sonnenschirmen gesprenkelt, zieht sich die Küste entlang. Gelbe und rotbraune Häuser säumen die grünen Hügel entlang der Küste. Am Hafen ragt eine Mole wie ein Angelhaken hinaus ins azurblaue Wasser.

Sonnenanbeter liegen auf Handtüchern auf den größten Steinen, und das Wasser ist kristallklar, sodass ich sogar die kleinen Fische sehen kann, die auf dem Meeresboden von Schatten zu Schatten flitzen. Wir legen neben ein paar Booten an, die nicht viel größer sind als unseres, und der Mann hilft mir hinauf auf die kopfsteingepflasterte Promenade.

ZWANZIG TAGE ZUVOR

MEXIKO

Am späten Nachmittag erreichten wir die Grenze. Nervös hantierte ich schon frühzeitig mit meinem Reisepass herum. Ich war noch nie nach Mexiko gefahren und wusste nicht, was mich erwartete, aber Eric hatte mir versichert, es sei sehr unwahrscheinlich, dass uns irgendjemand herauswinken würde. Andernfalls wäre man in unserem Auto durchaus fündig geworden – ein windelweich geprügelter Mann, ein gefälschter Pass und hunderttausend Dollar in bar.

Eric verdrückte gerade seinen Burger, den wir bei In-N-Out gekauft hatten. Er sah schon besser aus als heute Morgen, aber ich war trotzdem sehr froh, dass er am nächsten Tag endlich zum Arzt gehen würde.

»Was?«, fragte er, als er meinen Blick bemerkte. »Hab ich Senf im Gesicht?«

Ich lachte. »Nein. Ich habe mich nur gefragt, wie du es mit all den Verletzungen eigentlich bis zu mir geschafft hast.«

»Mit dem Bus. Und dahin bin ich gelaufen, ganz langsam. Ich hatte nicht viel Bargeld bei mir, und ich wollte meine Karten nicht benutzen.« Er hielt den Burger hoch. »So was war meine Ernährung.«

»Aber du warst Tage unterwegs! Wo hast du geschlafen?«

»Hab mich in einem billigen Motel in der Nähe des Parks einquartiert und ausgeruht, bis ich die Strecke in die Stadt zum Bus laufen konnte.« Er fuhr sich mit der Hand durch die Haarstoppeln. »Und hab die Haare abgeschnitten, damit man mich nicht sofort erkennt.«

Ich musterte seine vielen blauen Flecken und Prellungen. »Ich glaube, so hätte dich eh niemand erkannt.«

Die Autos vor uns fuhren immer langsamer, und an den Seiten des Freeway erhoben sich jetzt hohe Betonwände. Meter für Meter krochen wir auf den Grenzübergang zu. Eric setzte sich eine Baseball-Cap und eine orangefarbene, verspiegelte Sonnenbrille auf, die wir an der Tankstelle gekauft hatten. Nervös schlürfte ich den Bodensatz meines Eistees.

»Wir sitzen in einem Prius. Wird schon nichts passieren«, sagte er.

Vor uns leuchtete ein Schild auf: MEXIKANISCHE GRENZE. ES WIRD KONTROLLIERT. Ich konnte schon die Wiegestation sehen und die Kabinen, in denen die Grenzbeamten saßen. Große Polizeiwagen mit Blaulicht standen an den Seiten, und Hunde schnüffelten an Kofferräumen.

Wir hatten den grün uniformierten Officer am Ende unserer Spur erreicht. Seine Hand lag auf dem Griff seiner Pistole, und er bedeutete mir, das Fenster herunterzulassen. Ich setzte ein Lächeln auf, reichte ihm unsere Reisepässe, und er beugte sich zu uns hinunter und musterte erst mich und dann Eric, der grüßend die Hand hob.

»Obst oder Gemüse?«, fragte der Officer gelangweilt.

»Nein«, sagte ich bemüht gleichgültig.

Ohne einen Blick in unsere Reisepässe zu werfen, reichte er sie mir wieder und winkte uns weiter. »Willkommen in Mexiko.«

Ich schloss das Fenster, fuhr los und atmete erleichtert aus.

Eric zog ein zerknittertes Papier aus der Tasche und faltete es auseinander. »Kann ich mal dein Handy haben?«

Ich gab es ihm, und er tippte die Adresse ein, die auf das Stück Papier gekritzelt war. »Wo fahren wir hin?«, fragte ich.

»Wie George schon sagte, nach Rosarito. Eine Stadt am Meer, direkt hinter Tijuana.«

»Und dort bist du sicher?«

»Denke schon«, antwortete er.

»Da ist der Arzt?«

»Genau. Ich gehe morgen hin. Aber eigentlich fühle ich mich schon viel besser. Du hast mich ganz gut zusammengeflickt.«

Ich warf ihm einen skeptischen Blick zu. »Glaub mir, das sind vor allem die Schmerzmittel«, sagte ich. »Du gehst auf jeden Fall zum Arzt.«

Er sah aufs Handy. »Hier links.«

Ich folgte seinen Anweisungen, während die Sonne langsam unterging. Er schaltete sich durch die Radiokanäle und blieb bei einem Mariachi-Kanal hängen. Eine Nachricht ging auf meinem Handy ein, und Eric zog die Stirn kraus. »Von Summer.«

»Was schreibt sie?«

»›Hey, Süße‹«, trällerte er. »›John fährt am Sonntag, wenn du nach Malibu rauskommen willst, sag Bescheid.‹« In seiner normalen Stimme fügte er hinzu: »Zwinkersmiley mit Herzchen.«

»Schreib zurück: ›Verpiss dich, du kleines Miststück. Du hast versucht, Eric umzubringen und es mir anzuhängen.‹«

Seine Finger tippten auf dem Bildschirm herum. »Nein!«, rief ich. »Das war ein Scherz!«

»Ups. Zu spät.« Er lachte, als er meinen entsetzten Gesichtsausdruck sah. »Ebenfalls ein Scherz. Was soll ich schreiben?«

Ich dachte kurz nach. »›Fahre zu Grannie nach Lake Havasu. Ich sag Bescheid, wenn ich zurück bin.‹ Zwinkersmiley mit Herzchen.«

»Zwinkersmiley mit Herzchen, das ist euer Ding, was?«, sagte er und tippte die Nachricht ein. »Bei dem Tor da vorn rechts.«

Ich bog in eine kopfsteingepflasterte Auffahrt ein und fuhr auf zwei große, weiße Torbögen zu. Dazwischen stand ein Wachhäuschen. Ein dicker Mann in weißer Uniform öffnete das Fenster. Eric beugte sich über mich. »*Vamos 78 Calle Costa Azul, invitados Eduardo Garcia.*«

»*Nombre?*«, fragte der Mann.

»Raphael Sanzio«, sagte Eric.

Der Mann sah auf einer Liste nach, dann öffnete er das Tor. »*Izquierda en la fuente.*«

Die Straße führte sanft bergab, und wir hatten einen herrlichen Blick auf den orange-rosafarbenen Himmel und die ruhige See. Bei einem großen, blau angestrahlten Springbrunnen bog ich links auf eine Schotterstraße ab, die zwischen makellosen, weißen Bungalows hindurchführte.

»Da.« Eric deutete auf einen auf der Strandseite.

Ich parkte im Carport, stieg aus und streckte mich. Dann lud ich meine Tasche aus dem Kofferraum und schleppte sie die Treppen hinauf, während Eric bereits die blaue Tür aufschloss.

Das goldene Licht der untergehenden Sonne fiel durch die Glasschiebetür des offenen Wohnzimmers. Ein bunter Teppich lag auf dem Steinboden, und an den Wänden hingen über der weißen Couchgarnitur traditionelle, mexikanische Wandteppiche in kräftigem Türkis und Rot. Ich ließ meine Tasche fallen und ging direkt auf die Terrasse.

Seite an Seite standen wir am Geländer und sahen hinaus aufs Meer. Eine Treppe führte hinunter zum Sandstrand, an dem sich die Wellen brachen.

»Raphael Sanzio?«, fragte ich.

»Mein neuer Name, dank George.« Er lachte. »Der Renaissance…«

»Der Maler, schon klar.« Ich stimmte in sein Lachen ein.

»Du kennst dich ja gut aus«, sagte er beeindruckt.

»Dafür muss man nicht studiert haben. Raphael ist schließlich einer der Ninja Turtles!«

»Summer kannte ihn nicht.«

»Nicht? Ich dachte, du warst nur mit ihr zusammen, weil sie so klug ist.« Ich drehte mich um und ging wieder hinein.

Eric folgte mir in die Küche, wo ich nacheinander alle Türen aufriss. Irgendwo musste es hier doch Alkohol geben. »Dich hat sie auch ganz schön geblendet«, bemerkte er.

Triumphierend hielt ich eine fast volle Flasche Tequila hoch. »Stimmt.« Ich knallte die Flasche auf den blau gefliesten Tresen. »Und mir hat sie nicht mal einen geblasen.«

Als ich aufsah, war Eric verschwunden. Ich fand zwei Margaritagläser, füllte sie mit Eis aus der Tüte im Gefrierschrank und schenkte großzügig ein.

Als ich die Schränke gerade erneut nach einer weiteren Zutat durchsuchte, kam Eric wieder herein und ließ eine Handvoll Limetten auf den Tresen fallen. Er lachte, als ich große Augen machte. »Draußen steht ein Baum.«

Ich schnitt die Limetten auf und presste den Saft in die Gläser. »Auf dein neues Leben als Renaissance-Künstler«, sagte ich und hielt ihm ein Glas hin.

Lächelnd sah er mir in die Augen. »Danke noch mal.«

Ich riss meinen Blick von ihm los und starrte in mein Glas. Jetzt nicht an seine Lippen denken. »Du musst dich nicht immer wieder bedanken.«

Ich betrachtete die Limettensaftfäden in meinem Tequila. Musste ich mich eigentlich immer noch zwischen Summer und Eric entscheiden? Jetzt, da Summer versucht hatte, mir einen Mord anzuhängen?

Das war ein neuer Gedanke, und sofort flammte in meiner Brust ein so heftiges Verlangen nach Eric auf, dass ich mich schnell ins Bad verzog. Ich starrte mein Spiegelbild an und nahm mir selbst das Versprechen ab, keine vorschnellen Entscheidungen zu treffen. Ich war mir ziemlich sicher, dass er hier und jetzt mit mir schlafen würde, wenn ich das wollte. Aber was, wenn das unsere Freundschaft zerstörte, die mir so wichtig geworden war? Denn auch wenn Eric mich um Hilfe gebeten hatte und ich ihm offensichtlich wichtig war, hatte sich sonst nichts geändert: Er war einfach nicht der Typ, der eine ernste Beziehung suchte, und ich hatte überhaupt kein Interesse daran, mir das Herz brechen zu lassen.

Als ich mich wieder im Griff hatte, ging ich zu ihm auf die Terrasse, wo wir unsere Drinks schlürften und zusahen, wie der Himmel immer mehr Farbe verlor. Der Tequila rann in meinen Körper, wärmte mich von innen und ermutigte mich, eine weitere Frage zu stellen, die mir schon länger auf der Seele brannte.

»Was ist zwischen John und deiner Mom passiert?« Das war natürlich sehr privat, aber Eric wirkte nicht verärgert.

»Meine Mutter ist in ziemlich armen Verhältnissen aufgewachsen, in Paris. John hat ihr das Blaue vom Himmel versprochen, sie geschwängert und nach New York gebracht. Und als sie im sechsten Monat war, fand sie heraus, dass er schon verheiratet war.«

»Mit Dylans Mutter?«

Er nickte. »Meine Mom konnte in den Staaten nicht arbeiten, sie hatte ja keine Green Card. Aber John wollte sie auch nicht mit mir gehen lassen, also war sie vollkommen von ihm abhängig. So hat er es gern. Sie wohnte in einer seiner Wohnungen, und er hat ihr gerade genug Geld gegeben, dass sie über die Runden kam. Er hat sie vollkommen kontrolliert und sie auch misshandelt, mental und körperlich. Sie musste ein bestimmtes Gewicht halten. Sie durfte sich nicht mit anderen Männern treffen. Mom wurde depressiv. Sie hat getrunken und Tabletten genommen. Als ich elf war, kam ich eines Tages aus der Schule und fand sie mit aufgeschlitzten Pulsadern in der Wanne.«

Ich presste mir die Hand aufs Herz. »O Gott, Eric. Das tut mir furchtbar leid.«

»Es war seine Schuld. Sie konnte es nicht mehr ertragen.«

Kein Wunder, dass er seinen Vater so sehr hasste. »Wo hast du dann gewohnt?«, fragte ich.

»John hat mich zu seiner Mutter nach Frankreich geschickt«, sagte er. »Welche Ironie! Meine Mutter hatte sich so sehr danach gesehnt, nach Frankreich zurückzukehren. John war nie da, aber meine Großmutter war wundervoll. Und Dyl war im Sommer immer zu Besuch. Er hasste John fast genauso sehr wie ich.«

»Ist das immer noch so?«

»Anscheinend nicht«, sagte er. »Jeder ist käuflich.«

»Außer dir.«

»Zumindest nicht mit seinem Geld. Denn das ist immer mit Bedingungen verknüpft. Er ist ein richtiger Puppenspieler, und ich will keine Puppe sein.« Eric leerte sein Glas, stützte die Unterarme auf dem Geländer ab und ließ den Kopf hängen. »Aber ich würde es ihm gern abnehmen«, murmelte er.

»Lebt deine Großmutter noch? Könnte sie dir nicht helfen?«

Er nickte. »Sie ist über neunzig, aber fit im Kopf. Ein großer Teil der Firmenaktien gehört ihr, doch sie hat sich schon vor Jahren aus den Geschäften zurückgezogen. Es ist ihr klar, dass John nicht gerade ein ehrlicher Geschäftsmann ist, aber sie weiß längst nicht alles. Bisher habe ich es ihr nicht erzählt, weil sie eh nichts tun kann. Ich wollte ihr eigentlich alles sagen, sobald ich die Beweise beisammenhabe, aber dazu ist es ja nie gekommen.«

»Und jetzt?«

»Ich will sie nicht in Gefahr bringen.« Erschöpft rieb Eric sich die Schläfen.

»Du bist völlig fertig«, sagte ich. »Und meine ganzen Fragen sind wohl auch nicht besonders hilfreich. Du solltest dich hinlegen. Nimm du das Bett. Du brauchst es eindeutig dringender.«

Er sah mich an, und seine Augen funkelten. »Du kannst dich dazulegen. Ich beiße nicht – außer wenn man mich bittet.«

Die Hitze in meiner Brust flammte wieder auf, und mein Entschluss geriet ins Wanken. Ich sah hinaus auf die Wellen. Ich musste mich nur zu ihm umdrehen … und dieses Mal brauchten wir nicht aufzuhören. Aber wir hatten einen sehr langen, anstrengenden Tag hinter uns. Das Ganze hier war alles andere als normal, und im Moment waren wir beide ziemlich durcheinander. Sosehr ich ihn auch wollte, ich nahm all meine Kraft zusammen und lachte, ohne ihm in die Augen zu sehen. »Danke, aber ich habe schon genug von Summer geerbt.«

»Ja, und ich habe schon genug von meinem Bruder aufgetragen«, gab er mit einem schiefen Lächeln zurück.

»Touché«, sagte ich.

Am nächsten Morgen fuhren wir zu dem Arzt in Tijuana, den George empfohlen hatte. Da Eric nicht gerade zu einer Routineuntersuchung kam und auch noch in bar bezahlte, hatte ich eine Arztpraxis erwartet, die zu der zwielichtigen Terminvereinbarung passte. Doch es war alles andere als zwielichtig. Die gefliesten Böden in der Lobby waren blank poliert, und auf dem Marmortresen standen frische Blumen. Ich setzte mich zum Warten auf ein gemütliches Ledersofa und sah die Riesenauswahl an englischen und spanischen Zeitschriften durch.

Trotzdem vergingen die nächsten zwei Stunden quälend langsam, bis sich endlich eine Tür öffnete und Eric mir lächelnd entgegenkam. Er trug den Arm in einer Schlinge, und seine Verletzungen waren frisch verbunden. »Gebrochenes Schlüsselbein, drei Rippen, Stressfraktur am Daumen und ein verstauchter Knöchel.« Er strahlte. »Und sie haben mir alle Schnittwunden verbunden. Der Arm war etwas entzündet, aber sie haben die Wunde gesäubert und mir Antibiotika gegeben.«

»Und die Nase?«

»Gebrochen, aber sie wird wahrscheinlich problemlos verheilen. Und das Jochbein ist zwar gebrochen, aber nicht verschoben. Ich soll nur erst einmal nicht mehr in den Käfig steigen.«

Ich muss ihn wohl etwas verständnislos angesehen haben, denn er erklärte: »Das war ein Witz. Ich habe noch nie an einem Cage Fight teilgenommen. Der Arzt konnte kaum glauben, dass ich den Sturz so gut überstanden habe. Sollen wir uns eine Margarita und was zu essen besorgen?«

»Und die Schmerzen?«

»Nicht weg, aber besser. Er hat mir ein Rezept für Schmerzmittel gegeben, aber die will ich nicht. Ich bin der Sohn meiner Mutter – also will ich mich nicht in Versuchung bringen. Ich hätte lieber einen Tequila.«

An einem Tacostand ließen wir uns etwas einpacken und fuhren zurück zum Haus. Eric mixte Margaritas und pfiff dabei »Margaritaville«, dann setzten wir uns unter einen großen Sonnenschirm an den Tisch auf der Terrasse. Keine ernsthaft entzündeten Wunden und weniger gebrochene Knochen als erwartet – der Arztbesuch hatte Eric eindeutig in Hochstimmung versetzt.

Die wunderbare Aussicht ließ mich beinahe die Gründe für unseren skurrilen Kurzurlaub vergessen. Aber am nächsten Tag würde ich wieder nach Hause fahren und mich der Realität stellen müssen. Und auch Eric würde nicht den Rest seines Lebens von hunderttausend Dollar leben können. Nicht einmal in Mexiko.

Er hob sein Glas. »Auf den Himmel.«

»Wohl eher auf die Hölle«, gab ich zurück. »Das hier ist nicht echt.«

»Wir dürfen doch träumen«, erwiderte er.

»Du brauchst einen Plan.«

»Vielleicht habe ich ja schon einen.«

Ich hob die Brauen.

»Ich werde Anspruch auf Lionshare Holdings erheben.«

»Bitte? Ich dachte, du willst diesen Laden nicht. Und er wird ihn dir bestimmt nicht abtreten.«

»Stimmt. Aber ich möchte zusehen, wie er ihn verliert.«

»Und wie willst du das anstellen? Du befindest dich nicht gerade in guter Verhandlungsposition.«

Er nickte. »Deshalb freue ich mich darüber, dass Summer sich sicher fühlt. Und dass sie mit meinem Vater zusammen ist. Sie ist meine Eintrittskarte.«

»Verstehe ich nicht. Du kannst sie ja schlecht mal eben anrufen«, warf ich ein. Er sah mich vielsagend an. Ach so. »Aber ... ich.« Jetzt hatte ich es kapiert. Mir wurde das Herz schwer. »*Ich* bin dein Plan.«

Deshalb also war er zu mir gekommen. Darum hatte er mit mir geflirtet. Natürlich. Wie konnte ich nur so dumm sein?

»Summer hat mir erzählt, sie will dich und ein paar Mädels auf Johns Jacht einladen. Das wäre die perfekte Möglichk-«

»Ich glaub's nicht.« Ich schob meinen Stuhl zurück und stand auf. »Ich habe dir vertraut!«

»Belle, du kannst mir ver-«

»Warum fragst du nicht einfach deinen Bruder? Er weiß doch viel mehr über deinen Dad und seine Machenschaften als Summer, da bin ich mir sicher.«

»Ich vertraue ihm aber nicht.«

»Nur weil er in Johns Firma arbeitet, heißt das nicht, dass er zu deinem Vater mutiert ist«, blaffte ich ihn an. »So wie Dylan es mir erzählt hat, wollte er nur endlich erwachsen werden und Verantwortung übernehmen, und dafür hat er eben eine Chance genutzt, die sich ihm bot. Das ist nicht böse, das ist clever. Vielleicht solltest du dir von ihm eine Scheibe abschneiden und auch endlich erwachsen werden.«

»Belle«, sagte er leise.

Das war nicht fair gewesen, aber es tat weh, dass er mich benutzen wollte. »Wahrscheinlich bist du neidisch auf ihn, weil er es wirklich zu etwas gebracht hat. Du dachtest wohl, mit mir hast du leichtes Spiel! Aber da hast du dich getäuscht.«

Eric schwieg und sah aufs Meer hinaus. Ich war so wütend, dass mir fast schlecht wurde.

Schließlich sagte er leise: »Tut mir leid, dass ich nicht mein Bruder bin.«

»Und mir tut es leid, dass ich nicht Summer bin«, fauchte ich. »Ich muss zurück nach L. A. Viel Erfolg mit deinen Intrigen.«

Ich stürmte ins Haus, ohne mich noch einmal umzudrehen. Er folgte mir nicht und versuchte auch nicht, mich aufzuhalten, als ich meine Sachen zusammensuchte und sie ins Auto warf. Und er rannte nicht hinter meinem Wagen her, als ich losfuhr. Da konnte ich noch so oft in den Rückspiegel schauen.

TAG 7

FREITAGNACHMITTAG – ITALIENISCHE KÜSTE, ITALIEN

Nach den letzten vierundzwanzig Stunden kommt mir dieses friedliche Städtchen am Meer sehr unwirklich vor. Ein wenig von dem Adrenalin, das mich den ganzen Tag angetrieben hat, ist noch übrig und macht mich ganz hibbelig. Meine Gedanken flirren ziellos durcheinander. *Deine Schwester ist auf dem Weg zu deiner Großmutter.* Was wollte mir Vinny damit sagen? *Warum bist du hier?* Wie viel weiß er?

Ob ich ihm wirklich trauen kann? Aber darüber darf ich mir jetzt keine Sorgen machen. Ich muss weiter. Ich muss zum Bahnhof.

So schwer wird er in diesem Nest ja wohl nicht zu finden sein. Ich lasse den Blick über die alten Häuser schweifen, die den sonnigen Hafen säumen, entscheide mich für eine Richtung, die nach Ortszentrum aussieht, und halte Ausschau nach feindseligen Gesichtern.

Auf einer Bank beugt sich eine Gruppe Mädchen kichernd über ein Handy. An einem Tisch vor einem Restaurant knutscht ein Pärchen. Ein Mann isst genüsslich ein Eis. Niemand hier sieht auch nur im Entferntesten feindselig aus.

Vor einem weiteren Restaurant steht unter einer roten Markise eine junge Frau und hält mir eine Speisekarte hin. »*Treno stazione?*«, frage ich.

Besorgt mustert sie mein schmutziges, zerrissenes Kleid und sagt etwas in schnellem Italienisch. »*No Italiano*«, unterbreche ich sie entschuldigend.

Sie nickt, legt ihre Speisekarten auf einen Tisch und ruft etwas in den Raum hinter sich. Ohne auf eine Antwort zu warten, geht sie vor mir her über den belebten Gehweg. Vor einer schmalen Gasse, die zwischen zwei lachsfarbenen Häusern hindurchführt, bleibt sie stehen und bedeutet mir, dort entlangzugehen und dann links abzubiegen.

»*Grazie*«, sage ich, doch sie ist schon wieder auf dem Rückweg zu ihrem Restaurant.

In dem schmalen Durchgang ist es dunkel und kühl. Ich haste den rot gepflasterten Weg zwischen den weinbewachsenen Hauswänden entlang bis zu einer Treppe, die linker Hand nach oben führt. Oben trete ich auf einen kleinen Platz mit einem Springbrunnen in der Mitte, auf dem ein steinerner Mann mit einem Löwen ringt.

Auf der anderen Seite des Platzes befindet sich ein Torbogen, und daran hängt ein grünes Schild mit einem Zug-Symbol.

Schnell überquere ich den Platz. Hinter dem Bogen beginnt ein Tunnel, der in den Stein gehauen wurde. Die gewölbte Decke wird von blauem Licht angestrahlt. Nach etwa hundert Metern öffnet sich der Tunnel zu einem lichtdurchfluteten Raum mit Gewölbedecke und gebürstetem Betonboden.

Der Bahnhof. Es ist nicht viel los. Ein paar Leute stehen wartend herum und starren auf ihre Handys, ein Backpacker schläft mit dem Kopf auf seinem Rucksack auf einer Bank, so bedenkenlos, wie nur ein Mann in der Öffentlichkeit schlafen kann. Rechts von mir hängt eine Anzeigetafel mit dem Abfahrtsplan, und daneben ist der Ticketschalter. Gegenüber führen drei geöffnete Doppeltüren zu den Gleisen.

Ich bin mir ziemlich sicher, dass es zwischen Italien und Frankreich keine Grenzkontrollen gibt, aber wenn doch, habe ich natürlich ein Problem. Dann muss ich mich eben auf dem Klo einschließen.

Ich betrachte den Abfahrtsplan, finde aber weder La Quessine noch Saint-Tropez. Der am nächsten liegende Bahnhof scheint Saint-Raphaël-Valescure zu sein. Von der Karte schließe ich, dass es von dort immer noch eine gute Stunde mit dem Auto bis La Quessine ist, aber das muss erst einmal reichen.

Der Mann am Ticketschalter sieht auf, als ich herantrete. »*Ciao*«, sage ich lächelnd. »*Uno ticket por treno a Saint-Raphaël-Valescure.*«

Zum Glück scheint er mich zu verstehen. »*A che ora?*« Er deutet auf die Anzeigetafel.

Der nächste Zug fährt um 14:59 Uhr ab und kommt um 20:07 Uhr in Saint-Raphaël an. Hoffentlich habe ich am Ende noch genug Geld für ein Taxi. Und hoffentlich finde ich einen Fahrer mit Bleifuß, der mich noch vor neun bis La Quessine fährt.

Keine Ahnung, wie man 14:59 Uhr sagt. »*La prossima treno.*« Das war wieder mal geraten, aber er scheint zu verstehen.

»*Quattro minuti.*« Er deutet auf eine große Uhr, die ich übersehen habe, direkt neben der Anzeigetafel. 14:55 Uhr. Noch vier Minuten. Keine Zeit, um ein Ladegerät aufzutreiben, aber gut. Zum Glück habe ich die Adresse im Kopf. Und wenn ich pünktlich sein will, muss ich diesen Zug kriegen. Ich nicke energisch.

»*Ventinove.*«

Neunundzwanzig Euro, das ist ja gar nicht mal so teuer. Er reicht mir mein Ticket, und ich laufe zum Bahnsteig.

NEUNZEHN BIS ZWÖLF TAGE ZUVOR

MEXIKO/LOS ANGELES

Ich steckte mitten in einer langen Schlange fest, die langsam auf die Grenze zu kroch, als die Schuldgefühle einsetzten.

Warum nur hatte ich Eric all diese schrecklichen Dinge an den Kopf geworfen?

Der heiße Wind wirbelte eine Mischung aus Staub und den Abgasen von hundert Autos durch die Luft, sodass ich die Fenster nicht öffnen konnte, obwohl die Klimaanlage langsam an ihre Grenzen kam. Mein Kopf pochte, und meine Zunge war rau wie Schmirgelpapier. Doch am schlimmsten war dieses Gefühl in meinem Bauch, dass ich es mir mit Eric endgültig verdorben hatte. Ich war so gemein zu ihm gewesen! Ich wusste genau, dass Dylan sein schwacher Punkt war, und diese Karte hatte ich bewusst gegen ihn ausgespielt. Und das nur, weil er mich um Hilfe gebeten hatte.

Hatte er denn etwa versucht, mich zu manipulieren? Er hatte mir keine falschen Versprechungen gemacht, hatte nicht gelogen. Er hatte alle meine Fragen ehrlich beantwortet, war freundlich und offen gewesen.

Gut, er hatte mit mir geflirtet, aber das war ja kein Verbrechen. Das machte er wahrscheinlich mit jeder so. *Ich* hatte das Ganze aufgeblasen, weil ich wollte, dass zwischen uns mehr war, als der Realität entsprach. Gut, wahrscheinlich hatte er wirklich mit mir schlafen wollen, wenn auch nur dieses eine Mal.

Himmel, war ich froh, dass ich gestern nicht mit ihm ins Bett gegangen war! Das hätte alles noch viel schlimmer gemacht.

Eigentlich musste ich umkehren und mich entschuldigen. Aber in dieser Blechlawine konnte ich schlecht wenden.

Also zog ich mein Handy aus der Tasche und scrollte durch meine Kontakte, bis ich die Nummer des Handys fand, das er heute Morgen gekauft hatte. Ich atmete tief durch und rief an. Es läutete und läutete, dann ertönte eine spanische Nachricht, die mir vermutlich mitteilte, dass der Teilnehmer noch keine Mailbox eingerichtet hatte. Ich schrieb eine Nachricht.

Es tut mir leid. Ich will dir helfen. Was kann ich tun?

Eine Woche später hatte ich immer noch nichts von Eric gehört. Also war es wohl vorbei. Ich hatte alles verdorben und würde ihn nie wiedersehen. Doch ich machte mir Sorgen und überlegte, ob ich zurückfahren sollte – nachts lag ich wach, starrte an die Decke und stellte mir vor, wie unser Wiedersehen verlaufen könnte (er liebte mich, er hasste mich, er war weg, er war tot). Doch schließlich entschied ich, dass er mich wahrscheinlich nicht sehen wollte, denn sonst hätte er sich gemeldet. Und ich musste dringend arbeiten, um meine Miete bezahlen zu können.

Irgendwann hielt ich es nicht mehr aus, rief Dylan an und spielte ihm weiter die besorgte Freundin vor. Ich fragte nach, ob er oder sein Vater etwas Neues über Erics Verschwinden herausgefunden hätten. Gegen besseres Wissen hoffte ich, dass er mir alles erzählen und zugeben würde, dass John ihr Vater war, der nur nach Eric suchte, um sein Verschwinden offiziell zu machen. Um Erics willen wollte ich, dass Dylan sich doch noch als guter Bruder herausstellte und dass Eric sich in ihm getäuscht hatte. Doch Dylan ließ mich abblitzen. Er sagte, es gäbe keine Hinweise auf irgendein Verbrechen. Ich solle mich damit abfinden. Auf meinen

Einwurf, dass man noch immer keine Leiche gefunden hätte, bekam ich die recht kryptische Antwort: »Hoffen wir mal, dass es so bleibt.«

»War mal jemand in seinem Loft?«, fragte ich. Ich wusste ja, dass seine Wohnung durchsucht worden war und dass er keine Zeit gehabt hatte, aufzuräumen, bevor Summer ihn von der Klippe gestoßen hatte. »Vielleicht gibt es dort einen Hinweis.«

»Ja«, sagte er. »Alles sah ganz normal aus.«

Also log er mich an. »Summer hat einen Schlüssel«, flunkerte ich. »Ich könnte mal hingehen und –«

»Bitte nicht«, unterbrach er mich. »Belle, diese Leute, mit denen er sich eingelassen hat … Selbst wenn sie nichts damit zu tun hatten – glaub mir, du willst sie nicht auf dich aufmerksam machen. Versprich mir, dass du nicht in seine Wohnung gehst.«

Er klang wirklich besorgt, also versprach ich es. Vielleicht log er mich ja auch nur an, um mich zu schützen. Vielleicht war er doch kein so schlechter Kerl. Ich musste wohl einfach abwarten.

Am folgenden Dienstagabend schob ich in dem schummrigen, protzigen Laden eine ruhige Schicht hinter dem Tresen. Ich war gerade dabei, den perfekten Southside für einen meiner Lieblingsstammkunden zu kreieren – einen älteren Schauspieler, der mich an meinen verstorbenen Großvater erinnerte –, als eine Frauenstimme in leichtem Singsang meinen Namen sagte. Ich sah auf und entdeckte George an der Bar. Ihre Haare waren wieder kunstvoll unordentlich hochgebunden, und sie trug denselben roten Lippenstift und dieselbe schwarz gerahmte Brille wie beim letzten Mal. Unsere Blicke trafen sich, und sie lächelte.

»Was machst du denn hier?«, rief ich vielleicht ein wenig zu fröhlich. Ich stellte den Southside vor meinem Stammkunden ab und ging zu ihr hinüber. »Was darf es sein?«

»Macallan auf Eis«, sagte sie.

Was sonst? Ich schenkte ihr mehr ein, als ich sollte, und stellte das Glas vor ihr ab. Sie prostete mir zu und nahm einen Schluck. »Können wir reden?«

Ich nickte. »Ed!«, rief ich meinem Kollegen zu. »Ich mache kurz Pause.«

Er zeigte mit dem Daumen nach oben und ließ den Blick durch die menschenleere Bar schweifen. »Das schaffe ich wohl.«

George folgte mir zu einem Ecktisch und setzte sich mir gegenüber. Ich zog eine Streichholzschachtel aus meiner Tasche und zündete die Kerze auf dem Tisch an. »Was gibt es denn?«

Sie beugte sich zu mir herüber, und das Kerzenlicht verzerrte ihre Gesichtszüge. »*Raphael* schickt mich.«

Mein Herz begann zu flattern. »Ach ja?«

»Er hat deine Nachrichten bekommen, bevor er erneut seine Nummer geändert hat. Aber er hat sich nicht getraut, dich zu kontaktieren. Er will dich nicht in Gefahr bringen.«

Ein Hoffnungsschimmer. Vielleicht hasste er mich ja doch nicht. »Was hat er gesagt?«

»Dass er deine Hilfe gebrauchen könnte, wenn du noch dazu bereit bist.«

Angestrengt unterdrückte ich das Lächeln, das sich auf meinem Gesicht breitmachen wollte. »Was heißt das?«

»Er will verhindern, dass sein Vater noch mehr Unheil in der Welt anrichtet«, flüsterte sie ernst. »Dafür braucht er möglichst viele belastende Informationen gegen ihn. Und damit wird er ihn erpressen, sodass er die Firma übergibt.«

Ich zog die Brauen hoch.

»Raphael hat erkannt, dass er selbst etwas tun muss, wenn sich etwas ändern soll«, fuhr sie fort. »Sein Vater kennt sehr viele mächtige Leute. Er hat seinen Kopf schon mehrmals aus der Schlinge gezogen, obwohl es Beweismaterial gegen ihn gab. Selbst wenn Raphael seine Verbrechen aufdeckt, geht er vielleicht niemals ins

Gefängnis, und in diesem Kreuzfeuer würden Raphael und viele andere Menschen zu Schaden kommen – oder sogar sterben. Deshalb muss er seinen Vater mit dessen eigenen Waffen schlagen.«

»Und was ist sein Plan?«

Sie kam noch näher, und ihre dunklen Augen glühten im flackernden Licht. »Er hat jemanden gefunden, der ihm einen sicheren Server einrichtet, auf dem er alle Beweise gegen seinen Vater speichern kann. Diese Beweise würden ihn hinter Gitter bringen. Doch solange sein Vater tut, was Raphael von ihm verlangt, wird er sie nicht veröffentlichen.«

»Was für Beweise sind das?«

»Hier kommst du ins Spiel.«

Ich zog die Augenbrauen zusammen. »Ich wüsste nicht, wie ich da helfen kann. Ich komme schließlich nicht an Jo… an seinen Vater heran. Warum sollte der mir all seine Geheimnisse erzählen?«

»Aber du bist auf seine Jacht eingeladen, nicht wahr?«

Ich schüttelte den Kopf. Seit ich aus Mexiko zurück war, hatte ich erst meinen Job vorgeschoben und dann behauptet, ich sei krank, um Summer aus dem Weg zu gehen. Aber noch hatte ich nicht den Mut aufgebracht, den Trip abzusagen. »Auf keinen Fall.«

»Hör mir erst mal zu«, sagte sie.

Ich atmete tief durch. »Okay, schieß los.«

Sie nahm eine goldene Schachtel aus ihrer Tasche und stellte sie auf den Tisch. »Mach sie auf.«

Ich nahm den Deckel ab. In der Schachtel lag eine große, runde, goldene Digitaluhr. Ich band sie mir ums Handgelenk. »Was soll ich damit?«

George legte eine dicke Bedienungsanweisung neben die Schachtel. »Eine Art Überwachungskamera fürs Handgelenk. Sie nimmt Audio und Video auf und speichert alles auf einem Server, ohne dass du irgendetwas tun musst.«

Ich sah sie zweifelnd an. »Die soll ich also tragen? Und dann? Mit John über seine illegalen Geschäfte reden?«

»Psssst.« Beim Klang von Johns Namen zuckte sie zusammen und sah sich um, aber keiner der Gäste in der Bar achtete auf uns. »Auf diesem Trip geht es eigentlich um eine Stadt an der ligurischen Küste«, erklärte sie gedämpft. »Er will sie komplett abreißen und dort ein Resort hochziehen. Dieser Mädelstrip ist nur ein Vorwand. Unterwegs wird er sich immer wieder mit anderen Geschäftsmännern treffen. Er ist sehr vorsichtig, aber er würde niemals darauf kommen, dass du mehr bist als ein hübsches Gesicht. Damit hast du beste Chancen, an ihn heranzukommen. Du bist doch Schauspielerin, oder? Das ist die Rolle deines Lebens – entspann dich einfach, und genieße seine Gastfreundschaft. Trink seinen Champagner, iss seinen Kaviar, und leg dich in die Sonne.«

Ich musste lachen. »Ich glaube kaum, dass ich mich da besonders gut entspannen kann.« Aber es klang machbar. Fast zu einfach, wenn man bedachte, was dabei herauskommen konnte. Summer die beste Freundin zu spielen war die eigentliche Herausforderung.

»Da ist aber noch etwas – eigentlich das Wichtigste. Du musst dich in den Computer an Bord einloggen und einen Link herunterladen, den Raphael dir schickt. Damit können seine Leute sich in den Server und die Überwachungskameras hacken.«

»Ah«, sagte ich, und die Rädchen in meinem Kopf ratterten. »Werden die das denn nicht merken? Was, wenn man mich erwischt? Ich bin nicht gerade James Bond.«

»Sie werden nichts merken. Das Programm nimmt keine Änderungen vor. Damit kann Raphael nur auf den Server zugreifen und Daten herunterladen. Und soweit wir wissen, dürfen Gäste die Computer an Bord benutzen.«

»Und wie kommunizieren wir? Wir können uns wohl schlecht E-Mails schreiben oder telefonieren. Woher weiß ich, ob es funktioniert oder ob irgendetwas schiefläuft?«

»E-Mails, aber er wird eine andere Adresse benutzen. Am besten von jemandem, dem du sowieso von deiner Reise erzählen würdest. Vielleicht eine Freundin. Darüber könnt ihr euch verschlüsselte Nachrichten zukommen lassen, die ganz harmlos aussehen. Als würdet ihr über das Wetter oder das Essen sprechen.«

Das klang kompliziert. »Können wir nicht einfach eine App benutzen?«

»Nein. Und du musst alle persönlichen Daten von deinem Handy löschen, falls sie dir einen Tracker auf dem Handy installieren.«

»Meine Güte.« Ich biss mir auf die Lippe und ließ mir den Plan durch den Kopf gehen. »Also … Ich fahre mit und tu so, als sei alles ganz normal. Ich trage die Uhr und klicke auf einen Link. Und niemand wird etwas merken.«

Sie nickte. »Genau, ganz einfach.«

Aber das war überhaupt nicht einfach. Eine ganze Woche in einem fremden Land. Auf einem Boot. Mit Summer. Okay, nicht irgendein Boot – eine Luxusjacht, wahrscheinlich groß genug, dass ich Summer oft aus dem Weg gehen konnte. Wendy und Claire wären auch dabei, und Summer würde sich bestimmt benehmen, vor John, ihrer Mutter und uns allen. Klar, es würde nicht besonders lustig werden, und ursprünglich hatte ich mir diesen Trip ganz anders vorgestellt, aber eine Woche klang machbar. »Und dann? Wann will er seinen Vater mit alldem erpressen?«

»Sobald Raphael genug Beweise hat, wird er seinen Vater zwingen, die Firma zu übergeben.« George sah mir in die Augen. »Keine Sorge, Belle. Er wird dafür sorgen, dass deine Freundin niemals erfährt, welche Rolle du dabei gespielt hast. Die Beweise wird er ihm erst nach eurer Rückkehr vorsetzen, und auch nur, wenn sie ausreichen. Er findet noch einen anderen Weg, wenn du nicht genug Material liefern kannst. Das ist nicht deine Verantwortung.«

»Warum bittet er mich dann darum?«

»Momentan bist du seine beste Chance«, sagte sie. »Du kannst ihm Zugriff auf die Server seines Vaters verschaffen, und es ist ziemlich unwahrscheinlich, dass darauf nicht genug Beweismaterial liegt, um den Plan durchzuführen. Aber die Zeit läuft. Er kann sich nicht ewig tot stellen.«

Da war etwas dran. Außerdem hatte ich selbst Interesse daran, dass Eric von den Toten auferstand, bevor die Polizei die Fährte zu mir fand. Und diese Fährte gab es, dafür hatte Summer gesorgt. »Und was passiert danach? Sobald John das Material sieht, das mit der Uhr aufgenommen wurde, wird er wissen, dass ich es war.«

»Das ist das Schöne an einer Erpressung«, sagte sie. »Er wird es nicht wagen, dich anzurühren, denn wenn dir irgendetwas zustößt, werden sofort alle Videos und Informationen veröffentlicht.«

Ich nickte langsam. John war ein Monster, das man möglichst keinen Tag länger frei herumlaufen lassen sollte. Erics Plan würde ihn in seine Schranken weisen. Abgesehen davon, dass ich selbst von diesem Plan profitierte, bot sich mir hier auch eine echte Chance, etwas zu verändern. So eine Gelegenheit bekam ich vielleicht nie wieder. Aber ich hatte nur dieses eine Leben. Sollte ich es wirklich dafür aufs Spiel setzen? »Das ist immer noch ein großes Risiko«, sagte ich.

»Er bezahlt dich auch. Wie viel willst du?«

Okay … »Kann ich mit … mit Raphael sprechen?«

Sie nahm ihr Handy aus der Tasche, suchte seine Nummer heraus und hielt es sich ans Ohr. »Belle sitzt vor mir. Sie hat ein paar Fragen an dich.« Sie reichte mir das Handy.

»Hi«, sagte ich, und das Herz sprang mir in die Kehle.

»Hi.« Es klang, als würde er lächeln. »Hat sie dir alles erklärt?«

»Ja.«

»Hilfst du mir?«

Ich seufzte. Würde ich mir denn jemals vergeben, wenn nicht? »Das ist nicht gerade ein Spaziergang.«

»Ich weiß. Aber ich bin mir sicher, dass du es packst. Du bist stark und eine sehr gute Schauspielerin. Du musst nur eine Woche lang alles vergessen, was passiert ist, und so tun, als wärt ihr immer noch die dicksten Freundinnen … alles andere erledigen die Uhr und der Link.«

Seine Stimme war so nah, dass ich fast seinen Atem in meinem Ohr hören konnte. »Können wir uns treffen?« Er schwieg. »Hallo?«

»Ja, ich … Ich bin nicht mehr in Mexiko. Ich bin … viel weiter weg. Wahrscheinlich besser, wenn du nicht weißt, wo. George weiß es auch nicht. Aber wenn das alles vorbei ist, muss ich mich nicht mehr verstecken.«

»Ich habe letztens mit deinem Bruder gesprochen«, sagte ich. »Er meinte, in deiner Wohnung sähe alles ganz normal aus.«

»Dann lügt er, oder John hat aufgeräumt.«

Daran hatte ich noch nicht gedacht. »Er sagte, es gäbe keine Hinweise auf ein Verbrechen, aber ich solle mich raushalten, zu meiner eigenen Sicherheit. Ich hatte das Gefühl, dass er viel mehr weiß, als er zugibt.«

»Natürlich«, sagte Eric. »Er ist gerade in Frankreich bei unserer Großmutter, in der Nähe von Saint-Tropez. Falls es sich ergibt, triff dich ruhig mit ihm. Vielleicht kannst du in Erfahrung bringen, was er weiß und auf welcher Seite er steht.«

»Und eure Großmutter? Auf welcher Seite steht sie?«

»Bisher habe ich sie aus allem rausgehalten. Ich will sie nicht beunruhigen. Aber ich bin mir ziemlich sicher, dass sie zu uns halten wird, sobald sie die Wahrheit erfährt.«

»Was, wenn etwas schiefläuft? Was, wenn sie mich entdecken?«

»Denk dran, ich kann alles sehen, was die Uhr aufgenommen hat, sobald sie sich mit dem Internet verbindet und das Material hochlädt. Falls irgendetwas schiefgeht, hole ich dich da sofort raus. Das verspreche ich dir.«

»Okay«, sagte ich. »Ich werd drüber nachdenken. Aber ich denke, ich mach's.«

TAG 7

FREITAGABEND – RIVIERA, ITALIEN UND FRANKREICH

Der Zug balanciert an einem Abhang entlang, die Gleise sind direkt in den Berg gehauen, hoch oben über dem glitzernden Meer. Mein Herz schlägt im Rhythmus der ratternden Räder. Die Aussicht ist atemberaubend, auch weil es so aussieht, als könnten wir jederzeit abstürzen.

Meine Mission ist gescheitert, und ich bin furchtbar weit weg von zu Hause. Ich wäre eine miserable Spionin. Ich starre auf den Horizont und liste meine Fehler auf: Ich hätte das Geld nehmen sollen, das Eric mir angeboten hat. Ich hätte vorsichtiger sein müssen – Summer gegenüber viel zurückhaltender und mit Amythist strenger. Ich hätte ihr niemals meine Uhr geben dürfen. Wann hat sie sich zuletzt synchronisiert? Gestern in Saint-Tropez im Hafen, vor meinem Treffen mit John? Zumindest das mit dem Link habe ich geschafft. Ob die Kameras überhaupt aufgezeichnet haben, wie Summer Amythist über Bord stieß? Und ob Eric es geschafft hat, die Aufnahme zu sichern, bevor alles gelöscht wurde?

Der Zug rast in einen Tunnel. *Deine Schwester ist auf dem Weg zu deiner Großmutter.* War das eine Drohung? Oder eine Andeutung in Bezug auf den Code, den Eric und ich benutzt haben? Wollte Vinny mir damit sagen, dass er auf meiner Seite ist? In dieser Finsternis wünsche ich mir mehr denn je, eine E-Mail an Lauren_Carter812 schreiben zu können, um herauszufinden, wem ich trauen kann.

Bitte lass es keine Falle sein.

Auch um eine etwaige Grenzkontrolle zu umgehen, suche ich die Zugtoilette auf, als wir uns der französischen Grenze nähern. Ich lasse mir so viel Zeit wie möglich, mich in der engen Zelle wieder etwas herzurichten. Endlich kann ich mir Wasser ins Gesicht spritzen und Blut, Schweiß und Schmutz von meinen müden Gliedern waschen. An meinen verfilzten Haaren und dem zerrissenen Kleid lässt sich gerade leider nicht viel ändern. Immerhin entdecke ich nirgendwo einen Grenzbeamten, als ich die Toilette wieder verlasse.

Als der Zug um kurz nach acht in den Gare de Saint-Raphaël-Valescure einfährt, ist die Sonne gerade erst im Meer untergegangen, und der Himmel leuchtet lavendelfarben. Ich stolpere aus dem Zug und renne durch den modernen Bahnhof. Vor der gläsernen Informationskabine komme ich schlitternd zum Stehen. »Taxi?«

»*Sortir les portes à gauche*«, sagt der Bedienstete ohne zu lächeln und deutet auf die automatische Glastür.

Draußen stehen ein paar Taxis am Straßenrand. Ich gehe auf das erste zu und stecke meinen Kopf durch das geöffnete Beifahrerfenster. »La Quessine?«, frage ich.

Er schüttelt den Kopf. »*Local seulement.*«

Ich gehe weiter zu dem zweiten Taxi und wiederhole meine Bitte, doch auch hier werde ich abgewiesen. Entmutigt gehe ich auf den dritten und letzten Wagen zu. Die Fahrerin rückt ihren grellrosa Hijab zurecht und seufzt. »*Deux cent. En especes.*«

Mir fällt die Kinnlade hinunter. Zweihundert Euro? Nach dem günstigen Zugticket hatte ich schon gehofft, dass ich mit meinem Geld hinkomme. Ich habe nur noch achtzig Euro in bar, und ich habe keine Ahnung, ob das Geld auf meinem Konto überhaupt reicht. Trotzdem nicke ich. »*Okay. Je vais au …*« Wie sagt man Geldautomat? »*Automate?* Bank?«

Sie nickt und hält drei Finger hoch. »*Je vous attendre trois minutes.*«

Hektisch sehe ich mich nach einem Geldautomaten um und entdecke einen ganz in der Nähe direkt vor dem Bahnhof. Ich stecke meine Karte ein und lasse mir meinen Kontostand anzeigen. Hoffentlich habe ich genug. Endlich verschwindet der Ladekreis, und die Summe erscheint: 108,20 €. Damit fehlen mir immer noch zwanzig Euro. Dann muss ich jetzt wohl auf die Tränendrüse drücken.

Warum nur habe ich Erics Geld abgelehnt? Verdammter Stolz. Ich hebe hundert Euro ab und kehre zu dem Taxi zurück. Bemitleidenswert lächeln, los. »*J'ai cent quatre-vingt*«, sage ich. Moment, der Mann am Bahnhof hat mir doch drei zurückgegeben. »*Cent quatre-vingt-trois. S'il vous plaît? C'est trés important.*«

Sie sieht mich abschätzend an. »*S'il vous plaît?*«, flehe ich erneut und lege die Hände zusammen.

Sie nickt und winkt mich ins Auto. »*Merci beaucoup*«, sage ich, seufze erleichtert auf und klettere auf den Rücksitz. »*Allez au 12 Chemin de la Pommière dans La Quessine.*« Sie tippt auf ihrem Navigationssystem herum. »*Combien de temps?*«

»*Une heure*«, sagt sie und tritt aufs Gas.

Dann komme ich zehn Minuten zu spät, aber das ist nichts, nach all den Hürden, die ich heute genommen habe, um überhaupt anzukommen. Und mit etwas Glück wartet Vinny auf mich.

Wir fahren an der Küste entlang, während der Himmel langsam dunkler wird. Ich ertappe mich beim Nägelkauen, was ich seit dem College nicht mehr gemacht habe. Ich lasse die Hände sinken und versuche zum tausendsten Mal, mich auf meinen Atem zu konzentrieren. Es kommt mir vor, als sei ich von einer Klippe gesprungen, ohne zu wissen, ob ich überhaupt fliegen kann. Ich brauche dringend meinen Reisepass zurück, damit ich nach Hause komme. Dann werde ich endlich Eric wiedersehen und dieses Schmierentheater hinter mir lassen.

Als wir endlich die Adresse erreichen, die Vinny mir gegeben hat, ist es bereits dunkel. Der Vollmond hängt über dem Meer und wirft lange Schatten. Wir fahren durch ein Eingangstor und folgen einer Kiesauffahrt zwischen Weinbergen einen Hügel hinauf. Oben thront ein traditionelles französisches Landhaus. Hellblaue Fensterläden heben sich von den Natursteinmauern ab, und darauf sitzt ein steiles Dach. Keine Ahnung, wie ich mir unseren geheimen Treffpunkt vorgestellt hatte – eine dunkle Gasse vielleicht oder ein verlassenes Lagerhaus –, aber ein Anwesen mit Blick aufs Mittelmeer hatte ich bestimmt nicht erwartet. »*Êtes-vous sûr que c'est l'adresse?*«, frage ich die Fahrerin.

»*Douze Chemin de la Pommière*«, bestätigt sie.

Wir halten an einem Springbrunnen. Ich drücke ihr mein ganzes Geld in die Hand und bedanke mich erneut.

Das Auto fährt in einer Staubwolke davon, und ich steige die Stufen hinauf. Erst jetzt bemerke ich die verschnörkelten, schmiedeeisernen Buchstaben über dem Eingang: GRANDVIEW MANOR. Erics und Dylans Großmutter! Hier also hat Vinny mich hinbestellt.

Deine Schwester ist auf dem Weg zu deiner Großmutter.

Jetzt ist mir alles klar. Wie gebannt starre ich auf die blaue Tür.

Jetzt oder nie.

Ich hebe den schweren, verschnörkelten Türklopfer an und klopfe drei Mal.

Eine pummelige, ältere Frau in einem schwarzen Kleid mit weißer Schürze öffnet die Tür und mustert mich von oben bis unten. Den meisten Schmutz habe ich im Zug abgewaschen, aber in meinem zerschlissenen Kleid über den aufgeschlagenen Knien muss ich trotzdem ein denkwürdiger Anblick sein. »*Mademoiselle*«, sagt sie höflich. »*Puis-je vous aider?*«

Plötzlich ist mein Kopf wie leer gefegt. Ich hatte kein Empfangskomitee erwartet, aber auf eine Hausangestellte, die mich fragt, was ich hier will, war ich irgendwie auch nicht vorbereitet. Eine so simple Frage, aber was soll ich darauf antworten? Ist Vinny hier? Ist Eric hier? Da habe ich es bis vor die Tür seiner Großmutter geschafft, ohne auch nur ihren Namen zu kennen!

Ich lächle die Frau dämlich an und entscheide mich für den einen Namen, den ich wohl gefahrlos aussprechen kann. »Ähm … Ich bin eine Freundin von Dylan.«

Hoffentlich gehört er zu den Leuten, die alle möglichen Freunde zu sich einladen, wenn sie in der Nähe sind. Keine Ahnung, ob er überhaupt zu Hause ist, aber vielleicht ist das auch nicht so wichtig. Ich muss eigentlich nur kurz mit Vinny sprechen. *O Gott, bitte lass Vinny hier sein … oder Eric.*

Die Frau macht einen Schritt zur Seite, und ich betrete das stille Haus und streiche mir die Haare glatt. Rustikale Kronleuchter hängen von dem Gewölbe über mir, und auf dem Steinboden liegt ein Perserteppich in gedeckten Tönen. Am Ende des Entrees befindet sich ein gigantischer, steinerner Kamin, und davor stehen zwei schiefergraue Samtsofas rechts und links von einem breiten Kaffeetisch aus Altholz. Doch was meinen Blick wirklich anzieht, sind die ganzen Bilder an den Wänden. Unzählige Gemälde und Fotografien in allen möglichen Größen und Stilen hängen dicht an dicht.

»*Suivez moi*«, sagt die Frau und bedeutet mir, ihr zu folgen.

Bestimmt kann sie mein Herz klopfen hören, es ist ohrenbetäubend. Ich folge ihr einen Flur entlang in einen dunkelblauen Salon. Auf der gegenüberliegenden Seite hängt ein großer Fernseher, zwischen zwei weißen Bücherregalen, die sich über die ganze Wand erstrecken. Davor stehen ein kleiner Glastisch, zwei weiße, runde Sessel und eine Couch.

Oh. Darum hat sie wohl auch nicht gezögert, als ich seinen Namen nannte. In einem der Sessel sitzt Dylan und starrt mich verblüfft an. Ich nicke ihm zu, freundlich, aber hoffentlich nicht zu freundlich. Ich habe immer noch keine Ahnung, was er eigentlich weiß oder nicht weiß und auf welcher Seite er steht. Und jetzt ist nicht der richtige Moment, um das zu erforschen.

In dem anderen Sessel sitzt eine zierliche, elegante Frau, vom Aussehen her Mitte achtzig. Sie trägt einen schwarzen Pullover, eine weiße Hose und um den Hals eine lange Perlenkette. Ihre Haare sind schneeweiß, und hinter den schwarz gerahmten, runden Brillengläsern funkeln mich wachsame Augen an. Mein höfliches Lächeln verpufft, als ich zwei weitere Menschen erkenne: John und Summer sitzen unbehaglich auf der Kante der niedrigen Couch. Ihre Beine stehen in einem merkwürdigen Winkel ab, als wollten sie gleich aufstehen und gehen.

Mir gefriert das Blut in den Adern. Nein, bitte nicht. Es war also doch eine Falle.

Summer sieht mich empört an und holt Luft, doch John hebt die Hand. Keine Spur mehr von seinem üblichen Charme. Falls er überrascht ist, mich hier zu sehen, verbirgt er es gut.

Alle Blicke ruhen auf mir, und ich bleibe still stehen. Mein Körper schreit mir zu, ich solle wegrennen, aber das würde auch nichts bringen. Ich muss jetzt wie ein Raubtier denken, nicht wie die Beute.

»Hallo, Isabelle«, sagt John gleichmütig.

Ich ignoriere ihn und steige über den kleinen, weißen Hund, der auf dem Teppich schläft. Ich strecke meine Hand der Frau entgegen, die nur Dylans und Erics Großmutter sein kann. Eine Verbündete – hoffe ich zumindest. »*Je m'appelle Isabelle Carter*«, sage ich so unbekümmert, wie ich kann, und in meinem besten Französisch. »*Votre maison est magnifique.*«

Dylan starrt mich an, als würde ich unverständliches Zeug brabbeln, doch die Frau lächelt. »Grace.« Sie nimmt meine Hand in ihre. »*Enchantée.*«

Hinter mir niest Dylan. »Sorry«, sagt er automatisch.

»Gesundheit, Dylan.« Ich drehe mich zu ihm um, doch er weicht meinem Blick aus und scheint sich plötzlich sehr für den kleinen Hund zu interessieren, der immer noch hingebungsvoll auf dem Boden schnarcht. Immerhin sieht er genauso verloren aus, wie ich mich gerade fühle.

Grace folgt meinen Bewegungen mit ihrem wachsamen Blick, und ihre Miene ist unergründlich. Es gibt keinen freien Platz, also bleibe ich stehen. Mein Herz rast noch immer, aber mein Atem geht ganz ruhig. »Summer, John. Was für eine Überraschung«, sage ich gewagt gelassen. »Wo sind denn die anderen?«

»Auf dem Boot, wo du auch hingehörst«, blafft Summer mich an. »Was machst du hier?«

John sieht sie streng an und legt ihr eine Hand aufs Knie. Dann richtet er seinen beunruhigend beherrschten Blick auf mich. »Warum bist du hier?«

Hoffentlich zittert meine Stimme jetzt nicht. »Ich brauche meinen Reisepass.«

Ein Lächeln verzieht Johns Lippen, doch die Augen erreicht es nicht. »Den haben wir jetzt nicht dabei«, sagt er. »Aber wenn du uns zurück aufs Boot begleitest –«

»Ich gehe nicht mehr auf dieses Boot«, unterbreche ich ihn. Atmen. »Ich will nach Hause.«

Johns kalte Augen durchbohren mich, sein Lächeln ist verschwunden. »Du kannst nicht einfach wegrennen, Isabelle. Wo willst du hin? Was hast du vor?«

Warum hat Vinny mich abhauen lassen, wenn er mir gar nicht helfen wollte? Langsam werde ich wütend. Das ergibt alles keinen Sinn! Ich drehe mich zu Dylan und seiner Großmutter um. »Ich will nur nach Hause«, wiederhole ich. »Bitte, sagt ihnen, dass sie mich gehen lassen sollen. Ich bin doch keine Gefangene, oder?«

Dylan schüttelt den Kopf, aber wieder senkt er den Blick. Er sieht zwar ziemlich unglücklich aus, aber mehr auch nicht. Irgendwie reagiert er ganz ähnlich wie damals, als Eric verschwand. Eric hatte recht. Er ist wirklich ein leichtgläubiges Weichei.

Seine Großmutter scheint jedoch anders drauf zu sein. »John.« Sie lenkt ihren achtsamen Blick auf ihren Sohn. »Ist Isabelle eine Gefangene?«

»Das geht dich nichts an, Mutter«, knurrt er, ohne zu ihr hinüberzusehen. »Summer sagt, du hast ein Problem mit Amythists Verschwinden.« Er wartet, bis ich ihm in die erbarmungslosen Augen sehe. »Es war ein Unfall. Wir haben eine Vermisstenanzeige aufgegeben. Wir bieten euch allen eine großzügige Summe, als Entschädigung für diese Unannehmlichkeiten, und damit ist die Sache beendet.«

Summer lächelt eisig und sieht mich triumphierend an. Da Vinny nirgendwo zu entdecken ist, brauche ich einen Plan B. Hoffentlich wirke ich nicht so aufgelöst, wie ich mich fühle. Immerhin scheint niemand etwas von dem Handy in meiner Handtasche zu wissen – und von den brandheißen Dokumentationen über die Ausschweifungen dieses Traumpaars darauf: Johns sexuelle Neigungen und Summers Geständnis. Und niemand scheint zu ahnen, dass Eric lebt. Selbsterhaltung hat jetzt Priorität. Ich habe meinen Arsch in diese Falle manövriert, also bleibt mir im Moment wohl nicht viel anderes übrig, als das Geld anzunehmen und mich reumütig zu zeigen. Wie ich das Handy in die richtigen Hände übergeben kann, finde ich heraus, sobald ich zu Hause bin.

Ich lege mir eine klamme Hand aufs Herz und setze ein entschuldigendes Lächeln auf. Für diese Show müsste man mir eigentlich einen Oscar verleihen. »Es tut mir sehr leid! Ich war nur so entsetzt und völlig durcheinander. Natürlich war es ein Unfall.«

»Gut«, sagt John. »Dann können wir ja gleich zusammen zurück zum Boot fliegen. Du musst nur noch unterschreiben, und die hunderttausend gehören dir.«

Bevor ich groß darüber nachdenken kann, wie viel Geld das ist oder wie ich verhindern kann, wieder auf dieses verdammte Boot verschleppt zu werden, höre ich draußen ein Geräusch: Räder auf Kies.

»Wer ist das?«, fährt John seine Mutter an.

»Ein Freund«, sagt sie gelassen. »Ich habe ihn schon erwartet.«

Deine Schwester ist auf dem Weg zu deiner Großmutter.

Das muss Eric sein. Bitte!

John sieht sie aus schmalen Augen an. »Um diese Zeit?«

»Warum? Willst du mir etwa männliche Bekanntschaften verbieten?«

»Du hättest mir sagen sollen, dass du jemanden erwartest, Mutter«, sagt er genervt.

Sie macht eine wegwerfende Handbewegung. »Damit du eine Ausrede hast, deine alte *mère* nicht zu besuchen? Und außerdem hätte ich dann deine *très belle, très* junge Freundin nicht kennengelernt.«

»Das hier ist kein Besuch«, sagt er. »Wir sind hier, weil du die Übertragung deiner Aktien besprechen wolltest.«

»Ach, stimmt ja.« Sie lächelt. »*Terminé.*«

Zum ersten Mal sieht John beunruhigt aus. »Wovon redest du? Ich habe keine Papiere bekommen …«

»Oh.« Ihr Lächeln wird noch breiter. »Ich habe sie ja auch nicht dir übertragen.« Plötzlich springt der kleine Hund zu Graces Füßen auf und rennt kläffend auf die Tür zu. »Ich habe sie *ihm* übertragen.«

Alle wenden sich zur Tür um. Da steht Eric und neben ihm Vinny. Einen Moment lang rührt sich niemand.

Doch dann fällt alle falsche Gelassenheit von John ab. »Du alte *Hexe!*«, presst er hervor.

Eric sieht seinen Vater an und klatscht langsam in die Hände. »Vater des Jahres.«

Ich habe Eric seit unserem Aufenthalt im Strandhaus in Rosarito nicht mehr gesehen, und jetzt erst merke ich, wie sehr ich ihn vermisst habe. Er trägt das übliche Schwarz, seine Haare sind immer noch kurz, doch die Wunden heilen, und die Narbe auf seiner Wange macht ihn irgendwie nur noch heißer.

John kocht vor Zorn, und sein Blick schießt zwischen Eric und Vinny hin und her. Summer sieht aus wie ein Fisch auf dem Trockenen. Ihr Mund öffnet und schließt sich immer wieder, und ihre Augen sind grauenerfüllt. Dylan starrt seinen Bruder an, als sei er ein Gespenst. Nur Grace ist gefasst. Liebevoll lächelnd betrachtet sie Eric. »*Mon chéri!*«, sagt sie, während er auf sie zugeht und ihr einen Kuss auf die Wange gibt. »*Enfin!* Wo warst du denn so lange?«

»In Montreal«, erklärt er.

Summer starrt ihn mit offenem Mund an. »Du …« Sie schluckt schwer.

»Lebst?«, vollendet Eric ihre Frage. »Ja. Aber wie ich höre, hast du deine Technik bereits verbessert.« Er kommt auf mich zu und nimmt meine Hand. »Alles okay?«

Ich nicke und folge seinem Blick auf mein schmutziges Kleid. Stimmt ja. Ich sehe aus wie ein Straßenköter. »War ein langer Tag.«

Summers Blick springt zwischen uns beiden hin und her. »Ich wusste es«, murmelt sie.

John sieht uns unter schweren Augenlidern an und presst die Lippen aufeinander. Man kann förmlich die Rädchen in seinem Kopf rattern hören. Aber es wird ihm nichts bringen.

Dylan räuspert sich. »Könnte mir mal jemand erklären, was hier eigentlich abgeht?«

Eric zieht sein Handy aus der Tasche. »Ich übernehme Lionshare.«

»Nur über meine Leiche«, faucht John.

Eric zuckt mit den Schultern. »Wie du willst. Aber vielleicht siehst du dir erst einmal den Berg an Beweismitteln gegen dich an, den ich gesammelt habe.«

»Ich muss dich ja wohl nicht daran erinnern, was beim letzten Mal passiert ist, als du Beweise sammeln wolltest«, sagt John warnend.

Eric tippt auf seinem Handy herum. »Aber dieses Mal läuft es etwas anders. Denn dieses Mal …« Er sieht seinem Vater in die Augen. »Dieses Mal erpresse ich dich.« Er wendet sich an Grace und weist mit dem Kopf zum Fernseher. *»S'il te plaît allume ça.«*

Sie drückt auf eine Fernbedienung, und der Fernseher geht an.

»Schalt mal bitte auf HDMI.«

Grace drückt auf einen anderen Knopf, und ein Ladekreis erscheint, dann zwei Reihen mit Dateien. Eric scrollt auf seinem Handy durch endlose Videodateien. »Vinny sagte, es gäbe Uneinigkeiten über den Tod eines der Mädchen an Bord.«

Er wählt eine Datei aus. Trotz der Dunkelheit ist das Bild der Überwachungskamera erstaunlich klar und zeigt Amythist und Summer auf dem Oberdeck. Sie rangeln miteinander, und die anderen sehen zu.

»… lass deine dreckigen Finger von ihm«, sagt Summer drohend.

»Oder was?«, spottet Amythist. »Was er wohl tun wird, wenn ich ihm sage, dass du deinen Ex umgebracht hast?«

»Was … Ich weiß nicht, was sie dir erzählt hat, aber – das würdest du nicht wagen, du kleine Schlampe!« Summer packt Amythist an den Haaren und reißt ihren Kopf nach hinten. Amythist rammt ihr ein Knie in den Bauch. »Du dreckige Nutte!« Summer schlägt ihr ins Gesicht. Amythist will sie von sich wegschieben, aber sie fällt auf die Knie.

»Summer, hör auf damit!«, ruft Rhonda. »Das bringt doch nichts.«

»Halt die Klappe, Rhonda«, faucht Summer.

Ich kann kaum hinsehen, denn ich weiß ja, was meiner Freundin mit den veilchenfarbenen Augen bevorsteht.

Amythist ist wieder auf den Beinen und weicht vor Summer zurück, die sie rückwärts auf die Reling zu drängt. Amythist sagt etwas, das ich nicht verstehen kann, und plötzlich sind die beiden nur noch ein Knäuel aus Händen und Haaren und Füßen, wollen sich mit Klauen und Zähnen zerfetzen. Amythist ist eindeutig kampferprobter, aber Summer ist wütend und viel größer als sie. Wieder packt sie Amythist an den Haaren und rammt ihren Kopf gegen das Geländer. Mit blutender Nase schlägt Amythist wild um sich. Summer drückt ihr eine Hand an die Kehle und schiebt sie rücklings an der Reling hoch. Und dann fällt sie über das Geländer. Ein markerschütternder Schrei, ein widerliches Krachen und ein kaum hörbares Platschen.

Ich schlage mir die Hand vor den Mund und unterdrücke ein Schluchzen. Das war der Schrei, der seit vierundzwanzig Stunden in meinem Kopf widerhallt. Eric streicht mir über den Arm.

Summer wirbelt zu den anderen Mädchen herum, die am unteren Rand des Bildes zusammenstehen. »Sie ist gefallen«, schnappt sie. »Sie war betrunken und ist einfach über Bord gegangen.«

Ich blinzele meine Tränen weg, und Eric hält das Video an. Niemand rührt sich. »Irgendwelche Fragen?«, will Eric wissen. Keine Antwort. »Gut. Dann weiter.«

John sieht Summer finster an. Sie kauert sich auf der Couch zusammen, als hoffe sie, einfach im Polster zu versinken. Ihr Lächeln ist verschwunden. Er scheint nicht überrascht zu sein – vermutlich hat er das Video schon auf dem Boot gesehen, bevor es gelöscht wurde –, aber er ist auf jeden Fall rasend vor Wut, dass ihre Dummheit ihn in eine Lage gebracht hat, die er nicht kontrollieren kann.

Eric baut sich mit verschränkten Armen vor seinem Vater auf. »Meine Hacker haben deine Server gründlich durchforstet. Vinny kann das bestätigen. Ich habe sämtliche Informationen über all deine dunklen Machenschaften der letzten zehn Jahre. Und dann natürlich das Material der Überwachungskameras auf dem Boot und die Videos von der Kamera in der Uhr, die Belle getragen hat.« Er sieht mich an, und sein Blick wird weich. Ich lächle. »Insidergeschäfte, Steuerhinterziehung, Bestechung, Mord ... und das ist noch längst nicht alles.«

Vinny hält John einen dicken Umschlag hin. John reißt ihn ihm aus der Hand, ohne seinem ehemaligen Handlanger in die Augen zu sehen. »Sieh es dir an«, sagt Eric. »Natürlich ist das nur die Spitze des Eisbergs.«

John reißt den Umschlag auf und blättert die Papiere durch. »Was willst du?«, knurrt er.

»Wie gesagt, Lionshare«, erwidert Eric knapp. »Du trittst zurück, mit sofortiger Wirkung, oder ich mache alles öffentlich. So öffentlich, dass du nie mehr jemanden bestechen kannst.«

»Du Vollidiot«, fährt John ihn an. »Das wird die Firma ruinieren.«

Eric hebt die Hände. »Das ist mir scheißegal.«

John erhebt sich. »Du undankbarer Bastard!«

»Stimmt«, sagt Eric lachend.

»Nach allem, was dein Großvater für diese Firma geopfert hat ...« Er wendet sich an seine Mutter. »Mutter, das kannst du doch nicht wollen.«

»*Tais-toi.*« Ihr stechender Blick durchdringt John. »Du interessierst dich für *rien que de l'argent.*« Sie reibt Daumen und Zeigefinger aneinander. »*Geld.* Seit Jahren bist du hier *un étranger. Je pense,* ›Er ist egoistisch. Er ist kein guter Sohn und Vater, aber er hatte auch kein gutes Vorbild. *Alors,* er ist kein schlechter Mensch.‹ *Mais* als ich hörte, was du deinem eigenen Fleisch und Blut angetan hast und den Menschen, die für dich arbeiten, da wusste ich, du bist nicht mehr *mon fils.*«

»Mutter …«

Mit schmalen Lippen funkelt sie ihn an.

»In dieser Woche«, sagt Eric zu John, »hast du auf – sagen wir mal – vertraulichen Rat eines chinesischen Geschäftspartners deine Stahlposition angepasst und damit um die dreiundzwanzig Millionen gemacht. Ich weiß, für dich sind das nur Peanuts, aber ich denke, die Börsenaufsichtsbehörde dürfte sich trotzdem dafür interessieren, sollte sie jemals davon erfahren. Dieses Geld gehört jetzt Belle.« Ich hole so schnell Luft, dass ich mich verschlucke. Eric wirft mir einen Blick zu. »Sagen wir dreißig.«

Dreißig Millionen Dollar. Der blanke Wahnsinn. Das kann ich mir nicht einmal vorstellen. Damit könnte ich die Hypothek meiner Eltern abbezahlen, ein neues Auto kaufen … Ich müsste nie wieder in einer Bar arbeiten. Mein Hirn ist überfordert.

»Und fünf zahlst du in einen Fond für Amythists Mutter ein«, fährt Eric fort und sieht zu Vinny hinüber, der nickt. »Damit sie darauf zugreifen kann, wenn sie aus der Entzugsklinik kommt. Summer« – er wendet sich ihr zu –»du wirst dich stellen und gestehen, dass du Amythist über Bord gestoßen hast.«

Ihre Gesichtszüge fallen zusammen wie ein Kartenhaus. Sie öffnet den Mund, doch es kommen keine Worte heraus. Tränen stürzen aus ihren Augen und hinterlassen schwarze Spuren auf ihren Wangen.

»Ist das wirklich nötig?«, wirft John ein.

»Was interessiert dich das?«, höhnt Eric. »Hinter deinem Rücken hat sie jede Chance genutzt, um mich ins Bett zu kriegen. Bis sie versucht hat, mich umzubringen.«

John presst die Kiefer aufeinander.

»Das ist nicht wahr!«, ruft Summer und legt ihm die Hand auf den Oberschenkel.

Eric und John ignorieren sie beide. »Sie wird sich stellen. Für Totschlag geht sie fünf bis zehn Jahre in den Knast, bei guter Führung vielleicht weniger«, sagt Eric.

»Ein ziemlich kleiner Preis für ein Menschenleben«, füge ich hinzu.

»Du wirst dafür sorgen, dass sie sich stellt.« Eric sieht seinen Vater mit hochgezogenen Brauen an. »Denk dran, wenn eine dieser Anweisungen nicht erfüllt wird oder Belle, mir oder jemand anderem etwas passiert, werden diese Informationen sämtlichen Nachrichtenagenturen zugespielt.«

»Sieh mal an, du bist ja gar nicht so dumm. Du hättest richtig was erreichen können«, sagt John.

»Oh, das habe ich bereits, Dad.« Eric klatscht einen Vertrag auf den Tisch und wirft einen Stift hinterher. »Nämlich deinen Rücktritt.«

John starrt seinen Sohn böse an. Dann nimmt er den Vertrag in die Hand und liest ihn sorgfältig durch. Eric legt ein weiteres Dokument vor Summer auf den Tisch. »Dein Geständnis.«

Mit Tränen in den Augen wendet sie sich mir zu. »Belle, du weißt doch, ich würde dir niemals wehtun.« Einen klitzekleinen Moment lang sehe ich wieder meine beste Freundin vor mir, meine Vertraute, meine Verbündete, und ich spüre einen Stich im Herzen.

Aber nur einen Moment lang. Vielleicht kann ich ihr eines Tages vergeben, aber ich werde niemals vergessen, was sie getan hat. Und das will ich auch gar nicht. Sie würde mich genauso schnell den Wölfen zum Fraß vorwerfen, wie sie Amythist über Bord gestoßen hat. »Tja Summer, seit unserer Unterhaltung gestern Abend weiß ich leider, dass das nicht stimmt. Und das kann ich auch beweisen.«

Ich spüre die überraschten Blicke der anderen auf mir, als ich in meine Handtasche greife und Amythists glitzerndes Handy hochhalte. Ich lasse Summer nicht aus den Augen; ihre Gesichtszüge verhärten sich, und sie verwandelt sich wieder in das Monster, zu dem sie geworden ist.

»Ach, und John«, fahre ich fort. »Falls du es nicht wiedererkennst: Das ist Amythists Handy. Damit hat sie auch eure, äh … *Dusche* gefilmt.« Summer wirft John einen angewiderten Blick zu, und er funkelt mich aus schmalen Augen an.

Einen Moment lang herrscht Stille, dann setzt John seinen Namen unter den Vertrag und schiebt ihn über den Tisch. Ruckartig wendet er sich an Summer. »Jetzt unterschreib schon das blöde Ding!«, raunzt er sie an.

Eric nimmt die beiden Dokumente vom Tisch und lächelt mich an. »Noch etwas, Belle?«

Amythists Schrei hallt mir immer noch in den Ohren. Ein Teil von mir will, dass Summer sich entschuldigt – oder vielmehr auf den Knien um ihr Leben fleht. Was für eine Genugtuung wäre es, ihr diesen dämlichen Klunker vom Finger zu reißen und ihn ins Meer zu werfen. Aber nein. Das bin nicht ich.

Folgendes reicht mir: Ich gehe zu Eric hinüber und schiebe meine Hand in seine. »Ich habe alles, was ich brauche.«

Er sieht mich an, und ein Lächeln breitet sich auf seinem Gesicht aus. Dann hatte ich recht: Dieses Bild in seinem Nachttisch hatte doch etwas zu bedeuten. Wir haben noch einen weiten Weg vor uns, aber er drückt meine Hand, und für den Moment bin ich mir sicher, dass wir es schaffen.

»Eric.« Dylan steht auf und geht auf seinen Bruder zu. Ich hatte fast vergessen, dass er noch da ist.

Eric sieht ihn einen Moment lang abschätzend an, dann nickt er. »Wir reden später.«

Dylan wirft die Arme um ihn. »Ich habe dich vermisst.«

Eric braucht einen Augenblick, dann tätschelt er ihm den Rücken. Aus dem Augenwinkel nehme ich eine Bewegung im Flur wahr. Zwei bullige Männer in Schwarz haben sich zu Vinny gesellt.

John wirft einen flüchtigen Blick auf sie. »Unnötig.«

»Du hast deine Männer, ich habe meine«, stellt Eric gelassen fest. »Wir werden uns nie wiedersehen. Meine Männer werden dich in deinem Flugzeug nach New York eskortieren – beziehungsweise in *meinem* Flugzeug, denn Lionshare gehört ja jetzt mir. Dort wird morgen eine Pressekonferenz stattfinden, auf der du deinen Rücktritt verkündest. Summers andere Freundinnen werden einen Linienflug nach Hause nehmen. Ach, und du solltest wissen, dass ich die Verschwiegenheitserklärungen, die sie unterzeichnet haben, für ungültig erkläre. Ich denke, die Behörden werden mit ihnen sprechen wollen, sobald Summer sich gestellt hat.« Er sieht zu mir herüber. »Und wir nehmen den Hubschrauber.«

Er beugt sich zu seiner Großmutter hinunter und gibt ihr einen Kuss auf die Wange. »*Merci* für deine Hilfe. *Je t'aime.*«

»*Je t'aime*«, erwidert sie.

Ich hätte einige Abschiedsworte für Summer auf Lager, doch alle klingen banal und rachesüchtig, und keines würde mir helfen. Also gehe ich einfach an Erics Seite aus der Tür, ohne mich noch einmal umzusehen.

Wir laufen über die Kiesauffahrt und durch einen kleinen Rosengarten zum Tennisplatz, wo der Hubschrauber mit blendenden Scheinwerfern wartet. Ein Pilot hilft uns in die Kabine, und die Rotorblätter drehen sich.

Die Kabine ist mit einem dicken, grünen Teppich ausgelegt, und auf beiden Seiten stehen drei cremefarbene, weiche Ledersitze. Eric drückt auf einen Knopf, und zwischen uns und dem Piloten fährt eine Trennwand hoch. Er rutscht auf den Platz neben mir und hält mir ein Paar Kopfhörer hin.

Leicht schwankend heben wir ab, und ich setze mir die Kopfhörer auf. Sofort wird das ohrenbetäubende Dröhnen der Rotorblätter leiser, und stattdessen knackt Erics Stimme in meinen Ohren. Die Spannung fällt von uns ab, und wir brechen in Gelächter aus.

Ich erhole mich als Erste. »Meine Güte, Eric, hättest du mir nicht sagen können, dass Vinny die ganze Zeit auf meiner Seite war? Ich hab mir in die Hosen gemacht!«

»Das war er gar nicht«, sagt Eric. Ich ziehe die Brauen hoch. »Vinny und ich haben uns immer gut verstanden, aber letztes Jahr hat er eigentlich bei meinem Dad aufgehört, weil seine Mutter krank wurde. Ich wusste gar nicht, dass er zurück war, bis du geschrieben hast, dass er auch auf dem Boot ist. Und ich konnte natürlich nicht sicher sein, wie treu er John ergeben war. Doch nach deinem Seeigel-Notruf musste ich schleunigst etwas unternehmen. Also habe ich es riskiert und ihn angerufen. Ich habe ihm aber nicht von dir erzählt, bis ich sicher war, dass ich ihm trauen konnte.«

»Und deine Großmutter?«

»Ich habe ihr diese Woche alles erzählt, und sie war sofort bereit, mir zu helfen und für mich ein Treffen mit John zu arrangieren.«

Eric greift unter seinen Sitz, zieht ein kleines Kühlfach und einen Barcaddy hervor und nimmt eine Flasche Champagner und zwei Sektgläser raus. Doch bevor er den Korken knallen lassen kann, lege ich ihm eine Hand auf den Arm. »Wir müssen die Küstenwache informieren. Irgendjemand muss doch nach Amythist suchen.«

»Vinny kümmert sich darum«, sagt er. »Und morgen früh gehen wir persönlich hin.« Er nimmt meine Hand. »Ich weiß, du hast eine Freundin verloren. Es tut mir sehr leid.«

»Mir auch«, sage ich mit schwerem Herzen. »Sie war … wirklich einzigartig. Sie hätte dir gefallen.«

Er sieht mir in die Augen, und die glitzernden Lichter von Saint-Tropez unter uns spiegeln sich darin. All meine Bedenken über ihn waren vollkommen unbegründet. »Summer meinte, du hast ein Bild von mir in deinem Nachttisch.«

Er nickt. »Weil ich jeden Morgen dein Gesicht neben mir sehen möchte.« Er rückt etwas näher und lächelt schelmisch. Mein ganzer Körper kribbelt. Sein Blick schweift zu meinen Lippen. »Darf ich dich jetzt endlich küssen?«

Ich nicke, und schon spüre ich seine Lippen auf meinen. Ich schließe die Augen und lasse los. So oft habe ich von diesem Moment geträumt … Nur dass wir in meinen Träumen nicht diese unpraktischen Kopfhörer aufhatten.

»Wohin fliegen wir eigentlich?«, murmele ich zwischen zwei Küssen.

»In der Nähe von Cannes gibt es ein hübsches, kleines Hotel. Da können wir heute Nacht bleiben«, nuschelt er an meinem Hals.

Ich kann es kaum erwarten, endlich mit ihm allein zu sein, ganz ungestört. »Könnte sein, dass wir mehr als eine Nacht brauchen«, sage ich und drücke meine Lippen wieder auf seine. »Wie weit ist es noch?«

Er zeigt aus dem Fenster. »Siehst du die Lichter dort? Dahinter liegt Cannes.«

Er lässt den Champagnerkorken knallen und schenkt uns beiden ein Glas ein. Ich spüre das mittlerweile so vertraute Prickeln im Hals und schmecke die herbe Süße auf der Zunge. »Weißt du«, gestehe ich, »eigentlich mag ich gar keinen Champagner.«

Er lacht. »Weißt du was? Ich auch nicht. Dann stellen wir hier eben was anderes kalt.«

Ach ja. Das gehört ja jetzt alles ihm. Also der Firma – die ihm gehört. Mein Verstand hat immer noch Mühe, die Geschehnisse von heute Abend zu verarbeiten. *Dreißig Millionen Dollar!* Das wird noch eine Weile dauern.

»Um ehrlich zu sein, dieser Lifestyle …« Wie kann ich es ausdrücken, ohne unverschämt zu klingen? »Es gibt ein paar Dinge, mit denen ich einfach nichts zu tun haben will.«

»Ich weiß.« Er streicht mir sanft über die Wange. »Aber das wirst du auch nicht müssen. Wir werden damit nichts zu tun haben. Das verspreche ich.«

»Aber du hast doch jetzt diese milliardenschwere Firma zu leiten. Meinst du nicht, das wird dein ganzes Leben verschlingen?«

»Nein. Ich werde sie verkaufen.« Er lächelt breit. »An jemanden, der mit dieser Firma viel Gutes anstellt, nach all dem, wofür mein Vater sie missbraucht hat.«

»Und wer ist das?«

»Du hast ihn schon kennengelernt. Charles Bricknell.«

Ich reiße die Augen auf. »Den fand ich total nett«, verkünde ich. »Und seine Frau – Marlena. Sie ist der Hammer. Und ihr Sohn auch.«

»Magic Mike.« Er grinst. Als ich ihn verdutzt ansehe, fügt er hinzu: »Lange Geschichte. Muss er dir selbst mal erzählen.«

»Aber … du kennst sie durch John?«

»Sozusagen. Sie waren nie befreundet, aber verkehren in denselben Kreisen. Auf einer Party bei meiner Großmutter hat Marlena mal ein paar meiner Bilder gesehen. Da war ich noch ein Teenager, aber sie hat offenbar mein Potenzial wahrgenommen. Sie hat mich auch dazu ermuntert, zur Kunsthochschule zu gehen und alles. Charles will Lionshare schon seit Jahren übernehmen, deshalb wusste ich, dass er sofort zuschlagen würde. Ich war mir nicht sicher, ob er mir dabei helfen würde, John in die Knie zu zwingen, denn er war mal einer seiner Investoren. Aber sobald ich genug kompromittierendes Beweismaterial zusammenhatte, habe ich ihn kontaktiert, und er hat angeboten, John auf seine Jacht einzuladen und das Gespräch aufzunehmen.«

Ich erinnere mich an die hitzige Unterhaltung, die ich auf der *Tyger* belauscht habe. »Ach, deshalb wurden wir so kurzfristig zu Marlenas Geburtstagsparty eingeladen?«

Eric nickt. »Anständige Leute. Ich vertraue ihnen.«

Johns Firma in Charles' Händen – ein sehr tröstlicher Gedanke. »Gut.«

Er hebt sein Glas. »Du hast es geschafft, *Sis*.«

Ich lächle. Tausend verschiedene Emotionen steigen in mir hoch, und ich habe keine Ahnung, wie ich die jemals entknoten soll. *In einer Woche kann wirklich viel passieren.*

Eric legt einen Arm um mich, und ich lehne mich an seine Schulter. Wir sehen hinunter auf die funkelnden Lichter an der Küste, wo die Jachten auf dem dunklen Wasser treiben wie Sterne in einem mondlosen Himmel.

Dieses neue Kapitel in meinem Leben kommt mir noch sehr unwirklich vor. Aber ich glaube, ich kann mich daran gewöhnen.

Manche Geheimnisse
sind peinlicher als Mord …

CATHERINE O'CONNELL

DIE GEHEIMNISSE DER NACHT

Thriller

Am Morgen nach ihrem Junggesellinnenabschied wacht Maggie vom Klingeln des Telefons auf – nicht nur mit einem gehörigen Kater, sondern auch neben einem Mann, der nicht ihr Verlobter ist. Doch das ist ihr geringstes Problem: Offenbar wurde ihre Freundin Angie ermordet, kurz nachdem sie die Party in einer Chicagoer Szene-Bar verlassen hatte. Für Detective Ron O'Reilly ist schnell klar, dass jede der fünf verbleibenden Freundinnen in mindestens einer Angelegenheit lügt. Maggie ist nicht die Einzige, die um jeden Preis ein fatales Geheimnis bewahren will …

Ein raffiniert verflochtenes Mordstück mit wenig Blut und umso mehr Spannung: »Kaum eine Seite vergeht ohne neuen, überraschenden Twist … eine kluge, vergnügliche Lektüre.« *The Times*

KNAUR

Flieh, so weit du kannst –
deiner Vergangenheit entkommst du nicht!

NALINI SINGH

IM GRAUSAMEN LICHT DER SONNE

Thriller

Als Ana nach acht Jahren am anderen Ende der Welt nach Golden Cove zurückkehrt, scheint sich dort kaum etwas verändert zu haben. Beinahe könnte sie glauben, dass die Zeit stehen geblieben ist – wäre da nicht Will, der neue und einzige Cop im Ort, der seltsam unnahbar wirkt.
Wie sehr die Dinge tatsächlich beim Alten geblieben sind, wird Ana allerdings erst bewusst, als erneut ein schönes junges Mädchen verschwindet, so wie es auch schon früher geschehen ist. Nach und nach holt die dunkle Vergangenheit die kleine Stadt ein und zwingt die Bewohner, ihre gefährlichsten Geheimnisse preiszugeben. Denn eins steht fest: Wer auch immer für das Verschwinden des Mädchens verantwortlich ist, muss aus Golden Cove stammen!

Nalini Singhs fesselnder Thriller mit eine Prise Romantik vor der atemberaubenden Kulisse Neuseelands

KNAUR